明清家將小說研究

張清發 著

臺灣 學生書局 印行

致謝詞

本書的完成，首先要感謝兩位匿名審查人所提供的寶貴意見，以及先後發表之單篇論文匿名審查人的諸多指正，還有恩師王三慶教授多年來對我碩博士論文的指導和啓發。本書原為筆者之博士論文，曾獲九十五年度國科會「人文及社會學術性專書寫作計畫」獎助，承蒙臺灣學生書局的支持方得順利出版，在此敬表謝忱。

明清家將小說研究

目　次

第一章 緒 論

　　本書以「明清家將小說研究」為題，首先必須對「明清家將小說」進行釋名，以界定其文體特徵及文本範圍。其次，就這類小說在文學史上的發展現象，提出可供探究的問題以為研究動機。再次，針對學界相關的研究概況加以評析，釐清「明清家將小說」的研究成果與不足。最後，基於「問題存在而研究不足」之現象，尋求一套既適合研究對象的特質又能處理問題的研究方法，以建立循序漸進的探索步驟。

第一節 「明清家將小說」的界定與範疇

　　本節分從小說史和文體特徵的角度界定「明清家將小說」，進而列出其作品範疇，並就主要作品的刊刻先後加以分期。

一、「明清家將小說」的界定

　　自宋代「說話」以來，楊家將、狄青、岳飛、薛仁貴等故事即在民間廣為流傳，至明清時期，隨著通俗小說的刊刻盛行，不但陸續出現其專屬的長篇章回小說，更由此衍生出呼家將、羅家將等「說宋」、「說唐」的系列小說。由於這批小說的內容主題和敘事

藝術頗多類似，甚至彼此之間還存有接續衍生的關係，故在小說史上成為一批頗具特色的「類型小說」。

歷來學者對這批小說的分類和定名，可謂大同小異：同者，皆認定其類屬「英雄傳奇小說」，具有「重在人物形象的塑造、現實性與民族英雄主義、傳奇色彩」等三大特點。❶異者，因含括範圍的不同，而有「戰爭小說」❷、「軍事演義」❸、「國家小說」❹、「家將小說、世代將門諸書」❺、「將門英雄系列小說、民族

---

❶ 寧宗一《中國小說學通論》對「英雄傳奇小說」的界說為：「在演講歷史題材的長篇小說中，有一類是以講述古代英雄業績為主的，它不像歷史演義那樣以一個朝代的歷史為敘事線索，而是圍繞一個人的一生經歷展示他的種種傳奇行為。」因此「英雄傳奇小說」具有重在寫人、現實性與民族英雄主義、傳奇誇大等特點。（合肥：安徽教育出版社，1995.12），頁 468-481。

❷ 夏志清〈戰爭小說初論〉：「中國傳統的歷史小說可分為兩類，其中一類不以信史自居，講的是某人、某家、某幫、或某個新朝代的小集團從事大規模的戰爭，或一連串的征戰，可以稱為戰爭小說。」收入《愛情・社會・小說》（台北：純文學出版社，1981.12），頁 107。

❸ 夏志清〈軍事演義──中國小說的一種類型〉：「以在大規模曲折的軍事活動前提下的個人、家庭、兄弟之間，以及新王朝的代表人物們的活動為主題，這類作品可以稱為軍事演義。」收入《成都大學學報・社科版》（1990.4），頁 15。

❹ 馬幼垣〈中國講史小說的主題與內容〉：中國講史小說中，薛家將、羅家將屬於「開國建朝的主題」，岳家軍、楊家將屬於「國家安危主題」，由於都以國家為重心，同時習慣上偏向歷史人物，大可將之集體稱為「國家小說」。收入《中國小說史集稿》（台北：時報文化公司，1987.3），頁 77-87。

❺ 黃清泉《明清小說的藝術世界》：明清之間產生不少描寫家將英雄的小說，如薛家將、羅家將、楊家將、岳家將、呼家將、狄家將等，不妨稱之為「家將小說」。（台北：洪葉文化出版社，1995.5），頁 205。又徐君慧〈老子英

英雄傳記小說、說唐系列英雄傳奇」❻等不同的類稱。（詳參附錄一）

　　在以上的類稱中，只要是敘寫戰爭內容的小說皆可稱之為「戰爭小說」或「軍事演義」，如此失之範圍太廣，勢必導致論述重點無法集中和深入；相對的，「說唐系列英雄傳奇」卻又失之範圍太小，特別是在人物和情節的敘寫模式上，很難與同時衍續發展的說宋系列小說產生區隔。至於「國家小說」的主題內容則環繞於開國建朝和國家安危，關注的焦點在於「國家」而非「英雄家族」；而「民族英雄傳記小說」以「英雄個人」為敘述中心，並無法凸顯出「家族世代」的特色。

　　事實上，若是把這類小說當做一個整體來看，可以發現不管是故事情節的延展，或是內容主題的彰顯，其依據皆在於英雄家族的世代衍續。因此，「世代將門諸書」、「將門英雄系列小說」、「家將小說」等名稱，的確較能表現出這類小說的特色。而此三者中，又以「家將小說」最為貼切。其因有二：首先，回歸小說內容的敘述來看，「家將」在這批類型小說中是一個常被提及的稱呼。其次，再就通俗文學的發展來看，「楊家將」在這批類型小說中成

雄兒好漢〉：「以一家一姓為中心的英雄傳奇，所謂『某家將』者是也。」收入《中國古典小說漫話》（成都：巴蜀書社，1988.3），頁 208。另徐君慧《中國小說史》以「世代將門諸書」為名，闢有專章介紹這類小說。（南寧：廣西教育出版社，1991.12），頁 234-236。

❻　在「明清民族戰爭英雄傳奇小說」中，一是表現家族世代英雄為主的「將門英雄小說」，如《楊家府演義》、《說呼全傳》、《萬花樓演義》等；一是表現英雄個人為中心的「英雄傳記小說」，如《說岳全傳》。參陳穎《中國英雄俠義小說通史》（南京：江蘇教育出版社，1998.10），頁 65-82。

書最早，具有帶頭示範的作用。因此，本書依據研究對象的範圍及其文體特徵，以「明清家將小說」稱之。詳細的界定說明如下：

(一)從小說史的角度加以界定

首先，就小說刊刻流傳的時代、區域而言：明清家將小說是指明代中後期（嘉靖以後）到清代後期之間，在江南地區刊刻流傳的長篇通俗小說。**❼**

其次，就小說成書的經過而言：明清家將小說的成書經過屬於世代累積型，內容彙集各種相關的史實、軼事、說話、小說、戲曲等。各本小說彼此之間還存有「補綴前書」或「昭示後續」等衍生關係，形成所謂的楊家將、狄家將、薛家將等系列小說，並且進而分枝獨立出呼家將、羅家將的專屬小說。而以上的家將故事或人物，則或多或少都被牽扯加入專寫岳家將的《說岳全傳》之中。

再次，就小說類型的發展而言：明清家將小說繼承史傳文學「紀傳體」的藝術結構，「以一人一家事為主而近於外傳、別傳、家人傳者」，**❽**具有「英雄傳奇小說」的特點。因此，諸如《三國演義》、《隋唐演義》、《大宋中興通俗演義》這類以朝代史事為主的歷史演義，皆不符合家將小說的條件。此外，家將小說還吸收了神魔小說、才子佳人小說、公案小說的部分敘事模式，形成跨類型的發展現象。（詳論於第三章）

---

❼ 明清時期的「江南地區」通常指明清八府一州之地，或以蘇州、松江為中心之區域。參見牛建強《明代中後期江南社會變遷研究》（台北：文津出版社，1997.8），頁 47；李伯重《發展與制約：明清江南生產力研究》附錄〈「江南地區」之界定〉（台北：聯經出版社，2002.12），頁 419-432。

❽ 孫楷第《中國通俗小說書目》（台北：木鐸出版社，1983.7），頁 4。

㈡從文體特徵的角度加以界定

　　首先，就題材內容來看：明清家將小說敷演「唐宋兩代」的故事，敘述的主要內容是戰爭，而且幾乎都是牽涉到國家安危的「民族戰爭」。故事軸心在於英雄及其後代的功業，呈現出將門英雄的家族史。因此，諸如寫李世民爭天下的《大唐秦王詞話》、趙匡胤出身的《飛龍全傳》、朱元璋開國的《英烈傳》皆非家將小說的範圍，而敘寫關羽後代的《花關索傳》亦排除在外。❾

　　其次，就敘事形式來看：各本家將小說之間無論是結構布局、情節安排或人物形象，都明顯呈現出公式化、模式化和類型化的傾向。在敘事結構上是以「國家安危」和「忠奸抗爭」兩條主線交叉演述，用以推動小說中「父業子繼、父志子承」的情節發展。因此，諸如《說唐演義》、《水滸傳》分別以瓦崗寨、梁山泊的好漢為中心，所凸顯的是亂世英雄的群像而非「英雄家族」的父子相承，因此並不符合家將小說的條件。

　　再次，就主題思想來看：明清家將小說具有普遍而共通的主題，透過對外的民族戰爭和對內的忠奸抗爭，除了呈現出華夷之辨的心理、忠君愛國的思想、褒忠貶奸的要求外，更是處處強調家族

---

❾　徐君慧認為關羽的兒子也是武將，除了《三國演義》中的關興外，還有曾隨諸葛亮南征的關索。非但貴州省有「關索嶺」（今為關嶺縣），在《水滸傳》裡楊雄的外號還叫「病關索」。後來雖有《花關索傳》的專書問世（明成化年間刊刻的《新編全相說唱足本花關索出身傳等四種》），然至今形不成「關家將」，其因或許是關羽打的都是內戰的緣故。參見〈老子英雄兒好漢〉《中國古典小說漫話》，頁 283。當然，如此觀點是否成立仍有待深入考究，然《花關索傳》的題材內容確實不符「唐宋故事、民族戰爭」之條件。

延續與家族榮譽的重要，而這正是家將小說和其他講史小說在主題思想上最大的區隔。

二、「明清家將小說」的範疇

明清家將小說含括的作品眾多，經排除名稱不同而內容相似，以及名稱有所牽涉然內容不符者，主要的代表作品有十二部。以下先就家將類別展示出主要作品和相關作品，再依主要作品的刊刻先後加以分期。❿

表一：明清家將小說的主要作品及相關作品

家將類別	主　要　作　品	相　關　作　品
楊家將	《北宋志傳》 《楊家府演義》 《平閩全傳》	《楊文廣平南全傳》 《北宋金鎗全傳》 《天門陣十二寡婦征西》 《群英杰後宋奇書》
狄家將	《五虎平西》 《五虎平南》 《萬花樓》	《後宋慈雲走國全傳》
呼家將	《北宋志傳》 《說呼全傳》	《紫金鞭演義》
岳家將	《說岳全傳》	
薛家將	《說唐後傳》 《說唐三傳》	《說唐薛家府傳》 《異說征西演義全傳》

---

❿　由於涉及家將故事的明清小說頗多，有必要就其演化和版本加以辨析。同時，作者版本的釐清又是探究家將小說彼此衍續的基礎。因此，關於作品的版本、全名、簡稱、分期等之釐清，另以第二章詳論之。

	《反唐演義》	《混唐後傳》
		《綠牡丹》
羅家將	《說唐後傳》	《說唐演義》
	《粉妝樓》	《說唐三傳》
		《說唐小英雄傳》
		《羅通掃北》

表二：明清家將小說主要作品之刊刻先後分期

刊 刻 先 後 分 期	家 將 小 說 主 要 作 品
明代中後期 （嘉靖到萬曆年間為主）	《北宋志傳》、《楊家府演義》
清代前期 （康熙到乾隆初期為主）	《說岳全傳》 《說唐後傳》、《說唐三傳》、《反唐演義》
清代中後期 （乾隆後期至清末為主）	《說呼全傳》、《粉妝樓》、《五虎平西》、 《五虎平南》、《萬花樓》、《平閩全傳》

依以上兩表，尚有幾處須加以說明：

　　1.在主要作品中，由於《北宋志傳》前半部寫呼家將，後半部寫楊家將；《說唐後傳》前半部寫羅家將，後半部寫薛家將，故皆重複列出。

　　2.在說唐系列小說中，雖然秦瓊的名氣不下於羅成、薛仁貴，但卻不能另列為「秦家將小說」。其因有二：一是《說唐演義》以瓦崗寨群雄為刻畫對象，全書 68 回中只有 13 回專寫秦瓊；二是秦家後代雖然也出現在後來的說唐小說之中，但只作點綴性質，並未有專書（如《粉妝樓》專寫羅成後代）、或獨立回卷（如《說岳全傳》61 回以後專寫岳家第二代）加以敷演。其他如尉遲恭、程咬金等說唐英雄

亦作如是觀。

3.《說唐演義》雖然不符合家將小說的條件，然因在羅家將世代中，第一代羅藝和第二代羅成的故事皆成就於此書，故將之列為羅家將相關作品。而以薛家將故事為主的《說唐三傳》，因事涉羅家將的三、四代，故亦列為羅家將相關作品。

4.明清家將小說的出版雖可分成「明代中後期、清代前期、清代中後期」，然其依據是現存可知的刊刻資料，實際的出版時間可能更早。若以小說敘寫的風格和內容來看，則家將小說本身的發展可以另外分成三期：《北宋志傳》、《楊家府演義》和《說岳全傳》為前期作品，相關的說唐系列小說為中期作品，至於後期作品則以狄家將系列小說為主。

第二節　研究問題的提出

魯迅在《中國小說史略》中，評價敘述岳飛、薛家、楊家及狄青輩的明清小說時，僅言簡意賅云：「文意並拙，然盛行於里巷間。」**⓫**此評語的確一針見血地點出明清家將小說在小說史上的表現，後代學者論及明清家將小說時，大抵皆持相同看法。由此可知，明清家將小說被否定的部分是其藝術技巧、主題思想等作品表現的層面（文意並拙）；而被肯定的則是其對讀者及其他藝文形式的接受、傳播等影響層面（盛行里巷）。

齊裕焜在《中國小說演變史》中，即以《楊家府演義》為代

⓫　魯迅《中國小說史略》（上海：上海古籍出版社，1998.6），頁 103。

表，對這種文意並拙卻盛行里巷的發展現象（文意並拙→盛行里巷）加以詮釋說：

> 總體水平不高，個別人物和故事比較精彩；整部小說比較粗糙，但它的人物和故事卻是較好的毛坯，為進一步加工提供了良好的基礎。因此，這造成了小說水平不高但影響深遠這樣一種矛盾現象。❷

以此說法加以檢視，明清家將小說的確為後出的戲曲、說唱等提供了不少的情節。（詳參附錄二）❸然而，僅僅從小說作品本身去探究一種文學現象的發展，立論點未免太過於單薄。對此，「文變染乎世情，興廢繫乎時序」（《文心雕龍·時序篇》）的觀點，提供了一種相反的思路：「盛行里巷→文意並拙」，即從小說盛行里巷的現象，探究造成作品文意並拙的社會成因。以下論析之：

---

❷ 齊裕焜《中國古代小說演變史》（蘭州：敦煌文藝出版社，1994.12），頁243。

❸ 清代中葉以後的平劇、說唱，有許多家將故事的演出。陶君起即在《平劇劇目初探》中，依照劇目內容一一點明出自哪本明清家將小說。（台北：明文書局，1982.7），頁 131-158，203-282。由於這類戲曲、說唱的範圍非常廣泛（尚可含括民國以來的歌仔戲、布袋戲、傀儡戲、皮影戲……等），連帶的在資料蒐集、探究思維上也必須有不同的研究模式，因此本論文並未將之列為研究範圍。這類「明清家將小說的接受／傳播、影響／反影響」等專門課題，目前相關的論述有蔡連衛《楊家將小說傳播研究》（山東大學文學博士論文，2006）；楊秀苗《說岳全傳傳播研究》（山東大學文學碩士論文，2007）。

　　首先，就明代中後期以後的社會現象加以考察，可知江南地區通俗讀物的出版市場，足可構成市民階層與刊刻業者之間的「供需關係」。❹作為一種娛樂性質的通俗小說，在殷切的消費需求下，促使職業編書人與書坊業者進行了「逐利」的合作。❺由於通俗讀物的市場正如流行的消費文化，因此在「文學商品化」的趨勢下，通俗小說的生產猶如一種「文化工業」。❻如明末建陽書坊所形成的「熊大木模式」，正是運用模式化、公式化以求快速產銷通俗小

---

❹　以明代中後期的小說發展情況來看：《三國演義》盛行後一批歷史小說緊接著紛紛上市；之後《西遊記》盛行，書坊主即轉而對神魔小說「不惜重資、購求鋟行」（舒載揚《封神演義‧識語》）。然至天啟、崇禎年間，變成時事小說盛行，之前書坊搶刻的神魔小說，此時竟只出版三部。同樣現象，自《包龍圖百家公案》刊行，一批雜湊成篇的公案小說緊接著出現；而《古今小說》熱賣後，更是造成崇禎年間擬話本小說的流行風潮。詳參陳大康《明代小說史》第三、四、五編（上海：上海文藝出版社，2000.10）。另可參陳昭珍《明代書坊之研究》（台北：花木蘭文出版社，2008）。

❺　如凌濛初在《初刻拍案驚奇‧序》云：「獨龍子猶氏所輯《喻世》等書，……肆中人見其行世頗捷，意余當別有祕本圖書而衡之。」《二刻拍案驚奇‧序》又云：「……肆中急欲行世，微言於余。」其實，明代中後期已出現專靠稿費謀生的作家，他們常常是在「賈人之請」的情況下，從事通俗文學的編撰。詳參陳大康《通俗小說的歷史軌跡》第三、四章（長沙：湖南出版社，1993.1）、張虹〈中國古典通俗小說與商品經濟〉《明清小說研究》（1994 第 2 期）、王師三慶〈明代書肆在小說市場上的經營手法和行銷策略〉《東亞出版文化研究》（東京：株式會社二玄社，2004.3）。

❻　後現代主義認為商品化進入文化，意味著藝術作品正成為商品。朱立元《當代西方文藝理論》（上海：華東師範大學出版社，1997.6），頁 376。依此，通俗文學以其模式化和程式化的形態而得以成為暢銷的商品，即屬於一種「文化工業」。參見楊經建〈通俗文學與後現代主義〉《中國文學研究》（1994 第 2 期），頁 34-37。

說的商業運作。❼因此，從市場經濟的理論來看，「盛行里巷→文意並拙」的小說發展現象，正是市場中「需求→供給」的產銷關係，意即讀者的接受需求，引導作者的編撰方向。

其次，特定的時勢環境也會激發出相應的社會心理。如明末國勢衰弱導致外族屢犯，對英雄的期待成為普遍的社會心理；爾後明清易代、征伐拓疆的戰爭勢必成為社會關心的話題。因此，如何藉由小說的內容來反映現實、寄託理想，以滿足時代需求和社會心理？這就成為作家在編撰通俗小說時所要經營的重點。❽如此，一批有著相同題材、相似主題的類型小說集中出現在某一時期，也就得到了合理的解釋。

然而，無論是出版市場或社會時勢的背景考察，其結果常常是足以普遍解釋當時各類小說盛行的現象。換言之，這種背景考察的結果雖然足以說明「盛行里巷→文意並拙」的小說發展現象，可是若想進一步追問為何是明清家將小說？以及明清家將小說為何在此共通的發展現象中，不但能夠成為一種小說的類型，而且還能夠以

---

❼　參見陳大康《明代小說史》第八章第三節「熊大木模式及其意義」，頁 272-281。

❽　此一推論的合理性來自於對作者身分之考察結果：明清通俗文學的作者大都是所謂的不遇文士，其身分是介於士大夫和庶民之間，因此在創作過程中，他們所扮演的角色是文化上大、小傳統的中介者。他們一方面將士大夫的經史知識加以通俗化，傳達給中下階層社會；一方面又能在創作中，充分反映出民眾對歷史的深沈質疑和詮釋觀點。詳參陳大康《通俗小說的歷史軌跡》第三、五章；李豐楙《許遜與薩守堅——鄧志謨道教小說研究》第八章（台北：台灣學生書局，1997.3）；朱傳譽〈明代出版家余象斗傳奇〉《中外文學》16 卷 4 期（1987.9），頁 150-169。

此類型繼續影響後代的文學？那就需要有更具體、更能符合這種小說類型的專屬解釋。因此，回歸文學活動的過程，以小說的文體特徵為研究基礎，同時參酌社會相關的種種發展，應是探究明清家將小說「文意並拙，然盛行於里巷間」之較佳切入點。由此，可以再引發出兩項重要的思考：

其一：明清家將小說的成書經過屬於世代累積型，其故事基型歷經長時期的結構發展和主題流變後，一旦演化為成熟階段的作品時，則在其變動的敘事表層下，是否有某些相對穩定的觀念留存在敘事深層之中？否則如何促進故事得以繼續流傳下去？特別是唐宋時代的故事在明清時期流傳，則歷史和現實之間所達成的「共識」又是什麼？

其二：就文學活動的過程來看，通俗小說的「作者、作品、讀者」三者之間，並非是純粹的單向接受，而是雙向交流的互通關係，既可以是「作者→作品→讀者」，也可以是「讀者→作品→作者」，何況作者常常也具有讀者的雙重身分。依此，對於明清家將小說這種模式化、公式化的「作品」居然能夠盛行，那就不僅是「作者」或「讀者」單方面的因素，而是一整個「文學活動過程」的問題。因此，在作者創作、作品形態、讀者接受三個環節之間，是否應有某些共通的審美價值將之串連成一個整體？否則如何造就「盛行」的文學現象？

基於以上觀點，再回頭檢視明清家將小說「文意並拙，然盛行於里巷間」的問題，則當「文意並拙」和「盛行里巷」兩者並置時，就不該只是「否定」和「肯定」的矛盾對立，也不是單向的影響關係，而是一種相互證成的存在。換言之，家將小說這種敘事模

式之所以能夠被世俗認可，並且在明清時期還被推崇為一種小說編撰的範式，可見其中自有其文化、政治、宗教、民俗……所彙集而成的審美價值。因此，面對家將小說這樣的存在現象，如何透過具體作品的文意構成加以分析，進而去探求這類小說中超越歷史（世代累積而成），以及超越文本（作品文意並拙）的價值，這應是研究明清家將小說最值得關注的地方。

第三節　研究概況的探討

關於明清家將小說的研究，如前所述，前輩學者們多能將之視為「某種類型小說」，進而闡發這類小說在內容主題上的共同特色。然因其討論範圍所含括的小說作品並不完全相同，加上僅是單篇小論文，或是書中的一章一節，在篇幅有限的情況下，自然只能點染而無法深論。不過，這些前輩學者的觀點，倒是啟發不少後來的研究者。

綜觀以明清家將小說為研究對象的論述，以及論述範圍中較多涉及明清家將小說的研究，根據其論題設計大致可以分成「某故事研究」和「某小說研究」兩大類別，至於研究對象則集中在薛家將、楊家將、狄青、岳飛等四家，而且都只是個別故事或個別小說的研究，目前尚未見到有將此類型小說視為「一個整體」的專門論著。以下，先依論題設計分成兩類加以探討，再綜論尚可開拓的研究面向：

一、以「某故事研究」爲題的探討

　　近年來「某故事研究」已成為一種研究方法的類型。❶這類研究的對象，主要是指由具體文本中抽繹出來的故事結構，而且因其流傳久遠，已經具有某些足以使人辨識的特點，它可能是故事中的人物典型，或是大致固定的情節架構。以明清家將小說的範圍來看，由於「薛、楊、狄、岳」四家的故事世代累積、流傳久遠，的確較適合運用故事研究的方法，因此無論是單篇論文，❷或是學位論文，❸甚至專書，❷都有不少相關的著作。

---

❶　吳儀鳳將這類「故事研究」依其方法和角度不同，歸納出本事源流考、故事演變史、恢復版本原貌、改編本的不同表現形式等五類，其彼此之間往往有重疊現象。參見〈「故事研究」與「主題學研究」之比較〉《輔仁國文學報》14 期（1999.3），頁 171-176。

❷　單篇論文主要有李文彬〈白袍小將薛仁貴〉《古典文學》5 集（1984.10）；王國良〈論薛仁貴故事的演變〉《第三屆中國域外漢籍國際學術會議論文集》（1990.11）；祁慶富、申敬燮〈俗文學中薛仁貴、蓋蘇文故事的由來及流變〉《社會科學戰線》（1998 第 2 期）；邱坤良〈楊家將的人物與傳說〉和〈負鼓逢盲翁，猶說銅面具──北宋軍人狄青傳奇〉分見《歷史月刊》第 1、5 期（1988.2、1988.6）；賈璐〈岳飛題材通俗文學作品撂談〉《岳飛研究》3 輯（1992.9）；包紹明〈岳飛故事的流傳與演變〉《福建師範大學學報‧哲社版》（1994 第 4 期）；鄧駿捷〈岳飛故事的演變〉《明清小說研究》（2000 第 3 期）。

❸　學位論文主要有張忠良《薛仁貴故事研究》（台灣師範大學國文所碩士論文，1981）、李文彬《薛仁貴故事的演化》（台灣大學外文所博士論文，1986）；胡樂飛《薛家將故事的歷史演變》（上海師範大學文學碩士論文，2005）；柳楊《薛家將故事的演變及其文化解讀》（山西大學文學碩士論文，2006）；許秀如《狄青故事研究》（文化大學中文所碩士論文，1996）、洪素真《岳飛故事研究》（台灣師範大學國文所碩士論文，

　　就學位論文來看，這類「某故事研究」主要是從故事流傳發展的角度，考察相關題材在文學、歷史等各方面的表現和演變，進而深入探析故事主題中的時代意圖和文化意涵。至於故事發展到明清時期所形成的「某部家將小說」，只是作者所要考察的廣大範圍之一，並非是專門而獨立的研究對象，故在論文中大都只佔一章、一節的篇幅。畢竟「某故事研究」的研究重點是將小說置於故事流傳的脈絡之中，探析其內容主題的增異演變，並由時代精神、社會需求、環境壓力、文體興遞等去尋求相關證據。因此，這類研究實在不能，也不必將這「某部家將小說」進行全面式的詳盡解析。何況各家研究成果的水平不一，許多故事研究的實際作法大都是「只顧考證故事的增衍異同，而未及探尋其孳乳延展的根由」。㉓多數論

1999）、張清發《岳飛故事研究》（成功大學中文所碩士論文，2000）；萬甜甜《楊家將故事演變研究》（上海師範大學文學碩士論文，2007）。此外，尚有聚焦於某類故事主要人物之論述，如徐衛和《岳飛文學形象的多種形態及其文化內涵探析》（江西師範大學文學碩士，2004）；王振東《試論岳飛形象的演變──以國家與民間的互動為中心的考察》（山東大學史學碩士論文，2008）；矗垚《楊家將主要人物形象的歷史演變》（吉林大學文學碩士論文，2007）；郭勝瑜《女性主義觀照下的楊門女將──從歷史演義到民間史詩》（山西大學文學碩士論文，2008）；韓藝通《楊家將故事中的楊門女將形象研究》（首都師範大學文學碩士論文，2008）等。

㉒　顧歆藝《楊家將與岳家軍系列小說》（瀋陽：遼寧教育出版社，1992.10）。

㉓　陳鵬翔〈主題學研究與中國文學〉《主題學研究論文集》（台北：東大圖書公司，1983.11），頁 7；及其〈主題學理論與歷史證據〉《中國神話與傳說學術研討會論文集》（台北：漢學研究中心，1996.3），頁 343-350。另筆者曾針對「岳飛的故事研究」加以探討，亦得出「多述少論，只停留在內容介紹，而未能就不同時代、不同作品抓出情節增刪處，再據以深論故事的主題流變及時代意涵」的結果。參見張清發《岳飛故事研究》第一章，頁 8-10。

著對這「某部家將小說」只停留在小說史式的簡介,而未能就作品的敘事結構、情節單元、人物類型等加以分析,因此也就未能探究出蘊藏在作品底層中的時代需求和庶民文化。

若再以這類「某故事研究」的成果,回頭檢視明清家將小說「文意並拙,然盛行里巷」的問題,則其成果雖然足可證實「盛行里巷」之發展現象的存在,但是卻無法充分分析作品「文意並拙」的類型特色為何?以及對這種特色如何能夠造成「盛行里巷」之發展,提出相應而具體的說明。因此,就算把這類研究操作得當,所得到的成果還是只在「世代流傳、故事流變」等「歷時性」的意義範圍內。至於各種家將小說之所以能夠在明清時期得到普遍接受的「共時性」意義,則仍然缺乏較為具體的說明。何況每種故事在其發展流傳的過程中,並非是封閉式的單獨發展,在時空相近的情況下,不可避免地應有其相互影響的過程,導致在不同的家將故事之間,皆可見有內容混合、情節雷同、人物相似等現象。換言之,在彼此吸收融合的發展過程中,儘管每種家將故事各有其不同的主人翁,然終究會發展成為一種類型化的作品。特別是成熟期的家將小說,在明清時期的續書風潮下,模式化、公式化的現象也就更為明顯。(詳論於第三章)

因此,在追究明清家將小說「盛行里巷」的問題時,仍有其「整體考量」的必要,以利歸納出各種家將故事之間所存有的共同流傳因素,如此才能為「文意並拙,然盛行里巷」之發展現象做出

而若以相同標準來檢視現有的薛、楊、狄等故事研究,則或多或少皆具有同樣的缺失。

確切的論證。

二、以「某小說研究」為題的探討

　　由於明清家將小說是由多部作品組成，故在相關研究的單篇論文上，就有許多不同的考察重點，如版本比較、❷❹敘事藝術、❷❺內容主題、❷❻接受影響，❷❼以及從小說敘事中抽出頗具特色的情節模式或人物類型，如「陣前招親」、❷❽「丑角、莽漢、喜劇英雄」❷❾

---

❷❹ 如唐翼明〈重讀《楊家將》──試論有關作者、版本諸問題〉《古典今論》（台北：東大圖書公司，1991.9）；朱眉叔〈《大宋中興通俗演義》與《說岳全傳》的比較研究〉《遼寧大學學報》（2000.7）；孫旭、張平仁〈《楊家府演義》與《北宋志傳》考論〉《明清小說研究》（2001 第 1 期）。

❷❺ 如蔡國梁〈演義體小說《說呼全傳》〉《明清小說探幽》（台北：木鐸出版社，1987.7）；項裕榮〈話本·戲曲·小說──論《說呼全傳》的藝術形式〉《宜春學院學報·社科版》（2001.10）

❷❻ 如高爾豐〈試論《說岳全傳》的主題思想及時代意義〉《明清小說研究》（1989 第 1 期）；卓美慧〈明代楊家將小說中神怪內容的探討〉《元培學報》7 期（2000.12）；歐陽健〈從《薛丁山征西傳》到《年大將軍平西傳》〉《明清小說研究》（1989 第 4 期）；張清發〈天命因果在《說岳全傳》中的運用及意義〉《文與哲》2 期（2003.6）。

❷❼ 如沈貽煒〈論《水滸傳》對《說岳全傳》的影響〉《紹興師專學報·社科版》（1987.2）；羅漢田〈侗族長詩《白玉霜》與英雄傳奇小說《粉妝樓》〉《民族文學研究》（2001.3）。

❷❽ 如林保淳〈中國古典小說中「陣前招親」模式之分析〉《戰爭與中國社會之變動》（台北：台灣學生書局，1991.11）；另林氏〈巾幗戰陣議招親──中國古典小說中的女將〉，為此文之修訂版，收錄於《古典小說中的類型人物》（台北：里仁書局，2003.10）；孫慧怡〈樊梨花與薛丁山：「陣上招親」的變奏〉《中國文化研究所學報》1 期（1992）；王師三慶〈戰場臨陣美女與俊男的來電及其意義〉《第一屆中國小說與戲曲學術研討會論文集》

等。這些單篇論文或以一、二本作品為範圍，透過特色彰顯與相互比較之論述，意圖明確該小說的地位和價值；或者截取各本小說中的類型情節、類型人物，企求從模式化的情節中探析其底層意蘊。整體觀之，這些期刊論文的確為明清家將小說的研究，提出了不少可以再深入考察的層面。

在學位論文方面，主要有《說岳全傳研究》、《明代楊家將小說研究》、《狄家將通俗小說研究》等三本碩士論文。❸此類研究雖亦論及該類家將故事的源起、演變，然因論述的主體在於論題中

（2002.11）；曾馨慧《巾幗英雄之研究——從樊梨花出發》第四章〈陣前招親之考察〉（中興大學中文所碩士論文，2004）；張清發〈明清家將小說「陣前招親」情節之運用探析〉《國文學報》創刊號（2004.12）。

❷ 如張火慶〈以岳傳的牛皋為例——論中國戰爭小說的丑角〉《中國小說史論叢》（台北：台灣學生書局，1984.6）；燕世超〈論明清英雄傳奇小說中的莽漢形象〉《山東社會科學》（2002 第 2 期）；羅書華〈中國傳奇劇英雄考辨〉《明清小說研究》（1997 第 3 期）、〈喜劇審美中的崇高——中國傳奇喜劇英雄研究〉《社會科學戰線》（1998 第 1 期）、〈中國傳奇喜劇英雄發生的文化機制〉《海南大學學報·社科版》（1998.3）。

❸ 張火慶《說岳全傳研究》（東海大學中文所碩士論文，1984）、卓美慧《明代楊家將小說研究》（逢甲大學中文所碩士論文，1994）、成始勳《狄家將通俗小說研究》（政治大學中文所碩士論文，1996）。另大陸方面雖有幾本「以某小說研究」為題的論文，但論述內容主要仍在於該系列故事的演變，如吳建生《北宋志傳與世代忠勇楊家府演義志傳的敘事比較研究》（南昌大學中文所碩士論文，2005）；林文《明代楊家將小說女性形象研究》（福建師範大學文學碩士，2008）；金成翰《岳飛小說研究》（復旦大學文學博士論文，2006）；鄖賀《說岳全傳叢識》（陝西師範大學歷史碩士論文，2007）；徐正飛《說唐演義後傳研究》（揚州大學文學碩士論文，2005）等。

所揭示的家將小說，因此可以用較多的篇幅和面向，詳加探討該部小說中的內容思想、戰爭情節、人物類型等。但是，總體看來，這類「某小說研究」的研究成果卻很難和其他家將小說產生區隔。儘管各本小說仍保有其「比較特別處」，而研究者亦能加以窮盡解析；**❸**然而如前所述，家將小說畢竟是書坊主競逐市場的「文化商品」，在其成書過程中充滿著模仿、續書等市場接受的考量。故其主要的內容思想和敘寫模式，諸如忠奸對抗、天命因果、英雄造型等，皆是「類型小說的特色」，而非「個別作品的特色」。例如：岳飛、楊六郎、狄青雖然各為不同小說中的「英雄」，可是他們的「英雄造型」卻是大同小異；雖然他們所要對抗的奸臣各有其人，然「忠奸對抗」的敘寫卻是相同的模式。因此，「明清家將小說」無論就內容特色或出版情況來看，皆為一種「整體性的類型小說」，獨立出「某家將小說研究」雖然可以充分地加以論析，但其研究成果勢必是「共同特色」大於「個別特色」。

若再以這類「某小說研究」的成果，回頭檢視明清家將小說「文意並拙，卻盛行里巷」的問題，則其成果隨著研究重點的不同而有所差異。如在「文意並拙」的解析中，《說岳全傳研究》著重在探究小說內容的思想層面，相對的忽略了小說的敘事結構和情節模式。而《明代楊家將小說研究》雖然注意到小說中的類型情節、

---

❸ 所謂「比較特別處」是指某部家將小說在所有家將小說的相似情節中，敘寫得比其他小說較為精彩之處。如：同是「布陣鬥法」，但楊家將寫「大破天門陣」最為精彩，故《明代楊家將小說研究》第四章第三節即對此詳盡解析；而同是「天命因果」，但《說岳全傳》運用得最為深刻，故《說岳全傳研究》第一章和第七章即加以論析。

類型人物，然而卻只將類型化視為分類探討的依據，而未能進一步
探究類型化的形成、運用和使用意義等。同時，兩部著作對於小說
外圍的相關條件，如政治效應、社經條件、文學發展等，皆因無暇
顧及，致使在「盛行里巷」的証實中，缺乏較為周全的論述。此
外，《狄家將通俗小說研究》用了許多篇幅陳列史實比對和故事演
變，對於小說情節的分析則只流於內容簡介，而所謂的「人物類
型」亦只是將人物分成正面、反面以利述說而已。

三、尚可開拓的研究面向

綜合以上所述，歸納目前明清家將小說的研究概況，可知無論
是「某故事研究」或「某小說研究」，都集中在「薛、楊、狄、
岳」四家，其中又以「岳飛」的相關研究質量較高。❸❷至於其他各
家研究主要的不足，在「某故事研究」方面：普遍性的研究缺失是
對於故事發展中的「孳乳展延因素」，❸❸未能詳加考察推論，僅流
於不同時代的作品簡介。

而在「某小說研究」方面：以薛家將而言，相關的「說唐」續
書眾多，卻未見有專就明清時期之「薛家將小說」進行整體研究

---

❸❷　詳參張清發〈岳飛研究述評〉《中國文化月刊》279 期（2004.3），頁 31-
　　57。

❸❸　曾永義指出民間故事的發展有「基型、發展、成熟」之過程，其中孳乳展延
　　的因素，主要有兩個來源：「文人學士的賦詠和議論、庶民百姓的說唱和誇
　　飾」；以及四條線索：「民族的共同性、時代意義、地方色彩、文學間的感
　　染合流」。參見〈從西施說到梁祝──略論民間故事的基型觸發和孳乳展
　　延〉《說俗文學》（台北：聯經出版社，1984.12），頁 163。

者。㉞而楊家將的研究則只停留在明代，雖然以楊家將故事的發展來看，入清後其相關戲曲的發展比小說更為蓬勃，㉟然清代小說中的楊家將除了有《平閩全傳》外，更分枝於狄家將和呼家將等相關小說中，其複雜關係的研究仍有待開發。㊱再如狄家將，雖在「某故事研究」和「某小說研究」中各有專著，然整體的研究成果非常有限，尚有很大的發揮空間。至於羅家將和呼家將的部分，儘管其各有小說專著（《粉妝樓》、《說呼全傳》），並且對後來的戲曲說唱也頗有影響，但是還未受到研究者的重視，是有待開發的領域。

　　總之，研究範圍和方法實應扣緊研究對象的本質，如此才能得

㉞　儘管明清兩代「說唐系列小說」眾多，但相關研究的質和量卻有待開發，如齊裕焜《隋唐演義系列小說》（瀋陽：遼寧教育出版社，1992.10）限於閱讀對象的設定（中學生），故只做小說史式的簡介；鄭美蕙《隋唐系列小說瓦崗寨人物研究》（中興大學中文所碩士論文，1998）實質操作只將重點人物進行小說和歷史的比勘，對於小說中的人物塑造及其相關意義皆未能探究解析。依目前所見，陳昭利《明清演史神魔之戰爭小說研究》（文化大學中文所博士論文，2001）以專章具體論述《說唐三傳》中的作戰團隊和神魔書寫；李佩蓉《說唐家將小說之家／國想像及其承衍研究》（政治大學中文所碩士論文，2008）以家國角度觀照薛家將小說的主題，以上兩本論文皆能契合小說作品的特色，堪稱較佳之作。

㉟　詳參顧歆藝《楊家將與岳家軍系列小說》「二、2楊家將故事的演變」，頁20-21。另可參李孟君《楊家將戲曲之研究》（輔仁大學中文系博士論文，2006）；蔣國江《楊家將戲曲研究》（福建師範大學文學碩士論文，2007）。

㊱　清代的楊家將小說尚未有統整性的研究，個別則有陳昭利《明清演史神魔之戰爭小說研究》第七章〈平閩全傳研究〉。而楊、狄、呼三家在內容上屬於續書，且楊狄兩家的關係在明代楊家將和清代狄家將小說中又極端不同，這些研究範疇皆有待開發。

到良好的研究成果。因此，諸如楊家將、狄青、岳飛、薛仁貴等單獨的故事研究，須運用「某故事研究」的方法，方能窮盡相關作品在不同時代的各種演變，進而探究出其歷時不變的文化意涵。而若是針對明清小說的部分，則不宜局限於某部或某種家將小說的單獨研究，而應將研究範圍拓展到「明清家將小說」，把明清兩代這批相同類型的小說視為「一個整體」加以看待，如此才能符合明清時期通俗小說發展之現象。

此外，若回歸明清家將小說的文體特徵來看，則可發現目前相關的研究成果，仍有許多值得再深入探析之處：如家將小說敘述的主要內容是「戰爭」，然目前關於戰爭的探討，皆只停留在史實考辨的層面，對於小說中敘戰模式化的運用及其意義，則未見分析探討。同時，在敘戰的過程中，有些常見的公式化情節，如遊歷仙境、陣前招親、布陣破陣等，目前也缺乏整合性的分析論述。而「忠奸抗爭」的探討，大都只用來作為人物類型中「正面／反面」、「英雄／奸臣」的分類依據，而未能從敘述角度加以分析其模式化的運用及其意義。至於家將小說和其他講史小說最大的區隔特徵——藉由敘寫英雄及其後代的功業，以強調家族延續與家族榮譽的主題——卻反而是目前研究成果中最為缺乏之處。

第四節　研究方法與取徑模式

　　本節說明如何藉由「價值論」（value theory）❸❼的觀點，做為具體解析明清家將小說的理論依據；進而分別由「盛行里巷」和「文意並拙」的思維角度，建構出研究步驟的取徑模式。

一、研究方法

　　在明清家將小說的發展過程中，有兩點特別值得注意：一是世代累積成書，故事基型歷經長期演化後，於明清時期達到成熟階段。二是明清時期盛行，而且是以類型化、公式化的敘事模式大量衍續，形成「文意並拙，然盛行里巷」的存在現象。由此，可以引發出一連串的思考問題，諸如：

1. 「文意並拙」的小說是否具有價值？若是沒有價值，該如何看待其「盛行里巷」的傳播影響？
2. 「盛行里巷」的小說是否具有價值？若是沒有價值，該如何解讀其「世代累積」的成書過程？
3. 「世代累積」的小說是否具有價值？若是沒有價值，該如何詮釋其「文意並拙」還能「盛行里巷」的發展現象？

面對以上這些涉及「價值」探尋的問題，可以藉由「價值論」看待小說的觀點加以釐清，以作為具體解析作品的理論依據。❸❽價值論

---

❸❼　有關西方價值論的發展史，參見敏澤、黨聖元《文學價值論》「導論、第二節」（北京：社會科學文獻出版社，1997.1），頁 21-28。

❸❽　以價值論的邏輯前提和思維方式去研究小說，進而對小說的歷史進程和文本構成作出某種判斷，對小說的歷史演化和現實存在作出某種歸納，從而探求

認為小說的審美價值必須藉助作品的文體形態而獲得存在的可能，同時又必須被置於精神文化之中才能獲得更高層次的意義。因此，小說審美價值的實現有賴於整個文學活動的過程。換言之，一部小說的價值首先來自於作者人生價值的實現，作者將自身的情感體驗和思想意向訴諸於作品，在一吐為快的狀態中完成了自我塑造和現實重構。讀者則透過閱讀作品以獲得某種感悟或理解，滿足其實現自我價值的需要。於是，當作者在構思作品時，會以「價值預期」去尋找適當的文學符號（構思作品），以明確期待作品問世後可能形成的價值效應。而讀者也會以「期待視野」❸作為欣賞作品的前提和要求，一旦作品與讀者既有的期待相符合，那麼讀者就會肯定這部作品是有價值的。可見，作為一個中介環節，作品不但聯結著作者與讀者，更是作者和讀者實現其各自價值的基礎。因此，對小說作品進行具體的解析，正是探究小說價值的著眼點。

　　另一方面，可以再從「作者→作品→讀者」的關係來看：作者

小說這種文體的存在方式與人類的藝術需求之間的關係。這種研究小說的理論模式，是價值學在小說理論中的延伸和運用，目的在於通過揭示小說歷史進程的價值動因去實現對小說史的超越，通過揭示小說文本構成的價值結構去實現對小說文本的超越。參見李晶《歷史與文本的超越──小說價值學導論》（上海：社會科學院出版社，1992.12），頁 33-64。另陳翠英《世情小說之價值觀探論──以婚姻為定位的考察》第二章，對於「討論小說價值觀之可能」、「探討小說價值觀之徑路」有詳細說解，值得參考。（台北：國立台灣大學出版委員會，1996.6），頁 27-42。

❸　「期待視野」是接受美學提出的概念，指讀者在具體的閱讀過程中所表現出來的一種審美期待。馬以鑫《接受美學新論》（上海：學林出版社，1995.10），頁 72。

通過敘述符號的指涉功能以營建故事世界（作品），再通過形象的建構，從而實現其與真實世界的呼應，以產生作品的內在意蘊，進而滿足讀者的情感需求和審美體驗。其中，敘述符號的指涉功能，會因文化心理、社會需求、文學觀念等而形成某種的「組合規則」。❹而作品的內在意蘊在價值預期（作者）和期待心理（讀者）的互動下，必須具有普遍而通行的精神文化，如此才能使「作者、作品、讀者」三者之間達成溝通。

　　以明清家將小說來看，由於家將小說是世代累稱而成書，其作者可說是「集體作者」，故所謂「作者人生價值的實現」，其底蘊常常正是「庶民的集體意識」。而最後編撰成書的作者，其運用敘述符號「組合規則」的結果，則造就出家將小說模式化、公式化的敘事結構、情節主題和人物塑造，形成所謂「文意並拙」的作品，並且在方便讀者閱讀的前提下，有利於作品「盛行里巷」的發展。重要的是，作品內「世代累積」所蘊含的文化意涵，勢必得要能夠滿足讀者的情感需求和審美體驗，否則不足以真正達到「盛行里巷」的效果。

---

❹　綜合新批評、結構主義和後結構主義等理論，可以大致理出一條關於文本符號指涉功能的客觀線索。首先，每個語詞的「能指」都有一定的「所指」，它可以通過符號的形態使讀者將一定的概念和現象聯結起來。每個「能指」當然又會引出無數個「能指」，成為能指的增殖現象。其次，符號是文化的產物，一定的文化形態形成了一定的符號形態。社會化的集體意識和集體無意識都制約著作者、讀者的文化心理定勢，共同的文化環境也就造成了對某種統一語體系的認同、感知。於是，作品文本的語言就在其全部的「能指」和「所指」的範圍內按照一定的組合方式、組合規則，經過循環而構成了一種「意指」。參見李晶《小說價值學導論》，頁 182-183。

二、取徑模式

本書研究明清家將小說的步驟，首先由「盛行里巷」的方向出發，考察重點在於家將故事的演化，以及家將小說在明清時期的版本衍續。其次，由「文意並拙」的方向出發，針對家將小說敘事模式的類同現象，以「符號→意義→價值」為程序依據，❹先把「明清家將小說」視為一個研究整體，再進而探討其類型化、模式化的符號形態和意義性質，考察重點在於家將小說的敘事結構、情節模式與人物類型。再次，以「盛行里巷」和「文意並拙」的考察結果為基礎，進而探究明清家將小說如何透過史實幻化、善惡詮釋之寫作意圖，以撫慰讀者的心理、發揮其精神文化價值。最後，根據整體研究的結果，對明清家將小說「文意並拙，然盛行於里巷間」的發展現象，作出相應的評價。以下，就各章的論述邏輯和探討程序略作說明：

第一章〈緒論〉：先界定「明清家將小說」，再由其發展現象提出問題以為研究動機；接著探討相關研究文獻，明確目前研究的成果與不足；然後針對「問題存在而研究不足」的情況，建立一套循序漸進的探索步驟。

第二章〈明清家將小說的故事演化和作者版本〉：明清家將小說的發展有兩個重點：一是世代累積成書，二是明清時期盛行。前

---

❹ 文學價值學認為文學是符號的世界、意義的系統、價值的體系。三者之間的內在聯繫為：符號是文學的載體，價值是意義的功能，符號通過意義的中介而獲得價值屬性。參見李春青《文學價值學引論》（昆明：雲南人民出版社，1994.10），頁71。

者值得考察的是家將小說的故事演化，後者必須梳理的是家將小說的作者版本。因此，本章先從史傳、傳說、平話、戲劇、小說等方面，考察家將故事在成熟期以前的演化情形，並歸納探討其流傳因素和流傳形態。其次，梳理家將小說的作者和版本，進而再就小說刊刻當時的相關層面（市場、作者、讀者）加以考察，以為往後探討的基礎。

第三章〈明清家將小說的敘事結構和戰事考〉：明清家將小說的敘事結構是以「忠奸抗爭」為主線，以「戰爭」為主體，而以「英雄家族」為軸心。因此，本章先分析各本家將小說「忠奸抗爭」和「戰爭」的內容，再歸納兩者敘述形態的模式，進而探究其所負載的意義及其與「英雄家族」的關係。此外，由於明清家將小說的故事源頭是唐宋史實，因此有必要就小說中的戰爭事件進行史實比對，進而探究作者運用虛實敘述、融合事實與想像之意義。

第四章〈明清家將小說的主要情節類型〉：透過明清家將小說敘事結構的分析，可以發現其中有不少模式化，甚至典型化的情節類型，如「天命因果」、「遊歷仙境」、「陣前招親」、「布陣破陣」等，這些情節類型非但普遍出現於各本家將小說之中，並且在故事的敘述布局中還經常是情節轉折之關鍵所在，其重要性不可小視。因此本章彙集家將小說中所有相關的情節類型，進行統整性的具體分析，以探究這四類情節在小說中的敘述模式及其運用意義。

第五章〈明清家將小說的人物類型與塑造〉：明清家將小說的人物形象皆呈現出「扁平化、類型化」。「英雄」無疑是家將小說的中心人物，而為了論述方便，又可從中細分出「主要英雄」、「滑稽英雄」、「巾幗英雄」和「英雄後代」等四種。此外，英雄

在戰爭中的對手是「敵將」，在忠奸抗爭中的對頭則是「奸臣」，
而奸臣之所以能夠為害英雄，則是因為其得到「昏君」的寵愛。雖
然這些人物類型是以模式化的方式加以塑造，然而正因類型人物的
性格特徵穩定，讀者方能輕易地超越人物形象直接進入審美內涵，
可見類型人物的塑造自有其意義和價值。因此，本章除了考究歷史
人物和小說人物的異同、梳理類型人物在小說中的形象造型外，最
重要的是要探討這類人物在小說中的塑造意義。

　　第六章〈明清家將小說的文化意涵〉：明清家將小說的敘事結
構、情節類型、人物塑造等，皆運用模式化、公式化的符號形態，
呈現出相似而穩定的意義。由於這批小說盛行於明清時期，因此其
主題思想所反應的正是明清時期之時代要求、社會心理。同時，家
將故事源遠流長，從唐宋時期的故事基型，發展到明清時期的成熟
作品，其間流傳演變的文學形態雖然多樣，但卻始終保有某些共
通，並且歷時不變的文化思維。這種文化思維在明清時期得到增
強，具體表現為家將小說的盛行。因此，本章從「英雄」、「戰
爭」、「家族」這三個重要層面切入，考察明清家將小說的文化意
涵。「英雄」層面探討的是英雄崇拜的心理、理想英雄的標準和英
雄命運的詮釋；「戰爭」層面探討的是戰爭意義的價值思考、華夷
之辨與民族戰爭、和親政策與重文輕武；「家族」層面探討的是家
族制度的主要內涵、家族政治化與國家家族化、家族至上的價值取
向。

　　第七章〈結論〉：歸納各章要義，從而具體回應明清家將小說
「文意並拙，然盛行於里巷間」的發展現象，並據以確立明清家將
小說的缺失和價值。

第二章　明清家將小說的
故事演化和作者版本

　　就明清家將小說的發展來看，其中有兩個重點：一是世代累積成書，二是明清時期盛行。前者值得考察的是家將小說的故事演化，後者必須梳理的是家將小說的作者、版（板）本。由於明清家將小說是家將故事歷經長期發展的成熟作品，因此考察家將故事的演化情形，進而歸納並探討其傳奇因素和流傳形態，實為後續具體分析家將小說作品的基礎。同時，明清時期通俗小說的發展，因為普遍存有續書、仿作等現象，故仍須就所有涉及家將故事的明清小說，依其內容加以辨析，明確真正足以代表該類家將故事的作品。如此，才能進一步梳理家將小說的作者、版本，並對小說刊刻當時的相關層面（市場、作者、讀者）加以考察，以為往後探討的基礎。因此，本章論述明清家將小說的故事演化和作者版本，即由「家將故事演化的情形」、「家將故事演化的探討」、「明清家將小說的作者版本」、「明清家將小說刊刻之相關探討」等四節依序論之。

第一節　家將故事演化的情形

　　明清家將小說可分為六大類，就其故事演化的成熟先後，依序是楊家將、岳家將、薛家將、狄家將、呼家將、羅家將。其中，呼家將和羅家將的演化期較短，在明清時期才分別從楊家將和薛家將的故事中獨立出來，其餘的楊、岳、薛、狄四家將的故事，則都在宋、元、明、清的通俗文學作品中有所流傳。本節分別從史傳、傳說、平話、戲劇、小說等方面，考察家將故事在成熟期以前的演化情形。必須先界定清楚的是：由於家將故事演化過程的成熟作品就是明清家將小說，因此戲劇方面的考察範圍，並不包括成熟期以後的平劇、說唱等相關作品。

一、楊家將故事的演化

　　以下分從「史傳、傳說、平話」、「元明雜劇和傳奇」、「明清小說」二方面加以考察楊家將故事的演化情形。

㈠史傳、傳說、平話中的楊家將故事

　　歷史上楊家將的主要人物是楊業、楊延昭、楊文廣三代。在宋人史籍中，已有傳記敘述他們的事蹟，及其對抗北宋強敵契丹和西夏的功業。❶依《宋史》列傳三十一〈楊業傳〉所載，楊業（約

---

❶　如宋·曾鞏《隆平集》卷十七〈武臣·楊業〉：「太宗征太原，劉繼元降，得業甚喜，授以大將軍，數日，遷防禦使，知代州。」（台北：文海出版社，1969.1），頁 624。另宋·王偁《東都事略》卷 34〈楊業〉：「太宗征太原，業捍城之東南面，拒城苦戰，及繼元降，太宗聞其勇，欲生致之，令中使諭繼元以招之，業乃北面再拜大慟，釋甲來見，太宗大喜，以為左

925-986）原為北漢大將，驍勇善戰，素有「楊無敵」之稱。投宋
後，楊業致力恢復燕雲，卻備受猜忌、屢遭詆毀，乃至「為奸臣所
迫」，敗死陳家谷，致天下「聞者皆流涕」。楊家第二代楊延昭
（956-1014）鎮守河北邊境二十餘年，屢敗遼兵，「契丹憚之，目為
楊六郎」。❷楊延昭守邊功勞甚大，卻常為流言所讒，在戰事上頗
受牽制，然因他治兵「號令嚴明，與士卒同甘苦，遇敵必身先，行
陣克捷，推功於下，故人樂為用」；甚至當他身故時，「河朔之人
多望柩而泣」。楊家第三代楊文廣（1008-1057），曾守邊抗西夏，
後隨狄青南征廣西儂智高，雖功業不及父祖，仍可見楊家世代忠勇
之承續。

　　在北宋太宗、真宗時代，民間早已流傳楊業父子的各種傳說。
如歐陽修於皇祐三年（1051）為楊家後代楊琪所作的〈供備庫副使
楊君墓誌銘〉中即云：「（楊業）父子皆為名將，其智勇號稱無
敵，至今天下之士，至於里巷野豎，皆能道之。」❸可見楊家將故

領衛大將軍。」（台北：文海出版社，1979.7），頁 547。

❷　楊延昭原名延朗，後因避道士趙玄朗的諱（宋真宗尊崇趙玄朗為神仙，並引
　　為同族，尊稱為聖祖），而改名延昭。從《宋史》所載的排行來看，楊延昭
　　並非排行第六，契丹之所以將他「目為六郎」，是因稱宋朝為南朝，因而讚
　　揚楊延昭為南斗，又因南斗六星而直呼為六郎。又如宋人所修的《太平御
　　覽》卷六引〈大象列星圖〉所云：「南斗六星……主兵機」和「北斗六星中
　　第六星主燕」，燕地為契丹所在地，而楊延昭鎮守河北正是為了對付契丹，
　　可見契丹人有可能因為懼怕楊延昭而視他為北斗第六星下凡的英雄。參見林
　　岷〈歷史與戲曲舞台上的楊家將〉《歷史月刊》（1993.3），頁 70；沈起煒
　　《燕雲遺恨楊家將》（台北：雲龍出版社，1991.11），頁 92。

❸　《歐陽修全集·居士集》卷二十九〈供備庫副使楊君墓誌銘〉（台北：世界
　　書局，1961.1），頁 206。

事在當時早已婦孺皆知。南宋理宗時，謝維新《古今合璧事類備要》載有：「真宗時楊畋，字延昭，為防禦使，屢有邊功，天下稱為楊無敵，夷虜皆畫其像而事之。」❹這段記載錯誤頗多，實則楊畋為楊延昭的堂姪、❺防禦使是楊延昭的官職、「楊無敵」則是楊業的稱號。謝維新將楊家三人的事蹟混為一談，可見民間傳說隨意捏合的本事。而南宋遺民徐大焯《燼餘錄》所載之「楊業父子救駕」事，也證明楊家將的故事歷經民間傳誦後，逐漸擺脫史實而添加虛構，日後並且成為楊家將故事中的典型情節。❻

有關楊家將故事的作品，現今所知最早的是《醉翁談錄》中所載的南宋話本存目，其中朴刀類有《楊令公》、桿棒類有《五郎為僧》，分別講述楊業和楊五郎的故事。雖然史載楊業七子中並無人在五台山出家，可是「五郎出家」卻是後來楊家將故事中著名的情

---

❹ 宋·謝維新《古今合璧事類備要》（景印文淵閣四庫全書 940 冊）（台北：台灣商務印書館，1983），頁 239。

❺ 楊畋字樂道，為楊重勳之曾孫，於北宋仁宗朝舉進士，授祕書省校書郎，乃楊業家族中唯一進士出身者。平定過湖南賊亂，歷河東轉運使，龍圖閣學士，卒贈右諫議大夫。參見《宋史》列傳卷五十九〈楊畋傳〉（台北：鼎文書局，1983.11），頁 9964-9966。

❻ 《燼餘錄》甲編載：「太平興國五年，太宗莫州之敗，賴楊業護駕得脫險難。……（楊業奮戰而死時），長子淵平隨殉，……六子延昭以從征朔州功，加保州刺史，……延昭子宗保，官同州觀察。世稱楊家將。」余嘉錫考證後指出：宋太宗伐契丹是敗於幽州而非莫州；楊業奮戰而死是陳家谷一役；隨殉的是延玉；延昭子是文廣。因此認為徐大焯這段「楊業父子救駕」事，「必當時之楊家將評話如此」。參見〈楊家將故事考信錄〉收入《余嘉錫文史論集》（長沙：岳麓書社，1997.5），頁 398。

節單元。❼

㈡戲劇中的楊家將故事

元人陶宗儀《輟耕錄》列金院本存目中有《打王樞密爨》，❽演的內容大概是楊家將和奸臣王欽若衝突的故事。而元明雜劇中的楊家將故事，常見者如下：

1.《昊天塔》全名為《昊天塔孟良盜骨》，一作《孟良盜骨》，元無名氏撰。❾劇演楊業與遼人惡戰，潘仁美忌其成功坐視不救，導致楊業撞死李陵碑。楊六郎不忍見父屍陷於遼邦，激孟良同往盜骨，途遭遼將追捕，逃至五台山，竟巧遇楊五郎，遂共殺遼將。此「孟良盜骨」的情節，在日後的楊家將故事中被敷演得更加精彩，成為塑造孟良這號人物的典型情節。

2.《謝金吾》全名為《謝金吾詐拆清風府》，元無名氏撰。❿

---

❼ 宋·羅燁《醉翁談錄》甲集卷一（台北：世界書局，1972.5），頁 4。另胡士瑩對此兩則話本存目有相關考究，參見《話本小說概論》（台北：丹青出版社，1983.5），頁 255、258。

❽ 孟瑤《中國戲曲史》附錄一「輟耕錄院本名目」（台北：傳記文學雜誌社，1991.4），頁 689。

❾ 收錄於明·臧晉叔《元曲選》（台北：藝文書局，1957）。另因《錄鬼簿》卷下（曹棟亭本）載有朱凱作《昊天塔》，然此本和《元曲選》所錄之作品究為同本或另本則無法確定。相關論析參見鄭騫〈楊家將故事考史證俗〉《景午叢編》下集（台北：台灣中華書局，1972.3），頁 4-5。

❿ 收錄同前註。另因《錄鬼簿》卷下（曹棟亭本）亦載有王仲元作《私下三關》，而《謝金吾》一名《私下三關》，故《謝金吾》究為一本或兩本亦有爭議。相關論析參見羅錦堂《現存元人雜劇本事考》（台北：中國文化公司，1960.4），頁 89、363；莊一拂《古典戲曲存目彙考》（台北：木鐸出版社，1986.9），頁 355。

劇演楊六郎私下三關探母,王欽若詆奏真宗,欽若女婿謝金吾奉命拆毀楊家清風無佞樓。此劇應是金院本《打王樞密爨》故事的發展,是日後楊家將故事「忠奸抗爭」結構的重要情節單元。

3.《開詔救忠》全名為《八大王開詔救忠臣》,明內府本。❶劇演潘仁美陷害楊令公,楊六郎突圍京師告御狀。八大王派寇準勘問後,雖將潘仁美下獄,卻適逢大赦。楊六郎深痛父仇難報,八大王遂暗示他到獄中劫殺潘仁美,再開讀詔書赦免楊六郎。潘仁美和楊家父子的衝突是楊家將故事的必備情節,故此劇同《謝金吾》一樣,皆為楊家將故事「忠奸抗爭」結構的典型情節。

4.《活拿蕭天祐》全名為《焦光贊活拿蕭天祐》,明內府本。❷劇演契丹與宋交戰,楊六郎率軍抵禦,部將焦贊生擒蕭天祐、耶律馬斬之。此劇集中刻畫焦贊的英勇,凸顯焦贊這號人物在楊家將中的勇猛形象與重要地位。

5.《破天陣》全名為《楊六郎調兵破天陣》,明內府本。❸劇演楊六郎因報父仇被貶至汝州,王欽若暗中派人取其首級,汝州太守遂以死囚代替。遼兵聞報楊六郎已死遂大舉犯境,寇準夜觀天象知六郎詐死,乃設計宣召其率領焦贊、孟良前去破陣。「六郎詐死」和「破天門陣」是楊家將故事中典型的情節單元,此劇著重敷演「六郎詐死」的情節,強調「忠奸抗爭」對「民族戰爭」的影響。至於「破天門陣」則在楊家將小說中才有精彩而完整的敷演。

---

❶　收錄於《孤本元明雜劇》第七冊(台北:台灣商務印書館,1977.12)。

❷　收錄同前註。

❸　收錄同前註。

　　6.《黃眉翁》全名為《黃眉翁賜福上延年》，明無名氏撰。⓮
劇演楊六郎鎮守三關離家數年，值母壽辰，由寇準奏准其赴東京祝
壽。仙人黃眉公因楊六郎忠孝兩全，贈仙酒、仙桃與太君祝壽。此
劇內容不見於楊家將小說，在楊家將故事的發展中算是可有可無的
錦上添花，應是著眼於楊家將故事興盛之餘，藉機附會以為宣揚忠
孝。

　　此外，明傳奇演楊家將故事，主要有明人施鳳來在萬曆年間所
編撰的《三關記》，其劇情與元雜劇《謝金吾》相似，可惜僅存殘
齣。⓯另明末姚子翼的《祥麟現》演成都人楊文鹿事，以宋遼交戰
為背景，涉及楊家將人物，因劇本已失傳，故事情節不得而知。⓰

㈢明清小說中的楊家將故事

　　有關楊家將的小說，早在明代初期就已出現。明英宗正統年間
的進士葉盛，在其《水東日記》卷二十一〈小說戲文〉條云：

> 　今書坊相傳射利之徒，偽為小說雜事。南人喜談如漢小王
> （光武）、蔡伯喈（邕）、楊六使（文廣）；北人喜談如繼母大
> 賢等事甚多。農工商販鈔寫繪畫，家畜而人有之；癡騃女
> 婦，尤所酷好，好事者因目為女通鑑，有以也。⓱

⓮　　收錄同前註書，第十冊。

⓯　　清・黃文暘《曲海總目提要》卷十一（天津：天津古籍書店，1992.6），頁
　　457-458。

⓰　　邱坤良〈楊家將的人物與傳說〉《歷史月刊》（1988.2），頁 87。

⓱　　明・葉盛《水東日記》（北京：中華書局，1980.10），頁 213-214。

可見「楊六使」小說在當時已經很流行。而現存的楊家將小說，主要有明代的《北宋志傳》、《楊家府演義》和清代的《平閩全傳》。小說所建構出來的楊家將世代主要人物，依序為：

> 楊業→楊六郎（楊業七子的代表）→楊宗保→楊文廣→楊懷玉（楊家第五代的代表）。

以下大致介紹相關小說：

1.《楊家府演義》：敘寫的內容時間跨度很長，從宋太祖登位寫起，直到宋神宗時為止，約有一百多年的歷史。主要講述楊業、楊六郎、楊宗保、楊文廣、楊懷玉等楊家五代，先後抗擊遼國和西夏的戰爭故事。包括楊令公撞死李陵碑、楊六郎守三關、楊宗保破天門陣、楊文廣征南蠻、十二寡婦征西、楊懷玉舉家上太行等。所有楊家將故事的主要情節單元，在本書中大致皆已完備。

2.《北宋志傳》：故事內容大體相似於《楊家府演義》，主要差別有四：

⑴《北宋志傳》前 15 回敘寫呼延贊的故事，《楊家府演義》則無。

⑵《北宋志傳》第 16 至 45 回與《楊家府演義》第 6 至 40 則的故事大致相同，但具體情節和文字則有差異。

⑶《北宋志傳》無楊文廣征南蠻故事，只寫到楊宗保被圍、十二寡婦征西，其時楊令婆、「木桂英」❸均健在；而《楊家

---

❸　楊家將小說中的「木桂英」，在相關戲曲中大都改稱為「穆桂英」。為求行

府演義》則寫楊文廣被圍、木桂英已故，十二寡婦征西由楊
宣娘掛帥。

(4)《北宋志傳》只寫到楊宗保平定西夏為止；《楊家府演義》
則增寫到「楊懷玉舉家上太行」。

另外，因《北宋志傳》第 1 回按語有「收集楊家府等傳參入史鑑年
月編定」之說，則《楊家府演義》是否即為此「楊家府等傳」？其
和《北宋志傳》之間是否具有傳承關係？如前述，雖然兩書內容相
似，但仍有許多細節不同，何況書中所引的詩詞無一相同，故學者
認為兩書應是各自寫成。❶❾

　　3.《平閩全傳》：又名《楊文廣征閩十八洞》。內容接續《楊
家府演義》第 49 則楊文廣化鶴隱匿的情節，敘寫宋仁宗時南閩王
聯合十八洞主侵宋，隱居二十年的楊文廣奉詔征討，率母木桂英、
姊楊宣娘、子楊懷玉、楊懷恩等南征，逐一剿平十八洞後平伏南
閩。

　　此外，《楊文廣平南全傳》內容與明代之《楊家府演義》卷 8
〈文廣領兵征李王〉情節相似，略加潤色、改頭換面而已。❷⓪另道

文統一，本書依所引用之明代《楊家府演義》版本，一概以「木桂英」稱
之。

❶❾　孫旭、張平仁比較兩書的異同後，推測其版本脈絡分別為：（甲）楊家將評
話→《楊家府演義》所據底本→《楊家府演義》；（乙）楊家將評話→《楊
家府》→《北宋志傳》。參見〈《楊家府演義》與《北宋志傳》考論〉《明
清小說研究》（2001 第 1 期），頁 211-212。

❷⓪　《楊文廣平南全傳》4 卷 22 回，不題撰人，序署「上元李節齋題于海上」，
疑即編者。江蘇社科院明清小說研究中心《中國通俗小說總目提要》（北
京：中國文聯出版社，1991.9），頁 1100。

光年間有《北宋金鎗全傳》，內容與諸本《北宋志傳》對照，只是正文前略增詩句，回末偶加評語，故可視為是《北宋志傳》的翻刻本。㉑而光緒年間的《天門陣十二寡婦征西》，內容即《北宋志傳》第32回至50回的情節，描寫楊宗保征服西夏，十二婦得勝回朝的故事。至於光緒年間刊刻的《群英杰後宋奇書》，雖一名《楊家將續集》，然內容主角皆非楊家將，托名而已。㉒

二、岳家將故事的演化

以下分從「史傳、傳說、平話」、「元明雜劇、明清傳奇」、「明清小說」三方面加以考察岳家將故事的演化情形。

(一)史傳、傳說、平話中的岳家將故事

岳飛（1103-1141）出身貧賤，然少時好學，有膂力，能挽引三

㉑ 《北宋金鎗全傳》10卷50回，清道光二年（1822）博古堂刊本。書題「江寧研石山樵訂正，鴛湖廢閑主人校閱」，前有序文，署「道光壬午歲鴛湖廢閑主人題」。此序實為玉茗堂《北宋志傳》批點本的序，鴛湖廢閑主人只對署名和個別文字稍加修改。書名之稱「金鎗」者，當早有來歷。清乾隆間清涼道人《聽雨軒筆記》卷三〈餘記〉，在論述「小說所以敷衍正史，而評話又敷衍小說」時，就已提到了書名「金鎗」。鴛湖廢閑主人是根據這一傳統名稱將《北宋志傳》改編成書的。參見曹中孚《北宋金鎗全傳·前言》（上海：上海古籍出版社，1990），頁1-2。

㉒ 《天門陣十二寡婦征西》4卷19回，不題撰人，無序跋。正文卷端題「新鐫玉茗按鑑批點續北宋志天門陣演義十二寡婦征西」。有清光緒十六年（1890）奧東拾芥園板本。而《群英杰後宋奇書》4卷34回，不著撰人。書名乃截取高超群、王文英、高超杰等三位主角之名，而關涉楊家將處，主要有「穆帥擒僧」的情節。參見《中國通俗小說總目提要》，頁757、707-708。

百斤強弓，箭不虛發，是天生的將才。從軍後志在抗金，屢戰皆捷，又以軍紀嚴明著名，深得士大夫和軍民的敬重。而金兵則有「撼山易，撼岳家軍難」的感嘆，往往不敢直呼岳飛其名，而稱為「岳爺爺」。然因宋廷主和，主戰的岳飛被迫班師，又因宋高宗猜忌武將，遂由秦檜設計謀反罪名將岳飛下獄，高宗親批將岳飛父子處死。❷❸消息傳開後，「天下聞者無不垂涕，下至三尺之童，皆怨秦檜」。❷❹岳飛死後二十年，完顏亮大舉南侵，當時金人還流傳一句話：「岳飛不死，大金滅矣！」❷❺

　　南宋時民間講述有關岳飛的故事，可說自岳飛冤死之後就開始了。《夢粱錄》載有：「咸淳年間，敷演《復華篇》及《中興名將傳》，聽者紛紛，蓋講得字真不俗，記問淵源甚廣耳。」❷❻又《醉翁談錄》載：「新話說張、韓、劉、岳。」❷❼以上講述岳飛抗金的故事，皆已佚失。❷❽此外，講史平話《大宋宣和遺事》提到岳飛只

❷❸　關於宋高宗「賜岳飛死於大理寺」的史實論析，詳參王德毅〈宋高宗評——兼論殺岳飛〉《國立台灣大學歷史學系學報》17 期（1992.12），頁 183-187。另參龔延明《岳飛評傳》第九章〈千古奇冤莫須有〉（南京：南京大學出版社，2001.4）。

❷❹　宋·徐夢莘《三朝北盟會編》卷二〇七（台北：文海出版社，1962.9），頁 1495。

❷❺　參見宋·薛季宣《浪語集》卷二十二〈與汪參政明遠論岳侯恩數〉（四庫全書珍本）（台北：台灣商務印書館，1977），一-二葉。

❷❻　宋·吳自牧《夢粱錄》卷二十〈小說講經史〉（台北：文海出版社，1981.6），頁 566。

❷❼　宋·羅燁《醉翁談錄》，頁 4。

❷❽　據胡士瑩考證：《中興名將傳》大約就是「新話說張、韓、劉、岳」，而《復華篇》是《福華篇》之誤，內容都是講述岳飛等中興諸將抗金復國的故

寥寥數語。而元人楊維禎雖有「至正年間，聽朱桂英講秦太師事」的記載，㉙然因內容不詳，只能視為當時流行岳飛故事的證明。

㈡戲劇中的岳家將故事

甲、元明雜劇

1. 《東窗事犯》全名《地藏王證東窗事犯》，㉚元人孔文卿撰。㉛劇演岳飛父子被秦檜矯詔召回、無辜殺害、冤魂訴苦無門。而地藏神察覺秦檜夫婦在東窗下的陰謀後，遂化身為瘋僧預告秦檜將遭冥報。此劇為岳飛故事中的兩個重要情節單元——「東窗陰謀」和「瘋僧戲秦」奠下重要的基礎。

2. 《岳飛精忠》全名《宋大將岳飛精忠》，㉜元明間無名氏撰。㉝此劇依《宋史・岳飛傳》破拐子馬一段，加以虛構發揮。㉞

事。參見《話本小說概論》，頁 59-60。另參賈璐〈岳飛題材通俗文學作品摭談〉《岳飛研究》3 輯（北京：中華書局，1992.9），頁 335。

㉙ 元・楊維禎《東維子文集》卷六〈送朱女士桂英演史序〉云：「至正丙午春二月，予蕩舟婭春，過濯渡，一姝淡粧素服……，稱朱氏名桂英，家在錢塘，世為衣冠舊族，善記稗官小說，演史於三國五季。因延致舟中，為予說道君艮嶽及秦太師事，座客傾耳聳聽。」（台北：台灣商務印書館，1967.9），頁 46。

㉚ 收錄於鄭騫《校刊元雜劇三十種》（台北：世界書局，1962）。

㉛ 《東窗事犯》的作者到底是誰曾有疑義，涉及的先後有孔文卿、金仁傑、楊駒兒三人，學者一般認定應是孔文卿。相關討論參見王鋼《校訂錄鬼簿三種》（河南：中州古籍出版社，1991.11），頁 108-109。

㉜ 收錄於《孤本元明雜劇》第八冊。

㉝ 此劇創作年代頗多爭議：孫楷第《也是園古今雜劇》將此劇定為明前期宮廷無名氏作；徐子芳《明雜劇研究》以為此劇未及東窗陰謀，有別於宋元岳飛劇，故為明代作品；然傅惜華《明代雜劇全目》、陳萬鼐《全明雜劇》則皆未收入；而莊一拂《古典戲曲存目匯考》則歸於元明間作品。若以體制來

內容敘金兵南侵，奸細秦檜主和，中興四將主戰。而後岳飛率軍大破拐子馬、生擒番將，宋廷封賞慶功。此「大破拐子馬」，是日後敷演岳家將戰功中最著名的情節單元。

　　此外，金仁傑《秦太師東窗事犯》和同名之戲文，內容可能相近於《地藏王證東窗事犯》。❸⓹另《遠山堂劇品》著錄明雜劇有凌星卿的《關岳交代》，❸⓺大概是受到明代關岳並祀的啟發而作；❸⓻又著錄祁彪佳的《救精忠》云：「閱《宋史》每恨武穆不得生。今乃欲生之乎？有此詞而檜死、卨死，武穆竟生矣。」❸⓼可知是虛構翻案之作。以上諸本皆佚失不傳。

乙、明清傳奇

看，此劇分別以仙呂、南呂、越調四套北曲組合，一人主唱，動作稱科，實合於元人傳統；再以內容來看，岳飛故事多所流傳，元雜劇未必盡演東窗。故就文學流傳而言，以元明間來定位，雖未細分，卻較妥當。

❸⓸　《宋史》列傳一二四〈岳飛傳〉描述此段云：「飛自以輕騎駐郾城，兵勢甚銳，兀朮大懼，會龍虎大王議，以為諸帥易與，獨飛不可當，欲誘致其師，併力一戰。……初，兀朮有勁軍，皆重鎧貫以韋索，三人為聯，號「拐子馬」，官軍不可當。是役也，以萬千五騎來。飛戒步兵以麻札刀入陣，勿仰視，第斫馬足。拐子馬相連，一馬仆，二馬不能行。官軍奮擊，遂大敗之。兀朮大慟曰：『自海上起兵，皆以此勝，今已矣！』」，頁11389。

❸⓹　詳參莊一拂《古典戲曲存目彙考》，頁 51-52、317-318。

❸⓺　明・祁彪佳《遠山堂劇品》收入《中國古典戲曲論著集成》六集（北京：中國戲劇出版社，1959），頁 192。

❸⓻　關羽在岳飛死之前已從祀武成王，在宋代軍人的心中已有武神的地位。因此，雖然岳飛也符合武神的資格，但南宋人自未便遽黜關羽，獨崇武穆，所以由南宋末至元明初，便形成關岳並為「武聖」之局。參見黃華節《關公的人格與神格》（台北：台灣商務印書館，1995.3），166、196。

❸⓼　明・祁彪佳《遠山堂劇品》，頁 164。

1.《精忠記》為明憲宗成化年間，姚茂良撰。❸另有無名氏撰《岳飛破虜東窗記》，❹兩劇內容相似，應是宋元以來「東窗事犯」故事的同一系統。❹《精忠記》是這系統中的最後成型之作，內容已將岳飛的戰功和冤死演述成完整故事，為日後岳家將故事的成熟奠下良好的基礎。另外，《遠山堂曲品》著錄青霞仙客撰《陰抉記》云：「前半與《精忠》同，後半稍加改竄，便削原本之色。」又無名氏撰《金牌記》云：「《精忠》簡潔有古色，而詳覈終推此本。且其連貫得法，武穆事功，發揮殆盡。」劇作雖佚失，然可知是《精忠記》的改編作品。❹

2.《精忠旗》為李梅實草創、馮夢龍改訂。❹馮〈序〉云：

---

❸ 《精忠記》的作者是誰曾引起爭論，今已確定為姚氏所做。詳參金夢華《汲古閣六十種曲敘錄》第八章〈精忠記敘錄〉（台北：嘉新基金會，1969.7），頁43。

❹ 《永樂大典戲文目錄》著錄《秦太師東窗事犯》、《南詞敘錄》「宋元舊篇」著錄《秦檜東窗事犯》，若此當是宋元舊作。然《南詞敘錄》「本朝」所著錄《岳飛東窗事犯》又云：「用禮重編」，如此《岳飛破虜東窗記》很可能是宋元舊本的改編本。另「用禮」疑為明中葉人「周禮」之誤。李修生《古本戲曲劇目提要》（北京：文化藝術出版社，1997.12），頁253。

❹ 莊一拂《古典戲曲存目彙考》〈精忠記〉條云：「宋元戲文、元雜劇均有《秦太師東窗事犯》。此戲當屬於同一系統，似經改編者。」，頁98。另康保成詳加比對後，認為不論是曲詞、人物、情節等，《精忠記》確定是由《岳飛破虜東窗記》所改編；而《岳飛破虜東窗記》則可能是宋元南戲《東窗事犯》的再次改本或三次改本。參見〈從《東窗事犯》到《東窗記》《精忠記》〉《藝術百家》（1990第4期），頁75-85。

❹ 明·祁彪佳《遠山堂劇品》，頁91、74。

❹ 收錄於馮夢龍《墨憨齋定本傳奇》（馮夢龍全集）（江蘇：江蘇古籍出版社，1993.9）。

「舊有《精忠記》，俚而失實，識者恨之。從正史本傳，參以《湯陰廟記》事實，編成新劇，名曰《精忠旗》。」全劇的情節結構大抵同於《精忠記》，由於強調「紀實」，故將有礙岳飛英雄形象的怪力亂神予以刪除，而增加民族衝突的情節，極力敷演出岳家將的父子英勇和滿門忠烈。

　　3.《續精忠》又名《小英雄》，❹明末湯子垂撰，生平不詳。內容接續《精忠記》，寫岳飛冤死後金兵南侵，宋高宗下詔訪求岳家後代抗戰。而後，岳飛之子岳雷、岳電等，先誅殺秦檜夫婦後，再率軍滅金，岳家復又榮盛。雖然全劇的內容「皆係憑空結撰，並無事實」，❺然其所敷演的岳家第二代，在整個岳家將故事的發展中卻貢獻頗大。

　　4.《如是觀》又名《翻精忠》、《倒精忠》，❻清初張彝宣撰。❼據《曲海總目提要》云：「以精忠直敘岳飛之死，而秦檜受

------

❹　收錄於林侑蒔《全明傳奇》（中國劇劇研究資料）（台北：天一出版社，1985）。

❺　《曲海總目提要》卷十四〈小英雄〉條，頁619。

❻　筆者所見《如是觀》是演員的抄本，題「康熙五十三年孟秋江寧署中馬子元錄。」收錄於杜穎陶《岳飛故事戲曲說唱集》（台北：明文書局，1988.7）。

❼　《如是觀》的作者在《曲海總目》、《曲目新編》、《新傳奇品》、《今樂考證》等皆著錄為張心其作。《傳奇彙考標目》著錄作者是張大復，字星期，吳郡人。今可知：張大復，一名彝宣，字心其，一作星期，寓居寒山寺，自號寒山子，著有《寒山堂曲本》。另《曲海總目提要》卻以此劇作者為明末的吳玉虹，並以小字注明：「一作清張大復撰」。然而參看所有著錄的書目，未再有指為吳玉虹所作者，故莊一拂《古典戲曲存目彙考》載云：「一說明末吳玉虹所作，似不可靠。」筆者因此視《如是觀》為清初張彝宣所作。

冥誅未快人意，乃作此以翻案。言飛成大功，檜受顯戮，兩人一善一惡，當作如是觀……。」❹本劇最大的特色是將宋金交戰以天命因果來詮釋，❹並且將戰亂之因歸究於人間帝王「荒於酒色、聽信奸邪」所致，用以諷刺明末時政，為明亡於清的歷史作出省思。這種「天命因果」的詮釋，在岳家將故事中一直佔有重要的分量。

　　5.《牛頭山》，❺清初李玉撰。❺劇演岳飛遭貶後，金兵大舉南侵，宋高宗倉惶而逃，岳飛保駕與金兵對峙牛頭山。而岳飛子岳雲年方十二，遇九天玄女賜銀錘、滄海君授錘法後，前往牛頭山助戰解圍，最後岳家榮耀受封。劇中以傳奇手法鋪寫岳雲，意在塑造將門虎子。其中岳雲「誤入仙境」、「牛頭山大戰」等，皆是岳家將故事中重要的情節單元。

　　6.《奪秋魁》，❺清初朱佐朝撰。❺《曲海總目提要》云：

---

❹　　《曲海總目提要》卷十一，頁 471。

❹　　《如是觀》第 26 齣，寫神仙鮑方道破天命云·「今有大宋徽、欽二帝荒於酒色，聽信奸邪，將玉帝表札誤書奏上；玉帝大怒，差下赤鬚龍攪亂他的江山，將他囚禁。今當數滿，令其返國，又差白虎將岳飛等提兵掃盡金人，伏屍千里。」《岳飛故事戲曲說唱集》，頁 414。

❺　　收錄於《全明傳奇》。

❺　　李玉生於明萬曆二十四年左右，卒於清康熙十五年，因曾親眼目睹南明覆亡時，清軍「揚州十日屠」的浩劫，故入清以後絕意仕進，致力於戲曲創作，《牛頭山》可能即為此時之作品。相關考辨可參吳新雷〈李玉生平、交遊、作品考〉《江海學刊》（1961 第 11 期）；陳美林〈關於李玉的生年問題〉《曲苑》2 輯（1986）。

❺　　筆者所見為弋陽腔改編演出本，源自清初永慶堂抄本，收錄於《岳飛故事戲曲說唱集》。

❺　　朱佐朝之生卒、事跡皆不詳，然知其有一兄弟為朱素臣，而朱素臣被考訂是

「內演岳飛初年事，與史傳不甚合，半據小說半屬粧點。」❺④劇演岳飛赴秋試武闈，校場中打死小梁王，經岳母奔走、宗澤保救，才得帶罪立功剿平洞庭湖寇。此段「槍挑小梁王」，是描述岳飛少年故事中重要的情節單元。

㈢明清小說中的岳家將故事

明清關於岳飛故事的短篇小說主要有〈續東窗事犯傳〉、❺⑤〈遊酆都胡毋迪吟詩〉、❺⑥〈棲霞嶺鐵檜成精〉，❺⑦內容皆環繞於「秦檜冥報」的情節。❺⑧重點在宣揚因果報應、地獄輪迴，對岳飛故事的發展影響有限。❺⑨長篇小說依鄭振鐸考證至少有四部：熊大

生於 1615 年左右，而於 1690 年以後去世，因此推論朱佐朝的生卒年當與朱素臣相距不遠。參見李修生《古本戲曲劇目提要》「奪秋魁」條，頁 446。

❺④ 《曲海總目提要》卷四十五〈奪秋魁〉，頁 1933。

❺⑤ 收錄在明初趙弼的《效顰集》中卷，文中提及《秦檜東窗傳》，則作者所欲接續者應為此書，然目前尚無確切資料證明確有該書存在。

❺⑥ 收錄於明末馮夢龍的《古今小說》卷三十二。

❺⑦ 收錄於《二刻醒世恒言》上函第 5 回。該書現存清雍正間原刻本，作者可能為順治、康熙時期的人。參見侯忠義《二刻醒世恒言・前言》（上海：上海古籍出版社，1990），頁 1-2。

❺⑧ 孫楷第在《傳奇效顰集》中指出：「按秦檜冥報，宋洪邁《夷堅志》既著其事，元人又譜為戲曲。蓋以烈士沈冤，國賊未除，不得已而委之於冥報…。而以岳王事最足以刺激人之故，故故事特為盛傳。如明嘉靖本《大宋演義中興英烈傳》，即取此篇為最後回目，萬曆本《國色天香》及明何大掄序本《燕居筆記》亦皆選錄。馮夢龍《古今小說》且本之演為通俗小說。」參見《日本東京所見中國小說書目》（台北：鳳凰出版社，1974.10），頁 117-118。

❺⑨ 就流傳現象來看，此類秦檜冥報故事在明代頗為盛行，無論是長篇演義、短篇話本和文人筆記等，皆有所選錄或改編（見前註）。甚至在崇禎年間的神

木編《大宋中興通俗演義》、鄒元標編《精忠全傳》、余應鰲編
《岳王傳演義》、于華玉編《岳武穆盡忠報國傳》。❻其中《大宋
中興通俗演義》❻是「中國小說史上第一部以岳飛故事為主要題材
的長篇小說」，❻後三本皆據此改編。其內容誠如《凡例》所云：
「是書演義，惟以岳飛為大意，事關他人者，不免錄出，是號為中
興也。」故整部小說顯得情節鬆散、枝蔓蕪雜。然因書中收錄許多
岳飛的典故傳說，對岳飛父子忠孝義勇的性格也有所刻畫，因此對
岳家將故事的發展貢獻頗大。

　　清代的《說岳全傳》，可說是岳家將故事的成熟作品。小說所
建構出來的岳家世代，依序為：

　　　　岳和→岳飛→岳雲、岳雷、岳霆、岳霖、岳震。

　　魔小說《西遊補》中，更極盡聯想地要孫悟空扮閻王審秦檜、拜岳飛為師。
　　（詳參第 9 回「秦檜百身難自贖，大聖一心歸翥王」）可見作者是在《西遊
　　記》盛行後，欲藉孫悟空的威風來烘托岳飛。

❻　參見西諦（鄭振鐸）〈岳傳的演化〉《中國文學論集》（台北：明倫出版
　　社，未註出版年月），頁 360-363。按：鄭氏文中將余「應」鰲誤為余「登」
　　鰲。

❻　《大宋中興通俗演義》一名《大宋演義中興英烈傳》、《武穆王演義》，又
　　名《大宋中興岳王傳》、《武穆精忠傳》、《宋精忠傳》、《岳武穆王精忠
　　傳》、《岳鄂武穆王精忠傳》、《精忠傳》等。由各版本之間除了字句稍
　　異外，內容幾乎相同，實為一書。後附有李春芳編《精忠錄》後集三卷，及
　　〈重刊精忠錄後序〉。最早刊本是嘉靖三十一年（1552），由楊氏清白堂刊
　　刻。參見樓含松《大宋中興通俗演義·前言》（上海：上海古籍出版社，
　　1990），頁 1-2。

❻　齊裕焜《明代小說史》（杭州：浙江古籍出版社，1997.6），頁 171。

《說岳全傳》不僅吸收前代故事之精華，更在創作上進行大膽虛構，故問世後在諸本岳飛小說中最為流行。❻全書內容可分為三部分：前 14 回重點在運用天命謫仙結構，寫岳飛的神奇出生和相關因果；中間 47 回集中寫岳飛父子抗金的英雄戰功和最後冤死；後 19 回則寫岳飛之子岳雷掛帥掃北、滅金報仇等。

三、薛家將故事的演化

以下分從「史傳、傳說、平話」、「元明雜劇、明清傳奇」、「明清小說」三方面加以考察薛家將故事的演化情形。

㈠史傳、傳說、平話中的薛家將故事

薛仁貴（614-683），少時耕田為生，貞觀十八年（644）唐太宗親征遼東時，因妻子柳氏的鼓勵，才加入張士貴招募的義軍，逐漸展露身手。依《舊唐書》列傳三十三〈薛仁貴傳〉載：「仁貴自恃驍勇，欲立奇功，乃異其服色，著白衣，握戟，腰鞬張弓，大呼先入，所向無前，賊盡披靡卻走。」唐太宗因此對這位「先鋒白衣者」印象深刻，事後更因賞識他而說：「朕不喜得遼東，喜得卿也。」爾後，薛仁貴即以驍勇善戰著名。唐高宗龍朔元年（661），他擊突厥於天山，發三矢，射三人，將十餘萬敵兵嚇得請降。事後軍中有歌曰：「將軍三箭定天山，戰士長歌入漢關。」總章元年（668），高麗降後，薛仁貴「撫孤任才，旌表忠義，高麗士眾，欣然慕化」。臨歿前一年（682），他還率兵擊突厥，「敵眾聞仁貴復

---

❻　鄭振鐸指出《說岳全傳》之所以最為流行，主要是內容荒誕傳奇，並將諸舊本的敘述放大，並且描寫得更為生動。《中國文學論集》，頁 365。

起為將，素憚其名，並皆奔散」。年七十，病卒，贈左驍衛將軍、幽州都督，備極哀榮。

薛仁貴英勇的事蹟，見載於說部雜史，依目前所見當以《太平廣記》引晚唐胡璩《譚賓錄》為最早，❻內容相似於《舊唐書·薛仁貴傳》。宋元話本今僅見《薛仁貴征遼事略》，❻書敘高麗莫離支葛蘇文（淵蓋蘇文）劫奪百濟貢物、辱罵唐君，唐太宗怒而御駕親征。其間薛仁貴投軍無門、張士貴貪冒戰果，直到思鄉城立功始見唐王；而後薛仁貴三箭定天山、活捉葛蘇文，班師後唐太宗流放張士貴。薛家將故事中屬於「征東」部分的基本情節，如薛仁貴對內與張士貴的「忠奸抗爭」；對外與蓋蘇文的「民族戰爭」，以及「三箭定天山」的神奇戰功等，在此話本中皆已具備。

(二)戲劇中的薛家將故事

甲、元明雜劇

1.《衣錦還鄉》全名為《薛仁貴衣錦還鄉》，❻元人張國賓撰。全劇分兩條主線進行，一方面敘述薛仁貴辭別父母前去投軍，結果三箭定天山，征遼得勝；後與張士貴爭功，藉比箭定勝負，薛仁貴勝而封官，張士貴敗而革職。另一方面則描述薛仁貴父母在家

---

❻ 《太平廣記》卷一九一〈驍勇類·薛仁貴〉（台北：文史哲出版社，1978），頁 1433。

❻ 《永樂大典》卷五二四四「遼」字韻收錄。趙萬里在點校本《薛仁貴征遼事略·後記》中，認為此書文辭古樸簡率，和元英宗至治年間虞氏新刊平話五種相似，當是宋元間說話人手筆。又據書中援引芙蓉城王子高遇瓊姬、關平掛796兩個典故，推斷此書寫作年代，當與元、虞氏所刊《三國志平話》寫作時代相距不遠。（台北：河洛出版社，1977），頁 75-76。

❻ 收錄於鄭騫《校訂元刊雜劇三十種》。

思子之情，以及盼得兒子衣錦榮歸後的欣喜。劇中除了敷演「三箭定天山」、「忠奸抗爭」這些薛家將故事中典型的情節單元外，更凸顯出「衣錦還鄉」的家族觀念。

2.《飛刀對箭》全名為《摩利支飛刀對箭》，❻❼元無名氏撰。劇演高麗摩利支蓋蘇文下戰書挑戰，唐太宗貼黃榜招賢卻敵。薛仁貴辭別父母妻子前往揭榜，後以箭術破摩利支的飛刀，遂定天山。然張士貴欲掩為己功，賴徐懋功奏明真相，終以薛仁貴全家受封賞作結。此劇將傳統「三箭定天山」的情節，附會加入成「三箭破飛刀，再定天山」，使蓋蘇文和薛仁貴在人物塑造上構成「飛刀對箭」的對比效果，這對後來薛家將故事的發展影響頗大。

3.《龍門隱秀》，全名為《賢達婦龍門隱秀》，❻❽元明間無名氏撰。劇演薛仁貴在龍門柳員外家幫傭，夜臥現形為白額虎，小姐迎春因憐憫而贈以紅棉襖。員外懷疑兩人有私情，將女兒迎春許配薛仁貴後，逐出家門。兩人婚後居寒窯而不怨。不久，高麗入寇，薛仁貴在妻子的支持下前去從軍。最後，薛仁貴因戰功受封遼國公，衣錦還鄉、榮耀薛家。此劇在薛家將故事的發展中有兩點值得注意：一是運用「天命因果」的情節，附會薛仁貴為白虎星降生；二是敷演薛仁貴少年落魄時的愛情故事。

值得注意的是：元明間這三部敷演薛仁貴故事的雜劇，雖然主要呈現了薛仁貴的超凡武功和傳奇經歷，但是卻又或多或少帶有批判和調侃之意味。如《飛刀對箭》寫薛仁貴平遼東後，大志得遂，

---

❻❼　收錄於《孤本元明雜劇》第三冊。

❻❽　收錄於《孤本元明雜劇》第七冊。

官居天下兵馬大元帥，他不禁感慨：「某薛仁貴是也。誰想有今日也呵！」見到父母雙親，他更是炫耀「拂綽了土滿身，梳掠起白髭鬢。這的是一日為官，索強如千載為民」（第四折）。這雖然是發跡變泰的市井心聲，但《衣錦還鄉》在調侃戲謔的同時也傳達了強烈的反諷意味。整套曲文，敘說了當年薛仁貴的頑劣，更歷數了他從軍以後父母無人贍養的悲慘遭遇：「他那老兩口兒年紀高大，則有的這個孩兒，可又投軍去了十年光景，音信皆無。做父母的在家少米無柴，眼巴巴不見回來，好不苦也。」因此藉鄉親之口罵他：「是個不長進的東西。」（第三折）而《龍門隱秀》，正面強調賢達婦的同時，也側面批判了薛仁貴的不顧家。如此，「衣錦還鄉」故事之所以在元代一再成為文學譏諷嘲弄的對像，應有其深刻的社會文化背景。學者指出：元代在異族統治之下，政治黑暗、民生困苦，特別是軍隊駐紮民間常常造成騷擾，因此百姓對於那些靠軍功博取富貴的達官顯貴，大多不存好感。❻⑨這種因為時代因素而產生的批判和調侃，在後來的薛家將故事中再也沒出現過。

乙、明清傳奇

1.《白袍記》全名《薛仁貴跨海征東白袍記》，又名《征遼記》，❼⓿明無名氏撰。劇演白袍小將薛仁貴的戰功皆為張士貴冒領，後因尉遲恭探得實情、薛仁貴救駕而得以洗冤受封。劇中增飾的「仁貴打虎」、「青龍白虎下凡」等情節，對後來薛家將「征東」

---

❻⑨　這方面的探討，詳參胡樂飛《薛家將故事的歷史變遷》（上海師範大學文學碩士論文，2005），頁 13-18。

❼⓿　收錄於《全明傳奇》。

故事的發展深具影響。此外，作者還把才子的形象加在薛仁貴身上，使他成為一個多情書生，這是薛仁貴形象中的最特殊變化。**❼**

　　2.《金貂記》全名《薛平遼金貂記》，**❼**明無名氏撰。劇演唐太宗因白袍將相救，故賜以金貂，然不知其姓。後薛仁貴貧窘，將金貂賣出，買者又將金貂獻給唐太宗；唐太宗乃憶起救主之將，尋來薛仁貴加以封賜。**❼**唐太宗與薛仁貴的君臣追尋情節，早在前述《薛仁貴征遼事略》中就有所敷演，本劇由此衍生。然本劇最值得注意的並非是此段君臣追尋的情節，而是薛仁貴為皇叔李道宗陷害、以及薛丁山與尉遲蘭英締結良緣的情節。前者是後來薛家將「征西」故事中的情節，後者則是編者巧妙結合元雜劇《不服老》的故事，算是薛家將故事的特殊發展。不過，關於薛丁山的姻緣，卻是後來薛家將「征西」故事中的主要情節。

　　3.《定天山》，清鐵笛道人撰。**❼**演薛仁貴三箭定天山故事。劇中新增薛丁山遇黃禪老祖授以兵法，救父殺賊後與高麗寶珠公主成婚。薛丁山遇神仙授藝是後來薛家將故事中的重要情節，然其與高麗公主成婚則只見於此劇，因為在後來的薛家將故事中，薛丁山只有「征西」而無「征東」。

　　此外，明代還有一部說唱體的薛仁貴故事，稱作《新刊全相唐

薛仁貴跨海征遼故事》，情節大抵與《薛仁貴征遼事略》相近。**⑦**

㈢明清小說中的薛家將故事

在熊大木《唐書志傳通俗演義》、羅貫中《隋唐兩朝志傳》、褚人穫《隋唐演義》等三部說唐故事的小說中，都敘及薛仁貴，然分量輕微，只是一個令唐太宗印象深刻的勇將而已。直到《說唐後傳》、《說唐三傳》、《反唐演義》等陸續刊刻，薛家將故事才發展到成熟階段，並且衍續出薛家世代「征東、征西、反唐」的完整故事。小說所建構出來的薛家世代，依序為：

薛恒→薛英→薛仁貴→薛丁山→薛勇、薛猛、薛剛、薛強→
薛葵、薛蛟、薛斗、薛孝。

以下大致介紹相關小說：

1.《說唐後傳》：全書分成兩部分，前 15 回敘羅通掃北，後 40 回敘薛仁貴征東。小說通過唐太宗夢見白袍小將救駕，引寫出薛仁貴的出身及少年生活。從軍時，薛仁貴遭張士貴百般刁難，被迫改名為「薛禮」，並隱藏於火頭軍之中。東征時，薛仁貴雖所向披靡，然功勞都被張士貴父子冒領。待薛仁貴救駕、真相大白後，遂掛帥平遼，功封平遼王。而張士貴因冒功事敗圖謀篡位，被擒後處斬。

---

⑦ 明憲宗成化七年至十四年間（1471-1478），北京水順堂刻印說唱詞話。參見楊家駱編《明成化說唱詞話叢刊》（台北：鼎文書局，1979.6），頁 150-208。

　　2.《說唐三傳》：小說接續《說唐後傳》，全書分為薛仁貴征西、薛丁山征西和薛剛反唐三部分。前二部分寫西遼國發兵犯唐，唐太宗御駕親征，命薛仁貴掛帥，卻不幸遭困。薛丁山奉師命下山救父、遇樊梨花陣前姻緣，最後平服西遼。最後部分寫薛丁山之子薛剛，醉鬧京城致薛氏滿門抄斬。後薛剛聯結義軍，推翻武周、中興李唐，薛家復又榮耀。另有 90 回本（多出 2 回），又續寫韋后專權、藥死中宗，薛丁山四子薛強助睿宗剿除韋黨，李唐再得中興。

　　3.《反唐演義》：本書是以《說唐三傳》之「薛剛反唐」為基礎演繹而成。故事內容在第 1 回中已作概括：「這部書，乃是薛剛大鬧花燈，打死皇子，驚崩聖駕，三祭鐵丘墳，保駕廬陵王，中興大唐天下全傳傳記。」書中描述的重點是薛剛、薛強對武則天政權的反抗。故事情節曲折，頗受歡迎。

　　此外，《說唐薛家府傳》一名《薛仁貴征東全傳》，是析《說唐後傳》後半獨立成書。而乾隆年間吳門恂莊主人作《征西全傳》，又名《異說征西演義全傳》，前 10 回（全書 40 回）寫薛丁山征西，情節相似於《說唐三傳》，但內容較為粗略，兩書在取材上應有某種程度之關聯（下節論之）。然因全書重點在寫唐玄宗和楊貴妃（佔 22 回），故以「征西全傳」為名並不符合內容。另有《混唐後傳》又名《薛家將平西演義》、《混唐平西傳》、《大唐後傳》，內容同於《異說征西演義全傳》。❼⑥此外，《綠牡丹》又名

---

❼⑥　《混唐後傳》卷首 5 回、卷 1 到卷 8 共 32 回。作者題「竟陵鍾惺伯敬編次」、「溫陵李贄卓吾參訂」，顯係書賈偽託。卷首有鍾伯敬序，實出自褚人穫《隋唐演義·序》。卷首 5 回，內容同《征西全傳》；餘後各回內容同《隋唐演義》。參見張俊《清代小說史》，頁 118-119；朱玲球《混唐後傳·

《反唐後傳》，然薛剛及其子侄在書中只是點綴人物，內容並非演述薛家將的故事。**⓱**

四、狄家將故事的演化

以下分從「史傳、傳說、平話」、「戲劇」、「明清小說」三方面加以考察狄家將故事的演化情形。

㈠史傳、傳說、平話中的狄家將故事

狄青（1008-1057）一生極富傳奇色彩，《宋史》列傳四十九〈狄青傳〉描述他帶兵作戰時「披髮帶銅鑄人面，突圍陷陣，往來如神」，曾痛擊西夏侵擾、平定儂智高叛亂。由於戰功彪炳，宋仁宗破例擢拔他入主樞密院。狄青出身寒微，很能瞭解士卒小民的處境，故甚受軍士愛戴；然卻也因此而受到朝臣疑慮，唯恐陳橋兵變歷史重演。為了「既保全（狄）青，且為國家銷未萌之患」，宋仁宗最後還是解除狄青樞密使的職務，並將之外放陳州。飽受流言攻擊的狄青，因「疽發髭」而死於途中。直到宋神宗熙寧年間，因為宋朝要再度對西夏用兵，才憶起這位被西夏尊為「狄天使」的狄青，於是將其畫像置於宮中，並御製祭文、遣使祭祀。

狄青故事起源很早，北宋時就有許多相關傳說。當時盛傳狄青是真武神下凡，故當儂智高亂事初起時，民間即傳言：「農家種，糴者收。」「農」字影射儂智高，「糴」字影射狄青，意即若想平定儂智高之亂，非靠狄青不可。可見狄青在生前廣受仰慕與崇拜。

前言》（上海：上海古籍出版社，1990），頁 1-2。

⓱ 參見《中國通俗小說總目提要》，頁 674-675。

後來狄青征南成功，廣西人還紛紛「建廟祀事、至今唯謹」。❼❽另外，《醉翁談錄》載有宋話本《收西夏說狄青大略》，❼❾惜僅存目。

㈡戲劇中的狄家將故事

狄青死後，其傳說事蹟紛紛被敷演成戲劇，如《輟耕錄》載有金院本存目《說狄青》，❽⓪又南宋劉克莊有詩：「何嘗夜奪崑崙隘，真為君王奏凱聲。」（燈夕二首），此可能指燈節時所表演的「夜奪崑崙關」。❽❶另《水滸傳》第 82 回「宋公明全夥受招安」，敘宋江朝見宋徽宗時，宮廷裡正盛演戲劇，其中亦有「狄青夜奪崑崙關」。《水滸傳》作者的年代距宋代不遠，小說所寫可能即為當時汴京的景況。以上，可知狄青故事在宋代時已是戲劇演出的重要題材，而故事情節則聚焦於狄青「奪崑崙關」的神奇戰功。

　　元雜劇敷演狄青故事，今知者有《衣襖車》、《刀劈史雅霞》和《狄青撲馬》三本，惜後兩本已佚。《衣襖車》全名《狄青復奪

---

❼❽　詳參清・丁傳靖《宋人軼事彙編》卷七（台北：台灣商務印書館，1982.9），頁 297-305。

❼❾　宋・羅燁《醉翁談錄》，頁 4-5。

❽⓪　孟瑤《中國戲曲史》附錄一「輟耕錄院本名目」，頁 689。

❽❶　宋・沈括《夢溪筆談》卷十三載「狄青夜奪崑崙關」事云：「狄青為樞密副使，宣撫廣西，時智高守崑崙關，青至賓州，值上元節，令大張燈燭，首夜燕將佐，次夜燕從軍官，三夜饗軍校；首夜樂飲徹曉，次夜二鼓時，青忽稱疾，暫起如內。久之，使人諭孫元規，令暫主席行酒，少服藥乃出，數使勤勞座客。至曉，各未敢退，忽有馳報者云，是夜三鼓，青已奪崑崙矣。」（台北：世界書局，1989.4），頁 464。

衣襖車》，❷無名氏撰。劇演天章閣學士范仲淹奉命攜五百輛衣襖扛車赴邊關賞軍，令狄青押車。不料中途遭番將史牙恰所奪，狄青斬番將後派劉慶持首級先回報功。范仲淹麾下黃軫暗害劉慶，欲奪狄青之功。正當范仲淹欲斬狄青之際，大難不死的劉慶趕回宋營道出真相，最後狄青得到重賞。「狄青失征衣」的情節是根據狄青痛擊西夏的史實加以虛構發揮，成為日後狄家將故事的重要情節單元。至於《刀劈史雅霞》當係「刀劈史牙恰」，情節可能與《衣襖車》相同。《狄青撲馬》為元人吳昌齡所作，情節不詳，可能和「狄青收寶馬」的傳說有關，❸而這也是狄家將故事中著名的情節單元。

此外，明傳奇中的狄青戲，《曲海總目提要》載有《奪崑崙》和《百鳳裙》兩齣。前者敷演狄青夜奪崑崙關的故事；後者雖非以狄青為主，但亦穿插有奪崑崙關的情節。❹

(三)明清小說中的狄家將故事

狄家將故事成熟較晚，在明代並沒有專屬的小說，一直到清代中期才出現《萬花樓》、《五虎平西》、《五虎平南》。三部小說的情節連貫，從狄青的幼年一直敘寫到狄青的下一代，譜成完整的狄家將故事。小說所建構出來的狄家世代，依序為：

---

❷ 收錄於《孤本元明雜劇》第三冊。

❸ 《錄鬼簿》著錄，《太和正音譜》作「搏馬」、《元曲選目》作「博馬」。參見邱坤良〈負鼓逢盲翁・猶說銅面具──北宋軍人狄青傳奇〉《歷史月刊》（1988.6），頁137。

❹ 《曲海總目提要》卷四十一〈奪崑崙〉，頁 1755-1758；卷四十四〈百鳳裙〉，頁 1893-1897。

狄泰→狄元→狄廣→狄青→狄龍、狄虎。

以下大致介紹相關小說：

　　1.《萬花樓》：書敘狄青幼年時姑母被選入宮，而後狄青遭逢洪水，王禪老祖救往學藝，下山尋親時卻屢受龐洪奸黨謀害，幸有包公、韓琦庇護，終與狄太后相逢。接著狄青奉命押送征衣交付邊關，途中征衣一度被劫，奸黨又屢加陷害，全賴包公審破奸謀。包公又查出李太后冤案（狸貓換太子），使宋仁宗母子得以相會。最後楊宗保陣亡，狄青繼任為帥，大破西夏後與范仲淹之女完婚。書中把「狄青收寶馬」、「狄青失征衣」的情節單元敷演得十分精彩。

　　2.《五虎平西》：書敘宋仁宗時，國丈龐洪為報狄青傷其婿王天化之仇，藉故遣狄青等五虎將征西遼、取珍珠烈火旗。狄青因誤入單單國被招為駙馬，後賴八寶公主之助，遼國終於請降獻旗。龐洪與遼國飛龍公主勾結，先謀害狄青不成，再狀告珍珠旗為假，狄青被迫詐死埋名，待遼國再度進犯時才奉召征討。而後，包公審明龐洪暗通西遼，相關奸臣全被處死。

　　3.《五虎平南》：本書接續《五虎平西》，寫狄青等五虎將征剿南蠻儂智高的故事。書敘狄青遭困，楊家將率兵解圍，狄青二子隨征。南蠻女將段紅玉、王蘭英與狄龍、狄虎私訂婚約，並協助破陣救出狄青。又因達摩道人施放毒氣，宋廷再派楊金花、它龍女大破妖道、平服南蠻。小說中把狄青「夜奪崑崙關」的故事加以發揮改造，增加了楊家將和許多神奇幻化的情節，人物重心已經交替到狄青的下一代，成就將門虎子的主題。

　　此外，嘉慶年間刊刻的《後宋慈雲走國全傳》，書末云：「此

書上接《五虎平南》之後，下開《說岳精忠》之書」，故又名《後續五虎平南後宋慈雲走國全傳》。書敘宋朝功臣高懷德之後高勇、狄青之後狄龍等，為保護太子慈雲（即後來的宋徽宗），與奸相龐思忠對抗的故事。全書重點在慈雲逃難走國的曲折經歷，狄龍的分量甚輕，並非是狄家將專屬小說。**❽**

五、呼家將故事的演化

以下分從「史傳」和「明清小說」兩方面考察呼家將故事的演化情形。

㈢史傳中的呼家將故事

宋初名將，首稱楊家，次稱呼家。呼延贊（？-1000）史有其人，和楊業是同時期的人物。依《宋史》列傳三十八〈呼延贊傳〉載，呼延贊太原人，其父為後周的馬步都指揮使。宋太祖賞識其材勇，討西川時「身當前鋒，中數創」。宋太宗征太原時，任命呼延贊為「鐵騎軍指揮使」，因其勇敢善戰而「面賜金帛獎之」，還曾召見呼家父子，令其在宮中演出武藝。宋真宗時為了補軍校，人人皆敘己功，獨呼延贊自陳「自念無以報國，不敢更求遷擢」。

呼延贊雖「無統御材」、「不能治民」，然其一生事宋主三代，可謂忠膽勇悍，故「常言願死於敵，遍文其體為『赤心殺賊』字，至於妻孥僕使皆然，諸子耳後別刺字曰：『出門忘家為國，臨

---

❽ 《後宋慈雲走國全傳》8 卷 35 回，不著撰人。較早有嘉慶二十五年（1820）刊本。吳元真《後宋慈雲走國全傳·前言》（上海：上海古籍出版社，1990），頁 1-2。

陣忘死為主』」。呼延贊死後，其子呼必顯被拔擢為軍副都軍頭。

㈡明清小說中的呼家將故事

　　呼家將故事並無複雜的演化過程，在清代以前主要是附庸於楊家將故事之中，如《北宋志傳》前半寫呼家，後半敘楊家，而以楊家為主。直到清代的《說呼全傳》刊刻，呼家將故事才從楊家將中分枝生葉、獨立成書，然其內容於史無徵，純小說家言。其所建構出來的呼家世代，依序為：

　　　呼延廷→呼延贊→呼得模（延顯）→呼守勇、呼守信→呼延
　　　慶（呼家第五代的代表）。

以下大致介紹相關小說：

　　1.《北宋志傳》：前 15 回敘寫呼家將故事。書敘宋初北漢主劉鈞孤霸北方，諫議大夫呼延廷奏請修表納貢，庶保無虞。奸相歐陽昉遂誣告呼延廷通諜，又命人抄滅呼家。逃生的呼延贊長大後報父仇、獨霸一方。由於呼延贊投宋前曾殺死潘仁美之子，故投宋後屢遭其陷害。後因獲得宋太宗的賞識，呼延贊遂在征討北漢、招納楊業時建立奇功，並擔任楊業征遼時的保駕將軍。其子呼延顯、呼延達亦擔任楊宗保征西夏時之副帥。

　　2.《說呼全傳》：書敘呼延贊隨楊業征遼後功封忠孝王，子呼延顯襲父職，娶楊業女為妻，生子呼守勇、呼守信。呼家二子為搭救民女，打死龐集之子；龐集遂串通龐妃唆使宋仁宗抄滅呼家，再建鐵丘墳將呼延顯夫婦倒葬墳內。逃脫的呼家二子在包公、八王、楊家將等援助下，歷經艱險借來番兵抗奸，終得報仇雪冤、忠孝雙

全。

此外，錢靜芳《小說叢考》載有《紫金鞭演義》一書。**❽**就其考證內容，推知應是《北宋志傳》所載之呼延贊故事。

六、羅家將故事的演化

羅家將故事中的羅家世代人物，除羅藝於史有傳、**❽**羅成可能改編自羅士信的事蹟外，**❽**餘皆為小說家所虛構。羅家將故事的演化較晚，最早是附屬於說唐系列小說中，如《大唐秦王詞話》、《隋史遺文》、《隋唐演義》等皆有提到羅藝、羅成父子的故事，然鋪寫不多，羅家將的表現並不出色。直到《說唐演義》重點描寫了「淤泥河羅成為神」、「羅成魂歸見嬌妻」、「秦王過繼羅通為子」等情節，才使得羅家將的故事逐漸明朗起來。**❽**而《說唐後

---

❽ 錢靜方《小說叢考》（台北：長安出版社，1979.10），頁83。

❽ 《舊唐書》列傳第六〈羅藝傳〉：「藝性桀黠，剛愎不仁，勇於攻戰，善射，能弄槊。大業時，屢以軍功官至虎賁郎將，煬帝令受右武衛大將軍。」投唐後，封昭燕王，賜姓李。高祖時，「突厥屢為寇患，以藝素有威名，為北夷所憚，令以本官領天節軍將鎮涇州」。太宗時，羅藝反叛，兵敗被殺後，復其本姓。（台北：鼎文書局，1981.1），頁2277-2278。

❽ 羅成雖是小說家虛構的人物，但羅士信卻史有其人，而且是在討伐劉黑闥時遇害。（參見《舊唐書》列傳卷一三七）如此，《大唐秦王詞話》所敘之羅成故事，可能改編自羅士信的事蹟。關於羅士信、羅成兩人的虛實演變，詳參彭利芝〈說唐系列小說人物考辨〉《明清小說研究》（1999 第2期），頁156-158。

❽ 《說唐演義》68回，從秦彝托孤、隋文帝平陳寫起，一直敘述到李世民削平群雄，登極做皇帝為止。內容大量採用民間傳說，集中描述瓦崗寨的英雄好漢。其中「破陣圖楊林喪師」、「羅成槍挑薛葽世雄」、「羅成力搶狀元

傳》前半部接續《說唐演義》，全力敷演羅通掃北的情節，終使羅家將故事有了獨立成熟的發展。爾後，《粉妝樓》刊刻，羅家將故事總算脫離與諸將合傳的形式，擁有自己專屬的小說。故就小說所建構的羅家將世代傳承如下：

> 羅允剛→羅藝→羅成→羅通、羅仁→羅章→羅增→羅燦、羅焜。

以下大致介紹相關小說：

1.《說唐後傳》：前 15 回專敘羅通掃北的故事，寫唐太宗親征北蕃遭困，羅通武藝出眾掛帥救駕，途中與屠廬公主陣前姻緣，在公主相助下終解君父之難，並殺奸臣蘇定方為父祖報仇。

2.《粉妝樓》：書敘唐乾德年間（唐代無此年號），奸相沈謙把權專政，陷害羅增父子。羅燦、羅焜分別逃亡，歷經艱險後，與綠林英雄聚義雞爪山興兵伐罪，奸相兵敗又篡位不成，遂逃往番邦。眾英雄提兵平番，誅除奸黨，扶助唐天子安邦定國，羅家復又興盛。

此外，在以薛家將征西為主的《說唐三傳》中，鋪寫了羅通與番將對陣盤腸大戰而死，羅章繼承父職為征西先鋒。至於《說唐小英雄傳》和《羅通掃北》兩部作品，皆是析自《說唐後傳》前 15

魁」、「羅成大戰尉遲恭」、「羅成力擒馬賽飛」、「羅成奮勇擒五王」、「淤泥河羅成為神」、「羅成魂歸見嬌妻」等回，更是重點描寫了英姿煥發的少年英雄羅成。

回而獨立成書。

第二節　家將故事演化的探討

　　就整體家將故事的演化來看，各類家將故事在流傳演變的過程中，其外在的流傳形態都經歷了相同的時代背景和文學樣式，內在的流傳動力也有著某些共同的因素。而不管是內在共同的流傳因素，或是外在相似的流傳形態，就故事發展演變的角度而言，它都是一個「選擇」的過程。畢竟每種家將故事的演化不是封閉式，不同的家將故事在演變的過程中，會彼此吸收、調整、附會，而逐漸形成一套共同的特色，如此才能在明清時期發展出家將小說這種類型小說。因此，本節先從史傳、傳說這些早期資料，考察這群歷史英雄具有哪些共同的流傳因素？再從故事演化的過程中，探討家將故事在相似的流傳形態下，如何發展與延續？特別是不同的家將小說在明清時期彼此的演化關係，更是必須加以釐清。

一、共同的流傳因素

　　若回歸歷史記載來看家將故事中的主要英雄，從中可歸納出許多共同的因素。這些因素非但足以把家將英雄塑造成典型的傳奇人物，更能吸引通俗文學家從中取材，將之敷演成動人的故事。重要的是，這些因素會隨著家將故事的演化而更加孳乳發展，或者說這些因素正是促使家將故事不斷流傳下去的動力。以下由最顯著的五點加以考察之：

㈠出身貧賤，努力而為大將

薛仁貴出身於沒落世家，早年困窘，甚至連營葬先人的能力都沒有。因為受到妻子的鼓勵才投效軍旅，終立大功，得享富貴。❾⓪而狄青和岳飛皆出身農家，從軍後皆從下級軍士幹起，憑著智勇膽識，在戰亂中努力奮發而為一軍之帥。由於這種出身貧賤而晉升大將之過程頗富傳奇性，故對通俗文學的作者而言，他們的故事正是敷演傳唱之最佳題材。

此外，楊延昭雖因父蔭而錄為「崇儀副使」，但其日後得升為「本州防禦使」、「高陽關副都部署」等要職，全因其屢次大敗契丹的戰功。（《宋史·楊業傳》）而呼延贊「少為驍騎卒」，亦因累積戰功而在征討太原時被宋太宗封為「鐵騎軍指揮使」。（《宋史·呼延贊傳》）

㈡軍紀嚴明，深得軍民愛戴

楊業征戰時，「與士卒同甘苦。代北苦寒，人多服氈罽，業但挾纊，露坐治軍事，傍不設火，侍者殆僵仆，而業怡然無寒色。為政簡易，御下有恩，故士卒樂為之用」。當朔州之戰，楊業見全軍只剩百餘人，就說：「汝等各有父母妻子，與我俱死無益也，可走還報天子。」士卒皆「感泣不肯去」，奮戰至終「無一生還者」。故楊業死後，「聞者皆流涕」。而楊延昭承襲父風，「所得奉賜悉

---

❾⓪　《新唐書》列傳三十六之〈薛仁貴〉，較之《舊唐書·薛仁貴傳》內容大致相同，但對薛仁貴從軍前的身世交待的較為清楚，傳曰：「少貧賤，以田為業。將改葬其先，妻柳曰：『夫有高世之材，要須遇時乃發。今天子自征遼東，求猛將，此難得之時，君盍圖功名以自顯？富貴還鄉，葬未晚。』仁貴乃往見將軍張士貴應募。」（台北：鼎文書局，1981.1），頁4139。

犒軍」、「戰令嚴明，與士卒同甘苦」、「推功於下，故人樂為用」。楊延昭死後朝廷遣使護櫬以歸，「河朔之人多望柩而泣」。（《宋史・楊業傳》）

再如狄青「行師先正部伍，明賞罰，與士同饑寒勞苦」，「尤喜推功將」。故當狄青功封樞密時，「每出，士卒輒指目以相矜誇」。（《宋史・狄青傳》）而岳飛所領導的岳家軍更是以「凍死不拆屋、餓死不擄掠」的嚴明軍紀著名，如「卒有取民麻一縷以束芻者，立斬以徇。卒夜宿，民開門願納，無敢入者」；然士兵有疾，岳飛親自為其調藥，「諸將遠戍，遣妻問勞其家。死事者哭之而育其孤，或以子婚其女。凡有頒犒，均給軍吏，秋毫不私」。（《宋史・岳飛傳》）此外，薛仁貴兼檢校安東都護時，「撫恤孤老，隨才任使，忠孝節義，咸加旌表」，使得高麗士民莫不欣然慕化。（《舊唐書・薛仁貴傳》）

㈢功大遭忌，甚至受冤而死

楊業因戰功卓越，使得「主將戍邊者多忌之」。遼兵陷寰州時，楊業力陳遼兵益盛，不可與戰，監軍王侁卻以「君侯素號無敵，今見敵逗撓不戰，得非有他志乎？」逼迫楊業出戰，並因「欲爭其功」而撤退援軍。楊業戰死前只能大嘆：「上遇我厚，期討賊捍邊以報，而反為奸臣所迫，致王師敗績」，最後三日不食而死。接著，楊延昭繼承父志，其一生雖堅持「忠勇自效」，然仍不免因為戰功卓著而屢屢招惹「朝中忌嫉者」。（《宋史・楊業傳》）

再如狄青因戰功而任樞密要職，卻因武人身分而備受猜忌，「言者以青家狗生角，且數有光怪，請出青於外以保全之」。飽受流言所擾的狄青，遂抑鬱以終。（《宋史・狄青傳》）而岳飛在中興

諸將中，年紀最少卻累立顯功，使得韓世忠、張俊等大將「不能平」，爾後更因主戰反和而招惹秦檜「力謀殺之」。岳飛冤死後，隨征的長子岳雲亦遭「棄市」，岳門更被「籍家貲、徙嶺南」。（《宋史‧岳飛傳》）岳飛的冤屈可謂最大最慘，直到宋孝宗繼位，才予以平反。❾❶由於當時平反只「追復原官，以禮改葬」，因此還被士大夫、軍民百姓等認為恩數太薄。❾❷此外，薛仁貴在奉命征討吐蕃時，也因郭待封「恥在仁貴之下，多違節度」，以致王師遭敗績、「仁貴坐除名」。（《舊唐書‧薛仁貴傳》）

㈣忠君愛國，一門忠烈

　　楊業、楊延昭、楊文廣一門三代忠勇報國。宋真宗嘗指示諸王曰：「延昭父業為前朝名將，延昭治兵護塞，有父風，深可嘉也。」而宋英宗在擢拔楊文廣時，就贊曰：「文廣，名將後，且有功。」（《宋史‧楊業傳》）而呼延贊以「赤心殺賊」自文其體，四子不但皆能「舞劍盤槊」，耳後更刺有「出門忘家為國，臨陣忘死為主」。故呼延贊死後，朝廷即擢其子必顯為軍副都軍頭。（《宋

---

❾❶　宋孝宗即位，為激勵民心以自強，乃於紹興三十二年（未改元）降下聖旨，謂：「故岳飛起自行伍，不踰數年，位至將相。而能事上以忠，御眾有法，屢立功效，不自矜誇。餘風遺烈，至今不泯。去冬出戍鄂渚之眾，師行不擾，道路之人，歸功於飛。飛雖坐事以歿，而太上皇帝念之不忘，今可仰承聖意，與追復原官，以禮改葬，訪求其後，特與錄用。」《宋史》卷三十三〈孝宗本紀〉，頁 618。

❾❷　薛季宣《浪語集》卷二十二〈與汪參政明遠論岳侯恩數〉云：「皇上即位之始，首雪岳飛之冤，天下知與不知無不稱慶，逮今數月，宜人人有報效之心，求諸軍情，反有紛紛之論……。今夫庶官之死，延賞猶世其家，而獨飛偏有所靳，以求人心之感，不亦難哉！」（四庫全書珍本），一-三葉。

再如狄青雖因遭忌而死，然其子狄諮、狄詠並為閤門使，狄詠更是「數有戰功」。（《宋史·狄青傳》）岳飛長子岳雲隨其征戰沙場、屢立戰功，最後亦跟隨岳飛冤死獄中。（《宋史·岳飛傳》）此外，薛仁貴曾獨力救駕使高宗免於水難，更因長年東征西討、平靖邊亂，使唐朝國威遠播。故當他年老病卒時，「官給輿，護喪還鄉里」。而薛仁貴之子薛訥久鎮邊疆、累有戰功。薛家後代薛平還因平亂有功，官封魏國公。（《新唐書·薛仁貴傳》）

(五)戰功神奇，威震夷夏

楊業「幼倜儻任俠，善騎射，好畋獵，所獲倍於人。嘗謂其徒曰：『我他日為將用兵，亦猶用鷹犬逐雉兔爾。』」弱冠事劉崇，屢立戰功，所向克捷，國人號為「無敵」；爾後抗遼，「契丹望見業旌旗，即引去」。而楊延昭幼時，「多戲為軍陣」，楊業嘗曰：「此兒類我。」每有征戰，必跟從。故年長後智勇善戰，守邊二十年，「契丹憚之，目為楊六郎」。（《宋史·楊業傳》）

再如呼延贊自號「小尉遲」，❸勇猛過人，還能自創破陣刀、降魔杵，加上「服飾詭異、遍文其體」不免引發後人的神奇附會。（《宋史·呼延贊傳》）而狄青少年時頗具膽識，傳言曾將溺死之人救活。❹帶兵作戰時，他被髮帶銅鑄面具，突圍陷陣，往來如神。而

---

❸　呼延贊因慕尉遲敬德為人，故自號「小尉遲」。參見清·丁傳靖《宋人軼事彙編》，頁121。

❹　宋·王偁《東都事略》載：「狄青年十六，兄素與里人號鐵羅漢者鬥小濱，至溺殺之。保伍方縛素，青適餉田見之，曰：『殺羅漢者我也。』人皆釋素而縛青。青曰：『我不逃死，然待我救羅漢，庶幾復活。若決死者，縛我未

他「一晝夜絕崑崙關」的戰績，非但名動狄夏，民間傳說更是樂於附會。**❾❺**

　　岳飛神奇的傳說也不少，他出生時「有大禽若鵠，飛鳴室上」；未彌月遭洪水，「母姚抱飛坐甕中，衝濤及岸，得免，人異之」；生有神力，「未冠，挽弓三百斤，弩八石」；與金兵作戰，嚇得金人直呼：「岳爺爺！」；破洞庭湖寇楊么，賊酋驚嘆：「何神也？」由於岳飛「善以少擊眾、有勝無敗」，金兵還因此感嘆：「撼山易，撼岳家軍難。」（《宋史·岳飛傳》）

　　此外，史載薛仁貴「自恃驍勇，欲立奇功，乃異其服色，著白衣」。果然，作戰時，「仁貴匹馬先入，莫不應弦而倒」；「仁貴單騎直往衝之，其賊弓矢俱失，手不能舉，便生擒之」；「遂先鋒而行，賊眾未拒，逆擊大破之」。薛仁貴的箭術更是高超神奇，唐高宗曾命人取重甲讓他試射，結果一箭洞穿，令高宗「大驚」；征九姓突厥時他連發三矢，射殺三人，嚇得敵人「下馬請降」，贏得「將軍三箭定天山，戰士長歌入漢關」的美名。（《舊唐書·薛仁貴傳》）

晚。』眾從之。青默祝曰：『我若貴，羅漢當蘇。』乃舉其尸，出水數斗而活，人皆異之。」，頁 937-938。

❾❺ 狄青征討儂智高、夜奪崑崙關之附會傳說頗多，如傳言何仙姑曾預言「公不必見賊，賊敗且走」，果然狄青破南闢後，儂智高已遁走大理。再如狄青出兵後逢神廟，駐節禱之，投錢預卜大捷。以及傳言狄青是真武神降生，故收儂智高時帶銅面具、曳皂旗等。參見清·丁傳靖《宋人軼事彙編》，頁 299-300。

元代是一個洋溢著濃厚悲情意識的時代，廣大民眾需要的是能直接反映環境、宣洩他們心中情緒的一種大眾藝文形式，於是在南戲及金院本的背景下，日漸成熟的元雜劇乃應時而盛。❾由於劇作家們一般趨向於「從觀眾早已熟悉的故事中選擇戲曲題材」，❿因此南宋時早已廣泛流傳的家將故事，自然成為劇作家取材運用的底本。另一方面，由於戲劇觀眾是以中下階層的群眾為主，他們知識不多，所能接受的是簡單明瞭的現象，如「是／非、好／壞、忠／奸」等二分法，所樂於看到的是善有善報、惡有惡報的結局。因此在敷演家將故事的雜劇中，如《開詔救忠》、《東窗事犯》、《衣錦還鄉》、《飛刀對箭》等，「忠奸抗爭」都是故事發展的重要主線，而善惡報應則是常見的結局。

明代由於社會經濟發達等種種因素，使得戲劇演出興盛，戲劇結構更是由雜劇進入傳奇。在「傳奇備述一人始終」的敘事形式下，⓫明清傳奇敷演家將故事皆能做到「備述」，將過去以情節單元為主的雜劇內容，拓展敷演成完整的情節結構，從而把家將英雄的形象塑造得更加鮮明。同時，由於受到通俗文學普遍要求教化的影響，明清傳奇中的家將故事皆傾向以「大團圓」收場。此外，作於明清之際的《精忠旗》、《如是觀》等，在「忠奸抗爭」的情節

---

❾ 關於元雜劇興起的時代因素，詳參鄭傳寅《中國戲曲文化概論》第二章〈三、戲曲勃興於元的原因〉（新店：志一出版社，1995.4），頁 150-174。

❿ 傅謹《戲曲美學》（台北：文津出版社，1995.7），頁 81。

⓫ 「雜劇但摭一事顛末，其境促；傳奇備述一人始終，其味長。」明·呂天成著、吳書蔭校注《曲品校註》（北京：中華書局，1994.3），頁 1。

中，更富有華夷之辨的思想，充分體現出明末清初的時代需求。而《白袍記》將薛仁貴塑造成為一個多情的書生，則可能是受到當時才子佳人故事興盛的影響。

㈡成熟期的流傳形態

明代中葉以後，家將故事逐漸以白話章回小說的形式出現。就故事演變的角度來看，有幾點值得注意：

1.相同故事系統的演變

在楊家將的故事系統中，《北宋志傳》和《楊家府演義》的內容大體相同，說明它們有共同的淵源；而許多細小的差異又表明它們的底本已經出現分化。特別是兩部小說結尾的情節的確頗為不同，《北宋志傳》以傳統的大團圓作結，符合庶民群眾的審美心理。而《楊家府演義》則以「楊懷玉舉家上太行」作結，意圖把故事主題提昇到反省歷史的層次，體現出不同的審美效果。兩書相較之下，《楊家府演義》的勝處在於全書情節專敘楊家將，完整凸顯出楊家將五代的故事。

類此流傳演變的關係，在岳家將故事中則較為單純。以明代的《大宋中興通俗演義》和清代的《說岳全傳》來看：前者的敘事類型是「歷史演義」，敘寫的重點在於大宋中興的歷史事件；後者由於是「英雄傳奇」，利於完整而富傳奇性的敷演岳家將的英雄故事。因此，《說岳全傳》可以在岳飛、岳雲父子死後，繼續虛構出岳雷領兵掃北的情節，凸顯出岳家世代的英雄戰績。

2.同一時代背景的衝突

楊家將和狄家將同屬北宋故事，然楊家將故事自明代中葉以後，無論是戲劇或小說皆已頗為流行，相較之下，狄家將故事在明

代卻顯得黯淡無光，直到清代中後期才有完整的長篇小說出現。究其因，由於明代中葉以後北邊外患不斷，故楊家將抗遼和岳飛抗金的故事較能呼應當時的社會心理。其中楊家將和狄青同屬北宋時代的人物，故事情節因此產生衝突性，甚至因為楊家將故事愈演愈烈，狄青故事遂有逐漸被掩蓋的趨向。如依史實所載，平定西夏本是狄青的主要戰功。然而，當楊家將小說在演述楊業、楊六郎抗遼故事欲罷不能之際，就順勢虛構出楊家第三代的楊宗保，再把平定西夏的功勞給了他。再如平南主帥本是狄青，楊文廣只是隨軍出征。然《楊家府通俗演義》非但把征南的功勞給了楊文廣父子，甚至還把狄青寫成是一個忌功的小人。

這種不同的家將故事，因為故事的時代、人物相同而導致的衝突，直到清代專屬的狄家將小說出現，才得以順利化解，並還給狄青該有的榮譽。由於楊家將故事成熟較早，入清以後更是家喻戶曉，因此編刊於清代中後期的狄家將小說，就順勢延用楊家將故事的模式和人物，使楊狄兩家無論是在朝廷抗奸，或是在戰場殺敵，始終互相照應、合作愉快。（詳論於第三章）

3.同樹異枝的衍生發展

說唐故事自明代就開始流傳，至清代的《說唐演義》可謂集大成。由於《說唐演義》分段敘寫了不少隋唐好漢，此較之楊家將、岳家將等以一人一家事為主的故事，顯然在人物或情節上都無法「備述」。於是，接續《說唐演義》的《說唐後傳》就以前半專寫羅家將、後半專寫薛家將的方式呈現。爾後，薛家將故事盛行，羅家將及原本的說唐好漢都成了其故事系統中的附屬人物。直到《粉妝樓》出，羅家將才有專屬的小說。因此，薛家將和羅家將故事可

以說都是由說唐故事中演化出來。

　　類此情形，原本依附在楊家將系統中的呼家將故事，也於清代發展出獨立的《說呼全傳》。為了強調兩個故事源出一家，小說中甚至還讓楊業的女兒嫁給呼延贊的兒子，於是楊、呼兩家成為具有家族關係的「親家」。

4.政治時局對家將小說發展的影響

　　岳飛故事發展到明代中葉後，無論是戲劇或小說都十分興盛，然入清後卻頓時顯得沈寂，呈現出異常的發展現象。若考諸歷史演變，可知明季滿州興起，予遼防極大壓力，先是守邊大將袁崇煥被冤殺，後因遼餉開支而傾動全國，以致流寇內亂、崇禎帝殉國；後有吳三桂引清兵入關欲滅流寇，滿清遂乘勢直入奪取中原、轉移明祚，中國遂再度淪為異族統治。⑩在此時代背景下，人心思漢，岳飛故事本應更為盛行，然而事實上卻正好相反，較之明代，簡直是由高峰跌落谷底。究其因，在於清初帝王對岳飛的政治態度影響了故事的正常發展。由於滿清舊稱「後金」，而岳飛卻是以抗金英雄聞名於世，因此清初帝王對岳飛總是格外小心，而將「抑岳」納入其整體的文化政策中。⑩自康熙中期到嘉慶末，岳飛戲劇在禁令下

---

⑩　詳參《明史》列傳一四七〈袁崇煥〉、列傳一九七〈流賊〉（台北：國防研究院，1963.3），頁 2930-2941、3053-3517。

⑩　清初帝王的「抑岳政策」主要從兩方面著手，一是禁書策略，將岳飛戲和岳飛小說列為查禁重點；二是用關公取代岳飛，將岳飛移出武廟，獨尊關公為武聖正統（明代的武廟是「關岳並祀」），間接達到貶低岳飛的目的。參見張清發《岳飛故事研究》第四章第一節「清代朝野對岳飛的評價」（成功大學中文所碩士論文，2000），頁 99-101。

並無創作發展，《說岳全傳》在乾隆年間亦被認為有政治問題而遭
到查禁。⑩雖然嘉慶以後又准許刊刻岳飛小說，然其內容可能有所
增刪，以符合統治者可以容忍和接受的標準。⑩

　　類此政治時局對家將小說發展的影響，還可以由家將小說的內
容主題看出，如刊刻於明末清初的楊家將和岳家將，內容皆是外族
入侵中原領地的抗戰，故其中華夷之辨的思想頗為強烈；而清代康
乾盛世後所刊刻的薛家將和狄家將，內容皆是興兵到外族領土去揚
威，故其中有著較多開疆拓邊的豪情。

第三節　明清家將小說的作者版本

　　明清時期，文人對通俗小說的創作並不重視，甚至有點輕視。
因此文人編纂小說往往隱匿真實姓名，或者不明確稱編著，而題以
較為含混的詞彙，如「編輯」、「校閱」、「詳訂」、「校鍥」、
「口述」、「刊本」等，有的乾脆不題撰人。明清家將小說的成書
方式，由於大都是在前人基礎上綜合各種史料、傳說、平話、戲

---

⑩　安平秋、章培恒《中國歷代禁書目錄》（台北：竹友軒出版社，1992.2），
　　頁142。
⑩　清初出版的《說岳全傳》，在歷經乾隆間的查禁後，在嘉慶三年、六年和同
　　治九年又先後刊刻過。大陸學者賈璐認為在這一禁一放中，內容應有增刪，
　　其舉二例為證：一為第10回中講到羅成為天下第七條好漢，而此說法是卻始
　　自乾隆間刊刻的《說唐演義》；二為《清忠譜》傳奇中，敘有說書者講《說
　　岳全傳》韓世忠事，內容卻和嘉慶年以後刊刻的版本不同。因此，賈璐推測
　　嘉慶以後刊刻的《說岳全傳》，乃是乾隆年間遭禁後被人增刪過的。參見
　　〈岳飛題材通俗文學作品摭談〉，頁341-342。

曲、小說等加以重新編纂而成，因此本文所謂「家將小說的作者」，指的是較為廣義的「編纂者」。而在版本探討方面，為了便於掌握小說刊刻的先後關係，故以序跋資料和見存版本為據，❿依明清小說史之分期，❿將家將小說的刊刻歸納為三個時期：明代中後期（嘉靖到萬曆年間為主）、清代前期（康熙到乾隆初期）、清代中後期（乾隆後期以降）等三階段。以下依序就主要文本加以探討：

一、明代中後期

　　明代中後期的家將小說，主要是楊家將系列的《北宋志傳》和《楊家府演義》。

㈠《北宋志傳》

　　《北宋志傳》又名《楊家將傳》、《北宋金鎗全傳》，是《南北宋志傳》的後半部。今見明代最早的刊本有三種：一是明萬曆年間建陽余氏三台館刊本，此為兩傳合刊，全稱《新刻全像按鑑演義南北兩宋誌傳》，20 卷，只標回目，首有三台館主人序。二是明金陵唐氏世德堂刊本，此為兩傳分刊，分稱《新刊出像補訂參采史鑑南（北）宋志傳通俗演義題評》，各 10 卷 50 回，回目下再標回

---

❿　關於各本小說的見存版本，主要整理自孫楷第《中國通俗小說書目》、大塚秀高《中國通俗小說書目改訂稿》、江蘇社科院《中國通俗小說總目提要》、上海古籍出版社《古本小說集成》等，為免過多重複徒增繁雜，往後行文不再一一作註。另本書所引用之文本，大致是以《古本小說集成》所收錄的版本為主，旁參其他流行刊本。

❿　分期依據採用浙江古籍出版社 1997 年 6 月出版之《明代小說史》（齊裕焜撰）、《清代小說史》（張俊撰）。

次，題「姑孰陳氏尺蠖齋評釋·繡谷唐氏世德堂校訂」。序文與三
台館刊本不同，末署「時癸巳長至泛雪齋敘」，「癸巳」當為明萬
曆二十一年（1593）。三是明金閶葉崑池刊玉茗堂批點本，此為兩
傳分刊，全稱《新刻玉茗堂批點繡像南北宋傳》，各 10 卷 50 回，
題「研石山樵訂正·織里畸人校閱」。南北宋傳各有序，序文內容
同於世德堂刊本，但南宋序署「織里畸人書於玉茗堂」，北宋序署
「萬曆戊午玉茗堂主人題」，「戊午」為萬曆四十六年（1618）。
以上三種，除序文稍有差異外，正文內容幾無差別，為同一書之不
同刻本。其中三台館刊本「在今所見諸本中，當以此本為最早」；
❿而後世通行之本則多翻刻自玉茗堂刊本，如致和堂刊本、經綸堂
刊本、務本堂巾箱本、修齊堂小型精刻本等。

在作者方面，除三台館刊本外，各本均不題撰人。三台館刊本
的卷端雖題有「雲間陳繼儒編次」，然可能僅是托名。❿而卷首三
台館山人（即余象斗）卻在序中說：「昔大本先生，建邑之博洽士
也。遍覽群書，涉獵諸史，乃綜核宋事，彙成一書，名曰《南北宋

---

❿　孫楷第《日本東京所見中國小說書目》（台北：鳳凰出版社，1974.10），頁
　　43。就版本形式來看，三台館刊本是「上圖下文」、目錄分卷而不標回數，
　　此皆符合早期通俗小說的體例。詳加比對可參卓美慧《明代楊家將小說研
　　究》第二章第一節「貳、甲、《北宋志傳》刻本的先後問題」（逢甲大學中
　　文所碩士論文，1994），頁 16-20。

❿　陳繼儒，字仲醇，號眉公，是明末著明的文人，曾寫過《春秋列國志傳》和
　　《東漢十二帝通俗演義》的序，他所編的《寶顏堂秘笈》保存許多小說和掌
　　故的資料。但是在他的詩文作品中，卻不見有提到任何楊家將的事，加上萬
　　天民的《明鏡公案》曾被托名為「陳眉公編」。故本書題「雲間陳繼儒編
　　次」，托名的可能性較大。

兩傳演義》。」學者一般認為「大本」為「大木」之誤刊，何況序中
所提「收集楊家府等傳參入史鑑年月編定」之成書方式，頗符合熊
大木編書的模式，⑩因此《南北宋志傳》的編纂者應是熊大本。⑪
熊大木號鍾谷，⑫福建建陽人，嘉靖時在世。熊氏家族是建陽三大
刻書世家之一，其家族的刻書事業很早就發展成坊刻，而從嘉靖到

---

⑩　伊維德指出熊大木的編輯方式是：「在通鑑綱目或它的續集之一所提供的一
　　個按年代次序的大綱裡，他增添了從廣泛的不同來源裡所找到的資料。如果
　　找不到虛構的素材，他就讓通鑑綱目本身來填補空缺。」〈南宋傳與飛龍
　　傳〉《中國古典小說研究專集 2》（台北：聯經出版社，1980.6），頁 206。
　　另陳大康針對熊大木編創《大宋中興通俗演義》的方式，詳加論述所謂「熊
　　大木模式」及其對明嘉靖後通俗小說編撰的影響。詳參《明代小說史》第八
　　章第二、三節（上海：上海文藝出版社，2000.10），頁 262-281。

⑪　學界對《北宋志傳》作者的爭議，主要是孫楷第在《中國通俗小說書目》
　　「南北兩宋志傳」條中既言「明熊大木撰。見明三台館主人南北兩宋志傳
　　序。」又下按語云：「恐非熊大木作。」另在其《日本東京所見中國小說書
　　目》中，認為此書南宋演太祖事，北宋演宋初及真仁朝事，命名至為不通。
　　故《南宋志傳》是「宋傳」，《北宋志傳》是「宋傳續集」，而熊大木有可
　　能只編「宋傳」，「續集」則為後人所續，因此質疑三台館主人所謂「南北
　　兩宋傳演義」，不免謬誤。由此，引出二個問題：首先，《南宋志傳》和
　　《北宋志傳》的作者是否為同一人？其次，序文中所提之《南北兩宋演義》
　　是否即《南北宋志傳》？前者依三台館的合刊本加以探查，可知兩書目錄雖
　　分題，可是卷數銜接、內容相承，應是出自同一編者；後者則難以進一步確
　　定，目前僅能確知「命名至為不通」。相關論辨詳參唐翼明〈重讀楊家將
　　──試論有關作者、版本諸問題〉《古典今論》（台北：東大圖書公司
　　1991.9），頁 232-237。

⑫　長期以來，小說史論著提及熊大木時，皆以「大木」為其名，「鍾谷」為其
　　字。經陳大康考證後指出：「大木」並不是熊大木的名，其名字應是熊福
　　鎮，字大木，號鍾谷。參見〈關於熊大木的名與字〉《通俗小說的歷史軌
　　跡》（長沙：湖南出版社，1993.1），頁 101-103。

萬曆年間，經熊大木發揚後更為昌盛。雖然熊大木是多部暢銷通俗小說的編撰者，⑬但是關於他的生平資料卻很少，僅能依前述余象斗的序，推知他是一位具有相當文化水準的書坊主。

㈡《楊家府演義》

《楊家府演義》全稱《楊家府世代忠勇演義志傳》，又名《楊家通俗演義》、《楊家將演義》等。目錄題《新編全相楊家府世代忠勇通俗演義》，卷端題《鐫出像楊家府世代忠勇演義志傳》，署「秦淮墨客校閱、煙波釣叟參訂」。全書 8 卷 58 則，分卷不分回。序末署「萬曆丙午長至日秦淮墨客書」。今所見最早刊本為明萬曆三十四年（1606）臥松閣刊本。此後翻刻的版本眾多，或有逕以《楊家將》為書名者。

至於本書作者是否為題署的「秦淮墨客」，則有不同看法。質疑者是因秦淮墨客在序中全無一語提及撰作情形，故認為他只是一個「校閱」者而已。⑭然亦有學者認為序中隻字未提書之來歷和作者問題，是因為在內封面和正文前已有題署，序言中不提則是寫自序的口吻，若是代人作序當會說明。如此，「秦淮墨客校閱」實有編纂是書之意。⑮學者今已考證出秦淮墨客是江寧人（今江蘇南京）

---

⑬ 熊大木編撰的通俗小說，今見有《全漢志傳》、《唐書志傳》、《南北宋志傳》、《大宋中興通俗演義》。參見齊裕焜《明代小說史》，頁 167。

⑭ 參見唐翼明〈重讀楊家將──試論有關作者、版本諸問題〉，頁 230-231。

⑮ 參見楊子堅校注《楊家將演義‧考證》（台北：三民書局，1998.2），頁 4-5。另孫旭、張平仁則進一步具體析論秦淮墨客編纂《楊家府演義》時，對「舊作」之修改，主要表現在「詩詞的改動、添加詩作、增改結尾」等三方面。詳見〈《楊家府演義》與《北宋志傳》考論〉《明清小說研究》（2001 第 1 期），頁 213-217。

紀振倫的別號，然生卒年不詳，約萬曆年間在世，為金陵唐氏書坊的編書先生，可算是通俗文學的多產作家。⑯

二、清代前期

清代前期的家將小說，主要是《說岳全傳》和說唐系列的《說唐後傳》、《說唐三傳》、《反唐演義》等四種。

㈠《說岳全傳》

《說岳全傳》全稱《精忠演義說本岳王全傳》，20 卷 80 回。題「仁和錢彩錦文氏編次，永福金豐大有氏增訂」，據此僅可知錢彩字錦文，仁和（今浙江杭州）人；金豐字大有，永福（今福建安泰）人。兩人的生平不詳，創作動機應是為了替岳飛申冤雪恨。⑰書前有金豐序，末署「甲子孟春上浣於餘慶堂」，甲子當為康熙二十三年（1684），一說指乾隆九年（1744）。⑱本書版本眾多，金氏餘慶堂刊本當是初刊，而後之大文堂刻本、以文居藏板本、福文堂藏板

---

⑯　王重民首先考證出秦淮墨客的真實姓名為紀振倫，他在《中國善本書提要》「子部小說類」《楊家將演義》條目下云：「卷端有秦淮墨客序，下鈐『紀氏振倫』、『春華』兩印記，則為墨客之名與號也。」紀振倫編撰的戲曲頗多，今存有《三桂記》、《七勝記》、《紅梅記》等；另編有《綠窗女史》、《續英烈傳》等。參見楊子堅《楊家將演義‧考證》，頁 6；袁世碩《楊家府演義‧前言》（上海：上海古籍出版社，1990），頁 1-2。

⑰　《說岳全傳》的創作動機，正如第 79 回的引詩：「世間缺陷甚紛紜，懊惱風波屈不伸。最是人心公道在，幻想奇語慰忠魂。」

⑱　參見張俊《清代小說史》，頁 122-123。關於《說岳全傳》成書時間，由於史料缺乏，無確實證據可依，一般認定是康熙二十三年，然此說很難解釋：為何此書能在文網嚴密下流傳近百年才遭禁毀？以清初帝王對岳飛的忌諱來看，乾隆九年之說應較符合實況。

本等，均為後出之翻刻本。

(二)《說唐後傳》

《說唐後傳》全稱《說唐演義後傳》，又稱《後唐全傳》，55回。題「鴛湖漁叟較訂」。書稱「後傳」，是因先有《說唐演義》。本書有清乾隆三年（1738）姑蘇綠慎堂藏板本、乾隆三十三年（1768）鴛湖最樂堂本、乾隆四十八年（1783）觀文書屋刊本等。另有《別本說唐後傳》8 卷，存尚友齋梓行本、善成堂本，題「姑蘇如蓮居士編次」，有「鴛湖漁叟」序。本書以卷首上下 16 回為《說唐小英雄傳》，餘 6 卷 42 回為《說唐薛家府傳》，實將《說唐後傳》一書分為兩部而已。

至於編校、作序的「如蓮居士」和「鴛湖漁叟」，兩人的真實姓名和生平皆不詳。如蓮居士是蘇州人，曾為《說唐演義》作序於乾隆元年（1736），又為《反唐演義傳》三和堂刊本作序於乾隆十八年（1753），加上《說唐三傳》序署是他，《別本說唐後傳》編次是他，故可推知其生活年代約在雍正、乾隆時期。而鴛湖漁叟當為浙江嘉興人（「鴛湖」即嘉興南湖），曾較訂《說唐演義》、《說唐後傳》，並為《別本說唐後傳》作序，可知與如蓮居士為同時代之人。

(三)《說唐三傳》

《說唐三傳》全稱《新刻異說後唐傳三集薛丁山征西樊梨花全傳》，又名《仁貴征西說唐三傳》、《說唐征西傳》。經文堂藏板之卷首有「如蓮居士題於似山居中」序，可知本書當作於乾隆年間。此外，經文堂藏板又有另本《征西說唐三傳》，題「中都逸叟編次」；而吳門恂莊主人編次的《異說征西演義全傳》，也題「中

都逸叟原本」。如此，則兩書編撰「薛丁山征西」情節的「舊本」，可能都和中都逸叟的「原本」有關。⑲《說唐三傳》的兩本經文堂藏板為 10 卷 88 回，另嘉慶十二年（1807）福文堂小型本則為 10 卷 90 回。

四《反唐演義》

　　《反唐演義》全稱《反唐演義傳》，除初刻瑞文堂本 14 卷 140 回外，尚有 10 卷 100 回節本多種。本書歷來名稱頗多，瑞文堂本牌記上端題《武則天改唐演義》，中間題《異說反唐演傳》，右則題《評點薛剛三祭鐵坵墳全集》；目錄則作《新刻異說武則天反唐全傳》；正文題《新刻異說反唐全傳》。⑳

---

⑲　《異說征西演義全傳》又名《征西全傳》，6 卷 40 回。題「中都逸叟原本」、「吳門恂莊主人編次」，卷首有乾隆十八年（1753）恂莊主人序，一本前有乾隆五十年（1785）夏月恂莊主人《重刻征西傳敘》，兩序內容實同。中都逸叟和恂莊主人真實姓名不詳，據題署和序，可知恂莊主人當為蘇州人。此書原本的成書年代，可能早於乾隆時期。蕭相愷《稗海訪書錄》根據題署及序前的「原本」、「重刻」字樣，以及書中「閶門之正，自古至今，莫過於我明矣，太祖開基傳十六朝帝王」作者的一段議論，推斷出「作者是明人」、「作此書之時是在明崇禎年間」。這一論斷頗有道理。但書中又間引恂莊主人自己所作之詩，而且全書情節疏略，錯舛之處甚多。這或可說明，《征西全傳》本有一種「原本」，乃中都逸叟所作，乾隆年間，恂莊主人即依此為據，並雜抄他書，重新「編次」刊行。張俊《清代小說史》，頁 119-120。

⑳　孫楷第著錄本書為《異說反唐演義》，注云：嘉慶丙子本改題《異說南唐演義》，後來坊刻本又有《大唐中興演義傳》者。又云：魯迅故居藏十卷百回本，像十二葉，正文半葉十一行，行二十八字。序署「如蓮居士題於似菊別墅」，無年月。有魯迅先生夾籤題識云：三和堂版本，首葉作《反唐女媧鏡全傳》，兩旁夾寫：「內附鳳嬌投水」「徐孝德下山」。序末作「時乾隆癸

關於本書的作者，瑞文堂刊本不著撰人，但序署「如蓮居士題於似山居中」；三和堂刊本則題「姑蘇如蓮居士編輯」；另有同治丁卯刊本作「姑蘇如蓮居士編次」。本書主要版本除瑞文堂刊本、三和堂刊本外，尚有崇德堂藏本、庚申年夏致和堂本、同治丁卯刻本等。

三、清代中後期

清代中後期的家將小說，主要是呼家將的《說呼全傳》、楊家將的《平閩全傳》，羅家將的《粉妝樓》，以及狄家將系列的《五虎平西》、《五虎平南》、《萬花樓》等六種。

㈠《說呼全傳》

《說呼全傳》12 卷 40 回，不著撰人。卷首有序，序末署「乾隆四十有四年，清和月吉，滋林老人書於西虹橋畔之羅翠山房」，序後鐫有「張溶之印」、「默虞」之印章兩枚，可知滋林老人為張溶，字默虞，然生平不詳。[121] 學者認為此書不僅依據平話底本刊

西仲冬之月如蓮居士錄于似山居中」。每卷第一行皆作「新刻異說反唐演義傳」。清無名氏撰。題「姑蘇如蓮居士編輯」。首乾隆癸酉（18 年）如蓮居士序。參見《中國通俗小說書目》（台北：木鐸出版社，1983.7），頁 53-54。

[121]　《說呼後傳》各卷的題署大多不同，卷 1 至 6 題「半閒居士、學圃主人同閱」，卷 7 卷 8 題「培杏居士、學圃主人同閱」，卷 9 題「半痴道人戲編、筆耕老叟加點」，卷 10 題「灌園老叟戲編、清閒居士小玩」，卷 11 題「玩菊主人閒編，灌花逸叟賞訂」，卷 12 題「元和道人笑正，逍遙居士快評」等，名號眾多，皆不知其為何人。

印，而且是用幾個平話底本拼湊後，未經加工整理即付梓。⑫此書之乾隆四十四年（1779）刊本有金閶書業堂刊大字本、寶仁堂本、金閶書業堂翻刻本等，三種行款相同，只有翻刻本增刻圖像。

㈡《粉妝樓》

《粉妝樓》（或作《粉粧樓》）全稱《粉妝樓全傳》，牌記作《繡像粉妝樓全傳》，正文作《新刻粉妝樓傳記》，10 卷 80 回，不著撰人。前有竹溪山人〈序〉云：

> 羅貫中所編《隋唐演義》一書，書於世久矣。……前過廣陵，聞世俗有《粉妝樓》舊集，取而閱之，始知亦羅氏纂輯，而世襲藏之，未以示諸人者也。……余故譜而敘之，抄錄成帙，又恐流傳既久，難免魯亥之訛，爰重加釐正，芟繁葺蕪……。

從以上序文中，可知《隋唐演義》實為褚人穫所作，羅貫中編的應是《隋唐兩朝志傳》，故此號稱《粉妝樓》舊集「亦羅氏纂輯」，應是有意假託以自抬身價。然由序文亦可知《粉妝樓》原有舊本，

---

⑫　黃毅指出：「因全書敘述角度常從第三人稱突然轉變為第一人稱，而人物對話往往沒有註明『某人道』，且又連接在一起。這顯然為說話藝人在講述時一人分飾多角所致。此外，內容敘事前後矛盾，錯訛遺誤頗多。如此歧異，乃因一個平話處在流傳過程中而未最後寫定時，不同藝人的講述差異所造成。」參見《說呼全傳・前言》（上海：上海古籍出版社，1990），頁 1-2。另鄭振鐸評曰：「呼家將文字甚為拙笨，似為未經文士刪改之說話書，其中材料頗多足資參考者。」《西諦書話》（北京：三聯書店，1983.10），頁 35。

竹溪山人是在這部舊本的基礎上加以整理，故刊刻時冠以「新刻」
兩字。至於竹溪山人的生平不詳，或有認為乃乾隆年間之宋廷魁
者，因為其人號「竹溪山人」。㉔然而，名號相同者頗多，何況在
宋廷魁的相關資料中，均未記載他曾編撰過《粉妝樓》。因此，編
撰《粉妝樓》的「竹溪山人」真實身分究竟是誰？迄今存疑。倒是
《粉妝樓》版本眾多，最早的刊本是嘉慶二年（1797）的寶華樓刊
本，爾後尚有維經堂藏板、泉城郁文堂刊本等。

㈢《五虎平西》

《五虎平西》全稱《五虎平西前傳》，目錄頁題《新鐫異說五
虎平西珍珠旗演義狄青前傳》，14 卷 112 回，不題撰人。首序不
題姓氏，序末僅書「辛酉歲孟夏日序終」。清嘉慶六年（1801）坊
刊本，當為最早刊本。另有同文堂刊本、聚錦堂刊本、敬業堂刊
本、上海書局石印本等，版本眾多。

㈣《五虎平南》

《五虎平南》全稱《五虎平南後傳》，目錄頁題《新鐫後續繡
像五虎平南狄青演傳》，書前牌記署「狄青演義」，並有「楊文廣
掛帥」字樣，6 卷 42 回，不題撰人。首序末署「小瑯環主人
題」，疑即編著。書稱「後傳」，是因先有《五虎平西前傳》，兩

㉔ 孫殿起《販書偶記》中有載：「竹溪山人《介山記》二卷，山右宋廷魁填
詞，乾隆間刊」，而「魏庵叢刊」之一「宋竹溪《介山記》二卷」條則稱：
宋廷魁，山西介休縣張良村人，平生著作十三種。該書四篇敘文分別寫於乾
隆五年（1740）至乾隆十五年（1750），其中馬鑫敘稱宋廷魁為「老名
儒」，則知宋廷魁為康熙至乾隆初年的文人。陳大康校注《粉妝樓全傳·考
證》（台北：三民書局，1999.5），頁3。

書既分刻單行，又多合刻並行。清嘉慶十二年（1807）聚錦堂刊本，當為最早刊本。另有同文堂刊本、會文堂刊本、啟元堂刊本、三讓協藏板等，版本眾多，先後無法斷定，板式則大致相同。

㈤《萬花樓》

　　《萬花樓》全稱《萬花樓演義》，目錄頁題《後續大宋楊家將文武曲星包公狄青初傳》，又名《狄青初傳》、《萬花樓楊包狄演義》等，14 卷 68 回。扉頁題「西湖居士手偏（編）」，〈序〉署「時戊辰之春，自序於嶺南汾江之覺後閣云。鶴邑李雨堂識」。既稱「自序」，則作序的李雨堂應是作者，「西湖居士」則為其別號。李雨堂生平不詳，據題署中的「嶺南」判斷，當為廣東人，但是具體的籍貫究為何地則仍有爭議。⓬又此書每回結束均有回評，⓭據評語口吻推測，評者與編撰者當為同一人。至於小說的創作時間，由於題署中僅有「戊辰」二字，學界因此也有不同意見。《中國古代小說百科全書》稱這部小說「成書於乾隆十三年（1748）」。

⓬　對於「鶴邑」，黃霖、韓同文在《中國歷代小說論著選》中注釋為「疑指鶴市墟，在廣東龍川縣東」。但陳大康則認為：此「鶴邑」似應指廣東省鶴山縣，即今高鶴、鶴城一帶。推斷之因有二，一是鶴山縣之得名是因為該縣內有山，其形如鶴，而汾水江於此旁流過。二是若「鶴邑」是指龍川縣東之鶴市墟，則此處距汾水江尚有六百餘里，題署中的「汾江」就沒有了著落。見陳大康校注《萬花樓演義·考證》（台北：三民書局，1998.3），頁1-2。

⓭　如第 1 回「選秀女內監出京，赴皇都嬌娥灑淚」，其回末評語載：「此第一回開卷，在宋真宗戊戌咸平元年，起始于選狄氏，結于師狄青，是全書之綱條也。」再如第 18 回「狄皇親索馬比武，龐國丈妒賢生心」，回末評語則載：「寫太后有太后之心，狄青有狄青之品，但觀其頂天立地，自許想見其正大矣！……一窩蛆蟲，共同一穴，咀嚼糞中。……寫婦人之偏愛，略不問理。」

⑫而《中國通俗小說總目提要》則云:「戊辰,當為嘉慶十三年戊辰(1808)。」⑫若僅憑「戊辰」二字,確實難以斷定是乾隆十三年,或嘉慶十三年,然因李雨堂作《萬花樓》意在補足《五虎平西》之不足(下節論之),而《五虎平西》現存刊本在嘉慶六年,故當以嘉慶十三年較有可能。《萬花樓》版本甚多,主要有經綸堂藏板本、長慶堂藏板本、近文堂本、右文堂藏板本等。刊刻時間不一,同源異流,至有回目文字全非,正文內容繁簡不同等區別。

㈥《平閩全傳》

《平閩全傳》又名《楊文廣征蠻十八洞》,8 卷 52 回,不署撰人,前有序,無署名與年代,學者疑此乃作者自序。⑫今見最早版本為清道光元年(1821)鷺江崇雅堂刊本,內封題「道光元年新鐫」、「鷺江崇雅藏板」,故此書蓋首刊於閩地,與書中內容亦相應。此後尚有廉溪書齋藏板本,光緒年間坊刻本等。

小結:

根據以上家將小說作者版本的考察結果,以目前所知小說最早刊本的先後,整理出下表:

---

⑫ 中國古代小說百科全書編輯委員會《中國古代小說百科全書》(北京:中國大百科書出版社 1993.4),頁 544。

⑫ 江蘇社科院明清小說研究中心《中國通俗小說總目提要》,頁 608。

⑫ 侯忠義:「據序中謂『近於友人處,得閱《平閩全傳》,列敘曩時平閩事,實委曲周詳,瞭於指掌』云云,當是小說家言。事隔幾百年,作者焉能知之甚詳?不過是作家的自創而已!」見《平閩全傳·前言》(上海:上海古籍出版社,1990),頁 1-2。

書　名	刊刻年代	刊刻版本	作者資料
北宋志傳	明萬曆年間	建陽余氏三台館	熊大木
楊家府演義	明萬曆三十四年	臥松閣刊本	秦淮墨客（紀振倫）
說岳全傳	清康熙二十三年 一說清乾隆九年	金氏餘慶堂刊本	錢彩、金豐
說唐後傳	清乾隆年間	姑蘇綠慎堂刊本	鴛湖漁叟、如蓮居士
說唐三傳	清乾隆年間	經文堂刊本	如蓮居士、中都逸叟
反唐演義	清乾隆年間	瑞文堂刊本	如蓮居士
說呼全傳	清乾隆四十四年	金閶書業堂刊本	滋林老人（張溶）
粉妝樓	清嘉慶二年	寶華樓刊本	竹溪山人
五虎平西	清嘉慶六年	坊刊本	不題撰人
五虎平南	清嘉慶十二年	聚錦堂刊本	小瑯環主人
萬花樓	清嘉慶十三年	經綸堂刊本	西湖居士（李雨堂）
平閩全傳	清道光元年	鷺江崇雅堂刊本	不題撰人

此外，由於明清書坊出版家將小說及其相關作品的情形，可以做為家將小說在明清時期「盛行里巷」之參考佐證，故另外整理成「附錄三：明清書坊出版家將小說及其相關作品摘錄」。

第四節　明清家將小說刊刻之相關探討

由第三節可知，明清家將小說的作者和刊刻地大都集中在金陵、蘇州和福建等地，故對明代中後期江南地區的經濟發展和出版市場有必要加以考察。同時，明清家將小說多以「某傳」或「某演義」為名，這除了表示小說取材自史傳，或模擬史傳的敘事外，從中也透顯了作者創作的相關意圖。而在「作者、作品、讀者」三方

面所構成的「文學活動過程」中，當時的讀者是否具有足夠的能力和需求，可以透過作品和作者產生互動，這也是值得加以注意。因此，本節從出版市場和作者讀者的角度，分別就家將小說在明清時期的發展進行探討。

一、明清家將小說出版市場的考察

明代中後期社會經濟得到空前的發展，特別是嘉靖以降有「資本主義萌芽」之稱。❿造成江南地區商業市鎮興起、印刷技術進步、社會風氣奢靡，民眾對娛樂要求升高，且有餘力進行文化消費。⓴因此，明代中葉後刻書、販書興盛，有些書坊還是世代經營的家族企業，並且湧現出一批專門貨販圖書的行商。⓵這些出版業

---

❿　詳參陳學文《明清社會經濟史研究》（台北：稻禾出版社，1991.12）；谷風出版社編輯部《明清資本主義萌芽研究論文集》（新店：谷風出版社，1987.9）。

⓴　史學界此類研究的成果十分豐碩，特別是大陸學者對明清市鎮和商品經濟之關係頗多探討，專著如牛建強《明代中後期社會風氣變遷》（台北：文津出版社，1997.8）、傅依凌《明代江南市民經濟試探》（台北：谷風出版社，1986.9）、錢杭《十七世紀江南社會生活》（杭州：浙江人民出版社，1996.3）等。台灣方面，幾本歷史學位論文亦有精彩論述，如王鴻泰《流動與互動──由明清間城市生活的特性探測公眾場域的開展》（台灣大學歷史所博士論文，1998）、吳美琪《流行與世變──明代江南士人的服飾風尚及其社會心態》（台灣師大歷史所碩士論文，1999）張嘉昕《明人的旅遊生活》（文化大學歷史所碩士論文，1999）等，分別從城鎮、服飾、旅遊等層面來探討明代的社經歷史。

⓵　如胡應麟《少室山房筆叢‧卷四》載：「凡刻之地有三：吳也、越也、閩也。」「今海內凡書聚之地有四，燕市也、金陵也、閶闔也、臨安也。」據陳昭珍《明代書坊之研究》云：明代書坊可考見者共計 405 家，尤以建陽、

之所以集中在江南地區，除了技術、原料、勞力等生產成本的取得佔有優勢外，水陸交通便捷使得書籍得以運銷國內外也是主因。⑬²由於自明代中葉以後，通俗文學已經成為圖書市場的熱門商品，因此書商的經營手法就顯得花招百出。以下，就明清家將小說的刊刻現象，舉其要者論之：

㈠講究商品包裝的行銷技法

如建陽三台館刊行的《新刻全像按鑑演義南北兩宋誌傳》，在小說的書名上就強調該本小說具有「新刻」、「全像」、「按鑑」三大特色，以吸引讀者購買。⑬³而卷端假托「雲間陳繼儒編次」、序言中又誇稱編撰的熊大木是「建邑之博洽士」，都是為了自抬身

金陵、武林及蘇州等地最為興盛，而由書坊所刻之書共計 1132 種。（台北：花木蘭文化出版社，2008）另外，張秀民《中國印刷史》〈明代、刻書地點〉一節（上海人民出版社，1989.9）對明代書坊的經營歷史亦有詳論。而朱傳譽〈明代出版家余象斗傳奇〉《中外文學》16 卷 4 期（1987.9）則針對余家的書坊事業進行個案詳析，頁 150-169。

⑬² 詳參王師三慶〈明代書肆在小說市場上的經營手法和行銷策略〉之「印刷地點和設廠的考慮條件」一節《東亞出版文化研究》（東京：株式會社二玄社，2004.3），頁 32-41；郭姿吟《明代書籍出版研究》第四章「三、江南民間出版業的書籍運銷狀況」（成功大學歷史所碩士論文，2002），頁 83-86。

⑬³ 「新刻」是強調板本新穎。「全像」是指內有插圖版畫，意在提高讀者的閱讀興趣和引導讀者理解文本。詳參宋莉華〈插圖與明清小說的閱讀與傳播〉《文學遺產》（2000 第 4 期），頁 116-125。至於「按鑑」則是以忠於歷史相號召，因為《三國演義》剛開始廣傳於世時，得到評論家高度重視和肯定的重要原因之一，正是所謂的「羽翼信史而不違」，影響所及，余象斗、熊大木等書坊主在編刊通俗演義時，即皆以「按鑑演義」或「演義按鑑」為號召，宣稱該書是參閱了《資治通鑑》等史書。詳參陳大康《明代小說史》，262-263。

價。再如《異說後唐三傳薛丁山征西樊梨花全傳》、《異說反唐全傳》、《新鐫異說五虎平西珍珠旗演義狄青前傳》等,強調「異說」是為了凸顯小說內容的傳奇色彩。而《萬花樓楊包狄演義》、《大宋楊家將文武曲星包公狄青演傳》則表明小說內容包含楊家將、包公、狄青三類故事,可以滿足喜愛綜合口味的讀者。

此外,將《南北宋志傳》分刊成《南宋志傳》和《北宋志傳》;將《說唐後傳》分刊成《說唐小英雄傳》(或《羅通掃北》)和《說唐薛家府傳》;將楊家將小說中的精彩情節抽出另刊為《楊文廣平南全傳》、《天門陣十二寡婦征西》等,都有其市場銷售的考量。

㈡補綴前書和昭示後續的現象

由補綴前書和昭示後續的現象,可見家將小說在當時的暢銷情況。如《說唐演義》問世後大為暢銷,緊接者《說唐後傳》、《說唐三傳》、《反唐演義》等故事情節一脈相傳的小說就陸續刊出。而《五虎平西》接著是《五虎平南》,前書的結尾還對讀者進行預告:「若問五虎將如何歸結,再看《五虎平南後傳》,另有續集詳言。」果然後書開篇即云:「卻說前書五虎將征服西域邊夷,奏凱班師。」卷末又記「上書已有《平西初傳》載錄,此是續集」。如此,兩書的內容相接,出版一前一後殆無疑議。而當這兩部小說都頗為暢銷時,人們不禁對狄青未成名前的少年故事感到好奇,為了因應市場需求,李雨堂就補寫了強調「狄青初傳」的《萬花樓》,並在小說結尾處明確交代:

此書因前未得其初傳,只於狄青已職任邊關中截而起,是未

得全錄。今已采得完成，復於真宗天子天禧二年起，至狄青
行伍出現，及以上三世，及其父狄廣。又至仁宗癸亥三年，
趙元昊始降伏，是照依史而結。一始一末，條達頗不紊錯
雜。惜惟稗傳可見哂，一覽於笑談中為幸耳。

　　由這兩段文字不難看出，李雨堂的創作確在《五虎平西》之
後，創作動機則因不滿《五虎平西》是從狄青「已職任邊關中截而
起」，並對狄青的「行伍出現，及以上三世，及其父狄廣」等均無
交代，故他要作一部「狄青初傳」，將這部分的內容補充完整，使
狄青故事有頭有尾。

　　再如原本附屬於楊家將小說中的呼家將（《北宋志傳》），以及
附屬於薛家將小說中的羅家將（《說唐後傳》、《說唐三傳》），由於
他們的故事普遍受到讀者的喜愛，書商就請人另外敷演出《說呼全
傳》和《粉妝樓》，情節雖然相承不上，但內容都是呼家、羅家的
故事。此外，還有一種關係較淺的續書，只是將暢銷小說的相關人
物置入故事中以為賣點，內容情節既不接續，人物也非書中主角。
如《說岳全傳》以《水滸傳》的續書自居、《群英杰後宋奇書》宣
稱是《楊家將續集》、《綠牡丹》又名《反唐後傳》。至於《後宋
慈雲走國全傳》口氣更大，號稱「上接《五虎平南》之後，下開
《說岳精忠》之書」，故又名《後續五虎平南後宋慈雲走國全
傳》。

　　綜觀明清以來這種續書現象，正如清康熙時的劉廷璣所評：

　　近來詞客稗官家，每見前人有書盛行於世，即襲其名著為後

書副之。取其易行，竟成習套。有後以續前者，有後以證前
者，甚有後與前絕不相類者，亦有狗尾續貂者。……總之，
作書命意創始者倍極精神；後此縱佳，自有崖岸，不獨不能
加於其上，即求媲美並觀亦不可得；何況續以狗尾，自取下
下耶。❸

儘管遭到諸多批評，書商推出的續書作品仍然綿延不絕。若探究書
商的積極性從何而來時，便可發現續書在世上易於暢銷，就意味著
它受到了廣大讀者的歡迎；而續書之所以受到讀者的歡迎，則「有
很大的成分取決於讀者的欣賞習慣」。❸畢竟中下階層的讀者們都
喜歡有頭有尾的故事，總是希望故事最後能有個大團圓的結局，特
別是對於英雄人物，不但好奇他們的出身、樂聞他們的遭遇，更關
心他們最後的命運。因此，明清家將小說的續書，幾乎都集中於接
續英雄的一生及其後代家族的命運。

㈢跨類型的發展現象

跨類型現象也是明清家將小說的發展特色。如每部家將小說中
幾乎都有天命因果的情節、神魔鬥法的敘寫，這是講史小說和神魔
小說的合流。而寫戰場上男女小將的愛情姻緣，則是吸收轉化了才
子佳人小說的結構。此外，薛家將小說中世情冷暖的描寫、狄家將
小說中包公審案的情節，則分別表現了世情小說和公案小說的特

---

❸　清·劉廷璣《在園雜志》（台北：文海出版社，1969），頁146。

❸　詳參忠昌〈論中國古代小說的續衍現象及成因〉《社會科學輯刊》
　　（1992.6），頁124-133。

色。類此小說跨類型的合流現象，固然有其複雜成因，⓪然將已經流行的敘事模式套用在尚未上市的作品中，對書商來講必是一種暢銷的保證，因為讀者不但可以在作品中印證自己早已熟悉的認知或思考模式，更可以滿足綜合口味的閱讀享受。

二、明清家將小說的創作意圖及讀者考察

明代中葉以後，隨著經濟發展而興盛的「市民階級」，⓪對於文化娛樂的要求和消費能力的增加，都直接促進了通俗文學的發展。特別是下層文人，其編寫或出版通俗讀物，既可餬口濟貧又可立言抒憤，更是間接提昇了通俗文學質量的發展。然而，由於明清時期的文人在編撰通俗小說時，通常只以別號、名號作為署名，因此後人在「知人論世」的考索上，只能由「論世」的角度來概括了解其群體身分。

明代中後期社會經濟空前發展的結果，造成「左儒右賈，喜厚利而薄名高」（《太函集》卷十八）之逐利意識，非但棄農從商者多，⓪傳統士商地位也產生變動，甚至出現了士商一體的身分。⓪

⓪　劉書成認為跨類型現象的成因是小說發展到一定階段後，受到多種因素的影響、制約而產生，如小說自身的發展規律、小說觀念的演變、社會思想文化、文體的相互吸收、出版商迎合讀者等。〈論中國古典長篇小說的跨類型現象〉《社科縱橫》（1993 第 1 期），頁 52-56。

⓪　市民階級是指在封建社會後期，由於城市商業和手工業的發展，而在社會體系中出現的一個新的社會階層。其組成主要是富商大賈、作坊主、工匠、商販、苦力、高利貸者、店員等。參見謝桃坊〈中國白話小說的發展與市民文學的關係〉《明清小說研究》（1988 第 3 期），頁 15-18。

⓪　明·何良俊《四友齋叢說摘抄》：「昔日逐末之人常少，今（嘉靖年間）去

余象斗、熊大木等書坊主即為其例,他們既是文人也是書商。而被這些書坊主聘用來編撰通俗文學的文人,他們的身分較諸士商之流自然更為下層。這批下層文人要非無能科舉中第,就是雖中第卻沈鬱下僚,其群體身分可說是「不遇文士」,為士人階級之末流。他們因為粗通文墨,故得以從事通俗文學的編撰,同時也因出身卑微而得以在餬口書林或鄉塾經驗中,深刻體會基層民眾的生活、觀念及其社會和文化之需求。然而,他們畢竟是深受聖賢教訓的士階級,儘管不遇也多少保存有士人的尊嚴和抱負。那麼,處於劇烈的社會變動之中,這些「不遇文士」如何在傳統「士農工商」的四民觀念中,找到身分的認同與生命的安頓呢?學者李豐楙精闢地指出:

> 他們既非得意之「士」能以官為田,也不如認命之「農」與
> 田地永遠有不可解不能解的紐帶關係,那麼在從事刊刻或編
> 撰的出版「商」工作時,更需要在內在心靈上以「士」的角
> 色、身分自我認同。因此,所有關於演義、志傳的連鎖作

農改業為工商者三倍於前矣。」(北京:中華書局,1985),頁 172。另可參朱子彥〈論明代江南農業與商品經濟〉《文史哲》(1994 第 5 期)、王翔〈論明清江南社會的結構性變遷〉《江海學刊》(1994 第 3 期)。

⑬ 大陸學者對明清時期士商關係的探討頗多,詳參高建立〈明清之際士商關係問題研究〉《江漢論壇》(2007.2),頁 59-62。另可參盧昌德〈士商觀念變遷論〉《社會科學戰線》(1998 第 3 期)、許周鶼〈論明清吳地儒士的商業意識〉《蘇州大學學報·哲社版》(1997 第 2 期)、蔣文玲〈明清士商滲透現象探析〉《江海學刊》(1995 第 1 期)、鄭利華〈士商關係嬗變:明代中期社會文化型態變更的一個側面〉《學術月刊》(1994.6)等。

業，都必須以擬史家的身分自我期許，而將這種傳述工作予
以擬史傳、擬史家化。⓾

正因如此，在明清通俗小說中的「某傳」或「某演義」，都有一個
普遍而共通的創作意圖：「勸善懲惡」。這種「教化為先」的強
調，可說是明清講史演義的創作傳統，作家除了通過具體描寫使人
感受到「教化」在作品中的地位外，還會在作品的序中反復強調
之。⓯如以明清家將小說的範圍來看：

> 忠臣之後，不失為忠；而大奸之報，不恕其奸，良可慨矣。
> （〈說岳全傳序〉）

> 小說家千態萬狀競秀爭奇，何止汗牛充棟，然必有關懲勸、
> 扶植綱常者，方可刊而行之。……統閱《說呼》一書，……
> 維忠與孝，此可以為勸者也。（〈說呼全傳序〉）

> 所載忠男烈女、俠士名流，慷慨激昂，令人擊節歌呼，……
> 鋤奸削佞，幹轉天心，使人鼓掌大笑。雖曰年湮世浸，微信
> 無從，然推作者命意，則一言盡之曰：不可使善人無後，而
> 惡者反昌之心。（〈粉妝樓序〉）

⓾　李豐楙《許遜與薩守堅：鄧志謨道教小說研究》（台北：台灣學生書局，
1997.3），頁322。

⓯　參見陳大康《明代小說史》，頁119-127。

> 小說傳奇，……必以忠臣報國為主，勸善懲惡為先。（〈五虎平西序〉）

> 其間如狄公……可以想其忠……可以想其孝……可以想其節與義。此大旨之昭然可揭也。（〈五虎平南序〉）

> 賢才出處，關國運盛衰，不侫於斯傳，不三致慨云。（〈楊家府演義序〉）

> 其間忠奸邪正，亦足以勸懲於興起，其有裨于治道人心匪淺矣。（〈反唐演義序〉）

可見，明清家將小說繼承講史演義「教化為先」的傳統，以「勸善懲惡」為共通的創作意圖。（當然，此創作意圖尚且經由情節、人物等具體描寫相印證，這部分的論述見於往後各章。）而為了更有效的扮演好這個教化者的角色，作者（或評論者）皆頗為注意「傳奇」較能吸引人心的作用，如：

> 從來創說者，不宜盡出於虛，而亦不必盡由於實。苟事事皆虛，則過於誕妄，而無以服考古之心；事事皆實，則失於平庸，而無以動一時之聽。……實者虛之，虛者實之，娓娓乎有令人聽之而忘倦矣。」（〈說岳全傳序〉）

> 傳奇小說……最易動人聽聞，閱者每至忘食忘寢，戞戞乎有

餘味焉。（〈說唐後傳序〉）

史冊所載，其文古，其義深，學士大夫之所撫而玩，不能挾此以使家喻而戶曉也。如欲使家喻而戶曉，則是書不無裨於世教云。（〈說呼全傳序〉）

小說傳奇，……娛一時觀鑑之心。往稽史冊，凡足以勸懲者，靡不燦若列眉。而史臣紀事，文古義深，不能家喻而戶曉。惟是書也，雅俗共賞，盡人可觀，於世不無小補焉。（〈五虎平西序〉）

謀想之高超，臨陣之變幻，止齊才佞之奇特，鬥智鬥法之崛譎，則又可作《水滸》觀，可作《三國》觀，即以之作《封神》、《西遊》觀，亦無不可。（〈五虎平南序〉）

史雖天下至重至要，然而筆不詳，則識而聽之者未嘗不覺其枯寂也。唯傳雖無關稽考扶植之重，如舟中寂寞，伴侶已希，遂覺史約而傳詳博焉。（〈萬花樓序〉）

由以上序言，可知作序者都非常強調小說傳奇足以達到家喻戶曉之作用。這種編撰小說的作法固然有其利於市場銷售之考量，但不可抹殺的是：這的確也是這群「不遇文士」的用心良苦處。畢竟他們的身分是文化上大小傳統的中介者、溝通者，透過通俗文學的編撰，他們擔任起中國社會底層的教化任務。例如：同樣是楊家將小

說，書坊主熊大木所編的《北宋志傳》只是將民間相關故事參入史鑑年月中，導致全書的結構散漫、主題不連貫。而紀振倫的《楊家府演義》則刪蕪去亂，集中刻畫楊家將忠勇報國的精神，藉以表達其感懷忠臣、憂傷時勢之思想，使全書的主旨更為突出。而錢彩在《大宋中興通俗演義》的既有基礎上編寫《說岳全傳》，更是充分運用各種相關的傳奇情節，集中塑造岳飛的英雄造型，進而虛構岳家後代繼承父志、除奸滅金的故事。再如李雨堂創作《萬花樓》時，雖然為了接續《五虎平西》而必須做到「每事略多關照之筆」，然在傳統儒家「華尊夷卑」之觀念下，使他對中華元帥竟然娶蠻夷公主為妻之情節似乎頗為不滿，於是便在《萬花樓》中加入了狄青與大宋名臣范仲淹之女奉旨成親的情節。然而，由於《五虎平西》廣傳於世，讀者早已熟悉狄青與八寶公主的故事，為了讓讀者認同他的添加，李雨堂又特地聲明狄、范成親是「原古本已有」，希望讀者「勿深求而議之」。⑭

此外，由於讀者既是市場經濟體系下的消費者，也是文學活動過程中的接受者，因此讀者的考察至少必須涉及四個層面，即「消費能力」、「消費階層」、「閱讀能力」和「閱讀需求」。前三者主要是小說傳播與接受的問題，學者對此已有相當程度的探討，由於這是整個明清社會共通的發展現象，並無所謂「家將小說專屬讀者」的問題，因此本文直接援引學界的公論：大抵自明代中葉以

---

⑭ 李雨堂在《萬花樓》的結尾處，特別註明：「又說明，此書與下《五虎平西》一百一十三回，每事略多關照之筆，惟於范小姐招贅完婚事有不同，然其原古本以來已有此筆，悉依原本，不加改作，看者勿深求而議之可也。」

後，閱讀小說已經成為整個社會文化消遣的一部分。它同時吸引了兩類的讀者群，男性與女性、⓬紳士富商與平民百姓。他們取得小說的方式有購買、轉借、租賃、抄寫等多重管道。而明清兩代的教育制度，使得平民的識字率大增。若是再加上「間接讀者」（經由間接傳播方式，如戲曲、說唱等），則通俗小說在傳播接受上是頗為普及的，特別是小說一再刊刻，更足以證實整個市場機制的活絡。⓭

　　至於讀者的「閱讀需求」則必須透過作品的具體分析，配合明清時期的社會情勢加以考察，這部分的論述見於第六章「明清家將小說的文化意涵」。

⓬　明清時期由於江南地區經濟繁榮，部分女子的文化素養提高，連帶的也提高了她們對於通俗文學的消費需求。參見許周鷁〈明清吳地婦女與通俗文學〉《鐵道師院學報》（1998.5），頁 50-54。

⓭　詳參潘建國〈明清時期通俗小說的讀者與傳播方式〉《復旦學報·社科版》（2001 第 1 期），頁 118-124。李舜華〈從經濟因素看明中葉小說的接受層〉《社會科學》（2001.9），頁 67-71。關四平《三國演義源流研究》「傳播研究」（哈爾濱：黑龍江教育出版社，2001.11），頁 369-411。

第三章　明清家將小說的
敘事結構和戰事考

　　本章探討明清家將小說的敘事結構,首先考察家將小說的敘事結構及其模式化的形成;其次,就家將小說敘事結構中的敘事主線（忠奸抗爭）和敘事主體（戰爭）,進行作品內容的具體分析、歸納和探討。至於敘事軸心（英雄家族的世代功業）,則併論於敘事主線和主體之中。此外,由於明清家將小說屬於「講史小說」,故有必要再就其敘事主體的部分,進行戰事虛實之考辨。因此本章前三節論析敘事結構,第四節則為戰事考。

第一節　明清家將小說的敘事結構及其模式化

　　本節先從敘事結構的角度,考察出明清家將小說的敘事主體、敘事主線和敘事軸心,再進而探討明清家將小說敘事結構模式化的形成。以下分論之:

一、家將小說敘事結構的考察

敘事結構可以說是小說內容情節的組織構造和總體安排。❶以長篇的白話章回小說來看：

> 它表現為全書由章、回構成，一開頭總是引子、楔子之類的部分，或是若干個（或單個）情節，或是詩詞韻語，然後進入故事主體，最後總有明顯的結局部分，也可能是詩詞韻語。每一回亦是如此，由詩詞韻語或小結前文開頭，以總結或韻語作結。就全書而言，每五回或十回左右構成一個小高潮，或稱單元，若干小高潮構成大高潮，峰巒迭起，曲折連綿，從而形成固定的結構形態。❷

這種按照「開頭、中間、結尾」的順敘形式，在章回小說發展的初期便已形成，而在許多作者自覺或不自覺的運用、模仿過程中，呈現出一種共同的敘事框架。這種章回小說外在的形態結構，是「敘事人」❸在改造平話、敷演史書的過程中，既借鑑平話的講述方

---

❶ 一部小說的全部情節，必須借助一定的結構方式組成一個整體。張稔穰〈論中國古代小說情節藝術的演進軌跡〉《濟寧師專學報》（1991 第 2 期），頁 29。

❷ 陳美林《章回小說史》（杭州：浙江古籍出版社，1998.12），頁 168-169。

❸ 現代敘述學理論認為「所有屬於敘事藝術的作品都有一個敘事人」，而「對於敘事藝術來說，敘事人從來就不是作者，無論人們知道與否，敘事人只是一個作者創造並接受了的角度。」王泰來選編《敘事美學》（重慶：重慶出版社，1987.12），頁 11。

式，又仿效史書記事的格式所建立起來。❹雖然這種外在體式和小說的敘事結構有所關聯，但並不能等同於作品內在的具體結構。

相較於小說外在的形態結構，其內在的具體結構在發展上顯得更有個性，因為它會隨著小說的體例、類型、流傳時期的社會生活等而有所變異。❺如就明清家將小說的類型而言，其體例是「以一人一家事為主而近於外傳、別傳及家人傳者」。❻這類小說主要借鑑史書列傳體的敘事結構，以「英雄家族的世代功業」為整體敘事的軸心，進而圍繞此軸心敷演出種種相關的故事。

為了避免平鋪直敘，敘事人會選擇故事的重要情節極力渲染，使之成為支撐敘事結構的主要骨架。同時，由於家將故事流傳已久、頭緒紛繁，敘事人也必須根據其敘事意圖，從眾多頭緒中抽出

---

❹　明代中葉以後，文人開始以平話為基礎，參照史書來編撰講史小說。因此初期的章回小說在敘事體式上按「則」不按「回」，則目多為單句，而且不標則目的序數。相關探討，可參紀德君《明清歷史演義小說藝術論》（北京：北京師範大學出版社，2000.11），頁 154-157。另羊于厚認為早期的明清小說按照話本的體制格式進行創作，形成明清小說的「說書模式」。參見〈論明清小說對「說書模式」的超越〉《徐州師範大學‧哲社版》26 卷 3 期（2000.9），頁 24-27。另可參胡士瑩《話本小說概論》第十七章第四節〈由講史到章回小說〉（台北：丹青出版社，1983.5），頁 710-729。

❺　章回小說結構形態的內在體制進化得很快，過去人們常說的古代小說的線性結構、網狀結構、球形結構、扇形結構等等形式，基本上符合古代章回小說內部結構形態的本來面目。陳美林《章回小說史》，頁 169-170。另陳遼則認為小說的內部結構有單線順序式、板塊式、遞進式、網路式等，並且會隨著社會生活的發展而發展。參見〈論中國古代長篇小說結構的嬗變〉《江海學刊》（1995 第 1 期），頁 149-154。

❻　孫楷第《中國通俗小說書目》（台北：木鐸出版社，1983.7），頁 4。

主要的衝突，以作為敘事結構的焦點。依此觀點加以考察，可以發現民族衝突所導致的「戰爭」情節，在家將小說的敘述內容中所佔的篇幅最多，甚至被敷演得最為精彩。如此，「戰爭」無疑就是明清家將小說的敘事主體。家將小說中透過英雄所參與的重大戰役，組成敘事結構中的主要環結，再透過環環相扣的連接，展現出「英雄家族的世代功業」。

然而，作為敘事主體的戰爭情節，在敘事結構中僅是「單體式的表層結構」。❼為了能巧妙地由人物糾葛，或戰爭事件中引出新的人物、新的事端，使各個情節單元能夠融會貫通，成為具有連續性和邏輯性的一個藝術整體，還需要一種內在的因果關聯，以為「線性式的深層結構」。❽這種線性結構常常形成小說敘事發展的

---

❼ 一部小說，不論它是短篇、中篇和長篇，只要是由一個故事所構成，那就是單體式結構。這個故事也許時間延綿很長，空間跨度很大，故事發展分為若干階段，每個階段中又發生了相關故事，幾個主要角色貫串故事始終，而每個階段的相關故事裡又參與進來一些次要角色，但是所有各階段出現的次要角色都烘托幾個主要角色，所有各階段的小故事在時間的序列上都含有前後的因果關係，同時又都歸向起訖全篇的大故事，都是大故事中一個有機的組成部分。石昌渝《中國小說源流論》（北京：三聯書局，1995.10），頁31。

❽ 情節還有其內部經絡，那經絡便是矛盾衝突。情節表現為由因果關係的鏈環聯接起來的一連串事件，這些事件是由人物之間的衝突造成的，……人物衝突的開端、發展、高潮和結局便是情節的全過程。參與小說情節的人物可能很多，物以類聚，人以群分，人物必定會根據各自的利益、信仰、感情等等選擇矛盾衝突中自己的立場，情節包孕的矛盾衝突至少有一種，多者有數種。如果一部小說情節由一種矛盾衝突構成，矛盾一方的欲望和行動僅止受到矛盾另一方的阻礙，由這單一的矛盾衝突推動情節向前發展，那麼情節就表現為一種線性的因果鏈條。這種結構就叫做線性結構。同前註，頁36。

主要線索，如明清家將小說就是以「忠奸抗爭」為敘事主線，透過忠奸對峙的衝突來推動情節的發展，進而使敘事結構首尾完整。

因此，就明清家將小說的敘事結構而言，其敘事主線是「忠奸抗爭」，而敘事主體則是「戰爭」，至於帶動整個敘事結構的軸心則是「英雄家族的世代功業」。其中，「戰爭」是決定「忠奸抗爭」勝負的關鍵，而「家族興衰」則是兩者共同的支撐。

二、家將小說敘事結構模式化的形成

明清家將小說是一種模式化、公式化的類型小說。作者先將小說的敘事結構組合成一套完整的「模式」，再進而複製這樣的模式化結構以生產出下一部的作品。要探究這種敘事結構模式化的形成，首先必須回歸白話小說發展的源流背景來看：中國白話小說發軔於宋元「說話」，從說話藝術需要日日講說以維繫固定出現的小高潮（如製造衝突、危機、懸疑以吸引聽眾），在轉換為文字敘述的章回小說體後，不但需要顧及每回銜接時的懸宕效果，更要掌握好故事情節的布局發展。而在章回體的布局技巧中，「模式化」幾乎是故事情節賴以鋪陳、推衍的關鍵技巧。於是，小說作者在面對市民階層這類讀者群時，就一再重覆其「模式化」的習套，如此既可符合讀者對故事發展的預期心理，也可滿足所謂「愚夫愚婦」通俗易曉的閱讀需求，❾從而達到作者預期的敘事效果。何況在競爭激烈的小說市場中，書商及編撰小說的下層文人，在產銷經驗的累積下必

---

❾　如《隋唐兩朝志傳・序》：「使愚夫愚婦一覽可概見耳」。《大宋中興通俗演義・序》：「……敢勞代吾演出辭話，庶使愚夫愚婦亦識其意」。

定精熟此道，他們瞭解過度複雜化非但不符合市民階層的想像能力，更不利於快速生產商品所需的作業流程，意即在很短的時間內必須編撰、刊刻出一部中長篇規模的小說。

其次，明清家將小說之所以利於這種模式化的套用，也得歸功於世代累積的家將故事。小說編撰者只要掌握好基本的敘事結構，就可以把既有的、流行的、相關的情節單元加以「各就各位」，很快就能完成整部小說的全體模式。

第二節　明清家將小說敘事結構之敘事主線 ——忠奸抗爭

本節討論明清家將小說的敘事主線，分成三部分：首先是「忠奸抗爭」內容之分析，為了使故事的內容能夠連貫，因此分析的順序不依作品刊刻的先後，而是以同一類家將小說故事內容發展的先後為據。其次，根據分析結果，歸納出家將小說敘述形態中的共同模式，並以符號代碼的方式來展現每本小說的結構。而為了便於考察小說結構的演進，此部分的排列得依作品刊刻之先後為序。最後，透過家將小說敘述形態的符號結構，進一步探究其符號意義。

一、家將小說「忠奸抗爭」內容之分析

以下依序將楊家將、狄家將、呼家將、岳家將、薛家將、羅家將之小說作品，析列出忠奸抗爭的敘述內容，最後再就其忠奸衝突的結構歸納作表。

㈠楊家將小說

＊《北宋志傳》

甲：楊業父子－潘仁美

1. 宋軍征討北漢，潘仁美先後遭楊業擊落、楊令婆射傷。

2. 潘仁美嫉恨楊業，逼其孤軍戰死陳家谷，亂箭射死求援的楊七郎。

3. 楊六郎入京鳴冤，宋太宗因寵愛潘妃免除潘仁美死罪、判楊六郎充軍。

4. 楊六郎深痛冤屈不伸而欲撞死，八王設計助其斬殺潘仁美。

乙：楊六郎－王欽

1. 王欽、謝金吾欲毀天波樓，焦贊怒滅謝家，楊六郎因私下三關發配汝州。

2. 王欽誣楊六郎私賣官酒，宋真宗下令斬首，八王、寇準以死囚代之。

3. 蕭太后詐降，楊六郎滅遼後揭發王欽陰謀，宋真宗下令處死王欽。

＊《楊家府演義》

甲：楊業父子－潘仁美（略同《北宋志傳》）

乙：楊六郎－王欽（略同《北宋志傳》）

丙：楊宗保父子－狄青

1. 狄青征儂智高不成，楊宗保奉命代帥。狄青自恃身為太師，反遭楊宗保辱之。

2. 楊家將凱旋，楊文廣奉旨與長善公主成親。狄青懷恨遣家奴行刺楊宗保。

3.楊宗保義釋刺客後，夜夢「帝命武士來斬」，驚醒遂卒。

4.長善公主彈劾楊文廣先婚山女、違逆聖旨，宋仁宗下詔捉拿楊文廣。

5.包公救楊文廣，然楊文廣訴冤後恐狄青加害，遂納還官誥、化鶴隱匿於無佞府。

丁：楊文廣父子－張茂

1.新羅國犯境，右相張茂掛帥西征，楊懷玉求掛先鋒印。

2.張茂奏楊文廣詐死欺君、欲斬楊懷玉。周王反保奏楊文廣代帥討番。

3.楊文廣遭困，張茂誣陷降敵。宋神宗欲滅楊家，周王揭露陰謀、張茂貶庶人。

4.楊家將凱旋，張茂再復相位。楊懷玉殺張茂全家後舉家上太行。

5.宋神宗下旨抄滅楊家，未獲。周王曉之以理，宋神宗乃赦楊家。

6.周王奉命招撫楊家將，楊懷玉痛奸佞當道、嚴詞拒絕。楊家從此退隱。

＊《平閩全傳》

甲：楊文廣父子－張茂

1.南閩王因「大宋俱是奸臣在朝弄權，忠臣避位」，欲起兵伐宋。

2.張茂自願領軍討番，詔封「平閩大元帥」，刻意張揚以傲視楊家將。

3.楊懷玉不服，求掛先鋒印，張茂欲斬之。潞花王救楊懷玉，

　　保舉楊文廣掛帥。

　4.楊文廣收服南閩，張茂為報奪帥之仇，詐稱楊文廣自封南閩
　　三令，誣陷楊家。

　5.包公、潞花王查明真相後，張茂發配領南，楊家敕封功臣。

㈡狄家將小說

＊《萬花樓》

甲：狄家－孫家

　1.孫秀為奸臣龐太師之婿，為報父仇，陷害狄廣全家。

　2.宋仁宗選龐洪之女為妃，命龐洪入相，孫秀進兵部尚書。

乙：狄青－龐洪、孫秀、胡坤

　1.狄青萬花樓打死奸臣胡坤之子，包公審明後開脫狄青。

　2.狄青教場題詩，孫秀藉故謀害，汝南王、隱修和尚救狄青。

　3.狄青持靜山王所付金刀欲斬孫秀，卻誤入龐府反遭害，幸有
　　韓琦救護之。

丙：狄青－龐洪、孫辰、李成

　1.龐洪施奸計，保奏狄青押解征衣，再命人於途中加害。

　2.孫秀之弟孫辰，命強盜牛健、牛剛劫取征衣。

　3.李成夫婦謀害焦廷貴，並冒奪狄青殺贊天王、子牙猜的功
　　勞。

　4.狄青失征衣待斬，焦廷貴訴明真相。楊宗保斬李成，荐舉狄
　　青為帥。

丁：狄青、楊家－龐洪、孫秀、孫武、沈國清

　1.李成妻沈氏為報夫仇，與其兄御史沈國清，賂求龐洪謀害楊
　　宗保、狄青。

2.龐洪唆使沈氏告御狀，孫秀弟孫武奉旨訪邊關，因索賄被楊宗保拿下。

3.沈國清逼焦廷貴作假供，宋仁宗欲斬楊宗保、狄青。佘太君金殿說理辯是非。

4.包公審明案情，沈國清、孫武因奸情敗露被斬。

＊《五虎平西》

甲：狄青－龐洪、孫秀

1.龐洪恨狄青教場比武傷其婿王天化，故設計狄青征西遼。

2.狄青單單國陣前姻緣，龐洪、孫秀奏請監禁狄母。後狄青凱旋方釋之。

乙：狄青－龐洪、孫秀、楊滔

1.西遼飛龍公主為報夫仇，勾結龐洪，假扮楊滔之女與狄青奉旨成婚。

2.洞房夜飛龍行刺不成反被殺，龐洪唆使楊滔告御狀，欲置狄青於死地。

3.包公審明是非，欲懲奸臣；因宋仁宗寵愛龐妃，不辦龐洪。

丙：狄青－龐洪、龐妃、孫秀

1.遼主重賄龐洪，龐妃揭發假珍珠旗。宋仁宗欲斬狄青，幸狄太后求赦改判充軍。

2.龐洪再令驛丞加害狄青，王禪老祖教狄青詐死埋名。

3.西遼聞狄青死訊，大舉進犯。狄青因奸臣屢屢加害，不願再出仕。

4.包公抑奸、龐洪降級後，狄青再度提兵抗遼。

5.宋軍凱旋，狄青帶人證告龐洪通敵。宋仁宗包庇龐洪不成，

交付包公審斷。

6. 宋仁宗溺寵龐妃，嗔包公定龐洪之罪太重；包公奏請狄太后主持。

7. 狄、李太后作主縊殺龐妃後，包公方得斬龐洪、孫秀。

＊《五虎平南》

> 甲：狄青－孫振、馮拯

1. 狄青征南遭困，孫振（孫秀任）欲報仇，反奏狄青按兵不動、縱兵害民。

2. 孫振派人聯合岳父馮拯加害狄青，楊文廣蒐出本章密旨，交付包公處置。

3. 包公審出奸計，宋仁宗下旨囚馮拯，捉孫振。孫振為求自保，投降南閩王。

4. 狄青破崑崙關、擒孫振。班師後，宋仁宗下令斬孫振、馮拯。

㈢呼家將小說

＊《北宋志傳》

> 甲：呼家－歐陽家

1. 樞密使歐陽昉，誣陷呼延廷、復滅其家。呼延贊母子逃出，逢義盜相救。

2. 呼延贊成年後，乘歐陽昉失寵之際，殺其全家報仇。

> 乙：呼延贊－潘仁美

1. 宋太祖征北漢回師，呼延贊欲借征衣，斬殺宋將潘昭亮。

2. 潘仁美為報殺子之仇，數度謀害呼延贊，然皆為八王所救。

＊《說呼全傳》

甲：呼家－龐集、龐妃

1.呼守勇、呼守信因奸相龐集之子強搶民女，將之打死。

2.龐集獻女媚君王，父女弄權，呼家將一門受戮。

3.龐家集團，追殺呼守勇、呼守信、呼延慶等呼家後代。

4.楊家將、包公、八王等協助呼家後代逃亡、抗奸。

5.呼家將包圍皇城、兵諫除奸；宋仁宗遂縊龐妃、罷龐集。

6.呼家將奉旨除奸、呼延慶斬龐集，為呼家伸冤雪恨。

(四)岳家將小說

＊《說岳全傳》

甲：岳飛－張邦昌

1.岳飛挑死小梁王，奸相張邦昌欲斬之，賴宗澤救護方得逃出。

2.張邦昌奸謀傾社稷，陷害二帝遭虜。後聞康王南渡，又獻玉璽再拜相。

3.張邦昌矯詔岳飛入京，誣其行刺。李綱使牛皋領兵來救，宋高宗遂逐張邦昌。

4.張邦昌賣主求榮不成，反遭金兀朮抄家、活宰祭帥旗。

乙：岳飛父子－秦檜集團

1.金兀朮恩養秦檜、王氏。秦檜回宋，宋高宗賞賜封官。

2.王氏御酒下毒，欲殺岳飛讓全兀朮取中原。牛皋識破毒計，打碎御酒。

3.金兀朮蠟丸通奸，秦檜矯詔發金牌、陷岳飛於冤獄。

4.周三畏奉命審案，知奸計掛冠逃去。秦檜再令臣屬構誣岳飛父子。

5. 秦檜夫婦東窗陰謀，岳飛父子屈死風波亭。

丙：岳家後代－秦檜集團

1. 秦檜逼害岳家老小，小梁王之妻柴娘娘恩義待仇，保護岳家
人。

2. 秦檜遭施全行刺、鬼神譴責，夫婦二人地獄受苦償罪。

3. 金兀朮聞岳飛死訊大舉侵宋，宋廷無將可抗敵、岳飛顯靈嚇
死宋高宗。

4. 宋孝宗立，牛皋奉命勘奸定罪，將秦檜夫婦鞭屍斬首，盡誅
奸臣及其後代。

5. 岳雷率領由忠良後代組成的岳家軍，殺敗金兵，回復岳家榮
耀。

(五) 薛家將小說

＊《說唐後傳》

甲：薛仁貴－張士貴父子

1. 薛仁貴投軍，張士貴知其為應夢賢臣，貪求冒功故再三斥
逐。

2. 薛仁貴得程咬金保荐投軍，張士貴誆騙其為應夢反賊，須埋
名於火頭軍。

3. 薛仁貴豐碩戰功皆遭何宗憲冒領，尉遲恭生疑欲查明真相。

4. 尉遲恭藉犒軍之名尋探應夢賢臣，卻遭張士貴設計酒醉誤
事。

5. 尉遲恭怒鞭張士貴，逼問薛仁貴下落。張士貴欲殺薛仁貴滅
口，九天玄女救之。

6. 薛仁貴因救唐王得訴明冤情，徐茂公令薛、張兩人分頭破關

以辨真偽。

7.張士貴趁機駕船回國、陰謀篡位。魏徵夢秦瓊警告，長安城活捉張士貴。

8.唐軍班師，張士貴父子正法，薛仁貴功封平遼王。

*《說唐三傳》

> 甲：薛仁貴－李道宗

1.張士貴之女為成親王李道宗的愛妃，思報父仇，慫恿李道宗陷害薛仁貴。

2.李道宗假詔薛仁貴進京，灌醉後移置女兒床上，郡主羞愧撞死。

3.李道宗誣薛仁貴私進長安、打死郡主，唐太宗盛怒欲斬之，程咬金保救不成。

4.尉遲恭再三求赦薛仁貴不成，怒執打王鞭、鞭斷死諫。

5.哈迷國再下戰書，徐茂公提醒「征西還是征東將」，唐太宗乃赦薛仁貴。

6.薛仁貴因冤屈未雪拒領兵，故唐太宗絞殺張妃、程咬金巧計燒死李道宗。

> 乙：薛家－張家

1.丞相張君佐為張士貴之孫，其子張保欲殺薛應舉以奪其妻。

2.薛剛劫法場、鞭張保，又將所襲之登州總兵讓與薛義舉。

3.薛剛醉鬧花燈，打死張保、驚死高宗，遭擒待斬。程咬金劫法場救之。

4.武后篡位，抄滅薛家。張君佐鑄鐵丘墳，捉拿薛剛。

5.薛義舉恩將仇報反囚薛剛，程咬金劫牢救之。

6. 武則天兵敗去周復唐，唐中宗斬張君佐，開鐵丘墳。

＊《反唐演義》

甲：薛家－張家、武家

1. 奸相張天左、張天右，屢遭薛剛所辱。上奏又為樊梨花、程咬金所護。

2. 張天右囚薛義、奪其妻。薛剛救薛義，復讓與泗水關總兵。

3. 薛剛醉鬧花燈、驚死唐高宗，逃出皇城。武后抄滅薛家，鑄鐵丘墳。

4. 薛剛往投泗水關，薛義忘恩設計陷害，山寨好漢救之。

5. 薛剛助廬陵王反周復唐，封雙孝王，斬殺張君左、張君右等奸臣。

乙：薛家－武三思

1. 唐中宗封武三思為相，武三思私通韋后，使雙孝王削兵權、出居外藩。

2. 武三思毒殺中宗，薛剛斬殺之。薛強助李旦即位為睿宗，薛府一門團圓。

(六)羅家將小說

＊《說唐後傳》

甲：羅通－蘇定方父子

1. 羅通掛帥救駕，因夢父祖顯靈訴冤，趁機公報私仇斬殺蘇定方之子。

2. 蘇定方夢子訴冤，疑羅通報仇殺之，遂不開城門，欲陷羅通死於番兵之手。

3. 屠爐公主暗助羅通擒蘇定方、破番兵。

4.羅通向唐太宗訴明冤屈後，殺蘇定方奠祭父祖。

＊《粉妝樓》

　甲：羅家－沈家

1.奸相沈謙當道，因與羅增不睦，故奏其遠征韃靼。

2.沈謙之子沈廷芳強搶民女，遭羅增之子羅燦、羅焜打傷。

3.羅增遭番兵圍困，沈謙趁機誣其投敵，並唆使天子抄滅羅家。

4.羅燦、羅焜逃亡，眾公侯護之。沈謙再誣眾公侯，天子下令捉拿。

5.羅家兄弟聚義雞爪山，兵臨皇城、討伐沈謙；沈謙失勢投奔番邦。

6.羅家將平定番邦、天子下令斬沈謙，並於凌煙閣為諸英雄粉妝畫像。

小結：

　　根據以上明清家將小說「忠奸抗爭」敘述內容之分析，可以將其忠奸衝突的結構歸納出下表：

書名	復仇者	結仇之因	報仇的對象	結果
北宋志傳	呼延贊	滅家殺父之仇	歐陽昉	滅其全家
	潘仁美	殺子之仇	呼延贊	八王護贊、報仇失敗
北宋志傳 楊家府演義	潘仁美	被傷之仇、嫉妒	楊業、楊令婆	逼楊業出戰而死
	楊六郎	害父殺弟之仇	潘仁美	八王相助斬殺仁美
楊家府演義	狄青	奪帥之仇、嫉妒	楊家將	行刺楊宗保，事敗

	張茂	奪帥之仇、嫉妒	楊家將	神宗下令滅楊家
	楊懷玉	辱家之仇	張茂	滅其全家
說岳全傳	女土蝠鐵背虯龍	被啄死之仇一啄之仇	大鵬金翅鳥（岳飛前世）	投胎為王氏泛洪水、投胎為秦檜
	小柴王	殺父之仇	岳飛	柴娘娘以德報怨
	牛皋、岳家後代	殺父兄之仇	秦檜諸奸臣	鞭屍、斬殺
說唐後傳	羅通	殺父祖之仇	蘇定方	殺蘇定方父子
	蘇定方	殺子之仇	羅通	屠爐公主救羅通
	蓋蘇文	兵敗自刎之仇	薛仁貴	害薛仁貴誤殺兒子
	薛仁貴	冒功、陷害之仇	張士貴	張士貴父子被處死
說唐三傳	李道宗、張妃	殺父之仇	薛仁貴	薛仁貴冤獄三年
	薛仁貴	陷害之仇	李道宗、張妃	李、張被殺
	張君佐	殺祖之仇	薛家（薛剛）	抄滅薛家
	薛剛	滅家之仇	張君佐	斬殺之
反唐演義	薛剛	滅家之仇	張天左兄弟	斬殺之
說呼全傳	龐集	殺子之仇	呼家父子	滅其全家
	呼家將	滅家之仇	龐家	斬殺龐家人
粉妝樓	沈謙	殺子之仇	羅家父子	滅其全家
	羅家將	滅家之仇	沈謙諸奸	斬殺之
五虎平西	龐洪	殺婿之仇	狄青	設計狄青征西遼
	飛龍公主	殺夫之仇	狄青	謀殺不成反遭殺
	狄青	陷害之仇	龐洪、孫秀	龐洪通敵、諸奸被斬
五虎平南	孫振	殺叔之仇	狄青	事敗遭斬
萬花樓	孫秀	殺父之仇	狄廣	陷害狄家
	胡坤	殺子之仇	狄青	聯合龐、孫加害之
	沈氏	殺夫、子之仇	楊宗保、狄青	包公審案斬諸奸
平閩全傳	張茂	奪帥之仇、嫉妒	楊家將	包公審案貶張茂

二、家將小說「忠奸抗爭」敘述形態之模式

明清家將小說以「忠奸抗爭」為主線串連故事情節，其敘事結構可以歸納出一條基本模式：

A奸佞當道→B忠奸衝突→C奸佞欺忠→D忠臣冤屈→E忠臣雪冤→F奸佞失敗。

以下先就各代碼進行說明，再逐一展示各本小說「忠奸抗爭」的代碼模式。

(一)「忠奸抗爭」模式之代碼說明

　　A－奸佞當道：家將小說中的奸臣，在朝廷中皆有權有勢，如李道宗為「親王」；狄青、秦檜、龐洪為「太師」；歐陽昉、張茂、張邦昌、龐集、張君佐、張天左、沈謙等為「宰相」；潘仁美、張士貴為「大將」；王欽、秦檜甚至還是敵國奸細。這群奸佞或投君王喜好、或獻女為妃，皆頗得君王寵愛。由於他們擅長蒙蔽君王，故得以無所顧忌地專權橫行、結黨營私。

　　B－忠奸衝突：家將小說忠奸衝突的原因，如前表所列，主要來自於「仇恨」，而且常是世代累積的殺子之仇、殺父之仇、滅家之仇，更有前世冤仇。此外，尚有氣度小的將領或嫉妒英雄戰功（如潘仁美妒楊業、張士貴妒薛仁貴），或深懷奪帥之仇（如狄青恨楊宗保、張茂恨楊文廣）。而最令人痛恨的則是敵國奸細，他們意圖戮害忠臣，並非是因為個人或家族的恩怨，而是為了滅中國。

　　C－奸佞欺忠：奸佞仗恃君王的寵愛，故得蒙蔽君王、假行

旨意、誣害忠臣。若無更有權勢的貴人（如八王、周王、包公、狄太后、程咬金等）或神仙（如九天玄女、王禪老祖）適時相救，則忠臣勢必遭受冤屈。（有貴人相救附加「⑯」標示）

D－忠臣冤屈：君王因為受到蒙蔽，故當奸佞誣害忠臣時，常不加查證即「大怒」，或「貶官流放」、或「下令斬首」，甚而「抄家滅族」。縱有貴人相挺，也只能在忠臣受到冤屈後，求減刑罰或暫入天牢，實在不行則教其詐死埋名。若忠臣已遭冤死，那麼貴人就會助其後代雪冤復仇、逃難抗奸。（有貴人相救附加「⑯」標示）

E－忠臣雪冤：忠臣受到冤屈時，若想要雪冤以證清白，則必須等待時機。等待敵寇入侵、朝廷無人能敵時，那昏瞶的君王就會意識到迫切的危機，進而清醒地思起良將。這時，善戰的忠臣得到恩赦、詐死的英雄重新復生，一旦敵軍大敗，忠臣的冤屈就可以得到伸張和補償。若是忠臣已經冤死，那麼他的子孫自會繼承其志業，重新贏回家族的榮耀。（忠臣後代雪冤附加「△」標示）此外，後出的家將小說，則流行「包公審是非」的雪冤方式。

F－奸佞失敗：奸佞得以專權、欺忠，皆因君王受到蒙蔽。如此，當君王清醒之時，就是奸佞失敗之日。一旦忠臣的冤屈得到平反昭雪，君王就會處罰奸佞，以示英明。要是君王處罰太輕，則忠臣一方就會另尋管道以懲奸除惡。

⼆「忠奸抗爭」模式之代碼展示

書名	「忠奸抗爭」敘述形態之模式代碼（甲、乙、丙、丁分段，乃配合前之內容分析）
北宋志傳	ABCD⑩EF（呼甲）→ABC⑩（呼乙）→ABCDE△F（楊甲）→ABCD⑩EF（楊乙）
楊家府演義	ABCDE△F（甲）→ABCD⑩EF（乙）→ABCD⑩E（丙）→ABC⑩CD⑩E△F（丁）
說岳全傳	ABC⑩CD⑩EF（甲）→ABC⑩CD（乙）→C⑩E△F（丙）
說唐後傳	ABCD⑩EF（羅甲）→ABC⑩CD⑩EF（薛甲）
說唐三傳	ABCD⑩EF（甲）→ABCD、C⑩E△F（乙）
反唐演義	ABCD、C⑩E△F（甲）→ABCDEF（乙）
說呼全傳	ABCD、C⑩E△F（甲）
粉妝樓	ABCD、C⑩E△F（甲）
五虎平西	ABCDE（甲）→CD⑩E（乙）→CD⑩C⑩EF（丙）
五虎平南	ABC⑩EF（甲）
萬花樓	ABCD（甲）→C⑩C⑩C⑩（乙）→CD⑩EF（丙）→CD⑩EF（丁）
平閩全傳	ABC⑩C⑩EF（甲）

三、家將小說「忠奸抗爭」敘述形態之探討

㈠模式基型——「ＡＢＣＤＥＦ」

明清家將小說以「忠奸抗爭」為敘事主線，其模式基型的代碼為「ＡＢＣＤＥＦ」順序發展。就敘事空間的安排來看，分別是「朝廷（ＡＢＣＤ）→戰場（Ｅ）→朝廷（Ｆ）」，形成首尾連貫，並凸顯出作為敘事主體的「戰爭」。各本家將小說敘事主線的發展，皆是由此「模式基型」加以增益變化而成。如：

＊用一組模式寫兩代抗奸者，有《粉妝樓》、《平閩全傳》。

　＊用一組模式寫三代抗奸者，有《說呼全傳》。

　＊用二組模式寫兩代抗奸者，有《說岳全傳》。

　＊用二組模式寫三代抗奸者，有《說唐三傳》。

　＊用四組模式連寫四代抗奸者，有《楊家府演義》。

　＊用四組模式分寫二家兩代抗奸者，有《北宋志傳》、《說唐後傳》。

此外，後期的家將小說更是善於運用迴旋反覆的結構，將一組模式穿插增衍，形成「跨家族式」的忠奸集團對抗，如《五虎平西》、《五虎平南》、《萬花樓》等。可見家將小說是以「忠奸抗爭」模式為情節發展的主線，而「家族」不但是忠奸集團的基本組成，更是推動一場又一場忠奸抗爭的興起、結束與轉換之力量軸心。

　　由於家將小說是以「英雄家族的世代功業」為敘事軸心，因此小說中這種「忠奸抗爭」的敘事結構，就不再只是單純而絕對的「二元對立」。❿而是在「家族衍續」的發展下，使忠奸之間的消長呈現出一種交替而綿延的互動，如「忠消奸長」導致第一代英雄冤屈，緊接著「忠長奸消」則寫二代英雄如何為父祖報仇雪冤，接著又是「忠消奸長」……。於是整部小說就在忠奸交替消長的互動下，分別呈現出相應的悲喜、離合、盛衰等情調。雖然家將小說這種「忠奸抗爭」的結構仍本於「二元相關」的理論模式，但是其結構底層卻蘊藏了中國文化中「陰陽」、「盈虛」、「漲退」等概

---

❿　忠／奸、善／惡、好／壞，這種「二元對立」是結構主義的一種基本假定，認為是人類認知、交流的基礎，也是語言的基礎，在處理文化現象時，可作為文化價值的架構或意義的來源。參見羅鋼《敘事學導論》（昆明：雲南人民出版社，1995.7），頁 7-8。

念。⓫

因此，當家將小說以「忠奸抗爭」為敘事結構，並且將之用來建構一個英雄、一個家族或一個時代之興衰，甚至作為對歷史的普遍解讀時，那麼它就不再只是一個單純的「敘事框架」，其中自有其相應的文化價值。畢竟在中國人的觀念中，「忠／奸」代表了既鮮明又對立的道德立場。⓬特別是在倫理教化的要求下，「忠善／奸惡」成為固定的文化類型。而將造成忠臣悲劇命運的原因，簡單而明白地定位為「惡對善的欺凌」，最後再以「懲惡揚善」為故事一貫的結局。（詳論於第四章第一節）

雖然這種「忠奸抗爭」模式確實是將社會生活和政治現象過度的簡單化、公式化，但是透過這種模式的運用，卻能撫慰和滿足讀者內心的道德情感。可見通俗文學的作者以「忠奸抗爭」來詮釋歷史時，其最重視的是道德評價和道德勝利。而如此構成的歷史意識，透過通俗文學的普遍流傳，更使庶民們堅定其忠君反奸的文化

⓫ 浦安迪（Andrew H. Plaks）在探討中西敘事文學的不同時，認為中國的敘事文學的聯貫性並非在「架構」之中，而在「間織」之內。因此，相較於西方的對立思維，中國敘事文學所遵照的結構模型，是一種「二元補襯」的系統。這種系統中一個重要的概念是──萬物的兩極之間的不斷交替現象，或陰陽論所涉及的生命律動的現象。這其中涉及到的是中國傳統的對偶美學與文化原型。浦氏並以中國的四大奇書為例，詳析其所謂「奇書文體」的結構諸型。詳參《中國敘事學》第二、三章（北京：北京大學出版社，1998.1），頁 34-97。

⓬ 在民俗文化中，忠與奸是最基本的政治道德尺度，故文學作品樂於運用。參見王子今《「忠」觀念研究》（吉林：吉林教育出版社，1999.1），頁 286-290。

信念。

㈡貴人相救──「㊉」

在家將小說「忠奸抗爭」的模式基型中，主要是運用「㊉貴人相救」來變化、伸展敘事的主線。如「C㊉」，指奸佞欺忠因逢貴人相救而化解，忠臣逃過一劫，免受冤屈。若是奸佞誓不甘休，必定再生奸計，如此就會形成「C㊉C」（如《楊家府演義》丁、《說岳全傳》乙、《說唐後傳》薛甲、《平閩全傳》甲），甚至「C㊉C㊉C㊉」（如《萬花樓》乙）。

若是在小說敘事主線中的「㊉」愈多，就表示其忠奸相抗的規模愈大，甚至形成忠奸兩大集團的對抗，最典型的就是《萬花樓》，小說一開始的「忠奸抗爭」僅是狄、孫兩家的仇怨，然隨著情節的陸續發展，忠奸兩方逐漸衍生為「狄家、楊家（忠）／（奸）孫家、胡家、龐家、沈家」。有趣的是當宋仁宗決意偏袒龐妃時，君王竟然成為「奸方」最有力的支柱。而為了平衡兩方的力量，包公不但自己加入了「忠方」，還找來了狄太后、李太后以化解宋仁宗和龐妃的阻力。於是，整部小說最後就形成了「賢后、忠臣／昏君、奸臣」兩大集團之對抗。

再如「D㊉E」指英雄受冤逢貴人相救，而後待機雪恥。如《說唐後傳》中前後二組符號，前者指「蘇定方害羅通陷敵→屠盧公主相救→羅通殺敵報仇」；後者指「張士貴欲燒死薛仁貴→九天玄女相救→薛仁貴救駕後雪冤」。在這種符號組合中，英雄就算遭受冤害，也都能保有一線生機，而在接續的「忠長奸消」情節中，來個英雄再現、平番除奸。

家將小說中這種「貴人相救」的安排，很明顯的貴人是站在

「忠方」,是用來增加忠的力量。而小說中貴人的身分大致可分為三類:

第一類是權貴。最典型的代表是楊家將小說中的八王、寇準、周王、潞花王等,以及狄家將小說中的狄太后。這類朝廷權貴在小說中的作用固然是為了救忠,然其更深層的意義則在於「家族和國族的延續」。如狄太后對狄青的護持始終是為了「保住狄家血脈」;而八王、周王等則是深切明白忠臣存亡與國家興衰的絕對關係,因此他們對忠臣、忠臣後代、忠臣血脈的維護更是不遺餘力。❸此外,在「朝廷＝昏君奸臣」的普遍敘述中,小說作者勢必要在朝廷中塑造出幾個足以代表「正義」與「良心」的權貴,否則如何教化讀者們繼續堅持「忠君愛國」的信念?

第二類是神仙。如薛家將小說中的九天玄女、狄家將小說中的王禪祖師。小說中讓神仙加入救忠貴人的行列,最主要的作用是為了宣揚天命。忠臣之所以被害、忠臣之所以不死,全是天命所歸,而神仙是天命的執行者和見證者。(詳論於第四章第一節)這種敘事結構,是家將小說和「神魔小說」❹合流下的結果。

第三類則是清官,並以包公為典型代表。在後期講北宋故事的

---

❸　如《楊家府演義》第20則,宋真宗下令斬楊六郎,而八王設計以死囚代替楊六郎的原因是:「朝廷若誅了六郎,他日將奈遼人侵害何!我等當竭力救之。」又如第58則,宋神宗下令抄滅楊家,周王阻之曰:「國有佞臣,忠良難立。……將來四夷叛亂,再遣何人討之?」

❹　魯迅對「神魔小說」的界說是指明清兩代在儒釋道「三教同源」觀念影響下,所產生以神魔怪異為主體的小說作品。參見《中國小說史略》(上海:上海古籍出版社,1998.6),頁104。

家將小說中，包公不但是必備人物，他的實質作用甚至超越了朝廷權貴與神仙。如在《五虎平西》中狄青屢遭龐洪陷害，王禪祖師僅守天命也只能教愛徒詐死避禍，然包公卻可以識破天命、懲處龐洪以讓狄青出仕；宋仁宗力保龐洪，滿朝權貴敢怒不敢言，包公卻能巧計斬龐洪。此外，《萬花樓》還特別為包公量身打造，敷演出「狸貓換太子」的情節。❶此情節雖和狄家將故事無關，❶但「劉后／李妃、郭槐／陳琳」的相對塑造，無疑也是採用「忠奸對抗」的敘事結構。由此，亦可見後期家將小說和「公案小說」❶合流的發展現象。

若再由家將小說的發展來看，則愈是後期刊刻的家將小說，其貴人角色的分量愈重也愈多元，此除了反應「忠奸抗爭」日益激烈的表層敘事外，更可見其中有著「修正」和「補償」的心理因素。如前期家將小說的楊業、岳飛，就是因為貴人太少、太不夠力，才

---

❶ 相關情節詳參《萬花樓》第 3 回、第 45-48 回、第 58-62 回。

❶ 從清代以來，「狸貓換太子」的故事即廣為流傳，就現存作品來看，故事的雛形已可在明萬曆二十二年（1954）與耕堂本《包公傳》（又稱《龍圖公案》）中看到，不過用來換太子的不是狸貓而是女嬰。直到《萬花樓》才形成「狸貓換太子」的完整情節。就歷史真相來看，宋仁宗確為李辰妃所生，然遭劉皇后強行抱走作為己子，待劉后病故後仁宗的身世才真相大白。整個事件主持公道的是當時的宰相呂夷簡，而非包公。參見張學舒〈「狸貓換太子」的故事及歷史背景溯源〉《歷史月刊》（1996.8），頁 66-72。然《萬花樓》卻極力誇張此情節以成就包公的形象，並將相關情節安插在狄青故事中，形成主要故事下的插曲。

❶ 「公案小說」的界定一般必須具備兩部分的內容，即案情的描寫與斷案的描寫。參見黃岩柏《公案小說史話》「一、1.什麼是公案小說」（瀋陽：遼寧教育出版社，1993.9），頁 1-15。

導致英雄冤死。為了「修正」這種因忠奸失衡所導致的悲劇，於是後出的家將小說莫不紛紛加強貴人的比重。如歷史上的狄青遭到猜忌而死，死後在《楊家府演義》中居然還被誣為無能妒功的「狄太師」。為了「補償」狄青，在清代的狄家將小說中，狄青不但擁有最多的貴人，還一躍成為「狄皇親」。**⑱**同時，在故事發展中曾經「虧待過狄青」的楊家將，則無論在戰場或朝廷，都給了狄青絕對的幫助。

(三)家族後代——「△」

家將小說既以家族為敘事結構的軸心，故其中關於家族後代的情節頗多。而在「忠奸抗爭」的結構模式中，家族後代的作用主要是用來為家族雪恥、為父祖伸冤。以《楊家府演義》為例，其「甲」段結構中的「ＤＥ△」，是指潘仁美害死楊業，楊六郎為父

---

⑱ 清道光年間人梁紹壬考證「狄青認姑成為狄皇親」的情節後，寫下一則讀後感：「後閱宋魏泰《東軒筆錄》，首一條即記云：李太后始入掖庭，才十餘歲。唯一弟七齡，太后臨別，手結刻絲鸞囊與之。拊背泣曰：『汝雖淪落顛沛，不可失此囊，異時我若遭遇，必訪汝，以此為物色也。』後其弟備於鬻紙錢家，然常以囊懸於胸臆間，未嘗斯須去身也。一日，苦下痢，勢將不救，為紙家棄於道旁。有入內院子者，見而收養之。怪其衣服百結，而胸懸囊。問之，以告。院子愀然驚異，蓋嘗奉太后旨，令物色訪其弟也。遂解其囊，入視太后具道本末。是時太后封宸妃，真宗已生仁宗矣，聞之悲喜，遂以其事白真宗。尋官之為右班殿值郎，即李用和也。及仁宗立，召用和，擢以顯官，後至殿前指揮使，領節鉞，贈隴西郡王，世所謂李國舅者是也。據此，則其人並非杜撰。」見《兩般秋雨盦隨筆》「路化王」條，收入「中國近代史料叢刊續編第十六輯」157 冊（台北：文海出版社，1974），頁 245。可見，李雨堂寫《萬花樓》時，將李宸妃與李用和的真實事件，附會成狄太后與狄青的故事。

鳴冤報仇。而「丁」段結構中的「D㊣E△」，則是張茂唆使神宗下令抄滅楊家，要非貴人周王極力保救，楊家滅矣！英雄世家遭受如此屈辱，楊懷玉遂瞞著父親楊文廣殺盡張茂全家以為報仇。

　　此外，還有一種結構是英雄受冤而死，或英雄家族慘遭滅家，可奸佞仍持續對英雄後代進行逼害；然在貴人相救下，英雄後代總算有機會為前代英雄伸冤、回復家族的榮耀。這種結構主要出現在以英雄後代為敘事重點的情節中，如《說岳全傳》「乙、丙」連結處之符號為「CD→C㊣E△」，此即寫岳飛冤死，秦檜加害岳家母子，岳家後代在忠良和鬼神的保護下復仇雪冤。在後出的《反唐演義》、《說呼全傳》和《粉妝樓》中，由於專寫英雄後代，因此就以「C㊣E△」為全書的主結構，而在進入主結構之前略述「ABCD」（得罪奸佞導致抄家滅族），形成「ABCD、C㊣E△F」的類型結構。

　　家將小說中這種家族後代的敘事結構相同、風格也頗為類似，其敘事意義很明顯的是為了滿足「英雄家族的世代交替」。如在小說〈序〉中所云：

> 自令公以忠勇傳家，嗣是而子繼子，孫繼孫，如六郎之兩下三擒，文廣之東除西蕩，即婦人女子之流，無不摧強鋒勁敵以敵愾沙漠，懷赤心白意以報效天子，雲仍奕葉，世世傳承。噫！則令公於是乎為不死。（〈楊家府演義序〉）

> 父喪子興，英雄復起，此誠忠臣之後，不失為忠；而大奸之報，不恕其奸，良可慨矣。（〈說岳全傳序〉）

> 推作者命意，則一言盡之曰：不可使善人無後，而惡者反昌
> 之心耳。嗚呼！世祿之家鮮克由禮，而秦羅諸舊族乃能世篤
> 貞忠，服勞王家，繼起象賢，無忝乃祖乃父。此固褒鄂諸公
> 樂得有是子而有是孫，即千載以下，亦樂得有是人也。
>
> （〈粉妝樓序〉）

家將小說以「子繼子，孫繼孫」、「父喪子興，英雄復起」為敘事
結構，此固然有其「不可使善人無後」的敘事意圖，然小說中一再
重覆地以「忠奸抗爭」模式來敷演英雄及其後代，使其結構形成一
種不斷循環交替的意義。「忠消奸長」、「忠長奸消」在小說中成
為完整而一致的循環原則，而家族後代「冤冤相報」的行為動機，
也造成一種永無止境的週旋現象。❶❾

㈣大團圓的結局──「F」

「大團圓」是傳統通俗文學中最普遍的結局，足以反映出中國
人特有的審美心理。❷⓿以家將小說來看，「大團圓」之所以被運用

---

❶❾　浦安迪（Andrew H. Plaks）指出中國小說裡情節的「高潮」，往往遠在故事
　　的終點以前就發生了。而在「高潮」發生後的後半截，則給人一種無端延續
　　的印象。中國小說這種結構是一種無止的週旋現象，晚輩英雄常像長江後浪
　　推前浪般地代表一種週旋不斷的動力。中國的敘事文是以「反覆循環」的模
　　子來表現「人間經驗」的細緻關係。參見〈談中國長篇小說的結構問題〉
　　《中國古典文學比較研究》（台北：黎明文化公司，1977.10），頁282-286。

❷⓿　學者分析「大團圓」的審美心理成因，指出有「尚圓的傳統觀念」、「拜日
　　崇禮貴和的文化思想」、「心理防禦機制」、「封閉性的地理環境」、「古
　　代宗法家族制度」、「自給自足的小農經濟因素」等，參見危磊〈「大團
　　圓」審美心理成因新探〉《文學評論》（2002 第 3 期），頁 153-159。

在「忠奸抗爭」的結構中，主要是為了滿足「懲惡揚善」的倫理要求。正如《萬花樓》開首引詩所云：「一編欣喜有奇文，奸佞忠良各判分；決獄同欽包孝肅，平戎共仰狄將軍；威棱面具留佳話，旋轉宮闈立大勛；莫笑稗官憑臆說，主持公道最情殷。」再如小說結局所標的回目，如「冤仇報新君御極，功名就薛氏團圓」（《反唐演義》第 100 回）、「呼家將力殲龐奸，宋仁宗封贈團圓」（《說呼全傳》第 40 回）、「獲叛臣奏凱班師，誅佞賊榮封眾將」（《五虎平南》第 42 回）、「張太師受罪充軍」、「宋仁宗敕封功臣」（《平閩全傳》第 51、52 回）等。可見，在家將小說「忠奸抗爭」的結構模式中，是以「奸佞失敗」為傳統的「大團圓」結局。

家將小說的「Ｆ－奸佞失敗」，在情節上是以君王醒悟、護忠除奸為常見形態。但亦有變化者，如《楊家府演義》寫張茂陷害楊家，後楊家將征閩凱旋獲得雪冤，但楊懷玉不滿奸臣復職，遂假扮強梁殺其全家。《說呼全傳》則寫呼延慶不滿龐集只被革職，趁其回朝時將之斬首。類此強調「私刑報復」的作法，可說是出自對朝廷的不信任，因此楊懷玉後來「舉家上太行」，寧可落草為民也不願再效力於昏君奸臣。而呼家將之前為了雪清家族冤屈，也不惜領兵包圍皇城、兵諫除奸。這種激烈的作法與其說是前代英雄所不為，還不如說是英雄家族世代遭受冤屈所累積而來的經驗教訓，其中更反映了傳統文化中「家族至上的價值取向」。（詳論於第六章第三節）

而《說岳全傳》因宋高宗與秦檜是主和利益的共同體，故不能期望高宗罪罰秦檜，於是運用大量鬼神報應的情節，先嚇唬秦檜再驚死高宗，企圖將懲惡揚善的倫理堅持，寄託到冥冥鬼神的身

上。最後新君即位，因戰事所需才不得不趕快平反岳飛家族的冤情，好讓岳家後代願意領兵抗金。故作者引詩云：「恩仇已了慰雙親，領受兵符寵渥新。克建大勛同掃北，行看功業畫麒麟。」（第75回）

至於《五虎平西》則吸收公案小說的模式，寫狄青雖帶回龐洪通敵的罪證，然宋仁宗卻因龐妃之故而不辦龐洪。不料群臣激憤，宋仁宗只好將全案交付包公審判。包公堅持依律論罪，然宋仁宗卻表明要庇護龐洪。最後，包公只好面奏狄太后，待狄、李兩位太后下旨縊殺龐妃之後，再依律斬殺龐洪。這種「清官勝明君」是後期家將小說的特色，故「Ｆ－奸佞失敗」在《五虎平西》中寫得最為曲折、精彩。

第三節　明清家將小說敘事結構之敘述主體──戰爭

本節討論明清家將小說的敘事主體，分成三部分：首先是「戰爭」內容之分析，為了使故事的內容能夠連貫，因此分析的順序不依作品刊刻的先後，而是以同類家將小說中，故事內容發展的先後為據。其次，根據分析結果，歸納出家將小說敘述形態的共同模式，並以符號代碼的方式來展現每本小說的結構。此部分依小說刊刻流傳之先後排序，以利考察小說結構的演進。最後，透過家將小說敘述形態的符號結構，進一步探究其符號意義。

一、家將小說「戰爭」內容之分析

　　以下依序將楊家將、狄家將、呼家將、岳家將、薛家將、羅家將之小說作品，析列出戰爭的敘述內容，最後再就其戰爭衝突的結構歸納作表。

㈠楊家將小說

＊《北宋志傳》

子：楊業父子拒宋、征遼

1.宋太祖、太宗征北漢，皆遭楊業、楊令婆所阻而功敗。（後楊業投宋）

2.宋太宗伐遼遭困，楊業父子救駕。遂城一戰，大敗遼兵。

3.宋太宗遭困五台山，楊家將大戰遼兵，父子八損其五。

4.遼兵犯境，楊業被迫孤軍出戰，兵困陳家谷、碰死李陵碑。

丑：楊六郎父子滅遼

1.宋遼晉陽比武，楊六郎擊敗遼將，宋真宗命其鎮守三關。

2.孟良盜回楊業骨殖、宋軍遭困雙龍谷，楊五郎率頭陀軍大破番兵。

3.宋真宗遭困魏州銅台，楊六郎復出救駕，大敗遼兵。

4.宋真宗四路大軍伐遼，呂洞賓助遼擺下七十二座天門陣。

5.楊宗保遇神授天書、與木桂英陣前招親，鍾離權助宋軍破天門陣。

6.遼國詐降，飛龍谷圍困宋廷十大臣；楊家將趁勢陷幽州、滅遼國。

寅：楊家將征西夏

1. 西夏命善使妖法的殷奇、束天神興兵犯宋，楊宗保掛帥征
   西。

2. 宋軍遭妖法所困，楊家十二寡婦西援、破妖法、平定西夏。

＊《楊家府演義》

子：楊業父子拒宋、征遼 (略同《北宋志傳》)

丑：楊六郎父子滅遼 (略同《北宋志傳》)

寅：楊宗保父子征南閩

1. 儂智高反，驅兵入宋，太師狄青奉命征討不成。包拯荐舉楊
   宗保父子征之。

2. 宋軍遭困，楊文廣姊楊宣娘領兵救援，斬儂智高。

卯：楊文廣領兵取寶

1. 宋仁宗酬神寶遭奪，楊文廣領兵取寶，與杜月英等陣前姻
   緣、並遊歷仙境。

辰：楊家將征西

1. 西番新羅國遣八臂鬼王領兵侵宋，宋神宗命楊文廣、楊懷玉
   父子征西。

2. 宋軍遭妖法所困，楊家十二寡婦西援，終破妖法、燒煉鬼
   王。

＊《平閩全傳》

子：楊文廣父子征南閩

1. 南閩王藍鳳高邀南閩十八洞攻宋，宋仁宗命楊文廣率軍征
   討。

2. 宋軍多賴楊宣娘收妖破陣，並有楊懷玉與金蓮陣前姻緣。

㈡狄家將小說

＊《萬花樓》

子：狄青抗西夏

1. 邊關告急，狄青奉命解征衣；磨盤山遇盜，征衣遭劫。

2. 大狼山之戰，狄青恃法寶人面金牌，殺贊天王、子牙猜，奪
　回征衣。

3. 西夏來犯，楊宗保喪命。王禪老祖遣石玉助宋退番，狄青封
　帥守關。

＊《五虎平西》

子：狄青誤走單單國

1. 狄青奉命率五虎將征西遼，欲取珍珠烈火旗。

2. 宋軍誤入單單國，狄青與八寶公主陣前姻緣後化解干戈。

丑：狄青初征西遼

1. 狄青征西遼，斬其駙馬後遭困白鶴關。八寶公主提兵解夫
　圍。

2. 西遼飛龍公主獻假珍珠旗，宋軍凱旋、狄青封兩遼王。

寅：狄青再征西遼

1. 狄青為奸所害、詐死埋名。西遼狼主和新羅王聯合興師犯
　界。

2. 宋軍無人能敵，包拯力勸狄青出仕抗敵，先破新羅，復征西
　遼。

3. 花山老祖助遼奪宋，妖法傷狄青；王禪老祖救狄青，八寶公
　主收蛇怪。

4. 遼主投降獻出珍珠旗，平西王榮歸大團圓。

＊《五虎平南》

子：狄青征南閩

1.南閩王儂智高叛宋，狄青奉命南征，在蒙雲關遭段紅玉施法困住。

丑：楊家將南援狄家將

1.宋仁宗命楊家王懷女、楊文廣率軍救援，狄龍、狄虎隨軍出征。

2.狄龍與段紅玉陣前姻緣，宋軍出陣脫困。

3.王禪師布陣連陷宋將，狄青夢諸葛武侯指示，敦請段紅玉、王蘭英破陣。

4.狄虎與黃蘭英陣前姻緣，殺段洪奪關獻功；段紅玉則因父仇反上竹枝山。

寅：楊家將再援狄家將

1.達摩道人毒殺狄青、木桂英，王禪老祖救之。

2.狄龍、楊文廣招安段紅玉，破妖道毒水。

3.楊金花奉命掛帥，布陣誅妖，助狄青奪崑崙關、斬儂智高。

(三)呼家將小說

＊《北宋志傳》

子：呼延贊征北漢、抗遼

1.宋太祖征北漢回師，呼延贊求借征衣，戰敗宋將多人。

2.宋太宗征北漢，呼延贊斬將牽旗、威震北漢，並擊退來援遼兵。

3.遼兵犯宋，呼延贊與楊家將一同出征抗遼。

＊《說呼全傳》

子：呼守勇抗龐軍

1. 龐家四虎領軍征剿呼守勇，楊業顯靈率陰兵救外孫。

2. 呼守勇收妖得金鞭，與新唐國公主成親。

丑：呼守信抗龐軍

1. 龐集領兵追殺呼守信，在楊門女將掩護下，逃往西姜天定山。

2. 天定山寨主齊國寶乃楊家將花花太保，呼守信和齊月娥打擂台成親。

寅：呼延慶戰龐軍

1. 呼延慶得王禪老祖授兵法，及長會叔父呼守信、掃鐵丘墳，遭龐集追殺。

2. 呼延慶戰龐家四虎、救太子，至新唐會父親呼守勇。

3. 仙山狼主比武招親，守勇子延壽、守信子延豹被招為駙馬。

卯：呼家將大戰龐軍

1. 天定山呼龐大戰、呼家將借番兵助戰、祝素娟法寶破妖、齊國寶斬龐琦。

2. 呼家將包圍皇城、兵諫除奸。呼延慶斬龐集。

(四)岳家將小說

＊《說岳全傳》

子：岳飛父子抗金、剿寇

1. 金兀朮興兵入寇，岳飛剌金牙忽於八盤山，敗粘罕於青龍山。

2. 宋金大戰愛華山，岳飛打傷金兀朮，番兵屍積如山。

3. 岳飛調兵剿寇，收服楊虎、何元慶等草莽好漢。

4. 金兀朮五路進兵，宋高宗遭困牛頭山，岳飛領兵救駕。

5. 岳雲夢神授錘法，殺盡番兵保家屬，再上牛頭山助父抗金。

6. 宋金大戰牛頭山，岳飛破金兵、梁夫人擊鼓戰金山，金兀朮敗走黃天蕩。

7. 岳飛奉命剿寇，楊景（楊六郎）夢授殺手鐧助岳飛收服楊再興。

8. 牛皋遇仙贈寶破妖術，岳飛大破五方陣，擒殺洞庭湖寇楊么。

9. 金兵進犯，楊再興誤走小商河遭萬箭穿心；岳雲怒殺番兵，宋金對峙。

10. 朱仙鎮大戰，岳家軍大破連環馬、金龍絞尾陣，金兀朮敗逃。

丑：岳雷兄弟抗金

1. 岳飛、岳雲父子冤死，岳家老小流放雲南。岳雷、岳霆逃亡聚義。

2. 金兀朮大舉進兵，宋廷無人能敵，岳雷承父志掛帥抗金。

3. 普風國師施妖法，鮑方老祖破妖術；烏靈母布妖陣，施仙師破陣收妖。

4. 宋金決戰朱仙鎮，牛皋氣死金兀朮、岳雷直搗黃龍府，金主降宋。

五 薛家將小說

＊《說唐後傳》

子：薛仁貴從征高麗

1. 高麗國元帥蓋蘇文挑釁，唐太宗尋訪征東的應夢賢臣。

2.薛仁貴投軍，得九天玄女賜天書，擺龍門陣、獻平遼論。

3.薛仁貴三箭定天山，嚇走番將。

4.唐王遭困鳳凰山，薛仁貴領兵救駕，鞭打蓋蘇文。

5.仙人李靖助薛仁貴破妖法、斬番婆；九天玄女助薛仁貴病挑番將、奪獨木關。

丑：薛仁貴掛帥東征

1.薛仁貴避禍藏軍洞時唐軍再遭困，羅通、秦懷玉救駕。

2.唐王出獵遭蓋蘇文追殺，薛仁貴海邊救駕、鞭打蓋蘇文。

3.薛仁貴掛帥東征，攻下摩天領、再破飛刀陣。

4.薛仁貴擺龍門陣大破番兵，蓋蘇文自盡、高麗投降。薛仁貴功封平遼王。

＊《說唐三傳》

子：薛仁貴征西

1.哈迷國元帥蘇寶同（蘇定方之孫）下戰書，薛仁貴掛帥西征。

2.唐軍遭困鎖陽城，薛仁貴大戰蘇寶同，陷飛刀陣死去還魂。

丑：薛丁山征西

1.程咬金出城討救兵，王敖老祖命薛丁山前往西涼救駕。

2.薛丁山與竇仙童陣前姻緣，復奪三關，打敗蘇寶同。

3.蘇寶同再圍鎖陽城，飛鈸和尚連傷唐將，薛丁山力戰鐵板道人。

4.哈迷國皇后蘇寶蓮鞭傷薛丁山，陳金定相救後成親。

5.寒江關樊梨花與薛丁山陣前姻緣，救薛丁山於烈陷陣、洪水陣。

6.薛仁貴被困白虎山，薛丁山往救，射白虎卻誤殺薛仁貴。

7. 樊梨花掛帥，率薛丁山破白虎關；薛應龍斬楊藩，楊藩懷怨投胎為薛剛。

8. 蘇寶同布下金光陣，薛應龍喪命，樊梨花陣中產子破飛刀。

9. 仙魔大戰、布陣鬥法；樊梨花斬蘇寶同，番王投降；薛丁山功封兩遼王。

　寅：薛家將反周興唐

1. 薛剛醉鬧花燈、驚死唐高宗；武則天下旨抄滅薛家、鑄鐵丘墳。

2. 薛剛三掃鐵丘墳，武三思追殺薛剛，程咬金劫牢救薛剛。

3. 薛剛至西唐借兵，招為駙馬，率軍戰敗武三思，助盧陵王興兵取長安。

4. 薛家將兵打臨陽關、潼關，薛孝與盛蘭英陣前姻緣。

5. 樊梨花以仙法斬殺驢頭太子，薛家將大破周兵，唐中宗即位。

＊《反唐演義》

　子：薛家將反周興唐

1. 薛剛醉鬧花燈、驚死唐高宗；武則天下旨滅薛家、鑄鐵丘墳。

2. 薛強逃到大宛國被招為駙馬。薛剛逃到臥龍山，與女寨主紀鸞英成親。

3. 薛剛一祭鐵丘墳，武三思率軍追殺、進剿臥龍山。山寨好漢劫救薛剛。

4. 薛剛二祭鐵丘墳，守軍追殺。盧陵王恩放薛剛，九焰山群雄聚義。

5.薛剛三祭鐵丘墳，殺出後往新唐國借兵，招為駙馬。

6.薛家將興師保駕廬陵王，羅家將助破連環馬；薛蛟、薛葵與
　女將陣前姻緣。

7.李靖、謝映登助唐軍破妖法；樊梨花施法除龜精。

8.薛家將大破周兵、唐中宗即位；武三思設計毒死中宗。

9.薛強助李旦興兵，薛剛擒武三思。李旦即位為唐睿宗，薛家
　一族榮耀。

㈥ 羅家將小說

＊《說唐後傳》

子：羅通掃北

1.北番狼主下戰書，唐太宗以秦瓊為帥、御駕親征。

2.唐軍遭困木陽城，程咬金出城討救兵；小羅通勇奪帥印，封
　二路元帥救援。

3.八寶銅人敗羅通，小羅仁私出長安、雙錘救兄長；屠爐公主
　祭飛刀斬殺羅仁。

4.羅通應允屠爐公主的招親，唐軍方得抵達木陽城。

5.蘇定方欲謀害羅通戰死，屠爐公主暗助羅通大破番兵。

＊《粉妝樓》

子：羅焜抗奸

1.羅增征韃靼遭困，奸相沈謙趁機誣其通敵，天子下令抄滅羅
　家。

2.羅焜逃亡、遭捕待斬，胡奎等眾好漢劫法場救之，聚義雞爪
　山。

丑：羅燦抗奸

1. 羅燦逃亡遭追捕，眾公侯庇護之；後被捕入獄，為盧真人救上雞爪山。

寅：羅家將抗奸平番

1. 羅家將與興唐功臣後代齊聚雞爪山，興兵討伐沈謙、進逼長安。
2. 祁巧雲夢仙授天書，駕雲帶羅焜入後宮向天子訴冤；沈謙叛唐投奔番邦。
3. 義軍奉旨會同羅增討伐番邦，祁巧雲破番軍妖法。
4. 番王獻上沈謙求和，羅家將凱旋受封。

小結：

根據以上明清家將小說「戰爭」內容之分析，可以將其戰爭衝突的結構歸納出下表：

書名	戰爭雙方	戰爭起因	戰爭結果	戰爭性質	戰爭英雄
北宋志傳	宋－北漢	遼、漢犯邊	北漢滅亡	民族戰爭	楊業、呼延贊
	宋－遼	遼屢犯邊	遼國滅亡	民族戰爭	楊業、楊六郎
	宋－西夏	西夏侵宋	西夏投降	民族戰爭	楊宗保、十二寡婦
楊家府演義	宋－北漢	遼、漢犯邊	北漢滅亡	民族戰爭	楊業、呼延贊
	宋－遼	遼屢犯邊	遼國滅亡	民族戰爭	楊業、楊六郎
	宋－南閩	儂智高侵宋	南閩投降	民族戰爭	楊宗保父女
	宋－西番	新羅國侵宋	西番滅亡	民族戰爭	楊文廣、十二寡婦
說岳全傳	宋－金	金國南侵	宋金議和	民族戰爭	岳飛父子
	宋－金	金國南侵	金國滅亡	民族戰爭	岳家後代
說唐後傳	唐－北番	北番挑釁	北番投降	民族戰爭	羅通

	唐－高麗	高麗挑釁	高麗投降	民族戰爭	薛仁貴
說唐三傳	唐－西番	哈迷國挑釁	西番投降	民族戰爭	薛丁山、樊梨花
	唐－周 薛家－張家	武則天稱帝 家族恩怨	反周興唐 薛家再盛	正統保衛戰 家族保衛戰	薛剛、薛家後代
反唐演義	唐－周 薛家－張家	武則天稱帝 家族恩怨	反周興唐 薛家再盛	正統保衛戰 家族保衛戰	薛剛、薛家後代
說呼全傳	呼家－龐家	家族恩怨	呼家再盛	家族保衛戰	呼家兩代
粉妝樓	唐－韃靼 羅家－沈家	韃靼犯邊 家族恩怨	韃靼投降 羅家再盛	民族戰爭 家族保衛戰	羅家兩代
五虎平西	宋－單單國	宋軍誤闖	和親結好	民族戰爭	狄青、八寶公主
	宋－西遼	西遼謀犯	西遼投降	民族戰爭	狄青、八寶公主
	宋－西遼	西遼侵宋	西遼投降	民族戰爭	狄青、八寶公主
五虎平南	宋－南閩	儂智高侵宋	南閩滅亡	民族戰爭	狄、楊兩家將
萬花樓	宋－西夏	西夏犯邊	西夏投降	民族戰爭	狄、楊兩家將
平閩全傳	宋－南閩	南閩侵宋	南閩滅亡	民族戰爭	楊文廣

二、家將小說「戰爭」敘述形態之模式

　　明清家將小說以戰爭為敘事主體，從戰爭開始到戰爭結束，可以歸納出：「１番邦侵擾→２英雄出征→３英雄退敵」的模式，以此為基礎又可發展成：「１２３→４英雄遭逢困厄→５英雄後代救援→６女將救援破敵」。此外，有些家將小說敘戰的重點在於英雄後代除奸，其模式則為：「７英雄後代惹禍遭厄→８英雄後代逃亡聚義→９英雄後代除奸滅番」。而不管是哪種敘戰模式，其中又常以「☆陣前姻緣」和「⊕神魔參戰」為轉折關鍵。以下先就各代碼進行說明，再逐一展示各本小說敘戰的代碼模式。

㈠「戰爭」模式之代碼說明

☆－陣前姻緣：在明清家將小說中，陣前姻緣常是決定戰爭勝負的重要關鍵，也是英雄家族得以世代繁衍的必要因素。特別是中後期的家將小說，更是吸收「才子佳人小說」**㉑**的敘事特色，將之轉化敷演成精彩的「陣前招親」之情節類型。（詳論於第四章第三節）由於這類陣前招親的情節散布於各段結構中，故另以「☆」號附加標示。同時，此「☆陣前姻緣」還包括英雄後代上陣前或逃難時，所敘寫的「比武結親、招為駙馬、妻之以女」等廣義的陣前姻緣。

⊕－神魔參戰：神魔參戰不但是家將小說常見的情節，而且在敘事結構中還具有關鍵性之地位。神魔參戰的方式除了直接上戰場布陣鬥法外，還有星宿降生、神女降書、仙師贈寶、教授法術等。（詳論於第四章）由於其散布在各段結構中，故另以「⊕」號附加標示。

1－番邦侵擾、國家危難：如前表所列，在家將小說中，番邦侵擾是引發戰爭的主因。其中包含番邦的挑釁、反叛、入侵等。而「番邦侵擾」常導致「國家危難」，如朝廷受辱、皇帝遭困、疆土被奪等，形成危及國家存亡或民族尊嚴的緊張局勢，故不得不戰。

㉑ 「才子佳人小說」起源於明末清初，主要是以溫柔敦厚的風格寫男女愛情婚姻之事，將才子佳人間的吟詩遞簡、私訂終身，代替「父母之命、媒妁之言」的傳統婚姻方式，其間雖多有波折，但總是以才子及第、有情人終成眷屬作結。參見苗壯《才子佳人小說史話》（瀋陽：遼寧教育出版社，1993.9），頁 1-3。

　　2－英雄出征：以國家危難為時代背景來烘托英雄出場，正是所謂「時勢造英雄」。這是家將小說塑造英雄時常用的敘寫模式。（詳論於第五章）

　　3－英雄退敵：包括英雄上戰場退敵、救駕、滅番等。

　　4－英雄遭逢困厄：家將小說中的英雄雖然個個勇猛善戰，但仍有兩種情況會使英雄無用武之地：一是遭逢擅長使用妖法的敵將或邪魔歪道（4⊕），二是為自己朝廷內的奸臣所誣陷（4）。而後者常是造成英雄含恨、屈死的主因。

　　5－英雄後代救援：一旦英雄遭逢困厄，將使得國家處境更為險惡，於是父死子繼、父困子救。後代英雄們會適時出現救援，或是接替父輩的戰爭事業。而其救援情節主要又可分成三種：一是遇到神仙相助，後代英雄因此具有更高的戰力或法術（5⊕）；二是巧逢陣前姻緣，得到更厲害的女將相助（5☆6）；三是以上兩者皆具（5⊕☆6）。

　　6－女將救援破敵：女將救援者，大多具有高超法術能夠破陣滅妖（6⊕）。而且常會在戰場上巧逢年輕小將（以後代英雄為主），進而衍生出陣前姻緣的情節。女將從此就會投入小將所屬的陣營，成為戰爭中最有力的戰將或主帥（5☆6、5⊕☆6）。

　　7－英雄後代惹禍遭厄：英雄後代因得罪權奸，導致君王下令抄滅英雄家族。

　　8－英雄後代逃亡聚義：英雄後代僥倖逃生後，仍會受到奸佞的追捕加害。然在其逃亡過程中，常會因父祖的忠義威名，而處處得到江湖好漢或神仙的庇護（8⊕）。其間，英雄後代們常有「比武結親、招為駙馬、妻之以女」等浪漫史，可算是「陣前姻

緣」之演變（8⊕☆）。

9－英雄後代除奸滅番：番邦入侵常是後代英雄在「忠奸抗
爭」中得到最後勝利之關鍵。在「忠消奸長」的局勢下，一旦番邦
入侵，朝廷就會國危思良將，過去受到冤屈的英雄會得到平反，而
其必須付出的行動是「除奸、滅番」。而在此階段的戰爭情節中，
神魔和女將常是必備要素（9⊕、96⊕）。

㈡「戰爭」模式之代碼展示

書名	「戰爭」敘述形態之模式代碼 （子、丑、寅、卯、辰之分段，乃配合前之內容分析）
北宋志傳	１２３（呼子）→１２３１２３１２４（楊子）→１２３１２４⊕５⊕☆６（楊丑）→１２４⊕６⊕（楊寅）
楊家府演義	１２３１２３１２４（子）→１２３１２４⊕５⊕☆６（丑）→１２４⊕６⊕（寅）→１２４☆⊕（卯）→１２４⊕６⊕（辰）
說岳全傳	１２３１２３１２３１２４５⊕１２３⊕、４（子）→８⊕☆１９⊕（丑）
說唐後傳	１２４５☆６（羅子）→１２３⊕（薛子）
說唐三傳	１２４（子）→５⊕☆６☆６☆６⊕（丑）→７８⊕☆９６⊕（寅）
反唐演義	７８⊕☆９６⊕（子）
說呼全傳	７８⊕☆（子）→８⊕☆（丑）→８⊕☆（寅）→９６⊕（卯）
粉妝樓	７８☆（子）→８☆（丑）→９６⊕（寅）
五虎平西	１２４⊕☆６（子）→２４６（丑）→１２４⊕６⊕（寅）
五虎平南	１２４⊕（子）→６⊕、５☆６、５☆６⊕（丑）→４⊕６⊕６⊕（寅）
萬花樓	１２３⊕１２３⊕（子）
平閩全傳	１２３６⊕☆（子）

三、家將小說「戰爭」敘述形態之探討

㈠「１２３」的符號組合

　　明清家將小說以「戰爭」為敘事主體，其模式基型之代碼是「１２３」，意指國家遭逢危難，英雄出征順利退敵。而愈是能征善戰的沙場英雄，其「１２３」模式的累積也就愈多。如《北宋志傳》和《楊家府演義》就是用二組「１２３」分別塑造楊業的拒宋、抗遼。而《說岳全傳》則用四組「１２３」分別塑造岳飛攘外抗金的「青龍山大戰」、「愛華山大戰」，以及安內剿寇的「收楊虎」、「破楊么」。而其他家將小說在敘寫薛仁貴、狄青、呼延贊時，則都只用一組單純的「１２３」。如此，相較之下，楊業號稱「楊無敵」、岳飛被金兵尊稱為「岳爺爺」，果然都不是浪得虛名。同時，可見家將小說是以戰爭情節來塑造其英雄。

　　若是「１２３」衍生為「１２３⊕」，則指在英雄破敵的過程中，有神魔力量的加入。如《說岳全傳》「子」段，當岳家軍力戰洞庭洞寇時，幸有牛皋得仙人法寶方得破妖人法術。而《萬花樓》全書的戰爭結構是由二組的「１２３⊕」組成，分別敘寫狄青恃玄武聖帝所賜的人面金牌戰勝贊天王、子牙猜，以及石玉靠王禪老祖所賜之風雲扇破敵將的混元錘。

　　此外，若是主帥英雄破敵時，所遭遇的是妖道精怪之流，這時自身的武藝固然不足以應敵（「１２３」），自己的法寶恐怕也不敷所需（「１２３⊕」），於是作者就會安排法力更為高超的女將來相助，擴大發展成「１２３⑥⊕☆」。如《平閩全傳》中破敵的主力女將是楊宣娘和木桂英（⑥⊕）；而楊懷玉和金蓮的陣前姻緣，更

是增強了女將團隊的作戰實力（６⊕☆）。不過，在如此的敘戰結構下，精彩的情節常是後半部的「６⊕☆」，前半部的「１２３」反而形成陪襯，換言之，英雄風采都集中到女將身上去了。

㈡「１２４」的符號組合（非法術造成的困厄）

家將小說寫英雄出征若是用「１２４」，那就表示英雄們出征後，在軍事作戰上遭逢了困厄（非法術造成）。如《楊家府演義》「子」段寫楊業戰死沙場、《說岳全傳》「子」段寫宋金對峙牛頭山、《說唐後傳》「子」段寫唐太宗遭敵圍困、《說唐三傳》「子」段寫薛仁貴遭敵圍困等。

英雄既已受困，這時就有賴英雄的後代出征救援，於是形成「１２４５」的結構。此模式又可分成三種：一是「１２４→５⊕」，英雄後代在救援前必得神助，方具有救援的能力，如《說岳全傳》中的岳雲。二是「１２４→５☆６」，英雄後代因為陣前姻緣得到有力女將的相助，方能順利救援成功，如《說唐後傳》中的羅通。三是「１２４→５⊕☆６」，英雄後代既得神仙幫助在前，又有陣前姻緣於後，使其救援君父的實力大增。如《說唐三傳》的薛丁山既是王敖老祖的愛徒，又先後和三位勇猛善戰的女將結親，如此，解救君父之危有何難哉！

此外，《楊家府演義》「卯」段中的「１２４☆⊕」寫楊文廣焦山取寶，反遭山女所擒，答應招親後才得以解困，接著又得到東岳聖帝的變化之術。在家將小說中，這是較特殊的情節。

㈢「１２４⊕」的符號組合（法術造成的困厄）

相較於父輩英雄，英雄後代以及後期家將小說中的英雄，他們出征受困，幾乎都不是受到敵人的重兵包圍，而是遭逢善使妖法的

敵將，故其結構就表現為「１２<u>４⊕</u>」。由於這種戰爭形態大都是「布陣破陣」，因此必得有相剋的神力來破魔法，而執行此項救援任務的則是法術高強的小將（<u>5⊕</u>）或女將（<u>6⊕</u>）。

　　若是以小將為救援主體，則有二種模式：一是「１２<u>４⊕→5</u><u>⊕☆6</u>」，如《北宋志傳》和《楊家府演義》中的「丑」段，楊六郎遭遇七十二座天門陣，楊宗保遇神授天書後，再和木桂英陣前姻緣，而在天書和木桂英的幫助下，終得順利破陣。二是「１２<u>４⊕</u>→<u>5☆6⊕</u>」，如《五虎平南》的「子、丑」段，宋軍先後遭段紅玉、王禪師布陣所困，狄青二子狄龍、狄虎雖不會法術，但卻先後和段紅玉、王蘭英陣前姻緣，最後恃二位女將的法術、法寶，終得順利破陣。

　　若是以女將為救援主體，亦有二種模式：一是「１２<u>４⊕→6</u><u>⊕</u>」，如《北宋志傳》和《楊家府演義》的「寅」段，楊宗保遭西夏妖法所困，楊門女將救援破妖法。再如《五虎平西》的「寅」段，狄青苦於花山老祖的妖法，八寶公主鎮收蛇妖。二是「１２<u>４</u><u>⊕→☆6</u>」，如《五虎平西》的「子」段，狄青遭八寶公主使用法寶所擒，答應招親後方得解困。

㈣「７８９」的符號組合

　　相較於「１２３４５６」的組合結構，「７８９」算是另一組獨立的結構，主要是用表現後代英雄的戰爭情節。然而同是戰爭情節，這兩組符號組合最大的不同是：前者以「１－番邦侵擾、國家危難」開頭，打的是對外的民族戰爭，是國與國的衝突；後者以「７－英雄後代惹禍遭厄」開頭，打的是對內的家族保衛戰，是忠與奸的衝突。

在「７８９」的組合變化中，「☆」和「⊕」幾乎是必備的結構符號。換言之，在後代英雄逃亡聚義的過程中，必有「陣前姻緣」和「神魔參戰」的情節。故《說岳全傳》「丑」段、《說唐三傳》「寅」段、《反唐演義》「子」段皆是以「８⊕☆」為主結構。而《說呼全傳》更是重複三組「８⊕☆」的結構，並將之累積成全書的內容。《粉妝樓》雖只有「８☆」，但也重複了兩組結構。

這其中，「☆陣前姻緣」被運用得最多。家將小說在敘戰中每每不厭其煩地穿插陣前姻緣，正是為了英雄家族的世代延續而設想，希望英雄得以一代接一代的在戰場上為家族爭取榮耀。（詳論於第四章第三節）因此，家將小說雖以「戰爭」為敘事結構的主要內容，然「家族世代」確是敘事結構的軸心。

此外，「⊕神魔參戰」被普遍使用在專敘英雄後代的「７８９」結構中，可見其戰爭形態是以神魔鬥法、布陣破陣為主（詳論於第四章第四節），這是家將小說和神魔小說合流的結果。而最後的「９」總是以「９⊕」或「９６⊕」的組合出現，則表明在英雄後代除奸滅番的過程中，神魔和女將佔有出色的表現。

(五)戰爭敘述的演化情形

若就模式符號的分布比重來看，前期寫楊家將、岳飛的小說，是以「１２３４」為主；接著寫羅通、薛丁山是以「５６」為主；而後寫薛家、呼家、羅家等後代，則以「７８９」為主；至於後期的狄家將小說，則以「６」為重。如此，就明清家將小說的敘戰發展來看，戰爭主角呈現出「老將→小將→女將」的轉換，充分彰顯出英雄家族世代交替之敘事軸心。

　　同時，在後期家將小說的敘戰結構中，「☆陣前姻緣」和「⊕神魔參戰」的比重增多，特別是《說唐三傳》「丑」段，更是連寫薛丁山三次的陣前姻緣（5⊕☆6☆6☆6⊕），形成該書敘戰結構中最大的特色。

　　此外，個別本的家將小說，其敘戰結構同樣也呈現出如此特色，如《楊家府演義》以四段敘戰結構敷演楊家五代出征：楊業是以「１２３」為主，承繼的楊六郎、楊宗保分別以「１２３４⊕」和「５⊕☆６」為主，再承繼的楊文廣、楊懷玉則以「１２４⊕６⊕」為主。再如《說唐三傳》以三段敘戰結構敷演薛家三代：薛仁貴（１２４）→薛丁山（５⊕☆６⊕）→薛剛（７８⊕☆９⊕）。

　　由此，可看出家將小說敘戰形式的演變：前期的作品陽剛性較重，兩軍作戰時講究的是列陣交鋒、主將大打三百回合；後期的作品則普遍吸收了神魔小說、才子佳人小說之特色，在陽剛的戰場中增添了不少神祕性和脂粉味。於是，各種新奇的妖術法寶逐漸取代了傳統的神兵利器，而士卒交戰廝殺的場面也逐漸轉化為一場又一場的神魔鬥法、布陣破陣。於是，決定戰爭成敗的主要關鍵，既非軍隊的素質紀律（如岳家軍），也非主帥的戰略戰力（如楊業），一切都是天命所歸，天命是不可抗拒的絕對力量。

　　若以「虛實運用」的角度來看這種現象，可知前期的家將小說主要還是「據史敷演」，不管作者怎麼改編，還是維持了基本的歷史材料；後期的家將小說則是「無中生有」，全憑小說家的想像創作。如《楊家府演義》寫楊家五代的故事，其中楊業、楊六郎的戰功於史有載，故少玄怪情節；楊文廣史載不多，可以附會生發；至於虛構出來的楊宗保、楊懷玉，那就是作家創作的自由了。而《說

岳全傳》寫岳家二代、《說唐三傳》寫薛家三代莫不如此。至於史傳無稽的《說呼全傳》、《粉妝樓》，那就全憑小說家去想像了。

第四節　明清家將小說戰事考

本節依明清家將小說敘戰之內容，分成北宋戰事、南宋戰事、唐代戰事三大類。北宋戰事以楊家將、狄家將、呼家將等三家小說為主；南宋戰事僅有岳家將小說；唐代戰事則是薛家將和羅家將小說。最後再針對家將小說敘戰虛實的現象，做出綜合性的探討。

一、楊狄呼戰事考（北宋戰事）

以下從「宋太祖、宋太宗征北漢」，「宋太宗伐遼、楊業殉節」，「楊六郎守三關、魏府銅台救宋真宗、破天門陣滅遼」，「宋朝與西夏的戰事」，「平定南閩儂智高」等五方面考察楊家將、狄家將、呼家將所涉及的北宋戰事。

㈠宋太祖、宋太宗征北漢

《北宋志傳》和《楊家將演義》皆敘有宋太祖伐北漢事。史載宋太祖征北漢共三次：開寶元年（968）八月，因契丹大軍入援，宋軍撤師；次年二月，太祖親征，因大雨連綿、士卒多病，加上契丹援兵又至，導致雙方傷亡慘重；開寶九年（976）八月，太祖滅南唐後，兵分五路再度進攻，至十月因太祖崩而罷師。宋太祖征北漢，實際上也是宋朝對遼的作戰，因為北漢屢次向遼邦借兵以禦宋軍，故征北漢除統一國土外，更是重新挑起宋遼爭奪燕、雲重鎮的

爭端。❷

　　楊家將小說寫宋太祖開寶九年征北漢，當時北漢先鋒為楊業，此大致無誤。然《北宋志傳》錯置北漢國主，時劉鈞已逝，降宋的是劉繼元。至於宋太宗伐北漢是在太平興國四年（979），經數月即破之。❸小說則敘自太平興國元年起，至太平興國四年止。另《宋史‧呼延贊傳》載太宗「以贊為鐵騎軍指揮使，從征太原，先登乘城……。」此應為《北宋志傳》敷演呼家將征北漢之故事基型。

㈡宋太宗伐遼、楊業殉節

　　宋太宗伐遼共二次，第一次在太平興國四年（979），第二次是雍熙三年（986），皆戰於幽州。❹《北宋志傳》敘寫這兩次戰役較詳，《楊家府演義》則只略作敷演。

　　《北宋志傳》寫宋太宗征服北漢後本欲班師，潘仁美卻奏請順勢取幽州，不料遭逢遼兵攻擊，幸有楊業父子救駕。這就是歷史上著名的「高梁河戰役」，當時宋軍被追殺三十餘里，太宗股上中箭，而後年年傷勢發作，十八年後竟因傷口復發而死。❺然而，史書並未載有楊業隨征幽州及救駕事。對此，學者考證後指出：宋神宗時出使遼邦的蘇頌作有〈和仲巽過古北口楊無敵廟〉，詩云：「漢家飛將領熊羆，死戰燕山護我師；威信仇方名不滅，至今奚虜

---

❷　參見柳立言〈宋太祖的「御駕親征」〉《歷史月刊》（1996.5），頁38-46。

❸　參見劉慶、毛元祐《中國宋遼金夏軍事史》（北京：人民出版社，1994.1），頁61-62。

❹　同前註，頁64-71。

❺　參見《遼史》〈聖宗本紀〉、〈耶律休哥傳〉（台北：洪氏出版社，1975.1），頁120、1299。

奉遺祠。」（《蘇魏公文集》卷十三）詩中隱約描述楊業在河北敵境曾建立大功。以楊業歸宋至戰死，前後八年中，大多駐守在今山西邊境，其「死戰燕山」最大的可能就是在宋太宗親征幽州之役。因此，楊業在幽州事蹟雖因宋人諱敗而不顯，但舊將老兵必有能言之者，遂轉入民間，衍變成幽州救駕的傳說。**㉖**

另外，《北宋志傳》寫遼軍自高梁河大勝宋軍後，又乘勢南下侵宋，至遂城，因遼將輕敵被宋軍以獻城詐降之計擊潰。蕭太后復又出擊，楊業父子大敗遼兵並火燒番營。實則遂城戰役楊業並未參與，但卻曾在太平興國五年（980）契丹寇雁門關時痛擊遼兵。**㉗**小說中的情節可能即為雁門關大捷的改造。

《北宋志傳》敘太宗第二次征遼時，宋軍兵分兩路（分屬曹彬、潘仁美），會師後進攻涿州，不料糧道被截，宋軍慘敗。然史載宋軍是兵分三路，分別從雄州、飛狐、雁門向遼進攻，雁門一路主帥

㉖ 鄭騫認為太宗於北漢降後不到一個月，就乘勝征遼，以楊業既老於邊事，洞曉敵情，且為新降勁旅，似無留置太原後方而不使隨征幽州之理。而且楊業歸宋後短短數月，一再擢升，師還被封為「鄭州防禦使」，不久又「知代州兼三交駐泊兵馬部署」，必有特殊表現，而楊業當時立功表現之機會，捨從征幽州之外更無他事。參見〈楊家將考史證俗〉《景午叢編》下集（台北：台灣中華書局，1972.3），頁44-45。

㉗ 《宋史紀事本末》卷十三〈契丹和戰〉載：「太平興國五年三月，契丹兵十萬，寇雁門關，代州刺史楊業領麾下數百騎自西陘出，至雁門北口，南向擊之，契丹兵大敗，殺其駙馬侍中蕭咄李，自是契丹畏業，每望見旌旗，即引去。」（台北：台灣商務印書館，1965.5），頁64。另《宋史》列傳三十一〈楊業傳〉亦載：「會契丹入雁門，業領麾下數千騎，自西京而出，由小陘至雁門北口，南向背擊之，契丹大敗。」（台北：鼎文書局，1983.11），頁9303。

是潘美（即小說中的潘仁美），楊業副之，王侁監軍。先是曹彬敗於歧溝關，而後潘美又敗於飛狐口。楊業認為遼兵氣勢正盛，不可與之交鋒。然王侁卻以「君侯素號無敵，今見敵逗撓不戰，得非有他志乎？」逼迫楊業出戰。楊業知此戰必敗，乃求主帥於陳家谷一帶部署救援；但是當楊業兵敗退至陳家谷時，潘美早已率軍撤走。楊業等不到援軍，「拊膺大慟，再率帳下士力戰，身被數十創，士卒殆盡」。在這場惡戰中，儘管負傷的楊業猶「手刃數十百人」，然因「馬重傷不能進，遂為契丹所擒」，最後絕食而死。❷❽《北宋志傳》和《楊家將演義》截取此段楊業陳家谷殉節事，將之改編成楊業遭困陳家谷，潘仁美不但不發兵救援，反而將回營討救兵的楊七郎亂箭射死，最後更以「撞死李陵碑」取代「不食三日而死」，以凸顯楊業悲壯英雄的形象。

(三)楊六郎守三關、魏府銅台救宋真宗、破天門陣滅遼

　　《宋史》載楊延昭承父志抗遼，遂城大捷奠立威名。咸平二年（999）冬，契丹進犯遂城，由於城小無備，加上蕭太后親臨督軍，城內軍民人心惶惶，情勢十分危急。楊延昭卻從容自若，「集城中丁壯登陴，賦器甲護守。會大寒，汲水灌城上，且悉為冰，堅滑不可上，契丹遂潰去」。楊延昭從此威震邊庭。咸平三年（1000），蕭太后再遣輕騎掩襲羊山，結果仍被楊延昭伏擊聚殲。爾後遼兵多次入侵，皆賴楊延昭守邊退敵。❷❾景德元年（1004）蕭太后親領三十萬大軍南侵，宋軍抗戰勝利後，宋真宗在王欽若等人的慫恿下，

❷❽　《宋史》列傳三十一〈楊業傳〉，頁 9305。
❷❾　《宋史》列傳三十一〈楊延昭傳〉，頁 9306-9307。

不採納寇準、楊延昭等「收復幽、易」的主戰建議，反而和遼國簽定屈辱的「澶淵之盟」。❸次年，楊延昭受命為高陽關路副都部署，防守河北三關重鎮。楊家將小說據此敷演出楊六郎鎮守三關、大破遼兵的情節。❸

此外，「楊六郎魏府銅台救宋真宗」雖出自虛構，❸然小說敷演此事為奸細王欽（即歷史上的王欽若）和蕭太后的陰謀，其源由或許正因王欽若主和的立場（詳論於第六章第二節）；而小說又寫王欽誘騙宋真宗往魏府銅台的計餌是「偽造祥瑞」，這應是歷史上王欽若勸宋真宗「盛為符瑞，引天命以自重」的附會改編。❸

至於蕭太后擺天門陣困住楊六郎，楊宗保破陣、楊家將滅遼等，則皆為小說家言，於史無稽。事實上，遼亡於金，女真人為了反抗遼國的統治，從遼天慶四年（1114）開始，到天會三年（1125）遼亡為止，遼金之戰爆發多次戰爭。期間，宋徽宗暗遣童貫與女真

---

❸ 澶淵之盟約定宋每年須給遼銀十萬兩、絹二十萬匹，兩國約為兄弟。然宋遼皇帝的關係，並非每帝都是宋帝為兄、遼帝為弟，如宋哲宗朝，遼道宗為其叔祖，故元符二年（1099）遼帝遣使請宋朝勿伐西夏，「國書」內即有「遼之于宋，情重祖孫」之語。參見陶晉生《宋遼關係史研究》（台北：聯經出版社，1986.1），頁 23-27。

❸ 參見鄭騫〈楊家將考史證俗〉，頁 50-51。

❸ 此情節出自民間傳說，疑是由高梁河之役傳訛而來。同前註，頁 47。

❸ 宋真宗一方面崇尚道教，一方面為了掩蓋澶淵之盟的恥辱，遂在王欽若建議下以神道設教，假托神降天書、天命等來粉飾太平。參見朱雲鵬〈宋真宗崇道原因探析〉《衡水師專學報》（1999 第 1 期），頁 24-28。劉靜貞〈權威的象徵——宋真宗大中祥符時代（1008-1016）探析〉《宋史研究集》23 輯（台北：國立編譯館，1995.2），頁 43-70。

結盟，意圖聯金滅遼，❸後因懼遼報復而遲不履約。直到宣和四年
（1122），金攻克遼中京，宋朝君臣見遼國敗亡已成定局，擔心燕
京落入女真之手，遂先後兩次出兵攻打燕京，但宋軍卻無心作戰，
只希望遼人望風景從，不戰而降，結果反遭遼軍大敗。此役凸顯宋
軍腐敗、將領無能，故日後金人以「破壞協議」為藉口，南下襲
宋。❸

㈣宋朝與西夏的戰事

　　《北宋志傳》寫西夏興兵犯宋，宋真宗命楊宗保掛帥西征、楊
門女將救援平定西夏。而《楊家將演義》則寫新羅國王受西夏人張
奉國的煽動侵宋，宋神宗命楊文廣父子西征、楊門女將救援平番。
兩本小說皆將平定西夏的功勞歸於楊家將，此情節於史不合。

　　歷史上西夏與宋朝和戰不絕，宋仁宗時李元昊稱帝，連年對宋
朝西北展開攻勢，這場抗戰始於寶元元年（1038）迄於慶曆三年
（1043），期間禦邊將領是狄青、韓琦與范仲淹。慶曆四年
（1044），李元昊棄戰言和，但宋朝每年必須付出昂貴的「歲賜」
給西夏。宋神宗元豐四年（1081），討伐西夏無功而返；次年，再
戰於永樂城，宋軍慘敗，自此西夏或叛或服。宋徽宗時，再度對西
夏用兵三年，皆出師不利。迨宋室南渡後，宋夏和戰不休的關係才

---

❸　宋徽宗宣和二年（1120），宋金商定夾攻遼國，長城以北由金攻佔，長城以
　　南由宋攻取。滅遼後，宋收回燕京一帶，而將原每年給遼的歲幣如數轉交給
　　金，且宋金不能單獨與遼講和，史稱「海上之盟」。參見劉慶、毛元祐《中
　　國宋遼金夏軍事史》，頁91。

❸　同前註，頁82-90。

告結束。㊱

綜觀西夏為患幾乎與北宋相始末，所用兵將不盡其數，並非如小說所寫，僅靠楊家將一軍西征、一次救援即克敵致勝。然《宋史・楊文廣傳》有載：「范仲淹宣撫陝西，與語，奇之，置麾下。」范仲淹經略陝西是在宋仁宗康定元年至慶曆四年（1040-1044），楊文廣可能於此段時期跟隨范仲淹宣討西夏；加上楊文廣奉命修築篳篥城期間，曾戰退來襲的西夏軍。㊲如此，歷史上楊家將曾立功西夏者，惟楊文廣一人而已。楊家將小說卻據此虛構出楊宗保、楊門女將和楊文廣父子等楊家世代征討西夏的情節。

事實上，北宋對抗西夏功勞最大之武將，首推狄青。《宋史・狄青傳》載：當趙元昊反時，宋軍屢敗、士卒多畏怯，然狄青身先士卒，「臨敵被髮、帶銅面具，出入賊中，皆披靡莫敢當」。四年之間，狄青經歷大小戰役二十五次，曾身中流矢八次，攻破敵軍無數城池。范仲淹因此讚他：「此良將材也。」㊳《萬花樓》寫狄青恃法寶人面金牌殺西夏戰將、《五虎平西》寫狄青率軍平定西遼，其故事基型可能皆源自於此。另外，小說中寫狄青征西遼時誤闖單單國，以及西遼與新羅國聯兵侵宋等情節，則皆為虛構杜撰，於史

㊱　同前註，頁 73-82。

㊲　《宋史》列傳三十一〈楊文廣傳〉：「韓琦使築篳篥城，文廣聲言城噴珠，率眾急趨篳篥，比暮至其所，部分已定。遲明，敵騎大至，知不可犯而去。遺書曰：『當白國主，以數萬精騎逐汝。』文廣遣將襲之，斬獲甚眾。或問其故，文廣曰：『先人有奪人之氣，此必爭之地，彼若知而據之，則未可圖也。』」，頁 9308。

㊳　《宋史》列傳四十九〈狄青傳〉，頁 9718。

無稽。❸

㈤平定南閩儂智高

　　《楊家將演義》寫仁宗時邕州儂智高反叛，狄青征討失敗後，宋廷再派楊宗保父子出征，終斬儂智高、平定亂事。

　　史載儂智高叛亂於宋仁宗皇祐年間，參與平亂的宋將先後多人，戰歿者有之，可見儂智高十分驃悍。由於其「寇擾日甚，嶺外騷動，楊畋等人無功，帝以為憂。智高移書行營求邕桂節度使，帝將受其降」。❹此時，狄青入對自言曰：「臣起行伍，非戰伐無以報國，願得蕃落數百騎，益以禁兵，羈賊首致闕下。」❹於是，宋仁宗詔嶺南諸軍皆受狄青節度調用。而狄青果不負眾望，「先立行伍、後發制人」，❹於皇祐五年（1053）破崑崙關，儂智高敗還邕州，宋軍追奔五十里，斬二千餘級。是夜，儂智高向大理遁去，死

----

❸　據錢靜方考證：「單單二字，則西域諸國，從無此名，狄青招親之事，更不問而知為臆說矣。」又「新羅為三韓中之弁韓一種，晉末有金首羅者，始建為新羅國。唐初東征，高麗、百濟，均為所滅。時新羅適有賢君，歸順於唐，故得獨存。由是累世朝貢，至五代石晉之世，王建復建高麗，取新羅地為東州樂浪府。是新羅之滅，前狄青之生數十年，安有與西遼聯兵而拒狄青之理？且新羅之地，……與在伊黎之西遼，一偏東北，一偏西北，其地不知相去幾千里，今演義視若鄰國，則作書者於地理歷史，均未涉及可知。」《小說叢考》（台北：長安出版社，1979.10），頁88。
❹　《宋史紀事本末》卷三十一「儂智高」，頁218-221。
❹　《宋史》列傳四十九〈狄青傳〉，頁9719。
❹　狄青討平儂智高之戰是北宋時期一次精彩的戰役，特別是在軍事指揮上頗具特色。狄青還因此被譽為是「豹略多全勝，鷹揚屢捷師」的「常勝將軍」。參見于汝波〈狄青平儂作戰指揮特色考論〉《軍事歷史研究》（1999 第 3期），頁103-107。

於異邦。❸由此可知，平定儂智高的最大功臣實為狄青。

那麼，楊家將小說為何會以楊宗保父子為平定儂智高的功臣呢？楊宗保是虛構人物，不必論。史載楊文廣曾「從狄青南征，如德順軍為廣西鈐轄，如宜、邕二州。累遷左藏庫，帶御器械」。❹小說家可能是據此而敷演楊家將平定儂智高的情節，甚至加以誇大成《平閩全傳》中「楊文廣征閩十八洞」之幻設故事。

然而，真正的平閩功臣狄青，在《楊家府演義》中卻被扭曲成忌賢妒能的小人。雖然《五虎平南》還給狄青「奪崑崙關」的榮耀，但全書以神魔鬥法為主，此或許是受到「狄青夜奪崑崙關」之神奇傳說的影響。同時，《宋史》載狄青征南事亦頗有玄妙處，如「青執白旗麾騎兵，縱左右翼，出賊不意，大敗之，追奔五十里，斬首數千級」此作戰方式足以幻想成布陣鬥法。又「初，青之至邕也，會瘴霧昏塞，或謂賊毒水上流，士飲者多死，青殊憂之。一夕，有泉湧砦下，汲之甘，眾遂以濟」。❺這可能就是《五虎平南》中「再投宋紅玉完姻，施毒泉道人傷敵」（第 36 回）、「救三軍女將求泉，活生靈龍神運水」（第 37 回）等情節的來源。可見小說家善於比附、自逞幻想以神怪其說的本事。

---

❸ 《楊家府演義》第 45 則寫儂智高為楊宣娘斬殺；《五虎平南》第 42 回寫儂智高逃往大理，狄青派余靖往擒斬殺之。實則儂智高詐死逃往大理，並未為宋軍所擒所殺。詳參三軍大學《中國歷代戰爭史》第十二冊（台北：黎明文化公司，1978.4），頁 24-28。

❹ 《宋史》列傳三十一〈楊文廣傳〉，頁 9308。

❺ 《宋史》列傳四十九〈狄青傳〉，頁 9720。

二、說岳戰事考（南宋戰事）

以下從「金兀朮領兵渡黃河」，「愛華山大戰與岳飛調兵剿寇」，「牛頭山大戰」，「平定洞庭湖寇楊么」，「朱仙鎮大捷」，「岳雷掃北、金主乞和」等六方面考察岳家將所涉及的南宋戰事。

㈠金兀朮領兵渡黃河

《說岳全傳》寫金兵入寇，靖康之難，徽、欽二帝被俘，金人扶植偽楚張邦昌等均為史實。但宋欽宗靖康元年（1126），金兵分兩路大舉侵宋時，東路是斡離不率軍、兀朮任前鋒，直逼開封；西路則由粘沒喝率軍，進攻太原。❹小說為集中塑造金兀朮這個反面人物，寫校場比武時金兀朮技壓群雄，被封為昌平王、掃南大元帥。事實上，直到宋高宗九年（1139）時，宗弼（即金兀朮）才成為金軍統帥，次年掌握金朝大權後才力主南侵。

此外，小說寫金兵南侵時，潞安州節度使陸登抗戰失敗、全家殉難，以及後來的陸文龍歸宋等，皆不見於史籍。而韓世忠戰敗突圍雖據史鋪寫，然並無「梁夫人炮炸失兩狼」之事。至於小說寫因黃河結冰金兵才得以渡河，這應該是為了符合天命因果的主題所虛構的情節。而「泥馬渡康王」則是南宋以來官私記載中所極力渲染的神話傳說。❹

---

❹ 參見劉慶、毛元祐《中國宋遼金夏軍事史》，頁94-102。

❹ 參見鄧小南〈關於泥馬渡康王〉《岳飛研究》4 輯（北京：中華書局，1996.8），頁393-409。

㈡愛華山大戰與岳飛調兵剿寇

　　小說寫金兀朮攻金陵時，於愛華山為岳飛所敗，金兵望北奔逃。此戰於史無據，實岳飛與金兀朮之首次交戰是在牛頭山之役，而岳飛此時的重任是征剿軍賊水寇。建炎四年（1130），岳飛軍移屯宜興，破盜郭吉；次年，討洞庭湖楊么。爾後更轉戰千里，盛夏行煙瘴之地，征討汝南曹成。**❹❽**

　　《說岳全傳》合編破郭吉、討楊么事，虛構出「征太湖楊虎」，又另以長篇鋪敘「平楊么」故事（詳論於後）。而在征討曹成的戰役中，敘寫時並不據史敷演戰爭過程，而是著重描寫岳飛兩擒兩縱，招降何元慶的故事，此應為張憲擒楊再興之史事改編。**❹❾**至於楊再興故事，則另於第 48 回虛構楊景（即楊六郎）託夢助岳飛收服楊再興，楊再興從此成為岳家軍中的一員猛將。

㈢牛頭山大戰

　　建炎二年（1128）秋，金兵再次渡河南侵，宋高宗倉惶逃到杭州。次年五月，迫於輿論才返回建康。十一月，金兵分兩路跨過長江後，一路深入江西追擒孟太后，一路經廣德窮追宋高宗。宋高宗喪魂落魄，乘海舟逃往溫州。金兀朮軍以舟師追宋高宗不及，北還

---

❹❽ 參見李安《岳飛史蹟考》第九章〈安內成就〉（台北：正中書局，1976.12），頁 44-90。

❹❾ 史載楊再興是曹成的猛將，當岳飛追剿曹成時，曹軍搶先佔領莫邪關。岳飛命張憲率部奮死攻佔此關，不料被楊再興乘機襲擊奪關。岳家軍再度攻關時，岳飛胞弟還被楊再興刺死。後曹成敗走，「再興走躍入澗，張憲欲殺之。再興曰：『願執我見岳公。』遂受縛，飛見再興奇其貌，釋之曰：『吾不殺汝，汝當以忠義報國！』再興拜謝。」而後果效忠國事，英勇戰死於小商橋。參見《宋史》列傳一二七〈楊再興傳〉，頁 11463-11464。

常州時，岳飛軍自宜興截擊，四戰四勝。戰後，岳飛第一次直接收到詔書，命其配合韓世忠伺機收復建康。金兀朮主力部隊繼續往鎮江方向北撤時，又遇到韓世忠軍阻截。兩軍對峙於黃天蕩，後金兵慘敗、鑿渠而遁。❺⓪金兀朮逃出鎮江，即趨建康，不料岳飛在牛頭山設伏截擊，大破金兵。金兀朮領殘眾逃奔淮西，岳飛收復建康，自此聲名大振。❺①

　　《說岳全傳》對此牛頭山之戰頗多渲染，用將近十回的篇幅寫岳飛和金兀朮對戰之情況，並穿插眾英雄助戰及岳雲殺番兵護駕等情節，最後寫兩軍決戰時，梁紅玉擊鼓戰金山，金兀朮敗走黃天蕩後掘通老鸛河逃回金邦。❺②小說用誇大且顛倒史實的手法敘寫此戰，實則這場抗金大戰的中心，是韓世忠大敗金兵的黃天蕩之役，牛頭山之戰只是岳飛設伏截擊金兀朮敗軍的一場勝仗。小說為強調岳飛英雄戰將的形象，故特意顛倒次序加以改編。

---

❺⓪　《宋史》列傳一二三〈韓世忠傳〉：「世忠與二酋相持黃天蕩者四十八日。……（兀朮）謂諸將曰：『南軍使船如馬，奈何？』募人獻破海舟策。閩人王某者教其舟中載土，平版鋪之，穴船版以櫂槳。風息則出江，有風則勿出，海舟無風不可動也。又有獻謀者：『鑿大渠接江口，則在世忠上流。』兀朮一夕潛鑿渠三十里，且用方士計，刑白馬，剔婦人心，自割其額祭天。次日風止，我軍帆弱不能進，金人以小舟縱火，矢下如雨。……得絕江遁去。」，頁11361。

❺①　《宋史》列傳一二四〈岳飛傳〉載：「兀朮趨建康，飛設伏於牛頭山待之，夜令百人黑衣混金營中擾之，金兵驚，自相攻擊。飛以騎三百、步兵二千，馳自新城大破之。兀朮奔淮西，遂復建康。」，頁11378。

❺②　參見《說岳全傳》第36-45回。

四平定洞庭湖寇楊么

　　從史實來看，平楊么確是岳飛生平所經歷過的較大戰役，從受命到討平歷時約四個月。因為過程頗為曲折，在當時已被民間傳奇化，[53]後乃演為岳飛故事重要的情節單元。[54]史載楊么之亂宋廷累年征討無功，岳飛深明「以王師攻水寇則難，以水寇攻水寇則易」之理，故禮遇降將以為內應，致使楊么腹心皆去。而後在洞庭湖大戰中，岳飛巧智破賊舟，迫使楊么投水，終為牛皋擒殺。[55]

　　《說岳全傳》連續以六回的分量敘寫平楊么的戰事，篇幅僅次於前述之牛頭山大戰。牛頭山大戰還有較多雙方主將對戰的場面，平楊么則雙方奇謀突起、布陣鬥法，如「王佐計設金蘭宴」、「楊欽暗獻地理圖」、「伍尚志計擺火牛陣，鮑方祖贈寶破妖人」、「岳元帥大破五方陣」等回目。[56]雖然這些情節皆為虛構，然其構想卻都出自正史中岳飛所言「奪其手足之助，離其腹心之援」、「以水寇攻水寇」的策略，展現岳飛「攘外必先安內」的戰略思想。[57]

---

[53]　《老學庵筆記》卷一載：「鼎澧群盜據險不可破，每自詫曰：『除是飛過洞庭湖。』其後為岳飛所破。」（台北：木鐸出版社，1982.5），頁 2。可見南宋民間認為岳飛得破楊么，是因岳飛名字應合了賊寇的讖語。

[54]　關於岳飛征討楊么的故事，在《後水滸傳》中亦被敷演為重要情節，然其敘寫主題則另有不同於《說岳全傳》的深刻意蘊。詳參高桂惠《追蹤躡跡——中國小說的文化闡釋》第二章〈從蓼兒洼到軒轅井：《後水滸傳》的「妖魔」書寫與「國魂」重構〉（台北：大安出版社，2006.9），頁 63-94。

[55]　參見《宋史》列傳一二四〈岳飛傳〉，頁 11384-11385。

[56]　參見《說岳全傳》第 48-53 回。

[57]　參見龔延明《岳飛評傳》第十二章〈岳飛的軍事思想〉（南京：南京大學出

(五)朱仙鎮大捷

　　史載紹興九年（1139），南宋向金稱臣，獻銀二十五萬兩，簽訂「紹興和議」。次年（1140）金人即撕毀和約，金兀朮親率十萬大軍攻打順昌府，宋高宗慌作一團，日夜下達催師詔令，允許岳飛「圖復京師」，實現「中興大計」。岳飛未等朝延催師出兵，即迅速部署、揮軍挺進中原。然正當宋軍成功抗擊金兵時，宋高宗卻又對岳飛下了「兵不可輕動，宜且班師」的口詔。可是，岳飛卻不執行宋高宗的旨意，岳家軍相繼收復黃河以南大片土地。這時，宋高宗警告岳飛用兵不能「逾度」，並撤走其他抗金部隊，使岳家軍成為遠征孤軍。岳飛遂聯合黃河以北的忠義民兵，先於郾城大破金兀朮的「拐子馬」，❺再於穎昌痛擊金兵，迫使兀朮帶兵潰逃。金人遂有「撼山易，撼岳家軍難」的感嘆。

　　宋金郾城、潁昌大戰歷時十一天，岳飛雖無友軍配合，面對數倍之敵，仍每戰必勝，擊垮金兵十餘萬人馬的輪番反撲。而後岳家軍向位於開封西南四十五里的朱仙鎮進軍，造成金人軍心動搖，不少將領投奔岳飛。岳飛興奮地對部下說：「直搗黃龍府，與諸君痛

版社，2001.4），頁341-359。

❺　鄧廣銘指出：「拐子馬」實為女真族的左右翼騎兵，《宋史》和通俗文學之所以加以描繪成「三人為聯、貫以韋索」的形象，乃因沿用岳珂在《鄂王行實編年》中的解釋。而岳珂以為自金人起兵以來，只要拐子馬一上陣便戰無不勝，直到為岳飛識出其弱點，大破之，「拐子馬由是遂廢」。此說不合史實，因在郾城戰役二十年後，金兵仍有使用拐子馬出戰。參見〈有關「拐子馬」的諸問題的考釋〉《鄧廣銘治史叢稿》（北京：北京大學出版社，1997.6），頁594-612。

飲耳!」正當岳家軍逼臨「朱仙鎮」時，❺宋廷「十二道金字牌」卻急遞而至，❻嚴詞詔令不許深入，立刻班師。岳飛慨然而嘆：「十年之力，廢於一旦!」遂撤軍回鄂州。岳家軍退走後，原本收復的失地，再度被金人佔據。

《說岳全傳》中的「朱仙鎮大捷」，實為紹興十年（1140），岳飛率軍於六月收復蔡川、陳州、鄭州、洛陽、潁昌等地，七月又大敗金兀朮於郾城等多次戰役勝利的概括。但地點不在朱仙鎮，故稱「朱仙鎮大捷」不甚確切。然小說卻足足用了六回敷演此戰，為加強故事的緊湊性，寫岳飛平楊么後，立刻馬不停蹄的前往朱仙鎮救援，其間回目有「楊再興誤走小商河」、「王統制斷臂假降金」、「演鈎連大破連環馬」、「大破金龍陣關鈴逞能」等，並且

---

❺ 由於「朱仙鎮之捷」不詳於《高宗實錄》，因此歷史上的岳飛是否真有此役，史學家多所爭論。鄧廣銘認為此役在南宋各種史籍、作品中全未載，唯見於岳珂的《鄂王行實編年》，然人時皆不明確，與前此各役的行文體例不同，故「所謂朱仙鎮之捷，只不過是岳珂所虛構的一次戰功而已」。參見前註書，頁 615-621。然據《金史》列傳二十〈僕散禪坦傳〉載：「天眷二年，與宋岳飛相距，禪坦領六十騎深入覘伺，至鄢陵敗宋護糧餉軍七百餘人，多所俘獲。」（台北：鼎文書局，1976.11），頁 1844-1845。以地理位置來看，鄢陵位於潁昌東北，朱仙鎮之南，如此可知岳家軍已經越過潁昌，似有抵達朱仙鎮之可能。

❻ 最早記載此事的是《三朝北盟會編》卷二〇七〈岳侯傳〉中云：「忽一日詔書一十二道」。然《鄂王行實編年》將此句改為「一日而奉金書字牌者十有二」。鄧廣銘認為：此乃因岳珂遍尋宋廷予岳飛的詔書，皆未見此批促使班師的詔令，在無實證下，遂將「詔書」改成「金書字牌」。儘管「金書字牌」是宋代傳遞公文的最速件，然以情理來看，宋廷應在岳飛拒絕第一道班師令後，才會再發出第二道，加上公文往返的日程，則「一日十二道」實為不可能事。參見《鄧廣銘治史叢稿》，頁 621-626。

穿插許多忠孝節義的故事，整體敘戰情節頗為精彩。**❻**

㈥岳雷掃北、金主乞和

　　《說岳全傳》後 24 回，虛構宋孝宗命岳雷統兵掃北，結果金兵大敗，兀朮戰死、金主請降。

　　事實上，岳雷早死於岳飛冤獄平反前，也從未統兵掃北。然孝宗朝確有北伐事，隆興元年（1163），主戰派的張浚為相，開始整軍北伐，然因將領不合，由勝轉敗。宋孝宗只得重新起用主和派的秦檜餘黨湯思退為相，於次年冬與金人簽定「隆興和議」，金宋關係改君臣為叔侄。而後宋寧宗繼位，韓侂冑為相，以抗金為號召得到主戰派的支持，於開禧二年（1206）四月，宋軍再次北伐。當時宋寧宗為了鼓舞士氣，還追封岳飛，並追究秦檜投降誤國之罪。後因將領不合、韓侂冑又為主和派的史彌遠等暗殺，「開禧北伐」終告失敗。嘉定元年（1208）三月，史彌遠刨棺割取韓侂冑的首級送給金朝，以警告宋朝的主戰派，金宋關係改叔侄為伯侄，歲幣增加，史稱「嘉定和議」。**❼**《說岳全傳》之掃北情節，可能是「開禧北伐」的附會，不過將主戰的韓侂冑死後被刨棺割首的史實，轉嫁敷演成主和的秦檜被刨棺、鞭屍、斬首。（第74回）

　　此外，金兀朮並非是在宋孝宗年間死於戰場，而是卒於宋高宗紹興十八年（金皇統八年，1148）。當時宋金處於和議狀態，並無重大戰事。**❽**至於金向宋求和則為史實，「但那是在金哀宗正大元年

❻　參見《說岳全傳》第 53-58 回。
❼　關於宋孝宗、寧宗時期北伐事，詳參劉慶、毛元祐《中國宋遼金夏軍事史》，頁 134-137。
❽　參見三軍大學《中國歷代戰爭史》第十二冊，頁 269。

（即宋寧宗嘉定十七年，1224），金向宋求和，並派官至廣州，榜諭不再南侵，然時間相差在半個世紀以上」。**❻**

三、薛羅戰事考（唐代戰事）

以下從「羅家將掃北、平番」，「唐太宗親征高麗」，「薛仁貴征戰高麗」，「薛仁貴救駕、掛帥」，「薛家將征西、反唐」等五方面考察薛家將、羅家將所涉及的唐代戰事。

㈠羅家將掃北、平番

羅家將小說其人其事多為虛構，主要戰役皆為小說家言，只是附會當時史事，雜湊成篇。如《說唐演義》中的「羅成戰死淤泥河」，是附會初唐時劉黑闥攻城，城破羅士信被擒不屈而遭殺事。**❻**

再如《說唐後傳》前半寫羅通率兵破北番，解除唐太宗遭困事。唐代雖無羅通此人，然太宗時確有平定北方突厥的戰事。貞觀三年（629），東突厥南下侵擾，唐太宗命李靖、李勣等聯兵出擊。李靖利用突厥間的矛盾，並採用突襲的戰略，隔年三月又滅了東突厥。小說中寫羅通掃北主要是靠北番屠爐公主的幫助，此和李靖利用突厥內部的矛盾頗有異曲同工之妙。然小說把蘇定方寫成隨唐太宗遭困於北番則大謬，事實上在這場戰役中，蘇定方曾率二百名騎

---

❻ 參見平慧善校注《說岳全傳》之「附錄：《說岳全傳》情事與史實比勘」。（台北：三民書局，2000.3），頁760。

❻ 初唐的劉黑闥之亂是被建成領兵所平，《說唐演義》卻反說建成為劉黑闥所敗，唐高祖再召羅成出戰。關於劉黑闥之亂及羅士信戰死事，參見三軍大學《中國歷代戰爭史》第八冊，頁183-187。

兵為先鋒，在夜霧中襲擊突厥。**❻❻**

　　《粉妝樓》寫「大唐乾德年間」韃靼犯邊、羅增出征遭困，後由羅燦、羅焜率軍援助才加以平定。首先，唐代並無「乾德」年號，故知時代為虛構。其次，唐代的邊患無「韃靼」，當時的北番是突厥。如此，《粉妝樓》所寫應非直接取材自唐代戰事。事實上，「韃靼」是蒙古的支部，元朝滅亡後明太祖多次出征漠北，在混戰中蒙古人逐漸形成韃靼、瓦剌、兀良哈三部。其中韃靼最強，多次犯邊並殺明朝使臣，明成祖曾命淇國公率十萬精兵出征，結果全軍覆沒。明成祖憤而於永樂八年（1410）二月御駕親征，七月韃靼即請降。爾後蒙古勢力屢叛，明成祖先後四次親征漠北。**❻❼**然而，韃靼仍不時侵擾邊境，特別是嘉靖朝為禍最烈，嘉靖二十九年（1550）時甚至還兵臨北京城下，在京郊大肆劫掠數天後才引兵歸去，史稱「庚戌之變」。**❻❽**《粉妝樓》寫羅家將平北番韃靼，有可能是反映明代戰事，或以韃靼之名附會為唐代平定突厥的戰事。

㈡唐太宗親征高麗

　　存在於隋唐時代的高句麗王國，乃是當時東北亞的一大政治強權，其領土範圍除今日之朝鮮半島北部以外，尚包括中國東北九省

---

❻❻　唐太宗時抗擊東突的相關戰事，參見邵石《中國隋唐五代軍事史》（北京：人民出版社，1991.1），頁 59-62。

❻❼　詳參趙海軍《中國古代軍事史》（台北：文津出版社，2003.5），頁 207-209。另參韋慶遠〈明朝皇帝的「御駕親征」〉《歷史月刊》（1995.5），頁 47-52。

❻❽　參見不著撰人《明朝史話》第三章「庚戌之變」（台北：木鐸出版社，1987.7），頁 155-159。

之廣大地區，在當時稱為「遼東」。征遼與征東故事中所稱之「遼」與「東」，所指當為高句麗所屬的區域。❻

　　隋朝經營遼東，總共出兵四次，耗竭國力皆告失敗，卒致天下群雄並起，隋朝因此亡國。唐初，高句麗採取懷柔態度。唐太宗繼位後因政權日益強固，南、北、西諸夷皆服。適在此時，高句麗發生「權臣弒主」的重大政變，權臣蓋蘇文殺高句麗王建武，另立建武之侄藏為新王，並自任莫離支，把持朝政。❼其後更聯合百濟侵擾親唐的新羅，以期截斷唐朝對朝鮮半島的影響力。東征高麗本是唐太宗蓄謀已久的戰略，蓋蘇文「弒君專國」，剛好成為唐太宗出兵的藉口。

　　貞觀十八年（644）七月，唐太宗開始為部署東征，次年命李勣（即小說中的徐茂公）為遼東道行軍大總管，李道宗、張士貴為副，親率水陸大軍十七萬征遼。渡過遼河之後，唐軍先後攻佔四城，擊退高麗援軍二十五萬，卻在圍攻安地（今遼寧海城縣東南）時遭到強力抵抗，苦戰六十餘日仍不能攻克。最後因天氣轉冷及糧運困難等因素，不得不撤軍回國。貞觀二十一年（648），唐太宗再遣軍東征，惟並不發動大部隊的征戰，而只是以小部隊「更迭擾其疆場，使彼疲於奔命」而已。❼唐高宗顯慶五年（660），先遣蘇定方由山

---

❻　紀景和〈誰是唐代征遼戰爭中的真正英雄？〉《歷史月刊》（1988.3），頁51。另參李德山〈崛起於東北的古國──高句麗〉《歷史月刊》（1997.6），頁28-34。

❼　參見《舊唐書》列傳一四九〈東夷傳〉（台北：鼎文書局，1981.1），頁5319-5322。

❼　參見三軍大學編《中國歷代戰爭史》第八冊，頁297-308。

東渡海滅百濟，再與新羅會師夾攻高麗，才使戰局發生變化。乾封元年（666），蓋蘇文死、諸子爭位，唐高宗再命李勣為遼東道行軍大總管，於總章元年（668）降服高麗。❼❷

　　唐代征高麗自貞觀十八年至總章元年，共歷二十五年之久，誠為唐代對外征戰最艱鉅之戰爭，並非如《說唐後傳》所寫僅唐太宗一次出兵即連番告捷。然因唐太宗親自策畫並直接指揮征伐高麗的行動，故有「唐王征東」之說。

㈢薛仁貴征戰高麗

　　《說唐後傳》寫薛仁貴投效唐太宗的征東軍，神勇非常、屢立戰功，最後蓋蘇文兵敗自殺，高麗降服。此中除薛仁貴征戰高麗實有其事外，餘多虛構。然薛仁貴一生征戰高麗，依《舊唐書·薛仁貴傳》所載共有四次：

　　第一次是貞觀十九年（645），唐太宗親征高麗時，薛仁貴「謁將軍張士貴應請從行。至安地，有郎將劉君昂為賊所圍甚急，仁貴往救之，躍馬徑前，手斬賊將，懸其頭於馬鞍，賊皆懾伏，仁貴遂知名」。而後在安地城與高麗大軍交戰時，「仁貴自恃驍勇，欲立奇功，乃異其服色，著白衣，握戟，腰鞬張弓，大呼先入，所向無前，賊盡披靡卻走」。戰後，唐太宗召見薛仁貴，讚曰：「朕不喜得遼東，喜得卿也。」第二次是顯慶二年（657），唐高宗詔薛仁貴為程名振的副將，破高麗於貴端城，斬首三千級。次年，兩軍交戰於橫山，「仁貴匹馬先入，莫不應弦而倒。高麗有善射者，於石下射殺人，仁貴單騎直往衝之，其賊弓矢俱失，手不能舉，便生擒

之」。第三次是乾封元年（666），蓋蘇文死，其子泉男生繼位，但為其弟泉男健驅逐，特遣使向唐求救。高宗派龐同善前去慰納，命薛仁貴率軍援送。一路上薛仁貴屢破敵軍，乘勝領千人進攻扶餘城，先鋒而行，「殺獲萬餘人，遂拔扶餘城．扶餘川四十餘城，乘風震懾，一時送款」。後與李勣會師平壤、降服高麗。第四次是薛仁貴征吐蕃失利被貶為庶民後不久，「高麗眾相率復叛，詔起仁貴為雞林道總管以經略之」。但因唐軍不善海戰、糧船遭襲，使唐軍未登陸便已折損大半。薛仁貴無功而返，被貶為象州刺史、流放嶺南，後因大赦才得以回京。

　　以上，可見小說家敷演薛仁貴君臣知遇、神奇箭術、戰功卓越等，皆非憑空杜撰，而是有其附會、生衍之依據。至於歷史上薛仁貴被貶為庶民、征戰失敗，則未見小說敷演。此外，《說唐後傳》寫唐軍征高麗時，「薛禮三箭定天山，番將驚走鳳凰城」（第28回）。此為借用高宗龍朔元年（661），薛仁貴平定九姓突厥事。❼❸

㈣薛仁貴救駕、掛帥

　　《說唐後傳》寫薛仁貴征東時兩度鞭打蓋蘇文，援救唐太宗。❼❹此為虛構，歷史上的薛仁貴根本未曾和蓋蘇文碰過面、交過手，也未有戰場救駕唐太宗事。然永徽五年（654）萬年宮夜遭洪水，薛

---

❼❸　《舊唐書》列傳三十三〈薛仁貴傳〉：「時九姓有賊眾十餘萬，令驍健數十人逆來挑戰，仁貴發三矢，射殺三人，自餘一時下馬請降。仁貴恐為後患，並坑殺之。……軍中歌曰：『將軍三箭定天山，戰士長歌入漢關。』九姓自此衰弱，不復更為邊患。」頁 2781。另參王民裕〈薛仁貴北征九姓考〉《唐代文化研討會論文集》（台北：文史哲出版社，1991.7），頁 169-192。

❼❹　參見《說唐後傳》第 32、42 回。

仁貴不顧安危示警，唐高宗才得以逃過水難。❼此或許是薛仁貴救
駕情節的來源。此外，小說敘寫薛仁貴第二次救駕後，唐太宗得會
應夢賢臣、尉遲恭讓出帥印，於是薛元帥征服高麗。事實上，「太
宗朝親征高麗」和「高宗朝降服高麗」之戰，主帥都是李勣，薛仁
貴在這兩場戰爭中，主要是作為一員猛將。

　　然而，歷史上的薛仁貴一生戎馬，掛帥出征亦有三次：第一次
是在咸亨元年（670），被唐高宗命為邏婆道行軍大總管，與郭待封
率軍征討吐蕃。不過此戰因郭待封「恥在仁貴之下，多違節度」，
以致「軍糧及輜重並為賊所掠」，唐軍大敗，薛仁貴被貶為庶民。
隨後，高麗再叛，唐高宗重新起用薛仁貴為雞林道總管，經略遼
東，結果無功而返，再度貶官流放。薛仁貴大赦回京後，唐高宗立
即命他領軍出擊突厥，突厥將領得知唐軍主將是薛仁貴時，還質疑
問道：「吾聞薛將軍流象州死矣，安得復生？」後來親見薛仁貴，
紛紛大驚失色。此役唐軍大勝，是薛仁貴死前最光榮的戰役。❼歷
史上薛仁貴出征並非百戰百勝，然其征吐番失利被貶為庶民，小說
家雖未敷演，但有可能據此發揮，構成「忠奸抗爭」的相關情節。

㈤薛家將征西、反唐

　　《說唐三傳》寫薛仁貴西征哈迷國時遭困，爾後薛丁山救援、

---

❼　《舊唐書》列傳三十三〈薛仁貴傳〉：「永徽五年，高宗幸萬年宮，山水猥
　　至，衝突玄武門，宿衛者散走。仁貴曰：『安有天子有急，輒敢懼死？』遂
　　登門桄叫呼以驚宮內。高宗遽出乘高，俄而水入寢殿，上使謂仁貴曰：賴得
　　卿呼，方免淪溺，始知有忠臣也。於是賜馬一匹。」頁 2780-2781。
❼　參見王永平〈將軍三箭定天山──記初唐名將薛仁貴〉《滄桑》（2002.2），
　　頁 24-26。

樊梨花平西等，內容全以神魔鬥法為主，考其人事皆為小說家言。然歷史上薛仁貴之子薛訥，確實是善戰之將，並有平服西南吐蕃之功，一雪其父昔年征討吐番失利之恥。**⑦**小說家或許由此得到啟發，敷演出薛家二代征西，父困子救的情節。

至於《說唐三傳》和《反唐演義》寫薛家第三代薛剛反唐的故事，雖然也是出自虛構，然考諸史實，薛家第三代薛嵩在安史之亂時確有反唐紀錄，**⑧**民間藝人演述薛家故事，或由此生發雜湊。

四、家將小說敘戰虛實之探討

綜合前述家將小說戰事考之結果，可以歸納出幾項共同的規律：

一是簡單化：家將小說把歷史上複雜的戰爭，簡單化為英雄出征。如唐代的東征高麗、北征突厥，以及宋代的降服南閩等，這些戰爭在歷史上莫不耗時費事，成敗與否所涉及的層面，除了軍事武力外，還包括政治、經濟、外交、氣候、地形等種種的主客觀因

---

⑦ 武則天時，突厥入寇河北，則天以訥為將門，使左武威衛將軍，安東道經略。俄遷幽州都督，安東都護，改并州長史，檢校左衛大將軍。訥久當邊鎮之任，累有戰功。開元初，契丹及奚與突厥連和，屢為邊患。訥建請出師討之。後以諸將不如約，盡亡其軍，遂奪訥官爵。未幾吐蕃寇邊，詔訥白衣攝左羽林將軍，為隴右防禦使，殺虜數萬，還師後復封平陽郡公。參見《舊唐書》列傳四十三〈薛訥傳〉，頁2983-2985。

⑧ 薛嵩「少以門蔭，落拓不事家產，有膂力，善騎射，不知書。自天下兵起，束身戎伍，委質逆徒」。曾為賊守相州，後聞賊潰，惶恐迎拜王師，統帥懷恩釋之，奏為相衛洺邢等州節度使，嵩謹奉職，頗有治名。參見《舊唐書》列傳七十七〈薛嵩傳〉，頁3525-3526。

素。然而，在家將小說中，這些錯綜複雜的歷史問題，都被簡化為：「由哪位英雄掛帥出征？」換言之，在家將小說中，「戰爭」成了英雄及其家族的事業。

二是理想化：家將小說運用「補恨」的手法，把歷史戰爭的缺憾改為圓滿、失敗改為成功。如北宋苦於抗遼、抗西夏；南宋又苦於抗金，於是小說就虛構出楊家將滅遼破夏、狄家將平定西遼、岳家後代則降服金國。

三是虛幻化：在家將小說的敘戰形態中，運用了很多神魔參戰的情節，如模式化的布陣破陣、仙妖鬥法等。此外，更以陣前姻緣作為「不戰而屈人之兵」的最佳戰略。如此，現實世界中的殘酷戰爭，在小說中竟皆成為虛幻的熱鬧遊戲。

四是雜湊生發：家將小說中的戰爭情節常由相關史事雜湊而來，或由此再行虛構生發。如《楊家府演義》把狄青征儂智高的史實，轉嫁成楊家將平定南閩；《說岳全傳》把韓世忠大戰黃天蕩的史實，改寫成岳飛大戰牛頭山；《說唐後傳》把薛仁貴救駕的對象，由唐太宗取替唐高宗，並把征高麗的主帥由李勣換成薛仁貴；《粉妝樓》則把危害明代的外族韃靼，提前到唐代加以征服。

以上家將小說敘戰的規律，皆為敘事虛實的運用。特別是第四項「雜湊生發」，更是在敘事結構上造成一種時空模糊的效果。故以下即由敘事虛實的運用和時空模糊的意義兩方面加以探討：

㈠敘事虛實的運用

虛實問題來自史家「實錄」的思想。❼⑨事實上史家在記事時，

---

❼⑨　班固《漢書·司馬遷贊》：「善序事理，辨而不華，質而不俚，其文直，其

不可能把當時所發生過的一切都巨細靡遺地詳載下來。當史家在重述事件時，必得經過選擇、強調、省略，甚至想像等過程。所以「任何一部史傳都只能接近歷史本來的樣子，而不可能與歷史事實完全吻合。所謂史傳的真實性，一般只是指它所記載的史料有根有據，並非偽造和歪曲」。⑧如《史記》「通篇以幻忽之語序之，使人得意於言外」⑧。如此敘事和所謂「史傳的真實性」並無衝突，⑧學者且據此指出「史書一開始就有小說的成分」。⑧

　　講史小說關於敘事虛實的討論，首見於明初庸愚子的〈三國志通俗演義序〉。庸愚子認為史書的首要目的是「昭往昔之盛衰，鑑君臣之善惡，載政事之得失，觀人才之吉凶，知邦家之休戚」，以顯示「褒貶予奪」、「垂鑑後世」的意義。但史書「理微義奧」，

　　　事核，不虛美，不隱惡，故謂之實錄。」（台北：鼎文書局，1981.4），頁
　　　2738。所謂「實錄」是對於「微詞」、「曲筆」而言的中國古代史家的一種
　　　信守事實、不加諱飾、秉筆直書的史學精神或修史原則。周啟志《中國通俗
　　　小說理論綱要》（台北：文津出版社，1992.3），頁223。
⑧　石昌渝《中國小說源流論》，頁77。
⑧　清人袁枚說：「史遷序事，有明知其不確，而貪所聞新異，以助己之文章，
　　　則通篇以幻忽之語序之，使人得其意於言外。」《隨園隨筆》卷二〈史遷序
　　　事意在言外〉收入《袁枚全集》第五冊（江蘇：江蘇古籍出版社，1997.7），
　　　頁24。
⑧　從中國文化的敘事審美來看，「實與虛」並非簡單地處於對立狀態，二者常
　　　有互補的部分。因此，儘管中國的敘事裡會有種種外在的不真實——明顯虛
　　　假誇張的神怪妖魔形象和忠孝節義等意義形態的包裝，但其所傳述的卻恰恰
　　　是生活真正的內在真實。浦安迪《中國敘事學》，頁31-32。
⑧　《左傳》中記述了許多卜筮怪異之事、《史記》以劉邦之母夢與神遇遂產高
　　　祖，這類描寫激發了小說的想像力。張振軍〈史稗血緣說略〉《中國人民大
　　　學學報》（1995第6期），頁97。

文又「不通乎眾人」，這就很難將歷史知識普及到世俗大眾中去，因而「歷代之事，愈久愈失其傳」。因此，講史小說在依據史實的前提下，按故事情節和主題的需要，對史料進行剪裁，並據史虛構，這樣才能達到「談誦者，人人得而知之」。❽自此，對小說虛實關係的討論，就在「據史虛構」的基本展開，而有「崇實反虛、崇虛反實、虛實並存、虛實統一」等各種主張。❽

　　以岳家將小說來看，虛實之間一直是很微妙的關係，如明代熊大木編《大宋中興通俗演義》，即在〈序〉中強調：

> 以王本傳行狀之實跡，按《通鑑綱目》而取義。至於小說與本傳互有同異者，兩存之，以備參考。或謂小說不可案之以正史，余深服其論，然稗官野史實記正史之未備。❽

到了清代錢彩的《說岳全傳》，虛實之間則更顯靈活。如金豐〈序〉云：

> 從來創說者，不宜盡出於虛，而亦不必盡由於實。苟事事皆虛，則過於誕妄，而無以服考古之心；事事皆實，則失於平庸，而無以動一時之聽。……以言乎實，則有忠、有奸、有橫之可考；以言乎虛，則有起、有復、有變之足觀。實者虛

---

❽　參見《三國志通俗演義·庸愚子序》（上海：上海古籍出版社，1990）。

❽　詳參周啟志《中國通俗小說理論綱要》第五章〈審美範疇論〉，頁 182-194。

❽　參見《大宋中興通俗演義·序》（上海：上海古籍出版社，1990）。

之，虛者實之，娓娓乎有令人聽之而忘倦矣。

作者正是在此一原則上，將岳飛故事重新創作而成。如此，在虛的方面，可使人聽而忘倦；在實的方面，因為已經寫出人物的主要性格，故亦可服考古之心。類似於此的看法，在其他家將小說的〈序〉中亦隨處可見，如李雨堂在整篇〈萬花樓序〉中，反覆強調「書不詳言者，鑑史也；書悉詳言者，傳奇也。」小瑯環主人在〈五虎平南序〉中還特別宣揚該書內容「謀想之高超、臨陣之變幻」。鴛湖漁叟在〈說唐後傳序〉中指出傳奇小說雖「屬無稽之談，最易動人聽聞」。此外，《粉妝樓》開首引詩曰：「為是史書收不盡，故將彩筆譜奇文」，結尾又引詩強調全書是「稗官提筆談遺事」。《萬花樓》開首引詩中也強調「一編欣喜有奇文」。

可見，家將小說在敘戰時，對歷史戰事大量運用簡單化、理想化、虛幻化加以處理，為的是要避開「文古、義深」，達到「家喻戶曉」的效果（滋林老人〈說呼全傳序〉）。換言之，家將小說的作者將複雜的歷史戰事，套入一個簡單而吸引人的敘事模式之中，其意圖在於使讀者可以很容易地超越歷史，直接去認識、去感受他在小說中所要讚揚的英雄人物；並且進一步超越小說，直接去了解、去體會他在小說中所要教化的「勸善懲惡」。

㈡時空模糊的意義

家將小說雖脫胎於「講史」，然卻沒有傳統史官注重編年、考定地理的敘述要求，反而在小說敘戰內容中處處可見紀年模糊（如唐乾德年間？）、地域籠統混雜（如西遼、北番、新羅）。造成這種現象的原因，除了受限於小說作者本身的文化素養外，還有兩項因素值

得注意：

首先是成書過程的歷時性。家將小說大都經過史料記載、民間傳說、藝人整理講唱，以及粗通文墨的下層文人加以編撰成書等世代累積的過程，因而一部作品往往是長期以來許多通俗文學家共同創作的結晶。他們一方面把歷史上不同時期的社會心理融入作品，另一方面也把歷史上各個時代的文化內涵摻進小說。如此，使得小說中非歷史真實的成分佔有相當大的比重（虛多實少），而在其情節中也就具有了超越時代和超越地域的價值意義。

其次是敘事風格的陳述性。家將小說受到「說話」藝術的影響，因此對事件背景與環境不會作出細緻描繪，以免阻礙故事發展的流暢性和緊湊性。這種敘事風格的形成，頗能呼應傳統文藝美學中所強調的「以意為主」、「抒情言志」、「傳神寫意」等要求。❻通俗小說家們在敘事寫人時，常常不重視形式上的逼真模仿，不要求把藝術作品同客觀歷史相印證，而注重象徵、寫意，以想像的真實來代替歷史的真實，追求「得意忘言」的藝術效果。如《萬花樓》開首引詩就強調「莫笑稗官憑臆說，主持公道最情殷。」〈五

---

❻ 古代哲學思想對藝術的影響，是小說時空模糊構架形成的深層原因。儒道互補在文藝美學上的一個表現，就是強調「以意為主」、「抒情言志」、「傳神寫意」。文藝上的寫意原則，其特徵是十分重視「意」、「道」，而看輕「言」、「器」，所謂「可以言論者，物之粗也；可以致意者，物之精也。」（《莊子・秋水篇》）「形而上者謂之道，形而下者謂之器。」（《易・繫辭傳》）「言、器」不過是「志、道」的載體，只起一種啟示和象徵的作用。而後傳入中國的佛教，其禪思維的超越性，也與古代文論中的「意趣」說達成共識。劉書成〈論中國古代小說的時空模糊敘事構架〉《西北師大學報・哲社版》（1995.5），頁29-30。

虎平西序〉強調小說傳奇在「娛一時觀鑑之心」，只要能達到「勸善懲惡」即可。

　　由於明清家將小說在「成書過程歷時性」和「敘事風格陳述性」的多重影響下，使得其時空模糊的敘戰特色，彼此間也形成一種模式化的敘事結構。小說作者採用這種模式化的敘事結構，固然有其文化素養不高、追求利潤匆促刻刊等種種因素，然從作者本身具有「不遇文士」的身分，以及作品普遍得到讀者接受的情形來看，則時空模糊的運用自有其意義。細究其因，小說家採用時空模糊的敘事，可以打破一時一地的局限，使敘事時空似此類彼、似古類今，引導讀者得以從中領悟到文字以外的深層意涵，達到其「勸善懲惡」的創作意圖。因此，在家將小說中有許多明寫「唐、宋」而暗指「明、清」之內容。作者在編年紀月和具體描寫中，利用兩朝對應的關係，不惜以時空錯亂為代價，借此喻彼，形成某種關聯的影射，從而達到藉唐宋故事反映明清史實的創作意圖。

第四章　明清家將小說的
主要情節類型

　　在明清家將小說的敘事結構中，有四種情節類型最富特色：一是「天命因果」，這類情節在小說中出現的最多，舉凡兩國交戰、忠奸糾葛、英雄命運、家族興衰等，皆以此類型加以套用，形成以天命貫串始終的意涵結構。二是「遊歷仙境」，這類情節繼承天命因果而下，主要被運用來敷演未出道的英雄，使其曉以天命、具備能力。三是「陣前招親」，相較於其他通俗小說，這是家將小說在情節方面最大的特色，主要被運用來敷演戰場新兵的愛情故事，充分彰顯出家將小說以家族為軸心的敘事結構。四是「布陣破陣」，戰爭既是英雄的事業，也是英雄所背負的天命，故家將小說以戰爭為敘事結構的主體，而布陣破陣更是敘戰的主要類型。以上四種情節類型，在每本家將小說的敘事結構中，都具有關鍵性的作用。因此，探究家將小說如何運用天命因果、遊歷仙境、陣前招親、布陣破陣這四種情節類型，以建構出家將故事的文體形態，這是本章所要論述的重點。

第一節　天命因果的情節類型

在明清家將小說中，天命因果普遍被用來當做故事的「仙話」
❶背景。天命因果的思想散布在家將小說的各種情節中，有的將之
用來做為故事開展的背景，有的則具體用在人物出身和命運的詮
釋。如此，天命因果的思想足以成為家將小說的一大主題。若由此
進一步考察家將小說，則可發現：就個別作品來看，《說岳全傳》
最能完備的運用天命架構，天命指導了整部小說情節的發展。再就
類別作品來看，薛家將小說最能運用因果報應，因果推動了薛家三
代的人事糾葛。因此，本節探討天命因果情節，首先綜論家將小說
普遍運用天命因果以為仙話背景的情節類型，其次再就運用的最為
成熟、堪為典範之「《說岳全傳》的天命架構」和「薛家故事的世
代因果」等加以具體論析，最後再歸納出家將小說運用天命因果情
節類型的意義。

一、天命因果的仙話背景

明代中葉以後，講史小說和神魔小說都達到了極高的水平，同

---

❶　仙話跟神話不同。神話是原始社會的產物，先民在萬物有靈及靈魂不死的觀
　　念下，對自然界的各種現象，或者對領導人類向大自然抗爭的英雄人物，作
　　種種誇飾的描述。仙話則是在春秋戰國時期，神仙思想形成以後的產物，以
　　記敘仙人活動為主要內容，採用幻想表現了人們超越人生、超越自然、超越
　　社會的崇高理想，從而也體現了人們對幸福生活的嚮往。關於仙話與神話的
　　關係及異同探討，詳參羅永麟《中國仙話研究》（上海：上海文藝出版社，
　　1993.5），頁 56-81。

時也出現了兩者合流的現象，使仙話框架在通俗小說中成了一種流行的敘事形式。❷為了因應市場需要以吸引讀者購買閱讀，通俗小說的作者在創作時，必得符合此文學潮流以順應時代和讀者的要求。❸因此，在明清家將小說的情節布局中，幾乎都安排有天命因果的仙話背景。如《楊家府演義》將宋遼之戰詮釋為「二龍爭鬥」：

> 大中祥符四年，蓬萊山鍾、呂二仙在洞圍棋……。忽然南北一道殺氣衝入雲霄，眾仙童驚訝，乃問曰：「師父，此主何兆？」鍾離曰：「南朝龍祖，北番龍母，兩國鏖戰，殺氣衝騰於漢。」仙童曰：「只一陣殺氣，緣何如此凝結不散？」鍾離曰：「以氣數論之，有二年之久。」仙童曰：「但不知誰勝誰負？」鍾離曰：「龍母逆妖之類，逃生於番，橫霸一隅。龍祖天遣隆生，以作下民君師。龍母不守其分，妄意抗之，興兵侵犯，荼毒黎民，不久當為龍祖所滅。」仙童曰：「二龍爭鬥，萬姓遭殃，若能救活眾生，功德莫大。師父何不臨凡，收回龍母，除卻民患，有何不可？」鍾離曰：「此

---

❷　王星琦《講史小說史話》（瀋陽：遼寧教育出版社，1993.9），頁 136。另參孫遜〈釋道「轉世」、「謫世」觀念和古代小說結構〉《中國小說與宗教》（香港：中華書局，1998.8）。

❸　通俗小說作者為了增強作品的吸引力，故在鋪寫帝王將相的歷史時，常會注入世態人情、雜糅神魔靈怪，以加強文學和讀者之間的精神聯繫。而這種創作現象，自明代中葉以後即紛紛出現。參見張俊、沈治鈞《清代小說簡史》（瀋陽：遼寧教育出版社，1993.9），頁 12。

> 亦天地一賽會，民物之劫數，豈偶然哉！我等但當順聽之而已矣，可違天時，妄意希圖以成一己之功德乎？」（第 23 則）

這段宋遼爭戰的仙話，同時出現在《北宋志傳》以及敘述「八仙故事」❹的《東遊記》中，❺可見此說在當時頗為流行，並且能夠得到普遍的認同。而《說岳全傳》亦運用天命仙話以詮釋宋金交戰之因：

> （陳摶）老祖：「這段因果，只為當今徽宗皇帝元旦郊天，那表章上原寫的是『玉皇大帝』，不道將『玉』字上一點，點在『大』字上去，卻不是『王皇犬帝』了？玉帝看了大怒道：「王皇可恕，犬帝難饒！」遂命赤鬚龍下界，降生于北地女真國黃龍府內，使他後來侵犯中原，攪亂宋室江山，使萬民受兵革之災，豈不可慘！」二童道：「師父，今日就是這赤鬚龍下界麼？」老祖道：「非也！此乃我佛如來恐赤鬚龍無人降伏，故遣大鵬鳥下界，保全宋室江山，以滿一十八帝年數。」（第 1 回）

---

❹ 「八仙」一詞可追溯至東漢三國，然為人所熟知的道教八仙是從唐宋以後才開始盛行，特別是鍾離權、呂洞賓的傳說故事，更是常見於宋元以降的通俗文學中。參見馬書田《中國道教諸神》（台北：國家出版社，2001.6），頁 134-138。

❺ 參見《東遊記》第 32 回「鍾呂弈棋鬥氣」。

這段天命架構頗有意思，把天上人間串連成緊密的因果關係，更把宋金雙方的主帥賦予天譴謫仙的身分，使人世間一切的興衰成敗都籠罩在天命之下。再看《五虎平南》開首即寫「平西王夜宴觀星」：

> 正南方一派紅光射入南窗裡，只見一星大如碗，從南方滾到太陰，化為數百小星，將月圍了半個時辰方散。公主一見，嚇了一驚，連說：「不好了，南方賊星沖犯太陰星，有刀兵之患，國家不寧了。」……（狄青說）：「倘然南方有事，聖上必然差遣下官領兵征討了。」公主開言呼聲：「千歲，你難道不見麼？方才見賊星沖犯太陰，乃不祥之兆。只恐此回領兵主帥，凶多吉少……。」（第1回）

作者藉由天命神話，預告此次狄青平南勢必遭逢凶險。接著又寫「狄青乃武曲星降生，輔佐仁宗天子保國之臣」，如此，狄青平南就是「天命所歸」了。

　　此外，《說唐後傳》敘唐太宗征高麗，《反唐演義》敘薛家後代興唐事，《平閩全傳》敘南閩王叛宋，《說呼全傳》和《粉妝樓》分敘呼、羅兩家遭害，以及《萬花樓》敘文包武狄為大宋支柱等，小說家皆一概以天命仙話為故事背景。如：

> （徐茂公奏）臣昨夜三更時候望觀天象，只見正東上一派紅光沖起，少停又是一道黑光，足有半天高，不上四五千里路遠，實為不祥。臣想起來才得北番平靜，只怕正東外國又有

事發了。」（《說唐後傳》第 15 回）

（李靖對薛強說）不必埋怨薛剛，這也是前世之仇。但新君不久廢黜，大唐天下屬於女主，日後滅武興李，中興皇唐天下，還在薛剛與你。今日貧道特來送你一個所在，完你宿世姻緣。日後威鎮山後，獨霸一方，等有了親丁十二口，方可歸保太極上皇光明大帝臨凡的真主，重整李氏江山。（《反唐演義》第 13 回）

（金精娘娘對抱月公主說）吾觀天文，南閩地界有數千條紅光沖起，不日爾父便要出兵與大宋對敵，宋朝能人不少，爾明早可收拾回家去助爾父一臂之力。（《平閩全傳》第 1 回）

（龐家率軍包圍呼家，呼得模自思）楊六郎破天門陣的時節，有個道人姓鍾，曾與俺父王說，後世子孫有難，把這錦囊開看。……裡邊寫得明明白白，說道：「呼家將難脫龐妃害，兩世子快從地穴行，到後來夫南妻往北，得恩詔除奸復大功。」（《說呼全傳》第 5 回）

（祁巧雲拜看天書）天書上寫道：「沈謙惡貫已滿，氣數當絕，當爾祁巧雲同白虎星羅焜建功立業，爾二人本有姻緣之分，速速駕雲入城，面聖陳情，除奸滅寇！」（《粉妝樓》第 71 回）

> 狄門三代忠良，衛民保國，是以武曲降生其家……。另有江
> 南省廬州府內包門，三代行孝，……（文曲星）先到包氏家
> 降生了……。還有許多凶星私自下凡。原因大宋訟獄兵戈不
> 少，文武二星應運下凡，除寇攘奸。故在仁宗之世，文包武
> 狄都能安邦定國。（《萬花樓》第 3 回）

由以上可知，家將小說常以天命仙話作為情節發展的預告或解釋。
這種模式化的敘寫，除了可能是受到當時創作潮流的影響之外，還
和家將故事在民間流傳既久有關。在明清家將小說尚未成書之前，
許多家將故事早就有天命因果的相關內容，如歷史上的狄青征戰神
勇，當時民間就盛傳他是「真武神」❻下凡。❼而宋元平話《薛平
貴征遼事略》中，已有唐太宗作夢遭莫離支追殺的情節。演楊家將
故事的元明雜劇《破天陣》，亦有寇準夜觀天象，算知楊六郎未死
的情節。而明傳奇《白袍記》，已將蓋蘇文、薛仁貴安排成「青龍
－白虎」❽的關係。至於岳飛因死於非命，天命果報之說更盛，如

---

❻ 玄武聖帝即真武帝，北宋時避真宗諱，改玄武為真武，在宋時已被尊為「宋
　 朝家神」，明代開國和真武的崇祀關係更為密切，爾後明朝君主普遍崇信真
　 武神。參見蔡相輝〈明鄭臺灣之真武崇祀〉《明史研究專刊》3 期（台北：
　 大立出版社，1983.9），頁 171-181。

❼ 參見清·丁傳靖《宋人軼事彙編》卷七（台北：台灣商務印書館，
　 1982.9），頁 300。

❽ 「青龍、白虎」源自於古代「二十八宿」的星宿崇拜，其中東方七宿被想像
　 成龍的形象，再按陰陽五行配色之說，以東方色青，故稱「青龍」，依此類
　 推，尚有西方「白虎」、南方「朱雀」、北方「玄武」，合稱「四象」。這
　 四方之神被廣泛運用於軍隊列陣、軍旗圖像等，以為保護神。道教興起後，

南宋民間有「猿碩大必被害」、「豬之為物未有善終」之附會；❾
明代有「岳飛轉世」傳說；❿明話本〈遊酆都胡毋迪吟詩〉敘宋高
宗、秦檜和岳飛三人的宿世因緣；⓫清傳奇《如是觀》將宋金交戰
釋為天命謫仙。⓬

　　明清家將小說除了以天命仙話做為故事發展的大背景外，還具
體的將小說中的主要人物附會成是某星宿或某精怪所降生，並且安
排相關的神仙做為天命的維護者或因果的解說者。試舉其要如下：

四象逐漸被人格化，有些道觀還以青龍、白虎為守門官。參見馬書田《中國
道教諸神》，頁 339-342。

❾　《獨醒雜志》卷十葉四，載相者言岳飛：「子猿精也，猿碩大必被害，子貴
顯則睥睨者眾矣。」（台北：廣文書局，1987.7）。《夷堅志》甲志卷十五
載僧人言岳飛：「君乃豬精也，精靈在人間，必有異事，他日當為朝廷握十
萬之師，建功立業，位至三公。然豬之為物，未有善終，必為人屠宰，君如
得志，宜早退步也。」（北京：中華書局，1985），頁 118。

❿　《萬曆野獲篇》卷五、《湧幢小品》卷二十，分載明代的魏公徐鵬舉、英國
公張輔，為岳飛轉世。收入《筆記小說大觀》（台北：新興書局，1984.5）
15 編 6 冊，頁 3324-3325；22 編 7 冊，頁 4694-4695。

⓫　見馮夢龍《古今小說》卷三十二。寫高宗是吳越王三子轉生，其偏安南渡、
無志中原，乃意在報復當年宋太宗逼奪吳越王獻土事，故秦檜力主和議亦天
數當然。此源自宋代「高宗索還疆土」傳說，參見《錢塘遺事》收入《筆記
小說大觀》24 編 1 冊，頁 259-260。

⓬　《如是觀》第 26 齣，由神仙點破天命云：「今有大宋徽、欽二帝荒於酒色，
聽信奸邪，將玉帝表札誤書奏上；玉帝大怒，差下赤鬚龍攪亂他的江山，將
他囚禁。今當數滿，令其返國，又差白虎將岳飛等提兵掃盡金人，伏屍千
里。」收錄杜穎陶《岳飛故事戲曲說唱集》（台北：明文書局，1988.7），
頁 414。

書名	星宿、精怪降生的主要人物	見證天命的神仙
北宋志傳 楊家府演義	宋真宗「龍祖」、蕭太后「龍母」、楊六郎「白虎星」、蕭天左兄弟「孽龍精」	鍾離權、呂洞賓 擎天聖母
說岳全傳	岳飛「大鵬金翅鳥」、金兀朮「赤鬚龍」、秦檜「鐵背虯龍」、王氏「女土蝠」、牛皋「黑虎」、牛通「象星」	陳摶老祖 鮑方老祖 施岑仙師
說唐後傳	羅成和薛仁貴「白虎星」、蓋蘇文「青龍星」、薛丁山「金童星」	九天玄女 王敖老祖
說唐三傳	薛仁貴「白虎星」、薛丁山「金童星」、樊梨花「玉女星」、楊藩「披頭五鬼星」、唐太宗「紫微星」	梨山老母 閻君 王敖老祖
反唐演義	薛丁山「金童星」、樊梨花「玉女星」、薛強「天猛星」、薛剛是「九醜星」楊藩轉世、薛葵「鐵石星」、九環公主「壽長星」、徐美祖「星官」	梨山老母 寶青老祖 女媧娘娘
說呼全傳	呼守勇「青龍星」、呼守信「白虎星」、呼延龍「角木蛟」、呼延慶「武曲星」	王禪老祖 老熊仙
粉妝樓	羅焜「白虎星」、祁巧雲「女星官」	李靖、謝應登
五虎平西	狄青「武曲星」、龐洪「貪狼星」、星星羅海「真武神將」	王禪老祖
五虎平南	狄青「武曲星」、狄龍「左輔星」、狄虎「右弼星」	諸葛武侯
萬花樓	狄青「武曲星」、包公「文曲星」，贊天王「聖帝龜精」、薛德禮「凶惡星」	玄武聖帝 王禪老祖
平閩全傳	楊文廣「武曲星」	武當聖帝

　　由上表可知，所有家將小說中的重要人物，幾乎都有個「不平凡」的出身。這種敘事除了可能是受到感生神話、史傳傳說等影響

外，更有可能是直接模仿自《封神演義》的「封神榜」和《水滸傳》的「三十六天罡、七十二地煞」。重要的是，作者透過民間的星宿信仰，⓭具體表現為小說中天命因果的仙話背景。

二、《說岳全傳》的天命架構

　　岳飛故事流傳到清代早已家喻戶曉，然而當民眾距離史實愈遠，對故事內容也愈熟悉時，其心中同時也會累積更多更深的疑惑，而這些疑惑正是前代故事未能合理交代之處。諸如：

＊北宋既是中原正統，為什麼竟然亡於番邦金國？而皇帝既是「天子」，為什麼徽、欽二帝竟然被虜禁至死？

＊金兀朮為什麼能橫掃中原？既然其如此厲害，為什麼每逢岳飛即戰敗？

＊岳飛為什麼要以抗金為終生職志？而這樣的大英雄，為什麼下場竟然是慘遭冤死？

＊秦檜夫婦為什麼非得要害死岳飛不可？而勇猛善戰的岳飛，為什麼在遭受冤害時反而顯得無力招架？

　　因此，錢彩在運用仙話結構時，想必經過一番縝密的安排，因為他必須在前代岳飛故事的情節中，再加以虛構發揮，以合理解決眾多的疑問。於是他採用傳統說話人那種高角度的全知觀點，將國

⓭　中國人對自然神的崇拜發源極早，天體的運行、陰陽的變化、四季的輪替、天地萬物的生滅現象，都經過詳細的觀察而產生幻想與期許，對星宿的信奉崇拜即為其中之一。天上的星斗浩瀚無際，而如人之生生不息，於是有天上某星代表地上某人的聯想，認為人的命運和星宿的位置、運行有關。詳參范勝雄〈星宿的民間信仰〉《台南文化》新 45 期（1998.6），頁 63-97。

與國之間、人與人之間的所有糾葛鳥瞰明白。故小說從第1回「天
遣赤鬚龍下界，佛謫金翅鳥降凡」開始，至第2回之「泛洪濤虬龍
報怨」，就加以建構出一套謫仙果報的關係網。以下分析之：

　　甲、宋徽宗乃是上界長眉大仙降世，自稱道君皇帝。在元旦表
　　　　章中，誤將「玉皇大帝」寫成「王皇犬帝」。天庭玉帝因
　　　　此大怒，遂命赤鬚龍下界，降生成金兀朮，日後侵犯中
　　　　原、擾亂宋室江山以為報應。

　　乙、我佛如來因恐赤鬚龍無人降伏，萬民將慘受兵革之災，故
　　　　遣「大鵬金翅鳥」❶❹下界，「保全宋室江山，以滿一十八
　　　　帝年數」。

　　丙、為何佛祖要派大鵬投生為岳飛呢？因為正當佛祖登臺講經
　　　　時，臺下的女土蝠因「一時忍不住，撒下一個臭屁來」。
　　　　此時佛頂上的護法——大鵬金翅明王，怒其汙穢不潔，遂
　　　　將其啄死。結果女土蝠投胎為王氏，而大鵬鳥因起殺心，
　　　　被謫遣塵世「了卻一劫，待功成圓滿歸來，再成正果」。

　　丁、被謫譴的大鵬鳥欲往東土投胎，路經黃河時，見河邊聚有

---

❶❹　岳飛轉世傳說眾多，錢彩為何要用「大鵬金翅鳥」呢？臺靜農指出：「將大
　　鵬與金翅鳥合為一鳥，並非事實。因為大鵬鳥在中土故有此說；金翅鳥則
　　出於佛典，也許正是作者有意如此，才不致使讀者感到陌生。」《宋史·岳
　　飛傳》中載岳飛字鵬舉，故有「大鵬鳥」之稱。而《法苑珠林》卷十〈畜牲
　　部〉載金翅鳥以龍為食，是龍的剋星，故借用「金翅鳥」的作用在剋制赤鬚
　　龍。由此可知《說岳全傳》以岳飛為「大鵬金翅鳥」，這是由兩個典故所組
　　成。參見〈佛教故實與中國小說〉《靜農論文集》（台北：聯經出版社，
　　1989.10），頁221-223。

水族嬉鬧，「認得是個妖精，一翅落將下來」啄傷「鐵背虬龍」⑮、啄死團魚精。這團魚精後來轉生為万俟卨。

戊、鐵背虬龍為報一啄之仇，得知大鵬轉世於岳家莊，遂大興水難。然因「枉害了一村人性命」，犯下天條遭玉帝下令斬首，死後投胎為秦檜。

己、岳飛為何能逃過此劫呢？因華山處士「陳摶」⑯是個「道高德行仙人」，看穿這段因果，知大鵬負有天命，又料虬龍必將報仇，故先往岳家莊點化，並在大缸內畫下靈符，助岳飛母子於洪濤中保住性命。

由「甲、乙」可知：《說岳全傳》將宋金交戰的歷史，以天命註定來詮釋，而大鵬既是為了剋制赤鬚龍而下凡，無怪乎金兀朮每逢岳飛必得戰敗。再由「丙、丁、戊」來看：作者巧妙地將大鵬下凡和秦檜夫婦相聯繫，安排大鵬鳥先後和女土蝠、鐵背虬龍、

---

⑮ 《說岳全傳》寫鐵背虬龍轉世秦檜前，略述「許真君斬蛟」故事，以虬龍乃蛟精餘孽。作者如此敘寫，或因《宋史·岳飛傳》載岳飛出生時「未彌月，河決內黃，水暴至」。同時，受到明代中葉許遜故事盛行的影響，故將兩者加以聯想附會，虛構出這段蛟精作怪的故事。而此虛構，實有諷刺秦檜出自「惡質血統」之意。關於許遜信仰故事，詳參李豐楙《許遜與薩守堅——鄧志謨道教小說研究》（台北：台灣學生書局，1997.3）、李登詳《宋高宗紹興元年以前許遜傳說與其教團發展研究》（成功大學歷史所碩士論文，1998）。

⑯ 陳摶是唐末五代時人，宋太宗曾賜號希夷先生。在中國道教史上，他被列為「高道」一類，《道藏》中收有許多有關他的事跡和傳說。詳參李遠國〈陳摶其人其事〉收入《儒佛道與傳統文化》（北京：中華書局，1996.10），頁331-336。可見，或許正因陳摶與宋皇室關係密切，所以小說才安排由他來擔任天命因果的導引者。

團魚精等在前世結冤，用以解釋王氏、秦檜和万俟卨之所以必定要
將害死岳飛，實為「冤冤相報」的世代因果。而「己」則由陳摶
老祖來點破因果，並扮演最高天命的維護者。

　　如此，作者完整建構了「天命因果」的仙話框架，使其成為小
說情節發展的最高指導原則。故在第 1 回結束前，作者引詩強調：
「萬事皆有天數定，一生都是命安排」，更以「表精忠墓頂加封，
證因果大鵬歸位」為全書最後關目（第 80 回）。而當故事發展到尾
聲時，作者一寫完「朝廷封賜表精忠」的人間事後，隨即將敘事空
間提昇到「卻說無上至尊昊天玉皇玄穹上帝……」，並以「玉旨」
宣告這群降凡星官的最終審判：

子、道君原係九華長眉大仙下降，因他忘卻本來，信任奸邪，
　　不敬天地，戲寫本文，故令赤鬚龍下凡擾攪，令其歷盡苦
　　楚，竄死沙漠。今既受人累，免其天罰。

丑、赤鬚龍雖奉玉旨下凡，卻私汙秦檜之妻，難逃淫亂之罪。
　　罰討鐵鞭一百，摘去項下火珠，著南海龍王敖欽鎖禁丹霞
　　山下，令他潛修返本。

寅、牛皋乃趙雲壇坐下黑虎，仍著趙公明收回。

卯、秦檜諸奸臣等，著冥官分擬輕重，入地獄受罪。

辰、岳飛乃西天護法降凡，即著金星送歸蓮座，聽候玉旨發
　　遣。

巳、岳雲、張憲，本雷部將吏，今加封為雷部賞善罰惡二元
　　帥。王橫、張保，並受雷部忠勇尉。

午、（岳飛魂魄回到西天）佛爺道：「善哉！善哉！大鵬久證菩
　　提，忽生瞋念；以致墮落塵凡，受諸苦惱。今試回頭，英

> 雄何在！」岳飛聽了，忽然驚悟，隨佛前打個稽首，就地
> 一滾，變作一隻大鵬金翅鳥，哄的一聲，飛上佛頂。

　　將「子、丑、辰、午」合起來看，作者強調：謫譴本是一種
修練，只有謹守天命、不違本性，最後才能通過考驗。所以，長眉
大仙因「忘卻本來」，故轉生的宋徽宗要「歷盡苦楚、竄死沙
漠」；赤鬚龍雖奉旨下凡，卻犯「淫亂之罪」，故罰禁令他「潛修
返本」；而降凡轉世的岳飛因堅守「受諸苦惱」的罪罰，故得以
「證因果大鵬歸位」。透過以上三者的對比，作者肯定了岳飛，為
岳飛的冤死做出超越史實的解讀和補償，同時又間接否定了宋徽宗
和金兀朮。如「子」中，藉玉旨宣示宋徽宗「信任奸邪」之罪名
猶在「不敬天地」前，此舉意在斥責「昏君」。而在「丑」中，
更見作者敘事布局的巧妙：雖然作者畏於清帝態度，而在小說中對
金兀朮頗多譽美；❶但是金兀朮畢竟是來犯異族，在傳統「華夷之
辨」的文化觀念下，❶怎能讓他有好的下場呢？於是作者巧妙運用
謫譴修練之對比手法，虛構私污王氏的淫亂罪名。如此，在宣揚教
化的表面下，間接發洩了群眾對異族不滿的情緒。

　　在「寅」中，寫牛皋本為趙公明坐下黑虎。然小說作者在建
構其天命謫仙關係網時，並未說明牛皋何以下凡？同時寫其死後也
不經功過審判即歸回原位。此敘事可能是作者安排仙話結構時的疏
漏。❶不過，牛皋在小說中的地位確實非常重要，故作者在故事結

---

❶　詳論於第五章第七節〈一、（二）「赤鬚龍：金兀朮」〉。

❶　關於「華夷之辨」的文化觀念，以及明清家將小說對此觀念的運用發揮，詳
　　論於第六章第二節。

❶　張火慶認為這和牛皋的福將性格有關，牛皋轉世下凡是為了替整個故事做

束時賦予他一個「非常出身」，此應有討好讀者之意。這種敘事安排，亦出現在「巳」中，如岳雲、張憲隨岳飛冤死風波亭，作者即附會明代「岳飛封神」事，宣稱他二人本是「雷部將吏」。❷而王橫、張保先後護持岳飛而死，亦深獲讀者同情，故一併加封至雷部。

　　再看「卯」之審判，小說既寫秦檜諸人極力害死岳飛，乃是為了報前世之仇；而岳飛甘心就戮亦因體現天命、為求了卻前因。如此，則秦檜諸人害死岳飛應是「因果報應」的完成，那為何在最終審判時，仍得「著冥官分擬輕重，入地獄受罪」呢？此不合理處，固然是作者在敘事表層上欠缺嚴密所致。然而，這卻頗能符合民眾的文化心理：首先，透過善惡必報的最終結局，宣揚對美善的堅持，故作者要特別強調出：「秦檜諸奸臣」。其次，秦檜等人並非是「被譴謫的仙類」，而是「未得道的妖精」，更是天上、人間秩序的破壞者（如蛟精泛洪濤、女土蝠放屁）。正因這些精怪的作為，破壞了既有的常理常道，故在維持「常態」的文化心理下，註定他們不能有好的下場。❷因此，作者在故事開始，即先附會秦檜諸人

「畢竟成空」、「英雄何在」的見證。參見《說岳全傳研究》（東海大學中文所碩士論文，1984），頁207。

❷　明神宗萬曆四十三年封岳飛為「三界靖魔大帝」、「協理三十六雷律令」，正式賦予岳飛神格。而明傳奇《精忠記》寫岳飛升天後封為「雷部賞善罰惡都元帥」。故《說岳全傳》以張憲、岳雲為雷部將吏，應源於此。參見李安《岳飛史蹟考》（台北：正中書局，1976.2），頁372-373；《萬曆野獲編》卷十四〈加前代忠臣謚號〉條，收入《筆記小說大觀》15編6冊，頁3542。

❷　在中國的精怪傳說中，精怪皆不免淪於被打殺的厄運。李豐楙認為這是中國人「常與非常」民族文化心理的反映。詳參〈正常與非常：生產、變化說的

的出身皆為妖精，以便在故事結束時得以順應常理加以懲罰。

經由以上探討，可知《說岳全傳》在天命謫仙的運用上，是以天命始，以天命終。因此，小說首回開場的情景是：我佛如來講經「正說得天花亂墜，寶雨繽紛之際」，接著故事開始；而終回收場的情景亦是：我佛如來講經「正講得天花亂墜，寶雨繽紛之際」，接著故事結束。於是，小說中一切的人事恩怨、歷史功業，彷彿都在一場講經中回歸平常，種種世間的紛紛擾擾全是夢幻一場。㉒

三、薛家將故事的世代因果

明清家將小說中，寫薛家將故事的主要有三本，每本皆有其主要的仙話情節，並以薛家三代做為內容的接續。如《說唐後傳》主要寫「白虎星」薛仁貴和「青龍星」蓋蘇文的爭戰，《說唐三傳》主要寫「金童星」薛丁山三休三棄「玉女星」樊梨花的因果，《反唐演義》則是「九醜星」楊藩懷恨投胎為薛剛的報冤延續。這其中又有許多縱橫交錯的人事糾結，不得不運用天命因果來詮釋。如：

　＊做為英雄的薛仁貴，為何竟然剋死父母、敗盡家產、射殺兒子？

　＊勇猛的蓋蘇文，為何每逢薛仁貴即敗？他如何洩恨？下場如何？

　＊薛仁貴征東功封平遼王，為何又被唐太宗囚禁三年？

結構性意義──試論干寶《搜神記》的變化思想）《第二屆魏晉南北朝文學與思想研討會論文集》（台南：國立成功大學中文系，1984），頁75-142。

㉒　《說岳全傳》第80回寫完下凡星官的賞罰後，即引《金剛經》四句偈作結：「一切有為法，如夢幻泡影，如露亦如電，應作如是觀。」

＊薛仁貴為何會在白虎山遭到兒子薛丁山的誤殺？

＊樊梨花為何和楊藩有婚約糾葛？又為何遭薛丁山三休三棄？

＊薛剛惹禍使薛家一門遭戮，為何英雄世家竟會出現這種後代？

＊薛家和張家兩個家族間的世代冤仇如何冤冤相報？

薛家將小說在運用仙話情節時，雖不若《說岳全傳》嚴謹密實，然卻頗能將個個主要情節串連起來，完整詮釋薛家將的世代因果。以下分析之：（按：A代表《說唐後傳》、B代表《說唐三傳》、C代表《反唐演義》）

A1 唐太宗夢見遭「紅盔鐵甲，青面獠牙」的番將追殺，幸有「頭上粉白將巾，身上白綾戰襖，坐下白馬，手提方天畫戟」的小將前來救駕。最後「只見海內透過一個青龍頭來，張開龍口。這個穿白的連人帶馬望龍嘴內跳了下去，就不見了。」

A2 薛仁貴出生時為啞巴，十五歲時見白虎撲來，嚇得大叫才會說話。當日就說：「爹娘福如東海，壽比南山！」結果父母雙雙病死。爾後持家卻日夜習武，把巨萬家產敗光後流落破窯。至柳家做工時，「睡中現出白虎原形」，❷❸柳金花憐而贈衣，後結為夫婦。

A3 薛仁貴從軍後探地穴卻誤放青龍，青龍降生高麗國為蓋蘇文。

---

❷❸ 「睡顯真形」是通俗文學中常見的母題，主要是被用來作為預示英雄命運轉機的重要關目。詳參王立〈論古代通俗小說中的「睡顯真形」母題〉《齊魯學刊》（1996 第 1 期），頁 30-65。另以其他家將小說來看，《北宋志傳》和《楊家府演義》的楊六郎、《說岳全傳》的金兀朮，都曾在與人交戰時分別現出「白虎」、「赤鬚龍」的原型，此亦是這類母題的變化。

　　幸有「九天玄女授天書」、❷贈寶剱青龍。

Ａ４唐太宗欲見應夢賢臣，徐茂公說薛仁貴福薄，君臣相見將有三年牢獄之災。後來當唐太宗出獵遭逢蓋蘇文追殺時，薛仁貴趕來救駕，遂應太宗夢境。

Ａ５薛仁貴擺龍門陣殺敗蓋蘇文，蓋蘇文自刎後，「現出一條青龍」，騰雲而去。

Ａ６唐軍凱旋後，薛仁貴功封平遼王，而張士貴父子因冒功、造反遭處死。

Ａ７薛仁貴還鄉時突見怪物，情急發箭卻射死一個少年。原來那怪物是青龍星，「因見仁貴官星盛現，動他不得。使他傷其兒子，欲絕他的後代，也報了一半冤仇」。

Ａ８王敖老祖知金童星（薛丁山）有難，將之救回為徒，以待日後為唐朝建功。

Ｂ１成親王李道宗為張士貴之婿，設計陷害薛仁貴。唐太宗怒囚薛仁貴待斬，徐茂公道破這正是征東時君臣提早相見的因果。

---

❷　宋元以來，九天玄女傳書授道之說頗盛。宋・張君房《雲笈七籤》卷一百載有九天玄女助黃帝克服蚩尤事：「黃帝即與蚩尤大戰於涿鹿之野，帝未克敵，蚩尤作百里大霧，彌三日，帝之軍人皆迷惑。……夢見西王母遣道人披玄狐之衣，以符受帝……。天降一婦人，人首馬身，帝見稽首，再拜而伏。婦人曰：『吾玄女也，有疑問之。』……玄女傳陰符經三百，言帝觀之十旬，討伏蚩尤，授帝靈寶五符真文，及兵信符。帝服配之，滅蚩尤。」（台北：自由出版社，1962.9），頁 1369。在通俗小說中，除《說唐後傳》外，《水滸傳》、《平妖傳》、《女仙外史》等皆有九天玄女授道法的情節。另參段春旭〈神話故事與古典小說中的九天玄女〉《福建論壇・文哲版》（1998 第 3 期），頁 52-53。

B2 因薛仁貴有血光之災，故遭蘇寶同飛鏢打傷。魂遊地府時，見
　　囚車內「坐著一位將軍，餓得如枯嘍，腳鐐手銬鎖住」。閻君
　　說蓋蘇文逆天行事，好殺生靈，「雖是青龍下降，合當受此磨
　　難。只要等他罪孽完備，方可上天歸位」。

B3 薛仁貴觀「孽鏡台」，❷只見一員將軍在白虎關與惡將交戰，
　　將軍頭現白虎，忽來一年少將軍朝虎射箭，虎中箭消失、將軍
　　落馬。這時仙童玉女扶起將軍送上天廷，而年少將軍嚎啕大哭
　　且被惡將殺敗。忽又來一美貌女將，砍落惡將。閻君說這惡將
　　名叫楊藩。

B4 樊梨花遭薛丁山三休三棄，梨山老母訴明因果：原來金童玉女
　　在蟠桃會上打碎瓊瑤，玉帝見兩人有思凡之心，罰以「下凡結
　　為夫婦，了此夙緣」。❷玉女走出靈霄寶殿時，撞見披頭五鬼
　　星，笑他生得太醜；五鬼星誤會玉女有意於他，遂私自下凡為
　　楊藩。金童見玉女逢人便笑，怒罵賤人，玉女回頭「對著金童
　　一連三笑，一同下凡」。後來金童投胎為薛丁山，玉女投胎為

---

❷ 民間傳說人死後到地府受審前，必有鬼卒押著先照「孽鏡」。此鏡能明鑑是
　非，辨別善惡，將每個人在陽間的功過呈現無遺。參見王景琳《鬼神的魔
　力：漢民族的鬼神信仰》（北京：三聯書店，1996.3），頁 68-69。

❷ 據道教的說法，凡是神仙所住的洞天福地，皆有得道的童男童女來伺候他
　們，此即「金童玉女」。金童、玉女常見於宋元以來的戲劇中，如南戲有
　《金童玉女》傳奇；元代賈仲明有《鐵拐李度金童玉女》，劇演金童玉女思
　凡被貶謫人間，配為夫婦；明初劉兌有《金童玉女嬌紅記》，也是演金童玉
　女思凡被貶下人間，幾經波折後成親的故事。而後清代道光年間的《桃花女
　陰陽鬥傳》中，更是將周公、桃花女附會成是金童、玉女下凡。參見馬書田
　《中國道教諸神》，頁 342-346。

樊梨花。

Ｂ５楊藩不敵薛仁貴，夜觀天象知白虎山正犯白虎星本命，遂以妖
　　法將薛仁貴困在白虎山。薛丁山領兵救父，忽見白虎奔來，發
　　箭正中虎額，白虎大吼一聲跑進廟裡，眾人趕到，只見射死了
　　薛仁貴。

Ｂ６王敖老祖訴說因果：原來當初薛仁貴射死兒子薛丁山，今被薛
　　丁山射死，乃「一報還一報，元帥是白虎星下降，命喪白虎
　　關，此間又是白虎山，合該命絕」。說完收回所贈法寶，要薛
　　丁山自己將功折罪。

Ｂ７唐太宗夢見紫微星、左相星（魏微）、右相星（徐茂公）、白虎
　　星（薛仁貴）盡皆歸位。欽天監奏告：「昨夜西方一星其大如
　　斗，落於番地，應任白虎位下。隨後見北極垣中兩小一大三顆
　　明星落地，主朝中大臣歸位。」隨後得報魏微、徐茂公已故，
　　薛仁貴亦死。唐太宗痛心吐血，是夜駕崩。

Ｂ８樊梨花殺敗楊藩，意欲放他一命。不料薛丁山在後督戰，薛應
　　龍搶先斬了楊藩後，「一道黑氣沖出，直奔梨花，梨花一個頭
　　暈，跌下馬來」。楊藩死後投胎在樊梨花腹中，後來生下薛剛
　　闖禍，害死薛家三百餘口。

Ｂ９武則天下令斬滅薛家，樊梨花施法欲救薛家人。梨山老母阻之
　　曰：「今日金童星合當歸位，恐你救他違玉旨。」遂帶走樊梨
　　花，使其日後再助薛剛反周興唐。

Ｃ１薛剛打死張保（張士貴曾孫）、驚死唐高宗，武后怒囚薛家人。
　　奸相張天左兄弟奏請挖薛仁貴之墳，「挫其屍骨，以正大逆之
　　罪」。後因羅章保救得免。

C2「李靖」❷助「天猛星」薛強逃往大宛國，與「壽長星」九環
　　公主完成宿世姻緣，日後將保「太極上皇光明大帝」臨凡的真
　　主，重整李氏江山。

C3武后廢唐中宗自立，降旨將兩遼王府改造鐵丘墳，再把薛家人
　　盡皆斬殺。

C4薛丁山臨斬時，怒罵樊梨花生逆子導致薛家滅族。樊梨花淚
　　訴：「可記得當初在西涼時，滴淚斬楊藩？今此逆子，即楊藩
　　轉世，造此大逆，殺盡一門，正是冤冤相報，宿世之仇。」

C5梨山老母因樊梨花「未該脫此凡胎」，將其救走。寶青老祖說
　　因果：「只因你蟠桃會上，對金童一笑思凡，金母把你貶下紅
　　塵受苦，三次羞罵，白虎關斬了九醜星楊藩，怨仇相報…。你
　　今災難未滿，未該回上瑤池，待災退難滿之日，脫了凡胎，才
　　上瑤池，永奉金母。」

C6薛剛反周興唐後，開啟鐵丘墳，「樊梨花抱住薛丁山屍首大聲
　　痛哭，薛剛、薛強以頭撞地悲哭」。祭奠後，樊梨花回山修
　　道，薛剛斬張天左兄弟報仇。

C7梨山老母見唐中宗氣數已終，該薛強輔佐李旦即位、薛剛緝獲
　　奸黨，遂喚樊梨花下山相助：「事成之後速回，不可留戀紅
　　塵，以加罪過。」

C8唐睿宗即位，樊梨花告知薛剛：「我災難將滿…，今日此來，

---

❷　李靖為初唐名將，在唐代就有其神異事蹟流傳，宋代以後逐漸被道教吸收而
　　成為道教神仙，元明以後更被塑造成「托塔李天王」。因此，敘寫唐代戰事
　　的薛家將小說，就以李靖為助戰解困之神仙。關於李靖故事，詳參高禎霙
　　〈李靖故事考〉《中國文化大學中文學報》（2003.2），頁67-91。

是要再扶薛氏立功,使薛氏一門團圓。」說完駕雲而去。
由以上天命因果情節的分析,可以分成幾點加以探討:

1.薛仁貴和父母的關係:薛仁貴既是出生來做英雄,為何竟然
會剋死父母、敗盡家產?因為他是「白虎星」下凡,正是:「白虎
當頭坐,無災必有禍」、「白虎開了口,無有不死」。(《說唐後
傳》16 回)作者除了引用民間「白虎凶神」、「白虎乃重喪之煞」
之信仰外,❷還特別說明薛仁貴之所以到了十五歲才能開口,那是
因為「羅成死了」,意指薛仁貴是由羅成所轉世的「白虎星」。然
在小說敘述中,並未就此轉世之說有所敷演,作者如此附會,應是
為了承續小說前半部的羅家將故事。

2.薛仁貴和蓋蘇文的關係:小說在未進入敘事主體(戰爭)以
前,花了不少篇幅敘述薛仁貴是白虎星下凡的故事,而後再敘青龍
星誘使薛仁貴將其放走。如此,白虎星應天命下凡,然青龍星卻是
私自下凡。故當九天玄女算知青龍將投胎為蓋蘇文時,即贈予薛仁
貴專剋蓋蘇文飛刀之穿雲箭、專打青龍星之白虎鞭,而天書中更有
專滅番軍之龍門陣。如此,薛、蓋兩人日後的成敗,早已為「天
命」所定。然而,蓋蘇文卻敗得不甘心,自刎後冤恨難消,遂陷害
薛仁貴誤殺己兒(射死薛丁山)。同時,作者又寫王敖老祖算知「金

---

❷ 「白虎」乃四靈星君之一,為西方七宿,總名主兵事外,民間還認為「白
虎」乃歲中之凶神,如風俗中有二月二日白虎生日,江南俗禳解白虎。而
《欽定協紀辨方書》卷三義例一中載有「白虎主喪服之事」;《流年都天
賦》亦載:「白虎乃重喪之煞。」參見范勝雄〈星宿的民間信仰〉「四靈星
君」,頁 72-73。

童星有難、被白虎星所傷」，再度宣告這一切都是「天命註定」。因此，當最終審判時，蓋蘇文的罪名是「逆天行事」，雖是青龍星下凡，仍得在地府受罪，待「罪孽完備，方可上天歸位」。

　　3.薛仁貴和薛丁山的關係：薛丁山遭父親薛仁貴誤殺，表面上是「青龍星」報冤陷害「白虎星」所致，然實際上卻是「金童星」合該為「白虎星」所傷。相對的，薛仁貴遭兒子薛丁山誤殺，表面上是「九醜星」欲殺害「白虎星」引發，然實際上卻是「一報還一報」（白虎星欠金童星的命債），加上「白虎星合該命絕」，故小說先敘薛仁貴孽鏡台觀因果，再寫唐太宗夢白虎星歸位。如此，薛仁貴父子「彼此誤殺」的慘絕關係，透過王敖、閻君等先知的解讀，不過是一場「命中註定」的因果罷了。「青龍星」和「九醜星」在這場因果報應中，只是助成天命的「推手」，而非「凶手」。

　　4.薛丁山和樊梨花的關係：薛丁山和樊梨花的故事，可說是典型的「謫譴仙話」。㉙小說中分別以梨山老母（《說唐三傳》）和寶青老祖（《反唐演義》）做為先知，解說「金童玉女思凡謫譴」的因果。企圖將薛丁山對樊梨花「三休三棄」之錯綜複雜的心理關係，如薛氏父子的衝突、樊梨花挫折薛丁山的男性尊嚴、薛丁山無法見容樊梨花弒父殺兄、薛丁山懷疑樊梨花和薛應龍有私情等，一概皆以「天命因果」涵括之。這種宿命論的詮釋雖然粗糙，但卻是最能

㉙　道教結合流行民間的善惡報應和佛教輪迴，再加其本身清淨無欲，飛昇不死的信仰，建構出得道仙人因罪罰謫譴人間，歷經修行考驗後，再重新回歸上界。如此形成一種道德化的救罰與解脫，是民間宿命論的歷史觀。詳參李豐楙〈罪罰與解救：《鏡花緣》的謫仙結構研究〉《中國文哲研究集刊》7 期（1995.9），頁 107-156。

符合庶民讀者的認知與興趣。因此，當武后下令抄斬薛家一門時，薛丁山必得受死，原因是「金童星合該歸位」；而樊梨花獲救不死，則因「未該脫此凡胎」，必須日後再助薛家反周興唐，才算「災退難滿」，這就是被譴譴者的修練。如此，金童星比玉女星較早歸位，實符合其譴譴罪過的輕重。

　　5.薛丁山和薛剛的關係：在天界，金童星誤會玉女星勾搭九醜星，而九醜星亦誤會玉女星有意於他。在人間，九醜星下凡的楊藩卻不知天命，自以為薛丁山娶樊梨花是橫刀奪愛的行為，故怒而對付薛家父子。爾後，楊藩更因「陷害薛丁山誤殺薛仁貴」之冤仇，成為薛丁山的眼中釘。而當樊梨花打敗楊藩欲放其生路時，卻又偏逢薛丁山在後督軍。此三人交會之場景，猶如在天界三星誤會之重映。由於一切皆因玉女星而起，是玉女星無心造的孽。故當楊藩被殺後，一股冤氣轉而投胎為薛剛，害薛家一門被抄斬。在這場災難中，金童星得以歸位，因他的因果已了；而玉女星則必須留待人間再贖罪，以待日後助薛剛反周興唐、重振薛家。故當最後開啟鐵丘墳時，「薛剛對著薛丁山的屍身悔過大哭」，這個結局的圓滿性，在於玉女星幫助九醜星化解了其和金童星的冤仇，一切因因果果、冤冤相報至此宣告完結。

　　6.薛家和張家的關係：薛張兩家的關係是典型的「忠奸抗爭」，薛家將小說是透過世代交替來持續這種忠奸抗爭結構的發展。如《說唐後傳》寫薛仁貴和張士貴的抗爭，後張士貴失敗被斬。《說唐三傳》寫張士貴女兒要夫婿成親王陷害薛仁貴以報父仇，後失敗被殺。《說唐三傳》後部和《反唐演義》寫薛仁貴之孫薛剛打死張士貴曾孫張保，張保之父叔張天左、張天右乘機報仇，

導致薛家一族遭滅。最後薛剛率子侄興唐，再殺張天左兄弟報仇。小說中以薛、張兩家的世代冤仇和因果報應，作為三本薛家將小說敘事主線（忠奸抗爭）的串連，而以天命統攝之。故薛仁貴先遭張士貴之欺，後遭李道宗之害，皆因「命定福薄」見不得皇帝。然因唐太宗執意要見「應夢賢臣」，導致薛仁貴日後有「命定的三年牢獄之災」。而張天左兄弟挾怨奏請抄滅薛家，亦因有薛剛敗家的定數在先（楊藩投胎報冤的因果），故其奸計才能順利得逞。

四、天命因果的運用意義

天命因果在家將小說中之所以能成為普遍特色、必要情節，實有其必然因素。若回到文學活動的過程來看，一個流行的作品模式必是由作者和讀者所共同構成，更何況家將小說是世代累積而成的作品，兩者間的互動關係勢必更為密切。因此，首先就讀者的立場來看：讀者們長期接受家將故事，對於其中許多複雜的歷史現象或人事糾結，不可避免地會產生許多的疑惑，特別是故事流傳得愈久愈廣，存在的疑惑就會隨之累積得愈多愈深，因而想要獲得解答的心理也就會愈來愈強烈。一旦故事的流傳演變始終無法解決讀者的需求，那麼故事的生命就有可能會因此而告終。其次，再就作者的立場來看：當小說家要將流傳已久的家將故事再行創作時，他必須設法從民間文化的觀點中，整理出一套體系完整的詮釋系統，以解決群眾對這段歷史、人事的疑惑。否則，他的作品將很難獲得讀者的青睞。因此，小說家採用前代故事的仙話情節，或是模仿當時流行的神魔小說，都是簡捷而有效的方法。重要的是，當這種天命因果成為作品的必要情節、固定模式，並且受到普遍的接受和運用

時，那麼它就不再只是一個單純的情節，而是一種社會文化和心理需求的反映。

因此，對於天命因果之所以形成一種普遍性的社會文化，有必要加以考察：唐宋以來，隨著佛教「業報輪迴」，❸道教「承負說」❸和謫譴仙話等觀念的流行，天命因果已經成為民間宗教信仰的普遍特色。❸同時，各種宣稱儒釋道三教合一的民間善書廣為印行，無不藉因果報應進行勸世教化。❸而普遍流傳的通俗文學，又

---

❸ 佛教傳入中國後，在中國原有的善惡報應觀念中加入因果輪迴的思想，強調今人現時命運的好壞，皆是由以往的業所造成，如此因果循環，生生世世不止。唯有今世多種善因，來世方能得到善果。在依業輪迴的觀點下，佛教提出現報、生報、後報等三報論，為因果報應的觀念提供必然性的理論基礎。參見方立天〈中國佛教的因果報應論〉《中國文化》7 期（1992.11），頁56。

❸ 《太平經・解承負訣》中云：「凡人之行，或有力行善，反常得惡；或有力行惡，反得善，因自言為賢者非也。力行善反得惡者，是承負先人之過，流災前後積來害此人也。其行惡反得善者，是先人深有積蓄大功，來流及此人也。」另〈解師策書訣〉中對「承負」之說加以解釋：「然承者為前，負者為後；承者，迺謂先人本承天心而行，小小失之，不自知，用日積久，相聚為多，今後生人反無辜蒙其過謫，連傳被其災，故前為承，後為負也。」見漢・于吉《太平經合校》（台北：鼎文出版社，1979.7），頁 22、70。

❸ 詳參劉道超《中國善惡報應習俗》第二章〈中國古代善惡報應習俗盛行之因〉（台北：文津出版社，1992.1），頁 21-52。

❸ 如唐君毅指出：「善書中之因果報應思想，固本於佛家，亦與傳書之『作善降之百祥，作不善降之百殃』，及後代之天人感應之義相合，而為後之道教徒用以勸世者，故此善書之思想於儒道佛，乃不名一家，亦無甚深微妙之論，又可說之為人之道德觀念與功利觀念結合之產物。」《中國哲學原論・原教篇》（台北：台灣學生書局，1984.2），頁 690。另參游子安《清代善書研究》第一章第一節〈善書概說〉（天津：天津人民出版社，1994.4），頁 1-6。

充分運用並宣揚了如此的思想。特別是通俗文學的作者，剛好是溝通文化上大、小傳統的中介者。其藉由歷史故事，整理出一套體系完整的詮釋系統，而此歷史詮釋透過故事的傳播，又反饋到民間社會中，形成民間自身具足的「歷史意識」、「果報論史觀」。㉞而一旦面臨善惡報應顛倒，或是不可知不可解的反常現象，民間更是增強天意命定的思想來作解釋。㉟在「萬般皆是命，半點不由人」的觀念下，相信世間一切皆是天所支配安排，人既不能與天爭，也不能逃避先天註定的命運，只好聽天由命，以求平安過日。這種以天命來涵蓋因果的處世態度，基本上是宗教理念經由信仰活動所形成的集體意識，足以構成普遍的庶民文化。

　　經由以上的考察，可知通俗小說運用天命因果的情節，實具有社會文化的基礎。何況天命在小說中的作用，不但操縱著情節的發

㉞　不論傳統史家根據什麼特定理論來撰寫並詮釋歷史現象，反而不如野史談果報，借天道人事的禍淫福善給人們一些警戒。這種民間式的果報論史觀，是從大傳統高次元的文化史觀逐步下降，而與比較粗淺的宗教思想結合，形成簡化、主觀、實用的歷史詮釋方法。張火慶〈隋唐系列小說版本及兩世姻緣說〉《小說戲曲研究》4 集（台北：聯經出版社，1993.2），頁 194-195。

㉟　文崇一就文化結構指出：我國自西漢以來就流行這種天人合一的宇宙觀，把天上、地下的事合而為一，天災、地震、兵變都視為天對人的懲罰，這是人的無力感的最大象徵，誰都抗拒不了地震、洪水、乾旱對人類所帶來的巨大災害，只有歸之於天命。〈中國人的富貴與命運〉《中國人：觀念與行為》（台北：巨流圖書公司，1988.7），頁 40。另鄭志明認為民間透過天神信仰，可以架構出一套屬於民間自己的宇宙論，用以詮釋天人關係，進而撫慰百姓的心理，給予安全感與生命意義。《中國社會與宗教》（台北：台灣學生書局，1986.7），頁 316。

展、預設了整體的結構，還處處反映出天命思想的主題。❸特別是小說家在敷演歷史故事時，雖有忠於歷史的義務，但仍會進行藝術化的虛構。針對講史小說這種創作現象，學者馬幼垣指出：

> 這是作家創作的自由，而一般讀者對小說在創作自由上的容忍，跟小說家採用歷史，藉歷史的權威來支持民間信仰，大有關係。其中一種普遍信仰就是天命不可改變的觀念；天命是最終的判決力量，給人間世界提供不斷的指示，並監視著人間事情。❸

此一見解可謂深入而透澈。正因如此，天命因果在家將小說中不僅是普遍的情節，還是絕對的支配原則。在小說中，天命掌握了紛紜複雜的人事現象，並在背後規劃出一定的秩序，使人世間一切的是非爭執，最後都歸於天命預設的架構中。

---

❸ 小說運用天命有三種基本型態：一是力與命永無休止的爭衡，而人即在此絕對敗亡的淒涼慘暗中迸現他強烈的生命力和偉大的情操；二是在人與命、數與智、才與時之間求得一調合的安頓地位，一切悲涼憤懣在天命的澄化下歸於恬淡；三是利用我們對天命的沈思而消極地化解人世物象的追逐、名利榮辱的羈絆與牽制，在此都歸虛幻。以上三種參合交錯地出現在小說中，而其所欲表達的主題，往往仍然是天命。參龔鵬程〈傳統天命思想在中國小說裡的運用〉《中國小說史論叢》（台北：台灣學生書局，1984.6），頁21-24。

❸ 馬幼垣〈中國講史小說的主題與內容〉《中國小說史集稿》（台北：時報文化公司，1987.3），頁89。

第二節　遊歷仙境的情節類型

　　遊歷仙境傳說和道教洞天說有密切的關係。❸依道教洞天說，修真學道者必須有特別的機緣，才得以入仙洞中獲得特殊的道法、經訣等啟示，從而助成其快速悟道度世。以道教神聖化的說法，此為修真遇仙之歷程。類此「洞天神宮，靈妙無方」經世俗化之後，則有世人常因種種機緣而誤入仙境的傳說。❹這些世俗生活中常見的情節單元，可在不同時代、不同地域組合成情節相近或相異的故事。以古代小說的發展來看，漢魏六朝書寫遊歷仙境的小說，其主題特點在於讚揚仙界的美好，渴望白日飛昇，其文化意蘊還停留在宗教層面上。到了隋唐時期，隨著道教不斷世俗化的演進，小說書寫遊歷仙境也有朝向世俗化的趨勢，如對仙山神術的渲染退居次要，修仙主要是為了長保世俗的享樂。❹

　　目前學界對此「遊歷仙境」課題的研究，大都將材料範圍聚焦

---

❸　可參李豐楙〈六朝仙境傳說與道教關係〉《中外文學》8 卷 8 期（1980.1）、〈六朝道教洞天說與遊歷仙境小說〉《小說戲曲研究》1 集（台北：聯經出版社，1988.5）；胡銳、黃勇〈道教遊仙小說的成立及其仙境思想〉《西北工業大學學報·社科版》（2004.6）；苟波〈中國古代的「仙境」觀念、「遊歷仙境」小說和道教倫理〉《江西社會科學》（2004.9）。

❹　仙境遊歷傳說有一種情形是誤入洞天者，世人常因採藥、採樵或遊覽等緣故入山，也有機會往來上下於石階、洞口，「人卒行出入者，不覺是洞天之中……。」類此「洞天神宮，靈妙無方」，神聖化的說法，是修真遇仙；而世俗化之後，就被稱為「誤入」。參見李豐楙〈六朝道教洞天說與遊歷仙境小說〉，頁 6。

❹　參見孫遜、柳岳梅〈中國古代遇仙小說的歷史演變〉《文學評論》（1999 第 2 期），頁 67-75。

於六朝隋唐時期的小說，❹相較之下明清時期的講史小說則少受注意。事實上，在明清家將小說中，即有許多類似於此的情節，諸如遇神授天書、贈法寶、教法術、傳武藝等。由於這批家將小說是一批性質相近的類型小說，因此透過其類似情節的整體探討，不但可見其運用意義，更能明確其不同於六朝隋唐小說之特色。

在進入家將小說的文本分析之前，有必要先釐清探討的對象和範圍。通俗文學敘寫遊歷仙境的情節有其基本架構，即「出發→歷程→回歸」。凡人從此界過渡到彼界，除了滿足人的遂願心理外，回歸後的明悟反而更能看清現實，從而再出發以展現出新的生命契機。因此，遊歷仙境可視為一種生命禮儀的完成。❷以明清家將小說來看，其遊歷仙境情節可以歸納出一套基本架構：「誤入、服食→授書、傳藝、贈寶→回歸、立功」。為了便於探討，以下先展示

---

❹ 如小川環樹〈中國魏晉以後的仙鄉故事〉《中國古典小說論集》1 輯（台北：幼獅文化公司，1975.12）；王孝廉〈試論中國仙鄉傳說的一些問題〉《神話與小說》（台北：時報文化公司，1987）；徐穎瑛〈魏晉南北朝小說中的仙境描寫〉《渭南師範學院學報》16 卷 1 期（2001.1）；李永平〈唐宋傳奇中的遊歷仙境主題〉《西南民族大學學報·人社版》（2005.1）。學位論文可參謝明勳《六朝志怪小說他界觀研究》（文化大學中文所博士論文，1992）；鄭慧妹《幻境與心靈——唐傳奇歷幻故事研究》（中山大學中文所碩士論文，1994）。

❷ 遊歷仙境這一主題在中國文學史上於詩、小說、戲曲，皆曾出現過，傳達逍遙自在的遊仙思想，這是中國人追求永恆生命的呈現，與道教的求仙活動密切相關，為中國人對生命終極關懷的具體表現。其中有追求超越現實、滿足遂願心理，以及完成生命禮儀的意義。詳參許雪玲《唐代遊歷仙境小說研究》（東海大學中文所碩文論文，1994）、黃玲慧《中國古代仙境奇遇故事研究》（文化大學中文所碩士論文，2004）。

相關情節：

書名	主角	神道	授書、傳藝、贈寶	回歸後立功
北宋志傳	呼延贊	尉遲恭	衣甲、槍法	報仇、助宋
北宋志傳 楊家府演義	楊宗保	擎天聖母	破陣兵書	指揮破天門陣
楊家府演義	楊文廣	東岳聖帝	隨意變化飛騰	避禍、征討南閩
說岳全傳	岳雲	張巡及神將	雙鎚武技	保家族、上陣助戰
	岳飛	楊景	殺手鐧	收服楊再興
	牛皋	鮑方老祖	穿雲箭、破浪履、仙丹	助岳飛破楊么妖法
	諸葛錦	諸葛亮	天書	助岳雷滅金
說唐後傳	薛仁貴	九天玄女	白虎鞭等法寶、天書	征東平遼
反唐演義	徐美祖	女媧娘娘	天書	助薛剛、佐廬陵王興唐
說呼全傳	祝素娟	老熊仙	珊瑚寶塔	助呼家將除奸
粉妝樓	祁巧雲	謝應登	無字天書、法術	助羅家將除奸、破番
五虎平南	狄青	諸葛亮	點出破陣玄機	請段紅玉破陣救宋將
五虎平南	它龍女	灶神	法術	隨征南蠻立功
萬花樓	狄青	玄武聖帝	人面金牌、七星箭	平服西夏
平閩全傳	楊文廣	武當聖帝	鐵胎弓、穿雲箭、天書	平服南閩

　　除了上表所列外，若以廣義角度來看，則明清家將小說中的「遊歷仙境」，尚且包括神仙收徒到仙境中授藝，而後再遣其回歸俗世建功立業的情節。如《說唐三傳》有王敖收薛丁山、王禪收秦漢；《說呼全傳》有王禪收呼延慶；《萬花樓》的王禪則先後收狄青和石玉為徒。此外，《說唐後傳》寫九天玄女救薛仁貴兄弟到仙境「藏軍洞」，以及《說唐三傳》寫薛應龍誤入仙境與神女完婚等

情節，亦可算是遊歷仙境的一種。然而，本節不擬將之列為討論對象，因為此類情節的敘寫或詳或略，在小說的敘事結構中皆還不足以成為重要的模式化情節。

以下，即依「誤入、服食」、「授書、傳藝、贈寶」、「回歸」等基本架構逐段探討家將小說遊歷仙境的情節。至於「立功」為戰爭內容，已論於第三章，故本節不再贅述。

一、誤入、服食

㈠誤入

如前所述，依道教進入洞天的說法，道士為了獲取經訣必先齋戒修持，然後才敢進入他界。世俗化之後，則衍生附會出世人因採藥、採樵或遊覽等種種機緣，而在無意中進入洞天，遂稱為「誤入」。在家將小說遊歷仙境情節中，「誤入」的動機與歷程多樣化，依其敘寫方式，可分成「無意中進入仙境」及「睡夢中進入仙境」兩種：

1.無意中進入仙境

《楊家府演義》敘呼延顯奉命宣召楊令婆前往九龍谷觀陣，楊令婆出門前特別叮囑勿告知孫子楊宗保。然楊宗保無意間得知後，即跳上駿馬，進城四處訪查令婆的行蹤。後詢北門守軍，得知楊令婆赴幽州御營，立即追趕而去：

> 不覺日色漸漸將黑，且不識路徑，入一窮源僻塢，兩邊樹木茂密，並無人居住。宗保大驚，待欲轉去，林深路窄，昏暗沉沉，東西莫辨。正慌急間，忽然前面一點燈光透出，宗保

心忖道：那裡燈光之處，必是人戶。乃隨著光影而去。既到
其所，只見一宇，儼似廟廷，遂拴了馬，叩戶數聲。忽有人
開門，引宗保進去，乃是一婦人巍然獨坐於殿上，兩旁侍從
美麗無比。宗保鞠躬於階下。那婦人問曰：「汝何人也？有
甚緣故，暮夜扣我之扉？」宗保道知其情。婦人笑曰：「汝
令婆一凡人耳，哪知仙家作用？即赴軍中亦是枉然。」（第
26 則）

在這段「誤入」的敘寫中，作者從一開始就再三營造「出人意料」
的發展，如不讓楊宗保知道，他卻意外聽聞；楊宗保到城中打探，
又意外出城；迷路之際，又意外忽見燈光、忽有人開門；乃至意外
聽聞楊令婆觀陣的結果終是枉然等。透過這一連串的意外，使整件
事情充滿神祕的氣氛。而楊宗保到達仙境前「入窮源僻塢、林深路
窄、昏暗沉沉」乃至「隨光影而去、見一宇儼似廟廷」之過程，猶
如道教探訪洞天的歷程，是進入仙境的典型敘述。再如《楊家府演
義》寫楊文廣與魏化到「東岳聖帝廟」，❸無意間走到一座峭拔壁
立的高峰，忽然間天暗欲雨，兩人欲入石殿避雨，楊文廣一推，
「如山崩地裂，霹靂雷震一般，其門開了」。兩人欲進入時，遭殿
內武士喝阻，楊文廣表明身分後，忽有官員說：「聖帝宣將軍入後
殿一話。」（第 48 則）這段敘述，同樣強調「出人意料」以營造神

---

❸ 東岳聖帝即泰山神，廟雖不必建在泰山，但廟裡必有地獄的形象制度。唐玄
宗時封泰山神為天齊王，宋真宗加封為天齊仁聖帝。宋末元初時，地獄形象
化大盛，各地普遍興建東岳廟。參見盧國龍《道教知識百問》（高雄：佛光
出版社 1991.6），頁 201-202。

祕氣氛。

　　在家將小說誤入仙境的敘述中，有些還會特別描述仙境景象，並在「出人意料」上，再強調「神仙早知」。如：

> （薛仁貴探地穴）至下面，黑洞洞，就有陰風冒起，⋯⋯挨到東首，旁邊有些亮光。也不要管他好歹，鑽進挨出外邊，向山洞內鑽出來模樣，又是一個世界了。上有青天雲日，下有土地樹木，⋯⋯花枝灼灼，松柏青青，好似仙家住所⋯⋯。忽聽後面有人叫道：「薛仁貴，娘娘有法旨，命你前去。」⋯⋯童子道：「此地乃是仙界之處。我奉九天玄女娘娘法旨，說：大唐來一員名將，名喚薛仁貴，保駕征東，快領來見我⋯⋯。」仁貴聽後，萬分奇異⋯⋯，隨了童子一路行去。影影見一座大殿，只聽鼓樂之聲來至殿前，⋯⋯只見一尊女菩薩，坐在一個八角蒲團墩上⋯⋯。（《說唐後傳》第24回）

> （徐美祖）正欲出來，忽聽有人叫道：「徐星主，娘娘有旨，請你相見。」美祖看時，卻是一青衣童子，便道：「我是徐美祖，不是星主。」青衣道：「就是你，娘娘專等。」⋯⋯跟了童子，轉入廟後，卻又是一天世界，兩邊盡都是松柏，正中一條石路，走不多時，忽又現出一座宮殿來。⋯⋯看見上面坐著一位娘娘，頭戴龍鳳冠，身披九宮八卦袍，下面是山河地理裙，手執白圭，端然上坐⋯⋯。（《反唐演義》第29回）

再如《說岳全傳》寫牛皋因打碎御酒被岳飛趕出，胡亂走了數十里，來到一座陌生的樹林，一道童立於林下問他說：「我家老祖姓鮑名方。早上對我說道：你可下山去，有一騎馬將軍叫做牛皋，你可引他來見我。將軍，你可姓牛麼？」（第 50 回）

　　以上，可知這種「無意中進入仙境」之敘述因由，在於「俗世－仙境」是兩個不同的空間，因此小說透過仙境景象的描述，可以有效地凸顯出人仙之間、俗聖之隔。❹特別是類似「柳暗花明又一村」的安排，予人「豁然開朗」的感覺，從而暗示誤入仙境的主角即將因此而得以解決困境，或是開拓出新的人生（如回歸後進入戰場）。而神仙預知主角將來，或是刻意引來相見，則是有意強調天命思想的主題。

　　此外，這類「無意中進入仙境」的敘述，也有一些不同的變化，如《說呼全傳》寫祝素娟三人來到西羌，「見一山全無樹木、煙霧迷漫」，正感奇怪時，忽跳出兩個怪物哈哈大笑，三女嚇得渾身冷汗，怪物卻說：「俺乃老熊仙，夫妻兩個在此黃毛山修煉千年。上帝命俺夫婦在這山洞裡鎮守那珊瑚寶塔。今美人到來，祝素娟在那裡？」（第 32 回）此段敘述中，祝素娟遇仙的地點和對象，雖然皆不同於他作，然其「怪異景象」、「上帝所命」，仍是誤入仙境的基型。再如《萬花樓》寫狄青與石玉深夜交談，忽來一陣狂風將燈燭吹滅，有妖人飛奔而出直攻石玉，「又聞狂風大作，只見

---

❹　神話和小說中運用奇景和異物所表現出來的神祕性，旨在強調出「仙境」和「凡人世界」互相隔絕的觀念。參見苟波〈中國古代的「仙境」觀念、「遊歷仙境」小說和道教倫理〉，頁 61-62。

兩扇後門大開。妖人飛奔出外，周圍全是荒野」。狄青見石玉追去，也跟著跑出相助：

> 登時一派白光射目，兩眼昏迷。即聽得有人說道：「狄大人不可出外。」狄青舉目一看，只見一人乘著祥雲，身高丈餘，披髮仗劍，半離地上，約與檐高，阻住去路。狄青喝道：「你莫非是妖怪？」此人言道：「非也，我乃北極玄武聖帝。今夜貴人在此，特來一會。」……（聖帝離去後）狄青四下一看道：「奇了，方才見有門戶一重，如今四圍全是牆壁……。」（第23回）

這段敘述簡化誤入遇仙的過程，而改寫玄武聖帝另闢一奇異空間引開他人後，再親自降臨，可算是傳統進入仙境敘寫的變異。同時，透過神道扮演主動的角色，更能彰顯主人翁必為「天命英雄」之色彩。

2.睡夢中進入仙境

「睡夢中進入仙境」和「無意中進入仙境」之最大差別，在於吸收「夢境幻遊」的敘事結構，❹透過「如夢似幻」的氛圍，以凸顯事件的神祕感。諸如：

---

❹ 關於「夢境幻遊」敘事結構的分析，可參黃文成《六朝志怪小說夢象之研究》第三章第五節「魂遊他界夢類型」（文化大學中文所碩士論文，2000），頁116-127。

岳雲覺得困倦，就倒在拜臺上朦朧的睡去。忽聽得後邊喊殺之聲，岳雲暗想：「這荒郊野外，那裡有此聲？」隨即起身走到後邊一看，原來是一片大空地。上邊設著公案，坐著一位將軍⋯⋯，看下邊二人舞錘。岳雲就挨身近前觀看，但看那兩個將官，果然使得好錘。岳雲看到好處，止不住失聲喝彩⋯⋯，青臉將軍喝聲：「誰人在此窺探，與我拿來！」（《說岳全傳》第40回）

（祁巧雲倚窗而臥）朦朧見一對青衣童子走上樓前說道：「奉謝真君的法旨，請仙姑相見。」⋯⋯到了一所洞府。進了洞門，但見兩旁總是蒼松翠竹，瑤草奇花。上面是三層玉階沿，五間大殿，殿上是金磚碧瓦，畫棟雕梁，高聳雲霄，霞飛虹繞，甚是雄壯。⋯⋯童子引祁巧雲上殿。祁巧雲抬頭一看，見那蓮花寶座上坐了一位高仙⋯⋯。（《粉妝樓》第68回）

（楊文廣）夢見一位青衣童子近前曰：吾奉上帝之命，敬請星君到殿，上帝有旨分發。⋯⋯童子作前引路，轉過一條石路，只見一座殿宇巍峨，畫棟雕樑。⋯⋯舉頭一看，只見大殿內堂坐了一位神道⋯⋯。（《平閩全傳》第3回）

由以上可知：這類「睡夢中進入仙境」的敘述，仍著重於對仙境的描繪，其作夢地點雖在神道處所，然夢中所入之仙境，則為另一「神屬空間」。而為了省略仙境的描繪，也有直接寫神仙入夢的敘

述，如《說岳全傳》寫諸葛錦錯過客店，就在破廟睡下，「朦朧之際，忽見一人走進店來，頭戴綸巾，身穿鶴氅，……叫道：孫兒，我非別人，乃爾祖先孔明是也！」（第 64 回）再如《五虎平南》楊家女婢它龍女「一日在廚中打睡，夢見灶君老爺」，此亦是夢入仙境。（第 39 回）

此外，有些作夢地點並非在神道處所，而是先夢遊幻境，醒後方知附近有此神道之廟（論述於後）。而這類情節的入夢因由，皆是主角正為某事所苦惱。如：

> 呼延贊回到帳中，思量捉馬坤之計。俄而睡去，忽見個火球滾入帳中，贊夢中趕將出去。至一所在，盡是金窗朱戶，宮宇巍然。贊直入內，卻不見那火球。旁邊轉過一人曰：「主人候將軍多時矣。」（《北宋志傳》第 2 回）

> 狄元帥為思兒子被陷陣中，……不覺隱几而臥。忽外廂有腳步聲響，……只見青衣二位童子至帳前笑言，呼：「武曲星君，吾主武侯差吾等來相請，現在洞中相見。」……隨著二青衣而去，耳邊只聞風響，如入雲中。不一時，到了一座宮殿，甚覺幽雅，……一尊神聖在中央，綸巾羽扇，身披鶴衣……。（《五虎平南》第 23 回）

> （岳飛）又戰不下楊再興，心中悶悶不樂，就在帳中靠著桌上朦朧睡去。忽見小校報說：「楊老爺來拜。」隨後就走進一位將官。岳爺連忙出來迎接，進帳見禮，分賓主坐定。那

人便道：「我乃楊景是也！因我玄孫再興在此落草，特來奉
託元帥，懇乞收在部下立功，得以揚名顯親，不勝感激！」
（《說岳全傳》第48回）

以上，前二則敘呼延贊、狄青在夢中被請進入仙境，而其夢入
仙境的前提則分別是正苦惱於「思量捉馬坤之計」、「思兒子被陷
陣中」，可見當英雄遇到阻礙時，自有神靈相助，由此成就出天命
決定一切的主題。而第三則寫岳飛正苦惱於「戰不下楊再興」時，
睡夢之際竟然有神道來訪，而此神道居然還是楊再興的祖宗楊景
（即楊家將中的楊六郎），此除了展現相同於前兩則的天命主題外，更
富有「家族文化」的意涵，因為這是已逝的祖宗期待自己的後代子
孫能夠「揚名顯親」，所以楊景還特別對岳飛表示「懇乞、不勝感
激」的態度。

㈡服食

「服食」本是道教成仙的重要律則，進入仙鄉後自可因緣際會
地經由「服食」而變化成仙，是一種深具道教色彩的傳說。[46]道士
的服食變化說，經世俗化之後成為凡塵之人渴望服用仙界食物的欲
望，認為凡仙境之物，經由接觸（服食、沐浴等），就可傳達它的神
祕作用，與仙境或仙人產生同胞意識，脫胎換骨，變化成仙。[47]如

---

[46]　早在戰國及秦漢時期，服食就已經成為一種重要的求仙方術。道教產生後，
　　　對服食之術的探索力度加大，使其更完善，對社會的影響也更大，如《參同
　　　契》、《抱朴子內篇》中都有煉丹的相關探討。參見苟波《道教與神魔小
　　　說》（成都：巴蜀書社，1999.9），頁50-51。

[47]　類此服食變化的傳說，固然是道教中人煉丹、服用仙藥的基本信念，在魏晉

《說唐後傳》敘薛仁貴進入洞穴後：

> 行了數里，肚中飢了。見了熱騰騰三架蒸籠，……只見一個
> 麵做的捏成一條龍，盤在裡邊。拿起來團一團，做兩口吃了
> 下去。又掇開底下一層，有兩只老虎，……吞了下肚。又掇
> 開第三架，一看有九條麵做的牛，……吃在腹中，不夠一
> 飽。將蒸籠原架在灶上，走出亭子。身上暴燥起來，肌膚皮
> 肉扎扎收緊，不覺滿身難過。行不上半里，見一個大
> 池，……洗了一浴起來，滿身爽快，身子覺輕了一輕。（第
> 24回）

而後，青衣童子領薛仁貴拜見九天玄女，玄女即道出「服食」因由
及其效用：「此去征東，關關有狠將，寨寨有能人。故而我衝開地
穴，等你下來。有麵食三架，被你吃下腹內，乃上界仙食。你如今
就有一龍二虎九牛之力，本事高強。」再如《楊家府演義》敘楊文
廣、魏化進入東岳聖帝的仙境後：

> 聖帝命侍臣獻茶、紅桃二枚，文廣、魏化領受不食。帝曰：
> 此桃甚難食得，其味極佳。昔王母獻武帝之桃，即此一種，
> 卿試嘗之。二人遂食之，茶畢，復賜酒，各飲三杯畢。……
> （帝曰）魏化特一凡胎，但見為主忠貞，故今日亦因楊卿而

社會也普遍流行，成為素樸的服食傳說。參見李豐楙〈六朝道教洞天說與遊
歷仙境小說〉，頁29-30。

同飲大丹頭矣。此非小可之益，自今已後，隨意變化飛騰。

（第48則）

楊文廣和魏化因服食仙物而能「隨意變化飛騰」，如此，兩人已經
脫凡成仙。這和薛仁貴具有「一龍二虎九牛」之力相同，皆為道教
服食變化說的發揮。

　　家將小說寫服食變化後的脫胎換骨，尚包括得以洞曉天書。如
《楊家府演義》寫楊宗保入仙境，擎天聖母令左右具酒款待，侍從
又獻出「紅桃七枚、肉饅頭五個」。待楊宗保盡食之後，聖母才取
出天書「逐一明明指示」。這時作者論道：「那婦人所賜之飲食皆
仙丹也。宗保吃下，心下豁然明敏，其兵書指點，一一洞切無
遺。」（第26則）可見凡胎楊宗保，必須經由服食以脫胎換骨，才
能在一夕之間對天書的內容洞徹無遺。再如《反唐演義》寫女媧娘
娘說出要授天書給徐美祖的因由後，即「見女童捧茶一盞送至，美
祖雙手接來，異香撲鼻」，待其「一吸而盡」後，才有侍女捧來天
書給他。（第29回）而《平閩全傳》寫上帝請來楊文廣後，即「命
童子進茶」，待其飲畢才授予天書。（第3回）《粉妝樓》也寫祁
巧雲本是軟弱女子，誤入仙境時，「仙童獻茶，祁巧雲吃了茶」，
才得授天書、傳法術。醒後，祁巧雲立即變成能征善戰的女將。
（第68回）

　　此外，家將小說寫這類仙境「服食」的情節，也有一個頗富趣
味的變化。在《說岳全傳》中，寫牛皋隨道童進入碧夢山洞中，見
了鮑方老祖即主動喊道：「我肚中飢餓，可有酒飯，拿些來與我充

飢。」後因吃素難熬,牛皋竟殺牛開葷,導致因此被逐出仙境。❹
正因牛皋「服食」不順,故其在仙境中完全沒學到什麼,也沒產生
什麼脫胎換骨的變化。

二、授書、傳藝、贈寶

㈠授書

在通俗文學中,常有祕授天書的情節。所謂「天書」,乃天降
之書,即道教中元始天尊所說之經。❹天書本為天真之書,記載道
教傳經授義之事。然因文旨深奧,世俗人難識,反以天書為符籙祕
籍,進而附會神怪、假托變幻。不僅民間如此,宋真宗時尚且藉
「天書」之名而「封禪祠祭」,表現出對天書的熱切信仰。❺由於

---

❹　參見《說岳全傳》第 50-51 回。

❹　《隋書》卷三十五〈經籍志四〉云:「道經者,云有元始天尊,生於太元之
　　先,稟自然之氣,沖虛凝遠,莫知其極。每至天地初開,或在玉京之上,或
　　在窮桑之野,授以祕道,謂之開劫度人。……所說之經,亦稟元一之氣,自
　　然而有,非所造為,亦與天尊常在不滅。天地不壞,則蘊而莫傳,劫運若開,
　　其文自見,凡八字,盡道體之奧,謂之天書。字方一文,八角垂芒,光輝照
　　耀,驚心眩目,雖諸天仙,不能省視。」(台北:鼎文書局,1983.12),頁
　　1091-1093。

❺　天書初降事,見於《資治通鑑長篇紀事本末》卷十七「封泰山、天書附」:
　　「大中祥符元年春正月乙丑,上召宰臣王旦,知樞密院事王欽等,對於崇政
　　殿之西序。上曰:朕寢殿中鑾幕皆青絁為之,旦暮間非張燭莫能辨色,去
　　年……,朕方就寢,忽一室明朗,驚視之。俄見神人星冠絳袍告朕曰:『來
　　月三日,宜於正殿建黃籙道場一月,當降天書大中祥符三篇,勿泄天機。』
　　朕悚然起對,忽已不見,遽命筆誌之。……適睹皇城司奏,左承天門室之南
　　角,有黃帛曳於鴟吻之上,朕潛令中使往視,回奏云:『其帛長二丈許,緘
　　一物如書卷,纏以青縷三周,封處隱隱有字。』朕細思之,蓋神人所謂天降之

天書傳說與信仰深入民間，故常見於通俗文學之中，其運用意義大抵有四：一是來自傳統道教的影響，以天書乃是「應劫而現」；二是受黃石公授書傳說影響，以天書即兵書；三是藉天書賦予英雄人物以神格；四是證明英雄人物之不凡，故透過天書傳授法術。❺若是再加上傳授天書之前，必須要有「服食」之過程，則更能增加天書的神祕性。如家將小說中的情節：

> 婦人復取出兵書付與宗保，言曰：「吾居此地四百餘年，世人未嘗睹面。我與汝有宿緣，致使今宵會晤。」遂將兵書逐一明明指示。……婦人授畢，乃曰：「汝將下卷再詳玩之，內有破陣之法。汝去扶佐宋主擒捉番賊，不枉今宵之奇逢也！」（《楊家府演義》第 26 則）

> （諸葛亮道）你可快去保扶岳雷，成就岳氏一門「忠孝節義」。我有兵書三卷：上卷占風望氣，中卷行兵布陣，下卷卜算祈禱。如今付你去扶助他，日後成功之日，即將此書燒去，不可傳留人世。（《說岳全傳》第 64 回）

> （九天玄女道）此書乃是異寶，名為「無字天書」。……這天

書也。旦等曰：陛下以至誠事天地，仁孝奉祖宗，……今者神告先期，靈文果降，實彰上穹佑德之應。皆再拜稱萬歲。」祥符元年夏四月，復降天書，於是同月派王欽、趙安仁為封禪經度制置使，實行封禪。（台北：文海出版社，1967.11），頁 470-505。

❺　參見胡萬川《平妖傳研究》（台北：華正書局，1984.1），頁 111-114。

書只可你一人知道，不可被人看見。凡逢患難疑難之事，即排香案拜告，天書上露字跡，就知明白。（《說唐後傳》第 24 回）

（女媧娘娘道）我今授你天書一卷，教你行兵布陣之法，你今先到黃草山，會過薛剛，後佐盧陵王中興天下。……侍女捧一黃綾包，送與美祖，美祖拜受，納入袖中。（《反唐演義》第 29 回）

（仙翁道）此處交鋒，該汝建功立業之時……。日後征番，那番營內有個木花姑，妖法利害，難以取勝。故貧道特請你來，傳你一卷天書，教你呼風喚雨、駕霧騰雲之法。說罷，令童兒捧出天書，交與祁巧雲，說道：若遇急時再看。（《粉妝樓》第 68 回）

（上帝曰）星君奉旨平閩，能經敵十八洞，洞上俱有邪術……。賜爾此書，乃是六甲靈文，爾可觀看精熟，陣前自有用處。（《平閩全傳》第 3 回）

由以上敘述，可知不管是稱為「兵書」或「天書」，其中所強調的功能皆在於「行兵布陣」。由於古代兵書多雜以陰陽五行、風雲氣色乃至占候術數等，❷因此古人對兵法知識十分重視，在傳授的過

---

❷　如《漢書・藝文志・兵書略》云：「權謀者，以正守國，以奇用兵，先計而

程中自有一套神祕儀式，或是特別講究因緣際會。❸再加上小說中得授天書的英雄都具有非凡的能力，於是「兵書」在民眾心中漸漸演變成充滿神祕性質的「天書」。

　　此外，小說中的「天書」皆為「無字」之書，遇疑難時需有一套儀式才能觀看，如《說唐後傳》中九天玄女對薛仁貴所言：「凡逢患難疑難之事，即排香案拜告，天書上露字跡。」而《粉妝樓》中祁巧雲欲看天書也要拜告一番。據道教說法，符文乃由神明所示，為常人所不能見之，惟道士作法祈禱，精誠默想始能見之。❸小說作者運用此道教的儀式理論，以增加「天書」的價值和神祕，故常見神仙授書後，尚且要叮囑「遇急時再看」、「不可流傳人世」等。

後戰，兼形勢，包陰陽，用技巧者也。」又「形勢者，雷動風舉，後發而先至，離合背鄉、變化無常，以輕疾制敵者也。」又「陰陽者，順時而發，推刑德，隨鬥擊，因五勝，假鬼神而為助者也。」（台北：鼎文書局，1981.4），頁1758-1760。

❸　如明‧曹飛編撰的《陣圖紀要等兵書六種》，在每冊上面都用紅字印著一段話：「是書乃安定邦定國之書，非其人不傳，非其時不現，非齋戒虔誠不靈，非知天文地理勿妄用，特誌之。」相關探討，參見王紅旗《談兵說陣》（北京：解放軍文藝出版社，1992.10），頁32。

❸　符咒是重要的道術，在《道藏》中涉及符咒的經書很多，如《道法會元‧書符筆法》云：「符者合也，信也。以我之神合彼之神，以我之氣合彼之氣。神氣無形而形於符，此作而彼應，此感而彼靈。」道教的符咒名目繁多，每一個「符」都配有一個「咒」，並以訣助之。行符咒之術時，既以感應神靈，所以特別強調「誠」，要正心誠意，凝神存想，以清心靜慮為本，以正直無私為威。參見盧國龍《道教知識百問》，頁172-174。

㈡傳藝

　　家將小說中因誤入仙境而遇神傳藝的情節，可分成傳授武藝和傳授法術兩大類。前期的家將小說以傳授武藝為主，後出的家將小說因敘戰以神魔鬥法為主，故多改為傳授法術，以配合情節所需。

　　傳授傳統武藝者，如《說岳全傳》寫岳雲夢中誤入仙境，因見神將所舞之錘法高妙而不禁誇口稱讚，導致驚動神道。然當岳雲表明自己是「岳飛之子」的身分後，神道即主動說要傳他錘法，「使他日後建功立業」。岳雲只照式舞一回，「一霎時覺道前時會的一般」。（第 40 回）再如，岳飛想要收服楊再興，卻又戰他不下，後夢見楊六郎前來授藝：

> 楊景道：「這個是『楊家槍』，只有『殺手鐧』可以勝得。待我傳你，包管降他便了。」楊景說罷，起身掄槍在手，岳爺也把槍拿在手中。二人大戰數合，那楊景拔步敗走，岳爺在後趕上去。那楊景左手持槍，回轉身分心便刺。岳爺才把槍招架，楊景右手舉鐧，叫一聲：「牢記此法！」（第 48 回）

這種透過比武方式以傳授武藝的情節，在《北宋志傳》中有更精彩的敘述。小說寫呼延贊夢入仙境後，教場有位猛將（尉遲恭）要他演示武藝，演示完後，猛將說不足為奇，要與他比試一較勝負。兩人相鬥數合，「贊揮起鋼槍，被那將轉過驊騮，挾下馬來，連喝曰：吾弟牢記此一法。」（第 2 回）以上類型，傳授的神道都是前代英雄，而且在性格上和被傳授者多有雷同，如楊六郎傳岳飛、尉

遲恭傳呼延贊。作為一個英雄神道，他們的英雄氣質顯然遠勝過神仙風骨。而且由於傳授的是武藝，故作者對於傳授過程之描寫較為詳細。

至於傳授法術神通者，傳授者和被傳授者之間在性格上並沒有明顯的關聯，在敘述中所凸顯的是「仙、凡」兩界的差別。而且由於所傳授的是法術，故對於傳授過程的描寫十分簡略。如《粉妝樓》敘祁巧雲夢入仙境後，謝應登除授予天書外，又另外教其「呼風喚雨、駕霧騰雲之法」。然教授過程僅用「令童兒教他呼雷駕雲神咒」一句話帶過。（第 68 回）再如《五虎平南》敘它龍女夢灶君傳授「騰雲土遁之法」，過程的敘述是「教吾將雙叉飛起、咒念真言，即化火龍」。（第 39 回）此外，《楊家府演義》敘楊文廣透過「服食」，立即能夠「隨意變化飛騰」，這是最直截了當的「脫胎換骨」。（第 48 回）

㊂贈寶

主角因誤入仙境而得神道所贈送的法寶，大都有其明確的用途目標，而且神道會對法寶的使用方法或神奇之處加以解說。此為小說家發揮想像之運用，如：

> （娘娘說）我有五件寶物，你拿去就可以平遼。……此鞭名曰白虎鞭。若遇東遼元帥青臉紅鬚，乃是你放的青龍。正用白虎鞭打他，可以平定得來。……這一張震天弓、這五枝穿雲箭，你開兵掛於身畔。這青龍善用九口柳葉飛刀，著了青光就傷性命。你將此弓寶箭射他，就能得破。射了去把手一招，原歸手內。……此件名曰水火袍，若逢水火災殃，即穿

此袍，能全性命。……四樁寶物，霞光遍透。（《說唐後傳》
第24回）

（玄武聖帝對狄青道）只因部下神將思凡，目前俱已流入西
夏……。茲有兩件法寶付你，此寶名「人面金牌」，如遇西
夏交兵，急難之時，將此寶蓋於臉上，口內念聲「無量壽
佛」，自然使敵人七竅流血。這小小葫蘆，內藏七星箭三
枝，如逢勁敵，危急之時，發出一箭，其捷如風，敵人立即
死亡。今贈你二寶，今後你一生建立功勞，安民保國，賴此
二物，須謹細收藏，勿得輕褻。倘成功後，二寶仍要收還。
（《萬花樓》第23回）

再如《說呼全傳》寫老熊仙轉贈「軒轅世寶」給祝素娟，是為了助
她「日後好破妖龍陣」。（第32回）《平閩全傳》寫武當上帝賜楊
文廣穿雲箭，要他「遇有飛刀邪術可將此箭射去」。（第3回）此
外，《五虎平南》敘諸葛亮雖未直接贈寶予狄青，但卻開示他去找
段紅玉：「她有一寶，名曰陰沙，若用此沙一撒，其陣立破」。
（第23回）在通俗文學中，法寶向來有「一物剋一物」的作用，❺❺
家將小說的敘寫亦是如此，並且藉此預告主角日後將遭遇妖法邪術
的情節。

---

❺❺　相關探討，詳參葉有林《明代神魔小說中的法術研究》第四章〈使用法寶的
　　法術〉（文化大學中文所碩士論文，2000），頁121-147。劉衛英《明清小說
　　寶物崇拜研究》第二章〈明清小說寶物描寫若干情節模式研究〉（北京：中
　　國社會科學出版社，2008.11），頁65-86。

　　此外，《說岳全傳》寫贈寶情節則頗為逗趣：鮑方老祖因牛皋
開葷破戒，故逐他下山助岳飛擒楊么。牛皋離去前要求老祖賜幾件
法寶，「也不枉在這裡修行一番！」老祖取出小箭，他嫌棄小箭有
何用？老祖說：「這是穿雲箭……倘遇妖人會駕雲的，只要將此箭
拋去，百發百中」。牛皋不滿足的說：「這一件不夠，求師父再添
幾件裝裝門面。」老祖取出草鞋，他又嫌棄要草鞋何用？老祖說
「這是破浪履……穿在腳上，踏水如登平地。那楊么乃是天上水獸
下凡，非此寶不能服他」。牛皋還是不滿足的說：「求師父索性再
賜幾件好些的與弟子。」老祖已無寶貝，只好給他兩丸丹藥，「日
後可救岳飛性命」。（第 51 回）由於牛皋要法寶的動機只是為了
「裝裝門面」，故當老祖取出法寶時，他總是先以「瞧不起」的心
態加以否定，經解說後才知「又是寶貝」，而且還貪得無厭，總是
嫌「一件不夠、再賜幾件好些的」。這段敘述是其他贈法寶情節的
變化，饒富趣味。

三、回歸

　　明清家將小說為了增添遊歷仙境情節的神祕感，故其「回歸」
有多種方式，並且刻意營造「回歸」後對時空的驚嘆。以下論之：
㈠回歸的方式

　　在家將小說中，無論是「誤入」與「回歸」，都要穿越兩個不
同的世界（人間、仙境），而對「仙境」景象的描繪，大都安排在開
頭的「誤入」，有些則安排在結束前的「回歸」，總之都是透過景
物的美妙以強調仙凡之隔。而其「回歸」方式的安排，最常見的是
透過突然間「被推倒、驚醒」等敘述，以營造出「大夢初醒、如真

似幻」之效果。如《粉妝樓》中的敘寫：

> 仙童引路，出了洞門，只見一天月色，四壁花陰，仙鶴雙
> 雙，麋鹿對對，看不盡觀中之景。走無多步，忽見前面有一
> 座獨木橋，橋下是萬丈深潭，潭內銀濤滾滾。祁巧雲大驚
> 道：「方才來時未曾過此，這橋怎生走得過去。」仙童道：
> 「女星官休要駭怕，你只隨我來。」祁巧雲沒奈何，只得戰
> 戰兢兢，隨那兩個仙童一步一步的步上橋來。望下一看，只
> 見深潭急浪，好生可怕！祁巧雲才走到中間，忽見那童子大
> 叫道：「有大蟲來了！」嚇得祁巧雲回頭看時，被那兩個童
> 子一推，說道：「去罷！」祁巧雲大叫一聲，跌下橋去
> 了。……不覺驚醒，乃是南柯一夢……。將那呼雷駕雲的咒
> 語一想，句句記得；再向懷中一摸，一卷天書明明白白現在
> 懷中。（第68-69回）

祁巧雲在回歸途中，因眼前突然出現萬丈深淵和獨木橋，而驚覺
「方才來時未曾過此」，如此可見仙界變化之奇異。而後她突然被
推入深淵中，驚醒之餘竟已回歸人世，此又予人有仙凡阻隔忽近忽
遠之奇幻感，待確認「天書明明白白現在懷中」時，不禁要因此夢
非夢而驚嘆不已！讀者閱讀到此，情感上自然會隨著主角的驚嘆而
興起「人生如夢、夢如人生」之滄桑感。

再如《平閩全傳》寫楊文廣正在欣賞仙境的美妙時，突遭「童
子背後用力一推」，驚醒後即見桌上的天書。（第3回）《反唐演
義》寫徐美祖拜辭出來，「被童子在背後一椎」，跌倒後驚醒，

「把袖一摸，卻有天書在內」。（第 29 回）《說唐後傳》寫薛仁貴拜別九天玄女後，青衣童子將他「推出門外」，抬頭一看已回到洞穴中。（第 24 回）《五虎平南》寫狄青也是「青衣將他一推，忽然蘇醒」。（第 23 回）《北宋志傳》寫呼延贊遭尉遲恭大喝：「吾弟牢記此一法。」後「愕然覺來，卻是夢中，視身上衣甲尚在」。（第 2 回）《說岳全傳》寫楊六郎大叫「牢記此法」後，「把鐧在岳爺背上一捺」，岳飛跌倒後驚醒；又如鮑方老祖逐牛皋出仙境時，要他上馬閉眼，「忽然騰空而起」，風響後馬已落在山前。（第 48、51 回）

　　此外，還有一種「回歸」敘寫的變化是神道消失，如《說呼全傳》寫祝素娟取得寶塔後，回頭尋老熊仙已是毫無形影。（第 32 回）《說岳全傳》寫諸葛亮授天書後，「化陣清風而去」，當諸葛錦醒來時，供桌下果然有兵書三卷。（第 64 回）《萬花樓》寫玄武聖帝賜寶後，即「使起神通，袍袖一展」，光華冉冉而去。狄青再跑進內廂，但見四壁圍牆根本無路可通，原來是神道消失後，連帶的虛幻仙境也一併消失。（第 23 回）

　　以上，從家將小說遊歷仙境的回歸方式，可見作者有意藉由主角如真似幻的感受，從而營造出仙凡兩隔的情境，使小說的情節因此富有神祕的傳奇性。

㈡回歸後對時空的驚嘆

　　當凡塵之人進入仙界參與神仙的活動時，時間的運行完全依照仙界，而在仙界的片刻時光，常是人世間的數日或數年。❺❻類此

──────────

❺❻　仙凡之間的時間意識，大體言之：人間日月與天堂日月則相形見多，而與地

「仙凡時差」的強調，可說是自六朝隋唐以來遊歷仙境小說經常運用的敘寫。❺❼明清家將小說也不例外，如薛仁貴拜別九天玄女後，「方知在地穴裡的一會兒工夫，在地上已過了七天七夜」。（《說唐後傳》第 24 回）作者就是透過這種時間的落差，以營造出強烈的虛幻感。其他家將小說的「回歸」情節，也常在回歸後敘及時間，如：

> （狄青）方知作一大夢，開言便問左右：「此時候將有幾鼓？」有巡邏更軍人稟上：「正三更了。」（《五虎平南》第 23 回）

> （祁巧雲）不覺驚醒，乃是南柯一夢，嚇得渾身香汗淋淋。睜眼看時，只見皓月當空，正是三更時分。（《粉妝樓》第 68 回）

再如《反唐演義》寫徐美祖回歸後「此時天時微明」。（第 24 回）《說岳全傳》寫岳雲使錘正使得高興時，只聽得耳根前叫道：「天晴了，公子快回城去罷！」（第 40 回）小說寫主角「回歸」後，立

獄日月復相形見少，良以人間樂不如天堂，而地獄苦又逾人間也。參見李豐楙〈六朝道教洞天說與遊歷仙境小說〉，頁 22。

❺❼ 詳參謝明勳《六朝志怪小說他界觀研究》第四章〈人世與他界之比較〉第三節「就時間異同而言」，頁 184-202；另李永平指出唐宋傳奇中大量存在的「爛柯山」主題，所要強調的即是仙凡之間的時間差——「仙界方七日，人間已千年」。參見〈唐宋傳奇中的遊歷仙境主題〉，頁 211。

刻驚覺人世間的時間，實有意凸顯在仙境中的「忘我」狀態，構成
對仙凡兩隔的驚嘆。

此外，還有對空間差異的敘寫，如：

> 出了深林，只見坦然一條大道，宗保遂問路旁居民曰：「此
> 山何名？」居民曰：「此一座山，乃紅罳山也。」宗保曰：
> 「內有人煙否？」居民曰：「無有。但人傳言，原日有個擎
> 天聖母娘娘在內，如今廟宇俱已倒敗，唯有基址焉。」宗保
> 聽罷，默然自思，此真天緣奇遇。（《楊家府演義》26則）

> （呼延贊愕然醒來）思奇異，便喚小卒入，問曰：「此處莫非
> 有神廟乎？小卒曰：「離此一望之地，有一座古廟，年深荒
> 蕪，無人祭賽。」贊於次日帶小卒來看其廟，見牌額寫道：
> 「唐尉遲恭之祠」。步入殿上，見神像與夜來所夢無異。
> （《北宋志傳》第 2 回）

> （狄青夢諸葛亮後，找來土民詢問）「你等此處可有諸葛武侯廟
> 否？」二老民稟說：「此地有名山，曰富春山，在西南角，
> 離此一百八十里，果然山上有一武侯廟。」（《五虎平南》第
> 23 回）

再如《說岳全傳》寫岳雲驚醒後，揭開神廚帳幔，只見牌位寫著
「敕封東平王睢陽張公之位」，而旁邊塑著兩位將官，「恰與夢中
所見的一般」。（第 40 回）《反唐演義》寫徐美祖驚醒後，望見神

廟上的匾額寫著「女媧祠」，正與他夢中所到之處相似。（第24回）可見，「回歸」後對空間的驚覺多表現在對「此地何處」的探尋，意在驗證「遊歷仙境」的虛實，從而在人仙之間、俗聖之隔的時空轉換中，發出無限的驚嘆！

四、遊歷仙境的運用意義

就明清家將小說的情節發展來看，遊歷仙境確是關鍵性的一環，因為主角要是沒有經歷此一奇遇，他就無法突破現狀，進而成就其個人和團體的戰功。因此，遊歷仙境情節在家將小說中確實具有「完成生命禮儀」之意義。此對沙場老將而言，遊歷仙境的作用在於解決困境，如岳飛苦於無法收服楊再興、狄青苦於無法破陣救狄龍。而對更多的戰場新兵而言，遊歷仙境的作用則在於使其具備參戰實力，如脫胎換骨、授天書、獲法寶、傳武藝等。

重要的是，只要曾遊歷仙境者，其困境必定可以解決、其戰力絕對處於優勢。這是小說據以宣告出天命主題的一種方式，如《北宋志傳》寫呼延贊夢到尉遲恭傳授武藝，醒來後身上居然還穿著夢中衣甲，李建忠因此恭禧他：「此乃神靈相助，吾弟當有大富貴之分。」（第2回）《楊家府演義》寫楊文廣和魏化兩人想進石殿避雨（仙境），魏化用盡平生之力都推不開，楊文廣只輕輕一推，結果「滑喇一聲，如山崩地裂，霹靂雷震一般，其門開了」。魏化不禁驚呼：「今觀將軍乃天神也，豈凡俗儕乎！」（第48則）而其他眾人之所以有機會進入仙境，歸納起來都是前定宿緣，細究其因則是他們個個都負有「天命」的職責。

家將小說對於仙境的敘寫，大致相同於其他仙道傳奇的情節，

主要是運用了道教的「洞天福地說」。❺然而，家將小說對於相遇之「神－人」安排，卻頗有用心之處。有的旨在強調忠義相傳，如「楊六郎－岳飛」、「諸葛亮－狄青」、「張巡神將－岳雲」❺；有的旨在凸顯相同的忠勇形象，如「真武神－狄青」、「尉遲恭－呼延贊」❻；有的旨在強調國家正統，如「女媧－徐美祖」❻；有

---

❺ 所謂「洞天福地」含有十大洞天、三十六小洞天、七十二福地。東晉時葛洪的《抱朴子》中已提出入名山合藥的說法，並列舉可修道的名山三十座左右，為後來洞天福地說的雛形。而唐人司馬承禎有《天地宮府圖》列出十大洞天、三十六小洞天、七十二福地，並認為洞天福地均在諸名山之中，洞天為群仙所統治，而福地為次一級的真人所治理，且其間「多得道之所」。相關探討參見段莉分〈從《太平廣記》「神仙類」、「女仙類」看唐人仙道傳奇中的成仙理論與條件〉「四、修道求仙的環境：名山洞天福地說」收入《古典文學》14集（台北：台灣學生書局，1997.5），頁 354-366。

❺ 小說寫「張巡神將－岳雲」的關係，應該是建立在「張巡－岳飛」的基礎上。因為民間早有「張飛→張巡→岳飛」同靈轉生的傳說。參見《圖像歷代神仙通鑑》卷十九〈聖賢貫脈〉（台北：中華世界資料供應出版社，1976），十七葉。

❻ 宋人相傳狄青是「真武神」降生，而呼延贊生前嘗自號「小尉遲」，以此附會。參見清・丁傳靖《宋人軼事彙編》，頁 121、300。

❻ 《反唐演義・序》云：「昔女媧氏煉石補天，以其有旋轉乾坤之手。武氏以一婦人，具不出世之才略，鼓舞賢能，顛倒英雄，朝委裘而不亂，洵有旋轉乾坤之手。」故可知作者受到「女媧補天」傳說的影響，以「補天」來強調對唐室皇權正統的回復。而小說虛構徐美祖為興唐反周的軍師，此或許是因為歷史上徐敬業曾以匡復廬陵王為名，舉兵於揚州聲討武氏之罪，故以此附會之。關於「女媧補天」傳說，參見陳建憲《神祇與英雄：中國古代神話的母題》第三章「女媧神話」（北京：三聯書店，1994.12），頁 42-64。徐敬業討伐武氏，參見李樹桐《隋唐史別裁》第五章（台北：台灣商務印書館，1995.6），頁 113。

的旨在凸顯家族世代的精神，如「諸葛亮－諸葛錦」、「楊六郎－岳飛」❻。透過這種「神－人」關係的安排，可知家將小說運用遊歷仙境的情節，其作用並非是為了讓主角避世、成仙或求得長生，而是一場莊重的禮儀。在這場禮儀中，英雄們除了獲得「服食、授書、贈寶、傳藝」外，最重要的是「精神的傳承」以及「天命的交付」。

因此，在家將小說中，每個英雄一旦出了仙境，就會迫不及待的趕赴戰場。雖然他們也會因為經歷過程的太神奇而「尋跡覓蹤」一番，然而他們非但對仙境毫不留戀，反而會以一種「充滿能量」的姿態，積極奔赴戰場，或解君父之圍，或圖建功立業，完全不同於六朝隋唐小說所表現出的眷戀仙境、渴求長生。❻這是明清家將小說和六朝隋唐的遊歷仙境小說最大之區別。如此，透過這一番「遊歷仙境」的遭遇，家將英雄們即可依序完成從「個體」（英雄養成）到「家國」（英雄世家），從「家國」到「天命」（英雄使命）等一系列的職責。換言之，「遊歷仙境」不但使英雄的「個體主體性」得以完成，更能進而圓滿成就其所屬家國的「集體命運」。

---

❻ 「楊六郎－岳飛」就「神－人」的關係來看，兩者同屬忠義相傳的性質。然《說岳全傳》寫楊六郎夢中來訪，目的是為了請岳飛收納其玄孫楊再興，使楊再興得以「立功，揚名顯親」。（第48回）

❻ 傳統遊歷仙境的故事，總會在結尾時特別表現出人們重返仙境的願望。如日本學者小川環樹所歸納的仙鄉故事八項要點中，就有所謂的「懷鄉、勸鄉」和「再歸與不能回歸」等情節。參見〈中國魏晉以後的仙鄉故事〉，頁88-91。

第三節　陣前招親的情節類型

　　明清家將小說中的「陣前姻緣」可謂多而複雜，廣義的範圍包括：戰場敵對雙方的招親、戰場友好雙方的招親、上陣前的比武招親、流亡生涯的患難姻緣、為民除害後員外妻之以女、從軍前的婚配等。然而，這其中有些情節被敷演的較為完整，並且在敘事結構中佔有舉足輕重的地位，特別是以模式化的方式再三出現，形成家將小說中不可或缺的典型情節。其敘寫模式主要是戰場上敵對雙方的招親，男女主角分別為英俊的小將和貌美的女將，他們的姻緣成功與否又直接影響到戰爭的成敗。這是本節所要探討的類型和範圍，以「陣前招親」稱之。⑭

　　明清家將小說「陣前招親」情節之敘寫，有一共通的基本模式，大致是依「敵對臨陣→女將招親→小將應允→成親破關」等過程加以敷演。其中，女將招親到小將應允的過程，常是情節結構的變化處，從最簡單的「提親→應允」，到較複雜的「提親→抗拒→逼婚→屈從」等皆有，而且會隨著情節的複雜而做連環重複，如樊梨花三擒三放薛丁山，即是將「抗拒→逼婚→屈從」做了三次的重

---

⑭　以本書所列的十二本明清家將小說來看，只有《說呼全傳》和《粉妝樓》這兩本小說缺乏本節所定義的「陣前招親」情節。然《說呼全傳》卻有許多「戰場上友好雙方的招親、上陣前的比武招親、流亡生涯的患難姻緣、為民除害後員外妻之以女」等情節；而《粉妝樓》亦著力描寫了「戰場上友好雙方的招親、流亡生涯的患難姻緣」等情節。因此，「陣前姻緣」可說是明清家將小說普遍而熱衷敷演的情節，而在這許多種類的情節模式之中，又以「陣前招親」這種模式最具典範，並且足以作為明清家將小說的情節特色。

複。以下依情節模式逐一探討：

一、敵對臨陣

　　明清家將小說中「陣前招親」之情節，一開始就安排兩軍對峙，而且將重心置於是中國與番邦之間的敵對戰爭。情節大都是中國主將率軍征番，或在孤城中遭到圍困、或對敵方陣營久攻不下。這時，中國陣營中就會有一名小將出場，而番邦陣營中也會有一名女將出場，於是雙方展開一場決定性的戰鬥。

　　無論小將或女將，作者都會將他們塑造成「英雄型」的人物。其中小將的身分要非主帥之子，就是將門之後，皆是英雄家族的出色後代。有的還蒙仙師指導，具有神通本領，如楊宗保有神仙授予兵書、薛丁山是王敖老祖的門徒、狄青是王禪老祖的弟子。當他們面對兩國交兵且勝負攸關國家安危的局勢時，都會義不容辭的披掛上陣，充滿了建功立業的熱誠。而女將的出身背景則較為複雜，要非番邦公主，就是守關將領之女，大多數還具有番邦的背景。❻此外，她們非但個個姿色艷麗，而且武藝高超、神通廣大，大都曾拜某位女仙為師。故一旦奉父命（或主帥）上戰場，大都表現得不讓鬚眉，常是中國陣營破關的最大阻礙。

　　為了便於討論，以下列出相關的小將和女將：

---

❻　如《說唐三傳》中的竇仙童和陳金定，雖非夷狄女子，但書中交代陳金定之母為「番邦女」，而竇仙童所佔之棋盤山亦在番邦境內，因此其出身背景還是與番邦有關。

書名	小將	女將	女將的出身背景
北宋志傳	楊六郎	黃瓊女	西夏公主、太陰陣主將。
楊家府演義	楊六郎	重陽女	河東莊令公孫女。
	楊宗保	木桂英	木閣寨主之女，神女授神箭飛刀。
楊家府演義	楊文廣	竇錦姑	宜都山竇天王之女。
	楊文廣	杜月英	焦山群盜之首。
	楊文廣	鮑飛雲	海賊鮑大登之女。
說岳全傳	伍　連	西雲小妹	鵁關總兵之女，異人傳授法寶陰陽彈、白龍帶。
說唐後傳	羅　通	屠爐公主	西番丞相之女，能使兩口飛刀。
說唐三傳	薛丁山	竇仙童	棋盤山寨主，黃花聖母之徒，有綑仙繩法寶。
	薛丁山	陳金定	隋朝總兵陳雲之女，武當聖母之徒
	薛丁山	樊梨花	寒江關守將之女，梨山老母之徒，能移山倒海。
	劉　瑞	金桃公主	天竺國公主。
	劉　仁	銀杏公主	開山國王御妹。
	薛　孝	盛蘭英	潼關守將之女，金刀聖母之徒，有仙圈法寶。
反唐演義	薛　雲	飛鏡公主	潼關守將之女，元妙仙姑之徒，有廿四面寶鏡。
	薛　蛟	尚姣英	潼關總兵之女，素珠老母傳授陰陽彈、如意鉤。
五虎平西	狄　青	八寶公主	單單國公主，廬山聖母之徒，有八件法寶。
五虎平南	狄　龍	段紅玉	蒙雲關守將之女，雲中子之徒，能呼風喚雨。
	狄　虎	王蘭英	蘆臺關守將之女，雲中子之徒，有法寶陰砂。
萬花樓	楊文廣	百花公主	西夏元帥薛德禮之女。
平閩全傳	楊懷玉	金蓮	天吳洞主之女，何仙姑之徒，有法寶紅羅套索。
	楊懷恩	金精娘娘	飛鵝洞主（水蝎精），桃花聖母之徒。

二、女將招親

　　家將小說敘寫女將招親的情節有二個重點，一是主動提親，二是強勢逼婚。以下從「女將對小將一見鍾情」、「女將施展強勢逼

婚」兩方面論述之：

(一)女將對小將一見鍾情

在戰場上，女將對小將一見鍾情，芳心大動之餘主動「招親」，主要是受到小將的英雄性格和瀟灑外貌所吸引，特別是後者。因此，小將們個個皆被塑造成是「潘安在世、宋玉再生」的美男子。如：

（木桂英見楊宗保）生得眉目清秀，齒白唇紅，言詞激烈，暗忖道，若得此子匹配，亦不枉生塵世。（《楊家府演義》第28則）

（竇錦姑見楊文廣）面如傅粉，唇若塗朱，心下十分懽悅，恨不即與合巹。遂命嘍囉對文廣說要與成親一事。（《楊家府演義》第46則）

（屠爐公主見羅通）面如傅粉銀盆，兩道秀眉似新月，一雙鳳眼黑白明，鼻直口方，好似潘安再世，身材體態，猶如宋玉再生。公主心中一想，我生在番邦有二十年，從不見南朝有此美貌才郎。……這蠻子相貌又美，槍法又精，不要當面錯過，不如引他到荒郊僻地所在，與他面定良緣，也不枉我為人。（《說唐後傳》第11回）

（竇仙童見薛丁山）南朝有這等美貌郎君，面如傅粉，口若塗硃，兩道秀眉，一雙俊眼，好似潘安再世，宋玉還魂。竇小

姐暗說：我枉生這樣花容，如此才郎難逢。（《說唐三傳》第18回）

（段紅玉見狄龍）恰似潘安再世，宛如衛玠重生，暗暗想來：好一個風流小將，美貌郎君！倘若得我配匹了此人，風流一世！（《五虎平南》第16回）

（百花女見楊文廣）生得面如冠玉，不由心下驚駭。……開言道：「奴實心歸順宋室，惟思乃一個年青弱女，無可為依，欲托微軀於公子，未知尊意若何？」（《萬花樓》第67回）

再如《說唐三傳》寫樊梨花見薛丁山「美如宋玉、貌若潘安」，即「心中十分之喜」。（第29回）《反唐演義》寫飛鏡公主見薛雲「粉面朱脣，龍眉鳳目」，邊戰邊「暗暗喝采」。（第91回）《說岳全傳》寫西雲小妹見伍連俊俏，即思「活拿這南蠻回城，得與他成其好事」，不枉一世。（第78回）《平閩全傳》寫金蓮見楊懷玉有「潘安再世之貌」，即思「若能與他結成鸞鳳，吾願足矣！」遂自報「奴家年方二八，尚未婚姻，意欲與小將軍共成花灼」。（第17回）《五虎平西》寫八寶公主見狄青「堂堂一表」，擔心若放他回去，「諒情決不再來了，豈不當面錯過？」以法寶捉回狄青後，知他尚未娶妻，竟不覺「喜溢於色、心花大開」。當夜還夢見與狄青「雙雙攜至鴛鴦枕，共吐合心說話長」。（第10、11回）

(二)女將施展強勢逼婚

雖然女將一上戰場即主動說親，然小將大多會因立場敵對而抗

拒,甚至加以辱罵（論述於後）。女將則因惱羞成怒,改用強勢手段
逼婚得逞。最常見的模式就是小將戰敗遭擒,女將趁機加以威脅利
誘。然而,由於這群小將都是英雄後代,有的還是神仙愛徒,為了
給他們的形象留點餘地,作者只好讓女將們擁有更神奇的能力。因
此,女將們幾乎都有「仙師」、「法寶」或「絕技」（如前表）,
以保證她們在戰場上擁有絕對強勢的地位。如:

> 桂英抽身回轉,拈弓暗放一箭,射中其馬。宗保落馬,桂英
> 近前活擒而去。（《楊家府演義》第28則）

> （西雲小妹）南蠻,看寶來了!……只見空中一條白龍落將下
> 來,將伍連緊緊捆定,被西雲趕上來攔腰一把擒過馬去。
> （《說岳全傳》第78回）

> （屠爐公主）小蠻子!看頂上飛刀,要取你之命了!羅通抬頭
> 一見,嚇得魂不附體,說:啊呀!罷了,我命休也!（《說
> 唐後傳》第11回）

> （竇仙童）喚聲將軍且慢動手,看我的法寶,往懷中取出仙
> 繩,望空中一拋,照前一樣將丁山綑住。（《說唐三傳》第18
> 回）

> （八寶公主）取聖母法寶一件,乃是鎖陽珠,撒在空中……。
> 狄元帥此時頭暈眼花,跌下馬來。公主一見,滿心歡

悅……。（《五虎平西》第 11 回）

再如《楊家府演義》寫竇錦姑以「絆馬索」使文廣落馬後捉之。（第 46 則）《反唐演義》寫尚妓英用「如意鉤」的紫光捆住薛蛟。（第 92 回）《五虎平南》寫段紅玉以「仙索」綁住狄龍。（第 17 回）《平閩全傳》寫金蓮以「紅羅套索」擒住楊懷玉。（第 17 回）《說唐三傳》寫盛蘭英祭起仙圈才降服薛孝；而樊梨花更是以「移山倒海」的法術將薛丁山三擒三放後，再逼其賭咒允婚。（第 85、30 回）

三、小將應允

家將小說敘寫小將面對女將主動招親時的抉擇，其模式大抵是先抗拒招親，再屈從逼婚。以下從「小將抗拒女將的招親」和「小將屈從女將的逼婚」兩方面論述之：

㈠小將抗拒女將的招親

當小將面對女將熱情而主動的招親時，起先的反應都是堅決抗拒，此除了立場不同所導致的敵我意識外，主要是因番邦女將大膽的求愛行徑，違反了中國傳統婚姻的禮法。**⑯**這其中，還有強烈的

---

⑯ 中國傳統的禮法觀念是婚姻必須憑父母之命、媒妁之言。如《詩經》〈齊風·南山〉：「娶妻如之何？必告之父母。娶妻如之何？匪媒不得。」〈豳風·伐柯〉：「伐柯如何，匪斧不克；娶妻如何，匪媒不交。」《孟子·滕文公下》：「不待父母之命，媒妁之言，鑽穴隙相窺，踰牆相從，則父母國人皆賤之。」《禮記·曲禮》：「男女非有行媒，不相知名。」可見自古以來婚姻就是由父母做主，子女只能順從而已。到了唐宋更是以律法明文規

「華尊夷卑」觀念。因此，小將對女將的主動示愛，常以「賤」、「淫亂」、「不知羞恥」等辱罵之。如：

> （楊文廣罵竇錦姑）吾乃堂堂天朝女婿，豈肯與山鵝野鳥為配手？寧死不失身於可賤之人！（《楊家府演義》第46則）

> 奴家竇仙童欲與將軍許配婚姻，……丁山一聽此言，心中大怒說你這不識羞的賤人，我乃堂堂世子，豈肯與你草寇為婚，你這無恥賤人，不必多言，照本帥的戟……。（《說唐三傳》第18回）

> （薛丁山罵樊梨花）無恥賤人，只有男子求婚，那見女子自己說親，虧你羞也不羞，我薛丁山正大光明，唐朝大將，豈肯配你番邦淫亂之婦。（《說唐三傳》第29回）

> （狄龍罵段紅玉）好個無恥的賤丫頭！自古婚姻須待父母之命，須憑媒妁之言，哪裡有男女親自對言婚姻之理？你實不知羞恥而敗人倫，我堂堂一男子，生長天朝，豈肯匹配你化外不知廉恥之女？如若久後人知你我於陣上自認為婚，豈不羞慚的麼？（《五虎平南》第17回）

定：「為婚之法，必有行媒」。（見《唐律疏議》卷十三〈戶婚·為婚妄冒〉、《宋刑統》卷十三〈戶婚律·婚嫁妄冒〉）可見男女存有無媒不交的禁忌，自由的愛情、自由的婚姻，在現實環境中是不被允許的。可參任寅虎《中國古代婚姻》（台北：台灣商務印書館，1998.9），頁41-45。

再如《萬花樓》寫楊文廣罵百花公主「不知廉恥，不憑媒妁而私議婚姻，有是理乎？」（第 67 回）《平閩全傳》寫楊懷恩罵金精娘娘「賤人，在陣上與敵人私約姻婚，吾堂堂大將豈肯與爾番狗無恥之人同群乎？」（第 17 回）以上，由小將辱罵女將之遣詞用字，其中所謂「化外不知廉恥之女」、「番邦淫亂之婦」、「番狗無恥之人」，真是一語道盡了小將面對女將冒然招親的直接感受：違反禮法、敵我意識、華尊夷卑。

此外，家族親人被殺的仇恨，更是小將抗拒招親主因。如薛孝初始的嚴拒招親，以及薛剛怒薛孝屈從欲斬之，皆因盛蘭英打死了薛家族人薛飛；**❻❼**而當屠爐公主說「意欲與小將軍結成絲羅之好」時，羅通卻怒罵：「妳如今傷了我兄弟，乃我羅通切齒大仇人，哪有仇敵反訂良緣！兄弟在著黃泉，亦不瞑目。」（《說唐後傳》第 11 回）

㈡小將屈從女將的逼婚

雖然小將面臨女將的招親，起始都會有骨氣地嚴詞拒絕，然而一旦他們因為技不如人而遭擒後，幾乎都會在女將的威脅利誘下屈從允婚（不管是假意或真心）。而小將最後之所以選擇屈從，大抵有「心儀女將美貌」、「女將威脅利誘」和「媒人勸說促成」等三個因素。以下分述之：

---

❻❼ 盛蘭英向薛孝提親時，薛孝「聽了大怒說：好一個不識羞的賤婢，你把我薛飛叔父打死，小爺不稀罕你這賤人成親，不要胡思亂想，看槍。」而後薛孝應允逼婚，回營後見薛剛說起此事，薛剛一聽即怒罵：「畜牲！他打死薛飛應皆報仇，反與敵人對親……，要你這畜牲何用？」遂吩咐斬首。參見《說唐三傳》第 85 回。

1.心儀女將美貌

在「俊男美女」合演的陣前招親情節中,女將的美貌,常常正是小將心目中的絕色。因此,當小將初見女將時,大都會情不自禁地讚嘆其美貌。諸如:

> (薛丁山見樊梨花)想道我夫人仙童雖然齊正,不及他一二,我妹金蓮萬不及一。(《說唐三傳》第29回)

> (楊文廣見杜月英)淡妝素抹,修眉一灣新月,皓齒滿口瓠犀。心中思忖:世間有此絕色女子,人常說道月殿仙娃,貌美無倫,今睹此女,或可並之。(《楊家府演義》第47則)

> (狄青見八寶公主)本帥只道番邦外國,生來醜陋,男女皆非中國貌容,豈知這八寶番女,但見:含情一對秋波眼,杏臉桃腮畫不工。小口櫻桃紅乍啟,纖纖玉手逞威風。當下狄元帥看這公主身材窈窕,豐姿秀麗,……竟忘卻交鋒事情。(《五虎平西》第10回)

> (狄龍見段紅玉)生得果然絕色無雙,恰似昭君再世,又如月裡嫦娥。三寸金蓮,令人可愛;手拿雙刀,嬌聲滴滴。狄龍看罷,想來:此女生得美貌如花,古言昭君之美,至今所傳,比之這紅玉,不知又何如也?但我中國,目睹者未一個及她之美。(《五虎平南》第16回)

（薛雲見飛鏡公主）生得形容窈窕，體態嬌媚，心中十分愛
慕。……暗想道：「我想他人物也好，手段也高，若得娶他
為妻，亦是一番奇遇。」便笑道：「我允你便了。」（《反
唐演義》第 91 回）

（楊文廣見百花公主）生得如花以玉，亦不覺駭異，暗想道：
西域番邦，也有如此美色。當時兩下呆看，忽聞兩邊敵兵喊
喝，二人方悟是在陣前。（《萬花樓》第 67 回）

再如《五虎平南》寫狄虎見王蘭英生得「豐姿艷冶傾城」，忍不住
讚嘆：「好一個齊整蠻女。」（第 27 回）《說唐三傳》寫劉瑞兄弟
因金桃、銀杏「多有絕色」，就答應「若肯降唐，無有不允」。
（第 52 回）《反唐演義》寫薛蛟見尚姣英「面如桃花，眉似柳
葉」，心中愛慕。（第 92 回）《平閩全傳》寫楊懷玉見金蓮「有閉
月羞花之貌，沈魚落雁之容，妖嬌體態骨格清奇，恰似王昭君出塞
之儀」，愈看愈覺「十分可愛」。（第 17 回）

　　總之，雖然女將常因主動提親而遭小將以「不知羞恥」辱罵
之，但畢竟姿色誘人，故當小將遭逢其逼婚時，偶而也會因情不自
禁而喜形於色。如《楊家府演義》寫楊文廣先後遭杜月英、鮑飛雲
強逼成親，他的心情分別是「心下甚悅」、「不勝歡樂」。（第 47
則）《反唐演義》寫薛蛟一聽尚姣英要其入贅，還忍不住道出：
「這事甚妙！」（第 92 回）反之，當薛丁山得知父親竟然要他娶
「面皮黑醜，混號女天蓬」的陳金定時，就急呼「爹爹這使不
得」，然因父命堅決，只得無奈接受。（《說唐三傳》第 27 回）

2.女將威脅利誘

為了有效逼迫小將接受招親，女將會先以其強勢能力加以威脅，再進而就雙方局勢曉以利害，最後再以開關獻降或協同破敵為餌，對小將施以利誘。如：

（竇錦姑對楊文廣說）汝今已被吾擒，敢說如此輕狂之話，吾今不放汝死，拘囚入海，即朝廷聞之，奈我何哉！（《楊家府演義》第 46 則）

（竇仙童對薛丁山說）今日依我成就親事，我就勸哥哥歸順大唐，同往西涼，你若執迷不悟，如今就要斬了。（《說唐三傳》第 18 回）

（樊梨花對薛丁山說）我父兄雖然番將，你若肯從結為夫婦，我當告知父母一同歸降，共助西征。（《說唐三傳》第 29 回）

（盛蘭英對薛孝說）你若允了，奴家與父兄商議，獻此潼關。若還不允，我把指頭取出，寶圈就要取你性命了。（《說唐三傳》第 85 回）

（段紅玉對狄龍說）若要令尊脫離此困，有何難處？只要公子依我一事，除非你我訂約了姻緣，兩下許成佳偶。……你今被擒，我刀一下就身首分開。你只管打算來：若還應允婚事，我就饒你；如有一句不字，枉送你性命。（《五虎平南》

第17回）

> （屠爐公主對羅通說）你今允俺家姻事不打緊，陛下龍駕與眾
> 位臣子就可回朝了。你若執意要報仇，娘娘斬了你，死而無
> 名。仇不能報，駕不能救，況又絕了羅門之後，算你是一個
> 真正大罪人也！（《說唐後傳》第11回）

再如《五虎平南》寫王蘭英以「你我不若聯了婚姻，同心協力以滅
南蠻」勸說狄虎。（第 27 回）《說唐三傳》寫金桃、銀杏以「若肯
順從於我，同你歸唐，若還不從，立刻斬首。」勸說二劉將（第 52
回）《反唐演義》寫尚姣英以「你若從我，我就與你同歸大唐；你
若不從，叫你碎屍萬段！」勸說薛雲。（第 92 回）總之，女將逼婚
的方式，常是威脅利誘並用。

　　不過，小將最終選擇屈從之因，主要還是基於「國家安危」之
戰爭需求。畢竟他們出自英雄家族，一切考量皆須以國為重。如
《楊家府演義》寫楊宗保思及：「今不應承，死且難免，莫若允
之，以濟國家之急。」（第 28 則）《五虎平西》寫狄青原本堅持
「身受王命，雖有廬山聖母之言，豈可忘公而先為私事乎？」後因
眾將勸說，才「從權允親」。（第 14 回）《說唐三傳》寫薛丁山是
因寶仙童「有法寶，前往救駕有幫手」才允親。（第 18 回）《說唐
後傳》寫羅通允親是顧及：「殺退番兵，救了陛下龍駕，後與弟報
仇未為晚也。」（第 11 回）《五虎平南》寫狄龍遭擒後，雖有不怕
死的骨氣，但思及「父親困在山中未曾救出」，也只得允親（第 17
回）可見，雖然美色當前、生死交關，但小將最後還是會以「國家

安危」為念，做出「犧牲小我」的選擇。

3.媒人勸說促成

　　從逼婚到屈從、成親之間，常有「媒人」扮演著催化的角色。如：

> 咬金說：元帥你就允了罷！老夫也有一杯喜酒吃。丁山說：
> 奈父親在西涼，被困鎖陽城，更兼國難未安，如何私自成
> 親？不忠不孝之罪，不能從命！咬金說：賢姪孫不妨，萬事
> 有我老人家在此，雖是令尊不在旁，令堂作主是一樣的，就
> 是老夫為媒，令尊決不來責你的。允了罷！（《說唐三傳》第
> 19回，程咬金勸薛丁山接受竇仙童招親）

> 此乃是一場美事。況此女今願歸降，且肯為內應，目下可以
> 成功，與公子配姻，真乃天作之合，老夫定必與賢姪執柯，
> 奏明聖上作主。你言陣上招親為非理，即楊元帥亦在陣上匹
> 配穆氏夫人，是老夫目睹，賢姪休得推辭。（《萬花樓》第 67
> 回，范仲淹勸楊文廣接受百花公主招親）

> 但今堅執不從，彼定不肯生放還也。依小將臆見，且姑順
> 之。他又願居其次，倘後朝廷有辭，小將一一擔當。（《楊
> 家府演義》第46則，魏化勸楊文廣接受竇錦姑招親）

> 應允與他成了親，樂得睡她幾夜，快快樂樂，報了活捉之
> 仇。做了駙馬，那個敢來欺侮元帥？那時打點逃走，見機行

事，並力同心去伐西遼，有何不妙？（《五虎平西》第 14 回，
焦廷貴勸狄青接受八寶公主招親）

以上，可見扮演勸說媒人的角色，其身分有長輩、同僚或部屬。其
中，程咬金可以說是家將小說中最出色的「媒人」，當羅通、薛丁
山、薛孝等人，因是否要屈從招親而陷入僵局時，他總能點明局勢
進行勸化。特別是在薛丁山三休三棄樊梨花的過程中，他更是兩頭
奔走，盡展其「媒人嘴」的功夫。再如《楊家府演義》寫黃瓊女主
動致書要和楊六郎「續此佳偶，扶助破番」，楊令婆勸說：「今國
家用人之際，彼要來降，欲與汝相認；若阻之，使其生疑，反為不
美。」楊六郎當即允親。（第 30 則）再如《五虎平南》寫王懷女勸
說狄青：「想來段紅玉有意投降，實欲招婚。不若招安了她，與世
子完婚，取卻蒙雲關，得此咽喉之地，諒他九溪十八洞不濟矣。」
（第 20 回）可見，媒人勸說都是從「國家安危」的角度，分析接受
招親與否的利害。而原本拒絕婚事的人，最後都會為了「國家利
益」而答應。

　　此外，《平閩全傳》寫金蓮和楊懷玉的招親情節，在勸說上最
為精彩。當金蓮正苦惱於楊懷玉的拒親時，婢女杏花自願作媒。杏
花勸說楊懷玉云：「今將軍被擒生死未卜，若有差失，豈不誤了將
軍青春，英雄化為穢土矣！將軍若肯相從，小姐情願投降……，公
私兩就，豈不妙哉！」而當楊懷玉表明他所擔心的是：「此事尚未
稟知父親，恐有抗違之罪。」這時，杏花就請金蓮代為致書，再由
她女扮男妝到宋營送訊。楊文廣聞訊後起初大怒，然當參軍勸說接
受招親可以「外攻內應以破此洞，正是機會難逢」時，楊文廣遂允

之。（第 17 回）此情節男女雙方各有媒人，特別是將婢女杏花塑造得頗為機靈。

四、成親破關

在陣前招親的情節中，「成親」和「破關」是緊密相連的，雖然兩者的先後次序不一，但是女將的「突圍破關」，總是戰爭最後勝利的主要關鍵。這種成親破關的圓滿結局，正是前述女將利誘和媒人勸說之重點。因此，當小將接受女將的招親後，黃瓊女瓦解太陰陣、木桂英大破天門陣、樊梨花獻上寒江關、盛蘭英獻上潼關、王蘭英獻上蘆臺關、金蓮助破漳仙洞，而屠爐公主、百花公主、金桃和銀杏公主皆反戈投誠。其中樊梨花、八寶公主、段紅玉等，更是三番兩次以「未婚妻」之身分，救援身陷險境的夫婿，贏得男方君父的高度肯定。如在《說唐三傳》中，薛丁山先後身陷烈焰陣和洪水陣，皆賴樊梨花施法相救，因此薛仁貴曾經讓帥於她，爾後唐高宗還直接任命樊梨花為征西大元帥。《五虎平西》則寫狄青兩度征西，先後困於星星羅海和花山老祖，皆賴八寶公主出戰才得解圍，因此小說連續以四回的篇幅（105-108 回），敘述八寶公主廣受宋仁宗、狄太后、狄母、佘太君等眾人的讚賞。而在《五虎平南》中，狄青還特別屈降身分，委請段紅玉破先天純陽陣救狄龍，爾後宋軍遭達摩妖道毒水攻擊，還是靠段紅玉設法解救，故班師後宋仁宗封賜她為一品夫人。因此，在家將小說中，一旦小將接受女將的招親，就是戰爭勝利的預告。❻❽特別是女將的身分若是關主女兒，

---

❻❽ 《平閩全傳》以楊文廣的兒子楊懷玉與楊懷恩為例，說明「接受招親」與

則原本充滿殺戮之破關場面，就會被結親的喜慶所取代。

　　「成親」雖是整個陣前招親情節的結束，然家將小說中的「成親」，並非只是「男女雙方互訂終身」即可，還必須符合傳統婚俗，取得雙方家長的同意後才算圓滿，否則就會引發新一波的親子衝突。相對的，若小將對「陣前招親」堅持「假意屈從」，而君父們又偏偏硬要其「奉命成親」時，衝突亦是難免。如此「成親」階段之衝突，究其因在於「家族父權」和「國家安危」的護衛。以下就「未報准」和「不奉命」兩種情況分述之：

㈠未經家長核准即私下允親

　　小將和女將未經家長核准即私下允親，其所造成的結果須分別從男、女雙方陣營來看：

1.在男方陣營方面

　　《楊家府演義》寫楊宗保與木桂英成親後，回營向父親報告自己遭「強逼成親」。楊六郎當即怒斥：「貪欲而忘君親，予何不幸，養出此不肖之子，要他何用！喝令推出斬之。」（第 28 則）《說唐三傳》寫當薛仁貴得知兒子丁山與仙童成親時，既不高興兒子「死而復生」，也不讚賞兒子「解君父之圍」，反而怒斥：「既

「背棄婚約」的結果對戰局產生的正負影響。第 17 回敘楊文廣「進攻漳仙洞將近一年未能取勝」，因楊懷玉接受金蓮招親，終得裡應外合共破漳仙洞。反之，第 42 回寫飛鵝洞金精娘娘見楊懷恩起淫心，擄回逼婚。楊懷恩為求脫身假意相從，歸營後即向父親稟明婚盟。楊文廣不從遣其回京，金精娘娘怒而作法害死楊懷恩，此後更是加倍為惡。以上兩例恰成對比，對宋營而言，「接受招親」對改善戰局的困境有正面積極的作用，「背棄婚約」則徒增平閩的困難。詳細探討參見陳昭利《明清演史神魔之戰爭小說研究》第七章第五節（文化大學中文所博士論文，2001），頁 230-231。

被不服王化的草寇竇家兄妹捉去,如何被他逼令成親?」還要以
「膽敢私自成親」的罪名將薛丁山處死。（第 22 回）同樣的,在
《五虎平南》中,當狄龍說出因為自己應允招親,段紅玉才施法移
回宋營時,狄青怒罵道:「好愚蠢之子!被女將擒拿,貪生畏死,
暗許婚姻,貪其美色,辱我清名,弱盡銳氣。」還揚言要「先斬你
這不肖之子,後擒這丫頭!」（第 20 回）

事實上,無論是楊六郎、薛仁貴或狄青,他們不但是家族父權
的代表,也是兩國交戰的統帥。故當小將們告知接受敵對陣營的招
親後,他們直接的反應就是「貪欲而忘君親」。畢竟就家族組織來
看,子女不依父母之命而私自成親,這是對父權的挑戰;再就兩國
對敵來看,臨陣交戰卻屈從敵方女將,則難免予人好色、通敵的嫌
疑,甚至還可能危及軍隊及國家的安全。❻因此,楊六郎等人既具
有父親和元帥的雙重身分,則其對小將施予懲罰,就有護衛父權和
端正軍紀的意義。

同理,能從「父權、軍權」中解救小將的,唯有更高的「家族
權力」或「國家安危」。如楊六郎要斬楊宗保,母親楊令婆勸阻
曰:「宗保雖犯軍令當斬,但目下正要破陣,且姑留以備用也。」
孝順的楊六郎只得從母命救之。而薛仁貴決斬薛丁山,任憑夫人百
般求饒全不理會、程咬金再三保釋亦不應允,然而當唐太宗下旨
「以救駕之功償其罪」時,忠君的薛仁貴立即改判將薛丁山「監禁
三月」。至於狄青欲斬狄龍時,王懷女以「二路元帥」的身分勸阻

---

❻　正如薛仁貴所說:「倘外夷知道他好色之徒,將美人計誘,豈非我君父性命
　　盡要他斷送了。」參見《說唐三傳》第 22 回。

說：

> 「你今父子，本是英雄之漢，在戰場上三合兩趟，就敗了南
> 蠻女將。論彼武藝，怎敵你們，奈今所用邪法，是以公子無
> 奈，假允婚姻，又將計就計，令他放出眾將，移營下寨，不
> 費吹灰之力，其功莫大，焉得以貪色罪之。她用了邪法，你
> 們堂堂大將，尚且被她困了，何況公子年少之人？」狄爺聽
> 了王元帥之言，說他堂堂大將，已被圍困，也覺羞愧。說
> 聲：「罷了。你二人年輕，誰要你領兵前來？」王元帥說：
> 「他弟兄二人為國救父，忠孝兩全，實為可嘉。」（《五虎
> 平南》第 20 回）

王懷女這段救援的話十分高明，她先透過比較的方式說之以理，縮
小狄青私領域的「家族父權」，再擴大公領域的「為國救父」（國
家安危），最後還成就其家族「忠孝兩全」的美名。如此，狄青個
人羞愧之餘，轉而欣喜兒子帶給家族的光榮。可見戰場上的陣前招
親，影響所及並不止於戰場而已。

2.在女方陣營方面

　　若再從「家族」和「國家」的角度來看，這種私自成親的衝
突，一旦發生在女方陣營，勢必將引發更大的風波。因傳統「既嫁
從夫」的婚姻觀念，女方嫁給男方後，即脫離原本的家族，轉而成
為男方家族的一分子。❼因此，若是女將嫁到敵對陣營去，勢必要

---

❼　家將小說的作者雖然把勇於主動求愛的女將，大都賦予「番女」的身分，然

反過來對付宗主國。偏偏女將宗主國所依賴的戰爭優勢，常常就是女將的神通武藝。如此，應允親事豈不是將手上的刀架在自己的脖子上。所以，對女方陣營而言，陣前招親除非得到父帥的認同，否則引發的衝突將更為激烈。

最典型的例子就是《說唐三傳》寫樊梨花「無心弒父、有意誅兄」的情節。當薛丁山接受樊梨花的招親後，就男方陣營而言，既可不戰而屈人之兵，又可增添一員猛將，正是求之不得的美事，因此薛仁貴舉雙手贊成。❼然在女方陣營，樊洪卻氣怒女兒「貪欲忘君親」，拔劍欲殺之。就在父女激烈衝突中，樊洪竟意外死於樊梨花劍下；樊家兄弟見小妹大逆弒父，怒而欲殺之，結果竟反遭殺死；樊母見梨花為了招親竟然弒父誅兄，只能無奈痛哭：「樊門不幸，生出這不孝女兒。」（第 31 回）❼❷類此，《五虎平南》寫段洪

在涉及婚姻的觀念和作法時，並未刻意區分「番／漢」的差別。如「番女」雖在戰場上私自招親，然回營後仍得徵求父親的同意。而「番父」對女兒主動招親的行為，其直接反應則為：「婚姻自有父母作主，豈有女兒陣上招親？」（樊梨花之父）、「不孝女兒，敗壞家門」（段紅玉之父）、「將名節喪盡」（王蘭英之父）等。而為了更加凸顯「番女既嫁也得從夫」的必然結果，小說作者在敘寫番女向父帥稟明招親之事時，必會要求父帥隨她「一併投降、歸順」。

❼ 對於薛丁山接受樊梨花的招親，程咬金剖析說：「她既然要與世子成親，父子一齊投降，殺到西番，擒了番王，功勞豈不是元帥所得，吾皇洪福齊天麼？」薛仁貴聽後「大喜」，並立即委請程咬金作媒。參見《說唐三傳》第 30 回。

❼❷ 對於「樊梨花弒父殺兄」的情節，曾馨慧引用陳金文在〈論英雄傳奇文學中「屠親婚配」的情節模式〉之觀點（詳參《文史雜誌》1994 第 4 期，頁 26-28），認為「陣前招親」所彰顯的文化意涵是「以屠親來作為忠誠之保

知女兒段紅玉與狄龍私定姻緣後，亦怒責：「你為著婚姻事就要父投降大宋，陷我於不忠之地，……我養你這不肖女兒，敗壞家門，要你何用！」說罷，拔劍欲殺之。幸段母及段氏兄弟全力勸解，才得免除一場家庭悲劇，然而段紅玉羞憤之餘遂離家而去。（第 18回）

　　相反的，要是女方陣營的主帥，對其宗主國喪失信心，那就會接受女兒的親事，並且投降男方陣營。如《說唐三傳》寫盛元傑知道女兒蘭英和薛孝私訂終身時，就說：「為父的原是大唐臣子，今武后滅唐改周，武三思喪師辱國，又失三關，日下小主在房州，不久為帝，難道我助周不成？」遂允親、降唐。（第 85 回）而《反唐演義》寫飛鏡公主和薛雲私訂終身，其父武丹池雖是武氏宗親，然在考量大勢後，終也「順女歸唐」。（第 91 回）類似情節最精彩的莫如《五虎平南》寫王蘭英化解其父女的衝突：當王凡知女兒和狄虎私訂終身後，怒而欲殺之。幸好王蘭英知父親「原有投宋之心」，故先分析：南王殘忍好殺、陷害良民，焉能成大業？再勸

證」。參見《巾幗英雄之研究──從樊梨花出發》第四章第三節（中興大學中文所碩士論文，2004），頁 78-79。這種論點雖然新奇，然若回歸小說內容的發展則有待商榷。畢竟小說中對此情節所強調的是「無心弒父」，樊梨花弒父既是「無心之過」，又怎能解讀為作為忠誠之保證？何況在小說中樊梨花忠誠的對象是薛丁山而非唐朝，而薛丁山痛罵樊梨花最常引用的藉口正是其屠親行為。重要的是在後來的明清家將小說中，對類似情節都已做了修訂。（詳論於第五章第三節）可見，「樊梨花弒父殺兄」是一個「非常的個案」。因此，無論是從小說本身的情節或是家將小說的發展來看，都不應以偏概全，認為陣前招親都得「屠親以保證忠誠」，並且將之視為「文化意涵」。

說：「倘若父王不及早知機，只恐臨時悔之晚矣。」最後以伶俐的
口舌反覆辯說：「女兒已匹配了狄虎，蒙雲關又失，我國人人盡
知，父王縱有忠心，自許南王一生疑忌，那時禍及滿門，反為不美
者所笑也。」（第 32 回）在王蘭英「禍及滿門」的利害分析下，王
凡遂允親、降宋。

(二)小將奉命成親

　　君父強迫小將奉命成親，大都著眼於女將能在「國家安危」上
做出貢獻。因此常常不管小將有何想法，皆逕以「家族父權」強迫
小將必須接受招親，意即執行有利於「國家安危」的選擇。❼如在
《說唐後傳》中，屠爐公主以飛刀陣殺死羅仁，羅通基於「親仇之
恨」，立誓「今日不與兄弟報仇，不要在陽間為人」。可是，當遭
受屠爐公主威脅利誘逼婚時，他選擇「假意屈從」，先為君父解
圍，再圖為弟報仇。因此，當事後程咬金提及要「奏知陛下，為你
作伐」時，羅通即以「這賤婢傷我兄弟」為由嚴拒之。後來在唐太
宗面前，羅通還是再三強調「我弟羅仁才年九歲……，死在賤婢飛
刀下，可憐斬為肉泥而亡。兒臣還不與弟報仇，反與他成親，兄弟

---

❼　林保淳認為「陣前招親」的背後意義是所謂的「三綱的衝突與消解」。成親
　　所達到的和諧，實際上是透過消解來自國家法紀與家庭倫理的衝突而完成
　　的。「成親」所代表的「夫婦」一倫，必須經由象徵國家法紀的「君臣」與
　　象徵家庭倫理的「父子」的考驗才能受到認可。其中又以「君臣」為最主要
　　的考量原則。此觀點甚有參考價值！參見〈中國古典小說中「陣前招親」模
　　式之分析〉《戰爭與中國社會之變動》（台北：台灣學生書局，1991.11），
　　頁 102-103。然本文另採「家族父權」和「國家安危」的區分，乃著眼於家將
　　小說中的「家族主義」。（詳論於第六章第三節）

陰魂焉能瞑目？」就兄弟之情而言，羅通的堅持無非合情合理。❼

　　然而，程咬金和唐太宗卻分別以「命該如此」、「各為其主」之理來詮釋羅仁之死，並共同肯定屠爐公主的「救駕之功」，主張「家族親仇」應置於「國家安危」之下。❼羅通最後還是得接受「成親」的安排，然因他始終無法忘懷羅仁被殺之恨，故在洞房花燭夜中再三羞辱屠爐公主，以致公主懷恨自盡。事發後，唐太宗以「不遵朕旨意」怒而欲斬羅通，幸程咬金以「羅氏一門為國捐軀，只傳一脈。倘有差遲，羅氏絕嗣」之理相救，唐太宗遂斷絕和羅通的「父子關係」❼，並罰其「削去官職，到老不許娶妻」。

　　此外，在《說唐三傳》中，薛丁山因樊梨花「弒父殺兄，有逆天大罪」而拒婚。然薛仁貴卻以更高標準的「國家安危」看待此

---

❼　就小說的內容來看，羅仁只是竇氏夫人過繼的二公子，並非是羅通的親弟弟，然兄弟感情極好。當羅仁知道哥哥出征救駕時，他立刻追尋而去。遇到羅通時，正逢他被八寶銅人殺得大敗，性命幾乎不保。羅仁不加思索，當即掄起大錘殺敗番將，救了羅通一命。故在羅通心中，羅仁不但是兄弟，還是救命恩人。因此，當羅通親眼目睹屠爐公主祭起飛刀，將羅仁一刀一刀的「斬為肉醬而亡」時，他當場大放悲聲，「在馬上翻身跌落塵埃，暈去了」。因此，羅通對屠爐公主之無法諒解，其情其理頗能獲得讀者的認同。詳參《說唐後傳》第7、10、11回。

❼　程咬金勸羅通說：「你兄弟身喪沙場，也是自己命該如此，何必歸怨於她？……共破番兵，救出陛下龍駕，是她一樁大大的功勞，也就算將功贖罪，儘可消得仇恨的了。」又唐太宗告誡羅通云：「她既把終身託你，暗保我邦，大獲全勝，也有一番莫大的功勞與寡人。……就是傷了二御姪，也算為國家出力，兩國相爭，各為其主，乃為誤傷而已。」參見《說唐後傳》第11、14回。

❼　《說唐全傳》敘唐代開國之初，羅成戰死留下孤兒寡母，當時羅通年僅三歲。秦王（太宗）為了表示不忘羅成忠心，遂將羅通過繼為子。（第62回）

事，強調樊梨花「神通廣大，我營中誰是他對手？他奉師命與你聯姻，歸順我邦，靠吾主洪福。第一夜與他大鬧，倘若急變，我如何是好？苦不依父言，軍法處置！」不依父言成親，居然要「軍法處置」，可見在薛仁貴心中，薛丁山與梨花成親之重要性，已經超越個人與家族，而是涉及「國家安危」的大事。

因此，當薛丁山決意休棄樊梨花時，薛仁貴怒而將其「捆打三十、監禁牢中」。而後，唐軍繼續西征，薛丁山身陷烈焰陣，程咬金往寒江關勸樊梨花「看公婆之面不必記恨」，請其破陣救人。不料薛丁山被救出後，仍執意不肯完姻，以致樊梨花二度遭到休棄。接著，薛丁山出戰又身陷洪水陣，程咬金只得再哄騙樊梨花「丁山回心轉意，特請小姐歸去做親」。破陣後，薛家大小總動員，軟硬兼施逼迫薛丁山不得不應允與樊梨花完姻。正當唐營全軍皆喜於「今樊小姐夫妻和合，那怕番兵百萬，西番指日可平」時，薛丁山卻又懷疑樊梨花和其義子薛應龍有私情，第三度將她休棄。遭逢三休三棄的樊梨花欲撞死以表清白，薛家姑嫂再三保證將來定然奏過天子，使二人得以「奉旨成親」。樊梨花遂拜別公婆，回寒江關「怨命修行」。盛怒至極的薛仁貴，這次堅決要斬薛丁山，幸有程咬金以「令郎乃唐家柱石」請求饒恕，薛仁貴終在「國家安危」的考量下，不得不赦免薛丁山死罪。

《說唐三傳》寫薛丁山和樊梨花陣前招親的情節，並不以簡單化的「成親」作結，而是在「成親」的過程中，透過「薛丁山三休三棄樊梨花」的波折，宣告「夫婦」、「父子」之家族倫理的輕重關係。最後再寫薛丁山誤殺薛仁貴，奉君命拜上寒江關，遭樊梨花設計三度羞辱後，最後才「奉旨成親」，並由樊梨花掛帥破敵。如

此，又將「夫婦」、「父子」的倫理，一齊統攝在「國家安危」之下。

五、陣前招親的運用意義

　　明清家將小說陣前招親情節的敘事形式，可說是從「才子佳人小說」吸收變化而來。因此，女將們幾乎個個都被塑造成「美貌超群，宛若嫦娥下降」，而小將們則是「潘安在世、宋玉還魂」。如此俊男美女，與「翩翩公子、絕代佳人」之敘寫模式，實有異曲同工之妙，只是易文為武，將私訂終身的地點由「後花園」改成「戰場」罷了。然而，家將小說之所以屢屢運用「陣前招親」的情節，則有其更值得探究的主題意義。正如廬山聖母對單單國狼主所言：

> 這狄青，一來乃是宋朝保國之臣，二來與公主凤有姻緣之
> 分，目下正是完姻之期，故此貧道特前來說明白，祈狼主須
> 聽貧道之言，把公主娘娘配與狄青，好接承後代，兩國永不
> 動刀兵，單單從此亦永康矣。（《五虎平西》第13回）

這段道理分析，足以通用於家將小說中所有的招親情節。從中可知「陣前招親」情節的三大主題：天命思想（凤有姻緣之分）、家族延續（好接承後代）、化干戈為玉帛（兩國永不動刀兵）。以下即由此三方面討論之：

1.天命思想

　　天命思想是家將小說用來觀照歷史的大主題（詳參本章第一節），其被運用在陣前招親的情節中，主要是用來化解一切的衝

突。因此，在陣前招親情節中，不管是來自父權、親仇的阻礙，或是女將們不經媒妁、強逼成親的「非常」行徑，最後都能在「姻緣天註定」的前因下，發展到「成親」的後果。而從「招親」到「成親」之間，種種的不可抗拒，都是為了證實並強化天命的大主題。

2. 家族延續

家族延續是陣前招親最重要的目的。畢竟家將小說是以「英雄家族的世代榮耀」為敘事軸心，所以在故事情節的發展中，就有必要為這些英雄世家的「家族延續」進行敷演，如此故事發展到英雄後代時，才能有個合理的交待。更何況小說以戰爭為敘事主體，刀槍之下傷亡難免，後代的延續也就顯得更為重要。**⑦**而在傳統「龍生龍、鳳生鳳」的觀念下，小說作者更塑造出英姿煥發的女將，來匹配英雄世家的小將，在成就「門當戶對」之餘，更能保證英雄後代的品質，所謂「虎父無犬子」是也。

相對的，尚可從招親失敗之例，來證實家族延續才是家將小說重視的結果。如羅通與屠爐公主結親失敗，為了避免羅家絕嗣，作者隨即敷演出「羅通配醜婦」的情節：小說寫這位醜婦又醜又瘋，無人敢要。然與羅通成親後，竟然變成美女，而且「與羅通最和睦，孝順婆婆」。作者還特別強調這是「羅門有幸，五百年結下姻緣」。**⑱**而西雲小妹只因「好色」而迷戀伍連，結果伍連假意應允

---

⑦ 此正如《說岳全傳》中岳飛針對牛臯陣前結親事件的論斷：「眾位賢弟，從今日起，把『臨陣招親』這一款革去。若賢弟們遇著有婚姻之事，不必稟明，便就成親。況這番往北路去迎二聖，臨陣交鋒，豈能保得萬全？若得生一後嗣，也就好接代香煙。」（第32回）

⑱ 參見《說唐後傳》第16回「勝班師羅通配醜婦」。

期間，卻勾搭上完顏公主，西雲小妹反遭兩人設計砍死。**⑲**至於「水蝎精」金精娘娘一見楊懷恩就「淫心大動」，這種人妖通婚的「異類姻緣」非但英雄家族無法接受，更是天命所不容，故最後以悲劇收場。**⑳**

3.化干戈為玉帛

化干戈為玉帛是陣前招親最直接的目的。因此家將小說所有的陣前招親情節，都以「成親破關」為圓滿的結局。由於陣前招親成功，使得原本敵對的雙方陣營得以免去刀兵戰火，這種「化干戈為玉帛」的理想期待，從中反映出民眾追求和平的心願。有趣的是，歷史上的和親幾為中國公主嫁到番邦，然而小說中的招親卻故意反其道而行，改寫成「番邦女將」主動投懷送抱於「中國小將」，可見小說家有意藉此「補恨」，從而彰顯出華尊夷卑的民族自信心。而寫中國小將最終為了「國家安危」才應允親事，則使和番具備高級的動機，符合歷史真實的和親效益。（詳論於第六章第二節）

---

⑲ 參見《說岳全傳》第 79 回。類此情節，在《說唐三傳》中敘寫的頗有趣：「錦蓮皇后至陣前見薛丁山面如冠玉、唇若塗珠、貌似宋玉、美如潘安，心中歡喜不比番王貌醜胡鬚黑面，若能擒住抱入宮中，同他宿了，了卻心願。娘娘看得遍體慾火難禁，丁山喝聲番婆不要呆……。」交戰中，錦蓮皇后用神鞭打傷薛丁山，薛丁山逃入樹林中求救，恰逢陳金定剛打死一隻老虎，就用虎屍將番后打落馬下，薛丁山才趁機取下番后首級。（第 27 回）

⑳ 小說寫金精娘娘看上楊懷恩的情節，是從「妖精作祟」的角度來發揮，故先按傳統陣前招親情節寫金精娘娘抓回懷恩後，即派婢女前去勸說合婚；而後因懷恩背叛婚約，她就作起妖法置之於死地；又因色慾難忍，遂「淫殺三大將」。作者自始至終，都對此一「妖精」充滿貶意。參見《平閩全傳》第 43 回「懷恩假約親害命」、第 44 回「金精淫殺三大將」。

　　此外，再就家將小說刊刻的時代、地域來看，則這種陣前招親情節的敘寫，似乎也相當程度的反映出當時代的社會現象。如明代確實曾經出現了比較進步的婦女觀，知識分子階層主張婦女有戀愛自由者大有人在。**❽①**而明清時期的東南沿海一帶有許多外國人前來貿易、傳教，此異族間往來頻繁的社會現象，或有可能為小說家所取材運用。**❽②**

第四節　布陣破陣的情節類型

　　史書中關於戰爭的記載，總是詳於追溯事件的來龍去脈以及勝負對於戰後政局的影響，對於兩軍交鋒時的戰爭場面則常常只以數語略過。這使說話人在講述歷史戰爭時，不得不發揮想像力多方加油添醋，講述既久，自有幾套敷演戰爭場面的慣用說詞。因此，在通俗小說的戰爭敘述中，常常呈現出模式化的書寫，特別是在兩軍

---

❽①　關於傳統兩性關係及明代進步的婦女觀，詳參陳翠英《世情小說之價值觀探論——以婚姻為定位的考察》（台北：國立台灣大學出版委員會，1996.6），頁 53-63。另參汪玢玲《中國婚姻史》第十章第七節〈明末反禮教思潮的興起〉、第十一章第五節〈明清之際同情婦女思潮之湧起〉（上海：人民出版社，2001.8），頁 348-355、382-387。

❽②　王師三慶認為明清時期刊刻於閩地的講史小說，其敘寫和親方式常異於史實，而將美女俊男的角色互換，此就作家所處的社會現象來看，則異族間的往來頻繁，甚至異族通婚等現象，都有可能為作者「形之於筆端，將所見所聞書寫一番」。參見〈戰場臨陣美女與俊男的來電及其意義〉《第一屆中國小說與戲曲學術研討會論文集》（嘉義：國立嘉義大學中文系，2002.11），頁 214。

交戰的處理上，總會出現「陣法」的運用。學界對於通俗小說敘寫戰爭的研究，大都是以戰事考辨為主，著重的是小說與歷史之間的虛實論述，對於「陣法」模式的運用則缺乏詳細的探析。然而，不可否認的，「布陣、破陣」的描述一直都是通俗小說敘寫戰爭場面的主要內容。因此，透過這類戰爭書寫的分析，除了可以了解通俗小說敘戰模式的運用外，還可以進而探究其間的運用意義，畢竟一種模式行之既久而且被普遍接受，其中應有值得發掘的文化意涵。

　　古代兵家所謂的「陣法」，並非是一群人手執武器的作戰集合體，而是陣法本身就是一種新的全能武器，它是一種有機性的組合。❸然而，通俗小說所描寫「陣法」，基本上則是一種準備應戰的隊伍排列。常見的敘寫模式是雙方主帥在馬背上以力氣爭鬥決定勝負，同時也透過排兵布陣比試彼此智能的高下。如《楊家府演義》寫楊宗保父子領兵征討儂智高，儂智高見其父老子幼，加以輕視嘲笑。楊宗保反譏儂智高：「汝今謀逆，敢犯正統，果是有勇，舞劍揮槍，量必能之；但不知曉得些陣圖否？」於是邀儂智高比試布陣破陣。（第 43 則）再如《說唐後傳》寫蓋蘇文戰不勝薛仁貴，即說：「你為中國大臣，必然眼法甚高，能識萬樣陣圖。今本帥刀

---

❸　從戰國時代開始，陣法就有相當複雜的結構與安排程序。如陣法結構講究分工呼應，故隊形有「輕重、陰陽、正奇」等戰術性變化，以便因應戰況而轉換不同的攻防。布陣時更須依戰場狀況考慮幾個關鍵程序：即如何合表聚眾以利發揮作戰效率、如何勒卒束伍以避免陣腳潰散、如何運用作戰序列以擴張戰果或保留實力等。從這些課題可以知道，古代兵法講連坐，重督伺，強調節制之師敗而不亂等，這都和戰場上對陣的實際程序與經驗有關。詳參李訓詳《古陣新探──新出史料與古代陣法研究》第二章〈陣法通說〉（台灣大學歷史所博士論文，1998），頁 28-84。

法平常，實不如你。我有一個陣圖在此，汝能識得否？」結果薛仁貴非但說出破陣之道，還反譏蓋蘇文盡擺些千年古董之陣。最後薛仁貴布下龍門陣，對蓋蘇文說：「若汝識得出此陣之名，也算你番邦真個能人了。」（第51回）

因此，如何布置迎敵、如何陷敵於陣、如何入陣破陣等，常常成為通俗小說敘戰的主要描寫內容。小說家對於戰爭場面的描述，可能參考了古籍中戰陣記載，進而對陣法形式與戰鬥方式加以附會想像。❽其中常見的陣法，大都依一定的秩序先後演變，如《說唐後傳》中所提出的「十座古陣」為：「一字長蛇陣、二龍取水陣、天地三才陣、四門斗底陣、五虎攢羊陣、六子連芳陣、七星斬將陣、八門金鎖陣、九耀星官陣、十面埋伏陣。」（第51回）此外，小說中許多布陣破陣的情節，更是常常充滿了神祕性，如陰陽、五行、八卦等術語的運用。這種兵法雜糅道術的情形，可謂融合了古代道、兵兩家的思想。❽如《三國演義》寫曹仁布下一陣，熟悉陣

---

❽ 如《周禮·大司馬》載有「平列陣，如戰之陣」；《左傳》桓公五年載有鄭為的「魚麗之陣」；《孫子》中則載有「常山之蛇陣」等，可惜這些陣法、陣形的記載皆止於簡約。再如《漢書·藝文志》、《隋書·經籍志》、《舊唐書·經籍志》和《宋史·藝文志》等，其中所載錄之軍事著作雖有大量文字涉及到「陣法」和「陣圖」，如《玄女厭陣法》、《王韶熙河陣法》、《九九陣圖》、《五行陣圖》之類，然大都只有存目而已。

❽ 道兵兩家思想頗有淵源，《史記》載張良得道家黃石公兵法事，故自漢以來，言兵法者往往依託黃石公之名。《四庫全書總目》卷九十九子部〈兵家類下〉云：「其中多剿竊老氏遺意，迂緩支離，不適於用。其知足戒貪等語，蓋因子房之明哲而為之辭。」另〈道家類〉云：「後世神怪之跡，多附於道家，道家亦自矜其異。如神仙傳、道教靈驗記是也。要其本始，則主於清淨自持，而濟以堅忍之力，以柔克剛，以退為進，故申子韓子流為刑名之

法的徐庶即說：「此八門金鎖陣也。八門者：休、生、傷、杜、景、死、驚、開。如從生門、景門、開門而入則吉；從傷門、驚門、休門而入則傷；從杜門、死門而入則亡。」（第 36 回）通過這段敘述，儘管仍然無法讓人從中得知詳情，但這卻是通俗小說對陣法的典型敘寫：一個講究入口和出口的封閉空間，其中充滿神祕與變幻。爾後，諸葛亮擺下的「八陣圖」更是誇張這種神祕性，由於此陣僅用石頭擺成，堪為小說中以法術法寶布陣的範例。**⓼**

再如《水滸傳》敘寫宋江兩度因九天玄女之助而得布陣、破陣，則為神仙參與布陣破陣的情節提供了示範。此外，公孫勝與高廉以寶物鬥法、呼延灼擺布連環馬等情節，也都是小說敘寫布陣破陣的常見模式。**⓻**《封神演義》則是將「陣」的神祕性做了最大的發揮，其中每座陣幾乎都由法術和法寶所布成，而陣主也大都是神魔出身，因此其殺傷力十分驚人，常常令敵對的一方束手無策。然而，一旦某位神仙臨陣，或是帶著適當的法寶，則轉瞬之間就能輕

學，而陰符經可通於兵，其後長生之說，與神仙家合為一。」此外，在改朝換代的戰爭中，道士又常扮演謀臣的角色，使道兵關係更為密切，而《道藏》中也收錄不少兵書。參見盧國龍《道教知識百問》，頁 162-164。

⓼ 小說中並未說明如何布陣，只說「諸葛亮入川之時，驅兵到此，取石排成陣勢於沙灘之上，自此常常有氣如雲，從內而起」；「每日每時變化無端，可比十萬精兵」。後吳國陸遜擅入此陣，欲出陣時「忽然狂風大作。一霎時，飛沙走石，遮天蓋地」。要非諸葛亮的岳父引領出陣，陸遜恐將困死陣中。參見《三國演義》第 84 回。

⓻ 百回本《水滸傳》第 76 回敘宋江布下「九宮八卦陣」；第 88 回敘宋江大破「太乙混天像陣」。第 54 回寫高廉、公孫勝各以聚獸銅牌和松文古定劍在陣前鬥法；第 55-57 則敘寫「連環馬」的擺布及破解。

易破陣。**❽❽**

　　通俗小說中這些披著神祕外衣的陣法，或可看做是小說家對戰爭的幻想。雖然讀者由這些陣法的敘述中，只能聞其名而不得知其實。然而，「布陣破陣」卻成為通俗小說描寫戰爭的典型情節。明清家將小說既以戰爭為敘事內容的主體，其中「布陣破陣」情節類型頗多，以下即分別就「布陣」和「破陣」的書寫加以論析：

一、布陣書寫

　　首先列表展示明清家將小說中的主要戰陣，及其布陣者和布陣原因：**❽❾**

書名	主要陣名	布陣者及布陣原因
北宋志傳楊家府演義	七十二座天門陣	呂洞賓因漢鍾離笑他貪戀酒色，又聞宋遼之戰天命在宋，故賭氣助遼，欲顯神通「以人勝天」。
楊家府演義	八陣圖	楊宗保與儂智高鬥陣時所布之陣。
說岳全傳	火牛陣	楊么元帥伍尚志以此攻擊岳家軍。
	五方陣	楊么軍師屈原公以此抵抗岳家軍。

---

❽❽　《封神演義》自第 43 回「聞太師西歧大戰」開始，就以一場接一場的布陣破陣的情節來串連全書。先是聞太師請來截教妖仙布下「十絕陣」，闡教十二位上仙逐一破陣；接者截教又布下「黃河陣」困陷闡教神仙，老子與元始天尊親臨破陣；而後截教通天教祖又布下「誅仙陣」、「萬仙陣」，闡教眾仙則全力破陣。總之，全書布陣破陣的敘寫模式化，並且刻意強調陣法的神祕性。

❽❾　在明清家將小說中只有《萬花樓》缺乏這類「布陣、破陣」的情節。究其因，《萬花樓》旨在接續《五虎平西》的內容，往前續寫狄青少年時代的故事，故就情節內容來看，作者尚無運用「布陣、破陣」模式之需要。

說岳全傳	連環甲馬陣	金國完木元帥以此攻擊岳家軍。
	金龍絞尾陣	金兀朮軍師哈迷蚩布此陣與宋軍決戰。
	駝龍陣	金國普風國師（黑魚精）以此攻擊岳家軍。
	烏龍陣	烏靈聖母（蛟精）為報子仇，助金抗宋。
說唐後傳	飛刀陣	屠爐公主以此殺羅仁、敗羅通。
	飛刀陣	蓋蘇文以此斬殺唐將。
	蜈蚣陣	梅月英以此攻擊唐軍。
	龍門陣	薛仁貴得九天玄女天書，以此殺敗蓋蘇文。
說唐三傳	烈焰陣	朱頂仙（鶴精）報徒弟之仇，助哈迷國抗唐軍。
	洪水陣	扭頭祖師（孽龍）報徒弟之仇，助哈迷國抗唐軍。
	金光陣	哈迷國元帥蘇寶同以此抗擊樊梨花征西大軍。
	五龍陣	五龍公主（蟒精）報徒弟之仇，助哈迷國抗唐軍。
	諸仙陣	截教教主金璧風不滿樊梨花，布陣與闡教見高低。
反唐演義	連環甲馬陣	李孝業以此征討九焰山薛家將。
	十面埋伏陣	武承嗣以此征討九焰山薛家將。
	八門金鎖陣	蘇黑虎以此抵抗薛剛所領之反周軍。
說呼全傳	五行陣	龐家軍師安期子以此征討天定山呼家將。
粉妝樓	妖法陣	番兵主將木花姑以此抗擊羅家將。
五虎平西	迷魂陣	新羅國牙波里以此抵抗狄青征遼大軍。
五虎平南	先天純陽陣	王禪師以此抵抗狄青平南大軍。
	先天八卦陣	楊金花以此收除南閩達摩道人（蟒精）。
平閩全傳	黃河陣	金精娘娘（水蝎精）以此抗擊楊文廣平閩大軍。

　　根據上表所列之陣式，可以進而討論其布陣形式。明清家將小說中的陣法，大致可分為兩種主要類型：一種是以士兵、武器為主，較少或不涉及法術、法寶。另一種則是以法術、法寶等超自然力量為主，士兵或有或無，只是「鬥法」的陪襯。而不管是哪一種類型，大都或多或少帶有神祕性，且其神祕性是透過指揮的術語、

象徵性的形狀或色彩、或是旗子、將臺、出入口的布局等加以表現。以下即就「布陣形式」分類探討：

㈠以士兵、武器為主的布陣形式

如《說岳全傳》和《反唐演義》中的「火牛陣」、「連環甲馬陣」，都是僅由士兵、武器、牛馬等組成，是較素樸而傳統的作戰陣式。❾⓪而有些陣式則透過士兵或武器的排列形狀所構成，如《楊家府演義》第 24 則，敘寫呂洞賓布「七十二座天門陣」之首三陣：

> （鐵門金鎖陣）分軍一萬，各執長槍，把守七座將臺，號為鐵門；又分軍一萬，各執硬弓鐵箭，把守七座將臺，號為鐵栓；再分軍一萬，各執利劍，把守七座將臺，號為鐵棍。

> （青龍陣）分軍一萬，手執黑旗，把守七座將臺，號為龍鬚；又以一萬軍分做四隊，各執寶劍，把守七座將臺，號為龍爪；又分軍一萬，各執金槍，把守七座將臺，擺作龍鱗之狀。

---

❾⓪ 《說岳全傳》對這兩種陣式都有詳細的描繪，如第51回寫火牛陣：「水牛三百隻，用松香瀝青澆在牛尾上，牛角上縛了利刃。臨陣之時，將牛尾燒著，牛痛，自然往前飛奔沖出。」第57回寫連環甲馬陣：「那馬身上都披著生駝皮甲，馬頭上俱用鐵鉤鐵環連鎖著，每三十匹一排。馬上軍兵俱穿著生牛皮甲，臉上亦將牛皮做成假臉戴著，只露得兩只眼睛。一排弓弩，一排長槍，共是一百排。」《反唐演義》第75回對連環甲馬陣的敘寫大致類同於此。

（白虎陣）分軍一萬，各執寶劍，把守七座將臺，號為虎
牙；又分軍一萬，各執短槍，把守七座將臺，號為虎爪。

以上三陣，在布置時皆講究「名符其實」，運用兵士、武器、旗
色、將臺等，依「鐵門、龍、虎」之形狀加以布置成陣。再如「一
字長蛇陣」的形象是：「一派白旗前後飄，分排五爪捉英豪。銀槍
作尾伸頭現，中有槍刀勝海潮。」可見此陣亦是取「蛇形」構成。
（《說唐後傳》第 51 回）而「金龍絞尾陣」則是「兩條長蛇陣，頭並
頭，尾搭尾」。（《說岳全傳》第 58 回）至於薛仁貴所擺的「龍門
陣」則極富變化：

> 一派黃旗風捲飄，金鱗萬道放光毫。刀槍一似千層浪，陣圖
> 九曲像龍腰。砲聲行走金聲歇，不怕神仙陣裡逃。五色旗下
> 頭伸探，露出長牙數口刀。一對銀錘分左右，當為龍眼看英
> 豪。雙雙畫戟為頭角，四腿束取攢箭牢。二把大刀分五爪，
> 後面長槍擺尾搖。……龍門首上，按著繡綠旗、大紅旗、白
> 綾旗、皂貂旗、杏黃旗，風飄飄一派五色旗。東發砲，龍頭
> 現出，專吞大將；西鳴金，擺尾身彎，進陣難逃。滿陣白旗
> 如銀雪，霎時變作火龍形。其中幻術無窮盡，內按刀槍連轉
> 身。（《說唐後傳》第 51 回）

可見「龍門陣」和「青龍陣」相同，都是取象龍形，只是「龍門
陣」的陣容較為浩蕩。
　　此外，有些陣式則是依五行、八卦、八門、九宮、太極等「方

位」加以布置，如《反唐演義》中武承嗣所布下的「十面埋伏陣」：

> 先命山東節度使童京，帶余起蜃領兵一萬，為第一陣，按乾
> 宮方位，青旗青馬，青甲青袍；……第二陣，按坤宮方位，
> 綠旗青馬，翠蓋藍纓；……第三陣，按離宮方位，紅旗赤
> 馬，絳甲紅袍；……第九陣，按太極之形，皂纛白幡，白馬
> 烏衣；……第十陣，按九宮之象，總八卦之形。花旗花馬，
> 花甲花袍。（第 77 回）

此陣動用了十路節度使的兵馬，取八卦之八方位，再加上九宮、太極共成十面。再如《反唐演義》寫蘇黑虎聚集百萬大軍所布下的「八門金鎖陣」，亦是令八將領兵把守「休、生、傷、杜、景、死、驚、開」等八門。（第 92 回）《說岳全傳》寫屈原公所擺之「五方陣」，則是「按金、木、水、火、土各路埋伏，前後左右俱有救應。」（第 53 回）

總之，這類運用「五行、八卦」所排之陣式，大都要在「以法術、法寶為主的布陣形式」中，才能真正發揮其玄祕變幻。若是在「以士兵、武器為主的布陣形式」中，儘管作者或多或少也宣揚了它的神奇與奧妙，但是在實際作戰時，則大都只是兩軍對戰的隊形而已。

㈡以法術、法寶為主的布陣形式

由於這類陣式是以法術、法寶為主，因此陣名本身就富有神祕性，而陣式的安排也處處可見民間信仰的用語。如《楊家府演義》

第 24 則，敘「七十二座天門陣」中的三陣：

> （通明殿陣）森羅國金龍太子引軍守中座將臺，號為玉皇大帝
> 坐鎮通明殿。又令董夫人裝作梨山老母，分軍一萬，各穿青
> 黃赤白黑服色，繞中座將台而立，號為五斗星君。又著二十
> 八人披頭散髮，繞中座將臺前後而立，號為二十八宿。又令
> 土金牛裝作玄天大帝，又令土金秀引軍一萬，手執黑旗，排
> 成龜蛇之狀，把守二門之北。

> （太陰陣）西夏國黃瓊女引軍俱執寶劍，立於旗下右傍，號
> 為太陰星。凡遇交兵，赤身出陣，手執骷髏骨放聲大哭，變
> 作月孛凶星。

> （迷魂陣）單陽公主率兵五千，各穿五色袈裟，號為迷魂
> 陣。內雜番僧五百，號為迷魂鬼。又令往民間捉七個懷孕婦
> 人倒埋旗下，遇交戰之際，將旗揮動，收攝敵人精神。

可知這類陣式是以法術變化為主，故陣內之人須妝扮成「玉皇上
帝、梨山老母、玄天上帝、二十八星宿」，甚至有「赤身執骷髏
骨、倒埋懷孕婦人」等類似民間巫術的信仰。這種以法術、法寶為
主的陣式，堪稱為「法陣」。由於法陣的主體在於「法術、法寶」
之運用，故守陣之人，非得裝神弄鬼一番。

　　此外，有些陣式則直接拜請神仙下凡，或選用會法術的人為守
陣者，如《五虎平南》中王禪師所擺的「先天純陽陣」：

法臺有三層：中央立起一支大旗，幡立一「帥」字，下面一
杆，中旗二十四面，按先天二十四煞；二層首立十二杆小
旗，應十二支，下面周圍排著六十四座大炮，以應八八六十
四卦之數；臺外選戰將一百零八員，合著三十六天罡七十二
地煞，兩行侍立。王禪師左手執令，右手持著寶劍，一時間
布成一陣；再更法衣，頂禮禱告……，登時請了二十八宿下
凡鎮守陣中央；登程駕雲去了一刻，請得兩位法師，……守
陣正門。（第22回）

在此陣中，除了安排兵將數目符合「三十六天罡、七十二地煞」
外，陣中最厲害的角色，正是鎮守陣中央的「二十八宿下凡」，以
及守正門的兩位「法師」。再如楊金花擺「先天八卦陣」先選「會
騰雲土遁有法的八人」，分守八門。再遣五隊兵，各執五色旗，分
駐五行方，陣內「二十八將按以二十八宿，八門合于八卦方位」，
此陣布妥後，「變化多端，祥瑞沖天」。（《五虎平南》第41回）

而有些更玄妙的「法陣」則純粹以「法術、法寶」為主，完全
不需「人類」參與。如：

（迷魂陣）是晚，書符作法，撒豆布演，陰兵多已齊集。牙
里波手執黑旗一隊，四方帶引點明。但覺陣內陰風慘慘，冷
霧騰騰。四方八面無兵把守，俱有門戶可進陣圖。（《五虎
平西》第80回）

（黃河陣）陣中造一上臺，在香案桌及椅褥桌上排一斗迷魂

沙，又有幢幡一支並劍印在台上，外按五方，安有八門休生傷杜景死驚開，外陣安合八卦乾坎艮震巽離坤兌。東方插青旗一面，旗上畫得一尾青龍，……南方插紅旗……西方插白旗……北方插烏旗……中插黃旗……。各安靈符一道在旗上……。（《平閩全傳》第39回）

再如《說唐三傳》中的「五龍陣」（第 60 回），《說呼全傳》中的「五行陣」（第 35 回），布陣時雖講究五行方位和相應色彩，但作戰時還是全靠法術和法寶。《說唐三傳》中的「金光陣」則是由「五位仙師」領五色旗，鎮五行方位。陣門還掛上「十六面鐵板、二十四面飛鈸」等法寶，使全陣「紅光現出、變化多端」。（第 51 回）在家將小說中講究「法寶」的陣，尚有「祭起飛刀殺人」的「飛刀陣」；❾開了葫蘆蓋就會放出無數烈火，頃刻燒死三千兵馬的「烈焰陣」；「借來北海之水，凡人進去不得性命」的「洪水陣」；「祭起寶劍絕他性命」的「諸仙陣」等。❾❷

此外，有些陣是以「精怪」為主，陣主運用煉成的精怪施法布陣。如：

（烏龍陣）五色旗按金木水火土，相生相克；八卦帶分東南

---

❾　《說唐後傳》第 11 回「羅仁禍陷飛刀陣」；第 31 回「蓋蘇文飛刀斬眾將」、第 41 回「孝子大破飛刀陣」、第 49 回「蓋蘇文失計飛刀陣」等，分別敘寫屠爐公主和蓋蘇文擅長使用「飛刀陣」。

❾❷　參見《說唐三傳》第 32 回「烈焰陣火陷丁山」、第 35 回「薛丁山身陷洪水陣」、第 68 回「擺列諸仙群會陣」。

> 西北中，隨色隨方。…魚鱗軍中央守護，左右營幡立五方。
> 南排朱雀，北方玄武施威武；東按青龍，西邊白虎爪牙張。
> （《說岳全傳》第 79 回）

此陣的主角「魚鱗軍」是烏靈聖母煉就的精怪，「俱用鯊魚皮做就的盔甲」，「隨你刀槍火箭，不能傷他」。再如「駝龍陣」、「蜈蚣陣」亦是以「精怪」為主，如：

> （普風國師念動真言）葫蘆內哄的一聲響，猶如蚊蟲一般，飛將出來，起在空中。霎時間，每條變成數丈長，桿桿大小身軀，眼射金光，口似血盆，牙如利刃。這五千四百零八條駝龍，在空中張牙舞爪，直往宋營中衝來。（《說岳全傳》76回）

> （梅月英祭起蜈蚣八角旗）旗在空中一個翻身，飛下一條蜈蚣。長有二尺，闊有二寸。他把雙翅一展，底下飛出頭二百的小蜈蚣。霎時間變大，化了數千條飛蜈蚣。多望大唐火頭軍面上直撞過來。（《說唐後傳》33回）

這種精怪陣可算是「法寶」運用的一種，故殺傷力十分驚人。同時，這類以法術、法寶為主的陣有一共通性，即愈是玄妙神祕者，其布陣者愈有可能是精怪出身。❽當然，他們都是邪惡的一方，代

---

❽ 如「烏龍陣」的烏靈聖母是蛟龍精、「駝龍陣」的普風國師是黑魚精、「烈

表著破壞秩序的力量。畢竟在神魔對立的思維中，妖魔所代表的「邪惡」意涵，其中有很大的成分是指對自然界或人間秩序的破壞力。**❾❹**

二、破陣書寫

在正式討論「破陣」情節前，先依小說內容整理出下表：

陣　　名	破陣關鍵	破陣後對戰局的影響
七十二座天門陣	1 楊宗保遇神授天書 2 八仙之漢鍾離下凡相助 3 楊六郎接受黃瓊女招親(太陰陣) 4 柴郡主陣中產子（青龍陣）	遼國慘敗、無力再戰
火牛陣	岳飛招降陣主伍尚志	岳飛軍消滅楊么
五方陣	岳飛招降守陣大將	
連環甲馬陣(說岳)	岳飛訓練鈎連槍破之	金兀朮慘敗、無力再戰
金龍絞尾陣	關鈴等小將闖亂陣式	
駝龍陣	諸葛錦夢諸葛亮授天書	金國慘敗，宋滅金。
烏龍陣	施岑仙師親臨破陣	
飛刀陣（屠爐女）	羅通接受屠爐公主陣前招親	羅通救駕、平番成功
飛刀陣（蓋蘇文）	薛仁貴遇九天玄女贈穿雲箭	蓋蘇文無法再攻擊唐軍
蜈蚣陣	李靖仙師以法寶相助破陣	
烈焰陣	謝應登仙師破陣	破青龍關

焰陣」的朱頂仙是仙鶴精、「洪水陣」的扭頭祖師是條孽龍、「五龍陣」的五龍公主是五條蟒精、「黃河陣」的金精娘娘是水蝎精。至於「諸仙陣」的金璧風則是眾妖精的教主、「迷魂陣」牙裡波的師父花山老祖是蛇妖、「飛刀陣」蓋蘇文的師父木腳大仙是龜精等。

❾❹　參見苟波《道教與神魔小說》，頁183。

洪水陣	樊梨花以法寶破陣	破朱雀關
金光陣	樊梨花陣中產子	破蘆花關
五龍陣	善才童子下凡破陣	破銅馬關
諸仙陣	闡教眾仙親臨破陣	破玉龍關、哈迷國降
連環甲馬陣(反唐)	羅英教授薛家將以鉤連槍破之	破武周大軍
八門金鎖陣	薛蛟接受尚皎英陣前招親	武則天退位
五行陣	祝素娟遇神授法寶	龐家軍慘敗、無力再戰
妖法陣	祁巧雲遇神授天書	番兵慘敗
迷魂陣	王禪老祖贈狄青法寶	新羅國大敗、議降
先天純陽陣	狄青夢諸葛亮指點、王蘭英法寶破陣	破蒙雲關
黃河陣	四仙姑親臨破陣	平閩順利成功

　　由上表可歸納出破陣的方式主要有三種：一是由將領率軍入陣衝殺，二是相對運用神祕力量，三是不戰而屈人之兵。以下分別論之：

㈠由將領率軍入陣衝殺

　　這類破陣書寫又可區分出破陣成功和破陣失敗兩種：

1.破陣成功

　　根據敵方布陣的形式，擇定足以破陣的武器後再分軍入陣，如此方可順利破陣。如《楊家府演義》寫木桂英破「鐵門金鎖陣」前，先號令軍士備妥火炮火箭；攻陣時木桂英「驅軍吶喊，分左右攻打」；番帥馬榮則「引眾如天崩地裂而下」。一交鋒，鐵鬚兵遭宋軍炮箭齊發；鐵栓、鐵棍兵則被宋軍衝散，陣腳全亂。最後木桂英斬馬榮，大破此陣。（第 30 回）《說岳全傳》寫岳飛破「連環馬陣」時，先吩咐三軍「將藤牌四面周圍遮住」，使敵人弓矢不能

射、槍弩不能進；再「打開鉤連槍，一連鉤倒數騎連環馬」，使其餘連環馬大亂而自相踐踏；最後岳飛再領軍左右夾擊，大破敵陣。（第 57 回）

　　這類將領入陣衝殺的破陣法，敘述最精彩的當屬《說岳全傳》敘宋軍大破「金龍絞尾陣」。攻陣前，岳飛先同諸帥商議，決定張、韓、劉、岳分成兩軍各從左右進攻，再命岳雲、嚴成方、何元慶等從中殺入。攻陣時：

> 三個轟天火炮，中間這六柄錘，六條槍，一枚銀剪戟，三條鋼鐵棍，衝進陣來。撞著錘，變為肉餅；挨著棍，馬仰人翻。金營將臺上一聲號炮，左右營陣腳走動，方才圍裏攏來。岳元帥已從左邊殺入，舉起瀝泉槍亂挑。馬前張保，掄動鑌鐵棒，馬後王橫，舞著熟銅棍，好似天神出世。後邊牛臯、吉青……，一齊殺入陣來。右邊韓元帥手舞長槍，……一齊殺進。金營將臺上又是一聲號炮，四面八方團團圍裏攏來。那「金龍陣」，原是兩條「長蛇陣」化出來的，頭尾各有照應，猶如兩個剪刀股形一般，一層一層圍攏來。殺了一層，又是一層，都是番兵番將，殺不散，打不開。這四位元帥、大小將官，俱在陣中狠殺。（第 58 回）

正當兩軍殺得難分難解時，關鈴、狄雷、樊成三個小將，因為受到岳飛精忠報國的感召而前來助陣。但見番兵眾多，又不識陣法，三人遂從中間胡亂攻入，殺得番將招架不住，使得原本在將臺督戰的金兀朮，不得不把號旗交與軍師，親自提斧迎戰。結果金兀朮戰

敗，轉馬而逃，三人在後胡追亂趕，竟然把陣式衝得七零八落。宋軍四元帥見敵陣已亂，就指揮眾將四處追殺：

> 岳公子銀錘擺動，嚴成方金錘使開，何元慶鐵錘飛舞，狄雷雙錘並舉，一起一落，金光閃燦，寒氣繽紛！這就叫做「八錘大鬧朱仙鎮」。殺得那些金兵屍如山積，血若川流，好生厲害！但見：「殺氣騰騰萬里長，旌旗密密透寒光。雄師手仗三環劍，虎將鞍橫丈八槍。軍浩浩，士堂堂，鑼鳴鼓響猛如狼。刀槍閃爍迷天日，戈戟紛紜傲雪霜。狼煙火炮哄天響，利矢強弓風雨狂。直殺得滔滔流血溝渠滿，迭迭屍骸積路旁。」（第58回）

最後宋軍大破金龍絞尾陣，金兀朮落慌而逃。這段破陣的情節，虛構南宋中興四將由岳飛統一指揮，強調破陣的首要因素是「諸將和諧」，而後「岳飛妥善計畫」、「岳家軍勇猛」、「岳飛精神感召小將前來相助」等，都是破陣的要素。從中亦可見作者透過敘戰以塑造英雄形象之用心。

2.破陣失敗

將領率軍入陣前，要是對兵員分布或破陣武器沒有做好規畫，則大都會遭遇慘敗或陷入困境。特別是以法術、法寶為主的神祕陣式，闖陣時若無相應的神祕力量，必定皆會失敗。如《楊家府演義》寫楊六郎率兵攻入白虎陣內，「忽將臺銅鑼響處，黃旗閃開，陡然變成八卦陣」。宋軍只見門路紛紛，四處衝殺，不得其門而出。楊宗保據報後先令焦贊領兵從左側攻入，「打破兩面銅鑼，使

虎無眼，則不能視」；再命黃瓊女領兵從右側進攻「砍倒黃旗兩面，使虎無耳，則不能聽」；最後由木桂英闖入射殺陣主，白虎陣遂破。（第 30 則）再如《說呼全傳》寫呼家將眾人擅闖「五行陣」：

> 齊雄就從東方殺進，……道童口裡吐出許多青煙，燻得個齊雄連馬跌倒在地。呼守信從南方殺進，……火就噴個不止，守信見了噴火，倒也呆了。鄧三娘從西殺入，……只見眼前許多刀槍砍來，驚得個鄧三娘手足都軟了。齊月娥往北首殺進，道童迎面噴出一口水來，那知月娥已淹在水裡了。王金蓮殺進營來，道童噴出許多黃煙，把一個她迷住。（第 35 回）

最後因呼守勇率領大軍衝亂陣式，隨後祝素娟托出「珊瑚寶塔」化去妖法，方得破陣救人。此外，《說唐三傳》寫薛丁山先後困於「烈焰陣」、「洪水陣」；薛應龍不聽警告，擅闖「金光陣」被斬為肉泥；以及《楊家府演義》中儂智高困於楊宗保的「八陣圖」等。以上，皆因破陣者心存輕視，冒然闖陣才導致失敗。

　　這類闖陣遭困的情節，敘述最精彩的當屬《說唐後傳》中蓋蘇文闖「龍門陣」的書寫。當薛仁貴擺下龍門陣後，蓋蘇文原本因不識此陣而不敢冒然攻陣，可是卻遭到扶餘國王的取笑，為了顧及高麗國的顏面，他無奈地點起五路兵馬攻入陣中：

> 蓋蘇文趕進陣中，外邊大砲一響，中門緊閉，滿陣中鼓嘯如

雷。龍頭前大紅旗一搖，練成一十二個火砲。從頭上打起，四足齊發，後尾接應。連珠砲起，打得山崩地裂，周圍滿陣煙火衝天。只打得五路番兵灰焦身喪，又不防備，只剩得數百殘兵，還有翹腳折手……。（第52回）

最後只剩蓋蘇文一人在陣中追逐薛仁貴。突然「鑼鼓三聲，裂出數條亂路」、「哄嚨砲起，不見了薛仁貴」，困在陣心的蓋蘇文遂遭亂兵圍殺。小說敘寫如下：

（蓋蘇文）一口刀在手中，前遮後攔，左鉤右掠，上下保押。哪曉此陣是九天玄女娘娘所設，其中變化多端，幻術無窮。但見黑旗一搖，擁出一層攢箭手，照住蘇文面門四下紛紛亂射。蓋元帥雖有本事，刀法精通，怎禁得亂兵器加身？覺得心慌意亂，實難招架。又添攢箭手射來，卻也再難躲閃，中箭共有七條。刀傷肩尖，槍中耳根，棍掃左腿，銅打後心。這番蓋蘇文上天無路，入地無門，有力難勝，有足難逃……。（第52回）

雖然蓋蘇文最後還是拚命殺出陣外，但仍遭唐軍伏擊，終在薛仁貴逼迫下自盡身亡。蓋蘇文破陣失敗，關鍵因素在於「天命註定」，畢竟「龍門陣」是九天玄女專為擒他而設，薛仁貴只是天命的執行者。

再如《五虎平南》寫達摩道人明知「先天八卦陣」厲害，然因仗著法寶甚多，仍領二萬餘兵從乾門殺入，結果「黃旗一展，四方

沙起，黃煙滾滾，眾兵不見東西，被二十八將殺了一陣」。道人敗
走南方坤門，「紅旗一展，只見烈火燒來，蠻兵好不慌張，道人領
兵即退，已燒了千八百軍人」。進東門意欲逃出，只見「青煙雲霧
迷途」。於是，道人「不分南北門進三重陣中，三百八十四員將大
殺一陣，折兵萬餘，只剩數千軍馬」。此時，八卦陣又生出六十四
卦門，道人慌亂之餘折兵已盡。楊金花即下令八方截住，道人使神
獸吐出黑煙，它龍女即以飛火叉化作火龍，將黑煙吞盡。道人轉向
南方坤位逃走，卻遭守門的木桂英用五雷法擊回。道人又喝神獸遁
地，結果楊金花早已施法指地成銅。這時王蘭英發起陰雷將道人打
下神獸，木桂英再施五雷法將道人擊出原形。劉慶立即飛奔上前，
揮斧將蟒蛇精砍作兩段。（第 41 回）這段破陣情節敘寫的頗為緊湊
精彩，達摩道人破「先天八卦陣」失敗，這其中雖然也有天命因
素，然最主要還是道人自己過於驕傲所致。

㈡相對運用神祕力量

此法是以「玄妙」破「玄妙」，如配合時辰方位攻陣，或施展
法術、祭起法寶、穢血衝殺、布陣反制等。以下分類論之：

1.法術破陣

《楊家府演義》敘楊家將破「通明殿陣」時，楊宗保要呼延贊
扮成趙玄壇，孟良、焦贊等五人扮成五元帥。六人入陣後，只見
「殺氣隱隱，陣旗搖動後，陡然天昏地黑，不辨進路」。楊宗保識
破玄機，原來「陣內所能變化惟七七四十九盞天燈，二十八宿將
官」。於是先遣孟良、焦贊入陣砍旗，斬殺二十八宿將官；再由楊
六郎滅天燈、宋真宗射死扮玉皇的金龍太子；最後楊宗保焚毀通明
殿，方得大破此陣。接著，小說又寫楊五郎率兵攻打「迷魂陣」：

當宋軍入陣後，「忽陰風習習，霧氣漫漫，一陣妖鬼號哭而出」，頭陀僧兵盡皆昏悶、頭疼腳軟，楊五郎急念神咒解之。後楊宗保知陣中有鬼，乃尋來四十九個孩童，交代楊五郎：「領此小兒進去攻打，若遇妖鬼出來，即令小兒將楊柳枝迎風打近前去，其妖鬼三魂七魄盡皆散去。妖魂一散，疾令健軍五百，直去紅旗台下掘起孕婦屍首。」後果依法如此破陣。（第 31 則）

此外，《說唐三傳》的「烈焰陣」被謝應登作法破之；「五龍陣」被善才童子破之；「諸仙陣」被闡教軒轅老祖領眾仙破之。《平閩全傳》的「黃河陣」被四位仙姑合力破之。《說岳全傳》的「烏龍陣」被施岑念咒破之。❾❺家將小說在敘寫這種「法術破陣」的情節時，大都因襲成套，將之敷演成單純的「神魔鬥法」，與前述「由將領率軍入陣衝殺」之破陣書寫，相較之下失之精彩。

2.法寶破陣

《五虎平南》敘段紅玉破「先天純陽陣」前先查閱兵書，知「此陣有二正門可進，臺上面有天兵神將把守，中軍凝結純陽之氣」，故判定此陣「日則難攻，夜則易破」。於是，請王蘭英先持法寶入陣：

> （王蘭英）看見陣內黑氣沖天，四角毫光閃閃，暗說：「此陣果然厲害。我若無此顆神沙，焉能破得此陣，自然立足不

---

❾❺ 依序參見《說唐三傳》第 33 回「謝應登破烈焰陣」、第 63 回「善才大破五龍陣」、第 68 回「老祖大破諸仙陣」；《平閩全傳》第 41 回「四仙姑破黃河陣」；《說岳全傳》第 79 回「施岑收服烏靈母」。

住的。」言未了，臺上旗幡一動，眾天兵天將殺來。公主葫
蘆內放出寶沙，咒念真言，一撒，只聽得一聲雷響，猶如天
崩地裂，神沙光亮將黑暗沖散了。陣中旗幡自亂，陣內鬼哭
神愁。……天兵神將回避神沙，俱升天而去。（第25回）

王蘭英見天兵走散，即將陣主斬死。段紅玉見陣亂後率兵殺進，終
破此陣。類此法寶破陣的敘事，講究的是一物剋一物，正如《說唐
後傳》寫蓋蘇文的「飛刀陣」被薛仁貴的「穿雲箭」破之；梅月英
的「蜈蚣陣」被李靖的「金雞旗」破之。《說唐三傳》的「洪水
陣」被樊梨花以「水晶畫」破之。《五虎平西》的「迷魂陣」被王
禪老祖以「開陽鏡」破之。**❾❻**在家將小說中，神魔雙方以法寶互相
鬥法的描寫頗多，這種「法寶破陣」算是神魔鬥法的一種擴寫。

3. 產子破陣

　　《楊家府演義》，寫鍾道士要有孕在身的柴郡主去破「青龍
陣」，理由是「正要以孕氣壓勝此陣之妖孽也」。柴郡主入陣後，
因用力久戰動了胎氣，墜馬後產下嬰兒即昏悶倒地。鐵頭太歲見機
來捉郡主，木桂英及時趕到，兩人交戰數合後，「鐵頭太歲被郡主
生產腥氣所沖，忽拍馬而走。桂英忙拋飛刀砍去，遂化一道金光沖
霄去」，青龍陣遂破。（第30則）**❾❼**

---

❾❻ 依序參見《說唐後傳》第32、33回；《說唐三傳》第36回；《五虎平西》
第80回。

❾❼ 類似情節，《北宋志傳》對柴郡主「產子破陣」情節的敘寫亦頗為精彩。作
者先引詩為證：「鼓眾魔旗入陣叢，敵兵失算血流紅。從來聖主多靈助，致
使佳人建大功。」接者寫柴郡主如何分撥攻陣：「柴郡主與孟良前後力戰，

再如《說唐三傳》寫眾人正愁難破「金光陣」時，王敖老祖就提醒薛丁山說：「你妻懷中自有寶貝。」攻入陣後，正當雙方以法寶戰得天昏地暗時，臨產的樊梨花突然痛得跌下馬來。蘇寶全見機不可失，祭起飛刀要斬樊梨花，「只見一道紅光沖上，將飛刀化作灰」。他一連祭起三十二把飛刀，照樣盡作灰飛。血光同時將鐵板道人的鐵板、飛鈸和尚的飛鈸全沖成灰。三人法寶盡破後，被寶仙童以綑仙繩抓住。守陣的五位仙人亦因仙鶴被血光沖壞，嚇得土遁逃走，金光陣遂破。（第53回）

家將小說中這種「產子破陣」的情節，主要來自於民間信仰。一般民間認為女性的經血和婦女生產後的排泄物是不潔的，具有禁忌與威力。⑱小說家由此附會生發，敷演出「以孕氣壓剋妖孽」的情節。從另一角度來看，這也是家將小說重視家族繁衍之用心，如

不覺日色將暮。郡主鬥力已乏，沖動胎孕，在馬上叫聲：疼痛難熬！部下軍士無不失色。霎時間，育一孩子，遂昏倒陣中。鐵頭太歲回馬來捉。忽陣側一彪軍馬，如風雷驅電來到，乃木桂英也，見郡主危急，努力來救。交馬二合，鐵頭太歲化作一道金光而去，被血氣沖破，桂英拋起飛刀，斬於陣中。番兵大亂，卻被孟良從後殺到，屠剿大半，只走得一分回去。桂英向前救起郡主，以所生孩兒納入懷中，遂破其青龍陣。」（第37回）另外，《楊家府演義》只寫到青龍陣破，並未交待產下的嬰兒是誰。《北宋志傳》則繼續寫木桂英回營後詳述破陣情形，楊六郎聞報大喜，將兒子抱與楊令婆觀視。楊令婆喜曰：「此兒面貌與兄宗保無異。遂為取名楊文廣……。」如此，楊宗保和楊文廣在《楊家府演義》中是父子，在《北宋志傳》中則是兄弟。

⑱ 此緣於民間對「胎神」的信仰，胎神並不固定附著於胎兒體內，當孕婦生產完後，胎神也可能殘存附於生產的排泄物中，所以便有利用經血所蘊含的破壞性威力來達到某種目的。參見任騁《中國民間禁忌》「血液禁忌」、「胎神禁忌」（台北：漢欣文化公司，1993.2），頁60、225-226。

《說唐三傳》寫唐營正被「五龍陣」所擾，其間卻穿插「元帥營中養薛強」的故事。**⑨**再如《反唐演義》、《說呼全傳》，在家將後代逃亡過程中，也不斷插敘其姻緣和產子的故事。**⑩**

4.布此陣破彼陣

布陣反制的作法在家將小說中只有一例：《說岳全傳》寫金國普風國師的「駝龍陣」十分厲害，致宋軍慘敗。於是諸葛錦謀設一陣破之，他吩咐三軍先掘濠溝，將火炮藏入溝渠之內；再覆蓋以乾柴蘆葦，又將豬羊血放在上面；最後軍士換上黑衣，埋伏於營前。當兩軍交戰時，普風國師果然祭起駝龍陣，駝龍飛到宋營溝邊，聞著血腥之氣，都擠落到溝渠之內吃血。諸葛錦即下令放火，登時火炮齊炸。普風國師慌忙作法想要收轉駝龍，不料駝龍因沾染污穢血腥而無法飛騰，最後盡皆燒死，駝龍陣遂破。（第 76 回）這種法寶的法力會因沾染污穢血腥而遭破除，其原理和前述「產子破陣」的民間禁忌頗有相通之處，彼此可算是相關附會。

㈢不戰而屈人之兵

「不戰而屈人之兵」指的是在戰前即先以招親或勸降等方式取得內應，以減少攻陣時的人員損傷，甚至不攻自破。以下就招親破張陣和勸降破陣兩類述之：

---

⑨　參見《說唐後傳》第 60-63 回。

⑩　《反唐演義》寫薛剛夫婦惡戰武三思大軍，有孕在身的鶯英且戰且逃，終於葵花樹下產下薛葵。（第 21 回）《說呼全傳》寫呼守勇夫婦因遭龐家領軍追殺而分離，後金蓮在娘家生下呼延慶。（第 15 回）有趣的是，作者還特別強調薛葵是「鐵石星官」降生；而金蓮夢見「金甲神從天而下」後即生下呼延慶。

1.招親破陣

　　如本章第二節「陣前招親的情節模式」所論，女將愛慕小將的招親行為，常常是小將陣營破陣取關的關鍵捷徑，如《說唐後傳》的屠爐公主和羅通，《反唐演義》的尚姣英和薛蛟等。此外，《楊家府演義》寫楊六郎因破陣所需而接受黃瓊女的招親，有不同於前述「陣前招親情節模式」的敘寫：

　　書敘焦贊假扮遼人探察「七十二座天門陣」，至「太陰陣」時，「見許多婦人赤身裸體，繞臺而立，陰風習習，黑霧騰騰，不覺頭旋腦悶，心神恍惚」。回報宋營，鍾道士說此陣極難破，「必先擒此婦」方得破陣，遂遣金頭馬氏前去。金頭馬氏入陣後，見黃瓊女赤身裸體迎敵，大罵：「汝乃西夏國王親生之女，……婦人所以異於男子之行藏者，特掩斂身軀一事耳。今汝不識羞恥，現露父母遺體，而出陣耀武揚威，縱使成功，亦受人之唾罵，不知明日何顏目見父母兄弟？」黃瓊女被罵得羞愧萬分，勒馬便走。回到帳中，自思：

> 我來助他，令我赤身露體，真個羞辱無限。曾記當年鄧令公
> 為媒，吾父將我許配給山後繼業六郎，只因鄧令公喪去，遂
> 停止此姻事。今聞統宋大軍乃六郎也。是我舊日姻配，不如
> 引部下投降於宋，續此佳偶，扶助破番，報復此等恥辱。
>
> （第 30 則）

於是密遣人致書宋營，楊令婆以「一舉兩得，甚為大幸」勸服楊六郎接受招親，並要黃瓊女破陣時裡應外合。結果，最恐怖的「太陰

陣」遂不攻自破。這段破陣招親的敘述，敷演的重點在於破陣之艱難，而非強調男女愛慕之情，因此和前述「陣前招親的情節模式」之敘寫不盡相同。

2. 勸降破陣

《說岳全傳》寫伍尚志以「火牛陣」迫使岳飛高掛免戰牌，楊么遂招其為駙馬。不料洞房夜公主扯出佩刀，聲言「若要成親，須要我哥哥作主；若不然，就拚個你死我活」。後經伍尚志婉言相勸，公主才說：

> 妾家姓姚，楊么將我父母兄弟一門殺盡，劫搶家財。那時妾身年方三歲，楊么將我撫為己女。我只有一姑母之子表兄岳飛，現為宋朝元帥。須得見他與我報了殺父之仇，方雪我恨。今你堂堂一表，不思報國立功，情願屈身叛逆。妾身寧死，決不從你罵名萬代也！（第51回）

伍尚志聽後，自思楊么貪暴不能成大事，遂向岳飛表明願降，但須助其成親，於是「火牛陣」不攻自破。而後，楊么軍師屈原公擺下「五方陣」，岳飛依五行相剋之理遣將攻陣。[101]然陣內三大猛將中，嚴成方、羅延慶早有歸順岳飛之心，只有小霸王楊凡難以對

---

[101]　古代行軍布陣、調兵遣將皆講究根據五行相生相剋之原理，如《武備志》卷一八七〈占度載・選擇〉：「古者授時不言吉凶，然有五行，則有生剋，有生剋則有休旺……凡擇日取其旺相日辰制克所攻之方，吉。若休廢無氣，皆凶。」（台北：華世出版社，1994），頁7725。

付。嚴成方見楊再興戰不下楊凡，遂假意助戰，趁機打落楊凡，使楊再興得以殺之。羅延慶見楊凡已死，就對陣內軍士喊道：「俺羅爺已歸順岳元帥了！你等願降者，都隨我來投順，免受誅戮！」陣內人馬遂四散逃生。當軍士飛報屈原公陣勢已破時，探子接連來報：「伍尚志與楊欽獻了水寨」、「牛皋招降了花普方」。屈原公慌亂之餘，終自刎而死。（第53回）以上，《說岳全傳》寫岳飛這種勸降破陣的情節，並非毫無根由，史實上岳飛在剿平群寇時，就是以收服和「以水寇攻水寇」的戰略為主。❶❷

三、布陣破陣的運用意義

就明清家將小說的敘事結構來看，每當敘戰將臨高潮時，敵番就會傾全力布下一陣，一旦天命所歸的軍隊（唐軍、宋軍）破了此陣，敵番就會元氣大傷，無力再戰。如此，破陣又是影響整體戰局的關鍵。如楊家將大破天門陣後，蕭太后因遼國敗亡而自殺；岳飛領軍大破金龍絞尾陣後，金兀朮慘敗欲自盡；薛家將破八門金鎖陣後，武周大軍幾乎瓦解。可見，在家將小說中，布陣破陣不但是敘戰的常用模式，更是小說情節發展的高潮。重要的是，這種模式化的布陣破陣，之所以被普遍運用並廣受歡迎，自有其主題和意義。以下從兩方面來看：

---

❶❷ 詳細的分析論述，參見龔延明《岳飛評傳》第十二章〈論岳飛的軍事思想〉（南京：南京大學出版社，2001.4），頁341-363。李安《岳飛史蹟考》第九章〈安內成就〉（台北：正中書局，1976.12），頁44-90。

㈠透過神仙參戰來宣告天命，進而以天命維護宇宙間的秩序

在明清家將小說中，布陣常是敵番陣營中妖魔的傑作，而神仙參戰則是破陣的主要關鍵，布陣破陣遂成為神魔鬥法的角力賽。因此，神仙的一方，不管是透過授天書、贈法寶的間接參戰，或是親臨破陣的直接參戰，所有正義的行為都是為了消阻妖孽，以維護天命及秩序。⑩如《楊家府演義》寫漢鍾離見呂洞賓助蕭后布下七十二座天門陣，即思：「設我不去解圍，倘此畜牲滅了宋君，犯卻天條，怎生饒恕？」於是不得不降臨人間，以助宋營破陣。（第24則）此後，施岑、李靖、謝應登、善才童子以及闡教眾仙等，紛紛出現在家將小說中親臨破陣；而王禪、諸葛亮、九天玄女等也主動提供法寶、指引門路以助英雄們破陣。

這種神仙參戰的敘事，頗能反映道教「救濟」眾生的思想。⑩當然，神仙只是天命的執行者，在布陣破陣的神魔鬥法中，決定勝負的最高力量是天命所歸。如《說唐三傳》寫正當薛丁山苦於無法破金光陣時，王敖老祖卻笑說：「那飛刀鐵板飛鈸，雖然利害，但天意歸唐。……你妻懷中自有寶貝，此陣可破。」（第50回）相對的，《說唐後傳》寫神勇的蓋蘇文之所以破不了龍門陣，只因「神

---

⑩ 以神魔鬥法的敘事結構來看，「神」所象徵的是宇宙中不可思議的正義、靈力，而「魔」則是一種破壞宇宙秩序的邪惡力量，邪終不勝正，宇宙秩序在被破壞之後終將恢復如常。類此「非常」的破壞力也需仰賴「非常」的恢復力重建力，這種思維底層隱藏著「常與非常」的結構。李豐楙《許遜與薩守堅：鄧志謨道教小說研究》（台北：台灣學生書局，1997.3），頁346。

⑩ 道教繼承了中國傳統的「妖異為難」觀念，常常視一切自然的、社會的不利變動為妖魔興亂，並衍生出種種神魔鬥法故事，以神仙制服妖魔來表達其「救濟」眾生的理想。苟波《道教與神魔小說》，頁44。

仙設此大龍門，專為東遼難剿滅，故把龍門建策勳」。（51回）

由此，若再上溯小說敘寫戰爭的起因，也可發現天命對宇宙秩序的掌控。如《楊家府演義》將宋遼之戰詮釋為「二龍爭鬥」（第23則）；《說岳全傳》亦運用天命仙話以詮釋宋金交戰之因（第1回）；《五虎平南》寫宋朝和南閩的戰爭，亦因「南方賊星沖犯太陰星，有刀兵之患」。（第1回）（以上詳參第四章第一節）可見，家將小說中這種模式化的「布陣、破陣」之所以被普遍運用並且廣受歡迎，其中自有民間「以天命維護秩序」的集體意識，足以構成普遍的庶民文化。

㈡透過布陣破陣來塑造英雄，進而彰顯英雄家族的世代功業

在明清家將小說中，「布陣、破陣」也有塑造人物的作用，特別是敘寫英雄破陣的情節，更能展現其卓越的軍事才華和將帥氣度。如：《說唐後傳》寫薛仁貴布下「龍門陣」後，還預料蓋蘇文可能逃亡的路線，分別遣將埋伏，意在亂其軍心。（第51回）《說岳全傳》寫朱仙鎮大戰，岳飛事先運籌帷幄，先派人策反陸文龍，又運用鉤連槍破金兵的連環馬，然後全線出擊大破「金龍絞尾陣」。（第58回）《楊家府演義》寫楊六郎因楊宗保遇神授兵書能識破「天門陣」，乃下令諸將依楊宗保指揮，更奏知聖上敕封楊宗保為「征遼破陣大元帥」。（第29則）《說唐三傳》寫薛仁貴知樊梨花神通廣大，請其來破「烈焰陣」時，親自「手捧兵符、帥印在帳前恭候」，請樊梨花登壇點將。（第33回）《五虎平南》寫狄青平南遭困，王懷女掛帥領二路軍來援，狄青即與王懷女並稱元帥、共議軍機；其後楊金花前來助滅達摩妖道，狄青見她神通廣大，情願交付帥印，由她調兵遣將布成「先天八卦陣」。（第41回）

　　小說透過「布陣、破陣」展現英雄人物種種的神通本事，這種敘事除了是延襲史傳「以重大歷史事件為背景，通過具體的記事來塑造人物」的表現方式外，⑩更重要的是要藉此宣告出英雄們如何受到諸人愛戴、眾仙眷顧，以及背負著「維護天命秩序」的使命等。畢竟番邦入侵、武周代唐、奸相掌權等，在傳統的夷夏觀、正統觀、忠君觀等看來，都是一種破壞常道、破壞秩序的行徑。而英雄及其後代們挺而起來抗番、除奸，既是為了維護人間的秩序，則其行動本身就富有正義感。因此，雖然家將小說中布陣破陣的情節，運用了神魔小說慣有的敘事模式，然其敘事意義並非在於「神魔鬥法」，而是英雄家族們一代接著一代的參戰破陣。換言之，英雄家族那種為國為家、義無反顧的正義精神，非但爭取到世代榮耀，也贏得了天命所歸。

---

⑩　如《左傳》敘戰常以戰爭為大背景，而在細節處刻畫表現人物的特性。參見余昭玟〈左傳五大戰役的敘事特色〉《雲漢學刊》第 6 期（1999.6），頁335-356。另小說沿襲史傳塑造人物表現方式的探討，詳參張清發〈從人物塑造看《左傳》與講史小說的關係——以《說岳全傳》為例〉《問學》5 期（2003.3），頁 21-42。

第五章　明清家將小說的
人物類型與塑造

　　明清家將小說所塑造出來的人物，有明顯「類型化」的傾向。
❶作者（編撰者）往往集中塑造人物身上的某些性格特徵，使小說中
的人物性格趨向單純、明顯而穩定，呈現出臉譜化、概念化的現
象。這種人物類型化形成的內在動因，主要來自於作者創作時的文
化心理。作者依據其道德信仰、社會理想、教化意圖等，來支配其
人物塑造，故小說中的人物被當作是履行忠、奸、善、惡等文化關
聯的一種「文化符號」。同時，作者也有意投合讀者對人物性格特
徵的審美期待，畢竟通俗小說的讀者群是以中下階層的民眾為主，
由於這群讀者的整體文化水平並不高，因此作者常以「說話人」自

---

❶　本文對小說人物類型的觀點，是指多位小說人物彼此之間的性格特徵具有某
　　種「相似和對應」，而且構成一種「橫向的聯繫」。參見蕭兵《中國古典小
　　說的典型群》（北京：中國文聯出版社，1985），頁 20。另劉上生指出中國
　　古代小說在塑造人物形象時，會著意突出人物的類型特徵，充分展示人物的
　　善惡、忠奸等對立的格局，透過性格塑造和形象描寫等表現出一種類型的概
　　括。參見《中國古代小說藝術史》（長沙：湖南師範大學出版社，1993），
　　頁 103-112。

居，以「看官聽說」的講述方式來敘寫小說，力求通俗娛眾。而為了符合讀者群的接受能力，作者除了要講求故事完整、線索單純外，更必須使人物的性格特徵簡單明瞭，好壞分明。❷因此，作者所塑造出來的類型化人物，儘管有著「千人一面」的缺陷，但從讀者接受的角度來看，卻反而具有審美欣賞的即時性、普遍性和共識性。

　　事實上，作者以人物性格作為塑造人物形象的重點，此藝術手法可謂是「中國敘事文的特性」，❸在這種「性格描寫」的特徵下，❹人物性格成為作者主要的關照處，而人物形象亦隨之呈現出「靜態、扁平」。❺特別是明清家將小說，常運用「典型環境」來

---

❷　正如如蓮居士在《說唐演義·序》中所說，小說寫人敘事應該做到「善惡畢具，妍醜無遺，文辭徑直，事理分排。使看者若燎火，聞者如聽聲，說者盡懸河」。

❸　王靖宇在〈中國敘述文的特性──方法論初探〉中指出：中國作家似乎將注意力集中在人物性格的一些基本特徵上，這些特徵造就了人的一生。如果作者能捕捉到這些基本的、因人而異的特徵，人物的一生只要用幾件不一定相關、但卻有高度代表性的事件就能交代清楚。收入《左傳與傳統小說論集》（北京：北京大學出版社，1989.5），頁13。

❹　性格描寫的特徵在於：「中國敘事文作品中的人物大多是靜態人物。他們在整個故事裡始終如一。隨著故事的發展，我們越來越了解他們的主要特徵，但是他們本人在情感上、道義上和學識上並無顯著變化。」同前註，頁12。

❺　佛斯特（E.M. Foster）將人物分成扁平的和圓形的兩種，其中扁平人物又叫性格人物，他們依循著一個單純的理念或性質被創造出來，可以用一個句子描述殆盡，好處是易於辨認、易為讀者所記憶。見《小說面面觀》（台北：志文出版社，1976.3），頁59-60。（按：靜態人物即扁平人物。）

塑造人物，❻使讀者可以因事知人，即透過故事情節而清楚人物性格，從而對人物形象留下深刻印象。❼此外，人物性格出現類型化傾向，也和人物在小說中所扮演的角色有關，每一種角色都有他固定的職責和行事規範。如在明清家將小說中，英雄必須要能夠在戰場上出身入死，而奸臣則必須不斷地給英雄製造災難。作者在塑造小說人物時所依循的這種角色規範，可說是因襲自宋元以來戲劇、講史的人物造型，以及模仿《三國演義》、《水滸傳》等名著中的人物範例。正所謂「公忠者雕以正貌，奸邪者與之醜貌，蓋亦寓褒貶於市俗之戲眼也。」❽

那麼，明清家將小說中有哪些重要的人物類型呢？由於家將小說是以英雄及其後代功業為題材，並且在戰爭敘述中交叉忠奸抗爭的情節。因此，「英雄」無疑就是家將小說的中心人物。而為求論述方便，又可將之細分出「主要英雄」、「滑稽英雄」、「巾幗英雄」和「英雄後代」等四大類。此外，英雄在戰爭中的對手是「敵將」，在忠奸抗爭中的死對頭則是「奸臣」，而奸臣之所以能夠為害英雄，那是因為得到「昏君」的寵愛。至於某些人物雖然也常常

---

❻　何滿子認為「典型環境」是由典型性格所形成。在小說中，環境就是人物和周圍人物所構成的特定關係，不能曲解成社會背景或是舞台場景。參見《古代小說藝術漫話》（瀋陽：遼寧教育出版社，1993.12），頁 56-61。

❼　署名袁宏道的《東西漢通俗演義·序》云：「今天下自衣冠以至村哥里婦，自七十老翁以至三尺童子，談及劉季起豐沛，項羽不渡烏江，王莽篡漢，光武中興等事，無不能悉數顛末，詳其姓氏里居。」可見小說中的人物富於特徵才能給讀者留下深刻印象。

❽　宋·孟元老《東京夢華錄》「都城紀勝·影戲」（台北：大立出版社，1980.10），頁 98。

出現在家將小說中，然因其整體（所有家將小說中的類似角色）的形象
被塑造還不夠完整，因此不列入論述的範圍。❾

　　本章即依「主要英雄」、「滑稽英雄」、「巾幗英雄」、「英
雄後代」、「奸臣」、「昏君」、「敵將」之順序，逐一探討各種
人物類型的塑造。同時，根據該類人物在整體家將小說中的塑造表
現，又分別採用「統整、分期、分類、擇要」等不同的論述方式
（見各節的小前言），以求能夠更加適切地探究出該類人物的塑造目
的和意義。此外，家將小說塑造人物是以性格描寫為主，既呈現人
物的相貌、身材、服飾妝扮等靜態刻畫，也運用個性化的語言和行
為等動態刻畫，並且常常營造出對比烘托的效果，以求更加凸顯人
物的性格特徵。這些塑造技巧的發掘，將分述於各類人物的探討之
中。

第一節　主要英雄

　　明清家將小說中的「主要英雄」，可從兩方面加以界定：首

---

❾　如基於對立原則，既有「中國君王」就有「番邦狼主」，既有「昏君」就有
　　「明君」。然因在小說的情節發展中，番邦的代表人物是「敵將」，狼主只
　　是一個「故事需要，但卻沒有相關情節敷演」的角色。而敷演中國君王的精
　　彩情節，則大都落在「忠奸抗爭」的敘述中，所凸顯的正是「昏君」形象。
　　再如小說中的「貴人」包括了神仙、王爺、清官、朋友等，雖然他們的角色
　　作用很明顯（適時幫助英雄、解救英雄），而且《五虎平西》、《萬花樓》
　　中的包公被塑造得也頗為出色，可是也只是「個案」。就整體家將小說而
　　言，「貴人」這類角色仍然流於類型混雜、缺乏足以塑造其整體形象的相關
　　情節。

先，就家將故事的演化過程來看，「主要英雄」必定是歷史上的真實人物，其個人的功業與傳說不但是故事演化的源頭，也是故事發展的重心。其次，就家將小說的情節內容來看，「主要英雄」必定是該類家將小說敘述的中心，故其人物形象被塑造得完整而全面。依此原則加以檢視，則明清家將小說中的「主要英雄」，可說是以楊六郎、岳飛、薛仁貴、狄青為代表，此四人在所屬的小說情節中，非但連貫前後，而且佔有完整分量，是作者所刻意塑造的英雄典型。此外，楊業、呼延贊在某些方面也符合這類人物的特色，然因所佔篇幅過少，在整部小說中並無法將其「英雄的一生」充分展現。因此，本節討論的範圍以前四人為主，再兼論及後兩者。

　　由於不管是故事演化或是小說成書，各類不同的家將故事都會因為彼此吸收、影響，而造成皆以某些共同或相似的情節去塑造其「主要英雄」，進而逐漸形成一套家將小說共有而一致的英雄模式。因此本節探討「主要英雄」的塑造，即由「英雄的出身與裝備」、「英雄在戰場上的表現」、「英雄內在性格的彰顯」等共同具有的表現層面切入。至於其間所存有的差異演變，特別是後期的家將小說對前期作品的繼承與變化，除了在論述中加以探討外，也在最後的小結中另行歸納。

一、英雄的出身與裝備

　　歷史傳記通常有固定的寫作格式，一般是依序記載人物的家世、籍貫、名號、經歷、官職、貢獻、子孫等，敘事重點在於人物進入社會後的事功、地位與影響。相對的，人物尚未進入社會前的遭遇則受到忽略。然而，中國人對於人格成長的觀念，卻又慣常於

從人物成長時期的某些特殊表現，來推測或判斷他們成年後的人格貴賤，乃至日後成就的先驗象徵。因此，關於人物成長時的遭遇，雖然正史不載（或略），但卻為民間傳說和通俗文學所津津樂道。

小說家在編寫人物成長時期的故事時，或擷取人物原有傳說重新編排，或根據某些事例加以虛構，或套用其他小說相關的情節，行之既久，這類描寫逐漸的綜合化與類型化，從而變成固定的寫作模式。❿這種類型化的套用，對編撰小說而言正是一種方便法門，因為作者可以借用其他小說主角的傳說，來杜撰其小說主角的少年生活。於是，類型事件與類型人物，往往取代了真正的歷史與人物，造成每個傳說英雄未出道前的經歷，無不顯得大同小異。以下依家將小說塑造主要英雄的手法，分從「英雄的出身」和「英雄的裝備」兩方面加以論析：

㈠英雄的出身

明清家將小說為了要賦予主要英雄特殊超凡的能力，往往安排他們作為天神下降、星宿投胎，如此既可使英雄具有不平凡的出身來歷，也可為小說中的天命因果建構出合理的依據。如楊六郎是

---

❿　夏志清歸納其套式為：「主要的正角在他們年青時有很多基本雷同的經驗。作者告訴我們他們是什麼星宿下凡的，初生和在襁褓中時有什麼異象，他們拜某人或某位神仙為師，他們怎樣獲得一匹寶馬和兵器，後來成為他們征戰時的良伴，他們患難相共的結拜兄弟如何受到朝廷當權的奸臣逼害，以及他們初次參加比武的情形。」〈戰爭小說初論〉《愛情·社會·小說》（台北：純文學出版社，1981.12），頁 116。此外，這種民間塑造英雄的套式，又與先民時期的神話英雄頗有類似之處，可參蕭兵《太陽神話英雄的奇蹟·除害英雄篇》（台北：桂冠出版社，1992.1）。

「白虎」降生，⓫薛仁貴也是「白虎星」下凡；⓬岳飛是被譴譴的「大鵬金翅鳥」，⓭狄青則是「武曲星」降生。⓮此外，也有將英雄比附為前代英雄轉世的說法，如《北宋志傳》寫呼延贊「生的面如鐵色，眼若環朱，貌類唐時尉遲敬德」。（第 1 回）《說唐後傳》寫白虎星降生的薛仁貴，因「羅成死了才得開口說話」。（第

⓫　《北宋志傳》從三個事件間接敘寫楊六郎為白虎星轉世：一是楊六郎和岳勝比武時被馬掀翻落地，岳勝趁機揮刀砍他時，「忽一聲響處，六郎頭上現出個白額虎，金睛火尾，突來相交」。岳勝驚懼半晌，才扶起六郎說：「小將肉眼不識神人，望本官恕罪。」（第 22 回）二是楊六郎單騎往芭蕉山欲招納焦贊，不料反遭擒拿，焦贊欲斬他時，「忽六郎頂上冒出一道黑氣，氣中現出白額虎來，咆哮掉尾」。焦贊因此大驚說：「原來此人乃神將也。」遂親解其縛，情願歸順。（第 23 回）三是八王出朝時逢猛虎咆哮而來，他發箭射中虎項，虎帶箭逃走後不見蹤跡。次日，楊六郎忽感重疾，告知令婆：「昨日當晝而寐，偶游東關下，適逢八殿下與群臣退朝。殿下發狠，彎弓放矢，正中兒之項下，便覺骨肢損痛，想是命數合盡。」交代完遺囑後即卒。（第 45 回）

⓬　在家將故事中，除了楊六郎、薛仁貴、羅成、羅焜、呼守信外，清傳奇《如是觀》也說岳飛是白虎星。究其因，《禮記》〈曲禮上〉載：「行前朱鳥而後玄武，左青龍右白虎。」孔穎達正義曰：「此明軍行象天文而作陣法也。軍前宜捷故用鳥，軍後須殿悍故用玄武。左為陽，陽能發生，象其能變生也。右為陰，陰沈能殺，虎沈殺也。軍之左右生殺變應威猛如龍虎也。」（台北：藝文印書館，1976.5），頁 57。可見「白虎」主兵事，故通俗文學寫武將降生特別愛用「白虎星」。

⓭　關於岳飛是譴譴的大鵬金翅鳥，詳參第四章第一節。

⓮　武曲星是北斗星系的第六星，所謂「第六曰開陽，北極武曲星君。」武曲星是想像的虛星，乃紫微斗數常用之主星，其星神都被賦予不同的職掌，掌管人間功名之事。人格化發展的結果，進而附會於歷史傳說人物。詳參范勝雄〈星宿的民間信仰〉《台南文化》新 45 期（1998.6），頁 63-97。

16 回）再如楊業，小說中雖然沒有敷演他神奇的出身，卻頻頻寫他善於「夜觀天象」，**⑮**連被他再三挫敗的宋太祖也不禁感嘆的說：「繼業天文地理盡知，真神人也！」（第 3 則）如此，皆間接賦予楊業不平凡的出身。

　　主要英雄在發跡前通常要經過一連串的打擊，如呼延贊幼時全家為奸所害，母親抱著他四處逃難；楊六郎的父兄先後遭奸臣所害而死，他申冤無門痛不欲生；岳飛出生不久就因洪水之難而喪父，母親護著他隨大水漂流；狄青幼時，先是狄家為奸人所陷，接著父親病死，九歲時又因水災而母子分離。這類水難情節，頗似民間故事中「棄子英雄」的母題。**⑯**而《說唐後傳》則是運用「白虎當頭坐，無災必有禍」的民間信仰，**⑰**寫白虎星轉世的薛仁貴剋死父母、敗盡家產、備受飢寒折磨和親朋冷眼等。然而，為了完成主要英雄在人世間的功業，自有神仙或貴人適時相助，如呼延贊母子逢義盜收養，年長後夢入仙境，因緣際會獲得尉遲恭親授武藝；楊六郎巧逢王欽代寫狀詞，又有八王相助報仇；岳飛母子在陳摶老祖的

---

⑮　《楊家府演義》寫楊業在拒宋之戰中夜觀星象，知「主有久雨」（第 3
　　則）、知「主上殺敗受困」（第 4 則）；知天命要北漢亡於宋（第 7 則）；
　　而後，在陳家谷之戰前，他見「太白星引著尾宿入於鬼宿之中」，就知「老
　　漢數難逃矣！」（第 8 則）

⑯　在歷來的英雄傳說中，英雄往往須經過多重的考驗與磨難才能出人頭地。其
　　中有一種出世罹難，被棄水中山涯，後來終成大業的棄子英雄，他們往往少
　　小蒙難，經人解救後才獲得超人能力與過人德行。成長後不畏艱險，返回母
　　地成就大事業，而成為眾人仰慕的英雄。詳參胡萬川〈中國江流兒故事〉
　　《漢學研究》8 卷 1 期（1990.6），頁 443-459。

⑰　關於民間「白虎凶煞」信仰的討論，參見第四章第一節。

指點下避禍水缸，漂流時還有「許多鷹鳥搭著翅翅，好像涼棚一般的蓋在半空」，爾後更得到英雄名師「周侗」的賞識，盡授文韜武略、傳承忠義精神。❸薛仁貴屢逢困頓，卻也屢受王茂生、周青、程咬金等貴人相助，更得到「九天玄女贈寶授天書」。❹狄青則在水難中為「王禪老祖」❹所救，並傳授兵機武藝。

　由以上敘述，可知家將小說在塑造「主要英雄」的出身時，皆會運用天命因果的觀念，先賦予這些英雄一個不平凡出身；而後再製造一些「苦其心志、勞其筋骨、餓其體膚、空乏其身」的情況，以強調「天將降大任於斯人也」（《孟子·告子》），用以成就英雄發跡前必經的磨練。若以家將小說的發展來看，這類敘寫所佔的分量可說是愈來愈受到重視，如前期的楊家將小說以天命附會英雄的出身，大都只是發揮點綴的作用而已；而後的岳飛、薛仁貴、狄青，其天命出身就在故事情節的發展過程中，扮演了重要的因果脈

---

❸ 此「周侗」即正史上的「周同」。《宋史·岳飛傳》載：「（岳飛）學射於周同，盡其術，能左右射。同死，朔望設祭於其家。父義之，曰：『汝為時用，其徇國死義乎？』」另《大宋中興通俗演義》寫岳飛對周同別具深情之因，除感激其知遇之恩外，主要還是敬重其射術勝於他人。可見，周同應只是岳飛的學射師。然《說岳全傳》卻據此而將其虛構為水滸英雄林沖、盧俊義之師，後再成為岳飛的義父。

❹ 關於「九天玄女贈天書」的探源，參見第四章第一節。

❹ 據錢靜方《小說考證》云：「王禪即鬼谷子王詡」。《史記》載鬼谷子是蘇秦、張儀之師；《太平廣記》則載鬼谷子是「凝神守一，朴而不露，在人間數百歲」的得道者；明崇禎年間的《孫龐門志演義》則寫鬼谷子能驅遣神吏，授孫臏、龐涓兵書武略。可見由史傳到民間，鬼谷子已經變成一位融合道兵專長的神仙。相關探討，詳參陳昭利《明清演史神魔之戰爭小說研究》（中國文化大學中文所博士論文，2001），頁186-188、267-271。

絡。此外，英雄發跡前的考驗所佔之篇幅，以及神仙參與相助的比例，在家將小說中都有逐漸增多的趨勢。造成這種現象的原因，主要還是英雄的少年時期於史無據，加上後期的家將小說善於吸收前期作品的敘述形態，因此愈傳愈奇，發展得愈來愈興盛。

(二)英雄的裝備

在明清家將小說中，主要英雄在正式進入戰場之前，往往會在因緣際會的情況下，具備兩項重要的裝備：一是天賜的武器，二是神化的寶馬。以下論之：

1.天賜的武器

由於主要英雄是受天命而降生，為了完成他在塵世間的使命，因此上天會適時提供他應有的武器或法寶。這些天賜武器通常會配合天命而有特殊來歷，故能成為英雄事業成敗之關鍵。

《說岳全傳》寫岳飛得到瀝泉神矛的情節，可說是「天賜武器」的典型敘述。書敘岳飛隨義父到瀝泉山訪志明長老，聽說用瀝泉水洗目可使老眸復明。為表孝心，岳飛去取泉水，卻見石洞中伸出一個斗大蛇頭，流涎滴於泉內。岳飛以石攻之：

> 一霎時，星霧迷漫，那蛇銅鈴一般的眼露出金光，張開血盆般大口，望著岳飛撲面撞來。岳飛連忙把身子一側，讓過蛇頭，趁著勢將蛇尾一拖。一聲響亮，定睛再看時，手中拿的那裡是蛇尾，卻是一條丈八長的蘸金槍，槍杆上有「瀝泉神矛」四個字。回頭看那泉水已乾涸了……。（第4回）

志明長老因此判定岳飛「定有登臺拜將之榮」，故贈以兵書、槍

法。此後，岳飛因為能夠道出「湛盧」來歷，周三畏就將這把「唐朝薛仁貴曾得之」的寶劍相贈，強調「此劍埋沒數世，今日方遇其主。」

《說唐後傳》寫薛仁貴於樊家莊索討兵器的情節，則猶如孫悟空得金箍棒之過程。書敘薛仁貴嫌一般刀槍太輕，莊客說柴房內的柱子，本是條「八人還抬不動的戟」，是「戰國時淮陰侯標下樊噲用的，有二百斤重」。薛仁貴聽聞大喜說：「若果是樊噲留得古戟，方是我薛仁貴用的器械也！」由於戟太重，眾人動它不得，於是員外領薛仁貴前去，只見他「左手把正梁托起，右手把方天戟搖動」，輕易便取出來。（第 21 回）後來薛仁貴還得到九天玄女所贈之白虎鞭、水火袍等法寶。（第 24 回）而《萬花樓》寫狄青的配備除了有九環金刀、龍泉劍外，更有玄天聖帝賜與的人面金牌與七星箭。（第 23 回）《北宋志傳》則寫呼延贊夢入仙境，醒後身上還穿著夢中神仙賜與的衣甲。（第 2 回）

此外，由於這類天賜武器是因應天命而生，因此便有可能因應天命而被召回。如《說岳全傳》寫秦檜矯詔岳飛回京，船行至江中忽起大風浪，湧出一個怪物猛噴毒霧。岳飛舉起瀝泉神矛戳去，怪物攝去神矛後，霎時風平浪息。（第 60 回）此槍既是岳飛殺賊抗金之利器，一旦被收回，即表示岳飛在戰場上的天命已盡，故回京後即冤死風波亭。而《萬花樓》寫玄天聖帝賜狄青法寶時，就聲明「倘成功後，二寶仍要收回」（第 23 回）。《五虎平西》接續此情節，寫後來狄青遭受龐洪與飛龍公主串謀陷害，玄天聖帝即在金鑾殿現身收回二寶（第 46 回）。

若以家將小說的發展來看，前期的家將小說較不重視「天賜武

器」的敷演，且對「武藝」的要求勝過「武器」。如楊家將恃以為傲的是「楊家槍法」，而呼延贊雖有天賜衣甲，然夢中遇神傳授武藝才是描繪的重點。而後，《說岳全傳》雖然敷演出「天賜武器」的典型敘寫，然仍強調岳飛跟隨名師習射、練槍之必要。到了後期的家將小說，對「天賜武器」的敷演愈趨神奇，甚至有以「法寶」取代「武藝」的演化。如薛仁貴雖得到樊噲的古戟，然而他在戰場致勝的關鍵武器卻是九天玄女賜與的眾多法寶。而狄青每當面臨一對一的生死戰時，所賴以除敵的正是玄天聖帝所賜的法寶。由此可見，家將小說「天賜武器」情節的演變是由「傳奇」到「神奇」、由「武藝」到「法寶」。

2.神化的寶馬

　　家將小說為了凸顯英雄的形象，常會運用藝術誇張的手法，以神話和傳奇交織的筆法來敷演英雄得寶馬的故事。

　　《萬花樓》寫狄青得現月龍駒之情節，可說是典型敘述。書敘現月龍駒原本是幫助宋太祖統一江山的龍馬，「名九點斑豹御驪騌，乃是一條火龍變化」。回歸天庭後，因凡心未了，私下凡間釀成大禍。[21]由於正逢西夏叛宋，武曲星下凡需要坐騎，遂被判罰「仍貶地下去作龍馬，幫助征戰，將功折罪」。於是龍馬躲在南清宮後花園為妖，靜候天命，等待武曲星降世。而韓琦因狄青乃王禪老祖之徒，遂保薦他去南清宮收妖。當狄青一走近荷花池時，即時

---

[21]　《萬花樓》第 3 回寫狄青九歲時家鄉忽然淹大水，但未說明原因。直到第 15 回才解釋為天上的火龍，因為凡心未了，走下落在山西省，將西河縣翻沈了，殘害數十萬生民性命。

跳出一條火赤龍，「張牙舞爪，真有翻江倒海之勢」。狄青持刀與
火龍對峙，「但聞耳邊狂風大作，呼呼響亮，園內落葉紛飛。此龍
咆哮之聲不絕，張開大口，搖尾昂頭，月光之下，紅鱗閃耀，鋼刀
鮮明」。相鬥半個時辰仍難分勝負，狄青因大刀墜地，急忙退後。
這時：

> 火龍趕上，張開血盆大口。狄青反嚇了一驚，原神現出，火
> 龍方知他是武曲星。只見紅光一道，透上青霄，大吼一聲，
> 在地滾滾磔磔，紅光過後，只聞嘶鳴之聲，化成一匹火龍
> 駒，約有五尺高，遍身紅絨毛，閃閃生光，雙眼與月映射如
> 燈，兩耳血紅，頭上當中一角色青……。（第 15 回）

可見寶馬只有天命註定的主人才能將牠收服。故當潞花王、韓
琦先後試乘時，龍駒皆發起狠性，只有狄青騎時才願順服。正因這
種天命關係，故即使英雄逢難，寶馬也不會馴服於他人。如狄青為
八寶公主所擒，龍駒見了「好生著急，發開四蹄跳躍」，公主保證
不會傷害狄青後，龍駒才不再狂鬧。（《五虎平西》第 11 回）

再如《說唐後傳》寫薛仁貴先後有兩匹寶馬：一是雪花鬃（白
龍駒），此馬的靈性是當唐太宗遭蓋蘇文追殺時，牠主動將薛仁貴
帶到海邊救駕，「跑得騰雲飛舞一般，好似神鬼在此護送」。（第
42 回）二是賽風駒，此馬原為白玉關守將的坐騎，「日行萬里，夜
走五千，可以在大海浪中水面上奔走」。薛仁貴奉徐茂公指示，殺
將奪馬，藉以奔回長安活擒反賊。果然，「這賽風駒用了跨海之
力，真正飛風而去」。（第 43 回）此外，《說岳全傳》寫岳飛選馬

的條件：「須要選那上得陣、交得鋒、替國家辦得事業、自己掙得功名，這樣的馬才好」。因此岳飛的馬雖非神駒，卻是一匹「力大無窮」、「無人降得住」的馬，作者還強調：「這馬該是岳大爺騎坐的，自然服他的教訓。」**㉒**

若以家將小說的發展來看，雖然戰馬、寶馬是英雄上戰場的必要配備，然小說對英雄得寶馬的敘寫卻是逐步形成。如《楊家府演義》雖然沒有敘寫楊業父子得寶馬的情節，但卻先後出現「驪驦驦」、「千里風」、「萬里雲」、「白奇驦」等四匹寶馬，並且三度敷演孟良盜馬的精彩情節。其中寓意除了強調「英雄需要好的戰馬」外，對「英雄無寶馬可騎」的情況不無諷刺之意。**㉓**而《說岳全傳》雖然沒有塑造出「寶馬」，卻敷演岳飛挑選戰馬的情節。到了《說唐後傳》，或許是因「跨海征東」的聯想，小說中的「賽風駒」簡直是一艘海上快艇，可以在大海浪中日行萬里，於是寶馬開始被賦予超乎尋常的神力。後期的狄家將小說，在神奇化寶馬的發

㉒ 《說岳全傳》的作者對此事評論說：「自古道：物各有主。這馬該是岳大爺騎坐的，自然服他的教訓，動也不敢動，聽憑岳大爺一把牽到空地上。仔細一看，自頭至尾足有一丈長短，自蹄至背約高八尺。頭如博兔，眼若銅鈴，耳小蹄圓，尾輕胸闊，件件俱好。」（第6回）

㉓ 如孟良從遼國奪回「驪驦驦」，楊六郎將之獻給宋真宗，宋真宗自個兒留下寶馬，卻只賜羊酒之類的給三關將士。而後，楊五郎下山助宋，因軍情緊急須有好的戰馬，孟良去向八王借寶馬「萬里雲」卻遭到拒絕，只得先盜得「千里風」，再使詐奪取「萬里雲」，待打退遼兵後，即刻就將寶馬送還八王。而後楊家將要破天門陣，楊宗保座下的「白奇驦」，還是孟良從蕭后御廄中盜來。如此，宋廷君臣不須臨陣殺敵，竟然如此貪戀寶馬；而楊家將征戰沙場、保護宋廷，居然淪落到無寶馬可騎，而必須屢屢依靠孟良盜馬。詳參《楊家府演義》第15、16、27則。

展趨勢下，進而將寶馬附會成是遭到貶謫的龍馬，直接賦予牠一個「神」的出身，此情節可說是民間「狄青收寶馬」故事的演化，與《西遊記》寫「龍馬下凡為唐僧坐騎」的情節頗有異曲同工之妙。❷

二、英雄在戰場上的表現

　　人們對戰爭英雄的認識與景仰，幾乎都是透過英雄的戰功及其種種相關的傳說。因此，戰爭既是英雄傳記的主要內容，同時也是英雄事業的展現。小說家為了強調英雄的形象，往往會刻意描寫並誇張某些重要的戰役。畢竟史書敘戰雖具有真實性，然卻不夠吸引人，所以小說家就得根據歷史事實，為這些記載不詳的史實添枝加葉，使其成為引人入勝的情節。❷而在這類敘戰情節中，作者最想表現的，其實是要藉以塑造出英雄人物。以下從「神勇善戰」、「智謀高超」、「將帥風度」三方面論之：

㈠神勇善戰

　　家將小說塑造主要英雄神勇善戰的形象，常常是運用對比烘托的手法，先寫敵將如何勇猛、無人能敵，再寫主要英雄出場與之交鋒，最後英雄戰敗敵將、威震番邦。如《北宋志傳》先極寫一個令

---

❷　詳參《西遊記》第15回「蛇盤山諸神暗佑，鷹愁澗意馬收韁」。

❷　此敘事手法，正如夏志清所說：「在一本戰爭小說中，主角一旦嶄露頭角，故事總趨於落入俗套，因為他的生涯現在已大部分和軍事行動分不開了。既以續述他在軍事上的豐功偉業自命，有一個戰役，著書的人就得添入它的細節，這些細節在歷史和傳說中不是語焉不詳，就是全付闕如。他得發明每一場戰爭的情況，但他的發明通常露出沿襲的痕跡。」〈戰爭小說初論〉，頁110。

宋軍喪膽的「楊無敵」，再寫只有呼延贊才能和楊業打成平手（第 9 回）。如此反襯、正襯交相運用，同時塑造出兩個善戰的英雄。再如《楊家府演義》寫宋遼晉陽比武，正當遼將氣焰大盛時，楊六郎出場比試，驚得遼將大嘆：「此乃神人降生。」（第 12 則）而《說岳全傳》則運用兩軍交戰的大場面以塑造岳飛神勇善戰的形象，如在「青龍山大戰」中，岳飛率八百人大破金兵十萬，如此既見其傑出的帶兵才能，更突出英雄「知其不可而為之」的奮戰精神。因此在「愛華山大戰」時，作者描繪金兀朮眼中的岳飛：

> 但見帥旗飄揚，一將當先：頭戴閃金盔，身披銀葉甲，內襯白羅袍，坐下白銀龍，手執瀝泉槍；身長白臉，三綹微鬚；膀闊腰圍，十分威武。馬前站的是張保，手執渾鐵棍；馬後跟的是王橫，拿著熟銅棍。威風凜凜，殺氣騰騰。（第 27 回）

岳飛全副武裝、身先士卒，加上馬前張保、馬後王橫，在帥旗飄揚的背景烘托下，構成威武善戰形象，無怪乎金兀朮會感受到「殺氣騰騰」。果然，金兀朮與岳飛初次交戰即傷敗而逃，讓他不禁驚嘆：「某家自進中原，從未有如此大敗，這岳南蠻，果然利害」。（第 28 回）而《說唐後傳》先寫張士貴父子接連被董逵打得慘敗，再寫薛仁貴奮勇出戰活擒董逵。（第 24 回）爾後，薛仁貴打跑蓋蘇文、病挑安殿寶，皆是如此寫法。小說透過番兵描繪薛仁貴的形象：

頭上映龍，素白飛翠紮額，大紅陰陽帶兩邊分。面如滿月，
兩道秀眉，一雙鳳目。身穿一領素白跨馬衣，足踏烏靴，手
執一條畫桿方天戟。全不像火頭軍，好像是天神將。（第 27
回）

一句「天神將」已足以道盡薛仁貴神勇善戰的風采。再如《萬花
樓》先極力誇寫「百戰百勝，楊宗保尚且不敢出敵」的贊天王、子
牙猜，再寫狄青運用人面金牌戰敗二將，最後寫狄青騎著龍駒殺出
番兵重圍。（第 31 回）

　　此外，為了更加彰顯主要英雄的神勇善戰，家將小說中還特別
凸顯英雄震撼番邦的聲威。如《楊家府演義》寫宋真宗遭困魏州，
八王建議命人假扮楊六郎出戰，果然番兵一見楊家將旗號，紛紛拆
營奔走，「自相踐踏，死者無數」。遼將得知真相後不禁感嘆：
「假者尚且懼之，設使逢著真的，豈不嚇破膽耶？」（第 21 則）
《說岳全傳》寫金兵只要見了岳飛，「一個個抱頭鼠竄，口中只
叫：走，走，走！岳爺爺來了！」（第 34 回）《說唐後傳》寫蓋蘇
文上戰場，「聞了大唐老少英雄，倒也不放在心上。如今聽見火頭
軍三字，倒吃了一驚。」（第 32 回）《五虎平西》寫西遼狼主「志
在大宋江山，其心不息，只忌著狄青五人」，一旦得知狄青死訊，
立即興兵直取中原。（第 65 回）

　　若以家將小說的發展來看，前期的家將小說在塑造主要英雄的
「神勇善戰」多從比試武藝、領兵作戰等情節加以敷演，他們打敗
番將使得都是一招一式的真功夫，如楊業、楊六郎、岳飛等。後期
的家將小說雖然也強調英雄武藝高超，然真正在戰場上與頑強番將

比試時，幾乎都是依賴其「天賜法寶」的神奇力量，如薛仁貴、狄青等。因此，家將小說在敷演英雄威震番邦的場面時，描述害怕楊業、楊六郎、岳飛的對象，常常是「番營全軍」；而驚忌薛仁貴、狄青的對象，則都只集中於番將或狼主。這使得主要英雄作戰的方式，逐漸從「領兵作戰」發展成「帶法寶作戰」。

㈡智謀高超

家將小說塑造主要英雄的智謀韜略，可從「局勢掌握」、「戰術運用」、「遭困因應」、「收服好漢」等四方面來看：

在局勢掌握方面：如《楊家府演義》寫楊業雖然被逼出兵而戰死，然其出兵前對整體戰爭局勢的分析，以及請潘仁美預先在陳家谷「張設強弩，以相救」等，皆可見其深曉戰事、富於智謀的形象。（第 7 則）而楊六郎惟恐十大朝臣赴飛龍谷受害，設計潛伏宋將於隨從之中，箱子內藏軍器、竹筒藏著刀槍，「倘有不測，臨機應變用之」。（第 34 則）《說岳全傳》寫岳飛知金兵派來細作，遂將計就計，讓金兀朮誤會劉豫暗通宋營，怒而抄滅劉家，藉手除去賣國奸臣。（第 33 回）《說唐後傳》寫薛仁貴布下龍門陣後，還預料蓋蘇文可能逃亡的路線，分別遣將埋伏，意在亂其軍心。（第 51 回）《五虎平西》寫狄青平定西遼後，收管當初聯絡龐洪的禿狼牙，以待班師後揭發奸臣通敵之罪。（第 91 回）以上，皆可見主要英雄深謀遠慮之形象。

在戰術運用方面：如《楊家府演義》寫楊六郎回兵救朝臣後，徵得八王做主，聯絡重陽女和楊四郎為內應，終得打破堅固的幽州城。（第 38 則）《說岳全傳》寫朱仙鎮大戰，岳飛事先運籌帷幄，先派人策反陸文龍，又運用鉤連槍破金兵的連環馬，然後全線出擊

大破金龍絞尾陣。再如《說唐後傳》寫薛仁貴「三箭定天山」時，先射響箭使番將疏於防範，隨即速發真箭將之射死，再趁番兵大亂之際，搶攻天山。（第 28 回）《五虎平西》寫狄青預料番兵可能夜襲，不但埋伏以待，還趁勢揮軍攻下番營。（第 81 回）諸如以上戰術運用的情節，皆意在凸顯主要英雄的智謀韜略與指揮才能。

在遭困因應方面：如《楊家府演義》寫宋太宗遭困昊天寺，楊業設計以其子代替太宗出降，方得救駕成功。（第 6 則）宋軍被遼兵困在雙龍谷，眾將慌亂之際想從谷口殺出，楊六郎卻冷靜分析說：「遼賊銳氣正盛，難以衝突，不如少停此中，俟其疲倦，方可殺出。」又命孟良潛至五台山請楊五郎前來解圍。（第 15 則）《五虎平西》寫當狄青遭星星羅海的大軍圍困時，眾將建議遣人回朝求救，狄青則思及朝中奸臣當權定會阻擋救兵，加上西遼攻城甚急，縱有救兵來到，只怕遠水救不了近火。故當機立斷，要劉慶速去單單國向八寶公主求援。（第 27 回）以上，皆可見主要英雄臨危應變之能力。

在收服草莽方面：如《楊家府演義》寫楊六郎因孟良「人傑也」，故三擒三放以服其心。（第 13 則）《說岳全傳》寫岳飛因何元慶勇猛，「若得此人歸順，何愁二聖不還」，故亦三擒三放使其心服。（第 36 回）家將小說中這種「三擒三放」的情節，可能是受到《三國演義》敷演「諸葛亮七擒孟獲」的影響。❷此外，《說唐

---

❷　詳參《三國演義》第 87-90 回，回目依序為：「征南寇丞相大興師，抗天兵蠻王初受執」、「渡瀘水再縛番王，識詐降三擒孟獲」、「武鄉侯四番用計，南蠻王五次遭擒」、「驅巨獸六破蠻兵，燒藤甲七擒孟獲」。

後傳》寫薛仁貴用步步進逼、一連抓三寇的方法降服了風火山的草寇。（第 21 回）如此，透過草莽好漢的頑強，更能展現英雄謀略之高超。

從以上可知，家將小說都會從「局勢掌握、戰術運用」等戰爭描寫來塑造主要英雄深富智謀之形象。至於「遭困因應」則頗能看出家將小說的演變，前期的楊家將小說寫「遭困」主要是兵力不夠，受到番兵團團圍住所致，因此需要有人領兵助戰；後期的狄家將「遭困」雖然也有番兵圍住，然主要原因並非兵力不足，而是受挫於番將與法寶（英雄為番將的法寶所制，或是英雄的法寶制不了番將）。而在「收服草莽」方面，這是前期家將小說的精彩情節，後期的家將小說雖然也寫英雄收服草莽好漢，但在情節敷演上則逐漸淡化、簡化，或許是因這種「老套」已經不再吸引讀者了。

㈢將帥風度

家將小說敘寫英雄的將帥風度，大都由其軍紀、愛民的史實加以敷演，具體表現在「治軍嚴明」、「謙容雅量」、「顧全大局」等三方面。以下論之：

1.治軍嚴明

主要英雄非但自律嚴謹，行軍時必定明令不許騷擾百姓，遇降兵則下令禁止殺戮。其中對軍令的維護，特別透過諸多「斬子情節」加以彰顯。這類情節大都是因小英雄急於建功而無意違犯軍令，儘管事後證明他們的作為有利於整體戰局，但主要英雄還是嚴厲的要將自己的兒子斬首以正軍令，直到眾將紛紛求情時，他才不得不收回成命。如《北宋志傳》寫楊七郎衝出殺敵，楊業怒其未奉命即出兵，故要斬之。（第 9 回）《楊家府演義》寫楊宗保與木桂

英私訂終身，楊六郎責子「貪欲忘君親」欲斬之。（第 28 則）㉗
《說岳全傳》先後寫岳雲「打碎免戰牌、抓到假兀朮、助攻楊再
興」，岳飛每每以「違反軍令」之罪，三度下令斬子（第 42、45、47
回）。《說唐三傳》寫薛丁山被迫接受竇仙童招親後，薛仁貴怒其
身為元帥卻貪圖美色欲斬之。（第 22 回）《五虎平南》寫狄青二子
先後接受番女招親，狄青怒責狄龍在戰場上「貪生怕死、辱盡銳
氣」，欲斬之；怒責狄虎「私出妄傷降將，亂我軍規」，故下令
「斬子正軍」。（第 20、28 回）

　　從史實來看，以上諸將固然無「斬子」之事實；就故事發展來
看，在明清以前的家將故事中也無「斬子」情節之敷演。如此，家
將小說普遍以「斬子情節」來塑造主要英雄治軍嚴明之形象，這類
「流行書寫模式」的源起為何？是否與明代民間盛傳的「戚繼光斬
子傳說」㉘有所關連？這問題仍有待深入考究。

2. 謙容雅量

　　主要英雄們都有仁厚待人、不計私怨的博大胸懷。如《北宋志
傳》寫楊六郎先後幾遭岳勝、焦贊揮刀斬殺，然他仍不計前嫌與之
結拜為兄弟。（第 22、23 回）《說岳全傳》寫王佐屢屢設計要害死

㉗　《楊家府演義》中的「斬子情節」除了楊六郎要斬楊宗保外，尚有楊宗保因
　　女兒楊宣娘未經報准就先斬儂智高而欲斬之。（第 45 則）

㉘　明代戚繼光因治軍嚴明而產生廣泛流傳的「斬子」傳說，在《萬曆野獲
　　編》、《四庫全書總目提要》、《仙游縣志》、《莆田縣志》等皆載有戚繼
　　光曾斬子戚印之事。至今在閩浙一帶還有許多遺跡和祠廟用來紀念這位史無
　　其人的小戚將軍。參見傅貴、傅超〈戚繼光斬子之謎〉《歷史月刊》
　　（2001.6），頁 102-106。

岳飛，然岳飛為了將他收服，冒險赴金蘭會、探君山，終使王佐感動而歸宋，爾後還立下大功。（第 52 回）另有戚方違犯軍紀遭罰，懷恨在心兩度對岳飛施放暗箭，然岳飛曉以大義後仍放他生路。（第 58 回）《萬花樓》寫劉慶刺殺狄青反遭活擒，狄青不但不加罪責，反勸他應與國家出力，劉慶感動之餘，遂殺奸臣前來歸附。（第 39 回）

　　此外，只要有利於戰局，主要英雄們都樂於讓出統帥權以就賢能。如《楊家府演義》寫楊六郎因楊宗保遇神授兵書能識破天門陣，乃下令諸將依楊宗保指揮，更奏知聖上敕封楊宗保為「征遼破陣大元帥」。（第 29 則）《說岳全傳》寫岳飛牛頭山大破金兵，得知韓世忠已領軍在黃天蕩截殺時，就下令不再追擊，欲將這一功「讓了韓元帥」。（第 43 回）《說唐三傳》寫薛仁貴知樊梨花神通廣大，請其來破烈焰陣時，親自「手捧兵符、帥印在帳前恭候」，請樊梨花登壇點將。（第 33 回）《五虎平南》寫狄青平南遭困，王懷女掛帥領二路軍來援，狄青即與王懷女並稱元帥、共議軍機；其後楊金花前來助滅達摩妖道，狄青見她神通廣大，就交付帥印，由她調兵遣將。（第 41 回）

　　諸如以上的「讓帥」情節，可以看出家將小說演變的一個重要現象，即女將的地位逐漸上升，甚至可以讓男性英雄甘心「奉上帥印」。而這種「成功不必在我」、「成功不必在男將」的氣度，隱然已經成為後期家將小說所要求的英雄作風。

3.顧全大局

　　為了顧全大局，英雄們不惜屈降身分與尊嚴。如《楊家府演義》寫楊六郎氣怒木桂英勾引楊宗保，欲擒殺卻反遭擒縛。事後木

桂英乞求赦罪，楊六郎非但原諒她「隳傷大倫」之罪，還令人放出楊宗保與木桂英同拜楊令婆，當眾認了這個媳婦。（第 29 則）後來木桂英果然成為楊家將的重要戰將，在大破天門陣時厥功至偉。後來楊家將在破太陰陣時，黃瓊女表示願降宋以續佳偶，楊六郎原本堅持「來降則可，會親則難」，然在楊令婆曉以利害後，他即從母命允親，以求破陣。（第 30 則）再如《說岳全傳》寫岳飛為了探查太湖賊寇的虛實，不惜屈降身分假扮副將，冒險入賊營呈送戰書。（第 29 回）《說唐後傳》則寫薛仁貴為了攻破摩天嶺，不惜屈降大唐元帥的身分，假扮解弓人忍受小番的吆喝盤問。（第 46 回）而《五虎平西》寫狄青對八寶公主招親原本寧死不屈，然為了救兄弟、平西遼，最後還是「從權」允親。（第 14 回）接著《五虎平南》又寫當宋將和狄龍身陷純陽陣時，狄青不惜放下元帥威嚴，懇求段紅玉前去破陣救將。（第 24 回）

　　以上，可見主要英雄時時刻刻皆以國家安危為重，為了顧全保家衛國的大局，他們可以屈降身分、忍辱負重，實具「犧牲小我，完成大我」的情操。

三、英雄內在性格的彰顯

　　明清家將小說塑造主要英雄的性格，將重點置於凸顯其「忠君愛國、民族大義」和「忍辱負重、寧死不屈」的形象。前者洋溢著英雄建功立業的熱誠，後者則見英雄受挫或為奸所害時的不屈風骨。

㈠忠君愛國、民族大義

　　家將小說塑造主要英雄具有「忠君愛國、民族大義」的形象，

可以從三方面來看：一是年少時就具有的偉大抱負；二是收服草莽好漢時常以忠君愛國相勉；三是面臨國家危難時必奮勇而起。以下分述之：

1.主要英雄年少時就具有的偉大抱負

忠義是英雄理想人格的核心，為了踐履忠義，英雄們往往是歷患難而不變，矢生死而不移，真正達到「精忠報國、捨生取義」的理想境界。因此《北宋志傳》寫呼延贊從小就題詩自表「志氣昂昂射斗牛」（第 2 回），故年少時見宋軍攻北漢敗師而回，即攔下宋軍求借衣甲，意圖與眾人演習，「待車駕再下河東，充為先鋒，建功績於大宋，豈不勝於為寇乎？」（第 4 回）《楊家府演義》寫楊六郎救駕功大，卻只要求就任佳山寨巡檢的小官，目的是要「為民除害」、「絕萬世邊患」（第 12 則）《說岳全傳》寫岳飛七歲時仰慕周侗的才學，卻因家貧不能從游，遂於牆壁題詩以表抱負：「投筆由來羨虎頭，須教談笑覓封侯。胸中浩氣凌霄漢，腰下青萍射斗牛」。（第 3 回）《說唐後傳》寫薛仁貴年少時耗盡家財，學習百般武藝，所期待的也是「少不得有一朝際遇，一家國公是穩穩到手的」。（第 17 回）《五虎平西》寫狄青「自小立定了主意，一點丹心報國」。（第 20 回）而《萬花樓》寫狄青少年投軍時，思及「目下兵困三關，我狄青埋沒在個小小武員名下，怎能與國家出力，真枉為大丈夫！」遂於教場題詩自荐云：「玉藏璞內少人知，識者難逢嘆數奇，有日琢磨成大器，惟期卞氏獻丹墀。」（第 9 回）以上，皆可見主要英雄於年少時就能立下大志，並且朝著自我期許的方向積極準備。

2.主要英雄收服草莽好漢時常以忠君愛國相勉

　　《楊家府演義》寫楊六郎擒下焦贊時勸說：「目今大遼侵犯邊境，足下肯同去征討，即奏朝廷，加封官職，尊意以為如何？」（第 13 則）《說唐後傳》寫薛仁貴於樊家莊仗義除害，於擒拿李慶紅、姜氏兄弟時勸說：「若肯到龍門縣去投軍，與國家出力，我便饒你們性命。」之後還與他們結拜，「倘國家干戈擾攘，豈不一同領兵征服平靜」。（第 22 回）《萬花樓》寫狄青知劉慶奉命殺他，勸其「既食君之祿，須要忠君之事」，「可惜你乃堂堂七尺之軀，不與國家效力，反附和奸臣，欺天害理，真乃愚人了。」（第 25 回）此外，由於歷史上岳飛與忠義民軍關係深厚，因此在《說岳全傳》中處處可見這類的敘寫。❷❾諸如：

- ・岳飛見阮良有本事在水底擒拿金兀朮，即勸他說：「本帥看你一表人物，不如在我軍前立些功業，博個封妻蔭子，也不枉了你這條好漢。」（第 28 回）
- ・耿家弟兄自願投宋，岳飛大喜說：「你二位既來與國家出力，我和你是一殿之臣，何須行此大禮？你看兩邊副將皆與本帥結為兄弟，今二位亦與本帥結義便了。」（第 29 回）

---

❷❾　《說岳全傳》中大量敘寫岳飛收服草寇有其歷史背景：北宋亡後許多潰卒和自衛民眾組成忠義民軍，然宋廷視為暴民不加組編，許多貴族出身的將領甚至仇視之。而岳飛因出身寒寠，與忠義民軍並無階層鴻溝，加上他積極運用「連結河湖」的戰略，常資助淪陷區的忠義民軍。如此，皆使岳飛深得忠義人的傾服，許多忠義民軍在抗金作戰時，甚至打著「岳家軍」的旗幟。參見黃寬重《南宋時代抗金的義軍》第二章第三節〈宋廷關於拒納義軍的爭執〉（台北：聯經出版社 1988.10），頁 102-109。另孫述宇對岳飛和忠義民軍的關係有詳細論述，詳參〈南宋民眾抗敵與梁山英雄報國〉《水滸傳的來歷、心態與藝術》（台北：時報文化公司，1983.10），頁 65-129。

．楊虎不敵宋軍，情願歸降，岳飛就說：「保舉將軍共扶宋室，立功顯親，也不枉了人生一世。」（第30回）

．岳飛遇見一群本事高強的綠林好漢，即勸說：「我想綠林生涯，終無了局。目今正在用人之際，何不歸降朝廷，共扶社稷？」（第34回）

．岳飛勸說楊再興：「將軍乃將門之後，武藝超群，為何失身於綠林？豈有不玷辱祖宗，萬年遺臭乎？將軍負此文武全才，何不歸順朝廷，與國家出力，掃平金虜，迎還二聖？那時名垂竹帛，豈不美哉？」（第47回）

以上，皆可見家將小說在主要英雄收服草莽好漢的敘寫中，不但展現了主要英雄本身的忠義性格，更透過主要英雄的這種性格，影響草莽好漢們共同為國家效力。

3. 主要英雄面臨國家危難時必奮勇而起

《楊家府演義》寫宋遼兩國於晉陽比武，楊六郎主動挺身而出，帶著楊八娘、楊九妹前去教訓驕矜的遼將，使遼國不敢妄開兵端。事後，宋真宗因功任命他為高州節度使時，他竟然婉拒高官厚祿，還自願降格以求：「欲授臣職，但佳山寨巡檢可也。」其用心在於：

> 臣為巡檢，卻有三事：一者，臣本徒流，私到邊廷，略立微功，遂授節使之職，是開倖進之端，而啟人越分侵職也。二者，佳山寨與幽州相近，臣欲俟便直搗賊穴，收其地土，以絕萬世邊患。三者，聞彼地有幾個草寇甚有勇力。臣欲擒之，使其棄邪歸正，以除民之害也。（第12則）

楊六郎這段話，充分展現他忠君報國的性格，故真宗讚他：「卿憂國憂民，真社稷臣也。」而後，楊六郎雖然為奸臣所害、被迫詐死埋名，但是當宋真宗遭困魏府銅台時，他仍然興兵救駕（第 23 則）。甚至臨死前，楊六郎還不忘囑咐兒子楊宗保：「大宋兵革之災，代代不絕。倘聖上命汝征討，須當仔細，務宜忠勤王事，不可失墜我楊門之威望也。」（第 41 則）

《說岳全傳》極力塑造岳飛為「忠君愛國、民族大義」之典範，作者先著力描寫異族入侵的慘況，再動情地寫二帝被虜的國恥，藉以烘托出岳飛建功立業的愛國熱誠。而在出師抗金前，作者更是再三敘寫岳飛洗刷國恥的心願，強調岳飛常常勉勵眾兄弟要「保宋室，迎二聖」，連吃飯時他都要朝北而立，淚盈盈地說：「臣在此受用了，未知二位聖上如何？」（第 24 回）由於二聖在岳飛的心目中，代表的「國」而非「君」，故「二聖被虜」象徵的是山河淪陷、國家亡於異族的恥辱。正因如此，當宋高宗初見岳飛就出示金兀朮的畫像，囑其「倘若相逢，不可放過」時，這使得岳飛深受感動，因為他終於可以大展抱負。爾後，岳飛更以「同保宋室江山，迎還二聖」為由廣納草莽好漢，故其高舉「民族大義」所組成的岳家軍，始終皆能在各場抗金戰役中所向披靡。

《說唐後傳》寫雪花鬃載薛仁貴狂奔到養軍山，當薛仁貴在山頭看見唐太宗遭困於山下的海灘時，就說：「馬啊！你有救駕之心，難道我無輔唐之意？」隨即縱馬飛跳而下。（第 42 回）爾後，當薛仁貴得知唐太宗遭困越虎城時，一時心急，立即就要「連夜點將興兵速去，天明就要衝營。」（第 48 回）而《萬花樓》寫狄青重病剛癒，然得知元帥楊宗保遭番將所殺後，怒道：「晚生與賊勢不

兩立，非是他死，便是我亡。」立即就要出城殺敵。（第 64 回）又
《五虎平西》寫狄青為了征討西遼而私離單單國，他對八寶公主表
明自己以「忠良自許」，奉命平西卻「反投你國招了親，豈非不忠
不孝？在此貪歡圖樂，母禁天牢又驚又苦，豈非不孝不義？何以為
人？」（第 20 回）《五虎平南》寫八寶公主算知征南必遭災厄，狄
青卻說：「位極人臣，恨不能粉身碎骨報聖上，公主如何反教下官
趨避，貪圖安逸？」強調自己是「撐天立地的男子，須以忠孝兩
全」。（第 1 回）

　　以上，皆可見主要英雄面臨國家危難時，非但不逃避，反而引
為己任，表現出積極主動的奮發精神。

(二)忍辱負重、寧死不屈

　　《楊家府演義》寫楊業被逼出戰，兵困陳家谷，絕食三日，不
死。楊業乃對眾人說：「聖上遇我甚厚，實期捍邊討賊，以仰答
之。不意為奸所逼，而致王師敗績。我尚有何面目求活！」他要尚
存的百餘人「走歸報天子」，自思遼兵重圍，難脫此厄，「且我素
稱無敵，若被遼人生擒，受他恥辱。不如趁早死之為愈也」。主意
已定，乃望南拜曰：「太宗主人，善保龍體，老臣今日不能還朝再
面龍顏矣！」隨即撞李陵碑自盡而死。（第 8 則）這段敘述，可說
是明清家將小說刻畫主要英雄「忍辱負重、寧死不屈」的典型敘
寫。

　　作者塑造楊六郎的性格時，更是發揮這樣的特色。楊業被害，
楊五郎憤而要率僧兵「殺到仁美營中，將老賊碎屍萬段」。楊六郎
卻阻之曰：「仁美聖上有敕命者，如此殺他，是反朝廷矣！」然
而，當楊六郎強忍悲憤進京狀告時，卻反遭「充徙鄭州一年」。這

時，楊六郎總算認清潘仁美因女兒潘妃之故，宋太宗「定行寬宥」，自己勢必「冤仇難伸」，無奈之餘也只能「放聲大哭」、「欲撞死午門」。（第 11 則）爾後，焦贊殺死陷害楊家的謝金吾，楊六郎還斥之曰：「狂徒敗我家門。」直到王欽再度誣害他「充軍汝州」、「盜賣官酒」，宋真宗命人「取六郎首級」時，他竟然還說：「小將赤心報國，惟天可表。今本無此事，君王聽信讒言，下命賜死，吾豈敢辭？當砍我首級，回報朝廷便了！」（第 20 則）所幸寇準、八王設計以死囚相代，他才得避禍躲於家中。屢次遭奸臣陷害的結果，楊六郎終於澈底覺悟：「朝廷養我，譬如一馬，出則乘我，以舒跋涉之勞；及至暇日，宰充庖廚。」故日後宋真宗又要命他救駕時，他頓時興起了「雲遊天下，付理亂於不聞」的念頭，可是楊令婆勸他「雖朝廷寡恩」但不能負八王、墮家聲，聲言：「汝若不去，氣殺我也」。楊六郎遂安慰母親，應允前去救駕。（第 21 則）

　　《說岳全傳》塑造岳飛更能發揮其「忍辱負重」的性格。當宋高宗決定偏安時，岳飛力諫留守舊都以「迎還二聖，報中原之恨」，然遭高宗斷然拒絕，自此岳飛對宋高宗再也沒有任何的好評。日後岳飛對宋高宗盡忠的理由，不過是因「食過君祿」而已。❸⓪雖然岳飛照喊「迎二聖」，但其忠君內涵已經變成純淨的倫理堅

---

❸⓪　如苗劉叛變時，牛皋怒宋高宗無情，要岳飛「不要管他娘什麼閒事」。岳飛
　　就說：「已食過君祿，天下皆知我們是朝廷的臣子，如今有難，不去救駕，
　　後人只說我們是不忠不義之人了！」（第 46 回）而後眾寇作亂，宋高宗倉惶
　　無措下再召岳飛，岳飛仍以「你我已食過君祿」勸進眾人，並期許「此行必
　　要迎還二聖，恢復中原，方遂我一生大願。」（第 47 回）

持。故當秦檜以十二道金牌逼他還朝時，岳飛終究選擇忠君死節的路。如眾將勸阻岳飛還朝，岳飛卻說：「我母恐我一時失足，將本帥背上刺了『盡忠報國』四個大字，所以一生只圖盡忠。既是朝廷聖旨，那管他奸臣弄權。」（第 59 回）岳飛進京前，還期勉將士要戮力同心，「為國家報仇雪恥，迎得二聖還朝，則岳飛死亦無恨也！」回京途中，道悅和尚預言岳飛有「風波之險」，勸他歸隱，他卻說：「我岳飛以身許國，志必恢復中原，雖死無恨！」（第 59 回）入獄後，岳飛胸懷坦蕩，針對奸臣的誣陷據理力辯，儘管酷刑加身，他仍是一副錚錚鐵骨、寧死不屈。然在昏君奸臣合謀下，岳飛很清楚他能自主的僅僅是「保有一世忠名」而已。故當岳飛體認到秦檜必致他於死地時，他召來岳雲、張憲同死，以全忠孝之名。（第 61 回）

《說唐後傳》寫天子犒賞三軍，薛仁貴卻只能躲在山神廟中嘆息：「搖旗吶喊之輩，尚受朝廷恩典，我等十大功勞，反食不著皇上酒肉。又像偷雞走狗之類，身無著落。」（第 35 回）雖然薛仁貴也曾怨責：「立了多少功勞，皇上全然不曉。」可是當唐軍連遭番將重挫時，他仍然奮勇地抱病出戰。（第 37 回）爾後，更因遭受張士貴謀害而躲藏於「藏軍洞」（仙境），直到時機來臨才得以重出凡間以「幹功立業」。（第 38 回）

《五虎平西》塑造狄青寧死不屈的性格也十分突出。如面對單單國狼主的威脅利誘，他說：「我狄青身為天朝上將，深沐君恩，怎肯投降你邦為臣？寧可一刀兩斷，決然不把臭名遺於後日。」聲言既已被擒，甘心待死，還請狼主「快些開刀」。（第 12 回）而後在龐洪三番兩次的謀害下，死裡逃生的狄青遂「遵師言詐死埋

名」，等待西遼再動干戈、無人能守邊退敵時，他才復活領軍。
（第 60 回）

　　諸如以上，皆可見主要英雄「忍辱負重、寧死不屈」的形象。
然而，若從家將小說的發展來看，則在此共同的形象中仍有其不同
的演變，如前期的家將小說寫楊業、楊六郎、岳飛遭逢昏君奸臣的
冤害時，大都是默默承受、申冤無門，頂多是私下向至親好友抱怨
一、二句而已。後期的家將小說在塑造薛仁貴、狄青時，則賦予他
們更多「發洩不滿的勇氣」。如《說唐三傳》寫薛仁貴遭成親王陷
害，以致「三年囚禁、三入法場」。故當哈迷國來犯時，唐太宗雖
恩赦薛仁貴立功贖罪，然薛仁貴深感備受冤屈之餘，「也不謝恩，
也不受旨，情願受死」。儘管唐太宗再增賞賜，薛仁貴仍然堅持：
「冤情不雪，寧願受死」。直到程咬金保證會助其殺成親王報仇
時，薛仁貴才應允掛帥。（第 6 回）再如《五虎平西》寫龐妃揭發
假珍珠旗、構陷狄青欺君之罪。狄青氣怒奸臣屢屢加害，竟「忘卻
君臣禮」衝撞宋仁宗說：「悉聽龐娘娘話，把我狄青正法斬首
罷。」（第 55 回）歷經幾番被害，狄青終於也看清君昏臣奸的現實
而不禁感嘆：「還想什麼汗馬功勞，蔭子封妻？龐賊在朝，猶如狼
虎，又有宮中女子依靠，我今且保全餘生。」甚至揚言：「今日遼
兵殺進三關，我也不介懷了。」故當西遼再度進犯時，狄青就說：
「今日要我們出仕，斷斷不能了。寧為農圃，勞苦於泉壤，侍奉萱
親，免遭奸臣毒手。」（第 68 回）後因包公再三保證會懲罰奸臣，
狄青才應允領兵。

　　後期的家將小說寫薛仁貴、狄青勇於以實際的行動來抗拒君
命、甚至當廷衝撞君權。造成這種演變的原因，除了英雄形象朝人

性化發展的趨勢外,最主要應是為了更加凸顯出家將小說「忠奸抗爭」的敘述形態,使忠與奸在某些方面得以達到抗衡。因此,在情節發展上特別強調了程咬金、包公這類「懲奸揚忠」角色的重要性。然而,為了不使傳統的英雄形象受到太多的破壞,因此無論是薛仁貴或狄青,他們最後還是會挺身而出,義無反顧的奔赴戰場,解救國難。

小結:

明清家將小說的成書,大都源自於「主要英雄」精彩而片斷的歷史或傳說,而後隨著故事的發展流傳,再逐漸增衍擴大成「英雄一生」、「世代家族」的完整故事。如此,可見「主要英雄」實為家將小說的靈魂人物。同時,由於「主要英雄」的形象是世代累積而來,因此在其形象和性格之中,除了富含庶民大眾所樂聞的傳奇因素外,更寄託有歷代共同而美好的期望。特別是家將小說所盛行的時代,正是處於戰爭頻仍的明末清初,所以小說家極力刻畫英雄在戰場上的表現,從中反映了當時社會對英雄的渴望,以及期許將帥們具有文武雙全、治軍嚴明、忠君愛國、忍辱負重等理想英雄的標準。

因此,明清家將小說所塑造的「主要英雄」,其重要意義在於揭示出一種人格典範。這種人格典範的形成,除了有其源遠流長的文化傳統外,同時也呼應了明末清初的時代需求和社會心理。如明代中葉以後國衰勢弱的現實刺激,不斷地激發出護衛民族、期待英雄的社會心理。而入清以後,戰事連連的社會環境,既是引發英雄期待的溫床,同時也是刺激作家創作的重要因素。(詳論於第六章第一節)由於家將小說塑造「主要英雄」的形象,所依據的正是庶民

大眾所期待的理想標準，因此其所體現的形象意義，實具有歷時性
（歷代流傳）和共時性（明清時期）的價值。

　　當然，就家將小說本身的發展來看，儘管小說中的「主要英
雄」在「英雄的出身與配件」、「英雄在戰場上的表現」、「英雄
內在性格的彰顯」等三方面，具有許多共同的塑造模式，然其中仍
存有某些的演變與差異。這使得家將小說前期作品和後期作品之
間，在「主要英雄」的某些形象上呈現出不同的風格。這種風格的
差異除了表現於前述的三方面之外，還可以發現前期作品中的楊六
郎、岳飛，其英雄形象的定位較為刻板、嚴肅、不近人情。而薛家
將小說由於加入許多世情冷暖的情節，使得薛仁貴的形象又顯得有
些世故。如《說唐後傳》寫他為了探察摩天嶺的虛實，以大唐元帥
的身分向解弓老頭保證：「說得明白，放你一條生路。」結果問清
楚後，「擦的一劍，砍作兩段」。（第 45 回）雖然薛仁貴所持的理
由是「天下重事，殺戒已開，何在你個把性命？」然而，類此「濫
殺無辜、言而失信」的行為，以楊六郎和岳飛的性格來說，是絕不
肯為，也不會做的。或許正因如此，後期的狄家將小說，在狄青的
性格上就有了較圓融的風格——既不刻板也不世故。如較之楊六郎
和岳飛的刻板性格，狄青擁有一段浪漫的陣前姻緣；較之薛仁貴榮
歸故里卻回絕親族的世故做法，狄青則拜探鄉里展現出謙遜親民的
作風。

第二節　滑稽英雄

　　明代中葉以來，滑稽角色幾乎是通俗小說中的必備人物。從張

飛、李逵、焦贊、牛皋、程咬金，一直到焦廷貴，其形象足以構成一種獨特的類型人物。目前學界對這批類型人物的稱呼多樣化，諸如：「滑稽英雄」、❸「戰爭小說中的丑角」、❸「李逵類型人物」、❸「傳奇喜劇英雄」、❸「莽漢」❸等。儘管名稱不同，但研究者大都肯定這類人物在其滑稽表象下，應有更為深刻的塑造意涵，特別是「在插科打諢中，往往能指出事實的真相或人性上的缺失或隱而不顯的部分」。❸

若回歸小說的文本來檢視這批類型人物，有兩點值得注意：首先，就小說本身的敘事來看，可知這類滑稽角色在小說中的作用，並非僅是笑鬧或諷諭而已。他們慣常被塑造成為正義的代表，其形象頗能引起讀者的共鳴。同時，由於這類滑稽角色落實到小說的敘事之中，常常和「主要英雄」構成性格上的互補作用，如楊六郎／焦贊、岳飛／牛皋、狄青／焦仁貴等；加上他們也是英雄團隊中的重要成員，足以成為英雄的一種類型，故本文稱之為「滑稽英

---

❸ 見夏志清〈戰爭小說初論〉，頁 123。

❸ 張火慶〈以岳傳中的牛皋為例——論戰爭小說中的丑角〉《中國小說史論叢》（台北：台灣學生書局，1984.6），頁 253-286。

❸ 蘇義穠《傳統小說中李逵類型人物研究》（政治大學中文所碩士論文，1988）。

❸ 羅書華的三篇系列論文：〈中國傳奇喜劇英雄考辨〉《明清小說研究》（1997 第 3 期），頁 110-117；〈喜劇審美中的崇高——中國傳奇喜劇英雄研究〉《社會科學戰線》（1998 第 1 期），頁 109-117；〈中國傳奇喜劇英雄發生的文化機制〉《海南大學學報·社科版》（1998.3），頁 69-73。

❸ 燕世超〈論明清英雄傳奇小說中的莽漢形象〉《山東社會科學》（2002 第 2 期），頁 112-115。

❸ 蘇義穠《傳統小說中李逵類型人物研究》，頁 8。

雄」。其次，就小說發展的演變來看，塑造出這批類型人物的小說
範圍，除了較早的《三國演義》（張飛）、《水滸傳》（李逵）外，
幾乎都集中於明清家將小說。由於家將小說是一批有續書衍化關係
的類型小說，因此其所塑造的滑稽英雄，除了擁有共同的類型特色
外，更有其發展演變的跡象可尋。

　　綜觀明清家將小說中著名的「滑稽英雄」，主要有楊家將小說
的孟良、焦贊；岳家將小說的牛皋；羅家將和薛家將小說中，則有
程咬金和尉遲恭、竇一虎和秦漢；後出的狄家將小說也有焦廷貴。
此外，《說唐後傳》的周青、《粉妝樓》的胡奎，雖然他們在小說
中的分量比不上前述眾人，但是透過「周青怒鎖先鋒將」、「胡奎
賣頭」等精彩情節的敘寫，使他們同樣也具有「滑稽英雄」的某些
特色，故一併論之。此外，由於受到家將小說不同時期風格的影
響，使得前期（楊家將、岳家將為主）、中期（薛家將為主）、後期（狄家
將為主）作品中的「滑稽英雄」，在人物風格的塑造上展現出明顯
的演變發展。因此本節探討「滑稽英雄」的塑造，即先以作品分期
為界，再逐一就代表人物論之。

一、前期家將小說中的滑稽英雄

　　前期家將小說中的「滑稽英雄」指的是楊家將小說中的孟良、
焦贊和《說岳全傳》中的牛皋。以下分論之：

㈠孟良

　　在《楊家府演義》中，孟良是佳山寨附近的「草頭王」，「力
大如山，無人敢敵」。楊六郎要他歸順朝廷、抗遼立功。他卻反責
說：「汝父子投降於宋，不得正命而死，手足異處若禽獸然，有甚

好處？」再三申言「我以居職享祿為辱」、占山為王「何等尊貴」。只是楊六郎對他三擒三放、以禮相待，使其感於恩義，決定「傾心以事將軍」，並且企圖說服焦贊同助楊六郎「忠勤報主」。（第 13 則）然而，孟良「忠義」的對象是楊六郎而非宋廷。故當宋真宗將楊六郎發配汝州、下旨處死時，孟良即倡議：「今本官遇禍，我等守此無益，不如各散去吧！」遂與岳勝等「反上太行山」，又開始從事打家劫舍的勾當。（第 20 則）可是當楊六郎再度出現時，他「慌忙拜倒」，立即招來岳勝同去「興兵救駕」。（第 22 則）

作者還塑造孟良機智詼諧、善於應變之性格。如孟良聽楊六郎慨歎令公骸骨猶被番邦收禁時，自思「蒙三次不殺之恩，而今日所在無一人敢承其志。不如乘今夜悄悄偷出營寨，密往胡原谷，取骸骨而歸。」（第 14 則）因此，孟良假稱餵馬僕役混入幽州城，並在冒充漁父獻魚時，聽聞遼國奪得西涼進貢宋朝的「驌驦驦」，於是他在取得楊令公骸骨後又臨時起意盜馬回三關。（第 15 則）再如宋軍遭困，孟良要上五台山求救須突破封鎖，於是他先襲殺巡夜遼兵、假扮取代之，還一路搖鈴高叫：「牢牢把把，莫教走了楊郡馬！牢牢守守，莫教走了宋蠻狗！」從而充滿戲劇性地突破重重封鎖，順利往五台山向楊五郎求救。而後，楊五郎告知要他助戰須有戰馬。當孟良向八王借馬不成時，就火燒王府、趁亂竊走「千里風」。當八王騎著更快的「萬里雲」追來時，他就把「千里風」推入泥潭，再趁八王下馬探察時趁機盜走「萬里雲」。（第 16 則）爾後，孟良到木閣寨求取降龍木時，因打不過木桂英，為求脫身只好留下金盔，而後再用計盜降龍木、燒木閣寨，間接促使木桂英投

宋。（第 29 則）如此，皆可見孟良在危急之時，能善用機智轉化生機的處事風格。

因為孟良機智又有膽略，故楊家將陣營每逢艱難任務都會交辦於他：如破天門陣期間，孟良受命前往遼國執行三大任務：一會楊四郎謀求蕭后頭髮；二盜白奇驥與楊宗保破陣；三壞御苑井水以破青龍陣。（第 27 則）果然，孟良都能達成任務，使宋營轉危為安。而在「計殺謝留」的情節中，孟良的表現頗為精彩：當八王領著十大朝臣前往九龍飛虎谷受降時，遼將仿設鴻門會，命謝留舞劍欲取宋臣性命。這時孟良挺身學做樊噲，揚言要與謝留對舞；遼將見其英勇，就改成比賽射箭。孟良慨然先作活靶，謝留連發三箭皆為他咬住、撥開；換孟良射箭時，他先故意射歪使謝留輕忽防備，第二箭則「照咽喉一射，謝留應弦氣絕」。（第 35 則）透過這段情節，孟良機智有膽量的性格被塑造得十分成功。

此外，孟良能言善辯的形象則見於兩次求援。第一次，楊五郎以「出家之人，誓戒殺生」為由不肯出戰。孟良即以佛家常理辯駁：「乞師父以慈悲為本，此行救活眾軍，陰功浩大，勝念千聲佛也。」終使楊五郎無法推辭，下山助楊家將破天門陣。（第 16 則）第二次，楊五郎見孟良「番人裝束」又來求請時，猛聲怒責：「孟良，孟良，我說你是我的冤家對頭，苦苦常來擾纏。」孟良竟不慌不忙地說：「小將亦沒奈何，……倘若不去，北番盡將八王眾官殺了，師父之心能脫然無餘恨乎？」楊五郎只得再度下山解救十大臣。（第 36 則）

(二)焦贊

小說在寫焦贊正式出場前，先寫孟良對楊六郎說：芭蕉山「內

聚強人數百，為首者姓焦名贊，生得面若丹朱，眼似銅鈴，兩顴突出，有萬夫之當之勇。此人性好食人，極其兇惡。將軍即領部眾同去，猶不能招之而來。」其後，寫孟良欲藉兄弟之情勸焦贊歸順楊六郎，結果焦贊喊道：「我認得你，手中鐵錘卻不認得汝！」孟良見他凶狠，不敢交戰，只得用計燒其山寨，再由楊六郎將其先擒後放。焦贊感於：「天下有這一般好人。若我拿得人來，只一刀，肯相釋放？」於是甘心順服楊六郎。**㉧**如此，焦贊的形象、性格皆已定型。

作者塑造焦贊不同於孟良之處，主要在其快人快語、豪邁不羈的性格。如焦贊夜殺謝金吾全家後，恐連累街坊，就在壁上留詩，展現好漢做事好漢當的性格。**㊳**當禁軍來拘拿時，焦贊持刀拒捕，喊道：「殺人是我本等的事，這一生也不知殺了多少，希罕砍這一十三口而已。我今把這些狗奴殺了，待與將軍回轉佳山寨，看有甚人來奈的何！」待楊六郎怒喝「今若不聽吾言，先斬汝首去獻」後，他才甘願受縛，可見其不受王法，卻只信服楊六郎的肝膽與義氣。隨後兩人被判充軍，當楊六郎「不勝悲悼，歸辭令婆」時，焦贊卻忿忿不平說：「今特來請將軍回三關寨，不必汝州去也。」並

㉧ 《北宋志傳》寫焦贊之所以情願歸順，主要是因楊六郎現出白虎原形，當時楊六郎還是焦贊的手下敗將。（第23回）而《楊家府演義》為了維持楊六郎的英雄形象，不採用此段星宿傳說，並且寫楊六郎對焦贊先擒後放，如此焦贊遂變成楊六郎的手下敗將。（第13則）

㊳ 《北宋志傳》中的詩句是「天上有六丁六甲，地下有金神七煞。若問殺者是誰？來尋焦七焦八。」（第28回）而《楊家府演義》則是：「四水星連家下流，二仙並立背峰頭。明明寫出真名姓，仔細參詳莫浪求。」（第19則）兩相比較，顯然《北宋志傳》所敘寫之詩較能符合焦贊的出身和魯莽性格。

嗔怒宋真宗：「此等奸佞之徒，我為朝廷除之，且不感戴，反把我來充軍。然我所曉者，只是臨陣擒軍斬將而已，哪曉得做甚麼軍！」（第 19 則）爾後，焦贊聽說楊六郎於充軍時被殺，隨即逃軍落草，還設置楊六郎的靈堂，逼迫和尚念經為其超渡。當楊六郎復出來尋他時，焦贊驚喜地抱住六郎說：「想必是焦贊超渡多次，今日顯出靈怪來矣。」（第 21 則）如此，皆可見焦贊魯莽、率真之性格。因此，在破天門陣之前，鍾道士說要先遣一個「粗心大膽者」進去巡視時，除了焦贊，沒有第二人選。（第 29 則）

小說中的焦贊還有著嫉惡如仇、愛憎分明、暴烈剛直等性格特點。如當他聽聞孟良再度落草後竟強搶民女時，立即怒氣衝衝地說：「待我出去打折他一隻腿，看他還做得新郎否？」於是「幾步跳上廳去，一腳踢倒筵席」，厲聲罵曰：「不顧禮義之徒，緣何這等無恥。」（第 22 則）而在戰場上，當他得知楊六郎遭遼兵圍困時，即「聲震如雷」急於相救；破白虎陣時，更是「砍殺番兵，猶如切瓜」。（第 30 則）

此外，焦贊與孟良的關係也值得加以探討：小說塑造兩人的出身和性格大抵相同，只是焦贊較「魯莽」而孟良較「機智」。兩人同生共死的關係，則見於潛入遼邦求髮和盜骨的情節。當孟良欲潛往遼邦取髮時，焦贊從後趕上，孟良罵道：「冤家，你來何幹？」焦贊就說：「因哥哥一個獨行，我心不安，特來陪伴。」孟良告以事關機密，焦贊卻堅持說：「只有哥哥機密，而我便洩露耶？死就便死，定要同去。」孟良只得讓他隨行。（第 27 則）孟良第二次潛往遼邦，是為了盜回楊令公骸骨。不想焦贊偷偷趕到，黑夜中竟遭孟良誤殺。當孟良看清自己所殺之人竟是焦贊時，不禁感嘆：「焦

贊，焦贊，是我害汝性命。不須怒恨，我今相從汝於地下矣！」於是將楊令公的骸骨託付他人送回，當場慷慨自刎。（第 39 則）由此可見兩人生死與共、交情深厚，故作者以「焦不離孟、孟不離焦」來形容這對哥倆好。

(三)牛皋

據《宋史》記載：牛皋隸岳飛軍後，斬王嵩、破李成、擒楊么，因功累遷高職。紹興十七年，田師中收編岳家軍後大會諸將，「皋遇毒嘔歸」，乃語所親曰：「皋年六十一，官至侍從，幸不蒼足，所恨南北通和，不以馬革裹屍，顧死牖下耳。」❸牛皋被毒死，當時傳言是秦檜的陰謀。像這樣一個忠君愛國、鐵錚錚的英雄好漢，卻不幸冤死於奸臣之手。可見，牛皋之所以能隨著岳飛進入通俗文學之中，最主要因素在於他有著和岳飛相同的冤死悲情，因此作家們企圖用傳奇手法為他做辯冤的補償。❹

《說岳全傳》寫牛皋一出場，就在亂草岡攔路打劫。透過岳飛眼中所見，展現其外貌造形：「面如黑漆，身軀長大。頭戴一頂鑌鐵盔，身上穿著一副鑌鐵鎖子連環甲，內襯一件皂羅袍，緊束著勒甲條。騎著一匹烏雛馬，手提兩條四楞鑌鐵鐧。」牛皋和岳飛比武時，他見岳飛赤手空拳，也把自己的武器掛起，用拳頭對打；後來

---

❸ 見《宋史》卷三六八〈牛皋傳〉（台北：鼎文書局，1983.11），頁 11466。

❹ 張火慶指出：歷史上的牛皋，其「生平除了勇謀膽識為後世景仰外，實已找不出其他令小說家感到興味的特徵了。或者說，他的功高而被害，這一層英雄悲劇性，與岳飛的『莫須有』罪名具有同樣的遺憾效果，遂使小說家企圖用傳奇的手法，為他們做辯冤的補償。」〈以岳傳中的牛皋為例──論戰爭小說中的丑角〉《中國小說史論叢》，頁 258。

他打輸岳飛，竟氣得當場拔出腰間的寶劍要自刎。（第 6 回）透過這個喜劇性的場面，作者生動地勾勒出牛皋性格的特徵：單純樸實，粗魯中又夾雜著坦蕩。

　　牛皋的性格主要是通過幾個典型的喜劇事件來顯現，如：牛皋武藝平常卻敢打敢拚，常常逢凶化吉、遇禍得福。某次戰敗，牛皋自己回馬跑了十來里路，卻不見半個兵卒逃回。重趕回去，方知原來是他的隨從們守住陣腳，用亂箭射退了追兵。牛皋得知後大喜說：「妙啊！倘然我老爺下次弄了敗仗，你們照舊就是了。」果然以後每逢敗陣，他就邊退邊喊：「孩兒們，照舊！」（第 30 回）透過這種滑稽戰術，可見其天真之性格。再如牛皋奉命救援藕塘關，總兵金節以為岳飛親臨，跪地迎接。原本牛皋的軍階見了總兵要叩頭，但牛皋卻反受金節的禮，還說「免叩頭」，金節「急得氣滿胸膛」；進入大堂，牛皋竟又大方地坐在中間主位，還一連喝了數十碗酒。這時金兵來犯，牛皋狂飲半罈酒後出戰，結果對陣時坐在馬上宛如醉死。正當番將感到糊塗時：

> 那曉得吃醉的人被風一吹，酒卻湧將上來，把口張開竟像靴統一樣。這一吐，直噴在番將面上。那番將用手在面上一抹。這牛皋吐了一陣酒，卻有些醒了，睜開兩眼，看見一個番將立在面前抹臉，就舉起鐧來，噹的一下，把番將的天靈蓋打碎，跌倒在地，腦漿迸出。（第 32 回）

打死番將後，牛皋立即招呼宋軍衝入番營，殺得屍橫遍野。目睹戰況的金節不得不發出驚嘆：「將軍真神人也！」遂作主要將自己的

妻妹嫁給牛皋。婚宴當天，糊塗的牛皋還誤以為是金節請他吃喜
酒，當他得知自己竟然就是新郎時，原本粗魯、高傲的牛皋，瞬間
變得「一張臉嘴，脹得像豬肝一般」，驚慌失措之餘，往外就逃。

「牛皋下戰書」一段，則生動地表現出其膽略。牛皋請令願往
金營下戰書，岳飛擔心地提醒他：「言語須要留意謹慎。」牛皋卻
自信地說：「大丈夫隨機應變。」到了金營，番兵嘲笑他打扮得文
縐縐，牛皋還自誇：「能文能武，方是男子漢。」金兀朮喝令他進
來，牛皋怒其無禮罵道：「這狗頭，『請』字不放一個。」而後還
理直氣壯，堅持要金兀朮先向他見禮。作者接著敘寫如下：

> 兀朮大怒道：「某家是金朝太子，又是昌平王，你見了某家
> 也該下個全禮，怎麼反叫某家與你見禮？」牛皋道：「什麼
> 昌平王！我也曾做過公道大王。我今上奉天子聖旨，下奉元
> 帥將令，來到此處下書。古人云：上邦卿相，即是下國諸
> 侯；上邦士子，乃是下國大夫。我乃堂堂天子使臣，禮該賓
> 主相見，怎麼肯屈膝于你？我牛皋豈是貪生怕死之徒、畏箭
> 避刀之輩？若怕殺，也不敢來了。」兀朮道：「這等說，倒
> 是某家不是了。看你不出，倒是個不怕死的好漢，某家就下
> 來與你見禮。」（第38回）

「公道大王」本是牛皋落草時的渾號，他卻自鳴得意地拿出來和金
邦的「昌平王」對稱，可見其粗俗卻又有膽量的性格，故當他聲言
自己非貪生怕死之徒時，其展現出來的氣魄，令金兀朮不得不佩服
於他。而後，牛皋見金兀朮批了戰書，居然還說：「我是難得來

的，也該請我一請！」於是他就大方地在金營裡吃得大醉後才返回宋營。這段情節，沒有誇張的敘述，完全是依兩人的性格來寫，既呈現金兀朮敬重英雄好漢的性格，更凸顯出牛皋粗中帶細、臨機應變的一面。

　　同其他滑稽英雄一樣，牛皋雖然粗魯莽壯，卻正氣凜然，對於昏君奸臣他始終保持著清楚的認知和強烈的反抗情緒。如岳飛槍挑小梁王後，張邦昌要斬岳飛，他就號召大家造反：「殺進城去，先把奸臣殺了，奪了汴京，岳大哥就做了皇帝，我們四個都做了大將軍，豈不是好？還要受他們的什麼鳥氣！」（第 13 回）後果真聚眾太行，自號「公道大王」。牛皋更屢屢替岳飛出氣，如宋高宗偏安以致岳飛罷官，他就說：「我家元帥，立了多少大功，殺退金兵。那康王全無封賞，反將他黜退閒居，那些無功之人，反在朝中大俸大祿的快活，心中實在不平。」而後牛皋平定苗、劉叛變，宋高宗要賜封他時，他卻不屑地說：「你這個皇帝老兒！不聽我大哥之言，致有此禍！本不該來救你，因奉了哥哥之命，故此才來。」說完拒官而去，完全不給皇帝面子（第 47 回）。

　　岳飛冤死後，牛皋興兵復仇，然因岳飛陰靈不許，使他深感無奈，大哭一場後跳江自盡（第 63 回）。然牛皋福大命大，尋死不成又回太行山落草。爾後，金兵再度南侵，宋廷欲招安他去抗金。當欽差命他「快排香案接旨」時，牛皋當下開罵：

　　　接你娘的鳥旨！這個昏君，當初在牛頭山的時節，我同岳大
　　哥如何救他，立下這許多的功勞，反聽了奸臣之言，將我岳
　　大哥害了，又把他一門流往雲南。這昏君想是又要來害我們

了！（第 74 回）

岳飛冤死讓牛皋對宋高宗的不滿達到極點，並因此更加看清政治現
實的無情。故當欽差對他說明高宗已死，新君已赦岳家時，牛皋竟
冷冷地回說：「大凡做了皇帝，盡是無情無義的。我牛皋不受皇帝
的騙，不受招安。」如此憤激之語，可說完全是衝著岳飛冤死而
發。後來，欽差改用激將法，問他是否因為懼怕金兀朮才不敢接受
招安，牛皋果然大怒：「放你娘的狗屁，我牛皋豈是怕兀朮的？就
受招安，待我前去殺退了兀朮，再回太行山便是了。」（第 74 回）
如此，相較於岳飛的忠君愛國，牛皋抗金的動機顯得單純多了。由
此亦可見在牛皋的心目中，值得敬重的人只有「岳大哥」一人而
已。

回朝後，牛皋奉命審奸，他將參與冤害岳飛的奸臣盡皆斬首
後，就帶領二代英雄（英雄後代）上戰場。他們重新回到岳飛遺恨的
地點朱仙鎮，與岳飛戰場上的死對頭金兀朮決戰。最後，作者安排
牛皋騎在金兀朮背上，「氣死兀朮，笑殺牛皋」。❹滑稽英雄總算

---

❹ 《說岳全傳》用漫畫式的誇張敘寫這段精彩情節：（金兀朮戰牛皋）不上三
四合，兀朮左臂疼痛，只用右手舉斧砍來。牛皋一手接住斧柄，便撇了鐧，
雙手來奪斧。只一扯，兀朮身體重，往前一衝，跌下馬來。牛皋也是一跤跌
下，恰恰跌在兀朮身上，跌了個頭搭尾。番兵正待上前來救，這裡宋軍接住
亂殺。牛皋趁勢翻身，騎在兀朮背上，大笑道：「兀朮！你也有被俺擒住之
日麼？」兀朮回轉頭來，看了牛皋，圓睜兩眼，大吼一聲：「氣死我也！」
怒氣填胸，口中噴出鮮血不止而死。牛皋哈哈大笑，快活極了，一口氣不
接，竟笑死於兀朮身上。這一回便叫做「虎騎龍背，氣死兀朮，笑殺牛皋」
的故事。（第 79 回）

完成主要英雄未竟的事業，故作者於書末引詩云：「因將武穆終身恨，一半牛皋奏大功。」（第 80 回）可見，作者如此敘寫實有為歷史補恨之意味。**❷**

二、中期家將小說中的滑稽英雄

中期家將小說的範圍主要是指《說唐後傳》、《說唐三傳》和《反唐演義》。這一系列說唐小說不但刊刻時間相近，內容也互相接續。以這三本小說中的人物來看，其中最足以代表「滑稽英雄」的人物非程咬金莫屬。然而，在較早出現的《薛仁貴征遼事略》、《大唐秦王詞話》，以及相關的元明雜劇中，作為「滑稽英雄」的代表，程咬金則顯然不及尉遲恭。**❸**此演變過程正如民間對程咬金性格的形容——「半路殺出程咬金」。**❹**不過，尉遲恭在以薛仁貴

---

❷　《宋史·牛皋傳》寫牛皋遺言曰：「所恨南北通和，不以馬革裹屍，顧死牖下耳。」因此小說中安排牛皋在戰場上大笑而死，實有為英雄補恨之意。

❸　元明雜劇中寫到程咬金的作品，如《程咬金斧劈老君堂》主角是李世民，故事重點在於真命天子必經的落難過程，程咬金只是「災難來源」；《長安城四馬投唐》主角是李密和王伯當，程咬金只是小配角。而寫到尉遲恭的作品，如《尉遲恭鞭打單雄信》、《尉遲恭單鞭奪槊》，尉遲恭在劇中都是主角，而且表現出率直勇悍的形象。另外，在《薛仁貴征遼事略》中，程咬金只是用來與徐茂功形成一黑一白，一文一武的搭配。然在《大唐秦王詞話》中，尉遲恭已被賦予「黑殺神」的典型形象，將其性格塑造得猶如《水滸傳》中的「天殺星」李逵，並且凸顯其魯莽性格。

❹　對此，蘇義穠認為小說中尉遲恭的武藝高強（只有秦瓊能比擬），要他以丑角面貌出現，未免太不協調。故小說家選擇武藝不甚出色、又有斧劈老君堂傳說的程咬金來和秦瓊搭配，而把尉遲恭列為與秦瓊同等級的上將。《傳統小說中李逵類型人物研究》，頁 76-77。

為主的故事中，確實也是一個重要的「滑稽英雄」。此外，《說唐後傳》中的周青，透過其造型及「周青怒打先鋒將」的情節，可知作者也有意將他塑造成一個「滑稽英雄」，只是不夠全面化。而《說唐三傳》中的竇一虎和秦漢，則是英雄陣營中的一對活寶，或可看做是傳統「滑稽英雄」的變異，故一併論之。以下，即就周青、程咬金、尉遲恭、竇一虎和秦漢等依序探討：

㈠周青

　　《說唐後傳》寫周青出場的形像是：「頭上紫包巾，穿一件烏緞馬衣，腰拴一條皮帶，大紅褌褲，腳踏烏靴。面如重棗，豹眼濃眉，獅子犬鼻，招風大耳。身長一丈，威風凜凜。……善用兩條鑌鐵鐧，有萬夫不當之勇。」（第 19 回）如此形象幾乎是所有滑稽英雄的特徵。周青投軍後本為旗牌官，顧及兄弟義氣，自願降級同薛仁貴當火頭軍。隔天，一批新投軍的大喝火頭軍起來燒飯。周青就罵：「你們這班狗頭，這麼放肆，……我們叫火頭將軍，怎麼落了一字，叫起火頭軍來？」（第 22 回）眾人作勢要打，他伸手反推倒一群人。嚇得眾人拜火頭軍為師，反而燒飯給他們吃。周青的形象、個性由此可見。

　　小說中周青形象的塑造，最典型的情節是第 36 回的「番將力擒張志龍，周青怒鎖先鋒將」：書敘張士貴子婿先後被番將擒去，薛仁貴卻因重病而無法出戰，於是張士貴派人去傳周青出戰。這個新來的中軍在營外傳喚，見無人答應就開罵，不料惹惱了周青，「夾中軍大腿上一攏，連皮帶肉摳出一大塊」。那中軍痛得跌下馬、摔斷令箭，爬回去控告火頭軍撒野。張士貴聽後反喝令左右「把這中軍鎖了，待我大老爺自去請罪！」他先假意探問薛仁貴的

病情，再訴說中軍被打事。薛仁貴聽說周青不服法，氣得面臉失色，「登時發暈，兩眼泛白，一命嗚呼去了」。周青見狀即怒喝張士貴：「我大哥好好在床安靜，要你來一頭『薛禮、薛禮』叫死了。」遂招呼兄弟們，「把本官鎖在薛禮大腿上，待他叫醒了大哥才放。若叫不醒，一同埋葬。」結果堂堂先鋒官竟然被火頭軍給鎖了，又驚又氣的張士貴不禁怒責周青「無法無天」。周青反而恐嚇他說：「叫不醒大哥，連你性命也在傾刻。」張士貴驚得魂不附體，連忙大呼叫醒薛仁貴。薛仁貴深怕自己若有不測，「這班兄弟胡亂起來，大老爺性命就難保了」。遂要張士貴趁他還醒著時，責罰周青。周青立即放話：「憑你什麼王親國戚，要鎖我火頭軍卻也甚難！」張士貴嚇得不敢動手，薛仁貴只好命人將周青綁好後，再交付給張士貴帶走。臨走前，周青竟吆喝說：「兄弟們，隨我去！他若是罷了就罷了，若不然，我們就奪先鋒做。」張士貴大驚，趕忙說只要周青救回其子婿就算贖罪。

透過這段精彩的「怒鎖先鋒將」，可見周青眼中只有「薛大哥」，對張士貴這等無能奸佞，他是非常不屑的。

㈡程咬金

正史上對程咬金的出身記載有限，❹程咬金的形象主要是由小說家所塑造出來的。在《隋唐演義》中，寫程咬金遇異人服丹藥，以致相貌變成「青面獠牙，紅髮黃鬚」。（第 23 回）《說唐演義》

---

❹ 《舊唐書》卷六十八〈程知節傳〉：「程知節本名咬金，濟州東阿人也。少驍勇，善用馬槊。大業末，聚徒數百，共保鄉里，以備他盜。」（台北：鼎文書局，1981.1），頁 2503。

則刻意塑造程咬金的滑稽性格,如宣花斧法只學得一半、拈鬮當上瓦崗寨主、出恭時砍死敵將、撮合尉遲恭與黑夫人的姻緣等。**❹** 由於程咬金的武藝平平,因此他在戰場上的表現總是打得勝就衝,打不贏就跑。故當他三斧取瓦崗,因天命而當上皇帝時,即頗有自知之明地說:「在此不過混帳而已,就稱長久元年,混世魔王便了。」(第 28 回)「混世」正是程咬金性格的最佳寫照,其在小說中的形象至此定型,爾後的相關敘寫亦多由此模仿。**❹**

程咬金令人印象最深刻的形象,是其「福將」身分。如在《說唐後傳》中,唐太宗君臣遭困木楊城,徐茂公推舉程咬金回長安討救。程咬金怕死不去,徐茂功先激他「眾將恥笑你無能」,再誘以成功加封「一字並肩王」,戰死封做陰間「天下都土地」。程咬金被逼不過,只得抱著做「天下都土地」的打算出城。果然,他逢厄自有神仙救護,最後成功討得救兵。(第 5 回)類似情節也見於「越虎城遭困」、「鎖陽城遭困」,雖然最後脫困的方式不同,但皆因其為「福將」,才得以完成任務。**❹**

---

❹ 參見《說唐演義》(68 回本)第 21 回「俊達有心結勇漢,咬金不意得金盃」、第 28 回「咬金三斧取瓦崗,魔王一星探地穴」、第 49 回「咬金抱病戰王龍,方靜設謀誅定陽」、第 53 回「尉遲恭納黑白氏,馬賽飛擒程咬金」。

❹ 如《說唐後傳》第 23 回寫程咬金唆使秦懷王跟尉遲恭打架,仿自《說唐演義》第 25 回他挑起羅成和單雄信相爭的情節;《說唐後傳》第 15 回程咬金要為史家醜女作伐,仿自《說唐演義》第 53 回他要替尉遲恭做媒的情節。有趣的是,程咬金在這系列小說中成了最佳媒人,《說唐三傳》中薛丁山先後和竇仙童、陳金定、樊梨花等結親,作媒的都是程咬金。

❹ 程咬金脫困的方式,在「越虎城遭困」中是以言語激蓋蘇文(《說唐後傳》

此外，在程咬金的性格中，既有怕死、貪財的醜態，更有正義感的發揮。先就羅家將的部分來看：程咬金降唐後為表效忠，不惜向唐王宣稱自己「這狗性極有真心腹，最好相與的」；可是當羅成遭害後，他卻又敢於直斥「唐家是沒良心的」、「思量來騙我們前去與他爭天下、奪地方」。❹再如羅通為知父祖冤仇，哄騙程咬金說父祖鬼魂要捉他，程咬金嚇得膽戰心驚，就把羅藝父子遭害的經過全盤托出。然而，當唐太宗因屠爐公主自盡而欲斬羅通時，滿朝文武獨有程咬金敢奏請保救。為了不使羅氏絕嗣，他還說服唐太宗將「到老不許娶妻」的罰責改成「羅通配醜婦」。❺

再就薛家將的部分來看：程咬金奉命到摩天嶺討救，一聽薛仁貴說此處有烏金，即「欲心頓發，也去亂拾亂撿，往腰中亂藏，往懷內亂兜，現出舊時本相」。東征凱旋後，程咬金奉命督造平遼王府，還得意洋洋地向夫人炫耀他從中「賺了三萬餘金」。❺然而，當唐太宗聽信李道宗奸謀而欲斬薛仁貴時，也幸有程咬金冒死保救才得暫押天牢。後薛仁貴因冤屈未雪而不肯平西、唐太宗卻因李道宗是王叔而不加罪責，正當君臣雙方僵持不下時，亦是靠程咬金設

<hr>

第 48 回）；而「鎖陽城遭困」中還要蘇寶同「請吾一請」吃喝一頓後才離去（《說唐三傳》第 16 回）。此類敘寫皆頗類似於《說岳全傳》寫牛皋往金營下戰書的情節（第 38 回），可見小說家互相沿襲模仿之跡。

❹　詳參《說唐演義》第 57 回「秦瓊建祠報雄信，羅成奮勇擒五王」、第 62 回「羅成魂歸見嬌妻，秦王恩聘眾將士」。

❺　參見《說唐後傳》第 16 回「勝班師羅通配醜婦」。

❺　參見《說唐後傳》第 48 回「摩天嶺討救薛仁貴」、第 55 回「薛仁貴雙美團圓」。

計燒死李道宗之後，才得順利化解其君臣之間的心結。**❺❷**而在薛剛反唐的故事中，程咬金更是處處護衛薛家後代，甚至劫法場救薛剛，不惜再度落草，最後他「活了一百二十八歲」，大笑而死。**❺❸**

由此可見小說所塑造的程咬金，在丑態中更見其正義感。同時，在對待薛、羅兩家人上，程咬金顯然比唐太宗有情有義多了。

㈢尉遲恭

尉遲恭是唐朝的開國名將，史載其人「以武勇稱；每單騎入賊陣，賊槊攢刺，終不能傷，又能奪取賊槊，還以刺之；賊眾無敢當者」。玄武門之役「論功，敬德與長孫無忌為第一」。**❺❹**因此在唐宋傳說和元雜劇中，關於尉遲恭的故事最多；到了《大唐秦王詞話》時，尉遲恭已有完整的形象，他「力伏鐵妖、智降水怪」，可謂英勇蓋世；《隋史遺文》則寫尉遲恭與秦瓊大戰，展現其勇猛的一面；到了《說唐演義》，在尉遲恭的性格塑造中又有「粗莽豪

---

❺❷ 程咬金以「不罰李道宗，元帥征西不用心」為由，騙唐太宗說只要將李道宗放入寺廟大鐘內，「今日起了兵，明日差人放他出來」。結果，程咬金命人將李道宗置於鐘內活活燒死後，假稱：「忽天降一塊火來，將殿宇燒壞，王叔竟燒死在內。」唐太宗明知程咬金搞鬼，然為了征西，只能「無可奈何！」參見《說唐三傳》第7回。

❺❸ 參見《說唐三傳》第88回「笑殺程咬金哭死鐵牛」。另《反唐演義》第96回的敘寫大致相同。

❺❹ 尉遲敬德，朔州善陽人。大業末，從軍於高陽，討捕群賊以武勇稱，累授朝散大夫。後追隨李世民，「玄武門之變」時，論功與長孫無忌為第一。唐太宗遂將齊王府財幣器物，盡賜之。參見《舊唐書》列傳十八〈尉遲敬德傳〉頁2495-2499。

爽」的新發展。❺❺而後接續的《說唐後傳》、《說唐三傳》則進一步發揮其「滑稽英雄」之形象。

由於薛家將小說所塑造的尉遲恭，主要是為了烘托主要英雄薛仁貴，因此在《說唐後傳》中，前半部寫羅通掃北，尚見尉遲恭戰場之勇猛；後半部寫薛仁貴征東時，尉遲恭的形象重點則換成「滑稽英雄」。在征東情節中，作者以老牌元帥秦瓊舉金獅受重傷，而應夢賢臣薛仁貴又尚未得時，在無人掛帥的情況下，尉遲恭趁機得以掛帥。換言之，《說唐後傳》是以「征東掛帥」為背景來塑造出尉遲恭的形象。

《說唐後傳》寫尉遲恭為了取回帥印，先遭秦瓊故意吐痰在臉上，後又遭程咬金設計使弄秦懷玉打他，最後還因此被唐太宗罰俸。從掛帥開始，這魯莽漢子就被再三戲弄。出征前，唐太宗為見應夢賢臣，徐茂公獻策命元帥擺「龍門陣」即可見之。尉遲恭一聽，嚇得魂不附體，趕忙自陳：「臣從幼不讀書，一字不識，陣圖全然不曉。不要說龍門陣，就是長蛇陣也只得耳聞，不曾眼見。臣只曉得一槍一鞭，哪裡曉得擺陣？」（第 25 回）可是唐太宗堅持要他三天內布陣完成，否則依逆旨罪處決。尉遲恭勉強領旨後，大罵：「真正遭他娘的瘟！秦瓊做了一世元帥，從不擺什麼龍門陣，某才掌得兵權，就要難我一難。」後來腦筋一轉，就把問題推給先鋒張士貴解決，還大言不慚地說：「本帥未曾投唐之時，常常擺過。如今投唐之後，從不曾擺。倒忘懷了，只記得些影子。」如

---

❺❺　詳參彭利芝〈說唐系列小說人物考辨〉《明清小說研究》（1999 第 2 期），頁 145-146。

此，可見尉遲恭粗莽又帶虛誇的滑稽性格。類似情形，亦見於唐太宗命他作《平遼論》，惹得他不禁抱怨：「早知做元帥這等煩難，我也不做了。」（第26回）

小說中最能彰顯尉遲恭性格的描寫，正是「奉旨戒酒犒軍」一段。尉遲恭為了趕快找出薛仁貴，自荐要親赴軍中點將。因程咬金賭他會喝酒誤事，遂又主動要求唐太宗：「寫一塊御旨戒牌，帶在臣頸內，就不敢吃了。若再飲酒，就算大逆違旨，望陛下以正國法。」到了軍中，他還對張士貴聲明在先：「我奉旨戒酒，你休將葷酒迷惑我心。」然張士貴卻故意將美酒置於上風處，尉遲恭聞得酒香，「喉中酥癢，眼珠倒不看了點將，旁首看他把酒倒東倒西」。張士貴知奸計成功，就在酒中放茶葉獻上，騙說是茶。尉遲恭一聞酒香沖鼻，「猶如性命一般，拿來一飲而盡」，還稱讚張士貴「倒是個好人」，又高呼：「再拿茶來。」當尉遲寶慶怒責他「沒志氣」時，他「性氣頃刻面泛鐵青，眼珠翻轉」，大聲罵道：「為父飲酒，人不知，鬼不覺。你這畜生，焉敢管著為父的響叫飲酒！我如今不戒酒了。」遂把戒酒牌拿下，傳令張士貴備筵，「本帥偏要吃酒，吃個爽快」。酒醒後大驚，先責兒子沒阻止他，後往山神廟又因莽撞斥喝而嚇跑薛仁貴。（第35回）

爾後，薛仁貴病挑安殿寶、張士貴父子再度冒功。尉遲恭氣不過，遂騙張士貴說有古董要給他看，拿出「打王鞭」後還故意問：「為甚柄上又刻幾行字？本帥不識，你來念與我聽聽看！」當張士貴念出「上打昏君無道，下打文武不忠」時，尉遲恭大笑說：「依鞭上之言，汝等不忠奸佞，正可打得的了！」隨即提鞭就要打，嚇得張士貴不得不招出冒功事。當尉遲恭滿懷歡喜去向唐太宗報功

時，沒想到徐茂公反責他魯莽：「分明把仁貴性命害了。」果然，張士貴回營後，即設下殺人滅口的奸計。（第 37 回）如此，皆可見尉遲恭既魯莽又天真之性格。

最後，當唐太宗因薛仁貴有救駕之功而欲封賜他時，尉遲恭自認年邁無能，當場表明情願讓出帥印，還慶幸地說：「某這顆帥印，秦府中所得，不知吃了多少虧。就是自己兒子，也不放心付他執掌。今看小將軍一則武藝精通，本事高強，二來一定前生有緣。我心情願交付與你，安然在小將軍標下聽用。」這使得薛仁貴自覺擔當不起，主動說要認尉遲恭為繼父。自此，尉遲恭待薛仁貴「比自己親生兒子還好得多」。（第 44 回）如此，同樣是讓出帥印，作者以尉遲恭的豪爽相較於秦瓊的不甘，更見其人性格之可愛。而在此讓受之間，又將尉遲恭天真之性格，透過薛仁貴的世故凸顯出來。

尉遲恭重情義的個性，表現在他營救薛仁貴的情節。《說唐三傳》寫尉遲恭原本奉旨在真定府鑄佛，當他得知薛仁貴遭陷時，「不分星夜」趕回長安，先怒打李道宗，再請出「打王鞭」求唐太宗赦免薛仁貴。結果唐太宗不予理會，逕入「止禁門」。尉遲恭在門外再三苦求，訴說薛仁貴有「十大功勞、救駕之功」，若不赦他「有功之臣心冷」。然唐太宗堅決不赦，尉遲恭自思「善求不如惡求」，遂怒罵：「昏君聽了奸王，當真不赦！」決心「打進宮門，與昏君性命相賭，必要救薛仁貴性命」。於是，他憤怒地往止禁門打了一鞭，結果打王鞭斷為十八段。尉遲恭大驚，自思「鞭在人在，鞭亡人亡」，對著止禁門拜了二十四拜後，竟撞門自盡。（第

5回）**❺**如此，作者以唐太宗的無情，烘托出尉遲恭魯莽卻又有情有義的性格。

㈣竇一虎和秦漢

《說唐三傳》中竇一虎和秦漢是師兄弟，他們的形象和作為都是典型的滑稽人物，而且具有許多共同的特色。如：

1.兩人外型皆是矮子、個性皆好女色

從外在形象來看：竇一虎出場時是碁盤山的草寇大王，「儀貌堂堂，身長三尺」，手執黃金棍，是「王禪老祖的徒弟，武藝高強」。（第18回）而秦漢則是竇一虎的師弟，本為大唐駙馬爺秦懷玉之子，小時在後園玩耍，被王禪收為徒弟，「也是矮子，頭上挽起個空心丫髻，大紅絨鬚兩邊披下，身裳繡綠襖子，手上帶個黃金鐲，赤了一雙腳，好似紅孩兒樣」，使一對狼牙棒。（第25回）

就內在個性的展現：竇一虎因見薛金蓮生得齊正，就「心中妄想捉來成親」，結果被羅通殺得大敗而逃。（第18回）而秦漢奉師命下山解救師兄，途中遇一女子「生得十分貌美，天姿國色」，即「起了貪色之心」、「欲求片刻之歡」、「慾火難禁」，正「色膽如天，將女子抱進房，解帶寬衣」時，只見一陣狂風，美人變成松樹，原來是師父對他的考驗。（第25回）爾後，兩人在戰場只要見

---

❺ 小說寫尉遲恭的死純屬虛構，依《舊唐書》列傳十八〈尉遲敬德傳〉載：「敬德末年篤信仙方，飛鍊金石，服食雲母粉，穿築池臺，崇飾羅綺，嘗奏清商樂以自奉養，不與外人交通，凡十六年。顯慶三年，高宗以敬德功，追贈其父為幽州都督。其年薨，年七十四。高宗為之舉哀，廢朝三日，令京官五品以上及朝集使赴宅哭，冊贈司徒、并州都督，諡曰忠武，賜東園祕器，陪葬於昭陵。」頁2500。

了美女，反應都是「不覺遍體酥麻」。

2.兩人都有一段笑鬧式的天命姻緣

竇一虎因妹妹竇仙童與薛丁山成親，而投歸大唐成為征西軍的戰將。為了追求薛金蓮，他揭榜求婚，薛仁貴還因此大怒，責怪「夫人好沒見識，不該帶女兒金蓮一同到此，被矮子看見」，罵道「虎女焉肯配你犬子」，號令綁去斬首。後因唐營無人能破飛鈸，薛仁貴遂假意應允：「只要你破得飛鈸，回朝之日，將小女與你成親。」竇一虎樂得潛入敵營，結果性命險喪於飛鈸之中。（第25回）而秦漢在戰場上見刁月娥貌美，就思「今宵不如先到房中做個偷香竊玉，睡他一夜，就死也甘心」。是夜秦漢闖入後，結果睡在床上的竟是比他早到的師兄竇一虎，可見師兄弟有志一同。（第38回）

正當兩人感嘆姻緣難就時，適逢月下老人翻看姻緣簿，內載「竇一虎該配薛金蓮，秦漢配刁月娥乃宿世姻緣」。兩人樂得回山報知師父，王禪老祖雖為徒弟說親，然刁月娥之師金刀聖母仍嫌秦漢「身子矮小、面貌不揚，怎好配我徒弟？」這時有仙道「蒙月下老人指引」，帶來「迷魂沙、變俏符兩件寶貝」，說明這是為了「恐他二位美人不肯相配陋漢，抗違天命」，「特來見道友撮合成親，完一宗功案」。既是天命，金刀聖母也只能應允相助。（第39回）於是，秦漢再度潛入敵營，以迷魂沙偷了刁月娥的人。刁家父女正欲將秦漢這淫賊「碎屍凌遲」時，金刀聖母降臨說因果，刁家父女「無可奈何」只得允親。隨後，金刀聖母又至唐營，代竇一虎向薛仁貴提親，但見「元帥聽了心中不悅，金蓮小姐悶悶不樂」。聖母即令竇一虎貼上變俏符，「將身一搖，變成七尺長、身裁美

貌」。結果薛仁貴思及「征西用人之際」只得允了，而「小姐見父親允了，含笑應承」。（第 40 回）可見在不得違逆天命的情況下，不管女方心中有多麼不甘願，也只得順從，而原本來自女方之父或仙師的阻力，遂告消解。

3.兩人在戰場上的表現相同

寶一虎「好似周朝土行孫，會地行之術」（第 19 回）；而秦漢則有鑽天帽、入地鞋兩樣法寶。兩人同赴戰場時，為了分散敵人注意力，通常是一個上天，一個入地，搭配得宜。同時，因為他們身子矮小，臨陣時常因敵將輕視而得立下奇功。如寶一虎與飛鈸和尚大戰：

> 飛鈸和尚抬頭一看，見城中趕出一隊步兵，不見主將，心中倒也希罕，就被寶一虎腿上打了兩下，好不疼痛。往下一看，見一個矮子跳上跳下……。殺了幾合，和尚在馬上終是不便，倒被一虎一棍打馬尾股，那馬跳將起來，幾乎將和尚跌下馬來。忙將飛鈸打下，一虎看見想來利害，身子一扭不見了。（第 24 回）

這招「身子一扭不見了」，讓飛鈸和尚不得不嘆服：「唐朝有此異人，怪不得元帥大敗。」因為秦漢、寶一虎兩人身材矮小，又各有上天入地的本事，故總被賦予「偷盜」、「救援」、「先去闖陣」之任務。雖然他們在戰場表現平平，甚而還常常被抓、被縛，但他們總是能夠在危急時，「身子一扭不見了」或「騰空而去」。

三、後期家將小說中的滑稽英雄

　　後期的家將小說中最出名的「滑稽英雄」就是焦廷貴，此外《粉妝樓》中胡奎的造型及「胡奎賣頭」之情節，也使胡奎具有「滑稽英雄」的形象。以下即就胡奎、焦廷貴依序論之：

㈠胡奎

　　《粉妝樓》寫胡奎出場頗為鋪排，先敘羅焜、羅燦射中一隻黑虎，追到山中，「忽見一道金光，那虎就不見了」。尋到附近古廟，竟發現元壇神聖旁的黑虎有被箭射的形跡。正當兩人大驚得罪神虎時，突然跳出一條大漢，「面如鍋底，臂闊三停，身長九尺，頭戴一頂元色將巾，灰塵多厚；身穿一件皂羅戰袍，少袖無襟」。這大漢在睡中被吵醒，自稱：「不是元壇顯聖，卻是霸王成神！」說完就和羅焜打了起來，經羅燦喝止後，他才說：「俺姓胡名奎，淮安人氏，只因俺生得面黑身長，因此江湖上替俺起個名號，叫做賽元壇。」三人不打不相識，遂結拜為兄弟。（第 2 回）如此，透過胡奎的肖像、語言，即塑造出他草莽、講義氣的性格。

　　後來羅家遭害，羅焜被毛守備冤陷入獄。當胡奎得知時，「急得暴躁如雷」，揚言：「俺今前去結果了毛守備的性命，再來飲酒。」（第 25 回）當夜，他果真帶回毛守備夫婦的兩顆人頭。隔天，滿城驚動，知府懸賞抓盜。胡奎思及羅焜病在牢中，就算劫獄也無內應，於是設計演出一場「鬧市賣頭」的好戲：

　　　　（胡奎）帶了個人頭進城，來到府門口，只見那些人三五成
　　群，都說的偷頭的事，胡奎走到鬧市裡，把一個血淋淋的人

頭朝街上一摜，大叫道：「賣頭！賣頭！」嚇得眾人一齊喊
道：「不好了！偷頭的人來賣頭了！」一聲喊叫，早有七、
個捕快兵丁擁來，正是毛守備的首級，一把揪住胡奎來稟知
府，知府大驚道：「好奇怪！那有殺人的人還把頭拿了來賣
的道理？」忙忙傳鼓升堂審問。（第26回）

胡奎外貌本來就是一副粗莽狀，「鬧市賣頭」更是非一般正常人會
有的行為，無怪呼審案的知府要驚嘆「好奇怪！」因為胡奎只拿出
一個頭，為了追查另外一個人頭的去向，知府就對胡奎厲聲恫
嚇：「從實招來，免受刑法。」不料胡奎卻反而笑道：「一兩個人
頭，要甚麼大緊。想你們這些貪官污吏，平日盡不知害了多少人的
性命，倒來怪俺了。」胡奎非但不理會知府的威勢，還藉機斥罵官
府貪污，甚至冷言說道：「那個頭是俺吃了。你待我老爺好些，俺
變顆頭來還你；你若行刑，今夜連你的頭都叫人來偷了去，看你怎
樣！」面對粗莽卻又兇狠的角色，知府眼看陷入僵局，竟嚇得不敢
再審，然因無法結案，只得先將胡奎發落監禁。如此，正好符合胡
奎進牢做內應、救羅焜的目的。胡奎入獄後，還對著獄卒大喝：
「你等如若放肆，俺叫人將你們的頭，一發總偷了去。」膽小的獄
卒們竟都被他嚇得諾諾連聲。

《粉妝樓》寫這段「胡奎鬧市賣人頭」的情節，表面上是胡奎
的魯莽行為，實質上卻是援救羅焜的計謀之一。如此，胡奎這種既
魯莽又機智的性格，加上保護英雄、痛恨奸臣的行逕，都足以使他
成為讀者喜愛的「滑稽英雄」。

㈡焦廷貴

所謂「龍生龍、鳳生鳳」，小說塑造滑稽英雄的後代，大都與其父有著相同的相貌，使用相同的兵器，甚至性格也一致。❺❼其中，焦贊的後代焦廷貴最為出色，且在《五虎平西》和《萬花樓》的情節發展中，具有關鍵性之地位。然在《五虎平南》和《平閩全傳》中，焦廷貴則只是插科打諢的小角色。故以下僅就前兩本論之：

1.《五虎平西》中的焦廷貴

在《五虎平西》中，狄青率軍攻打西遼，命焦廷貴為嚮導官。心急的焦廷貴問路極為魯莽：「若說得明明白白，饒你老狗命；若不速急說明，俺將軍就照頭一棍，把你的腦漿打出來，無處討命！」被問的老人見其「惡狼似的形容」，就故意報條錯路給他。（第 3 回）於是焦廷貴誤走單單國，還魯莽地斬將奪關。當狄青追究罪責時，他竟大呼冤枉：「你用末將為嚮導官，若是末將不從，又恐違了軍令。元帥應該查明果然誰人熟識西遼路途，為何烏烏糟

---

❺❼　如牛皋之子牛通：「生得身面俱黑。滿臉黃毛，連頭髮俱黃，故此人取他個綽號，叫做『金毛太歲』。生得來千斤膂力，身材雄偉。」爾後牛皋因遭牛通直言觸犯，遂感慨地對岳雷說：「當初你父親在日，常對我說：孝順還生孝順子，忤逆還生忤逆兒。今日果應其言！」（《說岳全傳》第 62 回）再如程咬金之子程鐵牛，「生來形相與老子一樣的，也是藍靛臉，古怪骨，銅鈴眼，掃帚眉，獅子鼻，兜風耳，闊口獠牙。頭上皂綾抹額，身穿大紅跨馬衣。」程咬金為討救兵而回京，程鐵牛見到父親，劈頭就說：「老頭兒，你還不死麼？」程咬金要兒子勤練他親授的斧去，罵道：「畜生不要學我為父，呆頭呆腦，拿斧子來耍與父親瞧瞧看！」結果斧法同程咬金一般，在比武奪帥時鬧盡笑話。（《說唐後傳》第 6 回）

糟點小將做個嚮導官，開路先鋒？」如此，自覺理虧的狄青只得饒恕他。（第 5 回）後來八寶公主向狄青招親，狄青不從，焦廷貴就說：「元帥你為人好無見識……。在單單國招了駙馬，總是我們眾人天天要吃喜酒了。元帥好不快活也，豈不是兩全其美！」（第 13回）結果遭狄青喝罵「匹夫」，然因眾人屢勸不從，焦廷貴忍不住又說：「若依了『匹夫』之言語，包管有個回朝日子。」狄青終於「從權」允親。（第 14 回）在小說中，狄青的任務是征西遼，不想因焦廷貴的莽撞問路，竟把大軍帶去單單國。由這個錯誤，卻又引發出生機，狄青因此娶到八寶公主，並且在後來的二次征西中，皆有賴八寶公主的救援才得成功。如此，焦廷貴這個滑稽角色可說串起了整體情節的發展。

再看焦廷貴的性格：狄青首次征西回朝，命他至龐府報捷。他直闖相府，遭龐洪斥喝：「你一個小小武夫，見了老夫一品當朝的，焉敢這般模樣！」他大笑說：「我雖是小小武夫，跟隨元帥的功勞浩大；而你雖是一品當朝，只好坐食了皇帝老子俸祿，用盡計謀害人的性命。」當龐洪被他氣得半死時，他卻高呼：「俺焦將軍去也！」（第 36 回）而後，狄青斬殺假扮楊滔女兒的飛龍公主，焦廷貴以為楊氏行刺，怒而奪了首級直奔楊府，高喊：「老楊快出來！你家女兒回來了。」楊滔嚇得直問首級何來，他只管一丟：「我今還你女兒，且拿去收藏好。」（第 45 回）正因焦廷貴性格魯莽，故狄青詐死埋名時，特別交待不可讓他知情。後來焦廷貴回狄府報訊，還正經八百地告訴狄母：元帥是被西遼的冤魂討命去了。狄母不解追問，他答說：「這是千歲自己說的，小將親眼見百多鬼魂，多是髮紅臉花的，在千歲房中，擁擠不開。小將趕了去，又復

擁來。」（第 61 回）這本是狄青編來哄騙他的，他竟當真。如此，可見焦廷貴天真爛漫之性格。

　　同其他滑稽英雄一樣，焦廷貴也是主要英雄的護衛者。當假珍珠旗事發後，宋仁宗命龐洪監斬狄青，即刻押赴刑場。焦廷貴攔在途中，對著龐洪怒喝：「你若把俺千歲殺了，我把你龐家殺完。」飛奔南清宮報訊後，他又火速趕到刑場說：「太后娘娘有旨，刀下留人。如若殺了平西王，即殺監斬官。」龐洪氣得直瞪眼，他倒得意說：「龐洪，你若殺了狄千歲，我焦爺也不輕饒的。千歲啊，不要心焦，如今有了太后娘娘出頭，你這吃飯東西安穩了。」（第 55 回）以上，可見焦廷貴魯莽中又充滿正義感的性格。

2.《萬花樓》中的焦廷貴

　　《萬花樓》比《五虎平西》晚出，寫焦廷貴為焦贊之孫，將其形象塑造的更為粗魯莽撞，卻又憨直可愛。小說中焦廷貴是楊宗保的部將，「黑臉大漢，手提鐵棍」。初次出場是為了催征衣，路過磨盤山見山寨失火，即思：「上山去打搶他些財寶用用，豈不妙哉！」（第 29 回）見到狄青的龍駒，又想：「打他一悶棍，搶奪此馬，回關獻與元帥坐乘，豈不美哉！」（第 30 回）而後，狄青殺贊天王、子牙猜後，請他先將首級帶回三關，結果他因貪圖酒食，還詿稱番將是他殺的，遂遭也想冒功的李成夫婦灌醉後丟入山澗。幸好他是福將，大難不死。回三關後和李成對質時，焦廷貴從胸囊中取出番將頭盔為證，還得意地說：「人都說我痴呆，今日也不算痴呆了。」（第 36 回）可見其魯莽卻又粗中有細的憨直性格。

　　而後，龐洪派孫武來邊關暗訪，范仲淹設計詐贓據贓之計。不料焦廷貴誤以為真，便衝上來，「那管什麼欽命大人不大人，將拳

擂鼓一般打下」，把一條妙計攪亂。（第42回）因毆辱欽差被解送朝廷時，焦廷貴還「昂然挺胸，灑開大步」地走進金鑾殿，只喊：「皇帝在上，末將打拱。」值殿官怒喝要下跪，他灑脫地說：「要我下跪？也罷，跪跪何妨。皇帝，我焦廷貴下跪了。」廷訊時，他又心直口快說出征衣失而復得事，龐洪喜其魯莽，趁機奏請由沈國清審理。焦廷貴被拿綁時還莫明其妙，情急下竟對著宋仁宗開罵：「你如此真乃糊塗不明的皇帝了！怎麼聽了這烏奸臣的話，欺我焦將軍麼！」（第44回）當他被帶往刑場斬首時，「這位黑將軍還是罵不絕口，大罵奸臣烏龜」。後經佘太君保救，全案遂改由包公審理。

當包公調訊焦廷貴時，這位莽將軍還是大搖大擺。包公怒斥無禮，他冷笑道：「我在楊元帥白虎節堂，也是橫衝直撞，即前在君王殿上，也是跑來奔去，何況你這小小地段，有什麼希罕！」衙役喝道：「中央供萬歲聖旨牌，速速下跪！」他邊跪邊念：「你這官兒要我下跪，無非為著聖旨牌，可發一笑！」因包公連續訊問，他累得直說：「老包你也欺人太甚，難道說了半天，不許停一停麼？」回訊時還大罵：「這昏皇帝不公平，聽了老奸臣烏龜官問供，將我一味夾打。但焦將軍怎肯以假作真？聽憑他們夾打，這奸賊也無奈何……。」（第51回）如此，皆可見焦廷貴的天真直爽，以及對昏君奸臣的厭惡之情。

焦廷貴在《萬花樓》中，雖然連連闖禍，但卻是串場的關鍵人物，如他搶狄青龍馬，結果讓狄青因而得以找回征衣；他冒狄青功勞，結果使奸臣李成原形畢露；他在皇帝面前魯莽地直言不諱，則烘托出包公的正直和龐洪的陰險，從而使狄青、楊宗保能在群奸同

謀中逢凶化吉。

小結：

　　明清家將小說中的「滑稽英雄」，以魯莽、滑稽、福運等性格為共同特色，而他們的相貌也必是粗獷形狀，以便與其性格裡外如一。這種「滑稽英雄」的類型之所以大量出現於家將小說之中，可說適時滿足了明清時期的社會需求。明代中後期以來，隨著商品經濟的繁榮，市民階層的擴大，社會上逐漸形成了「蔑視權威、崇尚平等、喜新厭舊、惟利是求」等風尚，❸進而表現出對人類本能欲望的肯定。同時，思想界和文學界也出現提倡重個性、重真情的理論潮流。這種時代心理和社會需求，都可以在滑稽英雄的形象和性格之中，找到相應的表現。因此，滑稽英雄率性而為的魯莽行徑，反而最能引起讀者強烈的閱讀興趣，即使他們因此而犯了過錯，也能得到讀者的同情與關愛。

　　「滑稽英雄」在家將小說中的作用除了插科打諢、製造笑果外，更重要的是要和「主要英雄」形成互補關係。由於家將小說是以「忠奸抗爭」為敘事主線，一旦處於「奸長忠消」的情況，就是奸臣得到昏君的支持。偏偏「忠君」又是主要英雄必備的性格，當面對昏君奸臣的迫害時，代表「理智」層面的「主要英雄」除了忍耐別無他法。這時，代表「情感」層面的「滑稽英雄」就會跳出來為「主要英雄」抱屈、痛罵昏君，甚至代其向奸臣報仇。❸因此，

---

❸　陳炎《中國審美文化史・元明清卷》（濟南：山東畫報出版社，2000），頁138。另參牛建強《明代中後期社會變遷研究》第一、二章（台北：文津出版社，1997.8）。

❸　此正如夏志清所說：「遇到昏君和奸臣，主要的英雄除了忍受時間的考驗來

家將小說塑造「滑稽英雄」的意義，是為了強化「忠奸抗爭」的主題，並且在善惡衝突之中，表達出渴望正義、支持正義的情感。

此外，若再從家將小說的發展來看，則可以將「滑稽英雄」的演變歸納如下：

前期的「滑稽英雄」其塑造模式較為單純固定，如孟良、焦贊、牛皋，他們都和主要英雄都有一段不打不相識的過程，對身為結拜大哥的主要英雄絕對忠心，對昏君奸臣則向來不具任何好感，他們永遠是主要英雄生死患難的好兄弟。

中期的「滑稽英雄」則可分成三部分來看：首先，周青算是模仿不完全的「前期滑稽英雄」，儘管作者也將他定位為薛仁貴的結拜兄弟，而在怒打張士貴的過程中，他也表現出「目無王法、只有結義大哥」的性格，可惜作者敷演他的情節太少，在「周青怒打先鋒將」之後的故事中，他已經變成一個可有可無的人物。其次，程咬金和尉遲恭在說唐故事中出現較早，因此在薛家將小說中，他們所扮演的都是提攜主要英雄的長輩或救患的貴人，其角色作用有如楊家將小說中的八王（貴人）和焦贊（滑稽英雄）之結合體。再次，竇一虎和秦漢可說是傳統滑稽英雄的變異，他們的形象特點主要是滑稽，充分展現戲劇中「丑角」搞笑的作用。然而，不可否認的，他們也是英雄集團中的重要成員，而秦漢更是開唐英雄秦瓊的後

剖由他的忠貞和榮譽外別無他法，因此在戰爭小說裡那未受孔夫子陶育，心直口快的英雄常成為對昏君和奸臣抗議的主要發言人。」〈戰爭小說初論〉，頁 123。據此，可以將「主要英雄」和「滑稽英雄」劃分成「理智」和「情感」兩個層面。

代。⑥總之，滑稽英雄在中期的家將小說中發展得較為活潑，在屬於滑稽英雄的共同性格中，又具有自己的個性。特別是程咬金的貪財、竇一虎和秦漢的好色，都是其他滑稽英雄所沒有的個性，這或許是受到世情小說的影響所致。

　　後期的「滑稽英雄」是胡奎與焦廷貴。胡奎的形象頗有前期滑稽英雄的模式，特別是「胡奎賣頭」的機智，頗有孟良之風。可惜同周青一般，精彩情節過後，其重要性就逐漸淡出。而焦廷貴既被定位為焦贊後代，因此作者在塑造他的形象時就以焦贊為底稿。雖然焦廷貴在狄家將中身分較低，並非是「主要英雄」的結拜兄弟。然而，就《五虎平西》和《萬花樓》來看，焦廷貴卻是所有重要情節的串場人物。因此，焦廷貴可說將滑稽英雄的作用做了開創，他是引領故事進行的導遊。

---

⑥　由「秦叔寶→秦懷玉→秦漢」這一世代交替，又可重新思考：為何在明清家將小說中發展不出所謂的「秦家將系統」？首先，《說唐演義》中的秦叔寶常在打仗時用詭計取勝，造成「配不上他在《隋唐演義》中大英雄的身分」。而後在《說唐後傳》中，秦叔寶又為了與尉遲恭爭帥印而舉金獅，結果是「年紀有了，舊病復發，血多噴完了，昏倒在地」，最後傷重而亡。作者為他「安排了一個不光榮的下場」。參見夏志清〈戰爭小說初論〉，頁135-136。其次，《說唐後傳》中的秦懷玉雖兩度出征救駕，然掛帥的都是羅通，他只是副帥。接著在《說唐三傳》中，秦懷玉與蘇寶同作戰，結果家傳寶劍輕易就被騙走，還因此身亡。此與羅通盤腸大戰而死，相較之下實在不怎麼光采。最後，《說唐三傳》把秦漢塑造成「又醜又好色」，更是遠離「道德英雄的理想標準」（此標準詳論於第六章第一節）。如此，在明清家將小說的說唐故事系列中，有羅家將，有薛家將，卻發展不出所謂的秦家將，其內在因素由此可見。

第三節　巾幗英雄

　　女子從軍，自古有之。❻然女將出現在小說中，主要還是為了
滿足讀者的閱讀心理。當男性的廝殺、鬥智已經成為戰爭書寫的常
套後，為了避免讀者的厭倦，小說家必得思考如何加入新的角色以
變化情節、營造出新奇的效果。❻於是，生活於元末明初的作家施
耐庵，便在《水滸傳》中塑造了顧大嫂、孫二娘、扈三娘等三位著
名的女英雄。儘管這些女英雄的形象頗有「男性化的女人」之意
味，❻然仍不失予人耳目一新之感。爾後，《北宋志傳》、《楊家
府演義》等刊刻，則使「楊門女將」成為塑造女將形象的重要參
照。於是，隨著明清家將小說的陸續刊刻，楊令婆、木桂英、梁紅
玉、樊梨花、八寶公主、段紅玉等著名的女將逐一被塑造出來，足
以構成一條英雄傳奇小說中女將形象發展的脈絡。

---

❻　早在先秦時代即有女子參戰事，如商王武丁的妻子婦好，就是一位戰功彪炳
　　的女將軍。《墨子》在論列城守時，已明白標示出女子的行伍編制。《商君
　　書》更以「壯女」為「三軍」之一，強調「彊國」須知「壯男壯女之數」。
　　《史記》載即墨之戰，田單使「妻妾編于行伍之間，……使老弱女子乘
　　城」；而楚漢滎陽之戰，亦有女子「被甲二千人」。相關論述詳參王子今
　　《中國女子從軍史》（北京：軍事誼文出版社，1998.7）。

❻　夏志清指出：「當我們體會到每個戰爭小說作者一面要承繼前人的成規，一
　　面又要推陳出新來吸引讀者，女將之所以逐漸重要就顯得不可避免。」見
　　〈戰爭小說初論〉，頁128。

❻　《水滸傳》所塑造的三個女英雄，除了扈三娘（一丈青）有些姿色外，顧大
　　嫂號稱「母大蟲」、孫二娘號稱「母夜叉」，兩人的形象都是面目猙獰、個
　　性男性化。詳參唐波〈從《水滸傳》女英雄形象看女性角色意識的覺醒和轉
　　型〉《牡丹江師範學院學報・哲社版》（2007第2期），頁28-30。

　　明清家將小說中的女將為數不少，除了「漢／番」之別外，尚有「人／妖」之分。本文論述的範圍，是以角色分量較重，並且能在故事的情節發展中發揮影響作用的女將為主，故以「巾幗英雄」稱之。❻就明清家將小說的發展先後來看，「巾幗英雄」的興起始於《楊家府演義》中的楊門女將，其中又以木桂英被塑造的最為出色；接著有《說唐三傳》中的樊梨花，她掛帥征西，並以女將為作戰團隊的主力，將女將的重要性推至巔峰；後出的《五虎平西》、《五虎平南》則在「巾幗英雄」的性格塑造上，更能曲盡人情，展現其性格的多樣面貌，如八寶公主、段紅玉、玉蘭英等。由於家將小說「巾幗英雄」的塑造有其明顯的演變發展，特別是後期作品對前期作品頗有修訂之意，因此本節的論述方法，先以作品分期為界，再逐一就代表人物論之，期能明確展現家將小說這類人物塑造的演化情形。

一、前期家將小說中的巾幗英雄

　　前期家將小說中的「巾幗英雄」，主要有楊家將小說中的楊令婆、木桂英、楊宣娘，還有《說岳全傳》中的梁紅玉。這其中，除了楊宣娘外，其他人都具有「女將、妻子、母親」等多重混合的身分，確立了家將小說「巾幗英雄」的形象特色。而楊宣娘的「神奇

---

❻　如《五虎平南》和《平閩全傳》中為數頗多的「楊門女將」，雖然在故事情節中佔有重要分量，然其形象失之神化、呆板。而《說呼全傳》和《粉妝樓》中的眾多女將，則因人數過於龐雜，導致個別形象皆流於片面化、平面化。故就明清家將小說整體觀之，以上皆不足以為「巾幗英雄」的類型代表，只能藉此證明家將小說發展到後來，女將的數量愈來愈多。

法術」，更是影響了中後期「巾幗英雄」的塑造。以下依序論之：

㈠楊令婆

「佘太君」是楊家將故事中的重要人物，鄭騫在〈楊家將故事考史證俗〉一文中，指出楊業的妻子應是「折氏」，而非「佘太君」的「佘氏」。❻然而，「佘太君」這個稱號卻頗為流行，究其因，應和民間盛行的楊家將戲劇有關，因為在戲劇中幾乎皆以「佘太君」或「太君」稱之。但是，在明代的楊家將小說和清初的呼家將小說中，則皆稱她為「楊令婆」或「令婆」。此「令婆」稱號，一方面是與楊業的「令公」稱號相呼應，一方面則因她上陣時皆打著「白令字旗」的標幟。❻惟後出的狄家將小說又改以「佘太君」稱之，此或許是受到民間早已流行「佘太君」名號之影響。

楊令婆在通俗文學中的形象主要是能征善戰。如《楊家府演義》寫楊令婆與楊業共同拒宋，她一出場就是「打著白令字旗接戰，勇不可擋」；而後宋軍再度攻來，她「打著白字令旗，當先衝

---

❻ 乾隆補修《保德州志》卷八〈列女門〉載：「折太君，宋永安軍節度使、鎮州府折德扆女，代州刺史楊業妻。」又光緒《岢嵐州志》卷九〈節婦門〉載：「楊業妻折氏，業初名劉繼業，仕北漢，任犍為節度使，娶折德扆女。」鄭騫據以指出：雖然兩則方志中對楊業分仕北漢與宋朝時的官職有誤，但是對楊業妻子姓氏的記載都是「折氏」，而非「佘氏」，此誤可能來自「折」、「佘」同音之故。參見〈楊家將故事考史證俗〉《景午叢編》下集（台北：台灣中華書局，1972.3），頁 33-39。但仍有學者對此考證結果提出質疑，認為楊家將故事起源甚早，而所據方志均成書於清代，亦有可能是後起方志將民間傳說混入為史。參見楊建宏〈略論楊門男將演變成楊門女將的文化意蘊〉《長沙大學學報》18 卷 1 期（2004.3），頁 10。

❻ 《楊家府演義》寫石守信對宋太祖說：「繼業出戰，打著紅令字旗，其妻出戰，打著白令字旗，因此號為令公、令婆。」（第 3 則）

殺，宋兵望見，紛紛逃竄」；後因楊業染病，她代夫出征領兵衝殺，先是箭傷潘仁美、接著斬殺兩員勇將、再設計絆倒黨進，所到之處宋軍無人敢攖其鋒。（第 2、4 則）而在「大破天門陣」時，楊令婆更是老當益壯，親率女兒楊八娘、楊九妹夾攻通明殿陣。（第 31 則）如此，在戰場上楊令婆除了本身就是一個「女將」外，她還能以「妻子」的身分代夫出征、以「母親」的身分率女兒出戰。因此，「楊令婆」這個人物可以說是家將小說形塑女將價值的典範。

　　此外，楊令婆深明大義的母親形象也很動人。《楊家府演義》寫楊業父子效忠國事，五台山大戰後，父子八人僅存楊六郎一人活著回來。儘管如此，楊令婆仍然帶領著楊家滿門孤寡繼續效忠朝廷。故當奸臣謝金吾要拆毀代表楊家榮譽的天波樓時，楊令婆大為感傷，一見到私下三關的楊六郎時，不禁淚下說：「汝父子八人，六人盡喪，只有汝一人，老母今日一見，忽覺疼上心來，攔不住腮邊淚也。」（第 18 則）而後楊六郎因屢屢遭奸臣陷害而不想去救駕，「欲拜別母親，雲游天下，付理亂而不聞」。楊令婆還訓示他：「雖朝廷寡恩，八殿下相待甚厚，亦當思念。汝今如此，非獨負八王，乃祖乃宗令聞家聲，被汝墮盡矣。」（第 21 則）如此，充分凸顯出楊令婆深明大義的性格。

　　楊令婆善體事理的形象，則見於其消解楊六郎父子的衝突，以及對楊五郎出家、楊四郎回歸之態度。如楊宗保因與木桂英私訂姻緣而遭父親楊六郎囚禁，木桂英因楊宗保被囚，怒而活擒楊六郎。正當父子衝突可能愈演愈烈時，楊令婆適時出現，她當眾指著木桂英說：「此女真吾孫之偶也。」於是一場衝突終以歡喜收場。（第 29 則）楊家將大破天門陣之後，已經出家為僧的楊五郎前來「拜別

膝下，仍往五台山而去」。楊令婆非但沒有要求五郎還俗，反而勉之說：「修緣功果，此是好事，隨汝自往，吾何阻拒！」（第33則）攻破遼國後，乍見失蹤十八年的楊四郎，楊令婆悲喜交集地說：「吾兒羈留異國，老母終日悲思，今日汝回，愁懷頓解。」當她得知四郎已娶遼國瓊娥公主為妻後，不但不引以為忤，還勉之：「亦汝之前緣也，須信赤繩繫足，仇敵亦必成就。」（第38則）好一句「仇敵亦必成就」，充分展現了楊令婆明理達變、胸襟開闊之性格。

(二)木桂英

關於「木桂英」的真實姓氏，鄭騫在〈楊家將故事考史證俗〉中指出應為「慕容」，而非「穆」或「木」，然或許是因為發音相近之故，木桂英便成為慕容氏之化身。**❻**

《楊家府演義》寫木桂英：「生有勇力，曾遇神女傳授神箭飛刀，百發百中。」她一出場，就戲劇性的連擒三名勇將：先是迫使「智勇雙全、刀法嫻熟」的孟良不得不用金盔買路，狼狽地逃離木閣寨；再而生擒有「神仙授予天書」的楊宗保，逼其接受招親；最後為了救夫婿，更是活捉「白虎星降生」的公公楊六郎。如此，皆使木桂英「武藝超群、堅決果敢」的形象，顯得十分突出。故當楊

---

❻ 《保德州志》卷八〈列女門〉載：「慕容氏，楊業孫，文廣妻，州南慕塔村人，雄勇善戰。」鄭騫據此指出：由於「穆、木」與「慕容」相近，後人便以木桂英為慕容氏之化身。參見〈楊家將故事考史證俗〉，頁33-39。然在小說中，楊文廣卻是木桂英之子，虛構的楊宗保才是她的丈夫。另按：楊家將小說所稱之「木桂英」，在後來的楊家將戲劇和狄家將小說中，皆改稱為「穆桂英」。

令婆初見木桂英時，就顯得「不勝歡喜」，極力贊成她和楊宗保的姻緣。❽

　　其中，木桂英與楊宗保「陣前招親」的情節，可說為後出的家將小說立下模式，同時也是家將小說塑造女將形象的特色書寫。在戰場上，女將對小將一見鍾情，芳心大動之餘主動「招親」，主要是受到小將的英雄性格和瀟灑外貌所吸引。如木桂英初見楊宗保「生得眉目清秀，齒白唇紅，言詞激烈」時，即暗思：「若得此子匹配，亦不枉生塵世。」於是她「抽身回轉，拈弓暗放一箭，射中其馬。宗保落馬，桂英近前活擒而去」。回山寨後，木桂英即採威脅利誘的方式要楊宗保應允親事，楊宗保思及「今不應承，死且難免，莫若允之，以濟國家之急」。於是兩人私訂姻緣。（第28則）透過這段敘寫，可見女將在追求愛情時的主動和果決，顛覆了傳統女性保守、被動的形象。然而，當木桂英正式成為楊門女將之後，她就繼承楊家忠君愛國的門風，前後性格有著明顯的不同。

　　小說中木桂英的英勇善戰，最典型的描寫就是「大破天門陣」。作者先寫楊宗保誇她：「桂英甚好才能，得他來相助，大有利益。」所謂「利益」，指的就是木桂英能幫助楊家大破天門陣。果然，在這場宋遼大戰中，木桂英調度有方，「如風雷驅電」：她先殺死遼將馬榮，破了鐵門陣；接著又救出陣中產子的柴太郡，攻破青龍陣；當楊令婆攻打通明殿陣受困時，她一馬當先衝入救應，射死番將後順利救出楊令婆和八娘、九妹等。由於木桂英不僅挽救

---

❽　參見《楊家府演義》第28則「孟良金盔買路」、第29則「木桂英擒六郎」。

了危局，更立下赫赫戰功，因此當平定遼國後，宋廷封她為「訓命副將軍」。⑥⑨

《楊家府演義》對木桂英的晚年著墨不多，但她繼承了楊令婆在楊家的地位。當南閩王儂智高叛亂時，朝廷命年邁的楊宗保掛帥、楊文廣為先鋒前去征討，木桂英雖說：「夫君老矣。妾年五十始生文廣，兒又幼小，倘有疏失，怎生區處？」但她最後還是支持楊家的「父子兵」前去盡忠報國。（第42則）而當楊文廣出師不利遭困時，她又深明大義派女兒楊宣娘前去救應。（第44則）雖然木桂英也因楊家屢遭奸臣陷害而深感悲憤，但她始終維持了楊家世代奮武揚威、報效國家的將門精神。

㈢楊宣娘

在《楊家府演義》中，楊宣娘的身分是楊宗保的女兒、楊文廣的姐姐，她是楊家第四代的女將，是小說家虛構出來的女英雄。小說中她的形象是武功與法術兼備，若與其他楊門女將相較，作者賦予她更多超自然的能力，如呼風喚雨、剪紙為兵、咒術幻化、騰雲駕霧等，這些廣大神通幾乎使她成為神化人物。因此，作者寫楊宣娘是萬壽娘娘的徒弟，而萬壽娘娘是太上老君的甥女。這種附會神仙的安排，正是為了強調楊宣娘有著異於常人的本領。

作者塑造楊宣娘具有神奇的異能，是要使她能夠擔任救援楊家父子的重責。如當楊宗保父子遭困柳州城時，楊宣娘奉母命救援。她以「征南總督統帥」的身分指揮大軍作戰，結果不但活捉南蠻儂

---

⑥⑨ 參見《楊家府演義》第30則「黃瓊女反遼投宋」、第31則「令婆攻打通明殿陣」、第39則「真宗大封征遼將」。

智高，連五國國王也自縛投降。難怪車騎將軍要大為讚嘆：「楊門婦女，亦有識見如此。」（第 45 則）而後，楊文廣父子征新羅遭困，當時木桂英已死，楊宣娘遂率領「十二寡婦征西」，**⓻**設計擒拿八臂鬼王，非但解救楊家將，更平定新羅國的叛亂。**⓼**

此外，楊宣娘的性格中還有著強烈的反抗精神。她的「反抗」源自於宋君對楊家將的不信任和寡恩。故當她奉命救援征西軍時，就以「朝廷聽信讒言，不肯矜恤我家，動輒全家抄斬」為由，只想聚集家兵與十二寡婦，「前去救兄弟」。當周王詢問她為何不入朝領兵時，楊宣娘怒曰：「今主上聽信讒言，昨將滿門綁縛入朝，何等羞辱，尚有甚面目入朝領兵？」（第 55 則）凱旋回來後，她得知陷害楊家的奸相再度復位，深恨朝廷寵奸，於是同意楊門舉家遷到太行山隱居，不再入朝受職。（第 58 則）

㈣梁紅玉

南宋抗金名將韓世忠的夫人梁氏（?-1153），楚州北辰坊人（今江蘇淮安），家本寒微，靖康之難時隨家人避亂京口，流落為軍中藝妓。然她慧眼識英雄，對當時尚是低階軍職的韓世忠一見傾心，

⓻ 明代兩本楊家將小說都有「十二寡婦征西」的情節，然其敘事和人物並不完全相同：如《北宋志傳》以宋真宗為時代背景，楊門女將救救的是征討西夏的楊宗保；而《楊家將演義》則是宋神宗熙寧年間，楊門女將救援的是征討新羅的楊文廣、楊懷王父子。而「十二寡婦」在《北宋志傳》中領軍的是被封為「上將軍」的周寡婦。（第 48 回）《楊家將演義》領軍的是楊宣娘。（第 55 則）。

⓼ 《楊家府演義》卷七、卷八中最出色的「巾幗英雄」就是楊宣娘。其中第 55-57 則集中塑造楊宣娘，故則目依序為：「十二寡婦征西」、「宣娘定計擒奉國」、「宣娘燒煉鬼王」。

遂由梁母作主婚嫁,從此夫唱婦隨,共同齊心抗金,梁氏遂成為名標青史的巾幗英雄。後有好事者將她的故事敷演成小說、戲劇,遂有「梁紅玉」之名。❼

在《宋史·韓世忠傳》中提及梁紅玉協助韓世忠作戰的事跡,主要有三:一是粉碎苗傅、劉正彥的宮廷政變;二是在京口擊退金軍,保護宋高宗南行;三是在金山擊鼓指揮作戰,將金兀朮困在黃天蕩整整四十八天。❼《說岳全傳》以此為基礎,塑造出梁紅玉的女將形象。當金兀朮攻打兩狼關時,梁紅玉誤以為丈夫兒子出戰俱亡,「恐亂了軍心,不敢高聲痛哭」,故作鎮定之餘,布兵遣將,出關抗擊金兵,連金兀朮都不禁暗暗喝采:「果然是女中豪傑,真個名不虛傳!」(第 17 回)牛頭山大戰時,梁紅玉分析戰局,要韓世忠父子「分調各營,四面截殺」,而她「安排守禦,以防衝突」。一旦金兵想要渡江時,即命中營在大桅上立起樓櫓,由她親自在上擊鼓,而宋軍「俱聽桅頂上鼓聲,再看號旗截殺。務叫他片甲不回,再不敢窺想中原矣!」韓世忠聽此戰術,大喜說:「夫人真乃是神機妙算,賽過古之孫、吳也!」果然,金兵此戰被殺得慘敗。為了凸顯梁紅玉的英勇善戰,作者非但以「梁夫人擊鼓戰金山」為回目,更是在戰前和戰後兩度引詩贊曰:「舊是平康女,新從定遠侯;戎裝如月孛,佩劍更嬌柔。眉鎖江山恨,心分國士憂;江中聞奏凱,贏得姓名流。」又「一聲鼟鼓震高檣,十萬雄兵戰大

---

❼ 參見張一民〈梁紅玉籍貫考訂者辨〉《江蘇地方志》(2007 第 3 期),頁 41。

❼ 相關考辨參見方雯〈宋代巾幗英雄梁紅玉〉《歷史大觀》(2001 第 5 期),頁 49-50。

江。忠義木蘭今再見，三撾空自說漁陽。百戰功名四海欽，賢哉內助智謀深。而今風浪金焦過，猶作夫人擊鼓音。」（第44回）

除了戰功卓著外，小說作者又塑造梁紅玉不懼權奸的正義形象。當岳飛冤死後，秦檜獨攬朝中大權，欲假傳聖旨將岳家一門盡皆處斬。梁紅玉聞知後，「忙忙的披掛上馬，帶領了二十名女將跟隨，一直竟至相府，不等通報，直至大堂下馬」。她怒質秦檜：「你將『莫須有』三字，屈殺了岳家父子三人還自不甘，又要把他一家斬首，是何緣故？」秦檜思及梁紅玉是個女中豪傑，惹她不得，於是改將岳家老小發配雲南。而梁紅玉恐奸臣生變，遂與岳夫人結為姐妹，並協助尋得岳飛父子的屍首加以安葬。（第63回）

二、中期家將小說中的巾幗英雄

中期家將小說中的「巾幗英雄」，主要有《說唐後傳》的屠爐公主，以及《說唐三傳》、《反唐演義》中的樊梨花及其女將團隊。她們的形象特色在於大大發揮了前期巾幗英雄中的「女將」成分，增強其「神奇法術」的使用能力，並且幾乎都是「番婆」出身。以下分敘之：

㈠屠爐公主

在《說唐後傳》前半部的「羅通掃北」故事中，屠爐公主不但是唯一的女將，也是所有重要環節的關鍵人物。小說中她的身分是「黃龍嶺守將、屠封丞相之女、狼主寵愛繼為公主」，又說她「能知三略法，會提兵調將，善識八卦陣，兵書、戰冊盡皆通透。力氣又狠，武藝又精，才又高，貌又美」。（第4回）作者進而藉由具體事件的描寫，以塑造其形象：如屠爐公主見唐軍攻來即布下空城

計，又恐唐軍識破，再設計由番帥祖車輪趁三更時由外火攻，逼唐軍進城遭困。（第4回）而後，羅通率二路援軍前來，屠爐公主以飛刀陣先將「力大無窮、裴元慶轉世」的羅仁斬為肉泥，再降服羅通逼其接受陣前招親。（第11回）當羅通遭蘇定方陷害，而幾乎為番帥祖車輪所殺時，屠爐公主為向羅通表明「一片真心為他」，先是反戈砍倒祖車輪，使羅通得以輕易殺之；再擒拿蘇定方，交給羅通報仇；最後還假藉「保駕斷後」之名，引領羅通率軍衝散番營，斬殺自家番兵無數，使羅通得以立下救駕大功。（第13回）如此，在唐軍征討北番的過程中，「遭困／解圍」情節之關鍵，皆在屠爐公主一人。而其在戰場上殺羅仁、敗羅通、傷祖車輪、擒蘇定方，更可見其智勇無敵的形象。

《說唐後傳》敘寫屠爐公主「陣前招親」的情節，可說更加發揮了《楊家府演義》敘寫木桂英招親的模式。如屠爐公主一見羅通長得「鼻直口方，好似潘安再世，身材體態，猶如宋玉再生」，隨即心中盤算：「不如引他到荒郊僻地所在，與他面定良緣，也不枉我為人。」可是，當屠爐公主說出「意欲與小將軍結成絲羅之好」時，卻遭羅通怒罵：「妳如今傷了我兄弟，乃我羅通切齒大仇人，哪有仇敵反訂良緣！兄弟在著黃泉，亦不瞑目。」惱羞成怒的屠爐公主遂祭起「飛刀陣」，先將羅通「嚇得魂不附體」，隨即又對羅通曉以利害說：「你若執意要報仇，娘娘斬了你，死而無名。仇不能報，駕不能救，況又絕了羅門之後，算你是一個真正大罪人也！」如此，逼得羅通不得不佯允親事，以求先救君王、後報弟仇。屠爐公主又深怕羅通反悔，還要羅通當場發下毒誓才肯罷手。（第11回）如此，透過這種積極求愛、威脅利誘等敘述，即將屠爐

公主那種精明能幹、敢愛敢恨的形象表現無遺。

　　然而，作者給屠爐公主安排一個悲慘的下場。為了成就與羅通的陣前姻緣，屠爐公主不惜出賣自己的宗主國。雖然她很機巧地騙過狼主和父親，使其「賣主叛國」的行逕反被誤為「救駕有功」，可是羅通卻永遠忘不了她將羅仁斬為肉泥的事實。因此在洞房夜時，羅通怒責她「私自對親」為不孝、「暗為國賊」為不忠，更羞辱她說：「我邦絕色才子卻也甚多，經不得你看中了一個，也為內應，這座江山送在你手裡了。」屠爐公主憤而自刎。對此，作者感嘆說：「可惜一員情義女將，一命歸天去了。」（第 14 回）屠爐公主的「情義」立足於對愛情的勇敢追求，然因她追求愛情過於盲目、自私，雖然精明機巧卻又顯得個性剛烈，從中可見她性格獨斷獨行的一面。

㈡樊梨花及其征西女將

　　明清家將小說中的主力戰將，大都是男性將領。然《說唐三傳》卻是以女將為主，書中的主要戰爭，幾乎全是由樊梨花及其征西女將包辦。其中，樊梨花是全書塑造最力的人物，故小說又稱為《樊梨花全傳》。小說中以樊梨花為首的征西女將，有竇仙童、陳金定、薛金蓮、刁月娥等。她們有著許多共同的特點，如大多是番邦女子（薛金蓮例外，他是薛仁貴之女）；皆曾拜女仙學藝，故身懷法寶、法術；大多貌美絕倫，正值芳齡，並且在戰場上與小將發生陣前招親事。（詳參第四章第三節「陣前招親」）其中，樊梨花堪稱是明清家將小說中，姿色最美艷、本領最高強，同時也是最受爭議的女將。她背棄未婚夫（楊藩）、弒父殺兄、而且認了一個年齡與自己相若的義子，乃是薛丁山眼中的「美女」，口中的「賤婢」，心中

的「淫婦」。⓻以下，分從戰場和個性兩方面來看：

首先，就戰場表現來看：樊梨花一出場，就用神鞭打走「力大無窮」的陳金定；再施展移山倒海之術，三擒三縱薛丁山。薛仁貴震驚之餘，不得不承認：「唐營諸將，非她敵手。」（第30回）為了征西大業，薛仁貴不顧兒子的反對，立遣程咬金為媒，表明樂意接受招親。果然，青龍關的烈焰陣、朱雀關的洪水陣，皆賴樊梨花才得以破陣，並救出遭困的薛丁山。當破陣救人時，「樊梨花登壇點將」，已然成為實質的統帥，她的威風早已超越薛家父子。⓽故在薛丁山三拜寒江關後，聖旨曰：「梨花英雄無敵，智勇兼全，恩封征西大元帥……，薛丁山暫赦前罪，封帥府參將，帳前聽用，就此完婚。」（第45回）樊梨花正式掛帥後，率領她那支以女將為主的作戰團隊，一路破白虎關敗楊藩、破沙江關斬二怪、陣前產子破金光陣，甚至與妖仙大戰，最後終得凱旋班師。⓾如此豐碩的戰功，使樊梨花成為征西戰場上的無敵將軍。

其次，就個性表現來看：透過「陣前招親」的情節，作者將樊梨花塑造成一個前所未見的「強悍女性」。樊梨花初見薛丁山長得「美如宋玉、貌若潘安」，即「心中十分之喜」。雖然在薛丁山也

⓻ 王溢嘉從精神分析的觀點詳加剖析樊梨花與薛丁山種種交錯複雜的心理關係，非常值得參考。詳參〈從薛仁貴父子傳奇看伊底帕斯情結在中國〉《古典今看──從孔明到潘金蓮》（台北：野鵝出版社，1996.2），頁173-178。

⓽ 依序參見《說唐三傳》第32回「烈焰陣火陷丁山」、第35回「薛丁山身陷洪水陣」、第33回「樊梨花登壇點將」。

⓾ 依序參見《說唐三傳》第46回「梨花大破白虎關、第47回「梨花破關除二聖」、第53回「梨花大破金光陣」、第66回「妖仙大戰樊梨花」。

為樊梨花的美艷所吸引，**⑰**但是當樊梨花提出「你若肯從結為夫婦，我當告知父母一同歸降，共助西征」時，他不禁怒斥：「無恥賤人，只有男子求婚，那見女子自己說親，虧你羞也不羞，我薛丁山正大光明，唐朝大將，豈肯配你番邦淫亂之婦。」（第 29 回）惱羞成怒的樊梨花為了逼迫薛丁山應允成親，遂施展移山倒海的法術，將他作弄得「魂不附體」、「大哭起來」。（第 30 回）當薛丁山接受樊梨花的招親後，就唐營而言，既可不戰而屈人之兵，又可增添一員猛將，正是求之不得的美事；可是敵對陣營的番將樊洪對女兒招親的行為卻氣急敗壞，父女激烈衝突的結果，竟是樊梨花「無心弒父、有意誅兄」。樊母見女兒為了招親弒父誅兄、泯滅人倫，也只能放聲痛哭：「樊門不幸，生出這不孝女兒。」（第 31 回）而薛丁山對樊梨花弒父誅兄的行為，更是深感憤怒與害怕，故三度違背父命將其休棄，甚至加以怒罵：「少不得我的性命，也遭汝手」、「見我俊秀，就把父兄殺死，招我為夫，是一個愛風流的賤婢」。（第 34 回）

　　後來，薛丁山因誤殺父親薛仁貴而遭削職為民，聖旨要他到寒江關請出樊梨花征西。而樊梨花為了報復薛丁山對她的三次休棄，就設計加以羞辱之。第一次，薛丁山「徒步」上寒江關，樊梨花即命女兵將他吊在旗杆上鞭打，任憑薛丁山痛苦哀嚎全然不睬，直到將他打得「死去還魂」後，才命人背他回宋營。第二次，薛丁山「七步一拜」再上寒江關，樊梨花卻裝死，待薛丁山邊哭邊拜進入

---

⑰　薛丁山初見美艷樊梨花時，即思：「想道我夫人仙童雖然齊正，不及他一二，我妹金蓮萬不及一。」見《說唐三傳》第 29 回。

靈堂時，「一班女將手執皮鞭打將來了」，嚇得薛丁山趕忙逃走，回去後難以覆命，結果被唐高宗下旨吊起來毒打一番。第三次，薛丁山「三步一拜」再上寒江關，「六月炎天，拜得汗流如雨」。他在樊梨花的靈前痛哭整夜，終於將她「哭活了」。樊梨花醒來直罵薛丁山「負心賊」，揚言要「把你這冤家萬剮千刀，方雪我恨」。然經樊母百般勸說，樊梨花終於願與薛丁山合好。❼❽如此，作者運用對襯技巧，透過薛丁山的「軟弱」，意在凸顯樊梨花的「強悍」。於是，在家將小說中造就出一個令人印象深刻的「女強人」。

樊梨花這種強悍的形象，在《反唐演義》中得到緩解。她從在第一線衝鋒破陣的「征西大元帥」，退而成為薛家將身後的「保護神」。儘管在這部小說中，她的戰力仍是「技壓群雄」，但掌握將帥大權的是她的兒子薛剛。只有當薛家將遇到如「驪頭太子、鐵板道人」這類妖魔時，她才會「奉天命」臨陣破敵。❼❾

此外，《說唐三傳》中其餘女將也甚有表現：竇仙童捆仙繩曾驚得蘇寶同「化道長虹而去」（第 22 回）；陳金定空手打死番后蘇錦蓮（第 27 回）；薛金蓮「將六個紙團一拋，都變做三丈四尺長的

---

❼❽　參見《說唐三傳》第 43 回「樊梨花詣封極品，薛丁山拜上寒江」、第 44 回「難丁山梨花伴死，薛丁山拜活梨花」。

❼❾　《反唐演義》第 93 回「驪頭太子受元戎，梨山老母遣徒弟」敘寫梨山老母忽然心血來潮，「老母覺而有感，是因薛剛保廬陵王中興，已入潼關，在霸林川被驪頭困住，鐵石星、太陰星、太白星中了黑煞刀，將在臨危，應該天魔女下山去救，就喚樊梨花出來……。」於是樊梨花奉命駕臨唐營助陣。又第 94 回「樊梨花施法除怪」寫樊梨花破驪頭太子妖法，並借來寶物消滅驪頭太子的師父鐵板道人（龜精）。

金甲神人」，砍殺敵兵許多（第 22 回）；刁月娥未降唐之前，曾令唐營「高掛免戰牌」（第 39 回）。這四員女將是樊梨花不可缺少的作戰伙伴，故當其掛帥征西時，作戰主力皆由女將率領，男將則只被派為先鋒、左右翼、運糧官等（第 45 回）。再如攻「五龍陣」時，樊梨花出兵「不點男將，卻點女將」，以「月娥為頭陣，金蓮為二陣，金定第三陣，仙童第四陣，元帥領大兵為五陣」。（第 62 回），可見這群女將對征西的影響力絕非只是陪襯、裝飾而已，而是具有實質的關鍵作用。

三、後期家將小說中的巾幗英雄

後期家將小說中的「巾幗英雄」，主要有《五虎平西》的八寶公主和《五虎平南》的段紅玉、王蘭英。她們的形象不僅繼承了中期女將的特色，而且從相似情節卻有著不同敘寫之發展來看，作者似乎也有修訂樊梨花強悍形象之意味。以下依序論之：

㈠八寶公主

在《五虎平西》中，作者介紹八寶公主：「名喚雙陽，因他貌美超群，宛若娥嫦下降，故名賽花公主。十二歲時被廬山聖母收為徒弟，在仙山學法三年，傳授許多武略。臨回國之時，命他下山，聖母又贈他八件法寶⋯⋯。」（第 8 回）八寶公主回單單國後，更是「教習女兵三百人，勇猛勝似健兵。擺列陣圖，多是訓練精熟」，因此她能輕易地就將闖入單單國的宋將盡皆擒獲。而後，當八寶公主在戰場上遇見「堂堂一表」的狄青時，為了怕錯過姻緣遂以法寶將之捉回，得知狄青尚未娶妻後不覺「喜溢於色、心花大開」。當夜還夢見與狄青「雙雙攜至鴛鴦枕，共吐合心說話長」。

❽⓪小說寫八寶公主的形象塑造和招親模式，可說是模仿自「樊梨花的書寫」。然而在相似情節的敘寫中，作者卻有不同的修訂和改造：

其一，修訂樊梨花咄咄逼人的性格。如八寶公主迫使狄青應允招親的手段是透過各方人馬溫和勸說、曉以利害，終於使硬骨頭的狄青願意「從權」允親。而後狄青逃離單單國將她遺棄，公主雖「怨無情而千里追夫」，但終能「感義從夫」，不但成全狄青的忠孝，還願添兵增糧以助其征西（第20回）。此相較於樊梨花對薛丁山的「三擒三放逼婚」、「三度羞辱以報復三次休棄」之強悍作風，八寶公主顯然溫和許多。因此，八寶公主最後以夫婦情義感動了狄青，贏得狄青的真情相愛。

其二，收斂樊梨花「領先群雄」的戰場鋒芒。樊梨花最後雖然贏得薛丁山的婚姻，但其戰場「掛帥」的鋒芒，恐非在「帳下聽用」的薛丁山所能消受。反觀八寶公主，她與狄青成親後，只有兩次出征：第一次是宋軍兵困白鶴關，她接獲狄青的求救書後，毅然奔赴戰場殺退凶猛的星星羅海（第28回）；第二次是為了破除花山老祖的日月帕，八寶公主再度臨陣收妖（第88回）。此外，在《五虎平南》中，狄青先後兩次遭困，八寶公主本來皆欲「領兵親到邊廷」，然得知是由楊門女將掛帥救援時，她不但禮賢讓能，還讚揚「一定得勝回朝」。❽①如此，可見八寶公主「遠比樊梨花更有大家

---

❽⓪　參見《五虎平西》第10回「狄元帥出關迎敵，八寶女上陣牽情」、第11回「狄元帥被捉下囚牢，八寶女克敵思佳偶」。

❽①　參見《五虎平南》第13回「平西后楊府托兒」、第40回「當金殿三杰領兵」。

閨秀之風」**❷**。

其三，調節樊梨花「弒父殺兄」的激烈衝突。樊梨花「弒父殺兄」的衝突點，主要是招親後女方歸順男方，將會出賣女方的宗主國。因此，作者塑造八寶公主在第一次救援宋軍後，狄青要帶她同回中原，她婉拒分析說：「一來父王母后難以割捨；二來聖上雖知招親之事，你卻不曾奏明，未曾有旨宣召，況且又防西遼懷恨於我邦，趁妾不在，興兵殺到。雖然不懼怕於他，總有刀兵之想，父王豈不歸罪於妾身？」（第 34 回）因此，她要狄青回朝奏知天子後，待「有旨宣召」，才到中原夫婦團圓。如此，八寶公主不但幫助了宋軍，更能對單單國的君父盡忠盡孝，顧及原宗主國的利益，使國家大義與個人情愛兩者兼備。

可見，狄家將小說中的八寶公主，相較於薛家將小說中的樊梨花，在人物性格的刻畫上更趨於細膩圓滿。因此，當八寶公主隨狄青回到宋廷時，狄太后欣喜不已，高興地說：「今朝老身何幸，與英雄侄媳相逢。」（《五虎平西》第 106 回）

㈡段紅玉

段紅玉是《五虎平南》中極力塑造的人物。全書 42 回中，僅回目有「段紅玉、段小姐」者，就佔了 11 回。透過「陣前招親」的情節，小說敘寫狄龍眼中的段紅玉：「生得果然絕色無雙，恰似昭君再世，又如月裡嫦娥。三寸金蓮，令人可愛；手拿雙刀，嬌聲

---

❷ 夏志清說：「賽花公主（即八寶公主）雖然從神仙那裏學會了使用法寶，她遠比樊梨花更有大家閨秀之風，很少在戰場出現。」〈戰爭小說初論〉，頁138。

滴滴。」因此，狄龍心思：「此女生得美貌如花，古言昭君之美，至今所傳，比之這紅玉，不知又何如也？但我中國，目睹者未一個及她之美。」（第 16 回）此外，如同八寶公主般，作者在塑造段紅玉的形象時，相較於樊梨花的形象，也有不同的發展，主要表現在以下兩方面：

其一，作者塑造段紅玉「善良而多情」的形象。當宋軍圍攻蒙雲關時，段紅玉不忍父親為戰事勞苦，自願「領兵當先，與父代勞」（第 3 回）。出戰時，段紅玉謹守師命，不以法力傷人性命（第 5 回）；施法將宋軍困在高山時，她還顧及「幸而他軍中有糧」；陣前招親時，儘管她遭狄龍怒罵「好個無恥的賤丫頭、化外不知廉恥之女」，但是當祭起厲害法寶時，又思及「恐他驚受不起、不忍他受苦」。（第 17 回）而後，當段紅玉勸父歸降不成，自覺受屈而欲自盡時，又細心想到：「我死不足惜，一來未曾放出狄元帥，二來未見公子一面，訴我被屈一場，對他說明，我死了，使他知我不是失信負心女子。」（第 18 回）狄青請她破陣救子，她立即應允，自己奔波不喊累，一見狄龍被囚即「目中下淚」，暗呼：「公子，可憐你年輕體貴，焉能受得如此辛苦！」（第 25 回）當狄龍上竹枝山勸她放下父仇時，她自責為了婚姻害死父親，傷心之餘欲拔劍自刎，還體貼地對狄龍說：「公子不必以奴為念」。後因不忍心見狄龍憂心，遂答應「父仇權放了」，全力助宋軍破達摩妖道。（第 35 回）如此，皆可見段紅玉雖然法力高超，但卻本性善良，特別是對待狄龍完全出自真情，寧可自己百般受屈，也不忍讓愛人受苦。

其次，在愛情與親情的衝突之中，作者塑造出多面性格的段紅玉。段紅玉在狄龍假意應允成婚之時，雖然也如樊梨花般以未婚妻

的身分救夫，但是並未演出弒父殺兄的逆倫事件。小說寫段洪得知女兒段紅玉與狄龍私定姻緣後，怒責她「為著婚姻事就要父投降大宋，陷我於不忠之地」。當段洪拔劍欲殺「敗壞家門」的不肖女兒時，幸有段母及段氏兄弟全力勸解，使這場父女衝突不致於失控。（第 18 回）而後，作者又高明地安排狄龍之弟狄虎誤殺段洪的情節，免除了段紅玉因陣前招親而必須面對的父女衝突。（第 28 回）然而，當段紅玉在她與狄龍成親之日得知父親被殺時，她頓時悲怒交集、立刻叛宋，發誓要擒狄虎為父報仇。（第 31 回）在這段過程中，段紅玉的矛盾來自於愛情與親情的衝突：投宋，是為了愛情；叛宋，是為了父仇。在愛情、親情的糾葛下，她難以抉擇，因此表現得反覆無常，此較之樊梨花弒父殺兄的一意孤行，其內心轉折處更富有人情味。

㈢王蘭英

　　在明清家將小說的女將中，《五虎平南》的王蘭英最善於權謀應變，她長得「豐姿艷冶傾城」，與段紅玉本是「一師之傳，情同骨肉」（第 19 回），曾仗義助段紅玉破先天純陽陣解救狄龍（第 25回）；還設計斬殺番僧要脅段紅玉之父段洪，迫使段洪不得不降宋（第 26 回）。為了主動招親，她向狄虎自陳「你我不若聯了婚姻，同心協力以滅南蠻」（第 27 回），而後又不惜「背義奪關」，致使段洪慘死於狄虎刀下。作者評曰：「這王蘭英為人前後極似分為兩截，初時待紅玉情深意厚，為設計周全算無遺策，智量堪嘉；無如今日為著與狄虎結婚，誤傷段洪，毫無憐惜之心。雖非骨肉，但念與紅玉結契情深，於心不忍何也！」（第 28 回）王蘭英為了私情，完全不念及金蘭之義，作者塑造了一場「愛情與友情的衝突」，以

別於段紅玉所遭遇之「愛情與親情的衝突」。

隨後，王蘭英與狄虎奉命到蘆台關招安，憑其三寸不爛之舌分析利害得失，遂打動父親王凡之心，不費一兵一卒就取得蘆台關。小說寫王凡得知女兒和狄虎私訂終身後，怒而欲殺之。幸好王蘭英早知父親「原有投宋之心」，故先分析：南王殘忍好殺、陷害良民，焉能成大業？再勸說：「倘若父王不及早知機，只恐臨時悔之晚矣。」最後以伶俐口舌反覆辯說：「女兒已匹配了狄虎，蒙雲關又失，我國人人盡知，父王縱有忠心，自許南王一生疑忌，那時禍及滿門，反為不美者所笑也。」（第32回）在王蘭英「禍及滿門」的利害分辨下，王凡遂允親、降宋。而當段紅玉怒氣沖沖來報殺父之仇時，王蘭英卻板起臉孔罵她：「大宋與你敵國仇人，因何見了狄公子就起淫心，忘了君父之恩，父母、手足全然不顧，謊言欺哄，妄想成親？一家骨肉分散，皆是你自己招來。」（第32回）如此，皆可見王蘭英言語機伶、善於權變的形象特色。

王蘭英的機智謀略在通俗小說的女將中極為罕見，也可看出後期的家將小說在女將的塑造上，除了沿襲舊有的模式外，也逐漸深化其性格內涵，以呈現人物性格的複雜化。

小結：

秦淮墨客在《楊家府演義・序》中大力讚揚了楊門女將的風采：「自令公以忠勇傳家，嗣是而子繼子，孫繼孫。……即婦人女子之流，無不摧強鋒勁敵以敵愾沙漠，懷赤心白意以報效天子。」而熊飛在《英雄譜・弁言》中亦強調「飛鳥尚自知時，嫠婦猶勤國恤」，對於小說中的母夜叉更是推崇說：「中國所望吐氣者，賴有此哉」。如此，可見明清家將小說塑造巾幗英雄，可說呼應了明末

以來的社會心理。若再就明末歷史加以考察，更可發現在當時的現實社會中，確實出現一位傑出的女將——秦良玉。秦良玉（1574-1648），四川人，幼承庭訓，隨兄、弟同習騎射擊刺之術，尤精其父所授韜略。二十二歲時嫁給石柱土司，夫妻訓練出一支驍勇善戰的「白杆兵」，平定了土司叛亂。萬曆四十六年（1618），明清戰爭展開序幕，當時秦良玉已接掌石柱土司大印，曾先後三次親自率領「白杆兵」從三峽地區遠赴遼東勤王。崇禎年間，皇太極率軍直抵北京城外，明軍畏縮不前，獨秦良玉所部奮勇出擊，最後清軍撤圍而去。崇禎帝不但特別召見秦良玉，還賜詩以旌其功，贊曰：「鴛鴦袖裡握兵符」、「何必將軍是丈夫」。明亡後，秦良玉以明遺老自居，發誓腳不踏清朝土地。然而清朝官修的《明史》，卻高度評價她云：「夫摧鋒陷敵，宿將猶難，而秦良玉一土舍婦人，提兵裹糧，崎嶇轉鬥，其急公赴義有足多者。彼仗鉞臨戎，縮朒觀望者，視此能無愧乎！」❽❸如此，明清家將小說塑造許多女將，除了是通俗小說發展的趨勢外，對於明清時期的時代要求、社會心理似乎也有彼此呼應的效果。

　　明清家將小說塑造「巾幗英雄」，除了展現其在戰場上的作戰能力外，也不忘穿插她們的愛情故事或是她們與兒女的關係。如此，使得家將小說中的「巾幗英雄」，大都同時具有「女將」、「妻子」、「母親」等多重混合的身分。究其因，家將小說塑造這

---

❽❸　見《明史》列傳一五八〈秦良玉傳〉。關於秦良玉一生的事蹟及評價論述，
　　參見滕新才〈三峽巾幗秦良玉傳論〉《三峽文化》（2004 第 4 期），頁 10-
　　16。

類「巾幗英雄」，除了滿足讀者喜愛新奇的閱讀心理外，更有意彰顯出重視家族文化的主題。不管是家族生命的延續（招親、生子），或是家族榮譽的延續（除奸、平番），這類「巾幗英雄」在相關情節中都扮演了不可或缺的角色。

　　若從家將小說塑造「巾幗英雄」的發展來看，前期作品在敷演楊令婆、木桂英、梁紅玉的情節時，就確立了「巾幗英雄」具有「女將、妻子、母親」等多重混合的身分。而後的屠爐公主、樊梨花則在「女將」的本事上發揮到極致，甚至在傳統「夫唱婦隨」的「妻子」角色上做了驚人的顛覆。這使得中後期的家將小說在「巾幗英雄」的塑造上，有了明顯的演變與發展，主要是她們幾乎皆為「番婆」出身，並且同時具備了「大膽求愛」和「神奇法術」的雙重特色。換言之，「番邦女子、神仙為師、年輕貌美」成了中後期家將小說塑造「巾幗英雄」的共同形象，而這同時也是小說塑造「漢／番」女將之區隔。有趣的是，不管番婆們再怎麼「野」，一旦「漢化」後，作者就會讓她們回歸「男主外、女主內」的傳統作為，改而讚揚她們的「大家閨秀」之風。特別是後期作品在塑造八寶公主、段紅玉時，即頗有「修訂樊梨花強悍形象」之意，不但極力消弭其「漢／番」之區隔，更在她們的內在性格中，增添了更多人情味。

第四節　英雄後代

　　明清家將小說塑造了一批形象鮮明的小將，他們都是英雄的後代，個個英姿勃發，文韜武略更甚父輩英雄，故以「英雄後代」稱

之。雖然有些家將小說把他們的英雄後代從「小將」一直寫到「老將」，似乎也完整的展現其「英雄的一生」，然他們卻不符合前述「主要英雄」的種種條件，而且用來塑造他們的精彩情節，幾乎都只集中在其「小將」階段。究其因，這類英雄後代之所以被塑造出來，主要是為了繼承前代英雄未竟的事業，或是護衛英雄家族的光榮、延續家族的生命，以成就「世代交替」的英雄事業。❹因此若將其塑造到「老將」階段，則其在小說中的分量和光彩就會逐漸淡化，而敘述聚焦也會順勢移轉到他的下一代。如此，即可成就出「英雄家族的世代衍續」。

　　由於家將小說塑造英雄後代是為了延續前代英雄的情節，因此常因其「出場背景」的不同而具有不同的塑造模式，這其中又以「殺敵滅番」和「抗奸聚義」最為顯著。前者的代表人物有楊家將中的楊宗保、岳家將中的岳雲、薛家將中的薛丁山、狄家將中的狄龍兄弟、羅家將中的羅通等；後者則有楊家將中的楊懷玉、岳家將中的岳雷兄弟、薛家將中的薛剛兄弟、羅家將中的羅焜兄弟、呼家將中的呼守勇兄弟等。因此，本節探討英雄後代的塑造，即以「殺敵滅番」和「抗奸聚義」這兩種「出場背景」為分類論述的依據。當然，這樣的區分主要在於「英雄後代的出場背景」，而非「英雄

---

❹　在明清家將小說中有不少數演老少英雄「世代交替」的情節，特別是《說唐後傳》再三重複老將軍團出征遭困、小將出征解君父之圍的敘寫，呈現出老少之間緊張的代際張力。然因本節論述的是「人物類型——英雄後代」，因此世代交替的情節並非論述重點。相關論述可參李佩蓉〈邊境對壘——《說唐後傳》家／國想像的挪移與開展〉《台北教育大學語文集刊》15（2009.1），頁33-66。

後代的全部作為」，如「以抗奸聚義為出場背景的英雄後代」，他們有的最後也會立下殺敵滅番的功績，只是相較之下，作者敘寫的重點並非在此。

一、以殺敵滅番為出場背景的英雄後代

　　這類英雄後代的代表，主要有楊宗保、岳雲、羅通、薛丁山、狄龍和狄虎。在他們正式出場前，小說作者總會先營造一個「君父受困戰場」的緊急情勢；接著話鋒一轉，立即回到家將府中，敘述這些小將在家如何勤練武藝、熟讀兵書；而當他們得知君父受困時，總會摩拳擦掌、躍躍欲試，巴不得立即趕赴戰場解救君父。然而，小將的母親或家人卻大都會以「年輕不懂事」之類的理由加以反對。這時，原本「事事謹遵母訓」的小將們就會一反常態，想盡辦法、透過各種方式上戰場，以堅持其報國救父的決心。

　　《楊家府演義》寫楊六郎破不了天門陣，楊令婆奉旨觀陣，離家前特別交代此事不可讓楊宗保知道。結果楊宗保仍私自趕到宋營，惹得父親怒責：「戎伍之中，不知他來何幹？」楊宗保卻反問：「爹爹這等煩惱，莫非不識此陣圖乎？」楊六郎不以為然地說：「若再多言，定行鞭笞。」（第 26 則）而《說岳全傳》寫岳雲年方十二，「兵書戰策件件熟諳」、「膂力過人，終日使槍弄棍」。當他得知宋軍遭困牛頭山時，就迫不及待想去助陣，然因家人不放心，遂趁夜私自奔赴戰場。（第 40 回）再如《說唐後傳》中羅夫人因羅家「只靠得羅通這點骨肉以接宗嗣」，故想盡辦法阻止羅通去比武，結果羅通還是在最後關頭奪得帥印。（第 6 回）《說唐三傳》寫當薛丁山告知母親要去揭榜救父時，柳氏無法勸退他，

只好一同前去，「免得牽腸掛肚」。（第 17 回）《五虎平南》寫狄
龍兄弟瞞著母親，懇求包公代為上本「自願從征救父」；八寶公主
氣怒兒子「違逆母言」時，兄弟立刻跪下說：

> 娘啊，父親邊廷遭困，現有兒子兩人正在血氣方剛之際，況
> 我弟兄已學全武藝，豈有坐視父亡不去解救之理！今日違背
> 母親，實出於萬不得已。母親不欲孩兒前往，乃是愛子之
> 心，未詳大節。今我弟兄二人違了母命，獲罪非輕，任憑母
> 親如何責罰。（第 13 回）

八寶公主因二子的駁論「句句言詞合理」，基於愛子心切，也只能
仔細叮嚀，再親往楊府拜託掛帥的王懷女「臨深蹈險，伏乞扶
持」。

　　家將小說透過這種「母親反對／小將堅持」的對比寫法，意在
凸顯英雄後代報國救父的熱情，其中尚有「移孝作忠」之意味。如
此，這類小將一出場，立刻就被賦予熱血青年的形象。

　　為了讓這群未經世面的英雄後代們，具有足夠的能力或條件以
「合理」解救君父，小說作者大都會再給他們安排一個特殊的「成
年禮」，藉以宣告其為「應命英雄」。如《楊家府演義》寫楊宗保
遇擎天聖母授天書，因而得以洞曉天門陣的奧秘，進而指揮家族裡
的父祖輩大破撲朔迷離的天門陣。（第 26 則）此外，楊宗保初次參
戰時，因遼將大喝而受驚落馬。楊六郎以其戰慄如此，不足以謀大
事，鍾道士就說：「此非宗保懼怯不能接戰，特因其年幼小，將軍
必奏聖上築壇拜他，投以重任，賜他一歲，始能出陣破敵。」於是

宋真宗齋戒沐浴、焚香祝告天地，親自為楊宗保掛帥，並特賜一歲，群臣也贈他一歲，使他出陣時有萬倍之威。（第 29 則）再如《說岳全傳》寫岳雲夢入仙境而得神將傳授錘法，故日後方能幫助解牛頭山之圍、大破金龍絞尾陣（第 40 回）。《說唐三傳》中的薛丁山則適逢天命下山救父，故其形象為：

> 頭上戴頂鬧龍束髮太歲盔、身披一領索子天王甲、外罩暗龍白花朱雀袍、背插四面描金星龍旗、足穿利水雲鞋、上節裝成烏緞描鳳象戰靴、手端畫杆方天戟、腰間掛下玄武鞭、左邊懸下寶雕弓、右邊袋衣插下三丈穿雲箭、坐下一匹駕霧騰雲龍駒馬，後面扯一面大纛旗，書著「征西二路大元帥薛」，丁山好不威風！（第18回）

薛丁山全身的法寶正是王敖老祖賜予他征西救父用的，單看這身隆重的造型，就知道二路元帥非他莫屬。

至於《說唐後傳》中的羅通雖然沒有受到神仙的眷顧，但小說在羅通出場前，就連續敘述幾段「老將不如小將」、「英雄自古誇少年」的情節；⑧⑤再寫少年英雄們陸續出場、熱烈比武。當秦懷玉

---

⑧⑤ 如《說唐後傳》第 2 回「白良關劉寶林認父」寫十六七歲的劉寶林與尉遲恭大戰平手；第 3 回「寶林槍挑伍國貞」寫尉遲寶林認父後，爾後掃北的主要戰陣皆由他先出場，取代其父尉遲恭的先鋒地位。再如第 5 回寫程咬金回長安討救時，城外遇到十六七歲的段林，竟舉起千斤餘的大石頭向他丟來，程咬金從馬上跌落於地。此頗有要求世代交替之「挑釁」意味，而後就是眾家小英雄陸續出場的情節。

技壓群雄正待掛帥時，羅通突然趕來也要奪帥。秦懷玉笑稱自己年長，應該為帥，「你尚年輕，曉得什麼來？」羅通就說：「兄弟雖則年紀輕，槍法比你利害些。就是點三軍、分隊伍、掌兵權、用兵之法，兄弟皆通，自然讓我為帥。」果然，羅通最後戰勝，被封為「二路定北大元帥」。（第 7 回）可見小說透過一連串對比烘托的手法，意圖凸顯羅通少年英雄的形象。

　　此外，這群正值青春年華的小將們，還有一個共同特色，就是個個長得「好似潘安轉世，猶如宋玉還魂」。故在戰場上常令敵方最厲害的女將神魂顛倒，主動提出「招親、獻關」的要求。雖然小將們剛開始都會堅持骨氣，嚴詞拒絕這類「賤婢、番婆」，但最後還是會在「解救君父」的大義下應允招親。結果不但扭轉了戰局劣勢，還大大增強了作戰實力。這是這類小將們在戰場上最精彩，也是最重要的表現。如楊宗保和木桂英；羅通和屠爐公主；薛丁山和竇仙童、陳金定、樊梨花；狄龍和段紅玉；狄虎和王蘭英等。（詳參第四章「陣前招親」節）岳雲除外，他是打退強盜，救了鞏家人性命，鞏員外把女兒「送與公子成親」以為報恩。⑧⑥因此，岳雲在戰場上的表現，純以勇猛善戰為主，少了浪漫因素。

　　最後，看看這群小將的下場：狄龍、狄虎最幸運，平南凱旋後封侯；岳雲最悲慘，戰功未成，就遭秦檜陷害冤死風波亭。⑧⑦而羅

---

⑧⑥　參見《說岳全傳》第 41 回，作者對此姻緣還津津樂道：「從來好事豈人謀，女貌郎才自好逑；千里良緣成佳偶，兩心相得願相酬。」

⑧⑦　《五虎平南》第 42 回「獲叛臣奏凱班師，誅佞賊榮封眾將」寫狄龍被封為「護宋侯」，狄虎被封為「衛宋侯」。《說岳全傳》第 61 回「東窗下夫妻設計，風波亭父子歸神」寫岳飛、岳雲父子遭獄卒用麻繩勒死於風波亭。

通則是最勇烈，先後二次掛帥救駕；❸最後在薛丁山征西時，以先鋒身分大戰番將而死。這段敘戰書寫得頗為精彩：

> （羅通）被王不超一槍直刺過來，……登時透進鐵甲，直入皮膚五十深，肋骨傷斷三根，五臟肝腸都帶出來了，血流不止。主帥營前看見，吩咐大小三軍快上前去相救。只見羅通飛馬來到營前，叫一聲：「主帥，不必驚慌，吩咐眾將助鼓。羅通若不擒此老狗，死也不能瞑目。」說罷拔出腰刀，將旗角一幅割下，就將流出五臟肝腸包好，將腸盤在腰間。扎來停當，帶戰馬衝出陣前，開言大叫：「老狗，俺羅通將軍再來與你決一死戰。」那王不超睜睛一看，唬得魂不附體，……不想羅通來得惡，把手中長槍向前心一刺。……羅通跳下馬來，割了首級，上馬加鞭來到營中，獻其首級。一跤跌下馬來，眾將扶起。羅通大叫一聲：「好痛呀！」一命歸陰去了。（《說唐三傳》第20回）

雖然小說詮釋羅通的死是因為他背棄婚約所導致的因果報應，❹然

---

❸ 在《說唐後傳》中，羅通第一次掛帥是唐太宗君臣掃北時困於木陽城（第6回）；第二次掛帥是唐太宗君臣征東時困於越虎城（第39回）。

❹ 《說唐後傳》第11回，寫羅通假意答應屠爐屠公主招親，但要求公主要把飛刀棄於澗水之中。公主為防羅通口是心非，也要求他「須發下一個千金重誓，俺家才把飛刀拋下」。羅通故意發個「鈍咒」說：「本帥若有口是心非，哄騙娘娘，後來死在七八十歲一個槍尖上。」心中還暗想：「七八十歲老番狗有什麼能幹，難道我羅通殺不過他？」《說唐三傳》即接續此情節，塑造界牌關守將王不超「高齡九十八，身長一丈，使一根丈八蛇矛，重百二

這幕血淋淋的盤腸大戰，確實是將羅通英勇剛烈的形象表現得淋漓盡致。若再溯其源，則羅通因屠爐公主殺死羅仁而堅持不和其成親，直至被迫奉旨成親時，還怒氣沖沖羞辱之。屠爐公主自盡後，無論唐太宗如何責罰（下令斬首、終身不許娶妻、斷絕義父子關係、配醜婦等），他都一概坦然接受。雖然羅通被批評「對屠爐無信無情、違反君父旨意」，但他勇赴國難、兄弟情深，都使人留下深刻的印象。甚至當唐太宗征高麗再度受困時，他還是一本初衷為國拚命，故能獲能讀者的喜愛。

至於楊宗保和薛丁山，小說把他們從小將寫到老將。楊宗保破天門陣後，年老時還帶者兒女平定南閩，最後因奸臣迫害，夜夢「帝命武士來斬」，驚醒而死。薛丁山征西凱旋後封平西王，後因兒子薛剛闖禍，遭武后下旨斬首抄家。**⑨⓪**

二、以抗奸聚義爲出場背景的英雄後代

這類英雄後代的代表，主要有楊懷玉、岳雷兄弟、薛剛兄弟、呼守勇兄弟、羅焜兄弟等。他們大都是功臣之後，要對抗的主要敵人，並非是戰場上的番將，而是朝廷內的奸臣。故在他們正式出場前，小說作者總會先營造奸臣當權的局勢，接著就以「忠奸抗爭」的模式去塑造這群小英雄，而以「抗奸」、「聚義」做為行動描寫的焦點。

十斤」（第 19 回）。

⑨⓪　楊宗保亡故情節參見《楊家府演義》第 48 則「文廣與飛雲成親」；薛丁山遭抄家斬首情節參見《說唐三傳》第 74 回「武后下旨捉丁山，三百餘口盡遭災」和《反唐演義》第 17 回「薛丁山全家遭刑，樊梨花法場脫難」。

　　如《楊家府演義》寫奸相張茂掛帥征討新羅，路經楊府故意敲
鑼打鼓，楊懷玉怒其無禮，欲求先鋒印，立功以顯家門。不料張茂
藉故要斬殺楊懷玉，幸周王救之，再保奏改由楊文廣父子掛帥。張
茂因此懷恨在心，遂趁宋軍遭困時，偷改求救文書，反誣楊家將降
敵叛國。宋神宗大怒，立即下令禁軍，「前往無佞府中，無問大小
男女盡行拿赴法曹，梟首示眾」。幸虧周王力救，楊家滿門方得倖
免於難。（第 50 則）而《說岳全傳》寫岳飛父子冤死後，秦檜意欲
抄滅岳家：

> 夫人哭叫岳雷：「你可去逃難罷！」岳雷道：「母親另叫別
> 個兄弟去，孩兒願保母親進京。」岳安道：「公子不要推三
> 阻四，須要速行！況不孝有三，無後為大。難道老爺有一百
> 個公子，也都要被奸臣害了麼？須要走脫一兩位，後來也好
> 收拾老爺的骸骨。若得報仇，也不枉了為人一世。」（第 62
> 回）

於是，岳雷開始他逃亡、聚義的生涯。而後，家將小說敘寫薛、
羅、呼三家後代被迫逃亡之因由，大抵皆是如此。所以，這類英雄
後代的逃亡並非因為貪生怕死，而是為了家族生命的延續、為了日
後洗刷家族的冤屈。

　　再看薛、羅、呼三家的後代，則都因「奸相之子強搶民女，將
之打死、打傷」，導致得罪奸相、全家遭禍。如《反唐演義》中的
薛剛打死張保、驚死高宗，張天左即趁機要武后抄滅薛家。《粉妝
樓》中的羅焜、羅燦打傷沈廷芳，沈謙即趁羅增兵敗遭困時誣其投

敵，唆使天子抄滅羅家。《說呼全傳》中的呼守勇、呼守信打死龐黑虎，龐集就請龐妃設計使宋仁宗抄滅呼家。透過這類出場背景的敘述，雖然凸顯了這群年輕小將「血氣方剛」的衝動，但同時也塑造出他們「除暴安良」的英雄性格。**❾**

　　在英雄後代逃亡的過程中，雖然會不斷的遭到奸臣迫害，但總會逢貴人相救、化險為夷，進而結識一批草莽好漢，共同反抗以奸臣為代表的「朝廷」。如《說岳全傳》寫岳雷被抓，先後有鬼神、好漢相救，後至太行山借兵破關，遂與眾家好漢聚義雲南。《反唐演義》寫薛剛被抓，好漢救上九焰山聚義，後助盧陵王反周興唐。《粉妝樓》寫羅焜兄弟分別因「鋤奸濟弱」而被抓，皆逢好漢救上雞爪山聚義，而後為除奸訴冤，遂興兵進逼長安。《說呼全傳》寫呼守勇兄弟遭到龐家追殺，分別逢綠林好漢、楊業顯靈、楊家女將等相助，聚義天定山後戰敗龐軍，再兵臨王城向宋仁宗訴冤。由這種「逃亡→聚義→反朝廷」的描寫，可見英雄後代們和其父輩英雄最大的不同處，就在其「反抗性格」。一旦遭受奸臣迫害時，他們可以聚義山寨、抗擊王師，甚至兵圍王城以驚醒昏君、訴明家族冤屈，充分流露出重視「家族榮譽」與「家族至上」的價值取向。

（詳論於第六章第三節）

---

❾　在家將小說中還有許多類似情節，如《萬花樓》第 7 回寫狄青打死奸臣胡坤之子胡倫。《說岳全傳》第 41 回寫岳雲打跑想要強搶民女的奸臣之子；第67 回寫岳雷、牛通等打死想要強娶潞花王妹妹的強匪。《說唐後傳》第 22回寫薛仁貴降服想要強娶民女的強盜等。類此小英雄打死奸臣之子的情節，其意義正如《萬花樓》第 7 回回目：「打死凶頑除眾害，開脫豪傑順民情」。

　　同時，透過這類英雄後代「抗奸、聚義」的行動，使得昏君奸臣對英雄家族的迫害被揭露得更清楚。如在《楊家府演義》中，當屢害楊家的張茂因「聖上甚是寵愛」再度為相時，楊懷玉憤而夜扮強人殺其全家，又因深感「朝廷聽信讒言，我屢屢被害，輔之何益！且佞臣何代無之？」，於是「鳩集家兵，悉行走上太行山」。果然，宋神宗得知張茂被殺，完全不念楊家世代功業，即命羽林軍「把楊門全家拿來，戮棄於市」。後來，宋神宗衡量利害，派周王上山招安楊家將，卻遭楊懷玉毅然拒絕。當周王質疑楊家「甘為背逆之臣，以負朝廷」時，楊懷玉義正辭嚴地說：「若以理論，非臣等負朝廷，乃是朝廷負臣家也。」楊懷玉還歷數自楊業投宋以來，楊家各代遭受奸臣冤害不絕，但是明君不察，令一門忠貞屢遭誣衊。最後他不禁怒責說：

> 聖主不明，詞章之臣密邇親信；枕戈之士遠隔情疏，不得自達。讒言一入，臣等性命須臾懸於刀頭。此時聖主未嘗少思臣等交兵爭鬥之苦，而加矜恤？（第58則）

這是在「忠奸抗爭」結構下，效命沙場的忠臣良將，對於朝廷內昏君奸臣所發出的沈痛抗議。從怒殺奸臣張茂，到直批「朝廷負臣家」、「聖主不明」，楊懷玉可說是這類深具「反抗性格」小將的代表。

　　此外，這類英雄後代除了薛剛以外，❾❷大都生得相貌堂堂、文

---

❾❷　薛剛因為是楊藩投胎，「天生註定」要來闖禍敗害薛家的，故小說寫其：

韜武略兼具，如《粉妝樓》中的羅燦年十八，人稱「粉臉金剛」，「生得身長九尺，臂闊三停，眉清目秀，齒白唇紅，有萬夫不當之勇」；羅焜叫做「笑面虎」，「生得虎背熊腰，龍眉鳳目，面如敷粉，唇若塗朱，文武雙全，英雄蓋世」。（第 1 回）再如《說呼全傳》中的呼守勇年十六、呼守信年十四，「不但熟讀孔孟，且喜考究孫吳，更習了百步穿楊的神箭」。（第 1 回）儘管他們也是俊秀少年，但作者並沒有讓他們如同那群「以殺敵滅番為出場背景的英雄後代」般，在戰場上發生「陣前招親」的艷遇，而大多將他們的婚事加以簡化，安排在逃難過程中以「比武招親」、「家長許配」等方式交代過去，相關情節並未作浪漫鋪敘。❸在家將小說中，這種「結親婚配」的情節屢屢出現，成為這類英雄「逃亡」過程中必定要經歷的事件。作者不厭其煩的重複這種描寫，用意是為了替這類小將繁衍後代，好令他們在逃亡、聚義後的抗奸行動中，不斷累

「性躁，時年十八，生得面如黑漆，體如煙熏，力大無窮，專好抱不平，替人出力，長安城中人人怕他，故此人給他起了一個渾名，叫做『通城虎』。……終日飲酒射獵，半夜三更或出或入，無所禁忌，兩遼王並管他不下。」參見《反唐演義》第 6 回。

❸ 如《說岳全傳》寫岳雷和趙郡主、岳霖和苗王女，皆為女方家長作主許配（第 66、71 回）。《反唐演義》寫薛強和九環公主是拋繡球成親、薛剛和紀鸞英是比武招親、後薛剛又被新唐國招為駙馬（第 14、15、67 回）。《說呼全傳》寫呼守勇和王金蓮、趙鳳姑皆為女方家長作主許配，後又被新唐國招為駙馬（第 6、12、20 回）；呼守信和齊月娥是比武招親（第 17 回）；呼延慶和祝順姣是女方家長作主許配（第 25 回）；呼延龍和趙文姬是後花園私訂終身（第 29 回）；呼延壽、呼延豹是比武招親（第 33 回）。至於《粉妝樓》寫羅焜和柏玉霜、程玉蓮、祁巧雲，以及羅燦和馬金定則皆為女方家長同意，然直到除奸滅番後才由君王「欽賜成婚」（第 79 回）。

積家族成員。最明顯的莫如薛家將、呼家將，每當小說寫到忠奸會戰時，就會突然冒出一大票能征善戰的女將和小將，所有在逃亡過程中所生產的家族成員，都會在故事快結束時，一窩蜂似的擁現出來。

總之，小說作者塑造這類「以抗奸聚義為出場背景的英雄後代」，其塑造意義在於為家族洗刷冤屈，故在作者交付給這類後代英雄的任務中，平番抗敵是順便的、是時勢所趨、是可以水到渠成的；最重要的是要對父輩英雄的沉冤進行昭雪；對壞事做盡的奸佞進行復仇，如此方能大快人心。

小結：

由於明清家將小說是以「英雄家族的世代功業」為敘事軸心，因此如何延續家族的生命和榮譽，就是作者在塑造人物時必須考量的重點。所以，小說中的英雄後代主要是為了完成世代交替，並且繼承父輩英雄未竟的「戰爭」和「忠奸抗爭」。而這也就形成家將小說塑造英雄後代兩種主要的「出場背景」：「殺敵滅番」和「抗奸聚義」。而不管是哪一種出場背景，這群英雄後代都是通過「子承父志」以延續家族榮耀；通過「陣前姻緣」以延續家族生命。如此，家將小說在敷演主要英雄的故事之後，緊接著又塑造出英雄後代，造成在「虎父無犬子」的世代交替書寫中，展現出一種「有德者昌」的文化情懷，而這正是家將小說塑造英雄後代的深層意涵。

若以家將小說的發展來看，前期的楊家將小說是以主要英雄（楊六郎）為敘寫的主要對象，相較之下英雄後代（楊宗保、楊懷玉）的分量較少。而後在《說岳全傳》、《說唐後傳》和《說唐三傳》中，則開始以部分的篇幅獨立敘寫英雄後代的故事，從而較完整的

確立英雄後代的敘寫模式。接著《反唐演義》、《說呼全傳》、《粉妝樓》等，更是直接以英雄後代為主要的敘寫對象，集全書之內容加以敷演。有趣的是，儘管英雄後代在「英雄家族的世代功業」中扮演了不可或缺的角色，然在本節所論述的英雄後代中，卻只有岳飛之子岳雲其人其事於史有據，餘皆為小說家所虛構。如此，家將小說既是為了延續英雄家族而虛構出英雄後代，這就使得英雄後代的塑造模式呈現出一種穩定的狀態，即一切形象皆需滿足「出場背景」之需求。

第五節　奸　臣

荀子論臣道云：「有大忠者，有次忠者，有下忠者，有國賊者。」在此四級中，又可分成「忠臣」和「國賊」兩類。何謂「國賊」？荀子說：「不恤君之榮辱，不恤國之臧否，偷合苟容以之持祿養交而已耳，國賊也。」（《荀子·臣道》）為與「忠臣」相對應，韓非子遂稱不忠之臣為「奸臣」，其曰：

> 凡奸臣皆欲順人主之心以取親幸之勢者也。是以主有所善，臣從而譽之；主有所憎，臣因而毀之，……故主必欺於上而臣必重於下矣，此之謂擅主之臣。國有擅主之臣，則群下不得盡其智力以陳其忠，百官之吏不得奉法以致其功矣。
> （《韓非子·奸劫弒臣》）

由以上說法，可知「國賊」、「奸臣」皆是用來和「忠臣」相對立

的名詞，而其行事作風、危害國家等特質，基本上亦和「忠臣」相對立。學者分析中國歷代的「奸臣」，指出其共同特質有：「妒賢妒能，殘害忠良」、「唯利是圖，嗜權如命」、「多疑善變，反復無常」、「陰險狡詐，虛偽成性」、「豺狼成性，虺蜴為心」等。**❷❹**由此可知，歷史上對「奸臣」的判定，主要是採取道德標準來審視其為人處事，最後再歸納出「奸臣性格陰惡」的結論。如此判準的建立，實和傳統史書以「性格描寫」來塑造人物的道理相通。

明清家將小說以「忠奸抗爭」為敘事主線，因此「奸臣」是必備的角色。雖然家將小說和其他通俗小說一樣，對「奸臣」的塑造大都有其固定的造型和作為。**❷❺**然依家將小說所敷演「奸臣」之主要罪行，仍可將其區分出「掌握軍權，陷害沙場勇將」、「權傾朝野，冤屈國家忠良」、「通敵賣國，謀殺抗敵英雄」等三種。當然，三者的主要區別在於小說敘寫的比重，彼此間並非斷然而不相涉。由於家將小說是以「奸臣的主要罪行」來塑造「奸臣」，因此本節探討「奸臣」即以此為區分，再擇其代表人物論述之。

---

❷❹ 參見高敏主編《奸臣傳・序言》（河南人民出版社，1994.4），頁 7-10。

❷❺ 奸臣的嘴臉，有一定的固定造型。在舞台上，他們一直是臉塗白粉，身佩玉帶、頭戴尖翅紗帽的壞蛋。他們每人都有可鄙的兒女，通常女兒是在宮廷中作父親的耳目，兒子通常是不務正業而性好漁色，終日偕保鏢在京城中招搖胡鬧，不時搶奪年輕女子。這些奸臣往往提拔小人，罷黜或陷害忠臣，且往往陰謀篡位；對於苦戰邊疆的武將，則扣剋軍餉或拒派援兵，然後誣告他們故意戰敗；有的甚至通敵叛國。見 Robert Ruhlmann 著、朱志泰譯〈中國通俗小說戲劇中的傳統英雄人物〉《英美學人論中國古典文學》（香港：香港中文大學，1973.3），頁 68。

一、掌握軍權，陷害沙場勇將

這類奸臣主要有潘仁美、張士貴、蘇定方，而以潘仁美為典型代表。

《楊家府演義》寫潘仁美和楊家將二度結怨於北漢戰事：先是他挺身救宋太祖時，差點命喪楊業槍下。（第 2 則）後隨宋太宗出戰時，他被楊令婆射中左股、幾乎喪命。（第 4 則）因此，潘仁美始終對歸降的楊家將心存報復，而楊家將早期的災難也都源自於他。如潘仁美奏請宋太宗遊昊天寺，導致君臣遭困幽州。楊家將奮勇救駕的結果是父子八損其五。（第 6 則）而後，宋太宗命潘仁美為征遼招討使、楊業為先鋒，當時寇準即預言：「仁美怨恨令公，深入骨髓，今舉為先鋒，只恐害之，誤國大事。」潘仁美遂對宋太宗保證：「今共王事，即係一家，豈有家人而害家人之理乎？」然而，宋遼甫一交戰，潘仁美就藉口欲斬楊業，而後更聯同監軍王侁逼楊業出戰，還假意列陣於陳家谷以備救援。一聞宋軍戰敗，潘仁美心中暗喜，進而引諸軍退回，導致楊業父子孤軍無援。（第 8 則）而當楊七郎冒死突圍回營時，潘仁美卻正與諸將「賞菊，作樂飲酒」；楊七郎見狀怒責潘仁美，潘仁美藉口斬之不成，遂暗使軍士將其灌醉，再「縛於樹上，以亂箭封死」後棄屍河中。後又聞楊六郎「單馬回來，不入本寨」，潘仁美疑其知情還派兵追殺。另一方面，陷於遼兵重圍的楊業，因「力盡鋒銷馬疲隤」，最後撞李陵碑自盡，而出戰的宋兵則全軍覆沒。（第 8 則）如此，潘仁美把他個人的私仇，報復在國家存亡的保衛戰上，其誤國罪行十分明確。特別是透過對比，潘仁美奸惡的形象也就更為突出。

　　再如《說唐後傳》中的蘇定方，他是殺死羅藝、羅成的兇手，而羅通為報父祖之仇就殺他兒子蘇麟。當二路援軍抵達時，蘇定方疑心羅通已殺其子報仇，故意不開城門，反叫羅通衝殺四門，欲「借刀殺人，把一個公報私仇」。若非屠爐公主相救，羅通早就死於番將刀斧之下，而遭困的大唐君臣也無回朝之日。（第 12 回）再如張士貴，為了讓女婿何宗憲冒作「應夢賢臣」，他阻止薛仁貴投軍不成，就詐騙其埋名於火頭軍。每逢惡戰，皆派薛仁貴出戰，再由何宗憲冒功。而惟恐奸計敗露，他先暗殺前來求援的駙馬薛萬徹，再設計將薛仁貴兄弟活活燒死，其行徑可謂只圖冒功而不顧國家安危。而當奸情敗露後，他甘脆一不做二不休，趁軍權在握，興兵造反。（第 43 回）

　　若就史實考證來看：張士貴、蘇定方皆為唐代名將，一生備受榮寵。**⑯**特別是張士貴所處之時代較薛仁貴為早，當薛仁貴投軍時，他早已顯達為名將，又何必再與薛仁貴爭功？甚至在安地戰役後，張士貴還曾向唐太宗舉荐薛仁貴。如此，張士貴不僅不是嫉賢妒能之輩，相反的還是提拔英雄的伯樂。**⑰**而潘美（小說中的潘仁

---

⑯　史載張士貴「善騎射，膂力過人」，曾聚眾為盜，後降李淵。作戰時「親當矢石，為士卒先」，備受太宗賞識。後累遷左領軍大將軍，封虢國公。高宗顯慶初卒，贈荊州都督，陪葬昭陵。而史載蘇定方「驍悍多力，膽氣絕倫」。十餘歲即隨父討捕，英勇非常，後從征突厥、賀魯，「前後滅三國，皆生擒其主」，功封邢國公，享榮而死。高宗聞而傷惜，封蔭其子。參見《舊唐書》列傳三十三〈張士貴傳〉、〈蘇定方傳〉，頁 2786、2777-2779。

⑰　參見劉冬梅〈被冤枉的一代名將──張士貴〉《滄桑》（2003.2），頁 6-9。

美）則是宋初名將、開國功臣，死後還配享太宗廟庭。❾❽然而，通俗文學卻把他們三人塑造成典型的奸臣，後世文人對此抱以不平，認為「顛倒賢奸，蓋皆不識字所為」；❾❾「以潘美為巨奸，尤為悖謬」；⓿「潘美無端蒙惡名」。⓫然焦循卻以為或持之有故，其云：「張士貴、潘美皆一代勳臣，史官為之粉飾，未必不有之，則傳奇之事，故老相傳，或轉有如洛中隱士趙逸者耶。」⓬

　　一般而言，民間流傳之故事，真假虛實莫定，其目的皆不外使內容更富懸疑。而忠奸對立之敘事，尤易引發衝突，提高故事的緊張氣氛。但是在若干情節中，或許隱藏有鮮為人知之故實。特別是家將故事是世代累積而成，民間以潘仁美為奸臣，或許另有他故。若追溯歷史，北宋初年，太祖太宗屢次御駕親征北漢，將怨恨劉姓之氣，遷怒於河東百姓。降城之後，繼而毀城，並實施軍管、加重

---

❾❽　史載「潘美素厚太祖，信任於得位之初，遂受征討之託」。太宗朝征太原事亦委之，卒時贈中書令、謚「武惠」，配享太宗廟庭。參見《宋史》列傳十七〈潘美傳〉，頁 8990-8995。

❾❾　清·平步青《小棲霞說稗·觀劇詩》云：「伶人演劇扮用古事，然多顛倒賢奸，蓋皆不識字所為，如唐傳之張士貴，楊家將之潘仁美，平西傳之龐籍，率與史傳不合。……持雅堂詩集有觀劇五古一篇：『莊列愛荒唐，寓言者十九。傳奇祖奇意，顛倒賢與否。蔡邕孝廉人，琵琶遭擊掊。借以諷王四，於義猶有取。俗人不知書，逞臆造烏有。桓桓張士貴，功出仁貴右，無端目為奸，毅魄遂含垢；楊業雖健將，潘美亦其偶，不制王侁兵，天馬變父狗。勸懲義何在？妖言惑黔首。』可為正人吐氣。」收入《中國古典戲曲論著集成》9 冊（北京：中國戲劇出版社，1959.8），頁 185。

⓿　孔另境《中國小說史料》（台北：台灣中華書局，1982.3），頁 71。

⓫　同前註，頁 76。

⓬　焦循《筆記三編劇說》卷二（台北：廣文書局，1970.12），頁 29。

賦稅，以為報復。學者張忠良據以指出：「由此山西人受北漢之
累，遭受宋室苛虐，憤恨不平，除部分走向商業，另謀出路外，知
識分子則於小說戲劇中，行諷刺之事，表彰楊家之忠勇，故演戲時
皆將驅兵北漢之潘美敷成白臉。」❿另外，關於潘美是否害死楊
業？對此問題史學界頗多討論，較一致的看法是：他本來沒有害死
楊業的打算，只是他對楊業的英勇戰功充滿嫉忌，對楊業「北漢降
將」的身分更有著歧視和排擠。如此，都使潘美不自覺地害死楊
業。❿再如蘇定方，唐高宗顯慶五年，命其率軍征討百濟。百濟傾
國迎戰，蘇定方大破之，殺萬餘人。城破，雖百濟王族已降，然蘇
定方繫之後，還「縱兵劫掠，壯者多死」。❿如此，不管是從傳統
的戰爭文化，或是中國人喜愛的英雄標準來看，潘美、蘇定方在戰
場上雖然功績卓越，卻構不上「仁義之師」，無怪乎民間對其評價
不高，可見傳說故事，不必皆無原委。（戰爭觀、英雄觀等文化意涵的
探討，詳參第六章）

---

❿ 依張忠良的考察：《續資治通鑑》載有「丙申，幸太原城北，御沙河門樓，
　　遣使分部徙居民於新并洲，盡焚其廬舍，民老幼趨城門不及，焚死者甚
　　重。」而山西梆子「下河東」劇中將宋太祖紅臉的兩鬢間加入兩條白線，以
　　示奸險。參見〈薛仁貴故事研究〉《國文研究所集刊》27 號（1983.6），頁
　　946。

❿ 參見何冠環〈論宋太宗時武將之黨爭〉《中國文化研究所學報》新第 4 期
　　（1995），頁 188-190；李裕民〈楊家將新考三題〉《晉陽學刊》（2000 第 6
　　期），頁 68-72；楊光亮〈新編《太原史話》楊家將一節商榷〉《晉陽學刊》
　　（2001 第 3 期），頁 87。

❿ 參見三軍大學《中國戰爭史》第八冊（台北：黎明文化公司，1976.10），頁
　　310。

二、權傾朝野，冤屈國家忠良

這類奸臣為數最多，主要有歐陽昉、張茂、李道宗、張天左、張天右、龐集、孫秀、龐洪等。其中，《萬花樓》成書最晚，塑造龐洪的奸臣形象最為精彩，可為這類奸臣的典型。然查考《宋史》，與狄青同時者，有龐藉而無龐洪，且龐藉「其人甚賢良，無忌賢嫉能事」，因此龐洪應為小說家虛構之人物。⑩

《萬花樓》寫龐洪出場前，先寫他的手下孫秀：「乃一個奸臣，由知府賄賂上司，拜大奸臣馮拯太尉為門下。龐太師是他岳丈，數進財帛於眾權奸，是以由知府升任巡道，以至知諫院。」（第 2 回）當他奉命往山西賜銀給眾秀女父母時，卻藉機報父仇，謊稱狄妃自盡、聖旨密令拿問父母，導致狄門流落。孫秀卻樂得私剋秀女銀，與馮拯、龐洪共分。宋仁宗即位後，選龐洪之女為妃，命龐洪入相，孫秀進兵部尚書，兩人更因此權傾朝野。爾後，奸臣胡坤之子為害地方，在萬花樓被狄青打死，於是眾奸臣以龐洪為首，屢次加害狄青。不料狄青皆逢貴人相救，甚至變成狄皇親，此令龐洪頗不甘心。（第 17 回）

狄太后要宋仁宗封賜狄青，然狄青卻堅持無功不受祿，希望比

⑩　錢靜方《小說叢考》云：演義載龐洪害狄青不實。查宋史與狄青同時者，有龐藉而無龐洪。藉與韓琦、范仲淹同為陝西安撫使，禦西夏，狄青乃其部將。然其人甚賢良，無忌賢嫉能事。史載狄青征南時，韓絳謂：「狄青武人，不宜專任。」帝以問藉。藉曰：「青起行伍，若以文臣副之，則號令不專，不如勿遣。」乃詔嶺南諸軍，皆受青節度。既而捷書至，帝喜謂藉曰：「青破賊，卿之力也。」則龐氏係深信狄青之人，安有謀害之理？（台北：長安出版社，1979.10），頁 90。

武受職。受挫的奸臣們頓時大悅，龐洪遂請來「自恃英雄無敵」的王天化，「教他比武之時，將狄青決了性命」，結果王天化反遭狄青劈為兩段。（第19回）奸黨受挫之餘，再設下連環奸計：「保荐狄青解送征衣→金亭驛舍妖魔作怪傷人→命潼關總兵派人暗殺→命磨盤山強盜劫取征衣」。結果狄青非但沒有遭害，反而因此得法寶、結義劉慶、殺西夏贊天王等。

由於龐洪奸黨的連番奸計皆告失敗，於是作者又加入新的奸黨：寫李成父子冒狄青殺西夏名將之功，奸計敗露遭楊宗保處斬。沈氏為報夫仇，求助其兄沈國清，沈國清又轉而求助龐洪。其中寫龐洪的心理活動頗為精彩：

> 龐國丈想道：老夫幾番計害狄青，豈料愈害他愈得福，此小賊斷斷容饒不得。即楊宗保恃有兵權，目中無人，做了二三十年邊關元帥，老夫這裡無一絲一毫孝敬送到來，老夫屢次要攪擾於他，不料他全無破綻，實奈何他不得，今幸有此大好機會，將幾個奴才一網打盡，方稱吾懷。但人既要收除，財帛也要領受，待吾先取其財，後圖其人，一舉兩得，豈不為美？（第40回）

龐洪主意已定，卻又不明說，只是一再稱此事「難辦」。沈國清講明「小妹願將筐中白金奉送」時，他還假惺惺地說：「賢契，難道在你面上，也要此物麼？」經沈國清百般請求，龐洪才點明要四萬金方能打通關節，還虛情假意說：「勸令妹且收心為是，省得費去四萬金。」而當沈國清表明不惜錢財時，龐洪立刻笑道：「足見賢

契明白，但不知你帶在此，或是回去拿來？」至此，龐洪貪婪成性
的嘴臉已躍然紙上。如此，充分展現了這類奸臣道貌岸然的醜陋行
徑。

三、通敵賣國，謀殺抗敵英雄

　　這類奸臣主要有王欽、張邦昌、秦檜、孫振、沈謙，以及《五
虎平西》的龐洪等。由於這類奸臣是以「權傾朝野」之貴，行「通
敵賣國」之惡，因此和前述各類的奸臣相較，其在所屬的家將小說
中常佔有較多的篇幅。以下分論之：

㈠王欽

　　史載王欽若「狀貌短小、智識過人」，因主持天書封禪事而備
受宋真宗寵信。宋仁宗時卒，贈太師、中書令，諡「文穆」。宋仁
宗雖曾說：「欽若久在政府，觀其所為，真姦邪也。」然而「國朝
以來宰相卹恩，未有欽若比者」。❿如此，使王欽若的歷史定位備
受爭議，而民間對他的解讀也就充滿想像的空間。

　　《楊家府演義》將「王欽若」改稱「王欽」，寫他本是遼國的
謀臣賀驢兒，向蕭太后獻計自願假扮南人，「憑著一生學力，定要
進身侍立宋君之側。俟其國中略有隙可攻，即傳信來報」。（第9
則）於是，他化名王欽，裝扮成「頭戴儒巾，身穿羅衣，腰繫絲
巾」的不第書生。他入宋後，巧遇思報父仇的楊六郎，遂代寫狀
告。因文采甚佳頗受七王賞識，後又設計謀害八王以助七王圖得王
位，故當七王即位為宋真宗後，對他百般寵信。如此，可見王欽倖

---

❿　參見《宋史》列傳四十二〈王欽若傳〉，頁 9559-9564。

進的本事與陰沈之性格。

　　為了陷害楊家將使遼國得以南下，王欽唆使權臣謝金吾以「方便南北往來」為由奏請拆毀天波樓，⓽意圖造成楊、謝兩家的衝突。（第 17 則）而後焦贊殺滅謝家，宋真宗果然下令擒斬楊六郎；不料八王保救，王欽遂又私命將楊六郎發配險惡邊疆，再使人誣陷他私釀官酒、意圖謀反，激怒宋真宗必斬楊六郎。這種借刀殺人的手段，是通敵奸臣的慣用伎倆。因此，當王欽以為楊六郎已死時，即與遼國蕭太后合謀，先虛構魏州銅台出現祥瑞，再誘騙宋真宗親往巡視，使宋廷君臣遭遼兵所困。（第 20 則）楊六郎復出救駕後，王欽再生奸計，他向宋真宗謊稱蕭太后願降，但要朝廷重臣前去領受文書。結果遼兵以十朝臣為人質，威脅宋廷平分天下，幸賴楊家將裡應外合方得解危。（第 37 則）

㈡張邦昌、秦檜夫婦

　　張邦昌、秦檜是《說岳全傳》前後兩個著名的通敵奸相。史載張邦昌於徽、欽二帝被俘後，曾受金人冊命，僭立為帝。他曾遣人齎書康王以自陳：「所以勉循金人推戴者，欲權宜一時以紓國難也，敢有他乎？」⓾小說據此大加發揮，寫當金兵攻入中原時，張

⓽　楊家將故事中的「謝金吾拆天波樓」情節，學者研究故事的起源可能是：宋真宗時謝德權奉旨拓寬汴京官道，結果因為影響到權貴的利益和民間的經濟活動，使得謝德權當時頗受流言誹謗。雖是奉旨行事，但流傳既久即被附會成蒙蔽皇帝、依附權奸，爾後更和楊家將故事合流，成此情節。參見張志江〈談有關楊家將小說、戲曲的一則史料〉《明清小說研究》（1997 第 3 期），頁 232-235。

⓾　參見《宋史》列傳二三四〈叛臣傳〉，頁 13789-13793。

邦昌搜刮官民財物後，以「特來獻上江山」之名親到金營請功。金兀朮知他乃「宋朝第一個奸臣」，遂賜封「楚王」。為了助金奪宋，張邦昌提議「必須先絕了他的後代」，於是騙取徽欽二帝及先王牌位入質金營。（第 18 回）宋高宗即位後，他先將騙來的傳國玉璽進獻之，謀得相位；再遣美女入宮以迷惑宋高宗「荒淫酒色」，以便「將天下送與四狼主」。他還意圖謀害岳飛，後因牛皋兵諫、事敗被逐。而後，當宋高宗君臣出奔時，張邦昌假意收留，卻暗中派人通知金兵。故作者評張邦昌其人云：「欺君賣國無雙士，嚇鬼瞞神第一流。」（第 24 回）

　　再看秦檜，《宋史·秦檜傳》評其人：「包藏禍心，倡和誤國，忘讎敵倫。一時忠臣良將，誅鋤略盡。」民間更因其殺害岳飛，而將之視為千古罪人、典型奸臣。❿因此，在小說中秦檜被塑造為陰毒知機，大奸似忠的賣國奸臣。如故當張邦昌向金兀朮自請作奸臣時，秦檜在當時則表現出忠臣的擔當，自願保趙王質於金營。（第 18 回）後因金兀朮屢敗於岳飛，決定恩養秦檜夫婦以為細作。秦檜回宋前還自陳：「情願把宋室江山送與狼主」。（第 46 回）他先以騙來的二帝詔書謀得尚書官位，再奉承金人意旨誘導宋高宗達成和議。由於他大奸似忠，深知宋高宗「不欲迎回二帝」之心，故不但深得宋高宗寵信，更因此權傾朝野。

　　由於《說岳全傳》運用仙話背景，透過天命因果以詮釋岳飛和

---

❿　參見清·丁傳靖《宋人軼事彙編》卷十五「秦檜」條（台北：台灣商務印書館，1982.9），頁 751-790；另參廖玉蕙〈宋人筆記中的秦檜〉《中正嶺學術研究集刊》（1995.5），頁 135-164。

秦檜、王氏的關係（詳見第四章第一節）。故在「通敵賣國，殺害抗敵英雄」的奸計上，王氏表現得比秦檜更為積極。如當金兀朮傳蠟書給秦檜：「若能害得岳飛，方是報我國之恩；倘得了宋朝天下，願與汝平分疆界。」這時王氏就要秦檜矯旨召回岳飛，「然後再尋一計，將他父子害了，豈不甚美？」（第59回）而當秦檜手下的奸臣無法將岳飛定罪時，王氏就提醒秦檜「縛虎容易縱虎難」，要他以私命處死岳飛父子。（第61回）冤殺岳飛後，秦檜本欲斬殺岳飛全家以免後患，不料梁紅玉前來質問，只得改判「發落雲南為民」。這時王氏卻說：「相公難道真個把岳家一門多免死了？倘他們後來報仇，怎麼處？」必要將岳門趕盡殺絕她才滿意。如此，小說把通敵賣國、殺害英雄的罪責大都歸於王氏，此除了諷刺秦檜奸而無能外，最主要是為符合天命結構，演出大鵬金翅鳥（岳飛）啄死女土蝠（王氏）的因果報應。

〔三〕龐洪、孫振、沈謙

　　《五虎平西》中的龐洪因屢屢謀害狄青不成，最後竟然與遼國的飛龍公主共謀，意圖殺害征遼凱旋的狄青；奸計敗露後，遼主遣人重賂龐洪，並密告狄青取回之珍珠旗為假，龐洪遂請女兒龐妃向宋仁宗揭露此事，意欲陷狄青「欺君之罪」。狄青遭逢奸臣連番迫害，遂從師命假死避禍；而遼主聽聞狄青已死，立即興兵侵宋。再看《五虎平南》中的孫振，他為報叔父孫秀之仇，不惜擅改求救文書，反陷狄青按兵不動，導致宋軍「十五萬人馬，死了一半」。（第9回）奸計敗露後，孫振竟然在兩國交戰之際投效敵營，自陳宋軍底細，意圖賣國求榮。（第21回）再如《粉妝樓》中的沈謙，因羅燦、羅焜打死其子而構怨羅家，趁機誣改羅增征番的求救文

書，使羅家一門被抄斬。爾後，羅家將聚義攻入皇城，沈謙見奸計敗露，竟想「搜了玉璽，獻到番邦，勾了韃靼」。（第 72 回）投奔番邦後，沈謙還向番王誇稱「破羅增易如反掌」。（第 76 回）如此，沈謙貴為唐朝相國，心中卻只有私怨、私利，其最後賣國求榮也就不會令人感到意外。

小結：

就明清家將小說塑造「奸臣」的發展來看，從前期的楊家將小說到後期的狄家將小說，「奸臣」的形象和作為皆頗為固定，其中主要的演變在於愈到後期，人物的虛構成分愈大，而且奸臣集團的規模也愈大，形成集團式的「忠奸抗爭」。（詳參第三章第二節）

值得注意的是，家將小說中的奸臣，除了少數幾個是掌握軍權的武將外，幾乎都是「文臣」。這些「文臣」因與君王親近、熟知君王喜好，故能藉機坐大、權傾朝野，進而逼害有能力抗敵的「武將」。如此，家將小說的「忠奸抗爭」，猶如「武將」對「文臣」的抗爭。這種敘寫，間接表達了對君王「重文輕武」的不滿。特別是敷演宋代故事的楊、狄、呼、岳等家將小說，透過兩宋史實的附會增衍，藉由「奸臣」這類人物，對當時「重文輕武」政策所導致的誤國、賣國，有較深刻的反省。（詳論於第六章第二節）此外，在傳統「華夷之辨」的觀念下，通敵賣國的奸臣向來被認為是所有奸臣中最卑賤的。因此，家將小說常會刻意描寫他們如何慘死，以及如何大快人心。如《楊家府演義》中的王欽，被劊子手「縛於柱上，慢慢一刀一刀，割下其肉」；氣絕後，「帝命拋其屍骸於野，使狗食鴉餐，方顯奸惡報應之極」。（第 38 則）而《說岳全傳》中的張邦昌，他賣主求榮不成，反為金兵抄家、擄走，而後更被當做豬羊

宰殺祭旗。（第 39 回）最可惡的是秦檜夫婦，秦檜甘心事敵、王氏私通兀朮，夫婦二人合營賣國事業，天怒人怨、鬼神不饒，故兩人皆受盡痛楚而亡，死後沈淪地獄，「受諸苦楚。三年之後變為牛羊豬犬，生於凡世，使人烹剝食肉」。後來更被牛皋開棺戮屍，梟首祭岳飛。（第 74 回）⑪至於《粉妝樓》的沈謙則被「斬首示眾」，其餘家眷都發到邊外充軍。（第 77 回）《五虎平南》的孫振被「啐剮其屍」，妻兒一同斬首。（第 42 回）《五虎平西》的龐洪雖有宋仁宗百般呵護，仍遭包公處斬，女兒龐妃亦因此而遭太后下旨當場絞死，其餘龐家族人雖倖免夷誅，然勢力俱無、備受百姓嘲諷（第102 回）

綜觀之，家將小說描寫奸臣禍國的情節，頗能反映明清歷史的真象。從明代中葉以後，閹宦、奸臣充斥朝廷，如明英宗時的王振、明憲宗時的汪直、明武宗時的劉瑾、明世宗時的嚴嵩父子、明神宗時的張誠、明熹宗時以魏忠賢為主的閹黨、南明福王時的馬士英、唐王時的鄭芝龍，乃至清乾隆時的大貪官和珅等。他們深得君王寵信，誘使君王沈迷於淫樂之中，藉機專權貪污、陷害異己，成為朝政腐敗、國家淪亡的最大禍首。這批歷史奸臣，簡直就是家將

⑪　《說岳全傳》寫秦檜遭受惡報的情節主要是延續前代故事，先讓其經歷岳飛顯聖、瘋僧戲弄、施全行刺後，再寫奸臣病篤、咬舌自盡。（第 72 回）王氏則增寫當金兵再度來攻時，其看準宋廷無人可抗敵，故欲先逃到金邦，討得封贈。正盤算時，忽一陣陰風，但見牛頭馬面牽引秦檜而來，「王氏驚得魂飛魄散，索落落抖個不住，冷汗直流。秦檜只說得一聲：『東窗事發了。』那鬼卒便將鐵鏈向王氏背上一擊，王氏只大叫一聲，跌倒在地。」終活活嚇死，死時「但見舌頭拖出二三寸，兩眼爆出」。可見作者將王氏的「該死」，定罪在「投金賣國」上。（第 74 回）

小說塑造奸臣的現實樣本。而在所有的奸臣類型中，又以「通敵賣國，謀殺抗敵英雄」的奸臣最為卑賤，此除了作者有意宣告「華夷之辨」的主題外，似乎也是明末李永芳、耿仲明、尚可喜、洪承疇、吳三桂、孫可望等降敵、通敵的具實反映。⓬

第六節　昏　君

　　明清家將小說以「忠奸抗爭」為敘事主線，因此「昏君／奸臣」不但是必備的角色，還是經常性的組合。在小說中，凡是陷害忠臣的奸臣，雖然最後都獲得「欺君誤國」的罪名，然而奸臣們得以權傾朝野、肆行無忌，其實真正彰顯的正是君王本身的昏庸。當然，家將小說中的君王不見得每個都是「昏君」，也不是每個君王都沒有賢明的作為，只是在「忠奸抗爭」的敘事結構下，君王寵信奸臣、排斥忠臣的「昏庸」行為被凸顯出來，從而建構出「昏君」的共同形象。

　　因此，小說中「昏君」最常見的作為就是當奸臣誣衊忠臣時，他總是不曾詳察就言聽計從，或貶或殺，完全忘了這些英雄們曾經如何的捨身救駕、戰場建功。相反的，一旦奸臣的奸計敗露，昏君們卻常因寵妃（奸臣女兒）之故而百般維護，如《五虎平西》、《萬花樓》和《說呼全傳》的宋仁宗，《楊家府演義》的宋太宗；或是

⓬　關於明清易代之際，背明降清的大臣之相關討論，詳參不著撰人《清朝史話》第二、三章；張玉興〈論歷史上滿州與「貳臣」〉《明清論叢》（北京：紫禁城出版社，2001.4），頁107-118。

將冤屈忠臣的罪責轉嫁給奸臣，再美其名為「大奸似忠」、「善於欺君」，如《粉妝樓》中的乾德天子，《楊家府演義》中的宋真宗和宋仁宗等。

雖然「昏君」在通俗文學中的角色作用幾乎相同，然明清家將小說在「昏君」的塑造上，仍有其值得注意的重點特色。如《楊家府演義》連續塑造四代「昏君」，是家將小說中「昏君」數量最多的一部；《說岳全傳》寫宋高宗連續寵信兩名權奸，是家將小說中被批判得最重的「昏君」；至於《說唐後傳》和《說唐三傳》中的唐太宗，則是敘寫分量最多的「昏君」。因此，本節對「昏君」這類人物的探討，採擇要的方式，就上述之重點特色論述之。

一、《楊家府演義》中的四位昏君

《楊家府演義》從宋太祖、太宗、真宗、仁宗一直寫到神宗，其間經歷了五個世代的君王。除了宋太祖以外，其餘四位君王都是楊家將效忠的對象，同時也是在「忠奸抗爭」情節中，因為寵愛「奸臣」而迫使楊家世代遭受冤害的「昏君」。以下分述之：

㈠宋太宗

宋太宗先是聽信潘仁美之言，賞遊昊天寺，結果導致楊家父子八損其五；而後同意楊業為潘仁美之先鋒，間接促成潘仁美報怨楊家之機會；最後當楊六郎入京訴冤、寇準審出潘仁美的罪責後，宋太宗竟怒曰：「老賊如此欺罔，罪該擬死。但念潘妃情分，姑免一死。」結果只象徵性的將潘仁美貶官，告狀的楊六郎和作證的呼延贊，反遭以「擅離軍伍」之罪名，分別「降三級、充徙鄭州一年」。這樣的判決，無怪乎楊六郎要放聲大哭，深痛「父子見屈如

此」，「欲撞死於午門」。而後楊六郎殺了潘仁美，宋太宗聽聞後「大怒」，即刻命人擒拿楊六郎「押赴法曹，梟首示眾」。可見昏君對忠奸之差別待遇。（第 11 則）

㈡宋真宗

宋真宗聽信謝金吾之言，要拆毀表彰楊家將救駕功勞的天波樓；後又因王欽狀告楊六郎私賣官酒，未加查證即命人前去「取六郎首級而回」。當八王保奏楊六郎時，宋真宗反責曰：「楊景為惡，卿屢保之，故彼有所恃而輕蔑國法，恣肆無忌。日前殺朕愛卿謝金吾一家，罪已不容誅矣，何況今日又盜賣官酒乎？」（第 20 則）可見宋真宗對奸臣的寵愛遠遠超過對忠臣的信任。

後來楊六郎詐死，王欽與蕭太后合謀詐騙宋真宗到魏府銅台，再將之圍困。宋真宗身處險境，又見遼兵所懼者惟楊六郎一人，才悔不當初的感嘆：「誤斬此人」、「枉殺英雄」、「無一人如六郎能提兵調將救護朕也！」後從八王之議，「出赦尋六郎」時，連向來忠君愛國的楊六郎，也不禁感嘆：「朝廷養我，譬如一馬，出則乘我，以舒跋涉之勞，及至暇日，宰充庖廚。」（第 21 則）更可悲的是當王欽的罪行被揭發之後，宋真宗竟然說：「王欽欺罔如此，朕竟弗知，何也？」語氣中頗有為何自己會遭受蒙蔽之意。朝臣中只有八王識得其中機妙，其曰：「大奸似忠，大詐似信，使聖上知之，非奸臣矣。」（第 38 則）這句話替宋真宗不恤忠臣、寵信佞臣的罪行做了巧妙的化解。

㈢宋仁宗

楊文廣「先婚強盜三女再娶公主」，此相較於他征討儂智高之功，實為小事，然宋仁宗卻怒不可遏，以「違逆聖意」之罪名命駕

前指揮前去拿問，聲言楊文廣「罪當棄市」。而後楊文廣臨殿申訴
姻緣經過，再奏陳：「狄太師惱恨微臣，深入骨髓，不斬臣頭，心
不肯休。非臣不欲忠於陛下，只愁死作無頭之鬼，那時悔之晚
矣。」說完納還官誥，化鶴而去。細觀楊文廣所奏，不無間接指責
宋仁宗昏憒之意，然宋仁宗不思檢討，反將所有罪過推諉為「狄太
師陷害忠良」。（第 49 則）

㈣宋神宗

奸相張茂篡改楊文廣的求救文書、反誣楊家將降敵，宋神宗聞
奏後即命「金瓜武士五六百人，前往無佞府中，無問大小男女盡行
拿赴法曹，梟首示眾」。（第 53 則）待周王審出張茂奸計後，宋神
宗卻只將張茂「罷為庶民」，不久又因寵愛有加，復了他的相位。
楊文廣因此感嘆宋神宗「其法不公」，致使「國事日非，邦家漸漸
危矣」；楊懷玉則怒而「扮作強人」殺盡張茂全家。宋神宗聞報張
茂被殺，怒而下命羽林軍「把楊門全家拿來，戮棄於市」。周王阻
之曰：「國有佞臣，忠良難立。曩者張茂有書冒奏欺君，陷害忠
良，罪亦當斬。陛下寵嬖，不行究問，那時已不服楊府眾人之心
矣。」進而曉以利害說：「將來四夷叛亂，再遣何人討之？」宋神
宗衡量利害後，要周王上太行山招安。當楊家將堅拒再入朝受職
時，宋神宗竟還擔心：「天下萬世謂朕為無道昏庸之君也。」（第
58 則）

宋神宗的昏庸之甚，逼得楊家將隱退太行山，只是奸臣張茂已
死，「昏君」的罪責再無「奸臣」可以推諉，這恐怕才是引發他擔
心遭到天下萬世罵名的真正原因。

二、《說岳全傳》中的宋高宗

　　《宋史·岳飛傳》指責宋高宗「忍自棄中原，故忍殺飛」，後來無論史家或說部，論起這位「昏君」的罪責，幾乎都圍繞在「棄中原」和「殺岳飛」。⓭

　　《說岳全傳》集岳飛故事之大成，對宋高宗的昏君形象塑造得最為成功。作者從多方面表達對這位昏君的痛恨，如寫高宗在未登基前以「康王」身分入質金邦，金兀朮想收他為乾兒子，康王為求貪生竟然答應了（第 19 回）；張邦昌欲謀害岳飛，先遣婢女入宮為貴妃，高宗果然為女色所迷，聽任貴妃之言要斬岳飛（第 25 回）；金兵來犯，宗澤請高宗進駐汴京以號令四方，高宗卻因貪生怕死而不從，結果竟急死為國為民的宗澤（第 36 回）；牛頭山解危後，高宗聽從奸臣之議選擇偏安，李綱、岳飛因勸阻無效而辭官，「一時朝中忠良盡去」。（第 45 回）秦檜從金邦逃歸，高宗竟封他為禮部尚書，使「奸佞紛紛序列班，從此山河成破綻。」（第 46 回）秦檜私通金邦，欲殺岳飛求和，高宗答應和議，並下詔命岳飛班師。（第 59 回）以上種種，皆可見宋高宗之昏庸。

　　除了透過具體事件的敘述外，作者也安排各方人物加以指斥，如代表敵人的金兀朮，每提到宋高宗皆以「昏君」稱之。代表反朝廷民軍的楊再興憤然指出：「當今皇上，只圖偏安一隅，全無大志，不聽忠言，信任奸邪，將一座錦繡江山，弄得粉碎，豈是有為之君？」（第 47 回）代表化外之民的黑蠻龍起兵為岳飛報仇時，揚

⓭　參見王德毅〈宋高宗評——兼論殺岳飛〉《國立台灣大學歷史學系學報》17
　　期（1992.12），頁 173-188。

言要「殺進城來,將你們那昏君一齊了命。」（第 72 回）而代表下層百姓的滑稽英雄牛皋,更是在整部小說中不斷地以「這個昏君」、「那個瘟皇帝」破口大罵之。⓮甚至連忠君的岳飛也有怨言:「朝廷聽信奸言,希圖苟安一隅,無用兵之志,不知將來如何?」（第 59 回）「不思二帝埋沒於沙漠,乃縱倖臣弄權於廟廊。」（第 60 回）無怪乎連作者自己也忍不住要跳出來論斷:「哪知南渡偏安主,不用忠良萬姓愁」（第 1 回）、「高宗本是個庸主」（第 45 回）、「高宗素志偷安」（第 46 回）、「遺恨高宗不鑑忠」（第 61 回）等。

由於作者對昏君屢屢聽信奸佞之言,卻毫無愛惜忠良的行為深感痛恨。因此書中屢屢寫出宋高宗因聽信奸佞之言,終而狼狽逃難的景象;還透過陸文龍棄金投宋的情節,⓯以反諷宋高宗認賊作父;運用金兀朮敬愛忠臣的敘寫,來反諷宋高宗寵信奸佞等（詳論於本章「敵將」節）。最後更巧妙地安排就昏君的罪責進行嘲諷性的蓋棺論定:如小說寫岳飛死後,金兀朮再度犯邊,宋高宗得知後大

⓮ 如宋廷「御賜精忠旗」,意圖宣召岳飛進剿九龍山,牛皋即開罵:「我是不去的。那個瘟皇帝,太平無事不用我們;動起刀兵來,就來尋著我們替他去廝殺,他卻在宮裡快活。」後來,岳飛冤死、金兵再度入侵,朝廷派人招安牛皋前去抗金,牛皋開口大罵:「這昏君想是又要來害我們了!」參見《說岳全傳》第 47 回「擒叛臣虎將勤王,召良帥賢后賜旗」、第 74 回「敕罪封功御祭岳王墳,勘奸定罪正法棲霞嶺」。

⓯ 陸文龍為陸登之子,因陸登夫婦殉國時尚在襁褓,金兀朮為告慰忠良乃加以撫養長大。日後,王佐斷臂假降金,對陸文龍說明身分,勸其不可認賊作父,應歸宋國。參見《說岳全傳》第 16 回「破潞安陸節度盡忠」、第 56 回「述往事王佐獻圖」。

驚,乃問兩班文武有誰可以領軍去退敵?

> 那時岳爺的忠魂,附在羅汝輯身上,跪了奏道:「臣岳飛願
> 往。」高宗聽了「岳飛」二字,嚇得魂不附體,大叫一聲,
> 跌下龍床,眾大臣連忙扶起,回宮得病,服藥不效,不多幾
> 日,高宗駕崩。(第74回)

作者先以岳飛死後宋朝無人可以應敵,來諷刺宋高宗自毀長城。再
以岳飛顯靈後,宋高宗竟然因此活活嚇死,以見其對岳飛冤死事件
之心虛。如此,《說岳全傳》對宋高宗寵奸害忠之負面批判,在家
將小說中可說是最為直接而嚴厲。

三、《說唐後傳》、《說唐三傳》中的唐太宗

唐太宗對自己在「歷史」上的形象頗為在意,特別是「玄武門
之變」,⑯由於事涉傳統倫理,以致是非功過各有不同的觀點。然

---

⑯ 武德九年(626)六月三日,秦王向父皇密奏太子、齊王淫亂後宮、多次圖謀
害己之事,高祖決定翌晨召諸子入宮勘問。六月四日晨,李世民率長孫無
忌、尉遲恭等人伏兵於長安太極宮北面正門玄武門,又收買了守門將領。當
太子、齊王經玄武門入宮時,秦王突襲之,親手射殺太子,其下尉遲恭則射
殺齊王。史稱「玄武門之變」。李世民殺死兄、弟之後,派尉遲恭帶甲進
宮,逼高祖下「諸軍並受秦王處分」之令,奪取了軍權,又誅滅建成、元吉
之後裔,斬草除根。六月七日,高祖詔立秦王為太子。是年八月,高祖又被
迫讓出皇位,自稱太上皇,傳位給太子李世民,是為唐太宗,次年改元貞
觀。可參李樹桐《隋唐史別裁》第四章第一節〈玄武門之變〉(台北:台灣
商務印書館,1995.6),頁8290。

由唐太宗三番兩次欲看國史，⑰以及房玄齡刪略國史另撰的記載，
⑱亦可證實所謂「正史未必可信，野史未必不可信」的說法。因
此，民間對唐太宗的評價，相對看來即顯得十分珍貴。史家對唐太
宗雖多以「明君」贊之，然仍仿《春秋》「責備賢者」之意，曲筆
記錄其人格缺失。民間則對唐太宗「不守信用、好戰興兵、逆倫殺
兄」等給予較直接的負面評價。⑲而在《說唐後傳》和《說唐三

---

⑰ 貞觀十三年，褚遂良為諫議大夫，兼知起居注。太宗問曰：「卿比知起居，
書何等事？大抵於人君得觀見否？朕欲見此注記者，將欲觀所為得失以自警
戒耳。」遂良曰：「今之起居，古之左、右史，以記人君言行，善惡畢書，
庶幾人主不為非法，不聞帝王躬自觀史。」太宗曰：「朕有不善，卿必記
耶？」遂良曰：「臣聞守道，不如守官，臣職當載筆，何不書之？」黃門侍
郎劉洎進曰：「人君有過失，如日月之蝕，人皆見之。設令遂良不記，天下
之人皆記之矣。」吳兢編《貞觀政要》卷七「文史二十八」（台北：台灣古
籍出版社，1997.1），頁 506。

⑱ 貞觀十四年，太宗謂房玄齡曰：「朕每觀前代史書，彰善癉惡，足為將來規
誡。不知自古當代國史，何因不令帝王親見之？」對曰：「國史既善惡必
書，庶幾人主不為非法。止應畏有忤旨，故不得見也。」太宗曰：「朕意殊
不同古人。今欲自看國史者，蓋有善事，固不須論；若有不善，亦欲以為鑒
誡，使得自修改耳。卿可撰錄進來。」玄齡等遂刪略國史為編年體，撰高
祖、太宗實錄各二十卷，表上之。太宗見六月四日事，語多微文，乃謂玄齡
曰：「昔周公誅管、蔡而周室安，季友鴆叔牙而魯國寧。朕之所為，義同此
類，蓋所以安社稷，利萬民耳。史官執筆，何煩有隱？宜即改削浮詞，直書
其事。」同前註，頁 507-508。

⑲ 如在「魏徵夢中斬龍」、「門神由來」、「唐太宗遊地府」等相關傳說中，皆可
看出民間對唐太宗較直接的負面評價。明萬曆年間出版的《西遊記》對這些
民間傳說做了整理，具體寫成第 10 回「老龍王拙計犯天條，魏丞相遺書託冥
吏」、第 11 回「遊地府太宗還魂，進瓜果劉全續配」。另可參卞孝萱〈《唐太
宗入冥記》與「玄武門之變」〉《敦煌學輯刊》（2000 第 2 期），頁 1-15。

傳》中，更是透過羅家將和薛家將的故事，描述唐太宗「不辨忠奸、決斷昏庸、狼狽畏死」等形象。以下依序論述之：

㈠不辨忠奸

《說唐演義》寫羅藝、羅成先後遭蘇定方殺害。就在羅成屈死後，秦王李世民前往祭奠，當時只有三、四歲的羅通滿身穿白，對他說：「皇帝老子，我家爹爹為你死了，要你償命！」李世民即抱起羅通，強調「孤家永不忘你父親一片忠心！」（第 62 回）結果李世民即位為唐太宗後，竟然封賜蘇定方為銀國公。

《說唐後傳》延續此段情節，先寫羅夫人抱怨：「今日皇上反把仇人封了公位，但見帝主忘臣之恩也。」（第 6 回）再寫羅通知情後，怒責：「父王！你好忘臣子之功也。」（第 9 回）救駕成功後，羅通更是當著唐太宗的面，假藉父祖顯靈告誡於他：「你不思與祖父、父親報仇，反替不義之君出力！」唐太宗竟然還裝迷糊問不義之君是誰？羅通就說蘇定方要陷害他命喪番將之手，故父祖責他：「朝廷不與功臣雪恨，反把仇人封妻蔭子。你若要與皇家出力，倘後身亡，那時羅門三代冤仇誰人得報？」如此就把昏君、奸臣都點明了。唐太宗隨即大罵蘇定方：「心向番王，把寡人的龍駕戲弄？真正是一個大姦大惡的國賊了！」（第 13 回）同樣的，張士貴奸計敗露後，唐太宗怒責他：「父子翁婿多受王封，……欺朕逆旨，將應夢賢臣埋沒營中。竟把何宗憲搪塞，迷惑朕心……。」最後以「背叛寡人」之罪，命人將張士貴父子「躧為肉醬」。（第 53 回）

在小說中，蘇定方和張士貴都是唐太宗所倚重之臣，但卻是冤屈羅家將和薛仁貴之奸臣，結果奸臣蔭子封妻、忠臣沙場命危。可

見唐太宗不辨忠奸、識人不明的形象。然而,唐太宗卻把自己忠奸不分、賞罰不公的罪責,巧妙的都歸究於是遭「國賊戲弄」、「迷惑朕心」。

㈡決斷昏庸

在《說唐後傳》中,羅通為報兄弟之仇,將屠爐公主羞辱致死。唐太宗氣怒羅通「違逆朕心」欲斬之,程咬金則以「羅氏一門為國捐軀,只傳一脈。倘有差遲,羅氏絕祀」討救之。唐太宗雖免其死,卻當場斷絕父子關係,罰以「到老不許娶妻」。(第 15 回)唐太宗是在羅成剛死時,為了撫孤才收羅通為繼子,藉以宣告不忘臣子忠心,結果只因羅通一時「違逆朕心」,就怒而要將其斬首,既不念羅通掃北救駕之功,也忘了羅家三代效忠之勞。而罰羅通「到老不許娶妻」,不就等於是要「羅氏絕祀」。如此,可見唐太宗不仁不慈的形象。

同樣的,征東凱旋後,唐太宗再三宣告「薛王兄功勞浩大」。(《說唐後傳》第 53 回)然而,當成親王李道宗誣害薛仁貴私進長安、打死公主時,唐太宗竟怒罵薛仁貴「逆賊」,要「立刻處斬」。(《說唐三傳》第 2 回)儘管尉遲恭強調薛仁貴有「十大功勞、高麗血戰十一載、海灘救駕之功」,然唐太宗仍堅持要處死薛仁貴。尉遲恭憤而請出打王鞭,聲言「有功之臣心冷了」,要「與昏君性命相搏」,結果鞭斷人亡,開國功臣尉遲恭因此撞死於止禁門。(《說唐三傳》第 5 回)後來為了征西,唐太宗才恩赦薛仁貴。然薛仁貴要奸王李道宗受懲才肯出征,唐太宗卻只殺成親王的手下和王妃了事。由唐太宗對功臣的無情無義,相較於對奸王的百般維護,可見其昏庸之形象。不過,為了避免讓讀者覺得唐太宗對薛仁

貴的態度轉變得太突兀，作者高明地運用天命因果的詮釋，以減輕唐太宗在處理此事時的「昏庸」形象。（詳參第四章第一節）

　　此外，在選擇征東元帥時，唐太宗先說秦瓊「年高老邁」，又說：「尉遲王兄能幹些，可以掌兵權。」如此，導致秦、尉兩人為了掛帥而爭吵不休。唐太宗竟又下令以「扛舉千金重的金獅」來決定由誰掛帥。結果秦瓊因年老力衰，強舉金獅後不支吐血，不久身亡。一代英雄名將，竟在唐太宗的錯誤決策下，不死於戰場，卻死於朝廷。（《說唐後傳》第 16 回）

〔三〕狼狽畏死

　　早在「唐太宗遊地府」的故事中，就有唐太宗狼狽畏死的形象，而在《說唐後傳》中更是誇張發揮之。小說寫唐太宗初次登船東征，結果風浪太大，「船在海內跳來跳去」、「天子也翻了數次」。唐太宗因此嚇得「面如土色」，發抖說：「不去征東了。情願安享長安，……何苦喪在海內！」徐茂公再三勸說，他還是堅持：「寡人願死長安，決不征東入海。」後來薛仁貴拜看天書，運用「瞞天過海之計」，將戰船改裝成「木城」，唐太宗才因此被騙出征。（第 26 回）

　　當唐太宗遭蓋蘇文追殺時，他心慌意亂，頻頻呼喊：「蓋王兄，休得來追！情願把江山分一半與你邦，你可肯放朕一條生路嗎？」「蓋王兄，饒朕性命！情願領兵退回長安。」後來唐太宗的坐騎陷在海中，蓋蘇文逼其自刎時，他還苦苦哀求：「若肯放朕一條活路，情願把江山平分與你。」（第 41 回）蓋蘇文非但不從，還要唐太宗血書降表，太宗無奈得「龍目下淚」、「咬啐指頭、鮮血淋淋」，還不斷高叫：「有人救得唐天子，願把江山平半分！誰人

救得李世民，你做君來我做臣！」後來，薛仁貴打跑蓋蘇文，陷在海中的唐太宗卻早已嚇得「難以起來」。（第42回）這段情節，把唐太宗狼狽畏死的形象展露無遺。

此外，小說雖寫唐太宗雖屢屢御駕親征，然只要遭番軍所困，就「嚇得面如土色」、「嚇得目瞪口呆」、「嚇得唐天子魂不在身」、「唬得唐天子魂不在身」、「唬得冷汗直淋」，如此更可見唐太宗在小說中軟弱畏死的形象。**⑫⓪**

小結：

明清家將小說塑造昏君奸臣的作用，固然是用來烘托忠臣，加強讀者對英雄忍辱負重、忠貞不移等性格的欣賞。然而，這種模式居然能夠產生並且被廣為接受，「差不多等於對專制君主作了嚴厲的批評」**⑫①**。

以家將小說的發展來看，「昏君」的共同形象和普遍作為皆頗為固定。只是《楊家府演義》呈現出代代昏君的規律，《說岳全傳》極力嘲諷宋高宗，《說唐後傳》和《說唐三傳》用較多篇幅和角度敘寫唐太宗。若以這些家將小說刊刻的時期來看，則其所塑造的「昏君」形象頗有反映明末諸帝昏瞶之意。自從明代中期以後，

---

⑫⓪ 依序參見《說唐後傳》第4回「貞觀被困木楊城」、第31回「唐貞觀被困鳳凰山」、第38回「唐天子駕困越虎城」；《說唐三傳》第10回「寶同一圍鎖陽城」、第15回「寶同二困鎖陽城」。

⑫① 夏志清認為在「昏君奸臣」的組合中，「最可惱的是那意志弱、耳朵軟的昏君，他的賞識英雄隨喜怒而變，他忘記他們過去的功勞，常因宮廷內寵佞之請而動輒懲罰他們。」因此昏君的塑造：「差不多等於對專制君主作了嚴厲的批評。」〈戰爭小說初論〉，頁119。

英宗、憲宗、武宗、世宗，及至神宗、熹宗，乃至南明政權的福王、魯王、桂王等，他們在位時皆寵信閹宦、奸臣，沈迷於個人的荒淫享樂，置國家興衰、百姓安危於不顧，致使祖宗基業日漸沈淪，大明江山終為滿州外族所取代。

因此，成書於明末的《楊家府演義》，以一書串連四代昏君，猶如明朝後期代代昏君的寫實。而《說岳全傳》力貶宋高宗之惡，除了累積歷代對其冤殺岳飛的憤怒外，更有明代歷史的現實刺激，如英宗復辟後冤殺保國的于謙、思宗冤殺抗金的袁崇煥等。[122]如此，民族英雄慘遭昏君之害，彷彿是一場又一場歷史悲劇的循環。至於唐太宗在《說唐後傳》、《說唐三傳》中，那種不辨忠奸、決斷昏庸、狼狽畏死的負面形象，簡直就是明末眾多昏君共同形象的最佳寫真。當然，就整個唐太宗故事的流傳來看，其中自有民間對其「逆倫殺兄」之責備。此外，歷史上的唐太宗征戰高明，小說卻反寫他「親征屢屢遭困」，此亦可見民間厭惡戰爭、期待和平的態度。（詳論於第六章第二節）同時，說唐系列小說又是在清初開疆拓土的社會背景中產生，透過再三重複的「君王遭困、英雄出征」之情節，反映出人民對君王引發戰爭的不滿，故有期待英雄回復和平之心願。

---

[122]　詳參不著撰人《明朝史話》第二章〈一、「土木之變」和「南宮復辟」〉（台北：木鐸出版社，1986.7），頁 99-115；不著撰人《清朝史話》第二章〈一、「自壞長城」——袁崇煥的冤死〉（台北：木鐸出版社，1988.9），頁 30-33。

第七節　敵　將

　　在明清家將小說的人物類型中，「敵將」雖是必備角色，但卻非敘寫重點，大都是以妖魔化的造型加以包裝。其中，《說岳全傳》中的金兀朮和《說唐後傳》中的蓋蘇文，由於此二人於史有傳，故在小說中被塑造得較為全面而完整，而且和「主要英雄」構成明顯的對照關係，故其地位不可取代。因此本節探討「敵將」這類人物，即先總論「妖魔化的造型」，再以擇要論述的方式探析「赤鬚龍：金兀朮」和「青龍星：蓋蘇文」，最後歸納小結。

一、妖魔化的造型

　　明清家將小說中的敵將，指的是和唐、宋為敵之番邦猛將。小說中對於這類的人物，大都將之塑造為「妖魔化的造型」。雖然家將小說中的主要英雄也非凡人，如楊六郎、薛仁貴皆是「白虎星」轉世、岳飛是佛祖前的「大鵬金翅鳥」轉世、狄青是「武曲星」轉世。但是作者賦予這群家將英雄如此身分的重點，所要強調的是其「天命英雄」的角色，而英雄所要執行的天命職責在於「維護人間秩序」，與敵將、番將的「禍亂人間秩序」構成一組互相對抗的意義。因此，在家將小說中，英雄與敵將的存在價值是相對立的，兩者不可混淆觀之。以下，擇要列出家將小說中的敵將造形：

- 蕭天左、天右乃「逆龍精降生，刀斧莫傷。」（《楊家府演義》第 17 則）
- 八臂鬼王是蟹精，「身長二丈、腰闊二十圍，兩顴突起，眼似金星，兩腋生有八臂」，能一腳踢死八百餘斤的白額虎。

（《楊家府演義》第 50 則）

- 金兀朮是「赤鬚龍下凡」。（《說岳全傳》第 1 回）
- 蓋蘇文是逃脫的「青龍星」，煉有九口飛刀。（《說唐後傳》第 24 回）
- 楊藩是九醜星降凡，生得「面如鐵繡、豹頭大眼」（《說唐三傳》第 40 回），見了樊梨花「滿口流涎，好塊肥羊肉」（第 45 回），作戰時「身子一搖現出兩頭六臂、陰兵殺出」（第 46 回）。
- 星星羅海是「真武神將」化身。（《五虎平西》第 26 回）
- 花山老祖「形容古怪，一張血點朱砂臉，赤髮紅鬍連長鬚，濃眉長一寸，身高八尺多。」原來是修煉八百年的赤蛇精。（《五虎平西》第 84 回）
- 達摩道人「本是大蟒蛇，神通廣大，千年得道，修煉功夫，變化無窮，冒了達摩名字。」（《五虎平南》第 33 回）
- 贊天王生來面似烏金、豹頭虎額、獅子大鼻、眼珠碧綠而圓，身長一丈二尺，聲如巨雷，是「聖帝跟前一大龜化身」。（《萬花樓》第 31 回）

此外，有些敵將雖然是「人」，但其形貌和作風卻和妖魔無異。諸如：

- 儂智高生得「濃眉青臉，身長一丈、腰闊十圍，曾遇異人傳授，一十八般武藝，飛砂走石，呼風喚雨，無所不能。」（《楊家府演義》第 41 則）
- 祖車輪生得「面如紫漆，兩道掃帚眉，一雙怪眼，獅子大鼻，海下一部連鬢鬍鬚」，坐下一匹黑點青鬃馬，手執一柄

開山大斧，「好似鐵寶塔一般」。（《說唐後傳》第 4 回）

‧蘇寶同是奸臣蘇定方之孫，「有飛刀二十四把，一縱長虹三十里，手下有妖僧妖道多是吹毛畫虎之人，撒豆成兵之將」。（《說唐三傳》第 6 回）

‧驪頭太子「頭面與驪頭無二」，煉有黑煞飛刀。（《反唐演義》第 93 回）

‧木花姑「用兵如神」、善作妖法，能飛砂走石。（《粉妝樓》第 76 回）

‧王禪師「神通廣大」，能駕雲、遣神將、布「先天純陽陣」。（《五虎平南》第 21 回）

‧薛德禮生得「藍面獠牙，三綹花鬚，丈餘身材」，有異人傳授用毒藥煉成的混元錘。（《萬花樓》第 62 回）

綜言之，明清家將小說以「妖魔化的造型」來塑造「敵將」，有可能是受到神魔小說的影響。其中，「神魔對立的觀念可以溯源自陰陽兩性相生的辨證思想，妖魔不但會破壞人類的日常生活，還會導致人類戰爭、引發變亂。」[123]因此，在神魔對立的架構下，以神仙代表的是「正義」，而妖魔代表的是「邪惡」，小說透過「邪不勝正」的必然結局，藉以宣告出天命思想。同時，在傳統「華夷之辨」的觀念下，把與中國對敵者盡皆視為興風作浪、破壞和平的「妖魔鬼怪」，而討伐抗擊「番邦」的中國軍隊則皆號稱為「正義之師」，這其中頗能呼應中國古代的戰爭觀。（詳論於第六章第二節）

---

[123] 相關探討參見苟波《道教與神魔小說》（成都：巴蜀書社，1999.9），頁181-187。

二、赤鬚龍：金兀朮

金兀朮（？-1148）一作烏珠，姓完顏，名宗弼，兀朮是女真名。他是金太祖完顏阿骨打的第四子，善騎射，累官太師，都元帥，江南呼為四太子。南宋向金朝稱臣後，兀朮獨掌軍政大權，金皇統八年（1148）病亡於上京。從金朝歷史的觀點來看，兀朮可說是金朝一流的軍事家、政治家，是他最後確定了金朝和南宋之間的南北朝格局，故《金史·宗弼傳》傳末贊曰：「宗弼蹙宋主於海島，卒定畫淮之約。熙宗舉河南、陝西以與宋人，矯而正之者，宗弼也。……時無宗弼，金之國勢亦殆哉！」可見兀朮在金朝歷史之重要地位，故死後諡號「忠烈」。**⑭**

在《說岳全傳》之前的岳飛故事中，金兀朮雖是必備角色，但其形象並不特別突出，大都是惡形惡狀、凶殘好殺的類型化「番將」，這種描寫固然展現了作家們華夷之辨的思想，但主要還是要和岳飛美善的形象構成映襯的效果。到了異族統治的清代，受到清初帝王文化政策的影響，作家自然不敢刻意醜化金人來惹怒號稱「後金」的滿清政權，於是寫金兀朮生得「臉如火炭，髮似烏雲。虯眉長髯，闊口圓睛。身長一丈，膀闊三停」；初現本領，就把千餘斤的鐵籠「連舉三舉，哄嘍一聲，將籠撩在半邊」，贏得眾人齊聲喝采。（第 15 回）如此，即成功塑造出金兀朮雄壯威武的勇猛形

---

⑭　參見《金史》列傳十五〈宗弼傳〉（台北：鼎文書局，1976.11），頁 1750-1758。另關於金兀朮歷史評價的探討，可參郝慶雲〈簡評金兀朮的歷史作用〉《哈爾濱學院學報》24 卷 1 期（2003.1），頁 112-124。趙永春〈「兀朮不死，兵革不休」考辨〉《學習與探索》（2005 第 1 期），頁 149-154。

象。因此，金豐在〈說岳全傳序〉中，除了讚揚作者寫出「兀朮之橫」外，更說：「若夫兀朮一戰於朱仙，而以武穆敗之；再戰於朱仙，而以岳雷驅之；雖云奔北，而竟以一人兼敵父子之勇，不亦難乎！」此雖有討好滿清政權之意，然就人物塑造而言，所評不差。

小說中還寫金兀朮「雖然生長番邦，酷好南朝書史，最喜南朝人物，常常在宮中學穿南朝衣服」（第 15 回），看來作者有意以「漢化」來消解金兀朮「番將」的性格。因此，寫金兀朮每見宋朝人物，總是先辨忠奸，並處處表現出敬忠恨奸的性格。如金兀朮兵臨陸安州時，就問軍師守將陸登是忠臣還是奸臣？軍師答以「是宋朝第一個忠臣」時，金兀朮立即收斂肅殺之氣，先禮後兵。而後陸登慷慨殉國，金兀朮還「屈膝一拜以表敬意」，並命人將其夫婦合葬，「使過往之人曉得是忠臣節婦之墓」（第 16 回）。河間節度使張叔夜自知非金兀朮之敵，為保百姓免受殺戮而降，金兀朮感其仁心救民，令部下繞城而過（第 17 回）。李若水被擄至金營怒罵金兀朮，金兀朮知其為忠臣，就說：「某家倒失敬了。」還要軍師好好款待他（第 19 回）。後來金兀朮兵進中原時，巧逢李若水之母，雖遭其亂杖責打，卻以「若水盡忠而死」為由，饋贈李母膳養費，命金兵不許騷擾（第 26 回）。在追殺宋高宗時，金兀朮砍死忠勇老將呼延灼，還不禁自責：「倒是某家的不是了。」（第 36 回）。

而在痛恨奸臣方面，寫金兀朮知張邦昌是「宋朝第一個奸臣」時，就說：「既是奸臣，吩咐『哈喇』了罷。」而後張邦昌主動獻計叛宋，金兀朮假意誇說妙計，心中卻暗怒：「這個奸臣，果然厲害，真個狠計！」（第 18 回）當金兀朮攻入宋廷時，正與美人飲宴的宋高宗聞報後狼狽而逃，作者接著寫出一段精彩情節：

（兀朮）進殿來，只見一個美貌婦人跪著道：「狼主若早來一個時辰，就拿住康王了。如今他君臣七人逃出城去了。」兀朮道：「你是何人？」美人道：「臣妾乃張邦昌之女、康王之妃。」兀朮大喝一聲道：「夫婦乃五倫之首，你這寡廉鮮恥、全無一點恩義之人，還留你何用！」走上前一斧，將荷香砍做兩半。（第36回）

如此，透過宋高宗昏庸寵奸、迷戀女色的形象，更可見金兀朮痛恨奸臣、不恥忘恩負義之性格。

此外，小說中勇猛的金兀朮每逢岳飛皆敗，固然是因「我佛如來恐赤鬚龍無人降伏，故遣大鵬鳥下界，保全宋室江山」的天命所定（第 1 回），然作者亦巧妙運用金兀朮敬忠恨奸的性格加以詮釋。如當金兀朮感嘆「初入中原，勢如破竹」，遭逢岳飛卻「全師盡喪，逃命而歸」時，軍師就提醒他說：「狼主動不動只喜的是忠臣，惱的是奸臣，將張邦昌等殺了，如何搶得中原？」金兀朮聽後不得不承認：「某家前番進兵，果虧了一班奸臣。」（第 46 回）這段敘寫頗有「奸臣敗國」的寓意，特別是用來作為金兀朮性格轉變的原因，解釋為何原本敬忠恨奸的金兀朮會恩養宋朝的奸臣秦檜，原來是他在認清現實，並與現實妥協的前提下之作為。如此，金兀朮的性格在小說中才不致於顯得前後矛盾。

《說岳全傳》所塑造的金兀朮形象，以及金人利用宋朝奸臣謀奪中原的策略，其實頗能反映明末清初時的歷史現象。如在明清交戰中，滿州（清朝）統治者一直視策反並利用降臣為重大戰略，如孔有德背明投金，皇太極不顧眾將反對，親自出城十里迎接，與孔

有德行抱見禮後設宴慰勞，使其心悅誠服；而在招降洪承疇時，當諸將對其過度禮遇「羈囚」而不悅時，皇太極就反問：「吾儕所以櫛風沐雨，究欲何為？」眾人說：「欲得中原耳！」皇太極笑道：「譬如行者，君等皆瞽目，今獲一引路者，吾安得不樂也！」可見皇太極對明降臣的倍加禮遇，實著眼於日後奪取明朝的遠見與準備。然而，滿州權貴卻又從骨子裡對這些明降臣充滿蔑視與不滿，如乾隆時為了獎勵忠貞，即頒詔將背明降清的大臣定為「貳臣」。相反的，在抗清戰爭中堅毅不屈的明臣，如明巡按御史張銓遭俘後，堅決不降、自縊明志，金兵紛紛以「忠臣」稱之。⑫如此，小說中金兀朮愛忠恨奸的形象，實有滿州（清朝）統治者的影子。

三、青龍星：蓋蘇文

淵蓋蘇文（603-666），又名淵蓋金（淵姓）。中國史書通常因避唐高祖李淵諱而稱之為泉蓋蘇文，《舊唐書》則稱之為錢蓋蘇文，說唐小說則簡稱為蓋蘇文。淵蓋蘇文是高句麗末期極具爭議性的軍事強權：有人認為他英勇抗擊想要滅掉高句麗的唐朝大軍，因此視其為朝鮮半島的民族英雄；有人認為他弒君奪位，鐵腕統治導致了高句麗後來的滅亡，因此視其為殘暴的獨裁者。然而，從中國的角度來看，作為客觀史實的唐太宗東征，以失敗告終；然其征戰對手

---

⑫　相關探討，參見張玉興〈論歷史上滿州與「貳臣」〉，頁 107-117；寧泊〈清人明史研究中的正統觀和忠義觀〉《南開學報》（1996 第 4 期），頁 14-23。

蓋蘇文，則始終沒有屈服，非但在高麗被視為英雄人物，⑫並且在
中國青史垂名。如宋神宗與王介甫論事曰：「太宗伐高句麗，何以
不克？」介甫曰：「蓋蘇文非常人也。」此一評價頗具代表性，在
俗文學中，蓋蘇文雖為「番將」，然其形象皆以「非常人」為塑造
基調，並沒有被醜化得令人生厭。⑫

　　史載蓋蘇文的形象：「鬚貌甚偉，形體魁傑，身佩五刀，左右
莫敢仰視。」⑫《說唐後傳》則寫他生得「頭如巴斗，眼似銅鈴，
青臉獠牙，身長一丈」，騎混海駒，執赤銅大刀。他一出場，就將
唐太宗君臣困在鳳凰城中，並連劈數員唐將，接著煉起飛刀，一口
氣斬殺二十六家總兵。（第 31 回）這樣的威風氣勢，將唐太宗嚇得
「目瞪口呆、龍目中紛紛掉淚」。要非天命所幸的薛仁貴有「專剋
青龍星的白虎鞭」，蓋蘇文可算是東征戰場上的無敵猛將。⑫

　　《說唐後傳》多方面塑造蓋蘇文的英雄性格：如程咬金突圍討
救時，遭蓋蘇文攔下，即詬稱：徐茂公稱你是「一國大元帥，通天

⑫　如韓國李朝時期，就有古典小說《淵蓋蘇文傳》傳世。書敘高麗末期，名將
　　蓋蘇文率兵打敗隋朝百萬大軍的故事。小說中極力歌頌蓋蘇文血戰沙場、誓
　　死報國的愛國精神和英雄氣概。崔成德《朝鮮文學藝術大辭典》（吉林：吉
　　林教育出版社，1992.7），頁 813。

⑫　詳參祁慶富、申敬燮〈俗文學中薛仁貴、蓋蘇文故事的由來及流變〉《社會
　　科學戰線》（1998 第 2 期），頁 120-121。

⑫　《舊唐書》列傳一四九〈東夷傳〉，5322。

⑫　《說唐演義》寫單雄信為「青龍星」轉世、羅成為「白虎星」轉世，在小說
　　中兩人為死對頭。而後單雄信因誓死不願降唐而遭羅成所殺，死後遂投胎為
　　蓋蘇文，意圖再與唐朝為敵。《說唐後傳》接續此「青龍—白虎」相爭的情
　　節，先寫羅成死後投胎為薛仁貴，進而敷演「青龍星」蓋蘇文與「白虎星」
　　薛仁貴再度成為死對頭。

本事,名揚流國山川七十二島,豪傑氣性,吃食吃硬,欺人欺強」,故會寬洪大量,放我出營。可是孤家對軍師說你「雖為國家樑棟,到底倭君蠻將,怎曉人臣關節?」蓋蘇文聽了大怒,叫聲:「老匹夫,本帥為國家大將,英雄性氣、人臣大節豈可不知!汝邦軍師言語還可中聽,本帥就放你去討救來,退我兵也無翻悔。」(第 48 回) 如此,程咬金可謂利用了蓋蘇文的英雄性格。後來,蓋蘇文闖龍門陣時,雖已「滿身著傷,氣喘嘘嘘,汗流脊背」,但他仍然「把鋼牙坐緊,用力一送,赤銅刀量起手中,拼著性命,手起刀落,殺條血路」,最後逃出陣去了。(第 52 回) 這種奮死血戰、不屈不撓的勇氣,在說唐故事的家將小說中,只有「羅通盤腸大戰」可與之相比。(詳參本章第四節) 最後,當蓋蘇文認清薛仁貴非殺他不可時,仍不願伸頸就戮於人,而說:「也罷!你既不相容,且住了馬,拿這頭去罷!」遂自盡而死。(第 52 回) 小說敘寫這段「薛仁貴逼殺蓋蘇文」和之前的「蓋蘇文逼殺唐太宗」(詳參本章第六節) 恰成對比,相較於唐太宗狼狽畏死的表現,更可見蓋蘇文的英雄氣慨。

此外,蓋蘇文還是一個忠臣。當唐太宗誘以「若肯放朕一條活路,情願把江山平分與你」時,他嚴詞拒絕:「哪個要你一半天下?此乃天順我邦。本帥取你之命,以立頭功,要你江山,以保我主南面稱尊。」(第 41 回) 高麗狼主見蓋蘇文破不了龍門陣,狠心抽兵而退,導致他奮死衝出陣外後,因單騎無援而遭唐軍追殺。然他自知此命難保,仍不忘要「一點忠心報國」,泣淚高喊:「臣生不能保狼主復興社稷,死後或者陰魂暗助,再整江山。今日馬上一別,望千歲再不要想臣見面日期了。」(第 52 回) 如此,相較於張

士貴的欺君叛國，更可見小說透過映襯的技巧，有意凸顯蓋蘇文忠君愛國的形象。

　　若是將《說唐後傳》的人物形象放到明清歷史來看，則其中唐朝君臣的表現猶如明末的昏君奸臣；而蓋蘇文的英雄血氣與忠君性格，卻是清初帝王獎勵忠貞的最佳風範。

小結：

　　就家將小說的發展來看，前期的家將小說對「敵將」之塑造較為簡單，不但分量甚簡，人物造型也不鮮明，更無多大的獨特性。後期的作品大都依此發展，所強調的大都只是「敵將」的妖精出身和魔法驚人等，這方面或許是受到神魔小說的影響。值得注意的是清初的《說岳全傳》和《說唐後傳》，這兩部小說由於所敘寫的故事於史有據，因此直接將歷史上真實的「敵將」（金兀朮和蓋蘇文）加以附會敷演，不但將其角色和「主要英雄」（岳飛、薛仁貴）構成對比作用（赤鬚龍／大鵬金翅鳥、青龍星／白虎星），而且使其在小說的情節發展中有始有終，如此皆大大提高了其作用與地位，成為家將小說塑造得最完整、最有個性的「敵將」。

第六章　明清家將小說的
文化意涵

　　明清家將小說的敘事結構、情節特色和人物塑造，皆運用類型
化和模式化的符號形態，呈現出來的意義也是大同小異。由於這批
小說盛行於明清時期，因此其主題思想所反應的正是明清時期的時
代要求和社會心理。若再從歷時性的角度來看：家將故事的發展源
遠流長，從唐宋時期的故事醞釀到屬於成熟期的明清家將小說，其
間故事流傳演變的文學形態雖然多樣化，但卻始終保有某些共通而
且歷時不變的文化思維。這種文化思維在明清時期得到增強，具體
表現為家將小說的盛行，這是歷時性與共時性合而為一的價值效
應，也是明清家將小說共同而深層的文化意涵。

　　那麼，應該從哪些層面來探究明清家將小說的文化意涵呢？首
先，從史傳到小說，「英雄」不但是家將故事演化的重心，更是人
物塑造的重點，一部家將小說實際上也就是一部英雄傳奇史。其
次，這種英雄傳奇史的建構是以「戰爭」為敘事主體，戰爭不但是
英雄的事業，更是決定忠奸抗爭最終勝負之關鍵。再次，不管是戰
爭還是忠奸抗爭，皆是以「家族」為敘事軸心，家族文化使家將小
說得以另豎旗幟，獨立成為一種類型小說。因此，本章從「英

雄」、「戰爭」、「家族」這三個重要層面切入，考察明清家將小
說的文化意涵。

第一節　「英雄」層面的考察

　　從史傳到小說，英雄人物既是家將故事演化的重心，可見其中
自有其足以構成英雄崇拜的重要因素。同時，在世代累積的演化過
程之中，讀者對英雄的喜好又會決定作者塑造英雄的標準，而這種
標準化的英雄常常正是民間價值理想的寄託。此外，明清家將小說
以「忠奸抗爭」作為串連故事發展的主線，透過忠義英雄遭受冤害
的情節，使得英雄的悲劇命運成為令人省思的課題。因此，本節對
於「英雄」層面的考察，即從「英雄崇拜的心理」、「理想英雄的
標準」、「英雄命運的詮釋」等三方面加以探討：

一、英雄崇拜的心理

　　「歷史者，英雄之舞臺也，舍英雄幾無歷史。」❶英雄是對歷
史發展起過重要作用的人物。所謂「英雄造時勢、時勢造英雄」，
就是肯定英雄創造歷史的積極價值。無論是中國或西方，英雄都被
視為是人類的領導者，是一群偉大的人物，或是更廣泛意義的創造
者。❷古往今來，歷史上的偉人豪傑不可勝數，但是真正的英雄總

---

❶　梁啟超〈新史學〉《飲冰室文集》第二冊（台北：台灣中華書局，1983.12），
　　頁3。
❷　黎東方在〈中國歷史的大特點〉中指出：「歷史是人所創造的，是人創造歷
　　史，不是歷史創造人，是英雄造時勢，不是時勢造英雄，時勢只能對一些願

是以偉大的形象不朽地活在人們的內心深處，永遠受人崇拜與歌
頌。這種英雄往往體現了人類勇於探索、自強不息的奮鬥精神；體
現了一個民族、一個時代的精神或潮流。因此，英雄常常是某種時
代精神或民族精神的人格化，並且透過種種英雄崇拜的方式，具體
表現於該時代的社會生活或是文化傳統之中。以下即從「文化心
理」和「社會心理」兩方面加以探討：

㈠文化心理

英國史學家托馬斯・卡萊爾（Thomas Carlyle）在《英雄與英雄崇
拜》中，探討了「神明、先知、詩人、教士、文人、帝王」等六種
不同類型的英雄及其業績。❸金澤在《英雄崇拜與文化形態》中，
則將中國的英雄崇拜分成「文化英雄，政治英雄，道德英雄，思想
英雄」等四大原型。❹雖然中西方各有其不同的英雄類型，但無論
是哪一種英雄，追求不朽都是他們共同的人生目標。換言之，古今
中外各種英雄的創業和磨難，皆可視為是人類追求「超越有限人
生」之象徵。若進一步探究中國人崇拜英雄的心理，其間固然有著
種種複雜的文化因素，然因神話傳說和史傳文學中的英雄形象，對
於通俗小說乃至英雄崇拜的傳統具有重要而顯著之影響，因此以下
即就這兩個層面，區分為「神話傳說中英雄原型的化身」、「史傳

為英雄的人發生刺激作用，令他們下決心去做英雄。」收入《我對歷史的看
法》（台北：傳記文學出版社，1979.6），頁 46。而英國史學家托馬斯・卡
萊爾（Thomas Carlyle）亦認為：「宇宙的歷史基本上是在這兒工作的偉人的
傳記。」《英雄與英雄崇拜》（台北：國立編譯館，1970.3），頁 19。

❸　詳參前註書。

❹　詳參金澤《英雄崇拜與文化形態》（香港：商務印書館，1991.5）。

文學中英雄精神的展現」、「史傳文學中俠義精神的發揚」等三方面加以考察：

1.神話傳說中英雄原型的化身

在中國古老的神話中就有不少英雄原型，他們有的立下了功高蓋世的偉大壯舉，如開天闢地的盤古、煉石補天的女媧、彎弓射日的后羿、治理洪患的大禹等；有的則表現出堅韌不拔的精神意志，如與日競逐的夸父、抗爭不息的刑天、誓死填海的精衛等。這群神話英雄是人類理想審美的化身，在他們的故事中寄託著人類征服自然、改造自然的強烈願望。

由於遠古人類在與大自然搏鬥的過程中，必定會遭受到許許多多的挫折，因而感受到人類在智力或體能上的有限與不足。基於心理補償的作用，於是神話中的英雄原型就在期待之中被想像、創造出來，並且無限地放大他們的智力、體力或是某種超越普通人類的能力。換言之，只有具有積極意志與強大能力的人物，才有資格成為人們所崇拜的英雄，這樣的人物或智慧高超，或力量驚人，或功業卓著，總之必須具備有人類心中所期望的「超人」力量。

由於英雄崇拜源自於人類心理的內在需要，同時人類對自然的挑戰也永無休止，因此神話式的英雄原型不會消失，只是會在不同的歷史時期以各種不同的形式出現。如明清家將小說中的主要英雄，他們身上都洋溢著某些超凡的力量，或出身神奇、或勇敢善戰、或智謀高明、或意志堅決。他們之所以被崇拜，那是因為他們的表現能夠滿足人們的心理需求，並且在某些方面體現了神話傳說的豐富想像和浪漫藝術。

2.史傳文學中英雄精神的展現

　　相對於神話傳說的浪漫幻想，史傳文學多從人物性格來塑造英雄。如《左傳》寫重耳在外流亡十九年，備嘗險阻艱難而終得繼位為晉文公。其成長過程正是儒家「天將降大任於斯人也，必先苦其心志，勞其筋骨，餓其體膚，空乏其身，行拂亂其所為，所以動心忍性，增益其所不能」（《孟子·告子》）的形象化詮釋。而這同時也是中國人所崇拜的英雄精神，因此明清家將小說在塑造主要英雄時都會特別強調英雄的磨難。（詳參第五章第一節）

　　《史記》寫英雄更為出色，司馬遷對他所傾心歌頌的英雄，如項羽、韓信、李廣、信陵君等，都是透過性格描寫的方式，展現其所具有的卓越才氣、建功熱誠、忍辱奮發、正義高尚等英雄精神。這種英雄精神的展現與強調，成為史傳文學塑造英雄的必備要素，而講史小說更是加以吸收運用。❺如《舊唐書·薛仁貴傳》及《宋史》的〈楊業傳〉、〈呼延贊傳〉、〈狄青傳〉、〈岳飛傳〉等，史家在為這些英雄作傳記時，彰顯了他們「出身貧賤，努力而為大將」、「軍紀嚴明，深得軍民愛戴」、「功大遭忌，甚至受冤而死」、「忠君愛國，一門忠烈」、「戰功神奇，威震夷夏」等人生經歷，既展現其英雄精神，也成為這類英雄故事普遍而共同的傳奇因素。（詳參第二章第二節）而明清家將小說據以敷演，以「神勇善戰、智謀高超、將帥風度」為主要英雄的外在表現；以「忠君愛國、民族大義」，「忍辱負重、寧死不屈」為主要英雄的內在性格。（詳參第五章第一節）

---

❺　詳參張清發〈從「悲劇英雄」看《史記》與講史小說的關係〉《語文學報》11 期（2004.12），頁 315-342。

3.史傳文學中俠義精神的發揚

英雄崇拜也可看作是古代遊俠精神的延續與發揚。司馬遷在《史記・遊俠列傳》中對先秦的俠客精神作了詳細說明：「今遊俠，其行雖不軌於正義，然其言必信，其行必果，已諾必誠，不愛其軀，赴士之厄困，既已存亡死生矣。而不矜其能，羞伐其德，蓋亦有足多者焉。」❻自古以來，人們之所以崇拜英雄，乃因在英雄身上散發著類此俠義的氣質。因此，為人所崇拜的英雄，莫不個個講義氣、重然諾、扶危濟弱、捨生取義。然而，英雄的行徑卻又不止於俠客，英雄比俠客更具有廣闊的人生視野和政治抱負，他們志在追求不朽的功業，必以天下安危為己任。❼因此，當國家民族遭受到異族入侵時，不管是士人或庶民，都會把期待民族振興的強烈意識，託付在英雄身上。所以明清家將小說中的英雄，個個都被塑造得忠義愛國，而他們在國家危難之際，挺身而出、英勇抗敵的行為，可謂行俠仗義於天下。

經由以上三點的探討，可知英雄對一個民族的影響力極其深遠。英雄不但是傳奇人物，更是人們學習的典範，特別是其所展現出來的不屈不撓、期待建功立業之熱誠，影響著世世代代的人們奮

---

❻　瀧川龜太郎《史記會注考證》（台北：洪氏出版社，1986.9），頁1317。

❼　英雄或可稱之為「俠之大者」，許多俠義小說亦多由英雄崇拜的角度去塑造其英雄人物。如在金庸的《神雕俠侶》中，郭靖曾對楊過說：「我輩練功學武，所為何事？行俠仗義、濟人困厄固然是本分，但這只是俠之小者。江湖上所以尊稱我一聲『郭大俠』，實因敬我為國為民、奮不顧身地助守襄陽，……只盼你心頭牢牢記著『為國為民，俠之大者』這八個字，日後名揚天下成為受萬民敬仰的真正大俠。」相關探討可參嚴家炎〈豪氣干雲鑄俠魂——說金庸筆下的義〉《通俗文學評論》（1998第3期），頁27-32。

勇獻身於為國為民的志業，從而促使社會文化的不斷進步。而英雄性格中那種「輕生死、講氣節、重然諾」的俠義精神，在社會正義和文化道德的維護上更是發揮了深遠的影響力，成為傳統社會中備受讚揚和肯定的精神價值。

㈡社會心理

　　英雄崇拜除了是普遍流傳的精神和文化外，它同時還是一種社會需要，足以反映出某一歷史階段的社會心理。❽中國古代的歷史，若以宋代為界，可以分成前後兩期。前期是秦漢王朝、隋唐盛世，無論是政治、軍事或文化，都表現出生機勃勃的氣象。入宋以後，「勇武、外展、開拓」的唐型文化，逐漸演變為「文弱、內省、封閉」的宋型文化。❾強漢、盛唐的政權皆能開疆拓土、雄鎮四方，而兩宋朝廷卻屢屢屈辱於外族。北宋接連遭到遼國和西夏的強勁攻擊，終在金兵大舉南犯之下，以「靖康之恥」結束政權。此後南宋每年以巨額納獻的屈辱條件，希圖苟安於一隅，不思振作還妄想「聯蒙滅金」，結果反為蒙古所滅。而蒙古入主中原後，採取民族歧視的政策，更使得漢族人民飽受欺凌。百年之後，雖然由明朝恢復了漢族政權，但漢唐時代的意氣風發早已一去不返。

---

❽　大眾百姓之所以崇拜英雄，是因為現實的英雄和人們心中積澱的英雄原型形成強烈的共鳴。但是，僅有這些潛在的因素和需求還不能形成英雄崇拜。從歷史上看，英雄崇拜是波浪式發展的。每當一個社會形成英雄崇拜的高潮時，總是有著急切的社會需要。而英雄在滿足這些社會需要方面，具有十分重要的社會作用和功能。參見金澤《英雄崇拜與文化形態》，頁 44-45。

❾　兩種文化型態的比較，詳參傅樂成〈唐型文化與宋型文化〉《唐代研究論集》1 輯（台北：新文豐出版社，1992.11），頁 239-282。

　　明朝中葉邊患頻繁，正統年間蒙古瓦剌進犯邊境，於河北懷來縣土木堡大敗明軍，生俘英宗、危逼京都。如此的民族恥辱，猶如宋朝「靖康之恥」的歷史重演。在和戰論爭中，于謙以南宋和議亡國為史鑒，力挽狂瀾於既倒，明朝方不致於為外族所滅。然英宗復位後，隨即對于謙等護國大臣展開殺戮。⑩嘉靖時期更是奸宦擅權、朝政腐敗，北方有蒙古韃靼連連侵境，東南則倭患不息。⑪緊接著滿州人建立大金政權，更於萬曆年間正式向明朝宣戰；⑫崇禎年間，內有流寇四起、⑬外有強敵壓境，而守邊保國的大將熊廷

---

⑩　明英宗正統十四年，也先入寇，宦官王振挾帝親征，在土木堡被俘。京師大驚之餘由郕王監國，命群臣議戰守，兵部侍郎于謙忠義、性剛，以「宋南渡事」為例，嚴斥南遷主張。隨後于謙以國不可無主，太子年幼，為社稷安危計，請立郕王為景帝，改號景泰。一年後，也先見中國無釁，遂乞和、請歸上皇。有大臣提議遣使奉迎，景帝本不悅，後經于謙勸說，卒奉上皇以歸。景泰八年，石亨、徐有貞等擁上皇英宗復辟。事成，以「不殺于謙，此舉為無名」，判謀逆罪棄市。籍其家，家無餘資，天下冤之。參見《明史・于謙傳》（台北：國防研究院，1963.3），頁 2006-2010。

⑪　嘉靖年間，韃靼屢屢侵擾明朝邊地，二十九年（1550），更是大舉進犯大同、直逼京師，明軍卻怯懦不敢出戰，致使韃靼在京郊大肆掠奪後才引兵西去，史稱「庚戌之變」。而東南倭亂早在明初就已出現，嘉靖年間特別猖獗，幸有戚繼光奮力平倭，才大致平定為禍數十年的沿海倭寇。參見不著撰人《明朝史話》第三章「庚戌之變」和「東南倭亂」節（台北：木鐸出版社，1987.7），頁 155-158、192-201。

⑫　明萬曆四十四年（1616），努爾哈赤宣布建立「大金」（史稱「後金」）政權。萬曆四十六年，立即以「七大恨」誓師，向明朝的邊城發動攻擊。參見不著撰人《清朝史話》（台北：木鐸出版社，1988.9），頁 14-16。

⑬　明熹宗天啟年間流寇之亂開始，崇禎年間更盛。詳參安震《日月雲煙──明朝興衰啟示錄》（新店：年輪文化公司，1998.8），頁 287-303。

弼、袁崇煥等，卻接二連三地冤死於昏君奸臣之手。 ⓮

　　明代中葉以後國衰勢弱的現實刺激，不斷地激發出護衛民族、期待英雄的社會心理。因此，當時呼家將和楊家將抗遼、岳家軍抗金的故事都頗為流行。其中，《岳武穆盡忠報國傳》是崇禎年間的進士于華玉深感國家內憂外患、岌岌可危，欲藉斯編以激勵人心，正如其在〈凡例〉中所云：「今日時事之龜鑑也，有志於禦外靖內者，尚有意於斯編。」 ⓯ 而《水滸》一書大行於晚明，鍾惺在〈水滸傳序〉中就說：「噫！世無李逵、吳用，令哈赤猖獗遼東。每誦秋風思猛士，為之狂呼叫絕。安得張韓岳劉五六輩掃清遼蜀妖氛，剪滅此而後朝食也。」 ⓰ 此外，崇禎年間書坊將《三國演義》和《水滸傳》合刻為一書，取名為《英雄譜》。熊飛在〈弁言〉中強調「飛鳥尚自知時，嫠婦猶勤國恤」，意在激勵讀者在國家多難之秋，當效法三國、水滸中的英雄。而熊飛讚揚小說中的母夜叉云：「中國所望吐氣者，賴有此哉！」其心情和家將小說塑造巾幗英雄，並且期待她們能夠征番破敵，可說是反映出當時代的社會心理。因此，楊明郎在〈敘·英雄譜〉中就大聲疾呼：為君者、為相者、經略掌勤王之師者不可不讀此譜，讀此譜則「英雄在君側

⓮　詳參《明史》列傳一四七〈熊廷弼傳〉、〈袁崇煥傳〉。另參李光濤〈明季邊防與袁崇煥〉《明清史論集》（台北：台灣商務印書館，1971.4），頁358-371。

⓯　于華玉《岳武穆盡忠報國傳》〈凡例〉第六則（上海：上海古籍出版社，1990）。

⓰　《鍾伯敬批評忠義水滸傳·序》（上海：上海古籍出版社，1990）。

矣」、「英雄在朝廷矣」、「干城腹心盡屬英雄」。❶

　　入清以後，康熙年間先後有三藩之亂、攻取台灣、抗擊沙俄、
征討噶爾丹等重大戰事。雍正、乾隆時期又接連對西南西北用兵，
一些較大的戰役如雍正二年（1724）征服青海、七年（1729）平準部
之亂；乾隆十四年（1749）大金川之役結束、十五年（1750）平西藏
亂事、二十四年（1759）征討南疆回部叛亂、三十一年（1766）緬甸
之役始、三十八年（1773）平定小金川、四十一年（1776）金川之役
結束等。這種戰事連連的社會環境，容易造成社會心理的不安，既
是引發英雄期待的溫床，同時也是刺激作家創作的重要因素。❶因
此自清初以來，描述羅家將掃北、薛家將征東征西、狄家將平西平
南、楊家將平服南閩等小說，就陸陸續續的刊刻流傳。而這些家將
小說中歌頌聖主臨朝、率土傾心的宗旨，雖有刻意討好滿清政權之
意，然其崇拜英雄的心理卻是延續了明末以來的社會趨勢。

二、理想英雄的標準

　　明清家將小說是歷代累積成書的作品，在其長期的演化過程
中，讀者對英雄的喜好常會決定作者塑造英雄的標準，而這種標準

---

❶　參見《二刻英雄譜》〈弁言〉、〈敘〉（上海：上海古籍出版社，1990）。

❶　費孝通從社會學的角度對中國人的英雄觀作出一些歸納，提出：在一個社會
　　的新舊交替之際，人們不免會感到惶惑、無所適從，心理上充滿緊張、猶豫
　　和不安，於是文化英雄脫穎而出。這種英雄既能提出辦法，又有能力組織新
　　的試驗，還能獲得別人的信任。文化英雄一旦出現，隨即形成一種不同於長
　　老權力的權力，即時勢權力。這種英雄的產生，往往是在初民社會，或是像
　　戰爭一類的非常局面。參見《鄉土中國　生育制度》（北京：北京大學出版
　　社，1998.5），頁 77-78。

化的英雄常常是民間價值理想的寄託。然而，由於「英雄」一詞的
釋義首出於《人物志》，而《人物志》以「氣質」論「英雄」的觀
點卻和通俗文學的「道德」標準不同。因此，本節從文化意涵的角
度來探討理想英雄的標準，即先釐清「從氣質英雄到道德英雄」的
轉變，再進而就「道德英雄的理想人格」加以論析。

㈠從氣質英雄到道德英雄

　　中國人的「英雄」概念和與之對應的「英雄」形象大體發源於
春秋，正式確立於西漢。先秦時，「英」與「雄」一般單獨使用，
都是指傑出分子。[19]「英雄」一名初出於《漢書·敘傳》，[20]而其
義直到劉劭《人物志·英雄篇》始確立之。劉劭釋「英雄」云：

> 夫草之精秀者為英，獸之特群者為雄；故人之文武茂異，取
> 名於此。是故，聰明秀出，謂之英；膽力過人，謂之雄。此
> 其大體之別名也。……夫聰明者，英之分也，不得雄之膽，
> 則說不行；膽力者，雄之分也，不得英之智，則事不

---

[19] 大抵俊選之尤者謂之「英」，如《荀子·正論》：「堯舜者，天下之英
也。」《禮記·禮運》：「大道之行也，與三代之英，丘未之逮也。」而勇
武之士、卓越之人、勢盛之家、強大之國則皆謂之「雄」，如《左傳·襄公
二十一年》：「齊莊公朝，指殖綽、郭最曰：『是寡人之雄也。』州綽曰：
『君以為雄，誰敢不雄？』」《漢書·東方朔傳》：「然朔名過實者，以其
詼達多端，不名一行，應諧似優，不窮似智，正諫似直，……其滑稽之雄
乎？」

[20] 班固《漢書·敘傳》：「舉韓信於行陳，收陳平於亡命，英雄陳力，群策畢
舉，此高祖之大略，所以成帝業也。」又「英雄誠知覺寤，畏若禍戒。」
（台北：鼎文書局，1981.4），頁4211-4212。

立。……故一人之身，兼有英雄，乃能役英與雄。能役英與雄，故能成大業也。❷[21]

其中「文武茂異」之「文」指文才智識，是「英」的主要氣質；「武」指勇武豪強，是「雄」的主要氣質。只有身兼「英」、「雄」兩種氣質者，才是真「英雄」，才能成就英雄大業。換言之，文韜武略皆能超凡出眾者，即是英雄。可見，《人物志》品人物以氣，以氣質決定生命的型態，無論聰明或膽力都只是氣質的成分，而無關乎道德，以「英雄」是純任氣性所構造的人物。❷❷[22]因此，其「英雄」生命展現在歷史文化中者，多為政治或軍事上的風雲人物。而當「英」與「雄」兩種氣質必分先後時，則「英」先於「雄」。換言之，智慧高的英雄必勝過勇力多的英雄，故劉邦、項羽雖同為英雄，然劉邦為最高的典範。這種英雄標準，同時反映了漢魏之際「唯才是舉、名教動搖」的時代風潮。❷❸[23]

就表象觀之，聰明英武的帝王將相似乎都是英雄，但事實並非如此。不管是神機妙算的智謀，或是技壓群雄的武藝，都只是構成

❷[21] 劉劭《人物志》卷中「英雄第八」收入《四部文明·魏晉南北朝文明卷 28》（西安：陝西人民出版社，2007.8），頁 629-630。

❷❷[22] 《人物志·九徵篇》開宗明義云：「蓋人物之本，出乎情性。情性之理，甚微而玄，非聖人之察，其孰能究之哉！凡有血氣者，莫不含元一以為質，稟陰陽以立性，體五行而著形。」其中「元一、陰陽、五行」等皆兩漢以來氣化思想的專有名詞，也是《人物志》論人物的形上根據。參見莊耀郎〈論《人物志》的英雄理論及英雄人物〉《國文學報》25 期（1996.6），頁 2。

❷❸[23] 關於漢魏之際英雄觀念產生的背景，詳參陽平南〈略論漢魏之際的「英雄觀」〉《筧橋學報》1 期（1994.11），頁 189-193。

英雄的必要條件而不是充分條件。正如「氣質英雄」充分發揮了其
生命先天強烈的才質情性，然因終究非立根於超越之理性，容易導
致「英雄之禍害」❷，流於徒具「英雄」之虛名。❷因此，儘管中
國歷史上的帝王將相多如過江之鯽，其中不乏智勇雙全、武功蓋世
者，但真正能夠成為民眾所敬仰的英雄卻是少之又少。究其因，就
是中國民眾心目中英雄的標準，除了「聰明」、「膽力」之外，更
必須具有民眾心中所期望的理想人格。特別是宋代以後，理學思潮
帶動整體的社會風氣。宋代理學家的英雄觀，明顯是人生道德的修
養和踐履過程中的一環，其終極的目標是成為聖人。於是，英雄成
為聖人人格之附庸。由於理學家以聖人的標準來檢驗英雄，影響所
及，宋人多從文化角度來肯定英雄。❷因此，只有集忠孝節義於一

---

❷　牟宗三認為此正是「只見英雄之可欣賞，而不知英雄之禍害」。詳參《才性
　　與玄理》第二章〈人物志之系統解析〉（台北：台灣學生書局，1989.10），
　　頁60。

❷　正如湯用彤所言：「漢魏中英雄猶有正人，否則亦具文武兼備有豪氣。其後
　　亦流為司馬懿輩，專運陰謀，狼顧狗偷，品格更下，則英雄亦僅為虛名
　　矣。」《魏晉玄學論稿》（台北：里仁書局，1995.8），頁7。

❷　如宋・羅大經在《鶴林玉露》中引朱文公告陳同父曰：「真正大英雄，卻從
　　戰戰兢兢、臨深履薄處做將出來，若是氣血粗豪，卻一點使不著也。」並由
　　此加以發揮，認為歷史上的大禹、周公、孔子等人「此皆所謂真正大英雄
　　也。後世之士，殘忍剋核、能聚斂、能殺戮者，則謂之有才。鬧鄰罵坐、無
　　忌憚、無顧藉者，則謂之有氣。計利就便、善捭闔、善傾覆者，則謂之有
　　智。一旦臨利害得喪、死生禍福之際，鮮有不顛沛錯亂、震懼隕越而失其守
　　者，況望其立大節，弭大變，撐住乾坤，昭洗日月乎！此無他，任其氣稟之
　　偏，安其識見之陋，驕恣傲誕，不知有所謂戰戰兢兢、臨深履薄之工夫故
　　也。」相關討論參見王玫〈漢末英雄觀與建安文學〉《魏晉南北朝文學與思
　　想學術研討會論文集第五輯》（台北：里仁書局，2004.11），頁51。

身的「道德英雄」，才能符合庶民文化中的審美理想和人生價值。❷所以通俗文學在塑造英雄時，無不將傳統道德中的「忠孝節義」發揮到極致。與此相反，一些才智武藝過人而德性有虧的人物卻很難得到民眾的認同。如曹操的雄才大略遠勝於孫權、劉備，但他挾天子以自重，多疑嗜殺，於國不忠，於人不仁，因此只能算是「奸雄」而不是「英雄」。❷

明代中葉以後，社會各階層普遍崇尚英雄與豪傑。❷這對通俗文學的影響，就是英雄的類型走向多元，一種有別於「主要英雄」的「滑稽英雄」逐漸興起，雖然他們的人格也是以「忠孝節義」為主體，但是卻更加大眾化，更富有庶民生活的氣習。（詳參第五章第二節）入清以後，有鑒於明末的英雄豪傑觀過度流於狂狷、任俠，導致流弊滋多，遂又興起注重名教的思潮，強調忠義不可偽托，要以忠君報國為忠義。❸

❷ 中國人喜愛的英雄既可能來自社會上層，也可以來自社會下層，重點是英雄必須具有廣大民眾心中所期望的人格力量、忠孝節義等優秀品質。見傅才武〈煮酒論英雄——中國古代英雄標準探微〉《歷史月刊》（2000.3），頁102。

❷ 此正如王平所說：《三國演義》雖然不能不讓蜀劉在政治、軍事上敗於曹魏，因為這是歷史的選擇。但與此同時，作者卻讓蜀劉集團的主要成員在道德上澈底戰勝壓倒了曹魏集團的主要成員。《中國古代小說文化研究》（濟南：山東教育出版社，1996.9），頁145。

❷ 參見陳寶良〈明朝人的英雄豪傑觀〉《中國文化研究所學報》10 期（2001），頁 355；龔鵬程〈英雄與美人——晚明晚清文化景觀再探〉《中國文哲研究通訊》9 卷 4 期（1999.12），頁 63-65。

❸ 參見龔鵬程〈論清代的俠義小說〉《俠與中國文化》（台北：台灣學生書局，1993.4），頁 200-201；陳寶良〈明朝人的英雄豪傑觀〉，頁 368-369。

　　雖然通俗文學重視道德英雄，但是並沒有放棄英雄該有的「天生氣質」。以明清家將小說來看，作者運用星宿降生、天譴謫仙等天命神話來塑造英雄的出身，就是直接保證英雄的「聰明秀出」和「膽力過人」。如此，作者可以把更多的情節用來塑造英雄的道德。重要的是，儘管英雄天生的氣質稟賦不可學，但是後天的道德行為卻是可以仿效的。正因如此，小說中的英雄才能讓讀者覺得既偉大又平易近人。

㈡道德英雄的理想人格

　　從歷史人物成為民眾心目中偉大的英雄，大多都要經歷一個由真實人物到傳奇英雄的發展過程。這種民眾對歷史人物進行傳奇化改造的過程，就是民眾創造英雄和接納英雄的過程。而在英雄塑造的過程中，民眾為何要選定此歷史人物而不是彼歷史人物，其中固然存有某些難以捉摸的偶然因素，然其最主要的取捨關鍵，還是在於此人是否具備有「道德英雄的理想人格」。因此，明清家將小說的作者在塑造其「英雄典範」（主要英雄）時，除了強調他們的武藝超群、謀略出眾，充滿掃蕩胡虜的英雄氣概外，還得運用性格描寫將其「忠孝節義」彰顯出來，以符合庶民文化所認定的英雄標準和理想人格。以下即從「忠義與孝義」、「俠義與義氣」、「節：英雄的考驗」等三點論之：

1.忠義與孝義

　　忠義是英雄理想人格的核心，為了踐履忠義，英雄們往往是歷患難而不變，矢生死而不移，真正達到「精忠報國、捨生取義」的理想境界。英雄以忠自勵，除了其性格深受儒家倫理文化的陶冶外，也與他們生逢亂世有關。所謂「板蕩識忠臣，亂世出英雄」，

在國家動盪不安之際，君王自然渴望忠臣；而身罹戰火的民眾，更是時時刻刻呼喚著英雄。因此，薛仁貴、呼延贊、楊業、楊延昭、狄青、岳飛等忠臣良將應時而出，他們以盡忠報國為職志，以破敵安民為己任，這種愛國精神是他們令人崇敬、仰慕的主因。

同時，君王們亦藉由對英雄的賞賜封敕，以激發民眾忠君報國的情懷。如薛仁貴救駕，唐高宗贊曰：「始知有忠臣也！」（《舊唐書·薛仁貴傳》）呼延贊忠膽勇悍，宋太宗賞賜呼家父子「白金、衣帶」。（《宋史·呼延贊傳》）楊業戰死，宋太宗下詔：「是用特舉徽典，以旌遺忠。」（《宋史·楊業傳》）宋真宗厚賜楊延昭，稱其「治兵護塞，有父風，深可嘉也。」（《宋史·楊延昭傳》）狄青戰功彪炳，宋仁宗破例拔擢他入主樞密院。（《宋史·狄青傳》）又南宋理宗先後諡岳飛「忠穆」、「忠武」；明神宗稱岳飛「精忠貫日」；清高宗則贊岳飛「精忠無貳」、「公忠秉性」、「偉烈純忠」。❸而文人士大夫賦詩為文、作戲曲小說以歌頌英雄，則因他們是忠臣的楷模，代表著忠貞正直的道德理想。因此在明清家將小說中，「忠君愛國、民族大義」既是這群「主要英雄」必備的英雄性格，也是他們一生進取的動力和智慧施展的方向。可見，英雄對「忠」的執著和踐履有其深厚的文化背景，他們之所以被讚揚，正因其性格行為契合中國人以「盡忠報國」為最高價值的政治倫理。

此外，受到傳統家族文化的影響，中國民眾所喜愛的英雄，是集「忠臣、孝子」於一身的英雄。所謂「忠臣出於孝子之門」，忠孝雙全是道德英雄的典型，而移孝作忠更是值得讚揚的英雄行徑。

---

❸　參見李安《岳飛史蹟考》，頁 357-358、372、435-436。

特別是明清家將小說以「英雄家族的世代功業」為敘事軸心，使得其所塑造的英雄人格，頗能發揮儒家理想的內聖外王之道：「修身→齊家→治國→平天下」（《中庸》）（詳論於第六章第三節）因此，在明清家將小說中有許多母子情深的情節，皆意在彰顯英雄的忠孝性格。如岳母、狄母皆曾勉勵岳飛、狄青要移孝作忠；而楊宗保、岳雲、羅通、薛丁山、狄龍、狄虎等「英雄後代」，雖然他們在家時都事母至孝，但是當得知君父有難時，即不惜違反母命而奔赴前線（詳參第五章第四節）；再如楊六郎先後遵奉母命而復出救駕、應允黃瓊女招親等，其作為更是典型的忠孝雙全。

2.俠義與義氣

英雄性格中的「義」則表現在多方面，除了前述盡忠報國的「忠義之義」和孝敬父母的「孝義之義」外，尚有「俠義之義」和「義氣之義」。「俠義之義」可說是繼承並發展了先秦的游俠精神，特別是明末又是一個推崇俠客、鼓吹俠義的時代。**❸❷**如此風潮，確實也反映在明清家將小說之中，家將英雄們總是打抱不平、收服草寇、為民除害，甚至不惜得罪奸佞也要維護正義。典型的敘寫是英雄們因看不慣奸臣兒子強搶民女，在打抱不平的過程中不慎將奸臣兒子打傷或打死。英雄遂因此而得罪奸臣，為日後的奸佞欺忠，甚至抄家滅族種下禍根。如《薛剛反唐》之薛剛、《萬花樓》之狄青、《說呼全傳》之呼守勇兄弟、《粉妝樓》之羅燦兄弟等。而當異族入侵、國家危難之際，家將英雄們更是因此而心懷救世濟民之志，勇於奔赴戰場奮力抗敵，這是俠義精神的放大，是俠義精

---

❸❷　參見龔鵬程〈英雄與美人——晚明晚清文化景觀再探〉，頁 63-64。

神的最高體現。

至於「義氣之義」則是下層民眾所津津樂道的「江湖道義」。[33]家將小說主要是從兩方面來展現英雄們的江湖道義：

其一，寫英雄和草莽「結拜」為兄弟，[34]彼此禍福同當，齊心為國效力。如楊六郎身邊有孟良和焦贊；岳飛有王貴、湯懷、牛皋等；薛仁貴和八個結拜兄弟組成「火頭軍」；狄青則和四個結拜兄弟合稱「五虎將」。[35]這種兄弟義氣的表現，更是「滑稽英雄」性格中的明顯特徵，小說總是強調他們不遵王法、心中只有結拜大哥（主要英雄）；而當「主要英雄」罹難遇害時，他們更是迫不及待地要去替大哥報仇、雪恨等。（詳參第五章第二節）此外，在「英雄後代」流亡的情節中，更是必得敷演他們如何結識山寨好漢、如何彼此生死論交等。（詳參第五章第四節）

其二，寫英雄們感念知己，有恩必報。如《楊家府演義》寫楊

---

[33] 所謂「江湖道義」，其實就是一種交友之道，其特徵是：「光明磊落，慷慨大度，既富於互助意識，又豐於仁俠精神，濟危扶傾，恤危救困，這是對泛泛者的奇行。……對朋友則親如手足，休戚相關，協力同心，禍福與共，肝膽相照，絕對忠誠，貴賤不相忘，生死不相負，急朋友之事，見色而不貪淫。……對社會群眾，則急公好義，行俠疏財，嫉惡鋤奸，獎忠掖孝，大之則安邦定國，小之則安撫良民。」見黃華節《關公的人格與神格》（台北：台灣商務印書館，1995.3），頁 244。

[34] 通俗小說頗愛敷演英雄間的結拜、結義行為，這些行為來自於民間結拜的觀念。詳參張火慶《說岳全傳研究》第五章第二節「結拜觀念」（東海大學中文所碩士論文，1973），頁 183-193。

[35] 狄家將小說中的五虎將，分別是「出山虎」狄青、「飛山虎」劉慶、「笑面虎」石玉、「離山虎」李義、「扒山虎」張忠。其中，除了「飛山虎」有法寶蓆雲帕可以來去如飛外，其他五虎並未根據其名號特色加以敷演。

業奮戰致死，死前猶且高呼：「聖上遇我甚厚，實期捍邊討賊，以仰答之。」（第 8 則）而楊令婆勸楊六郎復出救駕，理由則是：「雖朝廷寡恩，然八殿下相待甚厚，亦當思念。」（第 21 則）再如《說岳全傳》寫岳飛槍挑小梁王時蒙宗澤救護，當宗澤剿匪遭困時，岳飛得知後立刻帶領兄弟們「破賊酬知己」。（第 14 回）《萬花樓》也寫狄青聞楊宗保戰死，感其提拔之恩，故揚言：「晚生與賊勢不兩立，非是他死，便是我亡。」（第 64 回）《說唐後傳》則用了更多的篇幅，寫王茂生在薛仁貴走頭無路時仗義救助他、收留他、鼓勵他，甚至從軍時還代他照顧妻兒等。後來薛仁貴衣錦還鄉，王茂生因買不起禮物相贈，遂裝了兩缸清水假裝美酒送到平遼王府。家將開缸後發現裝的是水，薛仁貴卻哈哈笑道：「取大碗來，待本藩立飲三碗。叫做人生情義重，吃水也清涼。」而後，還封王茂生為「轅門都總管」，以報答其昔日恩義。（第 55 回）以上種種，皆是強調英雄們知恩圖報的「義氣之義」。

3.節：英雄的考驗

「節」在英雄性格中的展現，主要是做為一種「英雄的考驗」。英雄在名利關、美色關、生死關前必須要禁得起考驗，名利不能易其節、美色不能動其心、生死不能屈其志者，才能稱得上真英雄。尤其是在面臨生死關頭時，更可見「英雄不怕死，怕死不英雄」。如歷史上楊業遭困陳家谷，不屈不食三日而死，《楊家府演義》因此敷演出楊業撞李陵碑自盡的壯烈情節。（第 8 則）《說岳全傳》寫岳飛遭秦檜密令勒死前，猶且大喝「自古忠臣不怕死，大丈夫視死如歸，何足懼哉！」（第 61 回）而《說唐三傳》寫羅通肚腸已被挑出，仍然堅持到斬殺敵將後才倒地而死。（第 20 回）再如

《五虎平西》寫狄青遭困單單國，狼主以「免你死罪」為條件，要狄青「投降孤國中為臣」。結果狄青以「寧可一刀兩段，決然不把臭名遺於後日」斷然拒絕，還說：「快些開刀，本帥願為刀下鬼。」（第 12 回）此外，《說唐三傳》寫薛仁貴受害沙場（第 13 回）、《萬花樓》寫楊宗保中錘喪命（第 63 回）等，皆有意凸顯英雄臨死不懼的氣概。由此，亦可證實「不以成敗論英雄」的傳統英雄觀。

英雄賴以通過關卡考驗的依據，正是其忠義性格。如南宋諸將大都驕奢淫佚，貪婪殖產；然岳飛憂國忘家，廉潔自守。宋高宗曾因岳飛戰功大，欲為其擇第於行都，不料岳飛辭曰：「北虜未滅，臣何以家為！」吳玠以岳飛軍中無姬妾，故特尋來國色名姝，加以金珠寶玉、資奩巨萬饋贈之，岳飛卻婉謝說：「國恥未雪，聖上宵旰不寧，豈大將宴安取樂時耶！」同時，岳飛亦不許兒子們置妾，要家人儉薄只穿布素。而朝廷有所賞賜，率以激犒將士。故岳飛死後家無餘資，秦檜雖令人極力搜括，終究不得錙銖。❸❻《說岳全傳》即由這些史實，進而塑造岳飛安貧守志、廉節自律的形象。如寫岳飛家鄉遭逢旱災，結拜兄弟因飢寒難耐而為寇，岳飛規勸不聽竟劃地絕交（第 21 回）；而後，叛賊楊么慕其英名欲重金相聘，岳飛以忠於大宋為志嚴加拒絕。（第 22 回）再如《說唐後傳》寫薛仁貴散盡家財，不惜屈降身分，先後淪落到柳家做工、射雁為生（第 19 回）；投軍遭拒之餘，更能本著仗義之心，在樊家莊為民除害。

---

❸❻　參見馬強〈論岳飛的性格、心態及悲劇〉《岳飛研究》3 輯（北京：中華書局，1992.9），頁 62-63。

（第 21 回）《萬花樓》寫狄青沒了盤纏，寧願一死也不願乞食偷生，累辱宗親。（第 5 回）如此，皆可見英雄在窮困中仍然堅持其人格與志氣。而《五虎平西》寫狄青遭受逼婚時，面對八寶公主的「美色」和單單國主「名利」、「生死」之威脅利誘，皆寧死不從，其所持守的正是對大宋朝的忠義。（第 12 回）以上，皆可見家將英雄的行為頗能把儒家「貧賤不能移，富貴不能淫，威武不能屈」（《孟子‧滕文公下》）的價值觀發揮到極致，因此其形象頗能符合中國民眾的審美理想。

此外，明末的通俗小說特別強調「英雄不好色，好色不英雄」。❸然而，入清後，清人將英雄定位為剛柔並濟的人格典型，主張「英雄無理學氣」，認為兒女情和英雄氣可以並存。❸這種英雄觀的轉變，表現在明清家將小說的英雄塑造中亦很明顯，如前期作品中的楊業、楊六郎、岳飛等，作者在塑造他們的形象時皆堅守「兒女情薄，英雄氣壯」的原則。就算是寫到英雄後代的陣前姻

---

❸　孫紹先從文學人類學角度，對此課題有精彩的分析，如認為《三國演義》是「排斥女性的男性俱樂部」、《水滸傳》是「極端化的女性形象」、《金瓶梅》是「在施虐與受虐中毀滅」、《西遊記》是「男性的女性恐懼症」等。詳參《英雄之死與美人遲暮》（北京：社會科學文獻出版社，2000.9）。另可參周旋〈禁欲與縱欲──中西古典小說英雄模式成因論〉《西南民族學院學報‧哲社版》（1994 第 1 期），頁 1-8；張放〈食色衝突中的英雄塑造〉《文學自由談》（2002.6），頁 42-47。

❸　明末時知識階層對於英雄與情色的關係雖持較寬容的態度，但民間的通俗文學反為苛刻。入清後，清人繼續理順兒女情與英雄氣之關係，使英雄與情色並行不悖。「英雄必無理學氣」更是清人普遍的看法。理學家說理而不言情，英雄無理學氣，則英雄又何嘗無情。參見陳寶良〈明朝人的英雄觀〉，頁 366、370。

緣，也大都只以簡要敘述的方式帶過。而後來刊刻的薛家將、狄家
將等小說，不但屢屢穿插小將與女將的愛情故事，更是擴大敷演其
「陣前招親」的情節。如《五虎平西》就足足用了五回的篇幅，極
盡敷演狄青與八寶公主的「陣前招親」。❸在所有家將小說的「主
要英雄」中，只有這位後期作品中的狄青，才有這種精彩的愛情故
事。不過，由於家將小說寫「陣前招親」的意義並非是為了歌頌愛
情，因此儘管小將頗為心儀女將的美色，但他最後允親的考量還是
基於「國家安危」。（詳參第四章第三節）

三、英雄命運的省思

　　明清家將小說運用「忠奸抗爭」作為串連故事情節的發展主
線，而在忠奸抗爭的過程中，又刻意聚焦並放大英雄受挫（為奸所
害）的階段。小說意圖透過忠義英雄的「悲劇命運」，❹極盡渲染
出故事的悲情氣氛，從而將英雄的「忠義性格與悲劇命運」構成一

---

❸　《五虎平西》第 10-14 回，總共五回全都在敷演招親、拒親、勸說、允親的
　　相關情節。其回目依序為「狄元帥出關迎敵，雙陽女上陣牽情」、「狄元帥
　　被捉下囚牢，八寶女克敵思佳偶」、「美公主得勝班師，硬將軍斷頭不
　　降」、「證姻緣仙母救宋將，依善果番主勸英雄」、「卻姻緣公主苦怨，暫
　　合巹宋帥從權」。

❹　此「悲劇命運」指的是「戲劇上的悲情」。其意旨正如曾永義所說：「我國
　　戲劇的所謂悲，只是好人遭遇磨難，或含冤而歿，未得現世好報。」《中國
　　古典戲劇論集》（台北：聯經出版社，1986.2），頁 9。另宋克夫指出章回小
　　說體現悲劇的基本特徵，在於主要人物為了「人生價值」而毀滅，這種人生
　　價值又常具體化為人物的價值人格。參見〈論章回小說中的人格悲劇〉《文
　　藝研究》（2002.6），頁 78-82。

種強烈的對比，楊業和岳飛的冤死就是其中的典型。

　　儘管家將小說最後的結局都是英雄家族榮耀受封，然而「大團圓」的結局並無法抹滅「忠奸抗爭」下「英雄受挫」的歷程與規律。如楊六郎和狄青，他們都有功成受封的結局，但也有不得不「詐死避禍」的情節。而薛仁貴在《說唐後傳》中幾乎命喪張士貴之手，結局雖然受封為平遼王，可是在接續的《說唐三傳》中，這位平遼王的命運卻又是「三年牢獄、三入法場」。再如薛丁山在《說唐三傳》中功封兩遼王，緊接著在《反唐演義》中卻遭「抄滅全家」。至於那些因為家族遭難，而不得不逃亡的岳家、薛家、呼家、羅家等「英雄後代」，其命運更是前代「忠奸抗爭」的延續。

　　因此，透過家將小說「忠奸抗爭」下英雄受挫的情節，足以將英雄的命運提升到省思的高度：首先，英雄的忠義性格與悲劇命運如何產生矛盾？而面對這樣的矛盾又該如何轉化或解讀？其次，從英雄悲劇命運的解讀中，家將小說透露出怎樣的文化意涵？以下，即從「忠義性格與悲劇命運的矛盾」和「倫理的堅持與超越的詮釋」兩方面論之：

㈠忠義性格與悲劇命運的矛盾

　　以下由矛盾的現象與成因、矛盾的轉化與解讀兩點，來論述家將英雄忠義性格與悲劇命運的矛盾關係：

1.矛盾的現象與成因

　　明清家將小說極力刻畫英雄的忠義性格，但卻又無法改變英雄受挫的悲劇命運。就歷史人物的真實面來看，史載楊業不食三日而死，楊延昭常為流言所讒，狄青功大遭忌抑鬱以終，抗金的岳飛冤死風波亭、薛仁貴晚年亦屢遭貶放。若再由明清社會加以考察，則

于謙、張居正、楊漣、左光斗、熊廷弼、袁崇煥等，皆是忠義愛國而下場悽慘。如袁崇煥曾作詩云：「策杖只因圖雪恥，橫戈原不為封侯！」自稱是「大明國裡一亡命徒」，故當國難之際，他義無反顧擔起保國護邊的重任。然而，這樣一個忠心耿耿的愛國志士，最後還是被昏庸的明思宗凌遲處死。❹如此，家將小說在塑造英雄時不但間接反映歷史的某些現象，其內容更是呼應了明清社會的現實狀況。

值得思考的是：這些英雄在歷史上以忠義著名，然卻遭逢悲劇的命運。而且這樣的悲劇命運，卻又偏偏和其忠義性格息息相關。細究其因，可以從兩方面加以探討：

首先，在傳統文化的規範下，英雄理想的實現在於忠義道德，而非政治事功。當兩者產生衝突時，英雄寧可選擇忠義道德的完善，也不願為了政治事功而虧損忠義清名。事實上，在中國古代的社會中，「忠義」既是最高的政治價值，也是最被讚揚的倫理價值。故在這種文化環境中，只有在「忠義」的前提下所建立事功，才能得到社會的認同和後人的肯定；否則，儘管功業顯赫仍難逃千古罵名。正如乾隆帝要將明清之際背明降清的大臣讞定為「貳臣」，認為「貳臣」雖曾在滿清開創大業時立過重大功勞，然因「大節有虧」，「不能念其建有勛績，諒於生前，亦不因其尚有後人，原於既死」，故以「貳臣」稱之，意在表明推崇忠義大節的嚴

---

❹ 相關論述參見不著撰人《清朝史話》第二章〈一、「自壞長城」——袁崇煥的冤死〉，頁 33-34。

正態度。⓬因此，中國社會所崇拜的英雄，必定都是「倫理道德的英雄」。

其次，忠有忠於國和忠於君的兩面性，只有當君主的私利和國家的公利相結合時，盡忠的英雄才會有好的結局；反之，為國盡忠的英雄，在君主的心目中卻是不敬之臣，其最終命運常是忠而被謗或遭冤殺屈死。典型的代表就是宋代的岳飛（詳論於本章第三節），和明代的于謙。于謙在敦促景帝即位和奉迎英宗回國的態度上，一貫堅持「社稷為重，君為輕」，結果南宮復辟後，剛烈忠義的于謙立即被英宗下令斬於東市。⓭

2.矛盾的轉化與解讀

在中國歷史上，英雄忠臣們這種「忠義性格與悲劇結局的矛盾」，確實屢見不鮮，似乎成為歷代皆有的普遍現象。對此，傳統的儒家把這一切不可證失的弔詭現象，轉化而為內在於人生命中的道德主體，以「決定是非賞罰於歷史」的永生觀念，⓮來化除人的內在矛盾和精神負擔，從而堅強地利用有生之年，實現萬古流芳的

⓬　參見張玉興〈論歷史上滿州與「貳臣」〉《明清論叢》（北京：紫禁城出版社，2001.4），頁115。

⓭　參見安震《日月雲煙——明朝興衰啟示錄》「君王與社稷孰重——于謙的悲劇」節，頁125-146。

⓮　徐復觀指出：中國人以人文成就於人類歷史中的價值，代替宗教中永生之要求，因而加強了人的歷史意識；以歷史的世界，代替了「彼岸」的世界。宗教係在彼岸中擴展人之生命；而中國的傳統，則係在歷史中擴展人的生命。宗教決定是非賞罰於天上；而中國的傳統，是決定是非賞罰於歷史。參見《中國人性論史——先秦篇》（台北：台灣商務印書館，1988.11），頁56。

「不朽事業」。❹換言之，從儒家修身以達內聖的觀點來看，當人們能夠以高遠的道德實踐為其生命的終極目標時，那麼其在現實生活中所遭受到的種種苦難，就能夠忍受、支撐，甚至毫不在意，其人的精神境界因此得以超越現世的禍福，進而在歷史洪流中得到人生價值的肯定。然而，將人的內在矛盾和精神負擔，轉化為道德理性的實踐和延續，這並非是普通庶民所能理解和做到的。因此，通俗文學對此自有其不同的詮釋方式，最直接的作法就是進行所謂的「翻案之作」。但是，畢竟這些「英雄悲劇」都是不可改變的史實，故翻案作品只能大快人心於一時，卻無法長久流傳、引人深思。於是，通俗文學遂又將歷史上錯綜複雜的人事糾葛，簡化為「忠奸抗爭」，將英雄悲劇的本源究責於「昏君奸臣」。

這種觀點落實到明清家將小說之中，形成一種普遍而固定的敘寫模式：作者既極寫英雄的忠義性格，又誇大英雄受屈時的悲壯氣氛，企圖在強烈對比的「忠奸抗爭」中，加強讀者對英雄「忍辱負重、寧死不屈」的性格產生敬佩，同時對奸臣「謀奪私利、陷害英雄」的行為產生唾棄。如此，英雄的命運悲劇遂成為一種性格悲劇。在彼此激烈的矛盾衝突下，引發人們對英雄命運的強烈省思。此外，為了避免對現實世界之「忠君教化」造成太大的倫理衝突，小說家勢必還要另外尋找出一種超越現實、超越客觀世界的詮釋觀點。同時，普遍流行於庶民文化中的天命因果思想，在各種英雄傳

---

❹ 儒家所謂「不朽」，如《左傳‧襄公二十四年》所載：「太上有立德，其次有立功，其次有立言。雖久不廢，此之謂不朽。」楊伯峻《春秋左傳注》（高雄：復文圖書出版社，1991.9），頁 1088。

說中早就成了一種慣常的附會。因此，在家將小說中又有一個普遍的創作現象，即以天命因果的情節來建構英雄的一生，將英雄的種種悲劇命運，盡皆歸諸於天命因果；再進而透過天命因果的運用，在忠義英雄的悲劇命運中，彰顯出「倫理的堅持與超越的詮釋」，從而確立英雄精神的存在價值。

(二)倫理的堅持與超越的詮釋

天命因果等虛構情節，雖是通俗小說常用的敘事模式，然若上溯其源，則可知虛實運用本是史傳敘事的特色之一。史家雖稟「實錄」精神來記事，❹然在史鑒功能的要求下，運用之以達勸善懲惡。此書法為後代小說家繼承之，❹進而在作意好奇的市場考量下更加發揮。因此，家將小說繼承並發展前代故事中的「天命因果」，此就作者而言應有其創作意圖，而就讀者接受的角度來看，亦必符合其對家將故事的期待視野。以下從「倫理的堅持：藉由果報以求正義」和「超越的詮釋：成就天命的大主題」兩個方面來看：

1.倫理的堅持：藉由果報以求正義

明清家將小說以「忠奸抗爭」來展現英雄的一生，在傳統善惡

---

❹ 班固《漢書·司馬遷贊》釋為：「善序事理，辨而不華，質而不俚，其文直，其事核，不虛美，不隱惡，故謂之實錄。」，頁 2738。

❹ 史傳和小說間的密切關係，正如歐陽健所說：「假如我們真正弄通了古代小說與歷史之間的根根節節，那麼，我們實際上也就基本把握住了中國古代小說的精神，把握住了中國古代小說的民族性格。」《古代小說與歷史》（瀋陽：遼寧教育出版社，1993.9），頁 2。至於小說採用史傳敘事的討論，詳參石昌渝《中國小說源流論》第二、三章（北京：三聯書店，1995.10）。

報應的文化觀念下,面對忠良為奸佞所害的結局,不免要加以虛構因果報應,以維持道德倫理的信念。於是,在楊家將小說中,害死楊業、楊七郎的潘仁美,最後被楊六郎所斬;屢屢加害楊六郎的王欽,最後奸細身分曝露,被宋真宗下令凌遲。而在薛家將小說中,則是張家和薛家三代的因果報應,先是張士貴詐害薛仁貴,奸情敗露後被唐太宗下令斬首;接著李道宗又因岳丈被斬而陷害薛仁貴,奸情敗露後被程咬金設計燒死;接著張士貴的孫子又害薛家,薛剛最後又斬張家人等。在狄家將小說中,由狄家將和孫振兩家的冤仇,擴大敷演成楊家將、包公、狄家將對上龐洪、孫振等奸黨。再如《說岳全傳》寫秦檜夫婦冤陷岳飛父子,終被鬼神嚇死,死後還遭牛皋戮屍洩恨;《五虎平西》則寫龐洪、孫秀等奸黨屢屢加害狄青,最後以通敵之罪遭到處死。(詳參第五章第五節)

　　在明清家將小說中,所有曾陷害英雄的奸佞,最後都會得到罪有應得的報應。如此因果報應的情節,非但滿足了中下階層讀者的文化要求和期待視野,更能契合民間歷代累積的文化心理。這種藉果報以求正義的信念,雖是通俗文學的因循老套,然當其被運用來解釋一切人事糾結時,即具有懲惡揚善之道德要求,此不僅是作者的教化意旨,更是讀者的倫理抉擇。❹畢竟讀者對英雄悲情命運的深刻體會,是來自於其對歷史不公的感受,乃至現實生活的無奈。

---

❹　不同時代和不同讀者,對於教化意識的認識固然不同,但如果將因果報應看做封建迷信,那許多作品中的勸善懲惡就會完全失去了存在的合理依據,既然善不一定有報,惡未必會遭懲罰,那行善過惡在一定程度上就失去內心的自覺動力。陳美林〈中國古代小說的教化意識〉《明清小說研究》(1993 第3 期),頁 58。

在面對不可改、無可變的既定事實下，唯有透過因果報應的附會想像，方得以解釋如此的不公、消解如此的悲情。同時，透過英雄故事的教化之後，當讀者面對自身現世的苦難和邪惡時，也才能忍受與撐持，進而使其內心受損的公理和正義，得到慰藉與伸張。

2.超越的詮釋：成就天命的大主題

　　一旦單純的果報觀無法滿足讀者的需求時，小說家就會再從庶民文化中尋找更高的詮釋觀點，將定命觀念具體化為「神話模式」。❹當小說家在強調善惡報應時，其實正是在為其不可理解的天命世界舖路。如《楊家府演義》寫楊業死節前夜觀天象，即預知「老漢數難逃矣！」而後出戰陳家谷，望見遼兵旗上「前畫一羊，後畫一虎撲之」，即斷言「傷生之兆」。（第 8 則）楊六郎死前，夢見遭八王拈弓射中頸項（白虎原形現出），即知「應命數當盡」。（第 40 則）楊宗保死前，「忽夢帝命武士斬我」，驚醒後斷言「此數難逃，欲生不可得矣！」（第 48 則）再如《說岳全傳》寫岳飛之所以要召來岳雲、張憲同死，乃因三人已完成天命。（第 60 回）而《說呼全傳》寫呼家慘遭龐家陷害滅族，其事早在破天門陣時已為鍾道士所預知。（第 5 回）又《五虎平西》寫狄青屢遭龐洪陷害，是因「龐氏父女，氣數未盡」、「貪狼星光彩正旺」。（第 66 回）

---

❹　通俗文學的作者之於廣土眾民，基於生於斯、長於斯的豐富經驗，較諸大傳統的士大夫階層反而更能感應到民間的脈動，他們自身從中獲得真正的教育，又反饋到那個深廣的社會底層。因而神話模式的運用，可說是小說家與民眾具有共識之處，以此解釋一個較抽象、較形上的課題：命運。李豐楙《許遜與薩守堅──鄧志謨道教小說研究》（台北：台灣學生書局，1997.3），頁 307。

至於在薛家將小說中，薛仁貴先遭張士貴詐陷，後又遭李道宗冤害，最後命喪白虎關，一切全是「天數所定」。而後武則天下旨抄滅薛家，薛丁山之所以不得逃生，乃因「金童星合該歸位」；而樊梨花之所以被救走，則因「玉女星」尚有未了的天命。最後薛剛、薛強得以反周興唐、還復薛家榮耀，這一切也全是天命註定。（詳參第四章第一節）

　　如此，小說中因因果果的循環報施，都只在成就一個天命的大主題，許多不公平、不可解的人事糾紛，都藉此超現實的層面，而獲得最終的解釋。因此，儘管家將英雄們在國家危難時趁勢奮起、力挽狂瀾，展現出十足的英雄氣概，但最後還是會發現：原來命運才是最終的主宰。小說中的英雄，「其個人的命運反映天命的支配，而天命的支配也顯現在個人命運上」❺⓿。可見，家將小說運用天命因果來詮釋英雄悲劇的結局，足以構成一種超越性的宇宙觀，非但幫助作家突破歷史演義的現實格局，同時也使讀者在面對其現世人生的恩怨情仇時，能夠保持一種距離的美感。

　　綜觀之，通俗小說和民間信仰在天命因果上取得了共識，又彼此吸收、增強，如此一來，所謂的仙話背景、神話情節就不僅是屬於通俗小說的題材和表現問題，而是整個民族心靈現象的問題，它所反映出來的社會文化，主要提供了一種超越意識，使人們在面對自身的現實挫敗時，不致因此而徬徨迷失，反而能夠透過天命神

---

❺⓿　馬幼垣〈中國講史小說的主題與內容〉《中國小說史集稿》（台北：時報文化公司，1987.3），頁89。

話，得到「意志的完成和情感的滿足」。❺因此，家將小說中運用天命認知、神話幻想來詮釋英雄的命運，無非是要使讀者在感受到英雄的悲劇結局後，進而「去捕挹一份超越觀照後的廣大和諧人生」。❺

第二節　「戰爭」層面的考察

自有歷史以來，便有戰爭，戰爭是人類解決衝突最常見的方法之一。因此，在古代的史書中即有許多關於戰爭的記載。影響所及，後來的講史小說在敷演歷史故事時，必定也得面臨「如何處理戰爭情節」的問題。由於史書記載戰爭總是詳於追溯事件的來龍去脈，以及勝負對於戰後政局的影響，至於兩軍交鋒時的戰爭場面則常常只以數語略過。因此，講史小說在敷演戰爭情節時，不得不發

---

❺ 超越意識是人類向最上層次要求道德的依皈和真理的保證。當我們講述一個現實故事，在某一關鍵上突然遭遇困難，而無從把那個故事的道理交待明白的時候，我們的理智挫敗了，但是我們尋求答案的意志卻不屈服，那時可能就需要神話情節，因為在那裡，我們將得到意志的完成和情感的滿足。參見樂蘅軍《古典小說散論》（台北：純文學出版社，1982.5），頁 249。

❺ 正如龔鵬程所言：「天命的認知更可以讓人生除了現實世界之外，還與神話幻想世界緊緊唧合，提供超越的人生，不斤斤計較現實人生的得失，而透過天命，去捕挹一份超越觀照後的廣大和諧人生。這就是為什麼我國小說戲劇喜歡以天命起、以天命終的緣故。人類一旦完成了天命的職責，即重歸於原始本狀的秩序，是石即還歸為石、是仙即歸位為仙，再無生命中無明的蠢動與生命和諧的裂痕，可以無憾。就人間而言，則又具體點出了天地不仁、以萬物為芻狗的宇宙大情。」〈中國文學裡神話與幻想的世界〉《中國小說史論叢》（台北：台灣學生書局，1984.6），頁 69。

揮想像力多方加油添醋。行之既久，自然發展出「雙方主將大戰三
百回合」、「布陣拒敵」、「衝殺破陣」等模式化的書寫。這種
「史傳和講史小說」敘戰形式的差異，使得學界對於講史小說敘戰
的研究，大都是以戰事考辨為主，著重的是小說與歷史之間的虛實
論述。❺

　　然而，「史傳和講史小說」書寫戰爭，除了敘事表層的不同之
外，在其敘事深層之中是否仍存有值得探究之處？特別是講史小說
既然是從史傳中找材料，那麼兩者在戰爭書寫之中，是否存有某種
文化精神的延續？而其對戰爭意義的價值思考是否有所相通呢？對
此問題可以做出如下的思考：首先，從史傳的層面來看，可知史傳
敘戰的重點常常不在於詳細交代戰爭的過程，而是透過敘戰以寫
人，著重歷史的借鑑教訓，以是否合乎德、合乎禮作為戰爭成敗的
主因，從而反映出古代重德尚禮而旨在寢兵息民的戰爭文化。❺其
次，再從講史小說的層面來看，小說家從史傳中取材，其敷演出精
彩的戰爭情節除了滿足讀者的閱讀趣味外，更重要的是要用來塑造
小說中的英雄人格。❺如此，記載歷史事件的史傳和敷演歷史故事

❺　如廖文麗《古典小說虛實論研究——以三國演義為例》（台灣師範大學國文
　　所碩士論文，1994）；黃東陽〈從歷史虛實詮解講史小說《薛仁貴征遼事
　　略》之創造手法與心理〉《國立台北商業技術學院學報》6 期（2004.6），頁
　　153-165。
❺　詳參陽平南《《左傳》敘戰的資鑑精神研究》（成功大學中文所碩士論文，
　　1998）；張素卿〈「左傳」戰爭敘事蠡探〉《台大中文學報》19 期（2003.12），
　　頁 1-44。
❺　詳參孫綠怡《「左傳」與中國古典小說》（北京：北京大學出版社，1992.4）；
　　郭丹《左傳漫談》之「左傳與中國古代小說」章（台北：鼎淵文化公司，

的講史小說，儘管其在敘事表達上類屬不同，但兩者間在戰爭意義的價值思考上，應有其共通的文化精神。

　　由此，再來審視明清家將小說：「戰爭」是家將小說敘事內容的主體，然小說對於戰爭的敘事，重點不在詳細交代戰爭的過程，而是承襲古代的戰爭觀念，藉以反映出民間對於戰爭意義的價值思考。此外，家將小說中的戰爭是以「番邦入侵→中國抗敵」為敘事常態，這種民族戰爭的內涵意義在於華夷之辨。而「陣前招親」的情節被普遍運用，此和歷史上的和親政策頗有呼應，表達民間在戰爭中期待和平的心態。然而，中國人在「戰爭與和平」的取捨之間，又認為不能犧牲民族尊嚴。一旦和平是用屈辱的方式換來，主政者就會遭來唾棄，此具體反映在小說中，即為「主和的是奸臣／主戰的是英雄」。這種文化觀念的形成，尤以宋代重文輕武下所導致的屈辱盟約最為典型。因此，本節對於「戰爭」層面的考察，即從「戰爭意義的價值思考」、「華夷之辨與民族戰爭」、「和親政策與重文輕武」三方面加以探討：

一、戰爭意義的價值思考

　　本節擬從「戰爭意義」這個角度切入，透過古代戰爭觀念與家將小說敘事內容的相互對照，探究家將小說對於戰爭意義的思考為何？從而印證史傳和講史小說在文化精神上應有其價值延續。要先

1997.8）；張清發〈從人物塑造看《左傳》與講史小說的關係〉《問學》5 期（2003.5），頁 21-42；〈從「悲劇英雄」看《史記》與講史小說的關係〉，頁 315-342。

說明的是：古代兵學的發展固然因歷史背景的不同而有其不同的發展階段，然而從先秦以迄明清，重要的兵學著作始終流傳不息，加上兵家和儒道思想長期不斷地融合，因此在歷代累積而成的戰爭文化中，自有其穩定不變的價值觀念。❺❻所以，在古代戰爭觀念的引證上，即回歸源頭，以先秦時著名的兵學著作和重要的戰爭論述為取材。而在論述安排上：首先，釐清「兵者凶器」與「兵不可偃」的戰爭觀念，以見家將小說如何呈現其相對思考。其次，探究歷史與小說一致認同的「仁義之兵行於天下」的宣告，以見家將小說在敘戰中如何延續傳統戰爭意義的價值。

（一）「兵者凶器」與「兵不可偃」的相對思考

　　雖然古籍中對戰爭的記載和討論頗多，但對戰爭仍然沒有完整而有系統的定義。戰爭一方面被視為國之大事，不可不察、不可弭、不可偃；另一方面又被視為不祥之器，非不得已則不用。以下分從「兵者凶器」和「兵不可偃」兩方面加以探討：

1. 兵者凶器

　　戰爭雖然是國之大事不可不察，可是一旦發生戰爭，於國於民都要付出慘重的犧牲。《老子‧三十一章》即云：「兵者不祥之器，非君子之器，不得已而用之，恬淡為上。」❺❼又《史記‧句踐世家》載：「兵者凶器也，戰者逆德也，爭者事之末也。」❺❽《尉

---

❺❻　詳參劉慶〈論中國古代兵學發展的三個階段與三次高潮〉《軍事歷史研究》（1997 第 4 期），頁 88-101；郗孟祥〈中國古代軍事文化構成要素及特微探析〉《南京理工大學學報‧社科版》17 卷 1 期（2004.2），頁 40-43。

❺❼　朱謙之《老子校釋》（台北：華正書局，1986.1），頁 125-126。

❺❽　瀧川龜太郎《史記會注考證》，頁 666。

繚子・武議》亦云：「兵者凶器也，爭者逆德也，將者死官也。故
不得已而用之。」❺以上皆認為戰爭違背德治，是殘忍的行為，只
有在不得已的情況下才可使用。

　　這種「兵者凶器」的觀念落實到民間百姓的生活中，具體呈現
出來的就是反戰、厭戰，畢竟戰亂直接導致了民間疾苦、生離死
別。影響所及，流傳於民間的通俗文學，對於輕啟戰事的君王總會
給予負面的評價。如唐太宗東征西討，雖成就其「天可汗」的偉大
事業，然連年征戰自會引發百姓苦怨。所以，在薛家將小說中，對
唐太宗三番兩次的「親征」情節，總是給予嘲諷性的「遭困」結
局。如寫唐太宗只要遭番軍所困，就「嚇得面如土色」、「嚇得目
瞪口呆」、「嚇得唐天子魂不在身」、「唬得唐天子魂不在身」、
「唬得冷汗直淋」。❻特別是在《說唐後傳》中，更是再三扭曲唐
太宗在歷史上英明、善戰的形象，而以「狼狽畏死」來凸顯他在戰
場上的表現。如小說寫唐軍渡海東征，因風浪太大，「船在海內跳
來跳去」，唐太宗幾次翻倒後嚇得發抖說：「寡人願死長安，決不
征東入海。」（第 26 回）唐太宗遭番將蓋蘇文追殺時，心慌意亂頻
頻呼喊：「蓋王兄，饒朕性命！情願領兵退回長安。」（第 41 回）
當薛仁貴前來救駕時，陷在海中的唐太宗早已嚇得腿軟「難以起
來」。（第 42 回）（詳參第五章第六節）至於更多引發戰爭的「番邦狼

---

❺　周・尉繚《尉繚子》（百子全書 9）（台北：黎明文化公司，1996.12），頁
　　2643。

❻　依序參見《說唐後傳》第 4 回「貞觀被困木楊城」、第 31 回「唐貞觀被困鳳
　　凰山」、第 38 回「唐天子駕困越虎城」；《說唐三傳》第 10 回「寶同一圍
　　鎖陽城」、第 15 回「寶同二困鎖陽城」。

主、番邦主將」等，在家將小說中則幾乎皆被視為是「禍亂人間的妖魔精怪」。如《楊家府演義》將宋遼之戰詮釋為「二龍爭鬥」，進而將引發戰爭的遼國蕭太后，說是「龍母逆妖之類」，意在譴責其「興兵侵犯，荼毒黎民」。再如《楊家府演義》的八臂鬼王是蟹精，《五虎平西》的花山老祖是赤蛇精，《五虎平南》的達摩道人是蟒蛇精，《萬花樓》中的贊天王是龜精等。（詳參第五章第七節）

2.兵不可偃

《左傳·成公十三年》載：「國之大事，在祀與戎。」**⑥** 又《史記·孔子世家》云：「有文事者，必有武備。」**⑥** 《孫子兵法·始計篇》更是開宗明義說：「兵者，國之大事也，死生之地，存亡之道，不可不察也。」**⑥** 《孫臏兵法·見威王》亦云：「戰勝，則所以存亡國而斷絕世也。戰不勝，則所以削地而危社稷也。是故兵者不可不察。」**⑥** 以上觀點皆指出戰爭是國家大事，關係著個人的生死，更決定著國家的存亡，何況戰爭沒有固定可靠的形勢，故對於戰爭、戰備「不可不察」，應該存著「慎戰」之心。《淮南子·兵略訓》即云：

> 兵之所由來者遠矣！黃帝嘗與炎帝戰矣，顓頊嘗與共工爭矣。故黃帝戰於涿鹿之野，堯戰於丹水之浦，舜伐有苗，啟

---

⑥ 楊伯峻《春秋左傳注》，頁 861。

⑥ 瀧川龜太郎《史記會注考證》，頁 748。

⑥ 周·孫武《孫子》（百子全書 9）（台北：黎明文化公司，1996.12），頁 2565。

⑥ 張震澤《孫臏兵法校理》（台北：明文書局，1985.4），頁 19。

攻有扈。自五帝而弗能偃也，又況衰世乎！⑥

人類自有歷史就有戰爭，正因戰爭無法免除，故兵不可偃，須以國家大事視之。此觀點正如《左傳·襄公二十七年》所載：當向戌以弭兵盟會發起之功而向宋平公請賞時，當時主持國政的子罕卻不以為然，甚至認為向戌無功而有大罪。其云：

> 凡諸侯小國，晉、楚所以兵威之，畏而後上下慈和，慈和而後能安靖其國家，以事大國，所以存也。無威則驕，驕則亂生，亂生必滅，所以亡也。天生五材，民並用之，廢一不可，誰能去兵？兵之設久矣，所以威不軌而昭文德也。聖人以興，亂人以廢。廢興、存亡、昏明之術，皆兵之由也，而子求去之，不亦誣乎！以誣道蔽諸侯，罪莫大焉。縱無大討，而又求賞，無厭之甚也。⑥

針對此事，左氏借「君子曰」讚美子罕：「『彼己之子，邦之司直』，樂喜之謂乎！」⑥可見左氏認同子罕論兵之說。畢竟「無敵國外患者，國恆亡。」（《孟子·告子下》）兵不可去，自有其現實需要與意義。而子罕提出設兵是為了「威不軌而昭文德」，明確聖人尚須用兵之理，此意同於《呂氏春秋·蕩兵》所云：「古之賢王

---

⑥　漢·劉安《淮南子》（百子全書 22）（台北：黎明文化公司，1996.12），頁6625-6626。

⑥　楊伯峻《春秋左傳注》，頁 1135-1136。

⑥　引詩出自《詩經·鄭風·羔裘》，意在讚美子罕主持正義，不阿向戌。

有義兵而無有偃兵。」❻❽

因此，兵者不祥之器的戰爭觀念並不是主張廢兵，而是「不得已而用之」，不得不戰時仍須挺身一戰。如：

> 古者，以仁為本以義治之之謂正。正不獲意則權，權出於戰，不出於中人。是故，殺人安人，殺之可也；攻其國愛其民，攻之可也；以戰止戰，雖戰可也。（《司馬法·仁本》）❻❾

> 我欲貴（積）仁義、式禮樂、垂衣常（裳），以禁爭挩（奪），此堯舜非弗欲也，不可得，故舉兵繩之。（《孫臏兵法·見威王》）❼❶

> 今有強貪之國，臨王之境，索王之地，告以理則不可，說以義則不聽，王非戰國守圍之具，其將何以當之？（《戰國策·

---

❻❽ 《呂氏春秋》〈孟秋紀第七·蕩兵〉：「兵之所自來者上矣，與始有民俱。……爭鬥之所自來者久矣，不可禁，不可止，故古之賢王有義兵而無有偃兵。……譬之若水火然，善用之則為福，不能用之則為禍；若用藥者然，得良藥則活人，得惡藥則殺人。義兵之為天下良藥也亦大矣。」秦·呂不韋《呂氏春秋》（百子全書 20）（台北：黎明文化公司，1996.12），頁 5972-5973。

❻❾ 齊·司馬穰苴《司馬法》（百子全書9）（台北：黎明文化公司，1996.12），頁 2611。

❼❶ 張震澤《孫臏兵法校理》，頁 20。

趙策三》）**❼**

可見，儘管戰爭是不祥之器，但是當政治解決不了問題時，還是非得用戰爭來解決矛盾與衝突不可。這種「兵不可不備，但希望備而不用」的觀點，其理想境界是堅持和平，但卻又反對不義的戰爭。

就歷史發展來看，戰爭的確是「不可禁，不可止」的事實，加上戰爭成敗攸關國家的存亡，豈能加以輕視之？正如宋朝以重文輕武為國策，雖有促使文化興盛之正面效益，然兩宋卻也因此盡皆亡於異族，可見文事、武備必須並重。明清家將小說對此「兵不可偃」的觀點亦有所闡發，如小說在敷演「忠奸抗爭」的情節時，都會呈現出一個共通的敘寫模式：當國家無事時，君王常因寵信文臣而使善戰的英雄遭到陷害，等到敵寇入侵時，才驚覺朝中無人可以抗敵。如《楊家府演義》寫宋真宗身處險境之際，得知遼兵所懼者惟楊六郎一人，才悔不當初頻頻感嘆說：「誤斬此人」、「枉殺英雄」、「無一人如六郎能提兵調將救護朕也！」（第 21 則）《說岳全傳》寫金兀朮得知岳飛已遭秦檜害死後再度領軍犯邊，然宋朝卻無人可以應敵，作者意在諷刺宋高宗主和偃兵的下場。（第 74 回）《說唐三傳》寫成親王陷害薛仁貴，然而當哈迷國來犯時，唐太宗仍得依靠薛仁貴掛帥抗敵。（第 6 回）而《五虎平西》寫龐妃構陷狄青，然而當西遼再度進犯時，宋仁宗仍得仰賴狄青領兵抗敵。（第 68 回）

---

❼ 西漢·劉向集錄《戰國策》卷二十〈趙策三·鄭同北見趙王〉（台北：里仁書局，1982.1），頁 713。

小結：

在古代的戰爭觀念中，「兵者凶器」與「兵不可偃」構成一組相對性的思考。前者反對輕啟戰事，主要原因是厭惡戰爭帶來的災亂；後者主張審慎備戰，目的是為了確保國家的安全。這兩者看似相對立的存在，其實在戰爭的整體思考中自有其一體兩面之意義，畢竟國家存亡與人民安危，這是戰爭的結果，也是後人評價一場戰爭價值的標準。因此，引發戰爭的動機才是決定戰爭價值之關鍵。而家將小說不管是醜化、妖魔化輕啟戰事的君王、敵番，或是敘寫奸臣誣害善戰英雄所導致的偃兵、國難，從中皆可見其對戰爭意義的價值思考。

(二)「仁義之兵行於天下」的價值意義

在傳統「兵者凶器」和「兵不可偃」的相對思考下，進一步引發出對「戰爭意義」的價值探求。從「兵者凶器」的消極面來看，發動戰爭的目的不應該是黷武取勝；從「兵不可偃」的積極面來看，發動戰爭的動機應該是要維持正義的局面。以下分從這兩點加以探討：

1.戰爭的意義不在於黷武取勝

由於戰爭的手段和目的不同，使得「窮兵黷武」和「仁義之師」成為評價戰爭的兩極觀點。如《左傳》載秦、晉圍鄭時，秦穆公卻與鄭人締盟而還，子犯建議攔擊秦師，然晉文公卻認為「以亂易整，不武」，❷故其日後得以仁義之師稱霸諸侯。再如「邲之

---

❷ 《左傳·僖公三十年》載晉文公的回答曰：「不可。微夫人之力不及此。因人之力而敝之，不仁；失其所與，不知；以亂易整，不武。吾其還也。」楊

「戰」時楚國大勝，潘黨建議楚莊王「築武軍而收晉屍以為京觀」，以昭示子孫無忘先君武功。但楚莊王提出「止戈為武」和「武德七事」之論，認為用武在於「戢兵」，戰爭已使「二國暴骨」，只要「為先君宮」祭告戰勝即可，不該再為了耀威而築京觀。❼❸如此，傳達出戰爭不在於黷武取勝的思想，否則戰爭永遠無法消弭。這種戰爭觀，正如《淮南子・兵略訓》所云：「明王之用兵也，為天下除害，而與萬民共享其利；民之為用，猶子之為父，弟之為兄，威之所加，若崩山決塘，敵孰敢當！」❼❹故楚莊王得以稱霸天下，良有以也。

　　由此，可以發現無論是史傳或小說，其戰爭敘事的一項共同特色，即大都將戰爭的勝敗取決於主帥道德的高下。此就史傳來看，主要是為了表達其勸善資鑑之作用；❼❺就小說而言，則具體落實為「道德英雄」的塑造。因此，在家將小說中都會讚揚英雄將領們軍紀嚴明，一旦攻入敵城，必定「不許君士妄殺市民，出榜安撫百

伯峻《春秋左傳注》，頁 482。

❼❸　《左傳・宣公十二年》：「夫文，止戈為武。……夫武，禁暴、戢兵、保大、定功、安民、和眾、豐財者也，故使子孫無忘其章。今我使二國暴骨，暴矣；觀兵以威諸侯，兵不戢矣；暴而不戢，安能保大？猶有骨在，焉得定功？所違民欲猶多，民何安焉？無德而強爭諸侯，何以和眾？利人之幾，而安人之亂，以為己榮，何以豐財？武有七德，我無一焉，何以示子孫？其為先君宮，告成事而已，武非吾功也。古者明王伐不敬，取其鯨鯢而封之，以為大戮，於是乎有京觀以懲淫慝。今罪無所，而民皆盡忠以死君命，又可以為京觀乎？祀于河，作先君宮，告成事而還。」同前註，頁 744-747。

❼❹　漢・劉安《淮南子》（百子全書 22），頁 6630。

❼❺　詳參陽平南《左傳敘戰的資鑑精神研究》第四章第一節〈德禮思維方式與資鑑〉，頁 71-99。

姓。」（《楊家府演義》第 45 則）對於敵國君王的投降，也都能在「曉以大義」後，仁慈允降。如《五虎平西》寫新羅國遣使來降，狄青就說：「若要滅平你國，不是為難，姑念你君臣一城百姓，所以先行文曉諭，今既求降，且待本帥收兵回朝，代懇聖上寬恩罷！倘然下次再犯者，斷不姑饒。」（第 82 回）而後寫西遼國來降時，狄青又說：「天朝如今法外從寬，須說知你狼主，自今以後，不得妄想侵擾，須謹守臣規；倘若再萌妄念，一國生靈，盡為烏有，斷不能再饒。」（第 92 回）再如《說唐後傳》寫扶餘國王代高麗國送來降表，唐太宗看了「十分歡悅」，還留下軍士助高麗國王「重開社稷，復轉江山」。（第 52 回）此外，《說岳全傳》後半部虛構岳飛的兒子岳雷領軍殺敗金兀朮、兵臨黃龍府，當時金國君臣請降求和，岳雷只要求「將二聖梓宮送還，以後年年進貢、歲歲來朝」，並沒有滅殺金國臣民。（第 80 回）

　　相對的，唐代的蘇定方、宋代的潘美，就史實來看兩人都是一生備受榮寵的名將。然而，家將小說中卻把他們塑造成為典型的奸臣，這其中或許隱含有中國人對戰爭文化的觀念，畢竟史載他們都有類似「縱兵劫掠」的惡行。（詳參第五章第五節）同時，家將小說極力讚許並宣揚英雄們的仁義之師，可說間接反映了明末清初時期民眾身處戰禍連連、亂兵劫掠的痛苦。特別是在抗清作戰中，破城後接著就是大屠殺，如揚州城破，清軍十日內就殺了十萬人；攻陷江陰後，清將下令「滿城殺盡，然後封刀」，全城十七萬二千多人盡遭屠戮；而嘉定人民頑強抗清，更是三度慘遭血淋淋的大屠殺。**⓻**

⓻　詳參不著撰人《清朝史話》第三章〈明朝的滅亡與清朝的入關〉，頁 54-62。

2.以正義制止非正義的作戰宣告

　　中國古代的戰爭觀，雖希望以仁義治國而避免戰爭，但卻又正視戰爭存在的客觀現實，肯定正義戰爭的必要性，故主張審慎備戰，以正義戰爭制止非正義戰爭。同時，認為真正的戰爭是為了維護禮義忠信而存在的，故讚揚「不戰而屈人之兵」，**⓻**主張用兵之上是行仁義，使「諸侯服其威而四方懷其德」。**⓼**就戰爭的動機來看，不管是為了扶助弱小、抵抗侵略、主持正義或維護和平，以戰止戰似乎都有其必要。如：

> 仁者愛人，愛人故惡人之害之也；義者循理，循理故惡人之亂之也。彼兵者，所以禁暴除害也，非爭奪也。（《荀子・議兵》）**⓽**

> 兵誠義，以誅暴君而振苦民，民之說也，若孝子之見慈親也，若饑者之見美食也。（《呂氏春秋・蕩兵》）**⓾**

> 古之用兵者，非利土壤之廣而貪金玉之略，將以存亡繼絕、平天下之亂，而除萬民之害也。（《淮南子・兵略訓》）**㉛**

⓻　周・孫武《孫子》（百子全書9），頁2597。

⓼　漢・劉安《淮南子・兵略訓》（百子全書22），頁6630。

⓽　周・荀況《荀子》（百子全書 2）（台北：黎明文化公司，1996.12），頁444。

⓾　秦・呂不韋《呂氏春秋》（百子全書20），頁5974。

㉛　漢・劉安《淮南子・兵略訓》（百子全書22），頁6625。

> 凡兵不攻無過之城，不殺無罪之人。……兵者所以誅暴亂禁
> 不義也。（《尉繚子·武議》）❷

可見，將戰爭的目的提高到「禁暴討亂」的高級層次，關鍵就在於
是否具有正義性，惟有以仁義為本才能使人民悅服。此觀點間接強
調出暴政必亡、不義之兵必敗，只有合乎正義的戰爭才能消弭戰
爭，只有正義之師才能獲得最後的勝利。

　　由此延伸，在和平的原則下，若是國家遭到不義的侵犯，挺身
維護正義的抗戰應是值得肯定的正當防衛。因此，在中國歷史上的
戰爭中（特別是反侵略的抗戰），那些表現得特別英勇、無畏犧牲者，
常常是最受群眾讚揚的民族英雄。如楊業父子抗遼、狄青抗西夏、
岳飛抗金，以及薛仁貴北伐突厥、東擊高麗、安定邊疆等。相對
的，引發戰爭的人則備受苛責。如家將小說總是把引發戰爭的罪責
歸於「番邦主動入侵」，再把敵番將領醜化為「妖魔鬼怪」之流，
甚而再三誇張他們做出多少殺傷百姓的「不義」行為。如此，中國
與番邦的戰爭，即為「正義抗戰」與「不義入侵」的對決。此外，
小說也會運用神魔參戰的敘事，在「神魔對立」的架構下，❸以神
仙代表的是「正義」，因此神仙幫助中國抗戰；妖魔代表的是「邪
惡」，因此番將常是亂世妖魔出身。如此，在「邪不勝正」的必然
結局下，宣告出天命思想。換言之，用正義的抗戰來制止不義的入

---

❷　周·尉繚《尉繚子》（百子全書9），頁 2641。

❸　神魔對立的觀念可以溯源自陰陽兩性相生的辯證思想，妖魔不但會破壞人類
　　的日常生活，還會導致人類戰爭、引發變亂。相關探討參見苟波《道教與神
　　魔小說》（成都：巴蜀書社，1999.9），頁 181-187。

侵，這才符合天命所歸。

　　由於「以正義戰爭制止非正義戰爭」的觀念影響深遠，故每當開戰之前，戰爭雙方必先通過「傳檄四方」、「布昭天下」的方式，將對方置於不仁不義的地位，同時為己方的出兵行為賦予替天行道、弔民伐罪等正義動機，以便「師出有名」，將己方塑造成正當的「仁義之師」；而對方則是暴虐天下、殘害生民的「虎狼之師」。如隋煬帝為滿足自身好大喜功的征服欲，不顧國計民生之艱辛，執意窮兵黷武征戰高麗。為求掩飾，出師前還告示天下，聲明自己是「甘野誓師，夏開承大禹之業；商郊問罪，周發成文王之志」的王者之師，而「高麗小丑，昏迷不恭」、「法令苛酷、賦斂煩重」，以致「百姓愁苦、境內哀惶」。因此，他征戰高麗的行動是「弔人問罪、恊從天意」。㉞針對此事，唐太宗雖曾批評說：「隋主亦必欲取高麗，頻年勞役，人不勝怨，遂死於匹夫之手。」可是，當他決定征討高麗時，同樣也發布詔書數說高麗的罪名，強調自己的出兵是「討逆弔民」。㉟此類正義昭告在各種戰爭敘事中（歷史或小說），幾乎都是戰爭過程中必備的一種要素（或者說是一種必要書寫），不管是用來安撫民心、激勵士氣，或是掩飾其引發戰爭的「不義」。

　　因此，家將小說寫番邦興兵來犯時，中國君主或英雄將領都會義正辭嚴指責番邦「不守本分」、「傷害百姓」後，再全力展開抗

㉞　參見唐·魏徵《隋書》帝紀第四〈煬帝紀〉（台北：鼎文書局，1983.12），頁 79-80。

㉟　參見唐·吳兢《貞觀政要》卷九「議征伐」第三十五（台北：台灣古籍出版社，1997.1），頁 602-609。

戰，如此即達成「正義」的宣告。如《楊家府演義》寫楊宗保指責
番王儂智高「謀逆，敢犯正統」。（第 43 則）《五虎平西》寫狄青
指責番將：「因何你邦狼主，痴心妄想，要奪宋朝社稷，三番二次
興兵犯上？」（第 24 回）《說岳全傳》寫岳飛指責金兀朮：「你欺
中國無人，興兵南犯，將我二聖劫遷北去，百般凌辱。」（第 27
回）《說唐後傳》寫薛仁貴指責蓋蘇文：「不該當初打戰書到中
原，得罪我大唐天子。」（第 52 回）此外，小說還會把代表中國的
英雄們一個個變成上界的神仙，寫其下凡正是為了收拾以妖魔鬼怪
為主的番邦將領，最後再以「邪不勝正、天命所歸」為絕對原則，
確保正義的一方獲得最後的勝利。

明清家將小說這種「以正義制止非正義的作戰宣告」之敘寫，
頗能在明清交戰的歷史中找到呼應，如皇太極稱帝後宣稱獲得「天
命」，在招降洪承疇時即強調「天命已移」、「天知清帝欲恩養人
民」；❻而清軍入關時，多爾袞宣稱自己是「率仁義之師」、「期
必滅賊，出民水火」；❼就連清廷在招降鄭成功父子時，亦頻頻以
「有明之天命既去，四海人心歸於本朝」等「天命所在」的觀念加

---

❻ 參見魏斐德（Frederic Wakeman, Jr.）《洪業——清朝開國史》（南京：江蘇
人民出版社，1998.3），頁 148、155。
❼ 當吳三桂致書多爾袞請其速選精兵助滅流寇時，多爾袞大喜回信說：「予聞
流寇攻陷京師，明主慘亡，不勝髮指，用是率仁義之師，沈舟破斧，誓不返
旌，期必滅賊，出民水火……。」還讚揚吳三桂此舉是「忠臣之義也」。相
關論述，參見王思治〈論明清戰爭與清代社會矛盾〉《清史論稿》（成都：
巴蜀書社，1987.12），頁 162-164。

以遊說。**⑧**

　　此外，家將小說除了敘寫入侵的番邦有多不義外，更強調番邦之所以得以輕易侵擾，正因中國的君主仁義不施。如《楊家府演義》寫八臂鬼王對宋軍倡言其入侵因由時說：「有德者昌，無德者亡。汝宋往者還似有些體統，若論今日，好笑！好笑！奸臣滿目，賊子盈庭。……以此觀之，君日驕而臣日諂，國不滅亡者幸矣！」（第 52 回）而《說岳全傳》雖把宋金交戰歸於天命，但究其因則是「徽宗失德邀天禍」（第 80 回引詩）所引發。再如《說唐三傳》寫成親王設計陷害薛仁貴，唐太宗不聽程咬金、尉遲恭等忠臣之言，執意問斬薛仁貴，直到哈迷國來犯才知非薛仁貴無人可以掛帥征西。（第 3 回）《五虎平西》則寫宋仁宗溺寵龐妃，使國丈龐洪得以陷害狄青，西遼國因此得以大舉進犯中原。以上，皆可見小說把引發戰爭的禍因，歸究於昏君奸臣的不義。細究之，明清家將小說這種敘事觀點，頗能反映明末清初的歷史現實。如明英宗時瓦剌入侵，明武宗時寧王反叛，明世宗時北方有韃靼劫掠、東南又有倭寇為亂，明思宗時內有闖王造反、外有滿清壓境，乃至南明福王時左良玉怒而興兵要清君側等，所有的外患內亂可謂皆起於君臣失德、仁義不施。

小結：

　　在古代的戰爭觀中，「仁義之兵行於天下」是一項重要的價值

---

⑧　施懿琳〈從鄭清往來書信談世變下的英雄形象──以鄭成功為主、鄭經為輔的討論〉一文，對此有精彩的論述。收入《第五屆「中國近代文化的解構與重建」學術研討會論文集》（台北：國立政治大學，2003.4），頁 109-133。

標準。其價值的彰顯，主要在於強調戰爭的意義並非是為了黷武取勝，而是為了維護國家的安危和確保百姓的生存。因此，「以戰止戰，雖戰可也」，戰爭的動機必得是「以正義制止非正義」。只有從維護正義作為出發點的軍隊，才可以稱為仁義之師；也只有仁義之師的將領，才有資格被視為英雄人物。在如此的價值思考下，家將小說常將戰爭發生的起源，歸因於君主的仁義不施。藉由仁義之兵行於天下的標舉，宣告出真正的和平在於仁者無敵。

二、華夷之辨與民族戰爭

明清家將小說以「戰爭」為敘述的主要內容，而且幾乎都是牽涉到國家安危的「民族戰爭」。由於這種「民族戰爭」的內涵意義在於傳統的「華夷之辨」、「夷夏之防」等觀念，因此以下即從「華夷之辨的文化」和「夷夏之防的戰爭」兩方面加以論析：

㈠華夷之辨的文化

在中國歷史文化的發展中，「華夷之辨」始終是一個重要的觀念型態。這種觀念是以文化差異為主，而其背景則是「天命」的周室衰微與「中國」的意識危機。❽爾後，夷夏交際甚為頻繁，「夷夏之防」表現也甚為強烈，主要觀念有：「嚴夷夏之辨」、「內諸夏外夷狄」、「尊諸夏而卑夷狄」、「用夏變夷」、「夷不亂華」等。❾由此可知當時的華夷之辨，有文化意識亦有政治作用。強調

---

❽　詳參王明蓀〈論上古的夷夏觀〉《邊政研究所年報》14 期（1983.10），頁 1-30；林鎮國〈華夷之辨〉《鵝湖月刊》1 卷 9 期（1976.3），頁 35-37。

❾　詳參谷瑞照〈先秦時期的夷夏觀念〉《復興崗學報》17 期（1977.6），頁 149-178。

文化意識者，主要是自覺到「中國」、「華夏」因革下來的文化價值，不能受到政治環境的影響，甚至造成危機。如管仲以「攘夷」為齊桓公創霸之策略，**❾**孔子因此贊曰：「微管仲，吾其被髮左衽矣！」（《論語·憲問篇》）而後孟子承此觀念，亦說：「吾聞用夏變夷者，未聞變於夷者也。」（《孟子·滕文公篇》）強調政治作用者，主要是當時不守夷夏之防，就會失去諸侯和民心，**❾**故春秋之法在先正京師，乃正諸夏；諸夏正，乃正夷狄。而春秋之義是尊天子黜諸侯、貴中國所以賤夷狄。**❾**華夷之辨的觀念，隨者儒家文化的長期陶冶，逐漸形成一種文化意識、民族性格，誠所謂「貴中國者，非貴中國也，貴禮義也，雖更衰亂，先王之典型猶存，流風遺俗，未盡泯然也。」**❾**

綜觀之，華夷之辨的基本精神主要有兩個方面：一是華夏文化高於四夷文化，而中國更是禮儀之邦、文化中心，故當「裔不謀夏，夷不亂華」（《左傳·定公十年》）；二是只有華夏民族所建立的政權才是「天命」所歸，王朝「正統」。因此，每當中國受到夷狄的威脅時，強調「尊王攘夷」的民族意識，總會激起忠臣義士們的強烈使命感，讓他們自覺要抗戰到底，甚至不惜殺身以成仁。

---

❾ 如《左傳·閔公元年》載：當狄人伐邢時，管仲即勸桓公出兵抗狄以救邢，其理由是「戎狄豺狼，不可厭也；諸夏親暱，不可棄也」，故諸夏當「同惡相恤」。楊伯峻《春秋左傳注》，頁256。

❾ 實例分析詳參王明蓀〈論上古的夷夏觀〉，頁25-26。

❾ 參見涂文學、周德鈞《諸經總龜──春秋與中國文化》第三章第一節「《春秋》華夷之辨」（開封：河南大學出版社，1998），頁104-120。

❾ 《陸象山全集》卷二十三「楚人滅舒蓼」條（台北：世界書局，1990.11），頁175。

　　如宋代國勢衰弱，受到契丹、西夏、女真諸外族的相繼侵凌，使宋人對異族卑視之餘，益加仇視，故闡明尊王攘夷的思想成了宋代「春秋學」的主流。❾特別是南渡初期，具有政治意義的民族主義，成為朝野上下一致的共同論點，非但士人論時勢強調嚴夷夏之防，北方淪陷區的百姓更是抱著「吾屬與其順寇，則寧向南作賊，死為中國鬼」之志，遂紛紛起義抗金。❾而後，明朝士大夫鼓吹攘夷復仇的民族大義，❾慣稱元朝為「胡元」。❾滿清入主中原後，察覺漢人普遍蘊蓄光復心理，特別是士大夫階層更是難以用武力屈服。❾因此當滿清入關時，無不刻意表現其承襲明祚，延續五帝三

---

❾　參見牟潤孫〈兩宋春秋學之主流〉《宋史研究集》3 輯（台北：中華叢書編審委員會，1966.4），頁 103-121。

❾　莊仲方編《南宋文範》卷十二「許翰〈論三鎮疏〉」（台北：鼎文書局，1975.11），頁 158。另參黃寬重《南宋時代抗金的義軍》第一章〈義軍抗金的背景〉（台北：聯經出版社，1988.10），頁 11-16。

❾　如明初方孝孺著有〈釋統三首〉、〈後正統論〉等，持攘夷之說，以夷狄僭中國為變統。詳參《遜志齋集》卷二〈雜著〉（上海：商務印書館，1967.9），頁 52-58。明末王夫之極力排斥夷狄，云：「夷狄華夏也，君子小人也。夷狄之與華夏，所生異地，其地異，其氣異矣。氣異而習異，習異而所知所行蔑不異焉。」《讀通鑑論》卷十四〈東晉哀帝條〉（台北：台灣中華書局，1981），頁 12。此外，明代私家史學修宋史者亦多堅持如此觀點，詳參陳學霖《宋史論集》（台北：東大圖書公司，1993.1），頁 372-383。

❾　王德毅在〈由宋史質談到明人的宋史觀〉中指出：由於土木之變的刺激，自正德嘉靖以後的史學文獻，多稱元朝為「胡元」。參見《宋史質·前序》（台北：大化書局，1977.5），頁 19-20。

❾　此正是清太宗對滿人的訓示：「今我兵圍大凌河城，經四越月，人皆相食，猶以死守。雖援兵盡敗，凌河已降，而錦州、松山、杏山猶不忍委棄而去者，豈非讀書明道理，為朝廷盡忠之故乎！」〈大清太宗文皇聖訓〉《大清

王之國家正統。清初帝王尤用心於明遺民的安撫，故致力宣揚文教以收服人心。⑩此崇儒漢化的政策，獲致頗大的成效。⑩

　　這種夷夏觀念的演變，在明清家將小說中表現得很清楚，如同樣是說宋故事，刊刻流傳於明末清初的楊家將、岳家將等小說，其內容主題中的華夷對立表現得非常鮮明；入清既久後的呼家將、狄家將等小說，雖然也講華夷之辨，但主題重點則較偏向忠奸抗爭。

㈡夷夏之防的戰爭

　　因夷夏之防而引發的民族戰爭，早在三代時就有了。⑩春秋時期，「不容夷狄侵中國」更是夷不亂華的第一要求。當時普遍認定「非我族類，其心必異」，所謂「德以柔中國，刑以威四夷」。⑩因此春秋時期的戰爭，不少是起因於夷侵夏，而為諸夏所制者。⑩

十朝聖訓》卷四（台北：文海出版社，1965），頁4。

⑩　詳參王爾敏〈滿清入主華夏及其文化承緒之統一政術〉《中國歷史上的分與合學術研討會論文集》（台北：聯經出版社，1995.9），頁247-271。

⑩　呂士朋〈清代的崇儒與漢化〉中，肯定清代最大的貢獻有三：一為版圖擴大；二為長期繁榮與人口增加；三為崇儒和漢化的成功。《國際漢學會議論文集・歷史考古組》（台北：漢學研究中心，1981.10），頁533-542。

⑩　如商朝受到鬼方部落的威脅，而西周最後亡於犬戎。

⑩　春秋時對姬姓兄弟之國和對夷狄的征伐觀點，有兩套標準，所謂「德以柔中國，刑以威四夷」；「伐叛，刑也；柔服，德也。」主張用戰爭來威四夷。如《左傳・哀公十七年》載衛出公「登城以望，見戎州，問之，以告，公曰：『我，姬姓也，何戎之有焉，翦之！』」此大有華夷不兩立之態度。參見陽平南〈從《左傳》敘戰論春秋時代的戰爭觀〉《筧橋學報》6 期（1999.9），頁51-52。

⑩　詳參萬毅〈先秦時代邊疆民族與中央之關係〉《中國邊政》41-43 期（1973.3-9）。

而齊桓、晉文之霸業，均被視為是民族反侵略之禦侮抗戰。戰國時期，由於北方夷狄學習亞細亞民族的騎馬技術，對華夏的威脅更形嚴重。北邊和西方諸國不得不築城防禦、訓練騎兵，以對抗夷狄的入侵。

秦漢時代，匈奴興起，長期和中原地區處於戰爭狀態。楚漢相爭時，匈奴趁機坐大，冒頓單于更於漢高祖七年（西元前 200）南攻太原，高祖劉邦御駕親征，結果卻遭困於平城。爾後漢朝無力抗擊匈奴，只得以和親策略委曲求全。漢武帝時國力強盛，曾對匈奴進行九次大規模的進攻，漢朝因此拓疆至西域，令臣服諸國為藩屬，按時朝貢。隋唐時國力日益強盛，四夷威服，惟對東方的高麗無可奈何。如隋煬帝三次親征皆狼狽而歸，窮兵黷武的結果弄得天怒人怨、義兵四起，紛紛以「反對征遼」相號召。唐太宗繼之親征，仍然無功而返，至死引為憾事。⓾正因歷史有此缺憾，因此薛仁貴征東的故事要虛誇其事、反敗為勝，以為民眾之心理補償。然而，唐太宗畢竟建立「天可汗」的事業，戰力足以威服四夷，故大抵皆能維持「治世」的局面，形成所謂的「漢唐盛世」。

相對的，一旦夷狄強盛到足以侵略中國時，就會使中國淪為「亂世」，如魏晉時因有「五胡亂華」，故造成中原的南北分裂。特別是北宋受契丹、西夏所擾，而亡於金；南宋抗金，卻亡於元；明朝驅逐蒙古，後為滿清所滅。此對華夏民族來說，一向視之為野蠻的夷狄，竟然把堂堂天朝大國消滅並取而代之，這在民族心理上

⓾ 參見張榮芳〈隋煬帝與唐太宗的親征高麗〉《歷史月刊》（1996.5），頁 32-37。

無論如何都是難以接受的事實。

　　因此，在明末清初時期，大量出現以民族戰爭為主要內容的家將小說，透過塑造將門英雄的人物群像，對這些英勇抗戰、保疆衛國的民族英雄們表達崇敬與愛戴。在這種英雄崇拜心理的背後，反映了人民希望恢復並重建民族尊嚴的強烈意識。而為了迴避敗亡的歷史事實，家將小說的作者在敘戰時就充分運用天命因果的情節，把華夏民族的英雄們一個個變成上界的神仙，其下凡是為了對付以妖魔鬼怪為主的異族戰將，並且將激烈的戰場廝殺大都轉化成模式化的布陣破陣，甚至穿插「陣前招親」等喜劇性的演出。如此，勝利也罷、失敗也罷，都是不可抗拒的天命安排，而失落的民族尊嚴也就不會有太過強烈的恥辱。

小結：

　　「華夷之辨與民族戰爭」其彼此關係落實到明清家將小說之中所呈現出來的重要意涵，就是家將小說經常透過敘寫家將英雄們的種種不幸遭遇，以及由此而造成的邊關危難，對華夏民族之敗亡進行深刻的省思。如小說中總是一方面敘寫家將英雄威鎮邊關的浩蕩雄風，以證明中國有足夠的戰力保家衛國、抗敵驅虜；一方面卻又敘寫家將英雄們在朝廷內部遭受奸臣乃至昏君的種種迫害，致使忠臣良將不能報效邊關，進而造成國家民族的災難。若回歸歷史的真實面加以考察，則北宋抗遼而後亡於金，南宋抗金而後亡於蒙古，明代抗蒙古而後亡於清，正是這類歷史的再三重演。因此，家將小說在明清時期敷演唐宋故事，正是透過歷史的省思，總結出「內耗」乃是民族衰敗的根本原因。於是，家將小說在以「民族戰爭」為主要敘事內容的同時，又以「忠奸抗爭」為敘事主線，並使兩者

互相制約，從而發出無限的感嘆：中國並非沒有忠臣良將可以抗敵，而是民族戰爭的最終成敗，竟然是取決於忠奸抗爭的結果。

由此，再回歸家將小說的內容來看，可知小說總是將與中國為敵的番邦猛將塑造成妖魔化的造型，指責其引發民族戰爭是禍亂人間秩序的行為；而中國抗敵的將領則是天命英雄，其為了保家衛國而參戰，正是為了維護人間秩序、維護華尊夷卑的尊嚴。（詳參第五章第七節）然而，抗敵英雄總是為奸臣所害，令人髮指的是這類奸臣常以「權傾朝野」之貴，行「通敵賣國」之惡。故在傳統華夷之辨的觀念下，通敵賣國的奸臣向來被視為是最卑賤的，因此作者總是會用較多的篇幅，刻意描寫通敵的奸臣如何慘死，以及如何大快人心。（詳參第五章第五節）

三、和親政策與重文輕武

在明清家將小說的敘戰中，有兩種情節的發展會直接導致戰爭的成敗：一是「陣前招親」；二是「忠奸抗爭」。就文化意涵的角度來看，前者可以追溯到歷史上和親政策的運用；後者可以聚焦於宋代重文輕武政策的探討，特別是楊、狄、呼、岳四種家將故事所講述的都是宋代的歷史。而不管是歷代的和親運用或宋代的重文輕武，其共同目的都涉及到「戰爭與和平」的選擇。因此，以下即從「和親政策下的懷柔之道」和「重文輕武下的主和屈辱」兩方面論之：

㈠和親政策下的懷柔之道

在中國歷史上，不同民族之間常常透過聯姻以緩和雙方關係，甚至建立戰略聯盟，這種政治性的婚姻，稱之為和親、和番或和

戎。和親政策如果運用成功，不僅可以偃兵息武，還具有促進不同民族經濟、文化交流之作用。因此，和親是處理民族關係中常見的一種策略。

　　歷史上聯姻通好的和親，很早就有記載。⑩但是具備偃兵息武意義的和親，則始於西漢。漢高祖八年（公元前 201），匈奴再度南侵，劉邦因有「平城遭困」的教訓，不敢再輕敵冒進，劉敬遂建議以長公主妻之，理由為「冒頓在，固為子婿；死，則外孫為單于；豈嘗聞外孫敢與大父抗禮者哉？可無戰以漸臣也。」⑩爾後，漢朝對待匈奴多用和親政策。漢武帝即位初亦實行和親，國力漸強後，開始變和親為實力外交，興兵討伐匈奴。⑩而為了分化匈奴的勢力，武帝轉而同烏孫和親，在斷匈奴右臂的戰略中發揮重要作用。而後，匈奴勢力大衰，呼韓邪單于三次朝漢，並請求願作漢婿以自親，漢元帝乃以宮女王昭君妻之，還布告天下改元「竟寧」，意寓

⑩　東周時，王室與諸侯、戎狄間，已有聯姻通好的結盟。而《史記·五帝本紀》載：「黃帝居軒轅之丘，而娶於西陵之女，是為嫘祖。」這種古代部落間的聯姻，可視為後世和親的淵源。參見吳振清〈中國歷史上的和親綜述〉《歷史月刊》（1997.1），頁 54-55。

⑩　當漢高祖問計於劉敬時，劉敬曰：「天下初定，士卒罷於兵，未可以武服也。」故建議：「陛下誠能以適長公主妻之，厚奉遺之，彼必慕，以為閼氏，生子，必為太子。陛下以歲時漢所餘、彼所鮮，數問遺，因使辯士風諭以禮節。冒頓在，固為子婿；死，則外孫為單于；豈嘗聞外孫敢與大父抗禮者哉！可無戰以漸臣也。」後因呂后難捨魯元公主，高祖遂以人家女子假託為長公主，派遣劉敬往結和親之約。同前註，頁 55。

⑩　《漢書·武帝紀》載武帝言：「朕飾子女以配單于，金幣文繡賂之甚厚，單于待命加嫚，侵盜亡已。邊境被害，朕甚閔之。今欲舉兵攻之，何如？」以此為轉折，提出崇武絕親決策。參見吳振清〈中國歷史上的和親綜述〉，頁 56。

邊境從此永遠安寧。東漢時期南、北匈奴爭相依附漢朝，由於不復存在外族入侵的巨大威脅，因此少有和親。

魏晉南北朝時代，中國處於長期分裂的局面，各政權為了政軍目的，結援結盟的和親頗為頻繁。而隋朝統治時間雖短，亦數行和親。⑩經過魏晉以來的民族大融合後，唐朝的民族關係較為複雜，其民族偏見也較為淡薄。⑩為了懷柔外族以維護邊境安寧，唐高祖建國之初即把和親政策作為對外關係的重要政策。而後，唐太宗更以武力為後盾充分運用和親政策，並且要求出嫁外族的公主，必須擔負起安撫所在民族及維護邊境安寧的重大任務，以「廣我懷柔之道」。⑪由於唐朝國勢強盛，各少數民族希望借助唐朝力量以固政權，故多主動請求和親。⑫當時和親與否，操之在唐，允婚是「天

---

⑩ 隋文帝本為北周權臣，早與北周鮮卑族宇文氏皇室、貴族結為姻戚，因而隋朝皇帝家族較少華夷之別的觀念。楊堅代北周而建隋之後，其皇家與邊疆民族仍不斷聯姻，共有六位宗女做為和親公主出嫁。此外，前朝北周所嫁與突厥之公主，也在隋朝認隋文帝為父，改封為隋室公主，曾是隋與突厥關係中的重要人物。唐朝滅隋後，隋朝嫁到突厥的義成公主，還再三策動復隋計畫，直到李靖消滅東突厥，義成公主的復隋計畫才隨著國敗身亡而化為飛灰。參見杜家驥〈隋朝與突厥和親評述〉《歷史月刊》（1997.1），頁 67-75。

⑩ 唐代皇族李氏，正是民族融合的典型。高祖李淵之母孤獨氏、妻竇氏，及太宗的皇后長孫氏，皆為鮮卑族人。因此唐太宗曾說：「夷狄亦人爾，……不必猜忌異類，蓋德澤洽，則四夷可為一家。」聲稱：「自古皆貴中華，賤夷狄，朕獨愛之如一家。」基於如此思想，初唐時就已制定比較寬厚的民族政策。許盛恒〈唐代的和親〉《歷史月刊》（1997.1），頁 73。

⑪ 同前註。

⑫ 如貞觀十六年（642）薛延陀遣使求婚，唐太宗言：「朕為蒼生父母，苟可利之，豈借一女！」司空房玄齡附和說：「今大亂之後，瘡痍未復，且兵凶戰

朝」的恩賜，而被允許的外族首領則感到無比的光榮。⑬中晚唐時期雖因國力衰微，使和親失去主動性，但終唐之世與唐朝和親的對象幾乎遍及四夷，可謂規模盛大。由於和親政策的落實，不僅達到了減輕戰禍、安邊保境的目的，並且促進了唐朝與各民族之間經濟、文化的交流。⑭

　　自宋迄明，只有遼、西夏等少數民族彼此和親。宋朝承五代之後，以正統自居，嚴夷夏之防，戰爭締和時寧可多予財貨，決不肯委屈公主下嫁外族。而明朝驅逐韃虜、恢復中華，因此夷夏之防更嚴，自無和親之事。不料宋、明均亡於北方民族，繼之入主中原者，都是昔日所嚴防的外族、異族。相反的，滿清政權則與蒙古聯姻頻繁，欲借助蒙古與明朝對抗。爾後還以「指婚蒙古」為定制，藉以經營北疆與新疆，控制邊遠地區。⑮而在明清交戰之際，滿人更是以和親為招降策略，將宗女出嫁給背明降清的大臣。⑯

　　危，聖人所慎。和親之策，實天下幸甚。」《貞觀政要》卷九「議征伐」第三十五，頁 606-607。

⑬　如吐蕃贊普弄讚在唐太宗以文成公主嫁他後，對其親信說：「我父祖未有通婚上國者，今我得尚大唐公主，為幸實多。當為公主築一城，以誇示後代。」薛延陀酋長聞唐許婚後，對其國人說：「天子立我為可汗，今復嫁我公主，……斯亦足矣。」許盛恒〈唐代的和親〉，頁75。

⑭　王壽南在〈唐代的和親政策〉中指出：唐代對外的和親，在民族意識上並沒有產生漢族的屈辱感，而且唐代和親並未忘卻武備，故能達成外交、軍事的策略。參見《唐代研究論集》4 輯（台北：新文豐出版社，1992.12），頁141-176。

⑮　參見杜家驥〈清朝皇族與科爾沁蒙古的聯姻〉《歷史月刊》（1997.1），頁79-85。

⑯　明朝的撫順遊擊李永芳降清後，努爾哈赤即以第七子阿巴泰之女嫁給李永

在明清家將小說中，「陣前招親」的情節頗多，特別是刊刻於清代的薛家將小說對此最為熱衷。此或為清初聯姻興盛之社會心理反映，或為唐朝和番史實的編寫改造。有趣的是，歷史上的和親幾為中國公主嫁到番邦，然而小說中的招親卻是番邦女將主動投懷送抱，可見小說家有意藉此「補恨」，從而彰顯出華尊夷卑的民族自信心。而寫中國小將最終為了「國家安危」才應允親事，則使和番具備高級的動機，符合歷史真實的和親效益。至於將和親歸之於天命姻緣，使當事人或其父母不管願不願意都得默然接受，最終的目的仍在於「和親止戰」，反映出民間期待上天保祐和平的素樸願望。

(二)重文輕武下的主和屈辱

由於明清家將小說中的楊、狄、呼、岳四家都是以宋代為背景的故事，因此本節探討「重文輕武下的主和屈辱」，即將考察重點置於北宋時期和南宋時期。以下分述之：

1.北宋時期

唐末時契丹興起，至五代時國勢大盛。宋太祖因「先南後北」的統一策略，故遣使至遼與之議和。宋太宗於太平興國四年（979）統一南方後，即出兵北漢，從而開始了宋遼兩國長達數十年的戰爭。由於宋軍北伐無功，還折損了名將楊業，加上國內起義不斷，迫使宋太宗由積極北進轉為防守，而朝中也泛起「彌戰息民」的主

芳，讓他成為金國的額駙。清順治五年（1648），多爾袞還決定：自後允許滿、漢官民通婚。順治帝即將皇太極的第十四女，嫁給了吳三桂的長子吳應熊。參見莊吉發《清史講義》（台北：實學社，2002.11），頁103-104。

和意見。❶宋真宗景德元年（1004），遼軍南侵，宋真宗從寇準之
議親征督軍。當兩軍對峙澶州時，遼軍因折將受挫願意議和。宋真
宗只盼遼軍儘快北撤，遂遣使向遼求和。「澶淵之盟」後，宋遼百
餘年間未有大戰，雙方還有經濟文化交流。然而，對民族觀強烈的
宋朝臣民來說，此舉無異是以賄賂換取和平，堪稱喪權辱國；而同
塞外蠻夷平等論交，更是大失天朝體面。宋真宗為掩「城下之盟」
的恥辱，就由王欽若精心籌畫，企圖以天書封禪強調其為天命所
歸。❶

　　楊家將小說則虛構宋真宗因此遭困魏州銅台的情節，最後還是
得靠楊家將興兵救駕才得和平。小說中非但不談屈辱的「澶淵之
盟」，反而以「楊家將大破天門陣」取代之。如此，實反映出民間
寧可為了正義而戰爭，也不願為了和平而受屈辱的文化心態。同
時，正是這種民族氣節的要求，使宋真宗和王欽在小說中成了典型
的昏君奸臣。

　　就歷史事實來看，宋朝對外軍事的衰弱，主因在於「重文輕
武」政策所致。宋朝朝野有鑒於唐末五代藩鎮割據之禍，因而視軍
人武將為動亂根源，為了強化中央集權的制度，立國之初就確立防
範武將的政策。同時，在「與士大夫共天下」的政策下，科舉制度
發展得頗為興盛，造成「滿朝朱紫貴，儘是讀書人」。❶影響所

---

❶　參見王明蓀〈宋初反戰論〉《宋史研究集》23 輯（台北：國立編譯館，
　　1995.2），頁 27-42。
❶　參見朱雲鵬〈宋真宗崇道原因探析〉《衡水師專學報》（1999 第 1 期），頁
　　24-28。
❶　宋·張瑞義《貴耳集》卷下（北京：中華書局，1985），頁 63。

及，在北宋文人中還普遍存有「以從軍為恥」的觀念，[120]甚至認為「狀元登第，雖將兵數十萬，恢復幽薊，逐強敵於窮漠，凱歌勞還，獻捷太廟，其榮亦不可及也」。[121]如狄青戰功豐碩卻備受朝臣輕視，使他不禁感嘆：「韓樞密功業官職與我一般，我少一進士及第耳。」[122]加上宋代募兵的來源多為卑賤階層出身，故軍人常被視為「賤隸」；[123]「都下鄙俗目軍人為赤老」，連官居樞密使的狄青，士人都還呼他為「赤樞」。[124]

「重文輕武」的風氣在宋初很快萌芽，直接導致武將素質的下滑，而宋廷則藉此推廣「以文馭武」的措施，對有權勢的武將猜防備至。如狄青因戰功過於顯赫，又官居樞密使，引起眾多文臣的猜

---

[120] 如宋太祖時，頗為尚武的文臣辛仲甫就不願改換軍職。真宗時，狀元出身的陳堯咨，雖射術高超，但拒絕出任官級更高的武職。仁宗時，范仲淹與韓琦、龐籍、王沿共同主持西夏戰事，宋廷因此下令將他們改換觀察使的武職，四人不願淪為武官，接到任命後堅決辭之，此事遂廢。神宗、哲宗朝，以兵略見長的何去非，雖著有兵書多部，但最大的願望卻是能將武職身分改為文臣。參見陳鋒〈北宋武將群體素質的整體考察〉《文史哲》（2001.1），頁116-121；及其〈從「文不換武」現象看北宋社會的崇文抑武風氣〉《中國史研究》（2001.5），頁97-106。。

[121] 宋・田況《儒林公議》卷上（北京：中華書局，1985），頁3。

[122] 清・丁傳靖《宋人軼事彙編》（台北：台灣商務印書館，1982.9），頁298。

[123] 參見楊渭生《兩宋文化史研究》第六章第七節〈關於宋朝募兵制的評價〉（杭州：杭州大學出版社，1998），頁242-244。周鑾書則指出宋代每逢水旱災荒就大量招募飢民入軍，目的是為了防盜。而招募龐大的兵員也不完全是為了戰守，幾乎半數兵員是用來服各種勞役，視為「軍奴」使用。參見〈宋代養兵政策剖析〉《江西師範大學學報・哲社版》（2002.8），頁136-137。

[124] 清・丁傳靖《宋人軼事彙編》，頁299。

忌，使得一代名將抑鬱以終。㊵到了北宋末年，終在武將怯懦、文士無能的形勢下，導致「靖康之恥」的亡國慘劇。㊶

2.南宋時期

南宋高宗即位之初，為了救亡圖存不得不尊寵武將，但王室存廢全操於武人之手，加上建炎以來武將驕揚跋扈，這都使得宋高宗心生戒惕。而紹興七年（1137）的淮西兵變，更加速宋高宗推行抑武政策的決心。㊷在宋高宗看來，只有與金人議和才能罷兵、收兵權。同時，金臣撻懶為執行「以和議佐攻戰，以僭逆誘叛黨」的主張，㊸將秦檜夫婦放歸南宋。當時宋廷主和、主戰兩派相爭，然因主和本是高宗心願，加上文臣猜忌武將、武將彼此不合等眾多因素，宋高宗遂重用秦檜專主和議，從而確定宋室偏安的大局。㊹其間，宋高宗命王倫使金議和，金朝則派張通古為「招諭江南使」，要宋高宗跪接「詔書」，意欲宋帝對金主稱臣。當時朝野憤激、議

㊵ 參見陳峰、張明〈從名將狄青的遭遇看北宋中葉武將的境況〉《中州學刊》（2000.7），頁 144-153。李貴錄〈宋朝「右文抑武」政策下的文臣與武將的關係——以余靖與狄青關係為例〉《中山大學學報‧社科版》（2002 第 4 期），頁 52-61。

㊶ 參見廖隆盛〈從澶淵之盟對北宋後期軍政的影響看靖康之難發生的原因〉《宋史研究集》17 輯（台北：國立編譯館，1988.3），頁 219-253。

㊷ 所謂「淮西兵變」指的是宋高宗紹興七年八月，酈瓊以兵四萬人叛奔劉豫事。參見簡恩定〈淮西兵變與宋高宗的抑武政策〉《戰爭與中國社會之變動》（台北：台灣學生書局，1991.11），頁 53-73。

㊸ 宋‧宇文懋昭《大金國志》卷七（台北：廣文書局，1968.5），頁 108。

㊹ 關於南宋偏安的研究，可參張峻榮《南宋高宗偏安江左原因之探討》（台北：文史哲出版社，1986.3）。另參任崇岳〈南宋初年政局與紹興和議〉《中州學刊》（1990 第 1 期），頁 119-124。

論沸騰，如樞密院編修官胡銓即在奏章中指責高宗「竭民膏血而不恤，忘國大仇而不報」，還奏請斬秦檜、王倫等主和大臣以謝天下。⑬而在民間則有牓示云：「秦相公是細作。」⑬為了因應朝野的反對聲浪，宋高宗只得藉口守喪，而由秦檜代接金人的詔書。

宋高宗為求遂行和議，不惜自甘屈辱向金稱臣，⑬而抗金最力的岳飛便成了宋室向金輸誠的獻禮。⑬紹興十二年（1142）和議告成，宋高宗宣稱其屈己講和是「兼愛南北之民」、「通好休兵，其利博矣」，⑬並將促成和議的秦檜，加太師、封國公。⑬爾後，秦

<hr />

⑬ 宋·葉紹翁《四朝聞見錄》甲集「請斬秦檜」條（台北：廣文書局，1986.10），頁 30。

⑬ 見《朱子語類》卷一三一（台北：華世出版社，1987.1），頁 3157。

⑬ 「宋主遣端明殿學士何鑄進誓表，其表曰：『臣構言：……世子孫，謹守臣節。……臣今既進誓表，伏望上國早降誓詔，庶使弊邑永有憑焉！』《金史》卷七十七（台北：鼎文出版社，1976.11），頁 1755。

⑬ 紹興十一年（1141）十二月二十九日，秦檜上奏處斬岳飛，高宗批示：「岳飛特賜死。張憲、岳雲並依軍法施行，令楊沂中監斬。」見《金陀粹編》卷二十二〈淮西辨〉；卷二十四〈張憲辨〉。又《宋史全文續資治通鑑》卷二十一引呂中《大事記》說：「自兀朮有必殺岳飛而後可和之言，檜之心與虜合，而張俊之心又與檜合。媒孽橫生，不置之死地不止。」可知岳飛成了宋金和議中的先期犧牲者。（台北：文海出版社，1969.5），頁 1556。

⑬ 紹興和議告成後，宋高宗對大臣說：「朕兼愛南北之民，屈己講和，非怯於用兵也。若敵國交惡，天下受弊，朕實念之。今通好休兵，其利博矣！士大夫狃於偏見，以講和為弱，以用兵為強，非通論也。」（《建炎以來繫年要錄》卷一四四）王德毅指出：此話過於冠冕堂皇，完全忽略宋朝是抗戰的立場。實則金人長期作戰下，國力不繼、厭戰情緒漸長；而南宋在紹興五年後，國內強賊大都肅清，抗金實力大增。金人經過幾次挫敗後，認清無力併宋才願棄戰言和。參見〈宋高宗評——兼論殺岳飛〉《國立台灣大學歷史學系學報》17 期（1992.12），頁 181-183。

檜專權，不許臣僚講「攘夷」二字，而歌功頌德之聲不絕於耳。秦檜病死時，高宗還感傷的說：「秦檜力贊和議，天下安寧，自中興以來，百度廢而復備，皆其輔相之力，誠有功於國。」⑱

　　宋高宗與金人議和或許無可厚非，然其忘卻親仇、割地稱臣、殺害岳飛等種種罪行，都使他備受史家責難，民間更是因此將他視為典型的昏君。而在「不招夷狄侵中國、不事夷狄弱中國」⑱、「夷侵夏必有內應」⑱等華夷之辨的觀念下，力主和議的秦檜則被視為賣國奸臣。此文化心態又可溯及宋真宗時主和的王欽若，和宋寧宗時主持「嘉定和議」的史彌遠，他們都是文臣，都主和議。

小結：

　　宋代這種因重文輕武而導致民族屈辱的歷史，正如宋高宗時，諸將中有令門下作〈不當用文臣論〉所云：「今日誤國者皆文

---

⑱　紹興十二年九月，秦檜加太師，進封魏國公；十月再進封秦、魏國公；十五年，高宗幸檜第，妻婦子孫皆加恩；十六年，立家廟、賜祭器；十七年，改封益國公；二十五年，臨死前加封建康郡王，死後贈申王，謚忠獻。參見《宋史・秦檜傳》（台北：鼎文書局，1983.11），頁 13758-13764。

⑱　宋・徐自明《宋宰輔編年錄》（台北：文海出版社，1967.11），頁 1430。

⑱　先秦的民族思想由夷夏之辨衍生出「夷不亂華」之義，其基本要求可歸納出：不容夷狄侵中國、不招夷狄侵中國、不事夷狄弱中國、討逆除奸與伏節死義。其中引夷犯夏、背夏事狄皆令人深惡痛絕。參見谷瑞照〈先秦時期的夷夏觀念〉，頁 173-177。

⑱　王夫之在《宋論》中說：「契丹不能無內應而殘中國，其來舊矣！此內之可恃者也。」吳彰裕據此分析：漢之匈奴、唐之突厥等多次入侵，因無內應只能掠奪金帛粟梁而去，而不能永佔中土。宋以後之契丹、女真、蒙古、滿人等，無不是利用漢奸以戕我華裔之民。〈王船山華夷思想〉《空大行政學報》4 期（1995.11），頁 87。

臣」、「為王臣而棄地棄民、誤國敗事者皆文臣也」。**⑬**此論雖過誇武將之功而過貶文臣之失,然亦犀利地指陳出自宋初以來重文輕武政策所造成的弊害。這種文化觀念根深柢固,直到清末鴉片戰爭時,民間還慣常視主戰的為忠臣、愛國英雄;而主和的為奸臣、賣國賊。**⑭**

　　明清家將小說將這種「重文輕武」的政策,具體演為「忠奸抗爭」的敘事主線。最典型的情節莫如《楊家府演義》寫楊懷玉決定舉家上太行山前所說:「朝廷聽信讒言,我屢屢被害,輔之何益!且佞臣何代無之?他們恃是文臣,欺凌我等武夫,受幾多嘔氣。」爾後周王上山招安,他更加痛陳宋代「重文輕武」的現象說:「聖主不明,詞章之臣密邇親信,枕戈之士遼隔情疏,不得自達。」作者不禁引詩感嘆:「聖主那憐征戰苦,讒言一入即分屍。」(第58回) 而《五虎平西》也透過狄青的故事,頻頻引詩證曰:「朝內有奸功弗立,國中無將主何依」(第26回);「國寧只有文臣顯,世亂還須武將高」(第65回);「奸臣屢設謀人計,虎將冷灰汗馬功」(第68回)。又《說岳全傳》結尾亦引詩:「奸佞立朝千古恨,元戎誰與立奇功?」(第80回)

---

⑬　「今日誤國者皆文臣,自蔡京壞亂紀綱,王黼收復燕雲之後,執政侍從以下持節則喪節,守城則棄城。建議者,執講和之論;奉使者,持割地之說;提兵勤王則潰散,防河拒險則逃遁。自金人深入中原,蹂踐京東西陝西淮南江浙之地,為王臣而棄地棄民誤國敗事者皆文臣也。又其甚者,張邦昌為偽楚,劉豫為偽齊,非文臣,誰敢當之?」宋·徐夢莘《三朝北盟會編》(台北:文海出版社,1962.9),頁1054。

⑭　參見張詮津《鴉片戰爭時期的漢奸問題之研究》(台灣師範大學歷史所碩士論文,1996),頁63-77。

　　此外，家將小說中的奸臣不但幾乎都是文臣，作者還經常性地給他們一個「通番」的罪名，如《楊家府演義》中的王欽、《說岳全傳》中的秦檜，兩人堪為番邦奸細之典型。而《五虎平西》的龐洪、《五虎平南》的孫振、《粉妝樓》的沈謙，則皆有為了謀害英雄而不惜通番賣國的罪行。而在家將小說中，對於文人出身的奸臣不能領軍作戰卻還要陷害武將的行為，更有明顯的指斥。如《楊家府演義》寫張茂掛帥征南閩，故意率隊繞道楊家無佞府去炫耀，楊文廣即曰：「小小丞相，今日才統大軍，不勝誇耀。且尚未曾臨陣，勝負不知何如，遂敢這般做作。」（第 50 則）《平閩全傳》亦敷演此情節，並且直接敘寫宋神宗斥責張茂身為文臣不堪領軍作戰，為何還要陷害能夠作戰的楊家將？（第 51 回）而《五虎平西》寫龐洪揭發假珍珠旗、宋仁宗要斬狄青，當時狄太后就嘲諷說：「龐國丈是個能人，何不命他把真旗取到……。」（第 56 回）而後狄青詐死埋名，西遼趁勢入侵，滿朝文武都將如何退敵的責任推給龐洪，龐洪則以「我為文事，不諳將略」為由，又想把責任推給武將。（第 65 回）作者因此評道：「豈知他只掙得一副屈害忠良的本領，焉能有定國安邦的良策……。」（第 66 回）諸如以上的情節，非但是宋代重文輕武的敷演，更有可能是明末歷史現實的寫真，如熊廷弼、袁崇煥等有為的大將先後遭害於魏忠賢等閹黨；而福王寵信的馬士英，向滿清求和不成，還屢屢排斥積極抗清的史可法。如此，家將小說於明清時期講述唐宋故事，除了觀照唐宋的歷史人物外，其中應有藉唐宋故事以呼應明清社會之寓意。

第三節 「家族」層面的考察

　　明清家將小說敷演唐宋兩代的故事，故事軸心在於英雄及其後代的功業，呈現出將門英雄的家族史。小說中處處強調家族延續與家族榮譽的重要，而這正是家將小說和其他講史小說在主題思想上最大的區隔。因此，從家族層面來考察家將小說的文化意涵是重要而不可或缺的一環。

　　根據社會學的觀點，制度是一種社會手段，是人們於共同生活時，用來滿足某種需要或達到某種目標的方法。⑭因此，家族制度可說包括了婚姻、家庭及其相關生活行為之規則。論其範疇，小至家庭，大至「九族」⑭；論其起源，則可追溯到周代的「宗法制度」。⑭爾後，雖然宗法崩壞、封建沒落，然逐漸發展出宗法式的家族制度，卻成為傳統社會結構的基本骨幹。而其所憑藉的宗法精神，更是普及並深入於傳統社會之中，形成中國人重要的文化思維和生活規範。⑭

---

⑭　制度就是社會公認的比較複雜而有系統的行為規則。孫本文《社會學原理（下）》（台北：台灣商務印書館，1952.7），頁58。

⑭　古時所謂「九族」，即《白虎通》所謂父族、母族、妻族之擴充。黃建中《比較倫理學》（台北：國立編譯館，1969.7），頁95。

⑭　「宗法」一詞，是對存在於父系宗族內部的宗子法的命名，其內涵包含確立、行使、維護宗子（族長）權力的各種規定，是一種龐大、複雜但卻井然有序的血緣──政治社會體系。參見楊知勇《家族主義與中國文化》（昆明：雲南大學出版社，2000.12），頁43-49。

⑭　高達觀認為：封建制度雖然消失，可是其所憑藉的宗法精神，卻因上行下效，普及於整個社會，再加以後世儒家的從而演繹之，推崇之，乃相率明親

　　明清家將小說以「英雄家族的世代功業」為敘事軸心，處處呈現出中國傳統的家族文化，並且呼應了儒家「修身→齊家→治國→平天下」（《中庸》）的人生理想。⑭因此，本節首先要探討的是「家族制度的主要內涵」，透過「個人－家族」的互動，考察在以「齊家」為最終理想的情況下，中國人如何看待「修身、治國、平天下」的關係。其次要探討的是「家族政治化與國家家族化」，透過「家族－國家」的互動，考察在「移孝作忠」的規範下，中國人如何發展「忠君、怨君」的關係。最後要探討的是「家族至上的價值取向」，透過「家族－國家」的利益衝突，考察在「家族至上」的文化思維下，中國人如何做出價值選擇。

一、家族制度的主要內涵

　　社會學者從文化生態學（cultural ecology）的觀點指出：中國人的家族主義有其特殊內涵與作用，是中國人的一套主要的本土心理與行為，更是中國人之社會取向的首要成分。⑭家族制度的內涵豐

疏，別長幼而嚴嫡庶尊卑之分矣！因此，古代的中國人，自出生至死亡，無一不受宗法精神之支配。《中國家族社會之演變》（台北：九思出版社，1978.3），頁62。

⑭　事實上，這和明清時期的社會現象息息相關。明清時期家訓族規頗為盛行，多數撰著者係出於自保族類，以及教訓兒孫輩的使命感而創作家訓，也有不少士人秉持實現修身、齊家、治國理念而撰著家訓族規。參見鍾豔攸《明清家訓族規之研究》第三章「明清家訓族規的創制背景」（台灣師範大學歷史所博士論文，2003），頁147-190。

⑭　楊國樞〈中國人的社會取向：社會互動觀點〉《中國人的心理與行為》（台北：桂冠圖書公司，1993），頁87-142。

富，主要有「重視家族的延續與生存」、「強調家族的團結與和諧」、「追求家族的富足與榮譽」等。以下依序論之：

㈠重視家族的延續與生存

在中國傳統的社會中，婚姻最主要的目的是為了繁衍子孫。因為在中國人的心目中，「個人的生命是祖宗生命的延續，個人的生命不過是家族生命傳承的一個環節」。㊼同時，由於家族制度的內涵是以「孝」為中心，其中又以延續家族生命為「孝」之基本涵義。㊽因此，「不孝有三，無後為大」（《孟子‧離婁》）成為一種根深柢固的文化觀念，而維持家族的延續與生存就是個人（家族成員）最重要的生活目標。以下從家將小說的敷演及其所呼應之明清社會現象加以考察：

1.家將小說對「家族延續與生存」的敷演

在明清家將小說中，有許多強調「家族延續與生存」的情節。如《楊家府演義》寫楊文廣出征遭困，木桂英大驚的說：「楊門只有此子接紹宗支。若有疏危，作了？」（第 44 則）《說岳全傳》寫周侗想收岳飛為義子，岳夫人兩淚交流地說：「只有這一點骨血，只望接續岳氏一脈。」待周侗表明不須改名換姓後，她才「半悲半喜」。（第 4 回）又《說唐後傳》寫程咬金回朝討救兵，羅夫人卻阻止羅通比武奪帥，原因在於「倘有不測，傷在番人之手，不但祖

㊼　葉明華、楊國樞〈中國人的家族主義：概念分析與實徵衡鑑〉《中央研究院民族學研究所集刊》83 期（1998.6），頁 174。

㊽　參見徐揚杰《宋明家族制度史論》第一章第六節〈家族中以孝為中心的封建倫理思想〉（北京：中華書局，1995.6），頁 62-69。

父、父親之仇不報，羅門之後誰人承接？」（第 6 回）狄家將小說
更是極盡表現狄太后維護狄家血脈之用心。如《萬花樓》寫她擔心
狄青與王天化比武會喪命，不惜請出宋太祖的金刀盔甲給狄青使
用。（第 18 回）又《五虎平西》寫狄青征西，她心疼：「哥哥只有
這點骨血，……倘若征西喪在邊疆之地，狄氏香煙倚靠何人？」
（第 37 回）又寫狄青有失君臣之禮將被斬首，她因「狄氏一脈香煙
至今絕矣」，不禁怒責宋仁宗：「原來要把我侄兒做個榜樣，以儆
戒別人麼？」（第 55 回）而八寶公主兩度「解夫難」殺退遼兵，她
因「狄門血脈得保」，高興地稱讚八寶公主說：「今朝老身何幸，
與英雄侄媳相逢。」（第 106 回）

　　再如各本家將小說中經常出現的「陣前招親」、「比武招
親」、「患難姻緣」、乃至員外妻之以女、從軍前的婚配等情節，
無非是為了延續英雄家族的世代生命。還有在「忠奸對抗」的情節
中，奸臣常常因為獨子被打死了，怒而不擇手段積極報復；而當英
雄家族將被抄滅時，則總要安排一、二個英雄後代走脫。如此普遍
的情節，處處反映出家族延續的重要性。特別是以模式化的方式再
三敷演，更可見家族延續的觀念早被視為理所當然、理該如此。

2.家將小說對明清社會護衛「家族生存」現象的呼應

　　明代嘉靖後倭患不斷，近百年戰亂不息；隨之而來的又是明清
之際的戰亂，所以江南地區的人民紛紛以宗族組織為單位，發展出
獨立的武裝自衛，以維護一鄉一里之安全。因此，一個村落往往就
是一姓一族，有些大家族還聚居於附近幾個村子。在明清時期，浙
東、鄂東、鄂西、皖西等處，就建了許多以家族為單位的防衛山

寨。⑭而明清家將小說敷演英雄家族的世代功業，強調英雄及其家族成員保家衛國之精神，這樣的故事正好呼應了明清時期盛行家族活動的社會現象。

此外，家將小說的「忠奸抗爭」是以家族為單位，形成「忠臣家族／奸臣家族」的家族式對抗，並且常以「抄家滅族」為終極的報復手段。這種敘寫和明清時期江南地區家族械鬥的普遍發生頗有相應之處。如明嘉靖、萬曆年間，江西樂平縣馬、程二姓大械鬥，斷斷續續進行了十餘年。入清以後，激烈的宗族械鬥更是造成嚴重的社會問題，常常要清政府出兵干預或鎮壓。⑮特別是福建、廣東一帶，漳泉之民的宗親觀念極強，在與外姓爭奪土田、水利或港灣、風水等家族生存要件的衝突中，讓步即被視為軟弱，足以使家族蒙羞。而閩南地區的械鬥往往更是「夫唱婦隨」，每當家族發生衝突時，婦女們或回家招呼男人，或直接拿起鋤頭助戰。⑮這種社會現象和明清家將小說中「女將參戰」的情節，頗有異曲同工之妙。

(二)強調家族的團結與和諧

在中國人的家族觀中，對內強調和諧、對外要求團結。為了使具有相同血緣的人聚居一起，必須強調和諧才能使全家人平順的生

---

⑭　同前註書，第五章〈明清家族的防衛體系及其維護封建統治的作用〉，頁184-191。

⑮　同前註書，第七章〈明清以來我國南方的家族械鬥及其社會根源〉，頁 272-298。

⑮　參見羅慶泗〈明清福建沿海的宗族械鬥〉《福建師範大學學報・哲社版》（2000 第 1 期），頁 103-108。

活在一起，進而才能要求家族內的成員要彼此榮辱與共、禍福相依，共同護衛家族、一起抵禦外侮。以下從「個人對家族有強烈的關愛感」、「個人必須忍耐自制以成全家族」、「個人必須服從家族的權力結構」、「個人掌握家族權力的條件」等面向加以探討：

1.個人對家族有強烈的關愛感

中國人對自己的家族有強烈的關愛感，他們關懷家族成員的福禍，希望家人生活能過得好，家族運勢能日益興旺。同時，他們對家族也有強烈的責任感，自覺有幫助家人脫困的道義，有光耀門楣的使命，有使家族延續的目標。❷如在楊家將小說中，楊五郎出家本應斷絕俗事，可是當他聞知楊家將有難時，仍然奔赴助戰。而著名的「十二寡婦征西」，以及家將小說中普遍敷演的小將、女將救援父輩英雄之情節，皆是出自於對自身家族強烈關愛的表現。

此外，這種個人對家族成員的關愛，可謂至死不休。如《說岳全傳》寫楊六郎託夢岳飛，懇乞收納玄孫楊再興，使其「立功，得以揚名顯親」（第 48 回）又寫銀瓶小姐殉身後，還顯靈救助二弟岳雷。（第 65 回）而《說唐後傳》寫羅成顯靈交付寶物給兒子羅通，好讓他得以殺滅番將。（第 9 回）又寫秦瓊死後陰靈不散，附身於哭喪棒中助兒子秦懷玉大破飛刀陣。（第 41 回）《說呼全傳》則寫楊業死後被封為神道，見外孫呼守信遭困即派遣陰兵相助。（第 14回）以上，可見儘管家族長輩早已身故，然其關愛後輩的精神卻永遠不滅。

---

❷　詳參謝繼昌〈中國家族研究的探討〉《社會及行為科學研究的中國化》（台北：中央研究院民族學研究所，1982），頁 255-280。

2.個人必須忍耐自制以成全家族

對中國人而言，家族重於個人，為了家族團結與家人和諧，個人必須強化忍耐抑制的性格，表現出逆來順受的行為。特別是個人必須善於控制自己的衝動、馴服自己的情欲，過一種自制、自抑的生活，不可為外界的誘惑所引誘，以免導致家族內部的衝突，甚至為家族帶來禍害。❸

如此，我們也就不難理解為何在家將小說的「陣前招親」情節中，身為主帥的父親，每每要為了兒子受到敵方女將的誘惑而大動肝火。如《楊家府演義》寫楊宗保向父親報告遭木桂英強逼成親，楊六郎即怒斥：「貪欲而忘君親，予何不幸，養出此不肖之子，要他何用！喝令推出斬之。」（第 28 則）《五虎平南》寫狄龍向父親報告應允段紅玉的招親時，即招狄青以「貪生畏死」、「辱我清名」加以怒責。（第 20 回）《說唐三傳》寫薛仁貴得知兒子接受寶仙童的招親時，怒而要以「膽敢私自成親」的罪名將其處死；爾後，為了家國利益卻又強迫兒子接受樊梨花的招親，還聲言：「若不依父言，軍法處置！」（第 31 回）可見，這群具有父親身分的主帥，都要兒子忍耐自制以成全家族和國家的利益。（詳參第四章第三節）

再如《楊家府演義》寫楊六郎因屢屢為奸臣所害而，不想再應召前去救駕，這時楊令婆就訓示他：雖然「朝廷寡恩」，但是必須忍耐自制，否則「乃祖乃宗令聞家聲，被汝墮盡矣」。為了維護祖

---

❸　楊知勇《家族主義與中國文化》第十一章〈沈重的主體──家族主義與人格塑造〉，頁 442-444。

宗令聞與家聲，楊六郎只得從母命前去救駕。（第 21 則）後來，楊懷玉舉家歸隱太行山後，還要特別出一告示，曉諭家兵：「不許下山擄掠民財，為一清白百姓，遺留芳聲於後代，使人皆稱我家是忠臣，退隱岩穴而非叛亂賊臣，不歸王化者也。」（第 58 則）可見此時扮演「家長」身分的楊懷玉，對於維護家族名聲、清望的用心。

相對的，要是個人不能忍耐自制，其後果勢必造成家族的災難。如《楊家府演義》寫王欽唆使謝金吾拆毀代表楊家一門忠烈的天波樓，焦贊忍不住殺謝金吾以洩恨，導致宋真宗怒極要懲治楊家，這時楊六郎即怒責焦贊：「狂徒敗我家門。」（第 20 則）而《說唐三傳》寫樊梨花為了招親一意孤行，竟然演成弒父誅兄，樊母目睹家庭慘劇，只能無奈痛哭：「樊門不幸，生出這不孝女兒。」（第 31 回）再如《反唐演義》寫薛剛「性躁」，「終日飲酒射獵，半夜三更或出或入，無所禁忌，兩遼王並管他不下」。果然，日後即因衝動行事而打死張保、驚死高宗，導致武后下令將兩遼王府改造鐵丘墳，再把薛家人盡皆斬殺。臨刑前，薛丁山不禁怒責樊梨花生此逆子造成薛家滅族。（第 20 回）以上，皆可見因為個人不能認耐自制，而導致家族的衝突或災難。

3.個人必須服從家族的權力結構

中國人將家族中的成員，依其身分排出地位高低，個人依照其身分地位規矩行事，表現出長幼有序、安分守己的行為模式。這種具有上下之分的階層式家族權力結構，目的是為了確保家族的團結與和諧。❶❺❹從家族的權力結構來看，在「父系原則」的影響下，家

---

❶❺❹　「大抵中國家族制度的特點，在於闡明父母兄弟的職分，明長幼貴賤之序，

族中握有權力的是父親，他有權支配與管理家中的財產。他在家中有絕對的權威，甚至可以動用家法，懲罰犯錯的子女，而子女受懲卻不敢疾怨。⑮

這種「父權家長制」的家長權威，具體反映在明清家將小說眾多的「斬子情節」中。這類情節大都是因小英雄急於建功而無意違犯軍令，儘管事後證明他們的作為有利於整體戰局，但身為父親的主帥還是嚴厲的要將自己的兒子斬首以正軍令。這類情節敘寫的對象，除了前述「陣前招親」中那群私訂終身的小將外，尚有《北宋志傳》寫楊業因楊七郎未奉命即出兵，故要斬之。（第 9 回）《五虎平南》寫狄青責狄虎「私出妄傷降將，亂我軍規」，下令「斬子正軍」。（第 28 回）《說岳全傳》更是寫岳飛每每以「違反軍令」之罪，三度下令斬子（第 42、45、47 回）。（詳論於第六章第一節）同理，能從「父權」中解救小將的，唯有更高的「家族權力」。如《楊家府演義》寫楊六郎要斬兒子，後因母親勸阻而赦之；《說唐三傳》寫薛仁貴堅決要斬兒子，後因唐太宗下旨「以救駕之功償其

嚴男女內外之別。一家之內，子必從父，婦必從夫，弟必從兄。一族之內，幼必從長。」孫本文《社會學原理（下）》，頁49。

⑮ 由於中國家族是父系家庭，家系的傳承是依父傳子一線承沿而下。這種「父系原則」是中國家族制度形成與運作的基本法則，因此中國人會因為祖先相同，而產生血濃於水的親情。所謂「父子一體」、「昆弟一體」、「夫妻一體」。父子之情為骨肉連心，兄弟之情為手足情深，夫妻之情則是「姻緣天註定」。換言之，家人間基於相同血緣或姻緣的親情，彼此有融合為一體的強烈情感。如此大家才能長久生活在一起，團結一致，合作完成共同的目標。參見葉明華、楊國樞〈中國人的家族主義：概念分析與實徵衡鑑〉，頁174-177。

罪」，遂改判監禁。（在家國同構的制度下，最高的家族權力可以擴展到君權，此詳論於後）

4.個人掌握家族權力的條件

雖然家族的權力主要集中在男人，但並非家中的所有男性皆握有權力，一般是年紀最大、輩分最長的男人才有權成為家長（或族長）。❻此外，有些人既非年紀最大、輩分最長，甚至個人的德性還頗為可議，但是他卻得以繼位為家長。究其因，在於他能為家族爭取榮譽，或是在衰敗中回復家族的地位。

如在《楊家府演義》中，楊六郎雖排名第六，卻是楊家第二代的「家長」；而在破天門陣時，因楊宗保有神仙授天書助破陣（第26則），能破陣即能「為家族爭取榮譽」，故改由其掛帥，而父母、祖母皆甘願聽其號令，他成了楊家第三代的「家長」；而當第四代家長楊文廣病重時，楊懷玉雖然輩分最小，但卻是唯一能作主的男性，故當其主張舉家上太行山隱退時（第58則），比他輩分高的楊門女將皆從其意。再如《說唐三傳》寫薛仁貴得知樊梨花神通廣大，請其來破烈焰陣時，親自「手捧兵符、帥印在帳前恭候」，請她登壇點將。（第33回）爾後更因樊梨花能夠移山倒海、破陣降敵，故在薛丁山三拜寒江關後，聖旨曰：「梨花英雄無敵，智勇兼全，恩封征西大元帥……，薛丁山暫赦前罪，封帥府參將，帳前聽用……。」（第45回）此時，樊梨花已經成為薛家第二代的實質「家長」。而在《反唐演義》中，薛剛排行第三、又因闖禍害得薛

---

❻ 參見賴澤涵〈我國家庭的組成、權力結構及婦女地位變遷〉《社會科學整合論文集》（台北：中央研究院三民主義研究所，1982），頁383-404。

家滿門抄斬，本該以「敗家子」視之，然因其扶佐廬陵王繼承正統，在衰敗中回復薛家的地位，故堪為薛家第三代的「家長」。

㈢追求家族的富足與榮譽

傳統中國的農業經濟，是一種資源匱乏的經濟，為了維持與保障家人的生活，必須勤勞節儉以累積更多的家產給後代，以免一代不如一代造成家道中落，甚至成為變賣祖先產業的敗家子，做出愧對祖先的行為。因此，中國人強調勤勞節儉，並非是為了個人日後的享受，而是為了整個家族的富足與榮譽。[157]以下從「揚名後世，以顯父母」、「在『祭』與『繼』中與祖先同享榮耀」、「犧牲生命是為了成就家族榮譽」等幾個面向加以探討：

1.揚名後世，以顯父母

中國人非常重視家族整體的名譽，個人必須努力光耀門楣，以達到維護與增進家族聲譽的目的。所謂「立身行道，揚名於後世，以顯父母」的觀念，就是強調個人必須努力爭取功名利祿，以光宗耀祖。一個家族有了好的名譽，這個家族在社會上便會受人尊敬，家人在外也會得到較好的待遇。因此，中國人對家族有強烈的榮辱感，極易將家族的榮辱視為自己的榮辱。若是家人有好的表現，個人便與有榮焉；若是家人受到屈辱，自己也感同身受。由於「中國人重視家族的榮譽與富足，故有強烈之為家奮鬥的行為傾向。強調家族的利益重於個人的利益，個人必須為追求家族整體的榮譽及富

---

[157] 楊懋春〈中國的家族主義與國民性格〉《中國人的性格》（台北：桂冠出版社，1991.1），頁145-148。

足而盡心盡力，努力奮鬥。」❺⃝

　　如在《楊家府演義》中，楊六郎交代兒子楊宗保：「不可失墜我楊門之威望也。」（第 40 則）楊文廣交代兒子楊懷玉：「不墜祖宗聲聞，使老父得睹赫奕功業，死亦瞑目。」（第 50 回）《說岳全傳》則寫岳母交待岳飛：「但願你做個忠臣，我做娘的死後，那些來來往往的人，道：『好個安人，教子成名，盡忠報國，百世留芳。』我就含笑九泉矣！」（第 22 回）《五虎平西》也寫狄太后勉狄青說：「只望你高官顯爵，耀祖榮宗，盡忠盡孝，清史流芳，才遂吾願。」（第 37 回）《說唐後傳》則寫薛仁貴平定高麗後，唐太宗即欽賜建造建平遼王府，使其光榮得以顯赫於家鄉。（第 53 回）而《說呼全傳》、《粉妝樓》也都有皇帝下旨為呼家將、羅家將「建造功臣府第」的敘述。

2.在「祭」與「繼」中與祖先同享榮耀

　　中國人經常以具有特殊功名、德行或令譽的「家傳祖先」為認同的對象。若祖先有功名，或有德行，則透過對祖先的認同，也會使個人覺得同享榮耀。相對的，自己有功名、德性或令譽，不但家人會引以為榮，祖先也同沾光采。❺⃝因此，在明清家將小說中，英雄後代出場時都會得意洋洋的自報家門，引用父祖的榮耀來為自己增添光采。如《說呼全傳》寫呼守信自稱：「俺是大宋皇帝的功臣呼延贊的孫子。」（第 17 回）《五虎平南》寫楊文廣自稱：「吾乃山後寨威震石關，金刀楊令公之曾孫，三關元帥楊延昭之孫，楊宗

---

❺⃝　同前註，頁 182。

❺⃝　楊懋春〈中國的家族主義與國民性格〉，頁 164-166。

保之子……。」（第 15 回）又狄龍自稱：「我乃大宋朝簪纓之臣。我父平西王，我乃應襲大世子狄龍也。」（第 16 回）再如《反唐演義》寫薛強、《說岳全傳》寫岳霖、《說唐後傳》寫羅通、《粉妝樓》寫羅燦等，其出場自稱皆大致如此。⓲

這種「個人」與「祖先」的密切認同，究其因在於家族延續觀念的發揮。在儒家文化的陶冶下，中國人所要延續的不光只是生物性的生命而已，還有更重要的社會、文化、道義等「高級生命」；⓲而要延續這樣的高級生命，就不只是結婚生子所能完成，還必須在生物性基礎之上，用力建樹當時當地認為最高尚的道德風範。學者楊懋春對此有精闢的見解：

> 當子孫在紀念家族祖先時，其所懷念者不僅是他們以往生物性的存在而已，更重要者是他們在世時的慈愛、善良、功業、美名等。而為了延續此高級生命，一方面使子孫得以經常懷念祖先的高級生命；另一方面則教養子孫使他們自己的

⓲ 《反唐演義》寫薛強說：「我是中國山西絳州龍門人氏。說起來料貴邦也必知道，我祖乃先皇太宗駕前官拜平東安西開國兩遼王、天保白袍大將軍，姓薛，名仁貴；我父征西大元帥、世襲兩遼王名薛丁山。」（第 14 回）《說岳全傳》寫岳霖說：「我父乃太子少保武昌開國公岳元帥，那個不知，誰人不曉？」（第 71 回）《說唐後傳》寫羅通說：「（我）乃越國公蔭襲小爵主……。」（第 10 回）《粉妝樓》寫羅燦說：「在下乃世襲興唐越國公羅門之後，家父現做邊關元帥。在下名叫羅燦，這是舍弟羅焜。」（第 3 回）

⓲ 所謂「高級生命」包含「生命之社會意義」、「生命的文化意義」、「生命的道義意義」。說明詳參楊懋春〈中國的家族主義與國民性格〉，頁 143。

生命也達到此高級階層。⑯

所謂「祖先的高級生命」，即是家將小說中屢屢提及的「令聞、家聲、家族榮耀」。可見家將小說對此文化觀念頗多呼應，如小說中常常透過敷演祭拜祖先的情節，用以彰顯英雄繼承祖先、效法祖先的行為，如「三祭鐵丘墳」、「重修祖墳」皆是動人而典型的情節。⑯而《五虎平西》更是連續用五回的篇幅，極力鋪寫狄太后在狄青功業有成後，率領狄家族人回鄉祭祖，其回目依序為：「平西王請旨榮歸、狄太后姑侄回鄉、修狄墳張文料理、到家鄉狄爺拜探、完祭祖太后返駕」，⑯由此足見作者對家族祭祀的重視程度。還有《楊家府演義》寫楊六郎兩度欲奪回令公骨骸、《說呼全傳》寫祝素娟拚命也要奪回父親屍骸、《說岳全傳》寫岳家人訪求岳飛屍身等。⑯因此，《楊家府演義·序》即強調：「自令公以忠勇傳

---

⑯　同前註，頁 143-144。

⑯　《說呼全傳》、《說唐三傳》、《反唐演義》都有「三祭鐵丘墳」的情節；而《說岳全傳》後半部亦有許多岳飛後代祭拜岳飛墳塚的情節；至於《粉妝樓》在英雄除奸滅番後，還有英雄後代重新修造祖墳的情節（第80回）。

⑯　參見《五虎平西》第108回-第112回（全書最後五回）。

⑯　《楊家府演義》寫楊業戰死異域，屍骸為遼人所收。楊六郎對此引為大憾，故先後有兩次孟郎盜骨的情節，第二次還是楊業親自顯靈提醒六郎要將他「葬於先陵」。（第14、39則）而《說呼全傳》則寫山海神顯靈幫助祝素娟從敵營中奪回父親首級。（第30回）《說岳全傳》寫岳飛父子冤死風波亭後，即有俠義之人王能、李直暗通獄卒，將岳飛父子的屍身偷走埋藏於螺絲殼中，爾後岳家人訪求得之先葬於西湖，最後為了命岳家後代去抗金，才由朝廷在棲霞嶺下起造岳王祠廟。（第61-74回）。值得注意的是：「孟良盜骨」自元雜劇以來就是楊家將故事的熱門情節；而理藏岳飛屍骨的故事，早

家，嗣是而子繼子，孫繼孫，……世世相承。噫！則令公於是乎為不死。」《說岳全傳·序》亦云：「父喪子興，英雄復起，此誠忠臣之後，不失為忠……。」又《粉妝樓·序》云：「世祿之家鮮克由禮，而秦羅諸舊族乃能世篤貞忠，服勞王家，繼起象賢，無忝乃祖乃父。」

同時，在「祭」與「繼」這種家族延續的觀念下，子女若能實現父母或祖先一生無法達成的某些特殊願望，或補足他們某些重大而特殊的遺憾，可謂孝行的極致。正如《楊家府演義》寫楊業征遼戰死，楊六郎兄弟繼之滅遼；《說岳全傳》寫岳飛恨不能直搗黃龍，岳雷兄弟代之滅金；《說唐三傳》寫薛仁貴征西戰死，樊梨花、薛丁山繼之平西；《粉妝樓》寫羅增為番兵所困，羅焜兄弟助父破番；《說呼全傳》寫呼得模負屈無伸，呼守勇兄弟代父平反等。以上皆是後代英雄為其父輩英雄「補恨、了願」的孝行。此外，《五虎平南》寫狄青遭段紅玉所困，幸有狄龍允親才得脫困，王懷女對此「為國救父」的行為即大加讚譽為「忠孝兩全」。（第20回）

3.犧牲生命是為了成就家族榮譽

當遭逢戰爭時，中國人常因顧及家族的延續與生存，而選擇忍辱求全以求和平。但是，也有人在危急關頭時，絕不妥協，甚至寧可犧牲自己和家族的生命，也要維持正義與原則。蓋作這樣犧牲

見於南宋傳說，直到清代後期的石派書《風波亭》中，還將之獨立敷演成「三俠盜屍」的動人情節。詳參杜穎陶《岳飛故事戲曲說唱集》（台北：明文書局，1988.7），頁 146-265。

者，為的正是要保持其家族所珍視的道義生命，而不願辱沒祖先所
累積下來的聲望與榮譽。如明朝滅亡之後，分散在全國各地的抗清
活動，其中不乏有以家族為組織者，如溧陽有以周姓族人為中心的
「周兵」，⑯嘉定有「王家莊兵」，⑰以及夏家、歸家、顧家等都
是典型的代表。⑱

　　然而，這樣的人畢竟少之又少，故反映在明清家將小說中，即
以此為「英雄家族」之精神。如《楊家府演義・序》所云：「第全
軀者，為身不為君；保妻子者，為家不為國；求忠肝義膽，爭光日
月，而震動乾坤，不啻麟角鳳毛也。」故小說著力敷演楊家將為了
救駕抗遼，父子八人損失五人，贏得「忠義全家為國謀」的千秋美
名。（第 7 回）而《說岳全傳》寫岳飛遭誣陷入獄時，自知必死即
召來岳雲、張憲，又有張保前來自盡，成就岳家「忠孝節義」俱全
的名聲。（第 60 回）又《五虎平南》寫狄青明知平南戰事必定遭

---

⑯　順治二年（1645），溧陽大族周姓，有子姓千餘人。周元質在清軍渡江後，
　　聚集族人謀曰：「我等食國（明）恩三百餘年，今天下大亂，乘輿播遷，強
　　胡窺鼎江南，土地盡污腥膻。我欲以匹夫興義勤王，公等亦有同志者乎？」
　　眾皆諾，遂盟於家廟，共推元質為主，組成抗清隊伍，人稱「周兵」。周廷
　　英《溧江紀事本末》《清史資料》1 輯（北京：中華書局，1980），頁 142。
⑰　在嘉定的抗清活動中，除了有舉人王某組織了「王家莊兵」外，更有許多父
　　子、兄弟在抗戰中一起犧牲。參見不著撰人《清朝史話》，頁 61。
⑱　夏家為夏完淳、歸家為歸莊、顧家為顧炎武，他們在明清易代之際，皆是以
　　整個家族為主反抗清軍統治。如在昆山的抗清戰爭中，顧炎武的兩個弟弟死
　　在大屠殺中，顧母絕食而死，死時留下遺言給他：「我雖婦人，身受國恩，
　　與國俱亡，義也。汝無為異國臣子，無負世世國恩，無忘先祖遺訓，則吾可
　　以瞑於地下。」相關討論參見魏斐德（Frederic Wakeman, Jr.）《洪業──清
　　朝開國史》，頁 496。

厄,為了「忠孝兩全」的家聲,不顧八寶公主勸阻仍執意掛帥出征。(第 1 回)而《說唐後傳》寫羅通不顧母親「羅門之後誰人承接」的勸阻,仍然搶著掛帥掃北,為得是要爭取救駕之功以榮耀家族。(第 7 回)此外,《粉妝樓》寫羅增明知與韃靼作戰「吉少凶多」,仍然以盡忠報國自許(第 2 回);《反唐演義》寫薛強夫妻子女十二人,捨棄大宛國的太平日子,奔波助李旦即帝位(第 99 回)。他們的犧牲付出,就是為了珍惜身為英雄家族後代的榮耀。如同《說呼全傳》對呼家後代為國除奸、為父報仇的行為,引詩贊曰:「力圖報國還思祖,忠孝真堪絕比倫。」(第 37 回)

二、家族政治化與國家家族化

就家族制度的發展來看,可以發現政治統治者有意藉由家族制度來安定國家,同時家族制度的運作亦猶如政治體制一般。透過這種家族政治化與國家家族化的現象,引發出幾個值得探討的問題:首先是家族和國家在權力體制上如何會通?其次是兩者會通後,臣民們如何對待最高的權力——國君?以下,即由「家國同構與移孝作忠」、「忠君思想的強化」、「怨君心理的轉化」三方面析論之:

㈠家國同構與移孝作忠

從家族到國家,其組織結構是一種擴大式的體制,而兩者的體制得以順利的會通無礙,則必須歸功於移孝作忠、忠孝合一等文化觀念。因此,以下分從「家國同構及其強化」和「移孝作忠的發展」兩方面加以考察:

1.家國同構及其強化

　　家族是中國社會中最強固的點，幾乎是各種社會關係的中心。
一般言之，全家族有一個族長，一個共有的祖先牌位，以及一筆共
同的基金。族長有很大的權威，如一個村子皆為同姓分子所組成，
則行政權完全是一個家族問題。❽由於中國社會的結構「大致是葫
蘆形的，上面是一個龐大的朝廷，基層是無數家族的集團」。❼人
民習於家族式的生活，以致中國的國家組織結構也受到家族組織結
構的影響，國家被視為是家族的擴大，形成所謂的「家國一體」、
「家國同構」。❼

　　這種家國同構的強化，主要得力於理學家和政治統治者的對家
族制度的提倡與維護。宋代理學家認為宗族制度可作為社會的內在
結構，而建立宗法組織更是鞏固宗族與改善社會風俗的重要方法。
因此，張載、程頤都主張要恢復古代的宗法制度，實質上則是以復
古名義來重建一種新的家族制度。如張載從建立國家秩序的角度，
認為「家且不能保，又安能保國？」故主張要立「宗子法」以「管

---

❽　中國的家族制度依宗族的血統而結合，在其內部行互相扶助的習慣，以族長
　　制度，支配族人之行為，其能力竟能超過國家法律之上。族中的組織非常嚴
　　密，帶有強制性的管理和監督，頗足以維繫一族之安寧秩序。高達觀《中國
　　家族社會之演變》，頁 73。

❼　徐復觀《知識分子與中國》（台北：時報文化公司，1980.7），頁 97。

❼　傳統中國政治制度，受到宗法制度的影響，把政治組織理解為家族的集合
　　體，也是家族的擴大和延伸，所以稱之為「國家」。這種家族觀念與政治結
　　合，起源於周代。雖然周代以後封建制度式微，但在社會結構上，中國社會
　　一直是以家族制度為主，也助成了家族與政治合一觀念的維持。參見焦賀娟
　　〈家族文化對中國政治發展的影響〉《新鄉師範高等專科學校學報》
　　（2002.8），頁 101-103。

攝天下人心,收宗族,厚風俗,使之不忘本」。程頤則從倫理整合
的角度,認為「若宗子立法,則人知尊祖重本,人既重本,則朝廷
之勢自尊。」⑫以此為基礎,朱熹進一步作了更精密、更具體的設
計,要每個家族都要建造一個祠堂,並設立族田、族長、族規等,
成為後世家族制度之模式。⑬宋代以後,政治統治者看到家族制度
對其統治有利,更是刻意加以扶持,其具體做法有精神上的旌表、
物質上的獎勵、法律上的保護等。⑭此後,滿清入主中原,清帝自
覺要以外族政權統治廣大的華夏眾民,非用漢法不可。因此,他們
繼續強化宋明以來的宗法統治,提倡建祠堂、立祠規,承認族長對
族眾的管理與統治。⑮

2.移孝作忠的發展

　　家國同構的核心是君權與父權的相互為用,透過「移孝作忠」

---

⑫　「宗子法」是以血緣關係為紐帶,將一個祖先的子孫團聚在一起,形成一個
　　嚴密的社會組織,並在家族內部設立「宗子」,管理家族事務,統率族人,
　　監督族人,做到有無相通,患難相恤。另關於張載和程頤重建宗族的探討,
　　參見張小軍〈家與宗族結構關係再思考〉《中國家庭及其倫理研討會論文
　　集》(台北:漢學研究中心,1999.6),頁 158-159。另參徐揚杰《宋明家族
　　制度史論》第十二章第一節〈張載、程頤對於宗法思想的鼓吹和重建家族制
　　度的呼籲〉,頁 461-471。

⑬　參見徐揚杰《宋明家族制度史論》第一章第二節、第十二章第二節,頁 13-
　　33、472-481。

⑭　戴建國〈宋代家族政策初探〉一文對宋朝政府如何獎勵並制定法律以推廣家
　　族政策有詳細的探討,值得參考。收入《大陸雜誌》99 卷 4 期(1999.10),
　　頁 149-169。

⑮　參見費成康《中國的家法族規》(上海:上海社會科學院出版社,1998.8),
　　頁 14-25。

的規範，使君權成為父權的延伸，君臣之間，君就是父，臣就是子，統治者與被統治者之間，君及其官吏就是父母，人民就是子女，故人君往往稱其人民為「子民」。❻人君以天下的大家長自居，履行家長的角色，自然對政治的施行發生莫大的影響。以下由兩個層次依序探討「移孝作忠」的問題：

　　首先是藉孝道集中父權：由於家族制度以「孝」為出發點。因此，「孝」不但是一種美德，更是為人子女者的義務。❼所謂「不得乎親，不可以為人；不順乎親，不可以為子。」（《孟子·離婁》）中國的孝道要求絕對服從，社會對不孝的懲罰也頗嚴峻，所謂「五刑之屬三千，而罪莫大於不孝」。（《孝經·五刑》）如在明清家將小說中，《說唐三傳》寫樊梨花無心弒父，結果遭到薛丁山三休三棄；而薛丁山無心殺父，結果受到唐高宗嚴刑處罰。另《五虎平南》寫段紅玉因招親投宋而使父親遭到狄虎的誤殺，她自覺罪孽深重遂怒而反宋，一生引為憾事。《平閩全傳》亦寫金蓮因招親投宋而使父親遭到焦廷貴誤殺，使她因此自責不已。

　　其次是藉父權強化君權：儒家以「孝」的觀念渲染父權的尊嚴，並以此來奠定君權的神聖性，藉助父權來強化君權。所謂「君臣如父子」，要把子女對父母的孝心移作臣民對君王的忠心，以孝為忠之本。如《孝經·開宗明義章第一》：「夫孝，始於事親，中

---

❻　統治者視百姓為「子民」，而行政官員通常也被稱為「父母官」，這種社會政治的體系，實際上存在著「君父一體」、「忠孝一體」的情形。參見王子今《「忠」觀念研究》（吉林：吉林教育出版社，1999.1），頁330-331。

❼　參見楊國樞〈中國人孝道的概念分析〉《傳統文化與現代化生活研討會論文集》（台北：中華文化復興運動推行委員會，1984），頁159-174。

於事君，終於立身」。古代這種「孝者，所以事君也」（《禮記·大學》）、「忠臣以孝事其君」（《禮記·祭統》）的思想，使「移孝作忠」的理論系統化，符合「家國同構」的政治需要。⓱正如清朝帝王奉「以孝治天下」為既定國策，其宗旨就是要人民移孝作忠，充當順民。⓲

在「移孝作忠」、「忠孝合一」的思想下，原本屬於父子關係的倫理，成了政治化的倫理，政治也成了倫理化的政治。因此，明清家將小說在塑造英雄時，總是要或多或少的安排一些情節，以明確地告知讀者英雄們在尚未出道前，個個都是家中的孝子；而後，再寫國家有難，他們順勢移孝作忠，轉而成為戰場的英雄、國家的忠臣。如《楊家府演義》寫楊六郎破不了天門陣，楊令婆奉旨觀陣，離家前特別交代此事不可讓楊宗保知道。結果楊宗保仍私自趕到宋營協助破陣（第26則）《說岳全傳》寫岳雲年方十二，「兵書戰策件件熟諳」、「膂力過人，終日使槍弄棍」。當他得知宋軍遭困牛頭山時，即迫不及待想去助陣，因家人不放心，遂趁夜私自奔赴戰場。（第40回）《說唐後傳》中羅夫人因羅家「只靠得羅通這點骨肉以接宗嗣」，故想盡辦法阻止羅通去比武，結果羅通還是在最後關頭奪得帥印。（第6回）《說唐三傳》寫當薛丁山告知母親要去揭榜救父時，柳氏無法勸退他，只好一同前去，「免得牽腸掛肚」。（第17回）《五虎平南》寫狄龍兄弟瞞著母親，懇求包公代

⓱ 參見王子今《「忠」觀念研究》第十一章〈關於「忠」與「孝」的關係〉，頁327-338。
⓲ 參見王思治〈宗族制度淺論〉《清史論稿》，頁12-13。

為上本「自願從征救父」。透過這種「母親反對／小將堅持」的對比寫法，意在突顯後代英雄救父救國的熱情，從中展現出「移孝作忠」的文化要求。

仁忠君思想的強化

　　三代時維持政治秩序主要是靠宗法制和天命論，前者將「家」、「國」統一，使父權和君權結合；後者強調「受命於天」，來威服和王室無血緣關係的宗族。然隨著王室衰微，傳統天命論已不可靠，於是春秋時期，諸子百家產生「忠」的概念。當時多以道德觀念的「忠」和「忠君」的政治要求聯結，如「君使臣以禮，臣事君以忠」（《論語·八佾》），「忠」遂成為一種政治道德。⑱到了戰國時期，忠德日益成為君主對臣民單方面的要求，韓非子更建構出完備的忠君思想，使君臣之間猶如主奴關係，如「君以利畜臣，臣以計事君」（《韓非子·內儲說》）。如此，為臣者不必論君主是否賢愚，只要盡忠效死即可。⑱

　　秦漢以後，中央集權的專制政體形成，家國一體的觀念使統治者成為整個國家的大家長，因此「忠君」成了君主對臣民的絕對要求。如董仲舒提出「君權神授」、「三綱五常」說，以陽尊陰卑來

---

⑱　參見陳建生〈「忠」觀念形成與演變〉「一、事上之忠」《孔孟月刊》475期（2002.3），頁 38-40。另參王子今《「忠」觀念研究》第三章〈4、諸子「忠」說〉，頁 66-69。

⑱　王子今指出：為了適應戰國時期新的政治形勢之需要，韓非子批判總結了前代關於「忠」的理論，主張應當把「忠」作為君臣上下之間具有絕對「法義」之政治道德規範。參見《「忠」觀念研究》第四章〈3、《韓非子「忠」論》〉，頁 91-102。

論君臣關係，教臣民事君要如敬天、尊父。東漢時，更以《白虎通議》成就忠君思想在經學的合法地位。魏晉南北朝時，由於戰亂不斷，統治者以門閥制度和佛教思想來維持其政治統治，故忠君思想的強調相對較為沈寂。隋唐時，又開始推崇忠君思想，且以「十惡之法」[182]為法律後盾強化之。[183]

北宋時，專制君主實行高度中央集權，控制中央地方各種軍、政、財大權。同時，在學術思想上出現了將忠孝道德進一步系統化、精緻化、思辨化的程朱理學。理學家將「父子君臣」天理化的結果，使忠君更為規範。[184]因而「北宋儒學抬頭以後，無論經學家、道學家、政治家乃至史學家，都一致提倡忠君的觀念，……把君王看成絕對權力的存在」。[185]在這種社會條件下，「忠君觀念得到極大的強化，忠君的道德價值又高出於忠於國家、忠於民族之

---

[182] 《舊唐書·刑法》記十惡之法為：「一曰謀反，二曰謀大逆，三曰謀叛，四曰謀惡逆，五曰不道，六曰大不敬，七曰不孝，八曰不睦，九曰不義，十曰內亂。其犯十惡者，不得依議請之例。」（台北：鼎文書局，1981.1），頁2137。可見凡是危害君主專制的言行，均被視為十惡不赦。

[183] 以上忠君思想發展的論述，詳參雷學華〈試論中國封建社會的忠君思想〉《華中師範大學學報·哲社版》36卷6期（1997.11），頁84-88。劉紀耀〈公與私──忠的倫理內涵〉《天道與人道》（台北：聯經出版社，1983.4），頁175-198。

[184] 如程顥《二程遺書》卷五：「父子君臣，天下之至理，無所逃於天地之間。」朱熹《朱文公文集·癸未垂拱奏禮二》：「三綱之要，五常之本，人倫天理之至，無所逃於天地之間。」另參王子念《「忠」觀念研究》第九章〈理學時代的「忠」〉，頁270-285。

[185] 詳參陳芳明《北宋史學的忠君觀念》第三章〈北宋中期忠君史學的形成背景〉（台灣大學歷史所碩士論文，1973），頁23-32。

上」。⑱此思想自程朱理學家提倡後，成為一種固定的文化思維。特別是清初為了安撫漢民，以「忠義」來闡述「忠君」之理，更使得「忠君」成為每個忠臣義民們所必須遵循的道德標準和倫理規範。⑱

　　當忠君思想成為一種政治文化後，中國古代的臣民們便以「忠於君主」作為最基本的政治操守，因為在臣民的觀念中，君主總是國家的象徵、民族利益的代表，更是政治、社會等一切興衰治亂的樞紐。因此，忠君往往就是忠於國家、忠於民族，特別是當自己的民族國家遭遇到外族侵略時，這樣的忠君思想常會成為一種維護民族尊嚴、抵禦外族侵略的號召力，而使得「忠君」和「愛國」合併成為「忠君愛國」。如兩宋之際，宋金之間處於嚴重的民族對立，當時宋朝軍民的忠義觀念就非常盛行。⑱此「忠義」思想的核心，

---

⑱　朱漢民指出：「當君主專制集權高度強化、社會政治相對穩定的時候，皇權的威信很高，帝王不僅能控制政治局面，也能控制人們的思想文化觀念，這時，往往是將忠君置於首位，其次才是忠於國家和民族。」朱氏以五代的馮道為例加以說明：馮道在亂世時歷事四朝十帝，因以「忠於國」自居，故能從容為政、以養民安民為念。然到了北宋，馮道卻受到各方猛烈的批評，指責他「違反忠君的道德」。至明清之際，馮道又反過來受到時人的稱讚。參見《忠孝道德與臣民精神》（鄭州：河南人民出版社，1994.9），頁51-53。

⑱　清初帝王為了安撫反清情緒，對於忠義思想的宣揚十分重視，如康熙帝就將程朱理學奉為官學，極贊朱熹的「忠君愛上之誠」；而雍正帝作《朋黨論》強調君臣同心、作《大義覺迷錄》力辨君臣之義為五倫之首；乾隆帝在「崇獎忠貞、風勵臣節」上更是不遺餘力。參見寧治〈清人明史研究中的正統觀和忠義觀〉《南開學報》（1996第4期），頁18-19。

⑱　《宋史・忠義傳》云：「故靖康之變，志士投袂，起而勤王，臨難不屈，所在有之。及宋之七，忠節相望，班班可書，匡直輔翼之功，蓋非一日之積

固然有其「華夷之辨」的意涵，然主要仍在彰顯忠君思想下的臣民道德和政治價值。

忠君思想可說是明清家將小說的重要主題之一。因此家將小說在塑造主要英雄時，就以「忠君愛國」為其內在性格（詳參第五章第一節），並且呼應了傳統文化所強調的英雄須有「忠義」之理想人格（詳參第六章第一節）。《粉妝樓》更是開宗明義大發議論說：

> 從來國家治亂，只有忠佞兩途。盡忠的為公忘私，為國忘家，常存個致君的念頭，那富貴功名總置之度外。及至勢阻時艱，仍能守經行權，把別人弄壞的局面從新整頓一番，依舊是喜起明良，家齊國治。這才是報國的良臣，克家的令子。（第 1 回）

此外，在家將小說的開首或結尾的引詩中，亦處處可見「忠君思想」主題的強調。如《說岳全傳》：「一門忠義名猶在，幾處烽煙事已空」。《說唐後傳》：「英豪屢見功勛立，天賜忠良輔聖君」。《說呼全傳》：「恩綸加惠全忠孝，呼氏流芳千古聞」。《反唐演義》：「巍巍薛氏留青史，干藝皇家取後綿」、「多少忠臣懷國恨，諸人義士為君亡」。《五虎平南》：「食君之祿報君恩，尸位素餐枉作臣」等。

⺘忠 怨君心理的轉化

在家國同構的體制下，國君成為國家這個大家族的大家長，使

也。」，頁 13149。

得「忠君」逐漸成為君主對臣民的絕對要求，並且把「忠君」等同為「愛國」。然而，一旦面臨「君不君」的情況時，如何在「愛國」的堅持下，合理轉化「怨君」的心理，這是值得深究之處。

　　由於政治結構和倫理組織的緊密結合，使忠君思想成為封建時代維持整個中國安定的文化體系。因此一旦面臨君臣關係的失落，忠君思想總是保證了君王的最後勝利。而忠臣儘管被迫害，也只能堅守忠的操守，而不能直接發洩出怨君、罪君的情結。畢竟「君臣如父子」，一旦臣子疑君、怨君、罪君，勢必進而懷疑整個文化體系。這在君主專制的時代，是不被允許的，特別是以「忠君」為判準的忠臣，更是不可疑君，否則即為逆臣。⑱

　　在中國古代中，最能夠深切感受到這種心理痛苦的人，也是第一個成功解決如何使這種痛苦不變成懷疑和否定忠君文化的人，正是將君臣關係比喻為美人香草的屈原。⑲屈原一生雖「竭忠盡智以事其君」，然卻「信而見疑，忠而被謗」，⑲於楚懷王、頃襄王時

----

⑱　如《三朝北盟會編》卷二〇七，載岳飛自知遭冤堅持不服罪，有一獄子竟倚門斜立云：「我平生以岳飛為忠臣，故服侍甚謹，不敢少慢，今乃逆臣耳。」岳飛不解請其故，獄子才說：「君臣不可疑，疑則為亂，故君疑臣則誅，臣疑君則反。若臣疑於君而不反，復為君疑而誅之；若君疑於臣而不誅，則復疑於君而必反。君今疑臣矣，故送下棘寺，豈有復出之理！死固無疑矣。少保若不死，出獄，則復疑於君，安得不反！反既明甚，此所以為逆臣也。」岳飛聽後「感動仰天，移時索筆著押，獄子復事之恭謹如初。」頁1490。

⑲　參見張法《中國文化與悲劇意識》（北京：中國人民大學出版社，1989.11），頁116。

⑲　瀧川龜太郎《史記會注考證・屈原賈生列傳》，頁1009-1010。

先後遭到放逐,在長期的流放中,屈原雖傷心國運、不滿現實,然在堅守「忠君」的思想下,並不直接導致出怨君、罪君的情結,而另外省思出原因在於「眾皆競進以貪婪兮,憑不厭乎求索。……眾女嫉余之蛾眉兮,謠諑謂余以善淫。」(〈離騷〉)於是,屈原在「忠君/怨君」的內心衝突中,產生了一種心理轉換作用,將澎湃不滿的激情,疏引導向了君王身邊的奸佞。如此,屈原的悲劇即具有政治文化的典型性,而奸佞的文化功能,就是在君王昏聵的時候為其承擔主要的罪惡。

雖然在忠臣遭害的悲劇中奸佞也有罪惡,但畢竟奸佞的罪惡必須先獲得昏君的支持和縱容,才能無所忌憚的發揮。因此在忠君思想的要求下,忠臣面對「昏君奸臣」的一體化,總是必須做出新的解釋:以君是清白的,只是受了奸佞的蒙蔽;而奸臣是極惡的,故大奸似忠、欺上壓下,進而將君王之惡,全推給奸臣來承擔。如此一來,君主專制體制下的弊病——昏君,即在文化心理上得到合理遮飾。因此,細究通俗文學塑造出「昏君奸臣」的搭配,可說有其考量因素:

首先,以儒家思想為主的中國文化體系,是將社會秩序的穩定建立在倫理綱常上,一旦將罪責全歸於君王之惡,則勢必導致怨君,進而使整個文化體系都受到懷疑,而作品所強調的「忠君愛國」之教化也形成諷刺。其次,君主專制的時代文網嚴密,通俗文學作為一種市井流通的商品,不能不考慮到觸犯禁忌的問題。何況通俗文學以讀者接受為導向,面對中下階層的群眾,必須以明白易曉的語言來敘述,故不可能同史傳文學般使用曲筆、側筆,對君王進行「似是而非」的評價。再次,就作品的敘述結構而言,以君王

本是清白的、受蒙蔽的，而奸臣是邪惡的、欺上壓下，如此使君王和奸臣二分，既可加深「忠臣／奸臣」之「善／惡」對立的關係，同時亦可保持忠臣對君王的忠貞，進而合理轉化「忠君／怨君」的矛盾。

由於通俗文學以「忠奸抗爭」為其敘事結構，進而詮釋歷史事件。如此，使「中國文化的政治悲劇意識，就由纏綿俳惻的君臣關聯失落之悲，轉為悲壯崇高的忠奸之爭」⑲。正如明清家將小說以「忠奸抗爭」為敘事主線，將導致英雄受挫、失敗的種種因由，全歸究於奸臣。而小說中的昏君，也會在英雄受冤平反後，自陳是受到「可惡奸臣」的蒙蔽。（詳參第五章第六節）甚至像呼家將、羅家將雖然遭到昏君下令「抄滅全族」的迫害，然其起義興兵、兵圍皇城時，打的仍是「為君除奸」的旗號。⑲

若再進一步考諸明史，則類此「清君側」的事件還真是不少，如建文元年（1399），燕王發起「靖難之役」，即援引太祖《祖訓》所說：「朝無正臣，內有奸逆，必舉兵誅討，以清君側。」正德五年（1510），安化王造反時，即發布檄文歷數劉瑾罪狀，聲稱「特舉義兵，清除君側」。弘光元年（1645），左良玉以「清君側」為名，揮兵直指南京，其所針對的正是福王所寵信的馬士英、

---

⑲　張法《中國文化與悲劇意識》，頁116。

⑲　《說呼全傳》寫呼家將兵臨皇城前，先透過八王向請仁宗「曉以大義」，求得一道「除奸削佞的敕諭」。爾後即以「奉旨除奸察佞」為號召，率兵包圍皇城。（第37回）而《粉妝樓》寫羅家將興兵包圍皇城，其所號召的也是「為國家除奸去惡」。（第71回）

阮大鋮等閹黨。❶❾❹如此，家將小說所虛構的呼家、羅家「為君除奸」之故事，卻是明代歷史的真實反映。

三、家族至上的價值取向

中國傳統社會之重心在於家族，因此個人對家族的效忠是社會所公認的價值標準。然而，由於人民對自己家族的過分認同，有時會導致對國家認同的忽略。❶❾❺特別是當家族利益和國家利益發生衝突時，儘管有「移孝作忠」的倫理規範可供依循，但是「家族至上」畢竟是一種根深柢固的價值觀念，所謂家族利益高於其他利益，親族關係重於其他關係，「家族至上」常是導引家族成員思想、感情和行為的最高準則。❶❾❻

在明清家將小說「忠奸抗爭」的情節中，對這種「家族至上」的價值取向頗多反映。以下即從「忠奸抗爭」情節所牽涉到的主要家族：君王、后妃（奸臣）、家將英雄（忠臣）等三方面加以考察：

---

❶❾❹ 參見不著撰人《明朝史話》第一章「靖難之役」、第二章「昏君、權閹、佞臣」、第五章「腐朽的弘光政權」，頁 57、120、269。

❶❾❺ 一個典型的例子是：當中國與外國發生戰爭時，要人民奮起與敵人作戰，必須要使人民相信，敵人的侵害會嚴重危害我們的家族。換言之，「衛國」的口號前必須加上「保家」，才能激起人民同仇敵愾的心理。楊懋春〈中國的家族主義與國民性格〉，頁 145。

❶❾❻ 各個家族都有自己的家族至上的價值觀，都在發揮本家族的內向功能和外向功能，其功能作用的對象不是自然，而是社會（主要是其他家族）和政府，這就使得家族與家族之間，家族與政府之間產生極其複雜的關係，「一人得道，雞犬升天」和「一人犯法，夷滅三族」便是其中最突出的一種關係。楊知勇《家族主義與中國文化》，頁 114。

㈠在君王方面

　　君王首先關心的是他本人和家族的利益，其次才是國家和人民的利益。而這也是君王區別忠臣和奸臣的主要依據之一。《世說・規箴》載：

> 京房與漢元帝共論，因問帝：「幽、厲之君何以亡？所任何人？」答曰：「其任人不忠。」房曰：「知不忠而任之，何邪？」曰：「亡國之君，各賢其臣，豈知不忠而任之？」房稽首曰：「將恐今之視古，亦猶後之視今也。」**⑲**

在君臣的關係中，忠臣為公為國，見君之昏庸必冒死以諫，導致國君視其為不忠；而奸臣為營己私，每歌功頌德以取悅國君，故常贏得昏君的喜愛。

　　因此，歷史上宋高宗將岳飛賜死，其來有自。首先就宋高宗本身而言：其由藩王得承大統，本是因時乘勢，為鞏固君位，自是喜偏安，忌迎二帝；加上即位後遭遇數起軍事叛變，使他深忌武將，故一面以郭子儀忠君的思想灌輸諸將，一面主和議以收兵權，解決武將跋扈之患。**⑲**其次就宋高宗和岳飛的關係來看：岳飛出身平民卻能晉升為大將，雖是累積戰功所致，然宋高宗有意提拔亦是不爭的事實，可是岳飛並不體會宋高宗的意圖，一心主戰，只想迎回二

---

⑲　楊勇《世說新語校箋》（台北：樂天出版社，1972.9），頁 414。

⑲　相關論述詳參王德毅〈宋高宗評──兼論殺岳飛〉，頁 173-180。

帝，如此已使君臣關係產生疏離。⑲特別是岳飛紹興七年「奏請立儲」被責為武人干政；⑳「擅交兵權」被視為恃功脅上，㉑這些都正中宋高宗猜忌武將的心病。此後，岳飛更有多次受詔不班師、屢詔不赴援的「逗留」行為，更是引發宋高宗不滿。㉒因此，從宋高宗個人的觀點來看，岳飛有可能是不忠的。㉓故當岳飛被殺後，宋高宗即告誡張俊云：「若知尊朝廷如子儀，則非特身饗福，子孫昌盛亦如之。若恃兵權之重而輕視朝廷，有命不即稟，非特子孫不饗福，身亦有不測之禍。」㉔此語顯然暗示張俊，若恃兵權而輕朝廷，下場將有如岳飛。

---

⑲　正如朱熹對岳飛事件的評論：「諸將驕橫，張與韓較與高宗密，故二人得全。岳飛較疏，高宗又忌之，遂為秦檜所誅。」《朱子語類》卷一三一，頁3148。

⑳　紹興七年，岳飛聞金人欲立欽宗子於汴京，乃奏請先立儲以定人心。高宗答曰「卿言雖忠，然握重兵於外，此事非卿所當預。」薛弼得知後即言：「鵬舉為大將，越職及此，其取死，宜哉！」參見宋・李心傳《建炎以來繫年要錄》卷一〇九（台北：文海出版社 1968.1），頁3475。

㉑　紹興七年，岳飛因高宗對淮西軍歸其統領出爾反爾，怒而以服母喪為由，上奏請求解除軍務，然未經朝廷允許，即擅交兵權離去。丞相張浚因此上奏岳飛「專在併兵、意在要君」，高宗聞後震怒。參見《宋史・高宗本紀》，頁530。

㉒　王德毅在〈宋高宗評——兼論殺岳飛〉一文中，對岳飛令援淮西，逗留不進有詳細論析。頁184-186。

㉓　劉子健檢討歷來歷史上對岳飛的評價後，認為岳飛被害，「高宗的動機非常強」。但是岳飛被害的責任並非僅在於高宗和秦檜，「當時士大夫和他們所接受的忠的觀念，都有關係」。《兩宋史研究彙編》（台北：聯經出版社，1987.11），頁199。

㉔　《建炎以來繫年要錄》卷一三九，頁4436。

《說岳全傳》敘寫宋高宗和岳飛的關係，頗能抓住歷史真實的微妙處。小說中的岳飛一心一意要迎回二帝、反對偏安、斥責宋高宗所倚重的主和派等。如此，岳飛以「國家的利益」妨礙了宋高宗「本人的利益」，此即對君不忠；既是對君不忠，就是觸犯「家長的權利」，故在宋高宗眼中，岳飛已違害到他的「家族利益」。

類似情況又見於《說唐三傳》中，唐太宗因「王叔」李道宗告薛仁貴私進長安、害死郡主，盛怒之下欲斬薛仁貴。不管其他大臣如何保奏薛仁貴對國家有十大功勞，唐太宗仍執意殺之。儘管小說以天命因果來詮釋唐太宗這段「反常行為」，然細究其因，仍可見君臣關係終究比不上血緣關係，畢竟薛仁貴害死「御妹」，正是嚴重損害了唐太宗「家族成員的利益」。而後，薛仁貴冤屈昭雪，聲言必殺李道宗洩恨才願出征。唐太宗就明白告訴程咬金：「君王怎能下旨殺王叔？」故希望薛仁貴看君王的面子，饒了「王叔」。如此，皆可見唐太宗處處維護其「家族成員」之用心。此外，再如楊家將小說中，宋太宗因潘妃之故而免潘仁美死罪、宋仁宗罪責楊文廣先娶山女後婚公主、宋神宗因楊家將斬殺自己的寵臣張茂而下旨抄滅楊家。而在狄家將、呼家將、羅家將等小說中，皆有君王因寵愛「貴妃」、聽信「國丈」，進而冤屈忠臣的情節。（詳論於後）原因無他，正因「貴妃」、「國丈」皆屬君王的「家族成員」。

㈡在后妃方面

帝王的恩寵與后妃家族的利益密切相關，一個女人如果得到帝王的恩寵，她的族人即可得到高官厚祿。中國歷史上大量存在的外戚禍國，靠的就是后妃姿色得來的恩寵。而后妃關心的是「娘家家族」的利益，其結果就是對「丈夫」從事的政治事務造成有形、無

形的干預，形成所謂的「后妃干政」。

歷史上后妃和奸臣又常混為一體，許多奸臣都是靠巴結后妃而取寵，形成廣義的后妃家族。如明憲宗寵愛萬貴妃，當時太監、方士皆以結歡萬氏為進身之階，終致朝中太監亂政。明神宗寵愛的鄭貴妃則無所不用其極的為其子謀取皇位的繼承權，引發朝野黨爭不斷。而魏忠賢得以受到明熹宗的寵幸，則因其和後宮的客氏搭上關係。❺至於清代的大貪官和珅，因其子娶了乾隆之女，更得專權貪污。❻

明清家將小說對於后妃因顧及自身家族的利益，而導致奸臣禍國的歷史現象，頗有呼應之處，最明顯的就是小說中主要奸臣的身分有不少是「國丈」。如《楊家府演義》中的潘仁美（宋太宗倖潘妃）、《說岳全傳》中的張邦昌（宋高宗倖張妃）、《說呼全傳》中的龐集（宋仁宗倖龐妃），以及《萬花樓》和《五虎平西》中的龐洪（宋仁宗倖龐妃）等。這群君王的丈人皆因託女兒之福，而得以在朝廷中作威作福、陷害忠良。同時，貴妃也常因「父女親情」而助父為惡，甚至不惜以「家族的利益」損害「國家的利益」。如《說岳全傳》中的張妃在張邦昌授意下，設計誣陷有能力抗敵保國的岳飛。《說呼全傳》中的龐妃為了幫助父親龐太師陷害呼家，更是用盡心機、耍盡手段，終使功臣世家全族遭到抄滅。《五虎平西》中

❺ 參見不著撰人《明朝史話》，頁 116、204、211。按：客氏名義上雖是熹宗的奶媽，然熹宗即位後即封客氏為「奉聖夫人」，其在後宮的實質地位猶如后妃一般。

❻ 參見徐洪興《殘陽夕照——清朝興衰啟示錄》「和珅跌倒，嘉慶吃飽」節（新店：年輪文化公司，1998.8），頁 165-178。

的龐妃經不起父親的求請，揭露假珍珠旗，欲陷國家棟梁狄青於死地。而在《說唐三傳》中，張士貴的女兒是李道宗的愛妃，張妃為報父仇，遂慫恿李道宗設計陷害薛仁貴。

因此，明清家將小說敘寫的「忠奸抗爭」，常常是兩個家族的抗爭，即「忠臣家族」對「奸臣家族」。而「忠臣家族」之所以失敗，常因「奸臣家族」又與「君王家族」聯姻，形成「昏君奸臣大家族」。正因貴妃常是「忠奸抗爭」成敗的關鍵，故在《五虎平西》中，龐洪雖有通敵大罪，然宋仁宗卻因龐妃之故而百般維護，包公只好奏請狄太后、李太后先殺了龐妃後，才得以依律處斬龐洪。（第 100 回）而《平閩全傳》寫張茂陷害楊家將的奸情暴露後，群臣即聯合上奏張妃該殺，罪責其助奸害忠的行徑。（第 51 回）《說呼全傳》寫宋仁宗面臨呼家將圍城兵諫，不得不以「龐妃朕已賜死，龐集革除官職」來安撫忠臣的憤怒。（第 40 回）《說唐三傳》寫唐太宗為讓薛仁貴願意掛帥征西，即先「傳旨將張妃白綾絞死」，再由程咬金設計處死奸王李道宗。（第 7 回）

此外，一旦后妃家族與君王家族的利益產生衝突時，后妃還是會以娘家家族的利益為重。如《萬花樓》寫狄太后為了保續「狄門血脈」，不惜「有違禮法」欲請出宋太祖盔甲予狄青比武時使用（第 18 回）；狄青押解征衣赴邊關，狄太后深恐其逾期遭罰，還特別請託佘太君致書楊宗保，要他「倘然違期，從寬不究」（第 21 回）。在《五虎平西》中，狄太后更因宋仁宗要斬狄青而大動肝火，親臨金鑾殿，當著眾文武面前怨責君王斷送「狄氏一脈香煙」（第 55 回）。而後，更因惱怒龐家父女屢屢陷害狄青，不管宋仁宗多麼心疼不捨，仍然堅決縊死龐妃（第 100 回）。再如《反唐演義》

敘寫武則天以武氏家族排擠李氏家族，如程咬金所嘆：「諸武盡掌
大兵，只怕唐氏江山歸於別姓矣。」（第18回）

（三）在家將英雄方面

《說唐後傳》寫羅通奪得二路元帥的帥印，威風得意地回家報
喜，沒想到竟然遭來母親怒罵：「好不孝的畜牲！」後來聽母親言
及父祖冤死事，羅通即向母親保證說：

> 為人子理當與父報仇，母親說與孩兒知道，此番領兵前去，
> 先報父仇，後去救駕。（第7回）

「父仇」與「救駕」，前者是家事，後者是國事。羅通的直覺是
「為人子者理當與父報仇」，因此在「私領域的家」與「公領域的
國」之排序上，即有「先報父仇，後去救駕」之優先次序，這是家
族至上觀念的直接顯現。而後，在掃北救駕的征途上，羅通好幾次
向程咬金探問父祖之仇，可程咬金都勸說：「你今第一遭為帥出
兵，萬事盡要丟開，必須尋些快樂才好，若如此煩惱悲傷，恐出兵
不利。」（第7回）雖然程咬金頻頻期勉羅通要以救駕的「國家大
局」為重，但是冤死的羅藝、羅成卻主動前來託夢訓誡。小說寫當
羅通午睡時，夢見父祖前來教訓道：

> 好個不孝畜牲！你不思祖父、父親天大冤仇未曾報雪，又不
> 聽母訓，反到這裡稱什麼英雄！剿什麼番邦！與國家出什麼
> 力！（第9回）

「家仇不報非英雄」，如此訓誡真是一語道破家將小說以「家族世代」為主題的特色。事實上，當家族利益和國家利益發生衝突時，儘管有「移孝作忠」的倫理規範可供依循，但從中國歷史發展的具體情況分析，儒家這套理論只是一種理想化的構想，它可以解決「明君－賢臣」的關係，卻不能解決「昏君－賢臣」的關係。因此，家將小說中的主要英雄一旦面對君臣關係失落時，大都會將「怨君」的心理轉化為「恨奸」，而用「以死明志」、「詐死埋名」或「歸園田居」等方式，期待君王早日清醒以還其清白，如楊業、楊六郎、岳飛、狄青、薛仁貴等。這種敘寫方式雖說仍有其虛構之成分，然英雄受挫的情形大抵於史有據，故為家將小說演為忠臣悲劇之模式化。

然而，家將小說虛構創造出來的英雄後代，則大都改用激烈的方式來洗雪家族的冤屈。如《楊家府演義》的楊懷玉、《說岳全傳》的岳雷兄弟、《反唐演義》的薛剛兄弟、《說呼全傳》的呼守勇兄弟、《粉妝樓》的羅焜兄弟等。當他們的家族遭到奸臣構陷、昏君又下令抄滅全族時，為了家族血脈的延續，他們或自動、或被動的選擇逃亡，而後更因「功勛子弟、英雄後代」之身分，而得聯合草莽、佔據山林、對抗朝廷；甚至借調番兵，包圍皇城進行兵諫。這種種作為，在專制時代皆屬大逆不道，實與造反無異。然在家將小說中，最後妥協的都是朝廷，昏君會在最後關頭「發現」奸臣之惡，進而斬殺奸臣，加封功勛子弟，回復英雄家族的榮耀。

典型的情節如《說呼全傳》寫宋仁宗在龐妃的誣告慫恿下，因質疑呼家將「非忠孝之心」，故「即傳密旨一道，令龐丞相領兵殲滅」。（第 4 回）而後呼家將興兵復仇，顧及「俺家世代功臣」，

故要呼延慶先去求助八王，「請一道除奸聖諭」。當八王面奏呼家後代曾阻止龐家謀害太子時，宋仁宗還頗不以為然的說：「今王叔這般說法，明明是與呼家出頭，要算計龐家父子。難道王叔就是昧良的？」在八王析以利害、以身作保後，宋仁宗才勉強「降一道除奸削佞的敕諭」交與八王。（第37回）爾後呼家將即以「奉旨除奸察佞」為號召，率兵包圍皇城。宋仁宗聞報後大怒說：「前龐集父女雖然挾嫌妄奏，殲滅其家，此是龐集之咎，不應統領人馬到來。朕今若不提兵征討，豈不壞了宋朝的體制？」然因迫於形勢，宋仁宗不得不聽從八王、包公之議，下旨貶放龐集、賜死龐妃，以服呼家將之心。事後，宋仁宗還假惺惺地對呼家將說：「朕那年征遼去後，誰想丞相龐集誤聽龐妃，把你全家抄沒，朕心深為不安。」遂封賜呼守勇為「忠孝侯」、呼守信為「忠勇侯」，其他呼家後代皆為「孝勇將軍」。（第40回）

再如《粉妝樓》亦寫羅家將興兵包圍皇城，天子驚嚇之餘怒責曰：「爾等久沐洪恩，不思報國，掃滅外荒，今日提兵至此，意欲何為？非反而何？」定國公馬成龍即回奏說：「沈謙欺君謊奏，先斬羅增全家，後又鏟了微臣的祖墓，臣等無處伸冤，只得親自來京對理伸冤。」並且強調其目的在於「為國家除奸去惡」、「為祖宗報仇」。（第71回）而後，羅焜在祁巧雲施法相助下，先行進入皇城面聖訴冤，並表明今夜五更，馬成龍將攻入皇城捉拿沈謙治罪。天子聞奏，不得不「親寫一道赦條」，赦免羅家將和馬成龍專兵之罪。（第72回）事後，天子詔見羅家後代，宣稱「朕一時不明，聽信奸賊」、「爾等聚義山東，皆沈謙所逼」，並大罵沈謙「萬惡滔天」。待羅家將平番除奸後，天子還下詔讚揚羅增「忠心不改」、

羅燦「忠孝雙全」、羅焜「孝勇可嘉」，至於帶頭領軍包圍皇城的馬成龍則是「忠勇可嘉」。（第 78 回）

透過《說呼全傳》和《粉妝樓》這兩段典型的敘寫，可見在這群英雄後代的心目中，維護家族實質的生存、延續與榮譽，其價值遠比「盲目忠君」要重要的多。因此，這群為家族雪冤、為國家除害的家將英雄，其最後被賦予的評價是「忠孝、忠勇、孝勇」。

小結：

綜合以上三方面的探討，可知「家族至上」是家族文化的重要因素。而明清家將小說在相關情節中透顯出這種家族至上的觀念，其實正反映了明清時期盛行於當時社會的家族現象。如康雍時期漢族士人在體會到官場險惡後，寧願辭職歸鄉把關注投向自己的家族；雍正帝更在御旨中指責大臣們沒有向王朝盡最大的忠心，而對自己的家族展現過分的忠誠。**⑳**乾隆時期，大家族還常常形成地方上的強橫勢力，使清廷一方面要宣揚扶持宗族制度，一方面又要對橫恣的大家族加以控制。**⑳**畢竟把家族利益看得比國家利益還重要，很可能會反過來危害到國家安危。如《說唐後傳》寫張士貴隱匿應夢賢臣，將薛仁貴的戰功全由自己的女婿何宗憲冒領，將征東的國家大事，視為是用來成就其自家「四子一婿」的家族事業，其心態可謂置「國家」興亡於不顧，而專注於自身「家族」的榮華富貴。因此，當張士貴瞞隱應夢賢臣、又屢屢冒功的奸情暴露後，他

---

⑳ 詳參高翔《康雍乾三朝統治思想研究》（北京：中國人民大學出版社，1995），頁 164-166。

⑳ 參見王思治〈家族制度淺論〉《清史論稿》，頁 37-43。

一不做，二不休，甘脆反上長安，想把「國」變成「家」，意圖將自家的利益放到最大。結果謀國不成，全家反遭殺戮。類此奸臣為了維護自家利益，不惜迫害英雄，進而造成國家危難的敘寫，可說是家將小說中的普遍情節。如此，可見家將小說和明清社會彼此呼應著家族至上的文化。

第七章　結　論

　　本書以「明清家將小說研究」為題目，依據明清時期通俗小說之發展現象，把明清兩代這批相同類型的家將小說，視為一組整體的研究對象；而以「文意並拙，然盛行里巷」之存在意義為問題意識之開端，藉由「價值論」（value theory）的觀點加以釐清其「世代累積成書」和「明清時期盛行」兩大發展特色。故在研究取徑方面，首先由「盛行里巷」的方向出發，考察家將故事的演化以及家將小說在明清時期的版本衍續。其次，由「文意並拙」的方向出發，針對家將小說敘事模式類同的現象，依據價值論「符號→意義→價值」之思維程序，探究明清家將小說類型化、模式化的符號形態和意義性質，考察重點在於作者運用敘述符號所形成的「組合規則」，鎖定的焦點在於家將小說之敘事結構、主要情節類型，以及以英雄為中心的人物類型。最後，綜合「盛行里巷」和「文意並拙」的雙向考察，探究家將小說在作者的價值預期和讀者的期待心理下，其作品所涵蓄之「普遍而通行的精神文化」。

　　本章根據前文各章之研究，先歸納其要義，以具體回應明清家將小說「文意並拙，然盛行於里巷間」之發展現象。而後，再依本文研究的結果，重新確立明清家將小說的缺失和價值。

一、明清家將小說的故事演化和作者版本

在明清家將小說的成書發展中有兩大特色:一是世代累積成書,二是明清時期盛行。本章於前者考察的是家將故事在成熟期以前的演化情形,並從中歸納其流傳因素和流傳形態;後者梳理的是家將小說的作者版本,再據以探討小說刊刻時期的出版市場、讀者需求等相關層面。以下就研究結論分述之:

1.就故事演化方面來看:明清家將小說故事演化的成熟先後,依序是楊家將、岳家將、薛家將、狄家將、呼家將、羅家將。其中,薛家將、羅家將的故事都是從說唐故事中分枝演化而出;而同樣敘寫北宋事蹟的楊家將、狄家將和呼家將,則是同樹異枝的故事體系。至於各類家將故事的演化過程,大都是由片斷的歷史事蹟,逐漸發展成一人、一家之英雄傳奇;演化的規律則是由事到人、由實到虛、由合傳到獨立。同時,家將故事中的主角都具有某些共同的流傳因素,如「出身貧賤,努力而為大將」、「軍紀嚴明,深得軍民愛戴」、「功大遭忌,甚至受冤而死」、「忠君愛國,一門忠烈」、「戰功神奇,威震夷夏」等。這些因素會隨著家將故事的演化而更加滋生繁衍,進而成為一套家將故事的共同特色或必備成分,如民族戰爭、忠奸抗爭、天命因果、華夷之辨、忠君思想、家族榮譽、傳奇化的英雄等。到了明清時期,更是具體化為家將小說中共同的敘事結構、相似的情節單元、類型化的人物塑造、普遍而通行的主題思想等,從而使明清家將小說成為一組特色鮮明的類型小說。

2.就作者版本方面來看:明清家將小說的作者和刊刻地大都集

中在金陵、蘇州和福建等地，此現象和明清時期江南地區經濟發達、出版市場活絡有密切的關係。透過種種補綴前書和昭示後續的出版現象，更可見家將小說在當時社會的暢銷情況。而為了滿足讀者喜愛多重口味的需求，家將小說也吸收了神魔小說、才子佳人小說、世情小說、公案小說的部分特色，形成跨類型的發展現象。此外，家將小說多以「某傳」或「某演義」為名，這除了表示小說取材自史傳，或模擬史傳的敘事外，從中也透顯出作者勸善懲惡的創作意圖。同時，作者頗能善用傳奇化的編撰手法，此固然有其利於市場銷售的考量，但不可抹殺的是：透過家將小說的編撰，他們擔任起中國社會底層的教化任務。

二、明清家將小說的敘事結構和戰事考

明清家將小說敘事結構的發展主線是「忠奸抗爭」，敘事結構的內容主體是「戰爭」，帶動整個敘事結構的軸心則是「英雄家族的世代功業」。其中，「戰爭」是決定「忠奸抗爭」勝負的關鍵，而「家族興衰」則是兩者共同的支撐。因此，本章以「忠奸抗爭」和「戰爭」為家將小說敘事結構分析的重點，透過歸納兩者敘述形態之模式，進而探究其所負載的意義及其與「英雄家族」之關係。此外，由於家將小說講述的內容是唐宋故事，因此就小說中主要的戰爭敘述進行史實比對，有助於探究作者運用虛實敘事之意義。以下就各項研究的結論分述之：

1.明清家將小說「忠奸抗爭」的敘述形態可以歸納出一條基本模式：「奸佞當道→忠奸衝突→奸佞欺忠→忠臣冤屈→忠臣雪冤→奸佞失敗。」其中，又善於運用「貴人相救」的情節來變化伸展，

藉以擴大忠奸抗爭的規模。由於家將小說是以「英雄家族的世代功業」為敘事軸心，故其「忠奸抗爭」結構會配合「家族衍續」的發展，使忠奸之間的消長呈現出一種交替而綿延的互動。因此，當家將小說以「忠奸抗爭」為敘事結構，並且將之用來建構一個英雄、一個家族或一個時代之興衰，甚至作為對歷史的普遍解讀時，那麼它就不再只是一個單純的敘事框架，其中必有其相應的文化價值。畢竟在中國人的觀念中，「忠／奸」代表了既鮮明又對立的道德立場，而家將小說習慣以懲惡揚善為故事中的大團圓結局，其所展現的正是重視道德評價和道德勝利的倫理文化。

　　2.明清家將小說「戰爭」的敘述形態可以歸納出：「番邦侵擾→英雄出征→英雄退敵」的基本模式，由此又可接續發展出：「英雄遭逢困厄→英雄後代救援→女將救援破敵」。此外，有些家將小說敘戰的重點在於英雄後代除奸，其模式為：「英雄後代惹禍遭厄→英雄後代逃亡聚義→英雄後代除奸滅番」。而不管是哪種敘戰模式，其中又常以「陣前姻緣」和「神魔參戰」為轉折關鍵。特別是中後期的家將小說，由於吸收了才子佳人和神魔小說的部分特色，因此在敘戰過程中增添了不少脂粉味和神祕性，並且慣常以天命為決定戰爭成敗的主要關鍵。至於家將小說在敘戰中每每不厭其煩地穿插「陣前姻緣」的情節，且領軍作戰的主將也呈現出「老將→小將→女將」之轉換，這類敘寫都是為了成就英雄家族的世代延續，希望英雄們得以一代接一代地在戰場上為其家族爭取榮耀，充分彰顯出家族文化的意涵。

　　3.綜合明清家將小說「戰事考」的結果，可以歸納出其共同規律為：「簡單化、理想化、虛幻化、雜湊生發。」家將小說在敘戰

時，對歷史戰事大量運用「簡單化、理想化、虛幻化」加以處理，作者融合事實與想像的作法，其目的是為了要避開「文古、義深」，以達「家喻戶曉」的效果。同時，作者將複雜的歷史套入簡單的敘事模式之中，可以使讀者更容易地超越歷史，直接去親近小說中的英雄人物；並且進一步超越小說，直接去體會作者勸善懲惡的教化意圖。至於「雜湊生發」則使小說敘戰的內容虛多實少，造成一種時空模糊的效果。作者藉此可以把歷史上不同時期的社會心理和文化意涵融入其作品之中，使小說的情節具有超越時代和地域的價值意義。因此，在家將小說中有許多明寫「唐、宋」而暗指「明、清」之內容，作者利用兩朝對應的關係，採用時空模糊的敘事，借此喻彼，形成某種關聯之影射或反映，故要提醒讀者：「莫笑稗官憑臆說，主持公道最情殷。」（〈五虎平西序〉）。

三、明清家將小說的主要情節類型

在明清家將小說的敘事結構中，有不少模式化，甚至典型化的情節類型，其中又以「天命因果、遊歷仙境、陣前招親、布陣破陣」等最富有特色。由於這四種情節類型非但普遍出現於各本家將小說之中，並且在故事布局中經常是情節轉折之關鍵，特別透過「天上與人間結合」的普遍思維，作者既展現了其運用奇幻、魔幻等想像生發的寫作技巧，又能滿足讀者閱讀的獵奇心理。因此，本章彙集了各本家將小說中的這四類情節，進行統整性的具體分析，以探究這四類情節在小說中的敘述模式及其運用意義。以下就研究結論分述之：

1.天命因果的情節散布於明清家將小說的各種敘述之中，有的

將之用來做為故事背景的開展，有的具體用在人物命運的詮釋，可說舉凡兩國交戰、忠奸糾葛、男女姻緣、家族興衰等，作者都是套用天命因果的模式加以詮釋，形成以天命因果貫串始終的意涵結構。而這其中又以《說岳全傳》的天命結構和薛家將故事的世代因果運用得最為精彩。在家將小說中，天命掌握了紛紜複雜的人事現象，並在背後規劃出一定的秩序，使人世間一切的是非爭執，最後都歸納於天命預設的架構之中，從而證實天命是不可抗拒的絕對力量。總之，家將小說中這種天命因果的主題思想是世代累積而成，反映的是一種普遍而久遠的庶民文化。

2.遊歷仙境情節在家將小說中的基本歷程為：「誤入、服食→授書、傳藝、贈寶→回歸、立功」。就家將小說的情節發展來看，遊歷仙境確是關鍵性的一環，因為主角要是沒有經歷此一奇遇，他就無法突破現狀，進而成就其個人和團體的戰功。因此，遊歷仙境情節在家將小說中實具有「完成生命禮儀」之意義，特別是年輕小將們常因遊歷仙境而曉天書、得法寶、脫胎換骨，從而具備絕對強勢的參戰能力，而這同時也是作者宣告「天命英雄」的方式。值得注意的是，家將英雄一旦出了仙境，就會積極地奔赴戰場，或解君父之圍，或圖建功立業，完全不同於六朝隋唐小說所表現的眷戀仙境。如此，透過這類遊歷仙境的奇幻遭遇，家將英雄們即可依序完成從「個體」（英雄養成）到「家國」（英雄世家），從「家國」到「天命」（英雄使命）等一系列的職責。

3.陣前招親情節主要是指戰場上敵對雙方的姻緣，男女主角分別為英俊小將和美貌女將，招親的成功與否會直接影響到戰爭的成敗，其敘寫模式大致為：「敵對臨陣→女將招親→小將應允→成親

破關」。其中，女將招親到小將應允的過程，常是情節結構的變化處，從最簡單的「提親→應允」，到較複雜的「提親→抗拒→逼婚→屈從」等皆有所敷演。而「成親、破關」雖是連帶的關係，然「成親」階段卻屢屢因「家族父權」或「國家安危」而演為父子（女）衝突，成為這類情節最引人注意處。家將小說中這類陣前招親情節的敘事形式，可說是從「才子佳人小說」吸收變化而來，只是易文為武，並將事發地點由「後花園」改成「戰場」。其在小說中的運用意義有三：一是透過「姻緣天註定」以強化小說的天命主題，二是透過家族生命的延續以符合「英雄家族世代榮耀」的敘事軸心，三是透過成親破關的圓滿結局以彰顯「化干戈為玉帛」的和平期待。

　　4.布陣破陣的情節堪稱為小說家對戰爭的幻想。家將小說中的布陣形式大致可區分為「以士兵、武器為主」和「以法術、法寶為主」兩種類型，而且大都或多或少帶有神祕性；而破陣方式常見的有「將領率軍入陣衝殺」、「相對運用神祕力量」、「不戰而屈人之兵」三種類型。就家將小說的敘事結構來看，每當敘戰將臨高潮時，敵番就會傾全力布下一陣，一旦天命所歸的軍隊（唐軍、宋軍）破了此陣，敵番就會元氣大傷，無力再戰。如此，破陣與否成為決定戰爭勝敗的關鍵。這種模式化的布陣破陣，在家將小說中被普遍運用並且廣受歡迎，其運用意義有二：一是透過神仙參戰來宣告天命，進而以天命維護宇宙間的秩序；二是透過布陣破陣來塑造英雄，進而彰顯英雄家族的世代功業。因此，雖然家將小說吸收神魔小說的敘事模式以敷演其布陣破陣的情節，然其敘事意義並非在於神魔鬥法，而是英雄家族的成員們個個義無反顧地參戰破陣，非但

護衛了國家安全、爭取到家族榮耀，其保家衛國的精神更是贏得了
天命所歸。

四、明清家將小說的人物類型與塑造

通俗小說人物塑造類型化的原因，可以從作者和讀者兩方面加
以考察：首先就作者創作來看，小說家習慣依據其創作意圖、教化
理念來塑造人物，使得小說中的人物大都負載著某種道德成分，主
要角色甚至成為代表忠奸善惡的文化符號，因此類型化、模式化實
有助於凸顯人物的性格特徵。其次就讀者接受來看：通俗小說的讀
者群是以中下階層的民眾為主，由於其整體的文化水平並不高，因
此性格特徵穩定的類型人物，實有助於讀者輕易地超越人物形象以
直接進入審美內涵。所以，通俗小說的作者以模式化、類型化來塑
造其人物，往往能夠受到讀者普遍的認同與歡迎。依據以上考察的
結果，再回歸小說作品加以檢視，則可發現家將小說「文意並拙」
的藝術表現，自然也包括了人物類型與塑造。若從人物類型的區分
來看，家將小說以「英雄家族的世代功業」為敘事軸心，因此「英
雄」當為人物類群的中心，其中又可細分出「主要英雄」、「滑稽
英雄」、「巾幗英雄」和「英雄後代」等四大類型；而從「戰爭」
和「忠奸抗爭」的敘事結構中，又可析分出「敵將」、「奸臣」和
「昏君」等三類必備的人物類型。以下即就各類人物類型的研究結
論分述之：

1.「主要英雄」為家將小說中的靈魂人物。家將小說的成書大
都源自於「主要英雄」精彩而片斷的歷史或傳說，而後隨著故事的
發展流傳，再逐漸增衍擴大成為英雄的一生、英雄的家族。由於主

要英雄的形象是世代累積而來，故在其形象和性格之中，除了具備
有讀者樂聞的傳奇因素外，更寄託有歷代民眾共同而美好的期望。
如此，在人物塑造上則形成一套家將小說共通而一致的英雄模式。
如英雄必有不平凡的出身與磨練，而天賜武器、神奇寶馬則是英雄
的必要裝備；英雄在戰場上的表現除了神勇善戰、智謀高超外，更
需有寬闊的將帥風度；英雄內在性格除了洋溢著建功立業的熱誠
外，當其為奸所害時更會展現出忍辱負重的風骨。總之，家將小說
塑造主要英雄，其重要意義在於揭示出一種人格典範。這種人格典
範的形成，除了有其源遠流長的文化傳統外，同時也呼應了明末清
初的時代需求和社會心理。

　　2.「滑稽英雄」是家將小說中的寶貝人物。家將小說中的滑稽
英雄，以魯莽、滑稽、福運等性格為共同特色，而他們的相貌也必
是粗獷形狀，以便與其性格表裡如一。滑稽英雄在家將小說中的作
用除了插科打諢、製造笑果外，更重要的是要和主要英雄形成互補
關係。由於忠君是主要英雄必備的性格，當面對昏君奸臣的迫害
時，代表「理智」層面的主要英雄只能忍辱負重，這時代表「情
感」層面的滑稽英雄就會跳出來為主要英雄抱屈，或痛罵昏君，或
報復奸臣。因此，家將小說塑造滑稽英雄的意義，就是為了強化其
忠奸抗爭的主題，並且在善惡衝突之中，表達出支持正義的情感。
這類滑稽英雄向來廣受讀者群的喜愛，其正義行徑撫慰了讀者在現
實生活中遭遇不平的心理；而其之所以被塑造出來，頗能呼應明清
時期重個性、重真情的理論潮流和社會需求。

　　3.「巾幗英雄」是家將小說中的亮眼人物。其形象大都是貌美
藝高，一出場就令人眼睛為之一亮。特別是中後期作品中的女將幾

乎皆為「番婆」出身，具有「大膽求愛」和「神奇法術」之雙重特色。家將小說除了展現巾幗英雄在戰場上的作戰能力外，也不忘穿插她們的愛情故事或是她們與兒女的關係。究其因，家將小說塑造這類巾幗英雄除了滿足讀者喜愛新奇的閱讀心理外，更有意彰顯出重視家族文化的主題。因此，這類巾幗英雄大都同時具有「女將」、「妻子」、「母親」等多重混合的身分。此外，考諸明末歷史，發現在當時的現實社會中，確實出現一位傑出的女將秦良玉。可見，家將小說塑造巾幗英雄頗能呼應現實社會之需求，而其教化意圖正如〈楊家府演義序〉所強調：「即婦人女子之流，無不摧強鋒勁敵以敵愾沙漠，懷赤心白意以報效天子。」

4.「英雄後代」是家將小說中的希望人物。家將小說中的英雄後代大都出自於小說家的虛構，其之所以被塑造出來主要是為了繼承前代英雄未竟的事業，因此常因其「出場背景」的不同而具有不同的塑造模式，這其中又以「殺敵滅番」和「抗奸聚義」兩種出場背景最為顯著。然而，不管是哪種出場背景的英雄後代，其共同而主要的任務都是要成就英雄家族的世代衍續，不管是家族生命的延續（招親、生子），或是家族榮譽的延續（除奸、平番），一切希望都要寄託在他們的身上。因此，英雄後代的普遍形象是典型的英俊小生，個個英姿勃發，文韜武略更甚父輩英雄。每當主要英雄的故事告一段落後，作者緊接著就會讓英雄後代出場，從而證實英雄世世代代「虎父無犬子」。這種英雄家族世代交替的書寫模式，展現出一種「有德者昌」的文化情懷，而這正是家將小說塑造英雄後代的深層意涵。

5.「奸臣」是家將小說中的無恥人物。家將小說以忠奸抗爭為

敘事主線，因此奸臣是必備角色。若依家將小說所敘寫的奸臣罪
行，主要可以分成「掌握軍權，陷害沙場勇將」、「權傾朝野，冤
屈國家忠良」、「通敵賣國，謀殺抗敵英雄」等三種。而從家將小
說的發展來看，雖然奸臣的形象和作為皆頗為固定，然而愈到後
期，人物的虛構成分愈多，奸臣集團的規模也會愈大，甚至形成集
團式的忠奸抗爭。特別是敷演宋代故事的楊、狄、呼、岳等家將小
說，透過兩宋史實的附會增衍，其忠奸抗爭的對立陣容，猶如武將
對文臣的抗爭；由於小說中的奸臣都是文臣，可見作者對「重文輕
武」政策所導致的國家危難有較深刻的省思。同時，家將小說敘寫
奸臣禍國、通敵的情節，與明清時期的歷史現象頗有呼應之處。

　　6.「昏君」是家將小說中的昏庸人物。家將小說以忠奸抗爭為
敘事主線，因此「昏君奸臣」不但是必備的角色，還是經常性的組
合。雖然小說中的君王不見得每個都是昏君，只是在忠奸抗爭的敘
事結構下，君王寵奸斥忠的昏庸行為刻意被凸顯出來，從而建構出
昏君的共同形象。在家將小說中，昏君最常見的作為就是當奸臣誣
害忠臣時，他總是不曾詳察就言聽計從、或貶或殺，完全忘記英雄
們曾經如何地捨身救駕、戰場建功；而一旦奸臣的奸計敗露時，昏
君們卻又常常因寵妃（奸臣女兒）之故而百般維護，或是將冤屈忠臣
的罪責轉嫁給奸臣，再美其名為大奸似忠。因此，家將小說中的昏
君，其塑造作用主要在於加強讀者對忠臣忍辱負重、忠貞不移等英
雄性格的欣賞。而若以家將小說刊刻盛行的時期來看，則小說中所
塑造的昏君形象，頗有反映明末諸帝昏聵之意。

　　7.「敵將」是家將小說中的妖魔人物。在家將小說的人物類型
中，敵將雖是必備角色，但卻非刻畫重點，大都是以「妖魔化的造

型」加以包裝，並將其所做所為比附為「禍亂人間的妖魔精怪」，此應是受到神魔小說的影響。作者在神魔對立的思維架構下，以神仙代表正義，而妖魔代表邪惡，透過邪不勝正的必然結局，藉以宣告出天命思想。同時，受到傳統華夷之辨觀念的影響，家將小說把與中國對敵者盡皆視為興風作浪、破壞和平的妖魔鬼怪，而英雄領軍討伐番邦則被譽為正義之師，這其中頗能呼應中國古代的戰爭觀。

五、明清家將小說的文化意涵

　　家將故事的發展源遠流長，從唐宋時期的故事醞釀到屬於成熟期的明清家將小說，其間故事流傳演變的文學形態雖然多樣，但卻始終保有某些共通而且歷時不變的文化思維。這種文化思維在明清時期得到增強，具體表現為家將小說的盛行，這是歷時性與共時性合而為一的價值效應，也是明清家將小說共同而深層的文化意涵。其中，「英雄」、「戰爭」、「家族」是三個重要的考察層面，以下就研究結論分述之：

　　1.從史傳到小說，「英雄」不但是家將故事演化的重心，更是人物塑造的重點，一部家將小說實際上也就是一部英雄傳奇史。從英雄層面來考察家將小說的文化意涵，主要成果有三：

　　其一，英雄之所以被崇拜是因為其表現能夠滿足人們的心理需求，體現神話傳說的豐富想像和浪漫藝術，展現史傳文學所歌頌的英雄氣概和俠義精神。因此家將小說中的英雄，個個都被塑造得講義氣、重然諾，特別是在國家危難之際，他們都能挺身而出、英勇抗敵，甚至不惜捨生取義。這種英雄崇拜的心理，除了是既有文化

精神的延續外，明代中葉以後的時勢刺激、清初開國時的東征西討，更是引發英雄期待的社會心理。

其二，家將小說是歷代累積成書的作品，在其長期的演化過程中，讀者對英雄的喜好會決定作者塑造英雄的標準，而這種標準化的英雄常常是民間價值理想的寄託。因此作者在塑造英雄典範時，除了強調其武藝超群、謀略出眾外，還會運用性格描寫將其忠孝節義的情操彰顯出來，以符合庶民文化所認定的英雄標準和理想人格。

其三，家將小說以忠奸抗爭為敘事結構的發展主線，並且刻意聚焦於英雄受挫（為奸所害）的階段、極盡渲染故事的悲情氣氛，從而將英雄的忠義性格與悲劇命運構成一種強烈的對比；而後又將英雄的種種悲劇命運，盡皆歸諸於天命因果；再進而透過天命因果的運用，彰顯出藉果報以求正義的倫理堅持、以天命涵蓋人事的超越詮釋，從而更加確立英雄精神的存在價值。

2.家將小說以「戰爭」為敘事主體，此既是英雄的事業，更是決定忠奸抗爭勝負的關鍵。從戰爭層面來考察家將小說的文化意涵，主要成果有三：

其一，家將小說中的戰爭敘事，可說承襲了古代的戰爭觀，並藉以反映民間對於戰爭意義的價值思考。在「兵者凶器」的觀念下，小說對於輕啟戰事的君王總會給予負面的評價，對於引發戰爭的番將更是視為禍亂人間的妖魔精怪；相對的，在「兵不可偃」的闡發上，小說藉由忠奸抗爭的敘寫，強調君王常因寵信文臣而使善戰的英雄遭到陷害，等到敵寇入侵時才驚覺無人可以抗敵。而家將小說更是宣揚「仁義之兵行於天下」的觀念，以維護正義的抗戰才

是仁義之師,而仁義之師的將領才有資格被視為英雄人物。

其二,家將小說中的戰爭是以「番邦入侵→中國抗敵」為敘事常態,這種民族戰爭的意涵在於華夷之辨。因此小說讚揚家將英雄保家衛國的精神,從中反映人民維護民族尊嚴的強烈心態。而家將小說以民族戰爭為敘事內容的同時,又以忠奸抗爭為敘事主線,透過家將英雄們的種種不幸遭遇,以及由此而造成的國家危難,凸顯出民族衰敗的主因在於君昏臣奸。因此,家將小說在明清時期敷演唐宋戰事,實有意借此喻彼,透過對唐宋歷史的省思反映明清社會的史實。

其三,家將小說頻頻敘寫陣前招親的情節,一方面呼應了歷史上的和親政策,一方面也表達民間期待和平的心態。然而,歷史上的和親是中國公主遠嫁番邦,可是作者卻反寫番邦女將主動招親,可見小說有意重振華尊夷卑的民族自信心。此外,在戰爭與和平的取捨上,中國人認為不能屈辱民族尊嚴以換取和平。因此面對宋代重文輕武所導致的主和屈辱,小說中則虛構楊家將滅遼、岳家軍滅金以大快人心。同時,在明清易代之際,既有奮戰的英雄也有降清的漢臣,小說藉由「主戰英雄/主和奸臣」的對比強調,實有激勵時局之用意。

3.家將小說以家族世代為敘事軸心,家族文化使家將小說得以另豎旗幟,獨立成為一種類型小說,並且呼應了儒家「修身→齊家→治國→平天下」(《中庸》)的人生理想。由於家族制度的發展與強化,使得家族文化對中國社會影響頗深,特別是在明清易代的戰亂中,家族既是抗清活動的基本組織,也是維護鄉里安全的單位。因此,刊刻流傳於明清時期的家將小說,在其情節內容中處處可見

家族文化的彰顯。從家族層面來考察家將小說的文化意涵，主要成果有三：

其一，透過「個人－家族」的互動，可知在以齊家為最終理想的情況下，中國人重視家族的延續與生存、強調家族的團結與和諧、追求家族的富足與榮譽。因此在修身、治國、平天下的關係上，個人修身的重點在於忍耐、犧牲以成全家族；而治國、平天下則是成就家族榮譽的事業。以上，皆見於家將小說的陣前招親、斬子正軍、家長繼承、三祭鐵丘墳、英雄後代救援等情節，其要旨正是「力圖報國還思祖，忠孝真堪絕比倫。」（《說呼全傳》第 37 回引詩）

其二，透過「家族－國家」的互動，可知在移孝作忠的規範下，中國人藉孝道集中父權、藉父權強化君權，強化了忠君的思想，並使忠臣怨昏君的心理得以轉化為恨奸臣。因此，小說一方面以忠奸抗爭為敘事主線，並以昏君奸臣為必備搭配；另一方面則寫主角少年時幾乎都是家中的孝子，然而當國家有難時，他們就會轉而成為戰場的英雄、國家的忠臣，其要旨正是「英豪屢見功勛立，天賜忠良輔聖君。」（《說唐後傳》書末引詩）

其三，透過「家族－國家」的利益衝突，可知在家族至上的文化思維下，中國人面對家族利益和國家利益發生衝突時，儘管有移孝作忠的倫理規範可供依循，但是家族至上畢竟是一種根深柢固的價值觀念。因此在家將小說中，不論是君王、后妃或是家將英雄，家族至上觀念常常是導引他們感情和行為之最高價值的判斷標準。特別是英雄後代，他們為父祖報仇、替家族雪恨永遠要優先於為國家建功，其要旨正如「恩仇已了慰雙親，領受兵符寵渥新。」

（《說岳全傳》第 75 回引詩）、「仇報可雪先人恨，復整山河興李唐。」（《反唐演義》書末引詩）

六、明清家將小說的缺失和價值

若是僅僅從藝術技巧的角度來看，則明清家將小說無論是敘事結構、情節描寫、人物塑造等，皆流於類型化、模式化、公式化。其中，故事的發展大多重複雷同，文字的敘述也是大同小異，戰爭的取材運用奇而失真，英雄的塑造則缺乏鮮明的獨特性。至於故事的主題思想則不外乎是天命因果、華夷之辨、忠君愛國、家族延續等。整體看來，明清家將小說無論在內容上或形式上，皆顯得僵化、刻板、粗疏，缺乏細膩與創意。因此，「文意並拙」的確是明清家將小說的通病。

然而，這種「文意並拙」的小說非但有一世代累積的成書過程，更在明清時期衍生出大量的續書，甚至直接、間接影響了後來的戲曲和說唱。面對這種「盛行里巷」的發展現象，使我們不得不從多元化的角度，對其「價值」給予重新的省視。事實上，當「文意並拙」和「盛行里巷」兩者並置時，不該只是「否定」和「肯定」的矛盾對立，也不是單向的影響關係，而是一種相互證成的存在。透過明清時期社會經濟和出版市場的考察，可以了解「文意並拙」的編撰作法，除了受限於作者本身的程度以外，其更重要的目的是為了能夠「盛行里巷」（符合讀者水平），其動機也是因為這類小說早已「盛行里巷」（因應市場需求）。令人好奇的是，這類小說得以「盛行里巷」的憑藉是什麼？在此追問之下，「文意並拙」當然只是方便讀者接受、欣賞的「媒介」而已。換言之，家將小說這

種敘事模式之所以能被世俗認可,並且在明清時期還被推崇為一種
小說編撰的範式,可見其中自有文化審美的價值。

　　由於小說的審美價值必須藉助於文體的形態特性而獲得存在的
可能,同時,審美價值又必須被置於精神文化之中才能獲得更高層
次的意義。因此,本書綜合「文意並拙」的分析和「盛行里巷」的
考察,做出以下結論:明清家將小說的作者在敘寫歷史故事時,大
量運用奇幻神魔的想像生發以營造人物故事和情節發展,並透過天
上與人間結合的普遍思維以建構其敘事邏輯。於是,歷史現實中種
種複雜的兩國交戰、家族恩怨、人事糾葛等,通過家將小說的想像
與融會,都被簡化成忠奸抗爭、幻化為天命因果,並以「懲惡揚
善」為終結歷史經驗的不變定律。從讀者的立場來看,透過這樣的
文體形態,家將小說既能符合讀者通俗曉暢的閱讀需求,又能滿足
讀者喜愛新奇的閱讀心理。同時,由於家將小說詮釋歷史的思維直
接呼應了庶民社會普遍流行的信仰文化,使讀者得以透過種種歷史
缺憾的閱讀體驗,學習超脫出自身所處現實社會的苦難,從而達到
撫慰心理、消遣娛樂的作用。至於明清家將小說更高層次的價值意
義,則在於英雄精神的繼承與發揚、家族文化的反映與省思,以及
戰爭與和平的抉擇──既渴望安居樂業,又不惜一切要捍衛民族尊
嚴、維護家族榮譽。重要的是,這些審美價值既是明清時期的時代
需求、社會心理,同時也是中國文化中深層而不變的思想意涵。

參考書目

　　說明：本「參考書目」區分為五大類，依序為：「一、明清家將小說及其相關作品」；「二、專書（含古今論著）」；「三、期刊論文」；「四、論文集和會議論文」；「五、學位論文」。至於各類書目的排序，則以作者之姓氏筆畫為據，採依序遞增原則。

一、明清家將小說及其相關作品

1.「古本小說集成」叢書

不題撰人：《五虎平西前傳》，上海：上海古籍出版社，1990。

不題撰人：《五虎平南後傳》，上海：上海古籍出版社，1990。

不題撰人：《平閩全傳》，上海：上海古籍出版社，1990。

不題撰人：《岳武穆盡忠報國傳》，上海：上海古籍出版社，1990。

不題撰人：《武穆精忠傳》，上海：上海古籍出版社，1990。

不題撰人：《後宋慈雲走國全傳》，上海：上海古籍出版社，1990。

不題撰人：《粉粧樓》，上海：上海古籍出版社，1990。

不題撰人：《混唐後傳》，上海：上海古籍出版社，1990。

不題撰人：《異說反唐全傳》，上海：上海古籍出版社，1990。

不題撰人：《說呼全傳》，上海：上海古籍出版社，1990。

不題撰人：《說唐演義全傳》，上海：上海古籍出版社，1990。

如蓮居士：《異說後唐傳三集薛丁山征西樊梨花全傳》，上海：上海古籍出版社，1990。

李雨堂：《萬花樓演義》，上海：上海古籍出版社，1990。

研石山樵：《北宋金鎗全傳》，上海：上海古籍出版社，1990。

秦淮墨客：《楊家府世代忠勇演義志傳》，上海：上海古籍出版社，1990。

陳繼儒：《南北宋誌傳》，上海：上海古籍出版社，1990。

熊大木：《大宋中興通俗演義》，上海：上海古籍出版社，1990。

錢彩：《說岳全傳》，上海：上海古籍出版社，1990。

鴛湖漁叟：《說唐演義後傳》，上海：上海古籍出版社，1990。

2.其他版本

不題撰人：《五虎平西平南》，北京：華夏出版社，1995。

不題撰人：《反唐演義》，北京：華夏出版社，1995。

不題撰人：《粉妝樓全傳》，北京：華夏出版社，1995。

不題撰人：《楊家將演義》，台北：河洛圖書出版社，1980。

不題撰人：《萬花樓》，北京：華夏出版社，1995。

不題撰人：《萬花樓》，台北：文化出版社，1975。

不題撰人：《說唐全集》，台北：時代出版社，1975。

半閒居士、學圃主人同閱：《說呼全傳》（古本小說叢刊），北京：中華書局，1991。

平慧善校注：《說岳全傳》，台北：三民書局，2000。

吳慶俊校注：《說唐後傳》，太原：書海出版社，1999。

武又鳴點校：《楊家將演義・說呼全傳》，北京：中華書局，1999。

侯忠義主編：《明代小說輯刊》第二輯（南北兩宋志傳、楊家府通俗演義、大宋中興通俗演義），成都：巴蜀書社，1995。

秦淮墨客：《楊家府世代忠勇演義志傳》，台北：中央圖書館，1971。

陳大康校注：《粉妝樓全傳》，台北：三民書局，1999。

陳大康校注：《萬花樓演義》，台北：三民書局，1998。

陳氏尺蠖齋評釋：《南北兩宋志傳》（古本小說叢刊），北京：中華書局，1991。

楊子堅校注：《楊家將演義》，台北：三民書局，1998。

錢彩：《說岳全傳》，台北：河洛圖書出版社，1980。

鴛湖漁叟：《說唐演義》，台北：河洛圖書出版社，1980。

鴛湖漁叟：《說唐演義》，台北：桂冠出版社，1992。

二、專書（含古今論著）

周・孫武：《孫子》（百子全書9），台北：黎明文化公司，1996.12。

周・荀況：《荀子》（百子全書2），台北：黎明文化公司，1996.12。

周・尉繚：《尉繚子》（百子全書9），台北：黎明文化公司，1996.12。

齊・司馬穰苴：《司馬法》（百子全書 9），台北：黎明文化公司，1996.12。

秦・呂不韋：《呂氏春秋》（百子全書 20），台北：黎明文化公司，1996.12。

漢・劉安：《淮南子》（百子全書22），台北：黎明文化公司，1996.12。

漢・劉向：《戰國策》，台北：里仁書局，1982.1

漢・班固：《漢書》，台北：鼎文書局，1981.4。

魏・劉劭：《人物志》（四部文明・魏晉南北朝文明卷 28），西安：陝西人民出版社，2007.8。

唐・吳兢：《貞觀政要》，台北：台灣古籍出版社，1997.1。

唐・魏徵：《隋書》，台北：鼎文書局，1983.12。

後晉・劉昫：《舊唐書》，台北：鼎文書局，1981.1。

宋・王偁：《東都事略》，台北：文海出版社，1979.7。

宋・田況：《儒林公議》，北京：中華書局，1985。

宋・宇文懋昭：《大金國志》，台北：廣文書局，1968.5。

宋・吳自牧：《夢梁錄》，台北：文海出版社，1981.6。

宋・李心傳：《建炎以來繫年要錄》，台北：文海出版社 1968.1。

宋・沈括：《夢溪筆談》，台北：世界書局，1989.4。

宋・孟元老：《東京夢華錄》，台北：大立出版社，1980.10

宋・洪邁：《夷堅志》，北京：中華書局，1985。

宋・徐自明：《宋宰輔編年錄》，台北：文海出版社，1967.11。

宋・徐夢莘：《三朝北盟會編》，台北：文海出版社，1962.9。

宋・張君房：《雲笈七籤》，台北：自由出版社，1962.9。

宋・張瑞義：《貴耳集》，北京：中華書局，1985。

宋・陸游：《老學庵筆記》，台北：木鐸出版社，1982.5。

宋・曾鞏：《隆平集》，台北：文海出版社，1969.1。

宋・曾敏行：《獨醒雜志》，台北：廣文書局，1987.7。

宋・葉紹翁：《四朝聞見錄》，台北：廣文書局，1986.10。

宋・歐陽修：《新唐書》，台北：鼎文書局，1981.1。

宋・薛季宣：《浪語集》，台北：台灣商務印書館，1977。

宋・謝維新：《古今合璧事類備要》，台北：台灣商務印書館，1983。

宋・羅燁：《醉翁談錄》，台北：世界書局，1972.5。

元・脫脫：《宋史》，台北：鼎文書局，1983.11。

元・脫脫：《金史》，台北：鼎文書局，1976.11。

元・脫脫：《遼史》，台北：洪氏出版社，1975.1。

明・方孝孺：《遜志齋集》，上海：商務印書館，1967.9。

明・王夫之：《讀通鑑論》，台北：台灣中華書局，1981。

明・朱國禎：《湧幢小品》，台北：新興書局，1984.5。

明・祁彪佳《遠山堂劇品》（中國古典戲曲論著集成），北京：中國戲劇出
　　版社，1959。

明・何良俊：《四友齋叢說摘抄》，北京：中華書局，1985。

明・沈德符：《萬曆野獲篇》，台北：新興書局，1984.5。

明・茅元儀：《武備志》，台北：華世出版社，1984.5。

明・馮琦：《宋史紀事本末》，台北：台灣商務印書館，1965.5。

明・葉盛：《水東日記》，北京：中華書局，1980.10。

明・臧晉叔：《元曲選》，台北：藝文書局，1957。

清・丁傳靖：《宋人軼事彙編》，台北：台灣商務印書館，1982.9。

清・張廷玉：《明史》，台北：國防研究院，1963.3。

清・梁紹王：《兩般秋雨菴隨筆》，台北：文海出版社，1974。

清・焦循：《筆記三編劇說》，台北：廣文書局，1970.12。

清・黃文暘：《曲海總目提要》，天津：天津古籍書店，1992.6。

清·劉廷璣：《在園雜志》，台北：文海出版社，1969。

三軍大學：《中國歷代戰爭史》，台北：黎明文化公司，1978.4。

不著撰人：《明朝史話》，台北：木鐸出版社，1986.7。

不著撰人：《清朝史話》，台北：木鐸出版社，1988.9。

孔另境：《中國小說史料》，台北：台灣中華書局，1982.3。

牛建強：《明代中後期江南社會變遷研究》，台北：文津出版社，1997.8。

王子今：《「忠」觀念研究》，長春：吉林教育出版社，1999.1。

王子今：《中國女子從軍史》，北京：軍事誼文出版社，1998.7。

王平：《中國古代小說文化研究》，濟南：山東教育出版社，1996.9。

王思治：《清史論稿》，成都：巴蜀書社，1987.12。

王星琦：《講史小說史話》，瀋陽：遼寧教育出版社，1993.9，。

王紅旗：《談兵說陣》，北京：解放軍文藝出版社，1992.10。

王泰來：《敘事美學》，重慶：重慶出版社，1987.12，。

王清源、牟仁隆、韓錫鐸：《小說書坊錄》，北京：北京圖書館，2002.4。

王景琳：《鬼神的魔力：漢民族的鬼神信仰》，北京：三聯書店，1996.3。

石昌渝：《中國小說源流論》，北京：三聯書局，1995.10。

任寅虎：《中國古代婚姻》，台北：台灣商務印書館，1998.9。

任騁：《中國民間禁忌》，台北：漢欣文化公司，1993.2。

安震：《日月雲煙——明朝興衰啟示錄》，新店：年輪文化公司，1998.8。

托馬斯·卡萊爾（Thomas Carlyle）：《英雄與英雄崇拜》，台北：國立編譯
　　館，1970.3。

朱漢民：《忠孝道德與臣民精神》，鄭州：河南人民出版社，1994.9。

江蘇社科院明清小說研究中心：《中國通俗小說總目提要》，北京：中國文
　　聯出版社，1991.9。

牟宗三：《才性與玄理》，台北：台灣學生書局，1989.10。

西諦：《中國文學論集》，台北：明倫出版社，未註出版年月。

何滿子：《古代小說藝術漫話》，瀋陽：遼寧教育出版社，1993.12。

余嘉錫：《余嘉錫文史論集》，長沙：岳麓書社，1997.5。

李安：《岳飛史蹟考》，台北：正中書局，1976.12。

李伯重：《發展與制約：明清江南生產力研究》，台北：聯經出版社，
　　2002.12。

李春青：《文學價值學引論》，昆明：雲南人民出版社，1994.10。

李修生：《古本戲曲劇目提要》，北京：文化藝術出版社，1997.12。

李晶：《歷史與文本的超越——小說價值學導論》，上海：社會科學院出版
　　社，1992.12。

李樹桐：《隋唐史別裁》，台北：台灣商務印書館，1995.6。

李豐楙：《許遜與薩守堅：鄧志謨道教小說研究》，台北：台灣學生書局，
　　1997.3。

杜穎陶：《岳飛故事戲曲說唱集》，台北：明文書局，1988.7。

沈起煒：《燕雲遺恨楊家將》，台北：雲龍出版社，1991.11。

汪玢玲：《中國婚姻史》，上海：人民出版社，2001.8。

周啟志：《中國通俗小說理論綱要》，台北：文津出版社，1992.3。

孟瑤：《中國戲曲史》，台北：傳記文學雜誌社，1991.4，。

邵石：《中國隋唐五代軍事史》，北京：人民出版社，1991.1。

金澤：《英雄崇拜與文化形態》，香港：商務印書館，1991.5。

紀德君：《明清歷史演義小說藝術論》，北京：北京師範大學出版社，
　　2000.11。

胡士瑩：《話本小說概論》，台北：丹青出版社，1983.5。

苟波：《道教與神魔小說》，成都：巴蜀書社，1999.9。

孫本文：《社會學原理》，台北：台灣商務印書館，1952.7。

孫紹先：《英雄之死與美人遲暮》，北京：社會科學文獻出版社，2000.9。

孫楷第：《中國通俗小說書目》，台北：木鐸出版社，1983.7。

孫楷第：《日本東京所見中國小說書目》，台北：鳳凰出版社，1974.10。

孫綠怡：《「左傳」與中國古典小說》，北京：北京大學出版社，1992.4。

徐君慧：《中國小說史》，南寧：廣西教育出版社，1991.12。

徐洪興：《殘陽夕照——清朝興衰啟示錄》，新店：年輪文化公司，1998.8。

徐復觀：《中國人性論史——先秦篇》，台北：台灣商務印書館，1988.11。

徐復觀：《知識分子與中國》，台北：時報文化公司，1980.7。

徐揚杰：《宋明家族制度史論》，北京：中華書局，1995.6。

浦安迪（Andrew H. Plaks）：《中國敘事學》，北京：北京大學出版社，1998.1。

馬以鑫：《接受美學新論》，上海：學林出版社，1995.10。

高桂惠：《追蹤躡跡──中國小說的文化闡釋》，台北：大安出版社，2006.9。

高翔：《康雍乾三朝統治思想研究》，北京：中國人民大學出版社，1995。

高達觀：《中國家族社會之演變》，台北：九思出版社，1978.3。

張文儒：《中國兵學文化》，北京：北京大學出版社，1997.3。

張火慶、龔鵬程：《中國小說史論叢》，台北：台灣學生書局，1984.6。

張秀民：《中國印刷史》，上海：上海人民出版社，1989.9。

張法：《中國文化與悲劇意識》，北京：中國人民大學出版社，1989.11。

張俊、沈治鈞：《清代小說簡史》，瀋陽：遼寧教育出版社，1993.9。

張俊：《清代小說史》，杭州：浙江古籍出版社，1997.6。

敏澤、黨聖元：《文學價值論》，北京：社會科學文獻出版社，1997.1。

莊一拂：《古典戲曲存目彙考》，台北：木鐸出版社，1986.9。

莊吉發：《清史講義》，台北：實學社，2002.11。

陳大康：《明代小說史》，上海：上海文藝出版社，2000.10。

陳大康：《通俗小說的歷史軌跡》，長沙：湖南出版社，1993.1。

陳建憲：《神祇與英雄：中國古代神話的母題》，北京：三聯書店，1994.12。

陳昭珍：《明代書坊之研究》，台北：花木蘭文化出版社，2008。

陳美林：《章回小說史》，杭州：浙江古籍出版社，1998.12。

陳翠英：《世情小說之價值觀探論──以婚姻為定位的考察》，台北：國立台灣大學出版委員會，1996.6。

陳學文：《明清社會經濟史研究》，台北：稻禾出版社，1991.12。

陳學霖：《宋史論集》，台北：東大圖書公司，1993.1。

陳穎：《中國英雄俠義小說通史》，南京：江蘇教育出版社，1998.10。

陶君起：《平劇劇目初探》，台北：明文書局，1982.7。

陶晉生：《宋遼關係史研究》，台北：聯經出版社，1986.1。

傅依凌：《明代江南市民經濟試探》，台北：谷風出版社，1986.9。

傅謹：《戲曲美學》，台北：文津出版社，1995.7。

費成康：《中國的家法族規》，上海：上海社會科學院出版社，1998.8。

費孝通：《鄉土中國　生育制度》，北京：北京大學出版社，1998.5。

馮天瑜：《明清文化史札記》，上海：上海人民出版，2006。

黃建中：《比較倫理學》，台北：國立編譯館，1969.7。

黃清泉：《明清小說的藝術世界》，台北：洪葉文化出版社，1995.5。

黃寬重：《南宋時代抗金的義軍》，台北：聯經出版社，1988.10。

楊伯峻：《春秋左傳注》，高雄：復文圖書出版社，1991.9。

楊知勇：《家族主義與中國文化》，昆明：雲南大學出版社，2002.12。

楊渭生：《兩宋文化史研究》，杭州：杭州大學出版社，1998。

寧宗一：《中國小說學通論》，合肥：安徽教育出版社，1995.12。

趙海軍：《中國古代軍事史》，台北：文津出版社，2003.5。

趙園：《明清之際士大夫研究》，北京：北京大學出版社，1999。

趙園：《制度·言論·心態：《明清之際士大夫研究》續編》，北京：北京
　　　大學出版社，2006。

齊裕焜：《中國古代小說演變史》，蘭州：敦煌文藝出版社，1994.12。

齊裕焜：《明代小說史》，杭州：浙江古籍出版社，1997.6。

齊裕焜：《隋唐演義系列小說》，瀋陽：遼寧教育出版社，1992.10。

劉上生：《中國古代小說藝術史》，長沙：湖南師範大學出版社，1993.6。

劉子健：《兩宋史研究彙編》，台北：聯經出版社，1987.11。

劉道超：《中國善惡報應習俗》，台北：文津出版社，1992.1。

劉慶、毛元祐：《中國宋遼金夏軍事史》，北京：人民出版社，1994.1。

劉衛英：《明清小說寶物崇拜研究》，北京：中國社會科學出版社，
　　　2008.11。

樂蘅軍：《古典小說散論》，台北：純文學出版社，1982.5。

歐陽健：《古代小說與歷史》，瀋陽：遼寧教育出版社，1993.9。

鄭志明：《中國社會與宗教》，台北：台灣學生書局，1986.7。

魯迅：《中國小說史略》，上海：上海古籍出版社，1998.6。

盧國龍：《道教知識百問》，高雄：佛光出版社，1991.6。

蕭兵：《中國古典小說的典型群》，北京：中國文聯出版社，1985。

錢靜方：《小說叢考》，台北：長安出版社，1979.10。

魏斐德（Frederic Wakeman, Jr.）：《洪業——清朝開國史》，南京：江蘇人
民出版社，1998.3。

羅永麟：《中國仙話研究》，上海：上海文藝出版社，1993.5。

羅鋼：《敘事學導論》，昆明：雲南人民出版社，1995.7。

瀧川龜太郎：《史記會注考證》，台北：洪氏出版社，1986.9。

顧歆藝：《楊家將與岳家軍系列小說》，瀋陽：遼寧教育出版社，1992.10。

龔延明：《岳飛評傳》，南京：南京大學出版社，2001.4。

三、期刊論文

于汝波：〈狄青平儂作戰指揮特色考論〉《軍事歷史研究》，1999 第 3 期。

卞孝萱：〈《唐太宗入冥記》與「玄武門之變」〉《敦煌學輯刊》，2000 第
2 期。

方志遠：〈再論明代中期棄學經商之風〉《江西師範大學學報哲社版》，
1993.1。

王立：〈論古代通俗小說中的「睡顯真形」母題〉《齊魯學刊》，1996 第 1
期。

王明蓀：〈論上古的夷夏觀〉《邊政研究所年報》14 期，1983.10。

王德毅：〈宋高宗評——兼論殺岳飛〉《國立台灣大學歷史學系學報》17
期，1992.12。

包紹明：〈岳飛故事的流傳與演變〉《福建師範大學學報哲社版》，1994 第
4 期。

任崇岳：〈南宋初年政局與紹興和議〉《中州學刊》，1990 第 1 期。

危磊：〈「大團圓」審美心理成因新探〉《文學評論》，2002 第 3 期。

朱眉叔：〈《大宋中興通俗演義》與《說岳全傳》的比較研究〉《遼寧大學
學報》，2000.7。

朱雲鵬：〈宋真宗崇道原因探析〉《衡水師專學報》，1999 第 1 期。

朱傳譽：〈明代出版家余象斗傳奇〉《中外文學》16 卷 4 期，1987.9。

何冠環：〈論宋太宗時武將之黨爭〉《中國文化研究所學報》新 4 期，1995。

宋克夫：〈論章回小說中的人格悲劇〉《文藝研究》，2002.6。

李文彬：〈白袍小將薛仁貴〉《古典文學》5 集，1984.10。

李文彬：〈明代傳奇中的薛仁貴故事〉《漢學研究》6 期 1 卷，1988.6。

李佩蓉：〈邊境對壘──《說唐後傳》家／國想像的挪移與開展〉《台北教育大學語文集刊》15，2009.1。

李貴錄：〈宋朝「右文抑武」政策下的文臣與武將的關係──以余靖與狄青關係為例〉《中山大學學報社科版》，2002 第 4 期。

李裕民：〈楊家將新考三題〉《晉陽學刊》，2000 第 6 期。

李德山：〈崛起於東北的古國──高句麗〉《歷史月刊》，1997.6。

杜家驥：〈清朝皇族與科爾沁蒙古的聯姻〉《歷史月刊》，1997.1。

谷瑞照：〈先秦時期的夷夏觀念〉《復興崗學報》17 期，1977.6。

周旋：〈禁欲與縱欲──中西古典小說英雄模式成因論〉《西南民族學院學報哲社版》，1994 第 1 期。

忠昌：〈論中國古代小說的續衍現象及成因〉《社會科學輯刊》，1992.6。

林岷：〈歷史與戲曲舞台上的楊家將〉《歷史月刊》，1993.3。

祁慶富、申敬燮：〈俗文學中薛仁貴、蓋蘇文故事的由來及流變〉《社會科學戰線》，1998 第 2 期。

邱坤良：〈負鼓逢盲翁，猶說銅面具──北宋軍人狄青傳奇〉《歷史月刊》，1988.6。

邱坤良：〈楊家將的人物與傳說〉《歷史月刊》，1988.2。

段春旭：〈神話故事與古典小說中的九天玄女〉《福建論壇文哲版》，1998 第 3 期。

紀景和：〈誰是唐代征遼戰爭中的真正英雄？〉《歷史月刊》，1988.3。

胡萬川：〈中國江流兒故事〉《漢學研究》8 卷 1 期，1990.6。

范勝雄：〈星宿的民間信仰〉《台南文化》新 45 期，1998.6。

韋慶遠：〈明朝皇帝的「御駕親征」〉《歷史月刊》，1995.5。

夏志清：〈軍事演義——中國小說的一種類型〉《成都大學學報社科版》，
　　1990.4。

孫旭、張平仁：〈《楊家府演義》與《北宋志傳》考論〉《明清小說研
　　究》，2001 第 1 期。

孫慧怡：〈樊梨花與薛丁山：「陣上招親」的變奏〉《中國文化研究所學
　　報》1 期，1992。

高建立：〈明清之際士商關係問題研究〉《江漢論壇》，2007.2。

高爾豐：〈試論《說岳全傳》的主題思想及時代意義〉《明清小說研究》，
　　1989 第 1 期。

郗孟祥：〈中國古代軍事文化構成要素及特徵探析〉《南京理工大學學報社
　　科版》17 卷 1 期，2004.2。

張志江：〈談有關楊家將小說、戲曲的一則史料〉《明清小說研究》，1997
　　第 3 期。

張忠良：〈薛仁貴故事研究〉《國文研究所集刊》27 號，1983.6。

張放：〈食色衝突中的英雄塑造〉《文學自由談》，2002.6。

張虹：〈中國古典通俗小說與商品經濟〉《明清小說研究》，1994 第 2 期。

張振軍：〈史稗血緣說略〉《中國人民大學學報》，1995 第 6 期。

張清發：〈從人物塑造看《左傳》與講史小說的關係〉《問學》5 期，
　　2003.5。

張清發：〈天命因果在《說岳全傳》中的運用及意義〉《文與哲》2 期，
　　2003.6。

張清發：〈岳飛研究述評〉《中國文化月刊》279 期，2004.3。

張清發：〈從「悲劇英雄」看《史記》與講史小說的關係〉《語文學報》11
　　期，2004.12。

張清發：〈明清家將小說「陣前招親」情節之運用探析〉《國文學報》創刊
　　號，2004.12。

許盛恒：〈唐代的和親〉《歷史月刊》，1997.1。

陳金文：〈論英雄傳奇文學中「屠親婚配」的情節模式〉《文史雜誌》1994
　　第 4 期。

陳美林：〈中國古代小說的教化意識〉《明清小說研究》，1993 第 3 期。

陳峰：〈從名將狄青的遭遇看北宋中葉武將的境況〉《中州學刊》，2000.7。

陳鋒：〈北宋武將群體素質的整體考察〉《文史哲》，2001.1。

陳鋒：〈從「文不換武」現象看北宋社會的崇文抑武風氣〉《中國史研究》
　　　2001.5。

陳寶良：〈明朝人的英雄豪傑觀〉《中國文化研究所學報》10 期，2001。

傅才武：〈煮酒論英雄——中國古代英雄標準探微〉《歷史月刊》，2000.3。

傅貴、傅超：〈戚繼光斬子之謎〉《歷史月刊》，2001.6。

彭利芝：〈說唐系列小說人物考辨〉《明清小說研究》，1999 第 2 期。

焦賀娟：〈家族文化對中國政治發展的影響〉《新鄉師範高等專科學校學
　　　報》，2002.8。

陽平南：〈從《左傳》敘戰論春秋時代的戰爭觀〉《筧橋學報》6 期，1999.9。

陽平南：〈略論漢魏之際的「英雄觀」〉《筧橋學報》1 期，1994.11。

項裕榮：〈話本・戲曲・小說——論《說呼全傳》的藝術形式〉《宜春學院
　　　學報社科版》，2001.10。

楊光亮：〈新編《太原史話》楊家將一節商榷〉《晉陽學刊》，2001　第 3
　　　期。

萬毅：〈先秦時代邊疆民族與中央之關係〉《中國邊政》41-43 期，1973.3-
　　　9。

葉明華、楊國樞：〈中國人的家族主義：概念分析與實徵衡鑑〉《中央研究
　　　院民族學研究所集刊》83 期，1998.6。

雷學華：〈試論中國封建社會的忠君思想〉《華中師範大學學報哲社版》36
　　　卷 6 期，1997.11。

寧泊：〈清人明史研究中的正統觀和忠義觀〉《南開學報》，1996 第 4 期。

劉冬梅：〈被冤枉的一代名將——張士貴〉《滄桑》，2003.2。

劉書成：〈論中國古代小說的時空模糊敘事構架〉《西北師大學報哲社
　　　版》，1995.5。

劉書成：〈論中國古典長篇小說的跨類型現象〉《社科縱橫》，1993　第 1
　　　期。

劉慶：〈論中國古代兵學發展的三個階段與三次高潮〉《軍事歷史研究》，
　　1997 第 4 期。

潘建國：〈明清時期通俗小說的讀者與傳播方式〉《復旦學報社科版》
　　2001.1。

鄧駿捷：〈岳飛故事的演變〉《明清小說研究》，2000 第 3 期。

燕世超：〈論明清英雄傳奇小說中的莽漢形象〉《山東社會科學》，2002 第
　　2 期。

戴建國：〈宋代家族政策初探〉《大陸雜誌》99 卷 4 期，1999.10。

謝桃坊〈中國白話小說的發展與市民文學的關係〉《明清小說研究》，1988
　　第 3 期。

羅書華：〈中國傳奇喜劇英雄考辨〉《明清小說研究》，1997 第 3 期。

羅書華：〈中國傳奇喜劇英雄發生的文化機制〉《海南大學學報社科版》，
　　1998.3。

羅書華：〈喜劇審美中的崇高──中國傳奇喜劇英雄研究〉《社會科學戰
　　線》，1998.1。

羅漢田：〈侗族長詩《白玉霜》與英雄傳奇小說《粉妝樓》〉《民族文學研
　　究》，2001.3。

羅慶泗：〈明清福建沿海的宗族械鬥〉《福建師範大學學報哲社版》，2000
　　第 1 期。

龔鵬程：〈英雄與美人──晚明晚清文化景觀再探〉《中國文哲研究通訊》9
　　卷 4 期，1999.12。

四、論文集和會議論文

Robert Ruhlmann 著、朱志泰譯：〈中國通俗小說戲劇中的傳統英雄人物〉
　　《英美學人論中國古典文學》，香港：香港中文大學，1973.3。

小川環樹：〈中國魏晉以後的仙鄉故事〉《中國古典小說論集》，台北：幼
　　獅文化公司，1975.12。

文崇一：〈中國人的富貴與命運〉《中國人：觀念與行為》，台北：巨流圖
　　書公司，1988.7。

王玫：〈漢末英雄觀與建安文學〉《魏晉南北朝文學與思想學術研討會論文集第五輯》，台北：里仁書局，2004.11。

王民裕：〈薛仁貴北征九姓考〉《唐代文化研討會論文集》，台北：文史哲出版社，1991.7。

王明蓀：〈宋初反戰論〉《宋史研究集》23 輯，台北：國立編譯館，1995.2。

王三慶：〈明代書肆在小說市場上的經營手法和行銷策略〉《東亞出版文化研究》，東京：株式會社二玄社，2004.3。

王三慶：〈戰場臨陣美女與俊男的來電及其意義〉《第一屆中國小說與戲曲學術研討會論文集》，嘉義：國立嘉義大學中文系，2002.11。

王國良：〈論薛仁貴故事的演變〉《第三屆中國域外漢籍國際學術會議論文集》，1990.11。

王溢嘉：〈從薛仁貴父子傳奇看伊底帕斯情結在中國〉《古典今看——從孔明到潘金蓮》，台北：野鵝出版社，1996.2。

王靖宇：〈中國敘事文的特性——方法論初探〉《《左傳》與傳統小說論集》，北京：北京大學出版社，1989.5。

王壽南：〈唐代的和親政策〉《唐代研究論集》4 輯，台北：新文豐出版社，1992.12。

王爾敏：〈滿清入主華夏及其文化承緒之統一政術〉《中國歷史上的分與合學術研討會論文集》，台北：聯經出版社，1995.9。

王德毅：〈由宋史質談到明人的宋史觀〉《宋史質·序》，台北：大化書局，1977.5。

牟潤孫：〈兩宋春秋學之主流〉《宋史研究集》3 輯，台北：中華叢書編審委員會，1966.4。

呂士朋：〈清代的崇儒與漢化〉《國際漢學會議論文集·歷史考古組》，台北：漢學研究中心，1981.10。

李光濤：〈明季邊防與袁崇煥〉《明清史論集》，台北：台灣商務印書館，1971.4。

李豐楙：〈六朝道教洞天說與遊歷仙境小說〉《小說戲曲研究》1 集，台北：聯經出版社，1988.5。

林保淳：〈巾幗戰陣議招親——中國古典小說中的女將〉《古典小說中的類型人物》，台北：里仁書局，2003.10。

林保淳：〈中國古典小說中「陣前招親」模式之分析〉《戰爭與中國社會之變動》，台北：台灣學生書局，1991.11。

施懿琳：〈從鄭清往來書信談世變下的英雄形象——以鄭成功為主、鄭經為輔的討論〉《第五屆「中國近代文化的解構與重建」學術研討會論文集》，台北：國立政治大學，2003.4。

唐翼明：〈重讀《楊家將》——試論有關作者、版本諸問題〉《古典今論》，台北：東大圖書公司，1991.9。

夏志清：〈戰爭小說初論〉《愛情・社會・小說》，台北：純文學出版社，1981.12。

孫遜：〈釋道「轉世」、「謫世」觀念和古代小說結構〉《中國小說與宗教》，香港：中華書局，1998.8。

孫述宇：〈南宋民眾抗敵與梁山英雄報國〉《水滸傳的來歷、心態與藝術》，台北：時報文化公司，1983.10。

徐君慧：〈老子英雄兒好漢〉《中國古典小說漫話》，成都：巴蜀書社，1988.3。

馬幼垣：〈中國講史小說的主題與內容〉《中國小說史集稿》，台北：時報文化公司，1987.3。

張小軍：〈家與宗族結構關係再思考〉《中國家庭及其倫理研討會論文集》，台北：漢學研究中心，1999.6。

張玉興：〈論歷史上滿州與「貳臣」〉《明清論叢》，北京：紫禁城出版社，2001.4。

莊耀郎：〈論《人物志》的英雄理論及英雄人物〉《國文學報》25 期，1996.6。

陳鵬翔：〈主題學研究與中國文學〉《主題學研究論文集》，台北：東大圖書公司，1983.11。

陳鵬翔：〈主題學理論與歷史證據〉《中國神話與傳說學術研討會論文集》，台北：漢學研究中心，1996.3。

傅樂成：〈唐型文化與宋型文化〉《唐代研究論集》1 輯，台北：新文豐出版社，1992.11。

楊國樞：〈中國人孝道的概念分析〉《傳統文化與現代化生活研討會論文集》，台北：中華文化復興運動推行委員會，1984。

楊國樞：〈中國人的社會取向：社會互動觀點〉《中國人的心理與行為》，台北：桂冠圖書公司，1993。

楊懋春：〈中國的家族主義與國民性格〉《中國人的性格》，台北：桂冠出版社，1991.1。

賈璐：〈岳飛題材通俗文學作品摭談〉《岳飛研究》3 輯，北京：中華書局，1992.9。

廖隆盛：〈從澶淵之盟對北宋後期軍政的影響看靖康之難發生的原因〉《宋史研究集》17 輯，台北：國立編譯館，1988.3。

臺靜農：〈佛教故實與中國小說〉《靜農論文集》，台北：聯經出版社，1989.10。

劉紀耀：〈公與私──忠的倫理內涵〉《天道與人道》，台北：聯經出版社，1983.4。

劉靜貞：〈權威的象徵──宋真宗大中祥符時代（1008-1016）探析〉《宋史研究集》23 輯，台北：國立編譯館，1995.2。

蔡國梁：〈演義體小說《說呼全傳》〉《明清小說探幽》，台北：木鐸出版社，1987.7。

鄭騫：〈楊家將故事考史證俗〉《景午叢編》，台北：台灣中華書局，1972.3。

謝繼昌：〈中國家族研究的探討〉《社會及行為科學研究的中國化》，台北：中央研究院民族學研究所，1982。

五、學位論文

王振東：《試論岳飛形象的演變──以國家與民間的互動為中心的考察》，山東大學史學碩士論文，2008。

成始勳：《狄家將通俗小說研究》，政治大學中文所碩士論文，1996。

吳建生：《北宋志傳與世代忠勇楊家府演義志傳的敘事比較研究》，南昌大學中文系碩士論文，2005。

李佩蓉：《說唐家將小說之家／國想像及其承衍研究》，政治大學中文所碩士論文，2008。

李孟君：《楊家將戲曲之研究》，輔仁大學中文系博士論文，2006。

李訓詳：《古陣新探──新出史料與古代陣法研究》，台灣大學歷史所博士論文，1998。

李敏龍：《中國人之忍的概念：理論的與實徵的分析》，台灣大學心理所碩士論文，1994。

卓美慧：《明代楊家將小說研究》，逢甲大學中文所碩士論文，1994。

林文：《明代楊家將小說女性形象研究》，福建師範大學中國古代文學碩士，2008。

金成翰：《岳飛小說研究》，復旦大學中國古代文學博士論文，2006。

柳楊：《薛家將故事的演變及其文化解讀》，山西大學中國古代文學碩士論文，2006。

洪素真：《岳飛故事研究》，台灣師範大學國文所碩士論文，1999。

胡樂飛：《「薛家將」故事的歷史演變》，上海師範大學中國古代文學碩士論文，2005。

徐正飛：《說唐演義後傳研究》，揚州大學中國古代文學碩士論文，2005。

徐衛和：《岳飛文學形象的多種形態及其文化內涵探析》，江西師範大學中國古代文學碩士，2004。

張火慶：《說岳全傳研究》，東海大學中文所碩士論文，1984。

張忠良：《薛仁貴故事研究》，台灣師範大學國文所碩士論文，1981。

張清發：《岳飛故事研究》，成功大學中文所碩士論文，2000。

許秀如：《狄青故事研究》，文化大學中文所碩士論文，1996。

郭姿吟：《明代書籍出版研究》，成功大學歷史所碩士論文，2002。

郭勝瑜：《女性主義觀照下的楊門女將──從歷史演義到民間史詩》，山西大學中國古代文學碩士論文，2008。

陳昭利：《明清演史神魔之戰爭小說研究》，文化大學中文所博士論文，

2001。

曾馨慧：《巾幗英雄之研究——從樊梨花出發》，中興大學中文所碩士論文，2004。

陽平南：《左傳敘戰的資鑑精神研究》，成功大學中文所碩士論文，1998。

楊秀苗：《說岳全傳傳播研究》，山東大學中國古代文學碩士論文，2007。

萬甜甜：《楊家將故事演變研究》，上海師範大學中國古代文學碩士論文，2007。

葉有林：《明代神魔小說中的法術研究》，文化大學中文所碩士論文，2000。

鄒賀：《說岳全傳叢識》，陝西師範大學歷史碩士論文，2007。

蔣國江：《楊家將戲曲研究》，福建師範大學文學碩士論文，2007。

蔡連衛：《楊家將小說傳播研究》，山東大學中國古代文學博士論文，2006。

鍾豔攸：《明清家訓族規之研究》，台灣師範大學歷史所博士論文，2003。

韓藝通：《楊家將故事中的楊門女將形象研究》，首都師範大學中國古代文學碩士論文，2008。

聶垚：《楊家將主要人物形象的歷史演變》，吉林大學中國古代文學碩士論文，2007。

蘇義穠：《傳統小說中李逵類型人物研究》，政治大學中文所碩士論文，1988。

附　錄

附錄一：各家類稱及其論述中所含括的作品範圍（共 2 頁）

類稱	含括的小說作品	點出之家將名稱
1 戰爭小說	三國演義、水滸傳、封神演義、北宋志傳、說唐演義、說唐後傳、說唐三傳、反唐演義、粉妝樓、楊家府演義、萬花樓、五虎平西、五虎平南、說岳全傳。	楊家將 薛家 羅家
2 軍事演義	三國演義、水滸傳、說岳全傳、北宋志傳、楊家府演義；薛仁貴世家、呼延贊、狄青等故事。	楊業世家 薛仁貴世家
3 國家小說	開國建朝主題：英烈傳、飛龍傳；薛家將、羅家將小說。	薛家將 羅家將
	外患引起的國家安危主題：說岳全傳、楊家將小說。	楊家將
4 家將小說	北宋志傳、楊家府演義、說呼全傳、大宋中興通俗演義、說岳全傳、五虎平西、五虎平南、萬花樓、說唐後傳、說唐三傳、反唐演義、混唐後傳。	薛家將 羅家將 楊家將 岳家將 呼家將 狄家將
5 世代將門諸書	薛家將征東、征西（按：說唐後傳、說唐三傳）、說唐演義、羅通掃北；楊家將小說、萬花樓、五虎平西、五虎平南；說岳傳、岳雷掃北（按：說岳全傳前後	薛家將 羅家將 楊家將

	兩部）。	岳家將 狄家將
6 將門英雄 系列小說	北宋志傳、楊家府演義、平閩全傳、楊文廣平南全傳 、說呼全傳、五虎平西、五虎平南、萬花樓。	楊家將 呼家將 狄家將
6 民族英雄 傳記小說	說岳全傳、于少保萃忠全傳。	岳家將 薛家 羅家
6 說唐系列 英雄傳奇	隋史遺文、說唐演義 說唐後傳、說唐三傳、粉妝樓。	

類稱出處： （出版資料見參考書目）

1.戰爭小說：夏志清〈戰爭小說初論〉。

2.軍事小說：夏志清〈軍事演義——中國小說中的一種類型〉。

3.國家小說：馬幼垣〈中國講史小說的主題與內容〉。

4.家將小說：黃清泉等《明清小說的藝術世界》、徐君慧《中國古典小說漫話》。

5.世代將門諸書：徐君慧《中國小說史》。

6.將門英雄系列小說、民族英雄傳記小說、說唐系列英雄傳奇：陳穎《中國英雄俠義小說通史》。

附錄二：家將故事常見的平劇劇目及說唱劇目
（共5頁）

說明：平劇劇目主要依據陶君起《平劇劇目初探》，說唱劇目主要依據中央研究院史語所之收藏，兩者並皆彙整相關研究論著所載錄。

甲、平劇劇目

一、楊家將故事			
主要劇目名稱	其他劇目名稱	主要劇目名稱	其他劇目名稱
九龍峪		神火將軍	收孟良
三岔口	焦贊發配	寇准（準）背靴	脫骨計、寇准（準）探地穴
五台山	五臺會兄	清官冊	審潘洪、霞谷縣、升官圖
五郎出家	五臺山	紫金帶	佘賽花
天門陣		雁門摘印	永平安、拿潘洪
太君辭朝	長壽星、黃花國	雁門關	
四郎探母	四盤山、北天門	黑松林	
打潘豹	瓦橋關、天齊廟	楊七郎吃麵	
如是活佛		楊金花奪印	
佘賽花		楊門女將	
李陵碑	兩狼山、托兆碰碑	演火棍	
赤梅嶺		潘楊訟	
佘塘關	七星廟	告御狀	
孟良盜馬	翠黛山	穆柯寨	
孤注功	澶淵之盟	穆桂英掛帥	

孤鸞陣	忠烈鴛鴦	轅門斬子	
牧虎關	黑風帕	錘換帶	
金沙灘	雙龍會、八虎闖幽州	雙掛印	
青龍棍	打孟良	雙被擒	
洪羊洞	六郎盜骨、三星歸位	鐵旗陣	
紅羊塔	孟良認子、紅陽塔	攪御狀	
背子破奇陣		昭代簫韶	註：清昇平署大戲
破洪州	天門陣	鐵旗陣	註：清宮廷大戲

二、狄家將故事			
主要劇目名稱	其他劇目名稱	主要劇目名稱	其他劇目名稱
八寶公主		珍珠烈火旗	
五虎平西		崑崙關	
五虎平南		通海溝	
五虎平蠻		雪夜奪崑崙	
京遇緣	萬花樓	雙節烈	
延安關	反延安、雙陽產子		

三、呼家將故事			
主要劇目名稱	其他劇目名稱	主要劇目名稱	其他劇目名稱
下河東	白龍關、斬壽廷	金猛關	
呼延贊表功		龍虎門	風雲會

四、岳家將故事			
主要劇目名稱	其他劇目名稱	主要劇目名稱	其他劇目名稱
八大錘	斷臂說書、車輪大戰、朱仙鎮	荒草岡	
五方陣	四本洞庭湖	栖梧山	收何元慶
牛皋下書		康郎山	穿梭鏢
牛皋招親	藕塘關、飛虎夢	湯陰縣	麒麟村
交印刺字	岳母刺字	湯懷自刎	
收曹成	康郎山、牛皋跳油鍋	愛華山	

汝南莊	高寵出世	愛華山	求賢鑒、牟駝岡
李綱滾釘		瘋僧掃秦	地藏王
兩狼關		碧雲山	三本洞庭湖
岳家莊	岳雲出世	請宋靈	
金牛嶺		賜繡旗	
金蘭會	火燒王佐、頭本洞庭湖	潞安州	
挑滑車	牛頭山	錘震金蟬子	
洞庭湖	二本洞庭湖	鎮潭州	九龍山、收楊再興
胡迪罵閻	罵閻羅	雙結義	
風波亭	武穆歸天		

五、薛家將故事

主要劇目名稱	其他劇目名稱	主要劇目名稱	其他劇目名稱
九焰山		淤泥河	
九錫宮		陳金定	
三休樊梨花	三請樊梨花	棋盤山	
三箭定江山		陽和摘印	
西唐傳	斬白袍、敬德鬧朝	摩天嶺	賣弓計
汾河灣	打雁進窯	樊江關	姑嫂英雄、定陽關
法場換子	換金斗	樊金定罵城	
金牛關		鬧花燈	
柳迎春		風火山	
獨木關	薛禮嘆月、病挑安殿寶	蘆花河	女斬子、金光陣
徐策跑城	薛剛反朝	舉鼎觀畫	雙獅圖（薛蛟）
馬上緣		鐵丘墳	

六、羅家將故事

主要劇目名稱	其他劇目名稱	主要劇目名稱	其他劇目名稱
三江越虎城	殺四門	紅霞關	

千秋嶺	收羅成、羅成降唐	破孟州	羅成賣絨線
托兆小顯	羅成托夢	粉粧樓	
征北傳		鬧淮安	賣人頭
東嶺關	倒銅旗	羅成叫關	淤泥河、周西陂
界牌關	盤腸戰		

乙、說唱劇目

一、楊家將故事	
八虎鬧幽州	楊八郎探母
十二寡婦征西	楊文廣征西
大破洪州	楊文廣征南
六郎探母	楊金花奪印
天門陣	楊門女將
兩狼山	碰碑
金沙灘	穆桂英掛帥
破洪州	
二、狄家將故事	
五虎平西（鼓詞）	反延安
五虎平西（彈詞）	狄青比武
五虎平南（鼓詞）	萬花樓
五虎平南（彈詞）	
三、呼家將故事	
呼延慶火上攻	呼延慶征南
呼延慶打雷	金鞭記
呼延慶征西	
四、岳家將故事	
十二金錢	高寵挑華車
全掃秦	畫地絕交
岳武穆（石派書）	精忠

岳武穆（彈詞）	精忠傳（彈詞）
岳武穆奉詔班師	精忠傳（評話）
岳飛五更調	精忠傳四季山歌
武穆還朝	調精忠
胡迪罵閻（子弟書）	謗閻（子弟書）
胡迪罵閻（快書）	謗閻（快書）
風波亭	謗閻醒夢
五、薛家將故事	
丁山射雁	東征記
仁貴征西	柳迎春
仁貴征東（鼓詞）	射雁
仁貴征東（彈詞）	淤泥河
仁貴歸家	薛丁山征西傳
白袍征東	薛仁貴征東
汾河灣	薛仁貴征東歌
汾溪詞	
六、羅家將故事	
白玉霜（侗族敘事琵琶歌）	

附錄三：明清書坊出版家將小說及其相關作品摘錄
（共 13 頁）

說明：以下主要整理自王清源、牟仁隆、韓錫鐸編纂之《小說書坊錄》

＊建陽　楊氏清江堂
大宋中興通俗演義（嘉靖 31 年）

＊周曰校　萬卷樓
新刊大宋中興通俗演義（萬曆年間）

＊建陽　余象斗雙峰堂
北宋志傳通俗演義（萬曆年間）
新刊大宋中興通俗演義（萬曆年間）

＊建陽　余氏三台館
全像按鑑演義南北兩宋志傳
新刊按鑑演義全像大宋中興岳王傳
（萬曆年間）

＊金陵　唐氏　世德堂
新刊出像補訂參采史鑑北宋志傳通俗演義題評

＊臥松閣
鐫出像楊家府世代忠勇演義全傳

（萬曆 34 年）

＊鄭五雲堂
新鐫玉茗堂批點按鑑參補南北宋志傳

＊仁壽堂
大宋中興通俗演義（萬曆年間）

＊金閶　葉昆池　能遠居
新刻玉茗堂批點南北宋志傳
（天啟年間）

＊寶旭齋
岳武穆精忠傳（天啟 7 年）

＊友益齋
岳武穆盡忠報國傳（崇禎年間）

＊天德堂
新鐫全像武穆精忠傳（崇禎年間）

＊王昆源　三槐堂

新鐫玉茗堂批評按鑑參補出像南北
宋志傳

＊吳門　萃錦堂
新鐫全像武穆精忠傳（明刻）

＊吳郡　藜光樓　植槐堂
武穆精忠傳

＊益善堂
新鐫玉茗堂批評按鑑參補南北宋志
傳

＊翠筠山房
五虎平西前傳（道光 16 年）
新刻粉妝樓傳記（清刻）

＊善成堂
說唐演義全傳
說唐演義後傳

＊慶雲樓
萬花樓楊包狄演義（咸豐 8 年）

＊宏道堂
綠牡丹全傳（咸豐 10 年）
說岳全傳

＊致和堂
反唐演義傳（嘉慶 5 年）

＊金氏　余慶堂
增訂精忠演義說岳全傳（康熙 23
年）

＊同文堂
後續大宋楊家將文武曲星包公狄公
初傳（咸豐 9 年）
說唐前傳（光緒 4 年）
新鐫異說五虎平西珍珠旗狄青前傳
新鐫後續五虎平南狄青後傳
新刻粉妝樓傳記

＊吳郡　崇德書院
重刻繡像說唐演義全傳、後傳
（乾隆元年）

＊聚錦堂
五虎平南後傳（嘉慶 12 年）
五虎平西前傳（嘉慶 16 年）
新刻楊家府世代忠勇演義志傳
（道光 30 年）

＊鴛湖　最樂堂
說唐演義後傳（乾隆 33 年）

＊吳郡　綠蔭堂
重刻繡像說唐演義全傳
重刻繡像說唐演義後傳

＊經國堂

南北兩宋志傳（康熙年間）

＊京都　文錦堂
新鐫玉茗堂批評按鑑參補北宋志傳

＊芥子園
綠牡丹全傳（道光 11 年）
混唐後傳
緯文堂
粉妝樓全傳

＊崇德堂
異說後唐傳三集薛丁山征西樊梨花
全傳（光緒 19 年）
薛剛三掃鐵丘墳

＊金玉樓
萬花樓楊包狄演義（咸豐 9 年）
異說後唐傳三集薛丁山征西樊梨花
全傳（同治 2 年）

＊漁古山房
說唐前傳（乾隆元年）
說唐後傳（乾隆元年）
粉妝樓

＊小酉山房
說唐前傳（乾隆元年）
說唐後傳（乾隆元年）
玉茗堂批點南北宋志傳

＊京都　敬業堂
五虎平西前傳（嘉慶 10 年）

＊右文堂
異說反唐演義全傳（乾隆 18 年）
萬花樓楊包狄演義（咸豐 9 年）

＊經綸堂
新鐫異說五虎平西珍珠旗演義狄青
前傳（道光 16 年）
繡像綠牡丹全傳（道光 27 年）
新鐫玉茗堂按鑑參補楊家將傳
（同治 11 年）
萬花樓楊包狄演義

＊三和堂
反唐女媧鏡全傳（乾隆 18 年）
繡像薛仁貴征東全傳

＊金閶　書業堂
說呼全傳（乾隆 44 年）
新刻異說反唐演義全傳（嘉慶 8
年）
楊家府世代忠勇通俗演義志傳（嘉
慶 14 年）
五虎平南後傳

＊遠景齋
異說反唐演義全傳（乾隆 18 年）

*大文堂
綠牡丹全傳（道光 12 年）
新鐫異說五虎平西珍珠旗演義狄青
前傳（道光 16 年）
新鐫後續繡像五虎平南狄青演傳
（道光 16 年）
岳武穆精忠全傳
增訂精忠演義說岳全傳
征西說唐三傳
說唐演義全傳
新刻粉妝樓傳記

*鴻寶堂
異說征西演義全傳（乾隆 19 年）

*文德堂
繡像混唐平西演傳

*金閶　寶仁堂
岳武穆精忠傳（乾隆 36 年）
說呼全傳（乾隆 44 年）

*演劇軒
征西說唐三傳（乾隆 42 年）

*寶興堂
新刻楊家府世代忠勇演義志傳（乾
隆 41 年）
異說征西演義全傳（道光 30 年）

*文光堂
岳武穆精忠傳（乾隆 41 年）
新刻粉妝樓傳記
征西全傳

*金閶　書藝堂
說呼全傳（乾隆 44 年）

*經元堂
新鐫全像武穆精忠傳
楊家將傳
五虎平西珍珠旗演義狄青前傳
五虎平南狄青後傳
新刻粉妝樓傳記
萬花樓楊包狄演義
異說征西演義全傳

*觀文書屋
說唐演義全傳（乾隆 48 年）
說唐演義後傳（乾隆 48 年）
重刻繡像說唐演義傳（乾隆 49 年）

*維經堂
後續大宋楊家將文武曲星包公狄青
初傳（咸豐 8 年）
粉妝樓全傳（咸豐 11 年）
南北宋志傳（同治 6 年）
續北宋志天門陣演義十二寡婦征西
（同治 6 年）
征西說唐三傳

繡像後宋慈雲太子走國全傳
說岳全傳

＊武林　三余堂
新鐫珍珠旗五虎平西狄青演義
新鐫後續繡像五虎平南狄青演義

＊福文堂
說岳全傳（嘉慶 6 年）
五虎平西全傳（嘉慶 6 年）
後唐傳三集薛丁山征西樊梨花全傳
（嘉慶 12 年）
薛仁貴征東全傳（道光 18 年）
萬花樓楊包狄演義

＊積秀堂
異說征西演義全傳（乾隆 50 年）

＊書業成（書業成記）
中興大唐演義（道光 23 年）

＊玉蕊堂
楊家府世代忠勇通俗演義志傳（乾
隆 58 年）

＊天德堂
新鐫楊家府世代忠勇演志傳（乾隆
51 年）
說唐後傳

＊務本堂
新刻粉妝樓傳記（嘉慶 32 年）
南北宋志傳（光緒 5 年）

＊玉樹堂
異說反唐演義全傳（乾隆 60 年）

＊英德堂
異說征西演義全傳（乾隆年間）
粉妝樓全傳
說唐演義後傳
南北宋志傳

＊姑蘇　綠慎堂
說唐全傳

＊會文堂
說唐演義全傳（嘉慶 6 年）
說唐後傳（嘉慶 6 年）
繡像粉妝樓全傳（嘉慶 11 年）
五虎平南後傳（道光 2 年）

＊寶華樓
粉妝樓全傳（嘉慶 2 年）
異說征西演義全傳（道光 10 年）

＊上海　江左書林
異說反唐演義全傳

＊廈門　文德堂

綠牡丹全傳（道光 9 年）

＊金豐（永福金氏）
精忠演義說岳全傳（嘉慶 3 年）

＊三槐堂
綠牡丹全傳（嘉慶 5 年）

＊桐石山房
繡像說唐全傳（嘉慶 6 年）
繡像說唐後傳（嘉慶 6 年）

＊經文堂
萬花樓楊包狄演義
新鐫全像武穆精忠傳
異說反唐傳三集薛丁山征西樊梨花
全傳（嘉慶 12 年）
粉妝樓全傳

＊萃英居
說呼全傳（嘉慶 10 年）

＊金谷園
異說反唐傳三集薛丁山征西樊梨花
全傳（道光 27 年）

＊文秀堂
異說征西演義全傳（道光 10 年）

＊京都　文成堂

說唐演義後傳

＊一也軒
綠牡丹（同治 6 年）

＊三讓堂
新鐫全像武穆精忠傳
五虎平南後傳

＊崇文堂
綠牡丹全傳

＊鷺江　崇雅堂
平閩全傳（道光元年）

＊博古堂
繡像北宋金槍全傳（道光 3 年）

＊玉茗堂
岳武穆精忠傳

＊聚盛堂
說唐後傳
武穆精忠傳

＊素心堂
後宋慈雲走國全傳（嘉慶 25 年）

＊文林堂
說唐前傳

說唐後傳

＊成都　二友堂
新鐫繡像後宋慈雲太子逃難走國全
傳（嘉慶 25 年）
慈雲走國全傳（咸豐 2 年）

＊寶文堂
說呼全傳

＊佛山　近文堂
後續大宋楊家將文武曲星包公狄青
初傳（道光 15 年）

＊泉城　同文堂
增訂精忠演義說岳全傳

＊霞潭　文瑞堂
粉妝樓全傳（道光 7 年）
同義堂
征西說唐三傳（道光 7 年）

＊文奎堂
萬花樓演義全傳（光緒 4 年）
說唐前後傳
異說反唐演義全傳

＊奎壁堂
新鐫後續繡像五虎平南狄青演義
（道光 8 年）

說岳全傳（道光 23 年）
新鋟異說五虎平西珍珠旗演義狄青
前傳（道光年間）

＊暢心堂
說唐演義全傳（道光 9 年）
重刻繡像說唐演義後傳

＊山淵堂
說唐征西三集（道光 11 年）

＊京都　文善堂
新刻異說綠牡丹（道光 11 年）
粉妝樓全傳

＊富經堂
新刻大宋楊文廣平南全傳（同治 4
年）

＊益友堂
綠牡丹全傳（道光 12 年）

＊寶華順
新鐫異說五虎平西珍珠旗演義狄青
前傳（道光 16 年）
新鐫後續五虎平南狄青演義（道光
16 年）
新鐫玉茗堂批點按鑑參補楊家將傳
征西說唐三傳

　＊大興堂
繡像綠牡丹全傳（道光 12 年）

　＊上洋　務本堂
征西說唐三傳（道光 12 年）
說岳全傳（同治 9 年）

　＊粵東　拾芥園
五虎平西前傳（道光 16 年）
天門陣演義十二寡婦征西（道光 16 年）

　＊三讓協
狄青演義（道光 16 年）

　＊忠信堂
繡像綠牡丹全傳（道光 18 年）

　＊京都　琉璃廠
綠牡丹全傳（光緒 11、15 年）

　＊英德　聚文堂
異說征西演義全傳

　＊聚文堂
後續大宋楊家將文武曲星包公狄青初傳
南北宋志傳

　＊味經堂

仁貴征西說唐三傳（咸豐 10 年）

　＊寶翰樓
繡像綠牡丹全傳（道光 27 年）
五虎平西前傳

　＊北京　寶翰樓
南北宋志傳

　＊濂溪書齋
平閩全傳（道光年間）

　＊羊城　丹桂堂
新刻異說反唐演傳
南北宋志傳
續北宋志天門陣演義十二寡婦征西
新鐫後續繡五虎平南狄青演義傳
後續五虎將平南後宋慈雲走國全傳

　＊成都　善成堂
新鐫繡像五虎平南狄青後傳

　＊維揚　愛日堂
新刻粉妝樓傳記（咸豐 2 年）
說岳全傳（同治 3 年）

　＊廈門　多文齋
綠牡丹全傳（同治 9 年）

　＊禪山　福安堂

萬花樓楊包狄演義（咸豐 8 年）

＊羊城　古經閣
說唐薛家將傳（光緒元年）

＊維揚　文德堂
楊家府世代忠勇通俗演義（同治元
年）

＊成都　藜照書屋
繡像綠牡丹全傳（咸豐 8 年）
說唐前傳

＊宜陵　金聲堂
粉妝樓全傳（同治 3 年）

＊經余厚
說唐薛家府傳（同治 5 年）

＊金沙　劍光閣
繡像精忠演義說岳全傳（同治 11
年）

＊會元樓
新鐫玉茗按鑑批點續北宋志天門陣
演義十二寡婦征西
新鋟異說奇聞群英杰

＊佛鎮　英文堂
增異說唐秘本後傳（羅通掃北）

＊江陰　寶文堂
異說後唐傳三集（光緒 2 年）

＊重慶　福源堂
岳武穆精忠傳（光緒 2 年）

＊京都　文和堂
說唐前傳、後傳（光緒 4 年）

＊奎照樓
說岳全傳（光緒 6 年）

＊京都　老二酉堂
增訂精忠演義全傳（光緒 8 年）

＊上海　掃葉山房
新刻繡像粉妝樓全傳（光緒 9 年）
精忠演義說岳全傳
征西說唐三傳

＊東泰山房
綠牡丹全傳
新刻粉妝樓傳記

＊藝成齋
說呼全傳（光緒 10 年）
征西說唐三傳（光緒 18 年）

＊京都　泰山堂
綠牡丹全傳（光緒 7 年）
新刻中興大唐演義傳（光緒 10 年）

粉妝樓全傳

＊上海書局
萬花樓楊包狄演義（光緒 19 年）
繪圖群英杰後宋奇書（光緒 20 年）
五虎平西前傳（光緒 21 年石印）
新鐫文廣平南全傳（光緒 25 年）
薛家將征西反唐前傳（光緒 25 年）
繡像綠牡丹全傳（光緒 18、20 年）
繡像南唐演義薛家將傳（光緒 30 年）
精忠說岳全傳（光緒 31 年石印）
繪圖後宋慈雲走國全傳（光緒 31 年）
五虎平西珍珠旗演義狄青前傳
（光緒 30 年石印）
新鐫後續繡像五虎平南狄青演傳
（光緒 30 年石印）

＊上海　廣益書局
繪圖精忠說岳全傳（光緒 33 年）
粉妝樓（石印）
說唐前傳、後傳（石印）
異說征西演義全傳（石印）
精忠岳武穆王全傳（石印）
南唐薛家將傳（石印）
綠牡丹全傳（石印）

＊山西合陽　崇（榮）興會
綠牡丹全傳（光緒 12 年）

＊聚元堂
粉妝樓全傳（光緒 12 年）
繡像粉妝樓全傳（光緒 32 年）

＊京都　大成堂
說唐三傳薛丁山征西

＊上海　珍藝書局
說唐前後傳（光緒 15 年鉛印）

＊上海　文盛堂
圖像五虎平西（宣統元年）
圖像五虎平南（宣統元年）

＊兩儀堂
新鐫全像武穆精忠傳

＊修齊堂
繡像南北宋志傳（光緒 18 年石印）

＊上海　文選書局
楊家將全傳（光緒 18 年石印）

＊成文信
說唐薛家府傳（光緒 18 年）

＊姑蘇　映雪堂
征西說唐三傳（光緒 18 年）

＊申江　袖海山房

粉妝樓全傳（光緒 19 年石印）

＊上海　古香閣
說唐征西全傳（光緒 19 年石印）

＊上海　進步書局
萬花樓初傳（石印）

＊羊城　長慶堂
後續大宋楊家將文武曲星包公狄青
初傳（光緒 19 年鉛印）
新刻增異說唐全傳

＊上海　文淵山房
說岳全傳（石印）

＊以文堂
新刻增異說唐全傳

＊上海　錦章書局
增訂繪圖精忠說岳全傳（石印）
繪圖南唐薛家將（石印）
繡像五虎平西平南全傳（石印）
說唐演義全傳（石印）

＊上海　文海書局
新刻繪圖粉妝樓全傳

＊上海　章福記書局
五虎平南演義（宣統元年石印）

繡像征東全傳（石印）

＊上海　源記書莊
說唐征西全傳（光緒 23 石印）

＊敬文堂
北宋志傳

＊上海　文賢閣
說岳全傳（石印）

＊泉城　郁文堂
說岳全傳（光緒 28 年）
粉妝樓全傳（光緒 32 年）

＊上海　啟新書局
粉妝樓全傳（光緒 26 年石印）

＊上海　萃英書局
五虎平西珍珠旗演義狄青前傳
說岳全傳（鉛印）

＊上海　商務印書館
說岳全傳（光緒 32 年鉛印）

＊山左書林
說唐後傳（光緒 28 年）

＊上海　日新書局
五虎平南狄青演傳（光緒 29 年）

＊上海　沈鶴記書局
繡像說唐征西全傳（石印）

＊德記書局
後續大宋楊家將文武曲星包公狄青
初傳（光緒 32 年石印）

＊上海　育文書局
繡像說唐征西全傳（石印）

＊上海　文寶書局
增訂繪圖精忠說岳全傳（石印）

＊上海　天寶書局
增訂繪圖精忠說岳全傳（石印）
繡像五虎平西珍珠旗演義狄青前傳
新刻後續繡像五虎平南狄青演傳

＊上海　萬豐書莊
新鐫繡像續五虎平西全傳（宣統 2
年石印）

＊體元堂
南北宋志傳

＊元茂堂
南北宋志傳
異說反唐演義全傳

＊似菊別墅

新刻異說反唐演義全傳

＊吳西　瑞雪齋
萬花樓楊包狄演義

＊瑞文堂
異說反唐演義全傳

＊以文居
增訂精忠演義說岳全傳

＊松盛堂
新鐫後續繡像五虎平南狄青演傳

＊尊德堂
後續大宋楊家將文武曲星包公狄青
初傳

＊會友堂
征西全傳

＊錦春堂
說岳全傳

＊尚友齋
說唐後傳
說唐小英雄傳
說唐薛家府傳

＊藜光閣

粉妝樓全傳

＊九思堂
南北宋志傳

＊裕德堂
新刻異說南唐演義全傳（反唐）

＊玉蘭堂
新鐫玉茗堂批點按鑑參補南北宋志
傳

＊文立堂
南北宋志傳
說唐後傳

＊尚論堂
新鐫全像武穆精忠傳

＊奎元堂
增訂精忠演義說岳全傳

＊吉水縣衙
岳武穆精忠傳

＊博雅書屋
說岳全傳

＊翰文堂
群英杰

＊成裕堂
說唐演義全傳
說唐演義後傳

＊四美堂
後宋慈雲太子逃難走國全傳

＊圓桂堂
後宋慈雲走國全傳

＊尚德堂
五虎平西前傳平南後傳

＊聖德堂
新刻增異說唐全傳

國家圖書館出版品預行編目資料

明清家將小說研究

張清發著. － 初版. － 臺北市：臺灣學生，2010.11
面；公分

ISBN 978-957-15-1508-3 (平裝)

1. 明清小說 2. 敘事文學 3. 文學評論

820.9706   99021909

明清家將小說研究

著　作　者：張　　　　清　　　　發
出　版　者：臺 灣 學 生 書 局 有 限 公 司
發　行　人：楊　　　　雲　　　　龍
發　行　所：臺 灣 學 生 書 局 有 限 公 司
　　　　　　臺北市和平東路一段七十五巷十一號
　　　　　　郵 政 劃 撥 帳 號：00024668
　　　　　　電　話：(02)23928185
　　　　　　傳　眞：(02)23928105
　　　　　　E-mail：student.book@msa.hinet.net
　　　　　　http：//www.studentbooks.com.tw
本書局登
記證字號：行政院新聞局局版北市業字第玖捌壹號
印　刷　所：長 欣 印 刷 企 業 社
　　　　　　中和市永和路三六三巷四二號
　　　　　　電　話：(02)22268853

定價：平裝新臺幣七〇〇元

西 元 二 〇 一 〇 年 十 一 月 初 版

82086
ISBN 978-957-15-1508-3 (平裝)

臺灣學生書局出版

中國文學研究叢刊